Manual para mujeres de la limpieza

Lucia Berlin

Manual para mujeres de la limpieza

Edición e introducción de Stephen Emerson
Prólogo de Lydia Davis
Traducción del inglés de Eugenia Vázquez Nacarino

ALFAGUARA

Manual para mujeres de la limpieza

Título original: *A Manual for Cleaning Women: Selected Stories*

Primera edición en España: marzo de 2016
Primera edición en México: abril de 2016

D. R. © 1977, 1983, 1984, 1988, 1990, 1993, 1999, Lucia Berlin
D. R. © 2015, Herederos de Lucia Berlin

D. R. © 2016, de la edición en castellano para todo el mundo:
Penguin Random House Grupo Editorial, S. A. U.
Travessera de Gràcia, 47-49, 08021, Barcelona

D. R. © 2016, de la presente edición:
Penguin Random House Grupo Editorial, S. A. de C. V.
Blvd. Miguel de Cervantes Saavedra núm. 301, 1er piso,
colonia Granada, delegación Miguel Hidalgo, C. P. 11520,
México, D. F.

www.megustaleer.com.mx

D. R. © 2015, Lydia Davis, por el prólogo
D. R. © 2015, Stephen Emerson, por la introducción
Publicado según acuerdo con Farrar, Straus and Giroux, LLC, New York
D. R. © 2016, Eugenia Vázquez Nacarino, por la traducción
D. R. © diseño: proyecto de Enric Satué
D. R. © cubierta: Rodrigo Corral y Colleen Griffiths
D. R. © imagen de cubierta: spxChrome / Getty Images

ISBN: 978-607-314-108-6

Impreso en México – *Printed in Mexico*

El papel utilizado para la impresión de este libro ha sido fabricado a partir de madera procedente
de bosques y plantaciones gestionadas con los más altos estándares ambientales, garantizando
una explotación de los recursos sostenible con el medio ambiente y beneficiosa para las personas.

Penguin
Random House
Grupo Editorial

Índice

Prólogo. La historia es lo que cuenta
Por Lydia Davis

Las historias de Lucia Berlin son eléctricas, vibran y chisporrotean como unos cables pelados al tocarse. Y la mente del lector, seducida, fascinada, recibe la descarga, las sinapsis se disparan. Así nos gusta estar cuando leemos: con el cerebro en funcionamiento, sintiendo latir el corazón.

Parte de la chispa de la prosa de Lucia está en el ritmo: a veces fluido y tranquilo, equilibrado, espontáneo y fácil; y a veces entrecortado, telegráfico, veloz. Parte está en su concreción al nombrar las cosas: Piggly Wiggly (un supermercado), Maravilla de Frijoles con Salchichas (una extraña creación culinaria), medias Big Mama (una manera de insinuar la corpulencia de la narradora). Está en el diálogo. ¿Qué son esas exclamaciones? «Por los clavos de Cristo.» «¡Y a mí que me zurzan!» La caracterización: la jefa de las telefonistas de la centralita dice que sabe cuándo se acerca el final de la jornada por el comportamiento de Thelma: «Se te tuerce la peluca y empiezas a decir groserías».

Y luego está la lengua en sí, palabra por palabra. Lucia Berlin siempre está escuchando, oyendo. Palpamos su sensibilidad a los sonidos del lenguaje, y saboreamos también el ritmo de las sílabas, o la perfecta coincidencia entre sonido y significado. Una telefonista enfadada se mueve «tratando sus cosas a porrazos y bofetadas». En otra historia, Berlin evoca los graznidos de los «cuervos desgarbados, chillones». En una carta que me escribió desde Colorado en 2000, «Ramas cargadas de nieve se quiebran y crujen sobre mi tejado, y el viento estremece las paredes. Acogedor, sin embargo, como estar en un barco recio, una gabarra o un remolcador».

Sus historias también están llenas de sorpresas: frases inesperadas, observaciones sagaces, giros imprevistos en el curso de los acontecimientos, humor... Como en «Hasta la vista», donde la narradora, que está viviendo en México y habla sobre todo en español, comenta con un poso de tristeza: «Por supuesto que aquí también soy yo misma, y tengo una nueva familia, nuevos gatos, nuevas bromas... pero sigo tratando de recordar quién era en inglés».

En «Panteón de Dolores», la narradora, de niña, debe lidiar con una madre difícil (como sucederá en varios relatos más):

> Una noche, después de que se marchara Byron, mi madre entró al cuarto donde dormíamos las dos. Siguió bebiendo y llorando y garabateando, literalmente garabateando, en su diario.
> —Eh, ¿estás bien? —le pregunté al fin, y me dio una bofetada.

En «Querida Conchi», la narradora es una universitaria mordaz, inteligente:

> Mi compañera de habitación, Ella [...]. Ojalá nos lleváramos mejor. Su madre le manda compresas por correo desde Oklahoma todos los meses. Estudia arte dramático. Por favor, ¿cómo va a interpretar a Lady Macbeth si hace aspavientos por un poco de sangre?

O quizá la sorpresa surja de un símil. Y sus historias abundan en símiles.

En «Manual para mujeres de la limpieza», escribe: «Una vez me dijo que me amaba porque yo era como San Pablo Avenue».

Salta directamente a otra comparación, más sorprendente aún: «Él era como el vertedero de Berkeley».

Y es tan lírica describiendo un vertedero (sea en Berkeley o en Chile) como al describir un prado de flores silvestres:

> Ojalá hubiera un autobús al vertedero. Íbamos allí cuando añorábamos Nuevo México. Es un lugar inhóspito y ventoso, y las gaviotas planean como los chotacabras del desierto al anochecer. Allá donde mires, se ve el cielo. Los camiones de basura retumban por las carreteras entre vaharadas de polvo. Dinosaurios grises.

Anclando siempre las historias en un mundo real y tangible hallamos esa misma imaginería concreta, física: los camiones «retumban», el polvo sale en «vaharadas». A veces se trata de imágenes bellas, otras veces no son bellas pero sí intensamente palpables: experimentamos cada uno de los relatos no solo con el intelecto y el corazón, sino también a través de los sentidos. El olor de la profesora de Historia, su sudor y su ropa enmohecida, en «Buenos y malos». O, en otro cuento, «el asfalto se hundía bajo mis pies [...] olor a polvo y salvia». Las grullas levantan el vuelo «con el rumor de una baraja de naipes». «Polvo de caliche y adelfas.» Los «girasoles silvestres y hierba morada» en otra de las historias; y unos álamos plantados años atrás, en tiempos mejores, crecen entre las chabolas del arrabal. Lucia siempre observaba, aunque fuera desde una ventana (cuando empezó a costarle moverse): en esa misma carta que me escribió en el año 2000, las urracas «caen como bombas» sobre la pulpa de la manzana: «rápidos destellos de cobalto y negro contra la nieve».

Una descripción puede arrancar con notas románticas —«la *parroquia* de Veracruz, palmeras, farolillos a la luz de la luna»—, pero el romanticismo queda truncado, como en la vida real, por el detalle realista flaubertiano, gracias a su afinada observación: «perros y gatos entre los zapatos relucientes de la gente que baila». La capacidad de una escritora para plasmar el mundo resulta más evidente aún cuando su mirada abarca lo cotidiano junto a lo extraordinario, la vulgaridad y la fealdad junto a la belleza.

Lucia —o, más concretamente, una de sus narradoras— atribuye a su madre ese talento para observar:

> Hemos recordado tus bromas y tu forma de mirar, sin que nunca se te escapara nada. Eso nos lo diste. La mirada.
> No el don de escuchar, en cambio. Nos concedías cinco minutos, quizá, para explicarte algo, y luego decías: «Basta».

La madre se quedaba en su habitación bebiendo. El abuelo se quedaba en su habitación bebiendo. La niña, desde el porche donde dormía, los oía beber por separado, cada uno con su botella. En la historia, pero quizá también en la realidad; o la historia es una exageración de la realidad, percibida con tanta agudeza, y tan divertida, que a pesar de sentir dolor, hallamos ese placer paradójico en el modo en que está contada, y el placer supera el dolor.

Lucia Berlin basó muchos de sus relatos en sucesos de su propia vida. Uno de sus hijos dijo, después de que muriera: «Mi madre escribía historias verdaderas; no necesariamente autobiográficas, pero por poco».

Aunque la gente habla, como si fuera algo nuevo, de esa modalidad literaria que en Francia se denominó «autoficción», la narración de la propia vida, tomada sin modificar apenas la realidad, seleccionada y narrada con criterio y vocación artística, creo que es eso, o una versión de eso, lo que Lucia Berlin ha hecho desde el principio, ya en la década de 1960. Su hijo luego añadió: «Las historias y los recuerdos de nuestra familia se han ido modelando, adornando poco a poco, hasta el punto de que no siempre sé con certeza qué ocurrió en realidad. Lucia decía que eso no importaba: la historia es lo que cuenta».

Por supuesto que en aras del equilibrio, o del color, cambiaba lo que creía oportuno al dotar de forma sus relatos: detalles de los sucesos y las descripciones, la cronología. Reconocía su tendencia a exagerar. Una de sus narradoras dice: «Exagero mucho, y a menudo mezclo la realidad con la ficción, pero de hecho nunca miento».

Inventaba, desde luego. Alastair Johnston, sin ir más lejos, editor de una de sus primeras antologías, relata la siguiente conversación: «Me encanta esta descripción de tu tía en el aeropuerto, cuando dices que te hundiste en su corpachón como en una poltrona». Lucia contestó: «La verdad es... que nadie vino a buscarme. Se me ocurrió esa imagen el otro día y, como estaba escribiendo este relato, la encajé ahí». Algunas de sus historias, de hecho, eran inventadas de principio a fin, como ella misma explica en una entrevista. Uno no podía pensar que la conocía solo por haber leído sus relatos.

Tuvo una vida intensa y agitada, de la que extrajo un material pintoresco, dramático y variado para sus relatos. Vivió con su familia en distintos lugares durante la infancia y la juventud, al dictado de las obligaciones de su padre: sus puestos de trabajo cuando Lucia era pequeña, luego su marcha al frente durante la Segunda Guerra Mundial, y de nuevo su empleo cuando volvió de la guerra. Así, Lucia nació en Alaska y pasó sus primeros años en asentamientos mineros en el oeste de Estados Unidos; luego vivió con la familia de su madre en El Paso, durante la ausencia de su padre; después la trasladaron a Chile, a un estilo de vida muy diferente, de riqueza y privilegios, que se plasma en sus historias sobre una chica adolescente en Santiago, sobre el colegio católico donde estudió, sobre la agitación política, clubes náuticos, modistas, arrabales, revolución. De adulta siguió llevando una vida agitada, geográficamente: vivió en México, Arizona, Nuevo México, Nueva York... Uno de sus hijos recuerda que de niño se mudaban más o menos cada nueve meses. Más adelante se instaló en Boulder, Colorado, donde se dedicó a dar clases, y por último se trasladó más cerca de sus hijos, a Los Ángeles.

Escribe sobre sus hijos —tuvo cuatro— y los distintos trabajos que desempeñó para sacarlos adelante, a menudo sola. O, más bien, escribe acerca de una mujer con cuatro hijos, con trabajos similares a los que ella hacía: mujer de la limpieza, enfermera en Urgencias, recepcionista en hospitales, telefonista en la centralita de un hospital, profesora.

Vivió en tantos sitios, pasó por tantas experiencias que bastarían para llenar varias vidas. La mayoría de nosotros hemos conocido en carne propia cosas parecidas, al menos en parte: hijos con problemas, o malos tratos en la infancia, o una apasionada historia de amor, batallas contra la adicción, una enfermedad delicada o una discapacidad, un vínculo inesperado con un hermano, o un trabajo tedioso, compañeros de trabajo difíciles, un jefe exigente, o un amigo falso, por no mencionar el asombro ante la presencia del mundo natural: ganado hundido hasta la canilla en las flores escarlatas del pincel indio, un prado de bonetes azules, una violeta de damasco que crece en el callejón detrás de un hospital. Porque hemos pasado por algunas de esas experiencias, o hemos vivido otras parecidas, nos dejamos llevar por ella sin apartarnos de su lado.

Realmente suceden cosas en los relatos: a alguien le arrancan de una sola vez todos los dientes de la boca; una niña acaba expulsada del colegio por golpear a una monja; un viejo muere en una cabaña en lo alto de una montaña, y sus cabras y su perro mueren también acurrucados a su lado en la cama; despiden a la profesora de historia de los jerséis mohosos por ser comunista: «... no hizo falta más. Tres palabras a mi padre. La despidieron ese mismo fin de semana y nunca volvimos a verla».

¿Será por eso por lo que resulta casi imposible abandonar una historia de Lucia Berlin una vez empiezas? ¿Será porque no dejan de suceder cosas? ¿Será también por la voz que narra, tan atrayente, tan cercana? ¿Junto con la economía, el ritmo, las imágenes, la lucidez? Estas historias te hacen olvidar lo que estabas haciendo, dónde estás, incluso quién eres.

«Esperen —empieza un relato—. Déjenme explicar...». Es una voz próxima a la de Lucia, aunque nunca idéntica. Su ingenio y su ironía fluyen a lo largo de sus historias, como también se desbordan en sus cartas: «Está tomando la medicación —me explicó una vez, en 2002, acerca de una amiga—, ¡y vaya diferencia! ¿Qué hacía la gente antes del Prozac? Apalear a los caballos, supongo».

Apalear a los caballos. ¿De dónde sacaba esas cosas? Quizá el pasado seguía tan vivo para ella como lo estaban otras culturas, otras lenguas, la política, las flaquezas humanas; su abanico de referencias es tan rico, e incluso exótico, que las telefonistas de la centralita se inclinan hacia los clavijeros como lecheras al ordeñar sus vacas; o una amiga abre la puerta con «su pelo negro [...] recogido con rulos metálicos, como un tocado de kabuki».

El pasado... Leí este pasaje de «Hasta la vista» varias veces, con fruición, con asombro, antes de darme cuenta de lo que estaba haciendo Lucia.

Una noche hacía un frío espantoso, Ben y Keith estaban durmiendo conmigo, con los monos de la nieve puestos. Los postigos batían con el viento, postigos tan viejos como Herman Melville. Era domingo, así que no había coches. Abajo en las calles pasaba el fabricante de velas, con un carro tirado por un caballo. Clop, clop. La gélida aguanieve siseaba contra las ventanas, y Max llamó. Hola, dijo. Estoy abajo en la esquina, en una cabina de teléfono.

Llegó con rosas, una botella de brandy y cuatro billetes para Acapulco. Desperté a los chicos y nos fuimos.

Entonces vivían en la parte baja de Manhattan, en una época en que la calefacción se apagaba al final de la jornada laboral, si vivías en un desván de alguno de los talleres o las fábricas de la zona. Tal vez los postigos realmente fueran tan viejos como Herman Melville, porque en algunas zonas de Manhattan había edificios industriales construidos en 1860; todavía los hay, pero menos. Aunque podría ser que estuviera exagerando otra vez: una bella exageración, en tal caso, un bello floreo. Luego sigue: «Era domingo, así que no había coches». La frase sonaba realista, así que a continuación el fabricante de velas y el carro tirado por un caballo me despistaron; lo creí y lo acepté, y solo después de volver a leerlo pensé que Lucia debía de haber saltado hacia atrás sin esfuerzo a la época de Melville, nuevamente. También el «clop, clop» es un rasgo muy suyo: sin desperdiciar palabras, añadir un detalle en su forma más esencial. El siseo del aguanieve me metió allí dentro, entre aquellas paredes, y luego la acción se aceleraba y de pronto estábamos camino a Acapulco.

Es una escritura trepidante.

Otro relato empieza con una de esas frases declarativas y directas que fácilmente imagino sacada de la propia vida de Berlin: «Llevo años trabajando en hospitales, y si algo he aprendido es que cuanto más enfermo está un paciente, menos ruido hace. Por eso los ignoro cuando llaman por el interfono». Me recuerda a las historias de William Carlos Williams cuando escribía como el médico de familia que era: sin rodeos, con franqueza, exponiendo en detalle las patologías y el tratamiento, la objetividad de sus explicaciones. Más aún que en Williams, Lucia veía en Chéjov (otro médico) un modelo y un maestro. De hecho, en una carta a Stephen Emerson afirma que lo que da vida al trabajo de ambos es ese desapego clínico, combinado con la compasión. Luego destaca también el uso que ambos hacen del detalle específico y su economía: «No se escriben palabras de más». Desapego, compasión, detalle específico, economía: parece que estamos en camino de identificar algunos de los rasgos más importantes de la buena escritura. Y aun así, siempre hay un poco más que decir.

¿Cómo lo consigue ella? Quizá porque nunca sabemos muy bien qué viene a continuación. Nada es previsible. Y aun así a la vez todo es sumamente natural, verosímil, fiel a nuestras expectativas psicológicas y emocionales.

Al final de «Doctor H. A. Moynihan», la madre parece enternecerse un poco con su padre, un viejo alcohólico, cruel e intolerante: «Ha hecho un buen trabajo —dijo mi madre». Estamos a punto de terminar la historia, y pensamos (adiestrados por años de experiencia leyendo historias) que ahora la madre transigirá, que una familia problemática puede reconciliarse, al menos por un tiempo. Sin embargo, cuando la hija le pregunta: «Ya no le odias, ¿a que no, mamá?», la respuesta, de una honestidad descarnada y en cierto modo satisfactoria, es: «Ah, sí... No te quepa duda».

Berlin es implacable, no se anda con contemplaciones, y aun así la brutalidad de la vida siempre queda atenuada por su compasión ante la fragilidad humana, por la inteligencia y la agudeza de esa voz narrativa, y su fino sentido del humor.

En un cuento titulado «Silencio», la narradora dice: «No me importa contar cosas terribles si consigo hacerlas divertidas». (Aunque algunas cosas, añade, simplemente no tenían nada de divertido.)

A veces es humor de grano grueso, como en «Atracción sexual», donde la bonita prima Bella Lynn toma un avión con la ilusión de hacer carrera en Hollywood, y lleva un sujetador hinchable para realzar el busto; pero cuando el avión alcanza la altitud de crucero, el sujetador explota.

Normalmente el humor es más sutil, una parte natural de la conversación narrativa; como cuando habla de la dificultad de comprar bebidas alcohólicas en Boulder: «Las licorerías son pesadillas mastodónticas del tamaño de unos grandes almacenes. Podrías morir de delírium trémens antes de encontrar el pasillo del Jim Beam». A continuación nos informa de que «la mejor ciudad es Albuquerque, donde las licorerías disponen de ventanillas para comprar desde el coche, así que ni siquiera te has de quitar el pijama».

Como en la vida misma, en medio de la tragedia puede aparecer la nota cómica: la hermana menor, que se está muriendo de cáncer, se lamenta: «¡Nunca volveré a ver un burro!». Y aunque al final las dos hermanas no pueden parar de reír, esa conmovedora exclamación hace mella. La muerte ha cobrado inmediatez: no más burros, no más de tantas otras cosas.

¿Adquirió esa fantástica habilidad para contar una historia de los cuentistas con los que se crió? ¿O siempre se sintió atraída por las personas que contaban historias, las buscó, aprendió de ellas? Ambas cosas, sin duda. Lucia estaba dotada de un talento natural para la forma, la estructura de un relato. ¿Natural? A lo que me refiero es a que cualquiera de sus relatos posee una estructura equilibrada, sólida, y aun así crea una poderosa ilusión de naturalidad al pasar de un tema a otro, o, en algunos casos, del presente al pasado. Incluso dentro de una misma frase, como a continuación:

> Seguí trabajando mecánicamente frente a mi escritorio, contestando llamadas, pidiendo oxígeno y técnicos de laboratorio, mientras me dejaba arrastrar por cálidas olas de sauce blanco, enredaderas de caracolillo y charcas de truchas. Las poleas y los volquetes de la mina por la noche, después de las primeras nieves. El cielo estrellado como el encaje de la reina Ana.

Sobre el desarrollo de sus relatos, Alastair Johnston explica sagazmente: «La escritura de Lucia Berlin era catártica, pero en lugar de desembocar en una epifanía, opta por evocar el punto culminante de una manera más circunspecta, dejar que el lector lo intuya. Como dijo Gloria Frym en *American Book Review*, "lo soslayaba, lo eludía, de modo que el momento se revelara por sí mismo"».

Y luego, sus finales. En tantas de sus historias, zas, el final llega de golpe, sorprendente y aun así inevitable, el desenlace orgánico del material narrativo. En «Mamá», la hermana más joven encuentra el modo de reconciliarse, al fin, con la madre difícil, pero las últimas palabras de la hermana mayor, la narradora —hablando ya consigo misma, o con nosotros—, nos toman desprevenidos. «Yo... no tengo compasión».

¿Cuál era el germen de una historia, en el caso de Lucia Berlin? Johnston ofrece una posible respuesta: «Partía de algo tan simple como la línea de una mandíbula, o una mimosa amarilla». Ella misma añadió: «Pero la imagen ha de conectar con una experiencia intensa concreta». En una carta a August Kleinzahler, describe cómo sigue adelante a partir de ahí: «De pronto despego, y entonces es simplemente como escribirte a ti ahora, solo que más legible...». Una parte de su mente, al mismo tiempo, debe mantener siempre el control sobre la forma y la secuencia de la historia, y sobre el desenlace.

Lucia decía que la historia debía ser real, sea cual fuera el sentido que eso tuviera para ella. Creo que se refería a que no fuera artificiosa, ni trivial, ni superflua: debía salir de dentro, tener peso emocional. A un alumno suyo le comentó que la historia que había escrito era demasiado ingeniosa: no trates de ser ingenioso, le dijo. En una ocasión Lucia compuso en una linotipia uno de sus propios relatos y después de tres días de trabajo volvió a fundir los moldes, porque la historia, dijo, era «falsa».

¿Y qué hay de la dificultad del material (real)?

«Silencio» es un relato en el que Lucia habla de algunos de los mismos sucesos reales que también le menciona brevemente a Kleinzahler, en una especie de taquigrafía torturada: «Lucha con Esperanza devastadora». En el relato, el tío de la narradora, John, que es alcohólico, conduce borracho con su sobrina en la camioneta. Arrolla a un niño y a un perro, y el perro queda malherido, pero no se detiene a socorrerlos. Lucia Berlin le dice a Kleinzahler, a propósito del incidente: «La desilusión cuando arrolló al chico y al perro para mí fue Espantosa». En el relato, al trasladar esa vivencia a la ficción, ese incidente y ese dolor son los mismos, pero sesgados por cierta intención subyacente. La narradora conoce a John en otro momento de la vida, cuando está felizmente casado y es un hombre afable, cordial, y que ya no bebe. Sus últimas palabras, en el relato, son: «Por supuesto a esas alturas yo ya había comprendido todas las razones por las que no pudo parar la camioneta, porque para entonces era alcohólica».

Sobre cómo abordar el material difícil, Lucia comenta: «De algún modo debe producirse una mínima alteración de la realidad. Una transformación, no una distorsión de la verdad. El relato mismo deviene la verdad, no solo para quien escribe, también para quien lee. En cualquier texto bien escrito lo que nos emociona no es identificarnos con una situación, sino reconocer esa verdad».

Una transformación, no una distorsión de la verdad.

Hace más de treinta años que sigo la obra de Lucia Berlin, desde que compré el fino volumen color crema de tapa blanda que publicó Turtle Island en 1981 con el título *Angel's Laundromat*. Cuando apareció su tercera antología ya había tenido la ocasión de conocerla personalmente, a cierta distancia, aunque no recuerdo cómo. En la página de guarda del precioso *Safe & Sound* (Poltroon Press, 1988) conservo su dedicatoria. Nunca llegamos a encontrarnos cara a cara.

Con el tiempo sus publicaciones salieron del mundo de las pequeñas editoriales para entrar en el mundo de las editoriales medianas, primero con Black Sparrow y más adelante Godine. Una de sus colecciones ganó el American Book Award, pero aun con ese reconocimiento seguía sin encontrar el amplio público lector que a esas alturas merecía.

Siempre me había quedado la idea de que en otro relato suyo aparecía una madre con sus hijos recogiendo los primeros espárragos silvestres de la primavera, pero por ahora solo la he encontrado en otra carta que me escribió en el año 2000. Previamente yo le había enviado una descripción que hace Proust de los espárragos. Ella contestaba así:

Los únicos que he visto son los silvestres, finos y verdes como lápices de colores. En Nuevo México, cuando vivíamos a las afueras de Albuquerque, cerca del río. Un día de primavera aparecían de pronto entre la maleza de la alameda. De un palmo más o menos, la altura ideal para cortarlos. Mis cuatro hijos y yo recogíamos docenas, mientras la abuela Price y sus chicos hacían una batida río abajo, y los Waggoner río arriba. Al parecer nadie los veía cuando empezaban a despuntar, solo cuando los brotes alcanzaban la altura perfecta. Uno de los niños venía corriendo y gritaba: «¡Espárragos!», justo en el mismo momento que alguien debía de dar la voz de aviso en casa de los Price y de los Waggoner.

Siempre he tenido fe en que los mejores escritores tarde o temprano suben, como la nata montada, y acaban por cosechar el reconocimiento que se les debe: se hablará de su obra, se les citará, se comentarán en clase, se llevarán a escena, al cine, se les pondrá música a sus textos, se recogerán en antologías. Quizá con el presente volumen Lucia Berlin empiece a recibir la atención que merece.

Podría citar casi cualquier fragmento de cualquiera de las historias de Lucia Berlin, por pura contemplación, por puro goce, pero aquí va un último predilecto:

¿Qué es el matrimonio, a fin de cuentas? Nunca lo he sabido muy bien. Y ahora es la muerte lo que no entiendo.

L. B.

Introducción
Por Stephen Emerson

> *Los pájaros se comieron todas las semillas de malvarrosa*
> *y delfinio que planté... Sentados ahí en fila, como en*
> *la barra de una cantina.*
>
> Carta a mí, 21 de mayo de 1995

Lucia Berlin fue la amiga más íntima que he tenido. También fue una de las escritoras más insignes con quien me he topado.

De eso último quiero hablar aquí. Su extraordinaria vida —llena de color, de aflicciones, y del heroísmo que demostró especialmente en su cruenta batalla contra el alcohol— se evoca en la nota biográfica del final.

La escritura de Lucia tiene nervio. Cuando pienso en ella, a veces imagino a un maestro de la percusión tras una batería enorme, tocando con ambas manos indistintamente una serie de tambores, tom-toms y platillos, mientras controla los pedales con los dos pies.

No es que su obra sea percusiva, es solo que pasan muchas cosas a la vez.

La prosa se abre camino a zarpazos en el papel. Desborda vitalidad. Revela.

Un curioso cochecito eléctrico, alrededor de 1950: «Parecía un coche cualquiera, salvo porque era muy alto y corto, como un coche estampado contra una pared en una tira cómica. Un coche con los pelos de punta».

En otro lugar, delante de la Lavandería Ángel, frecuentada por viajeros de paso:

Colchones sucios, tronas herrumbrosas atadas al techo de viejos Buick abollados. Sartenes aceitosas que gotean, cantimploras

21

de lienzo que gotean. Lavadoras que gotean. Los hombres se quedan en el coche bebiendo, descamisados.

Y la madre (ah, la madre):

Siempre te vestías con esmero. Liguero. Medias con costura. Una combinación de raso salmón que dejabas asomar un poco a propósito, solo para que aquellos campesinos supieran que la llevabas. Un vestido de gasa con hombreras, un broche con brillantes diminutos. Y tu abrigo. Aunque solo tenía cinco años, ya me daba cuenta de que era un abrigo viejo y raído. Granate, los bolsillos manchados y percudidos, los puños deshilachados.

Si un rasgo caracteriza su obra, es la alegría. Un bien precioso, más escaso de lo que cabría esperar. Balzac, Isaak Bábel, García Márquez acuden a la mente.

Cuando la ficción en prosa es tan expansiva como la de Lucia, se convierte en una celebración del mundo. A lo largo de la obra, se desprende una alegría que ilumina el mundo. Constata la efervescencia irrefrenable de la vida: humanidad, lugares, comida, olores, colorido, lenguaje. El mundo visto en su perpetuo movimiento, en su inclinación a la sorpresa e incluso al goce.

Va más allá de si el autor es o no pesimista, si los sucesos o emociones evocados son alegres. La tangibilidad de lo que se nos muestra es una afirmación rotunda:

La gente en los coches de alrededor comía cosas jugosas. Sandías, granadas, plátanos amoratados. Las botellas de cerveza espurreaban los techos, la espuma se derramaba por los laterales de los coches. [...] Tengo hambre, gimoteé.

La señora Snowden había previsto eso. Su mano enguantada me pasó unos hojaldres de higo envueltos en un kleenex que olía a talco. El hojaldre se expandió en mi boca como las flores japonesas.

A propósito de esa «alegría»: no, no es omnipresente. Sí, hay historias de una crudeza sin paliativos. A lo que apunto es al poso que dejan.

En «Perdidos», pongamos por caso. El final es tan conmovedor como una balada de Janis Joplin. La chica adicta, delatada por un amante inútil que es el cocinero y supervisor en el centro de desintoxicación, ha intentado seguir el programa, ha ido a las sesiones de grupo, ha sido buena. Y entonces huye. En una camioneta, con un viejo gaffer de un equipo de rodaje, se dirige a la ciudad.

Llegamos a lo alto de la loma, con el ancho valle y el río Grande a nuestros pies, la sierra de Sandía preciosa de fondo.

—Verá, jefe, lo que necesito es dinero para comprar el billete de vuelta a Baton Rouge. Son unos sesenta dólares. Si no le va mal, ¿me los podría dar?

—Tranquila. Tú necesitas un billete. Yo necesito un trago. Todo se andará.

También como una balada de Janis Joplin, el final tiene cadencia.

Por supuesto, al mismo tiempo, un humor desenfrenado anima la obra de Lucia. Al tema de la alegría, le es afín.

Ejemplo: el humor de «502», en el que se relata un episodio de alcohol al volante... sin que haya nadie al volante. (La conductora está dormida en su casa, borracha, cuando el coche aparcado echa a rodar calle abajo.) Un colega borracho, Mo, dice: «Gracias a Dios que no iba usted dentro, hermana [...] Lo primero que hice fue abrir la puerta del coche y dije: "¿Dónde se ha metido?"».

En otro relato, la madre: «Odiaba los niños. Una vez la fui a buscar a un aeropuerto cuando mis cuatro hijos eran pequeños, y chilló "¡Quítamelos de encima!", como si fueran una manada de dóbermans».

No es de extrañar que a veces los lectores de Lucia hayan hablado de «humor negro». Yo no lo veo así. Su humor era demasiado divertido, y no tenía hacha que afilar. Céline y Nathanael West, Kafka: el suyo es un territorio distinto. Además, el humor de Lucia es vivaz.

Pero si en su escritura hay un ingrediente secreto, es la impetuosidad. En la prosa misma, el viraje y la sorpresa producen un dinamismo que es una impronta de su estilo.

23

Su prosa se sincopa y salta, cambia de tono, cambia de tema. Ahí reside buena parte de su chispa.

La velocidad en la prosa no es algo de lo que se hable a menudo. Desde luego no lo suficiente.

«Panteón de Dolores» es un relato de Lucia con gran alcance y profundidad emocional, pero marcado también por esa presteza suya. Lean el pasaje que va de «No el don de escuchar, en cambio» hasta «por el nivel de contaminación».*

O este: «Mamá, tú veías la fealdad y el mal en todas partes, en todo el mundo, en todos los lugares. ¿Estabas loca o eras una visionaria?».

El último relato que Lucia escribió, «B. F. y yo», es una historia mínima. No hay golpes de efecto ni grandes temas, no hay infanticidios, ni contrabando, ni madre-hija o reconciliación. En cierto modo, eso es lo que hace tan asombroso su estilo. Es sutil; pero es ágil.

Así presenta al viejo cascado que hace chapuzas en las casas y va a trabajar a la caravana donde ella vive:

[B. F. estaba] jadeando y tosiendo después de subir los tres escalones. Era un hombre enorme, alto, muy gordo y muy viejo. Incluso desde fuera, mientras recobraba el aliento, noté su olor. Tabaco y lana sucia, sudor rancio de alcohólico. Tenía unos ojos azules de querubín inyectados en sangre, y sonreía con la mirada. Me gustó de entrada.

Ese «Me gustó de entrada». Es casi una incongruencia. Y en esa casi incongruencia reside la velocidad. Y el ingenio. (Fíjense en cuánto revela de quien lo dice.)

A escritores de este calibre, a menudo se los reconoce con una sola frase. Aquí hay una frase de esa misma historia final, todavía hablando de B. F. y su aroma:

Los olores feos tienen su encanto.

---

* En la prosa de Lucia, la puntuación es con frecuencia poco ortodoxa y a veces discordante. La velocidad es uno de los motivos. Aborrece la coma que marca una pausa que no se oiría al hablar, o que entorpece el ritmo en cualquier sentido. En otros casos, el rechazo de una coma resulta en cierta febrilidad que acrecienta ese efecto de rapidez. En general, aquí hemos evitado expurgar su puntuación. Lo mismo vale para algunas peculiaridades gramaticales arraigadas en la jerga y una especie de taquigrafía apresurada que la singulariza.

Es Lucia Berlin en estado puro. La frase roza la cursilería («feos», «encanto»), roza la candidez. Pero es sincera, y es profunda. Más allá de eso, en contraste con su tono mundano habitual, la frase suena casi falsa. Y en parte por eso es rápida. El cambio de tono, e incluso de voz, nos manda, así sin más, a un nuevo terreno.

Además, la frase es mordaz. (Cómo podría un olor feo tener «encanto» de verdad.) La mordacidad, casualmente —en que las cosas son más, y distintas, de lo que parecen—, es rápida.

En inglés, cinco palabras —«Bad smells can be nice»—, todo monosílabos.

B. F. apesta, claro, aunque Lucia no puede hablar de «peste». ¿Hedor? No. Ha de recurrir a la jerga para encontrar un término que sea potente pero conserve cierta neutralidad, que no emita un juicio.

«Tufo.» El tufo de B. F. Que nos lleva a... Proust.

«El tufo para mí fue como la madalena.»

¿Quién sino Lucia Berlin escribiría algo así? El tufo fue como la madalena.

Recopilar los cuentos para este libro ha sido una alegría en muchísimos sentidos. Uno de ellos fue descubrir que en los años transcurridos desde su último libro y su muerte, la obra había crecido en estatura.

Black Sparrow y sus primeros editores le dieron un buen espaldarazo, y es cierto que Lucia ha contado con un par de miles de lectores devotos. Pero faltan muchos. Sus relatos recompensarán a los lectores más perspicaces, a pesar de que no hay nada esotérico en ellos. Al contrario, son incitantes.

Quizá en esa época, sin embargo, fuera inevitable ceñirse al público de las pequeñas editoriales. Al fin y al cabo la vida de Lucia transcurrió, en gran medida, en los márgenes.

La bohemia de la Costa Oeste, trabajos administrativos y manuales, lavanderías, «reuniones», tiendas que venden «zapatos desparejados», y viviendas como aquella caravana fueron el telón de fondo recurrente de su vida adulta (a lo largo de la cual su porte y su distinción jamás decayeron).

Y fueron esos «márgenes», de hecho, los que infundieron esa fuerza especial a su obra.

Desde Boulder me escribió (y aquí alude al fiel compañero del final de su vida, el tanque de oxígeno):

El Área de la Bahía, Nueva York y Ciudad de México [eran] los únicos lugares donde no sentí que fuera otra. Acabo de volver de la compra y todo el mundo repetía: que tenga un buen día, y miraban mi tanque sonriendo como si fuera un caniche o un niño.

Personalmente, no puedo imaginar a nadie que no quisiera leerla.

S. E.

Lavandería Ángel

Un indio viejo y alto con unos Levi's descoloridos y un bonito cinturón zuni. Su pelo blanco y largo, anudado en la nuca con un cordón morado. Lo raro fue que durante un año más o menos siempre estábamos en la Lavandería Ángel a la misma hora. Aunque no a las mismas horas. Quiero decir que algunos días yo iba a las siete un lunes, o a las seis y media un viernes por la tarde, y me lo encontraba allí.

Con la señora Armitage había sido diferente, aunque ella también era vieja. Eso fue en Nueva York, en la Lavandería San Juan de la calle 15. Portorriqueños. El suelo siempre encharcado de espuma. Entonces yo tenía críos pequeños y solía ir a lavar los pañales el jueves por la mañana. Ella vivía en el piso de arriba, el 4-C. Una mañana en la lavandería me dio una llave y yo la cogí. Me dijo que si algún jueves no la veía por allí, hiciera el favor de entrar en su casa, porque querría decir que estaba muerta. Era terrible pedirle a alguien una cosa así, y además me obligaba a hacer la colada los jueves.

La señora Armitage murió un lunes, y nunca más volví a la Lavandería San Juan. El portero la encontró. No sé cómo.

Durante meses, en la Lavandería Ángel, el indio y yo no nos dirigimos la palabra, pero nos sentábamos uno al lado del otro en las sillas amarillas de plástico, unidas en hilera como las de los aeropuertos. Rechinaban en el linóleo rasgado y el ruido daba dentera.

El indio solía quedarse allí sentado tomando tragos de Jim Beam, mirándome las manos. No directamente, sino por el espejo colgado en la pared, encima de las lavadoras Speed Queen. Al principio no me molestó. Un viejo indio mirando fijamente mis manos a través del espejo sucio, entre un cartel amarillento de PLANCHA 1,50 $ LA DOCENA y plegarias en rótulos naranja fosforito. DIOS, CONCÉDEME LA SERENIDAD PARA ACEPTAR LAS COSAS QUE NO PUEDO CAMBIAR. Hasta que empecé a preguntarme si no tendría una especie de fetichismo con las manos. Me ponía nerviosa sentir que no dejaba de vigilarme mientras fumaba o me sonaba la nariz, mientras hojeaba revistas de hacía años. Lady Bird Johnson, cuando era primera dama, bajando los rápidos.

Al final acabé por seguir la dirección de su mirada. Vi que le asomaba una sonrisa al darse cuenta de que también yo me estaba observando las manos. Por primera vez nuestras miradas se encontraron en el espejo, debajo del rótulo NO SOBRECARGUEN LAS LAVADORAS.

En mis ojos había pánico. Me miré a los ojos y volví a mirarme las manos. Horrendas manchas de la edad, dos cicatrices. Manos nada indias, manos nerviosas, desamparadas. Vi hijos y hombres y jardines en mis manos.

Sus manos ese día (el día en que yo me fijé en las mías) agarraban las perneras tirantes de sus vaqueros azules. Normalmente le temblaban mucho y las dejaba apoyadas en el regazo, sin más. Ese día, en cambio, las apretaba para contener los temblores. Hacía tanta fuerza que sus nudillos de adobe se pusieron blancos.

La única vez que hablé fuera de la lavandería con la señora Armitage fue cuando su váter se atascó y el agua se filtró hasta mi casa por la lámpara del techo. Las luces seguían encendidas mientras el agua salpicaba arcoíris a través de ellas. La mujer me agarró del brazo con su mano fría y moribunda y dijo: «¿No es un milagro?».

El indio se llamaba Tony. Era un apache jicarilla del norte. Un día, antes de verlo, supe que la mano tersa sobre mi hombro era la suya. Me dio tres monedas de diez centavos. Al principio no entendí, estuve a punto de darle las gracias, pero entonces me di cuenta de que temblaba tanto que no podía poner en marcha la secadora. Sobrio ya es difícil. Has de girar la flecha con una mano, meter la moneda con la otra, apretar el émbolo, y luego volver a girar la flecha para la siguiente moneda.

Volvió más tarde, borracho, justo cuando su ropa empezaba a esponjarse y caer suelta en el tambor. No consiguió abrir la portezuela, perdió el conocimiento en la silla amarilla. Seguí doblando mi ropa, que ya estaba seca.

Ángel y yo llevamos a Tony al cuarto de la plancha y lo acostamos en el suelo. Calor. Ángel es quien cuelga en las paredes las plega-

28

rias y los lemas de AA. NO PIENSES Y NO BEBAS. Ángel le puso a Tony un calcetín suelto húmedo en la frente y se arrodilló a su lado.

—Hermano, créeme, sé lo que es... He estado ahí, en la cloaca, donde estás tú. Sé exactamente cómo te sientes.

Tony no abrió los ojos. Cualquiera que diga que sabe cómo te sientes es un iluso.

La Lavandería Ángel está en Albuquerque, Nuevo México. Calle 4. Comercios destartalados y chatarrerías, locales donde venden cosas de segunda mano: catres del ejército, cajas de calcetines sueltos, ediciones de *Higiene femenina* de 1940. Almacenes de cereales y legumbres, pensiones para parejas y borrachos y ancianas teñidas con henna que hacen la colada en la lavandería de Ángel. Adolescentes chicanas recién casadas van a la lavandería de Ángel. Toallas, camisones rosas, braguitas que dicen «Jueves». Sus maridos llevan monos de faena con nombres impresos en los bolsillos. Me gusta esperar hasta que aparecen en la imagen especular de las secadoras. «Tina», «Corky», «Junior».

La gente de paso va a la lavandería de Ángel. Colchones sucios, tronas herrumbrosas atadas al techo de viejos Buick abollados. Sartenes aceitosas que gotean, cantimploras de lienzo que gotean. Lavadoras que gotean. Los hombres se quedan en el coche bebiendo, descamisados, y estrujan con la mano las latas vacías de cerveza Hamm's.

Pero sobre todo son indios los que van a la lavandería de Ángel. Indios pueblo de San Felipe, Laguna o Sandía. Tony fue el único apache que conocí, en la lavandería o en cualquier otro sitio. Me gusta mirar las secadoras llenas de ropas indias y seguir los brillantes remolinos de púrpuras, naranjas, rojos y rosas hasta quedarme bizca.

Yo voy a la lavandería de Ángel. No sé muy bien por qué, no es solo por los indios. Me queda lejos, en la otra punta de la ciudad. A una manzana de mi casa está la del campus, con aire acondicionado, rock melódico en el hilo musical. *New Yorker, Ms.,* y *Cosmopolitan.* Las esposas de los ayudantes de cátedra van allí y les compran a sus hijos chocolatinas Zero y Coca-Colas. La lavandería del campus tiene un cartel, como la mayoría de las lavanderías, advirtiendo que está TERMINANTEMENTE PROHIBIDO LAVAR PRENDAS QUE DESTIÑAN. Recorrí toda la ciudad con una colcha verde en el coche hasta que entré en la lavandería de Ángel y vi un cartel amarillo que decía: AQUÍ PUEDES LAVAR HASTA LOS TRAPOS SUCIOS.

Vi que la colcha no se ponía de un color morado oscuro, aunque sí quedó de un verde más parduzco, pero quise volver de todos modos. Me gustaban los indios y su colada. La máquina de Coca-Cola rota y el suelo encharcado me recordaban a Nueva York. Portorriqueños pasando la fregona a todas horas. Allí la cabina telefónica estaba fuera de servicio, igual que la de Ángel. ¿Habría encontrado muerta a la señora Armitage si hubiera sido un jueves?

—Soy el jefe de mi tribu —dijo el indio. Llevaba un rato allí sentado, bebiendo oporto, mirándome fijamente las manos.

Me contó que su mujer trabajaba limpiando casas. Habían tenido cuatro hijos. El más joven se había suicidado, el mayor había muerto en Vietnam. Los otros dos eran conductores de autobuses escolares.

—¿Sabes por qué me gustas? —me preguntó.

—No, ¿por qué?

—Porque eres una piel roja —señaló mi cara en el espejo. Tengo la piel roja, es verdad, y no, nunca he visto a un indio de piel roja.

Le gustaba mi nombre, y lo pronunciaba a la italiana. *Lu-chí-a*. Había estado en Italia en la Segunda Guerra Mundial. Cómo no, entre sus bellos collares de plata y turquesa llevaba colgada una placa. Tenía una gran muesca en el borde.

—¿Una bala?

No, solía morderla cuando estaba asustado o caliente.

Una vez me propuso que fuéramos a echarnos en su furgoneta y descansáramos juntos un rato.

—Los esquimales lo llaman «reír juntos» —señalé el cartel verde lima, NO DEJEN NUNCA LAS MÁQUINAS SIN SUPERVISIÓN.

Nos echamos a reír, uno al lado del otro en nuestras sillas de plástico unidas. Luego nos quedamos en silencio. No se oía nada salvo el agua en movimiento, rítmica como las olas del océano. Su mano de buda estrechó la mía.

Pasó un tren. Me dio un codazo.

—¡Gran caballo de hierro! —y nos echamos a reír otra vez.

Tengo muchos prejuicios infundados sobre la gente, como que a todos los negros por fuerza les ha de gustar Charlie Parker. Los alemanes son antipáticos, los indios tienen un sentido del humor raro. Parecido al de mi madre: uno de sus chistes favoritos es el del tipo que se agacha a atarse el cordón del zapato, y viene otro, le da una paliza y dice: «¡Siempre estás atándote los cordones!». El otro es el de un camarero que está sirviendo y le echa la sopa encima al cliente, y dice: «Oiga, está hecho una sopa». Tony solía repetirme chistes de esos los días lentos en la lavandería.

Una vez estaba muy borracho, borracho violento, y se metió en una pelea con unos vagabundos en el aparcamiento. Le rompieron la botella de Jim Beam. Ángel dijo que le compraría una petaca si iba con él al cuarto de la plancha y le escuchaba. Saqué mi colada de la lavadora y la metí en la secadora mientras Ángel le hablaba de los doce pasos.

Cuando salió, Tony me puso unas monedas en la mano. Metí su ropa en una secadora mientras él se debatía con el tapón de la botella de Jim Beam. Antes de que me diera tiempo a sentarme, empezó a hablar a gritos.

—¡Soy un jefe! ¡Soy un jefe de la tribu apache! ¡Mierda!

—Tú sí que estás hecho mierda —se quedó sentado, bebiendo, mirándome las manos en el espejo—. Por eso te toca hacer la colada, ¿eh, jefe apache?

No sé por qué lo dije. Fue un comentario de muy mal gusto. A lo mejor pensé que se reiría. Y se rio, de hecho.

—¿De qué tribu eres tú, piel roja? —me dijo, observándome las manos mientras sacaba un cigarrillo.

—¿Sabes que mi primer cigarrillo me lo encendió un príncipe? ¿Te lo puedes creer?

—Claro que me lo creo. ¿Quieres fuego? —me encendió el cigarrillo y nos sonreímos. Estábamos muy cerca uno del otro, y de pronto se desplomó hacia un lado y me quedé sola en el espejo.

Había una chica joven, no en el espejo sino sentada junto a la ventana. Los rizos de su pelo en la bruma parecían pintados por Botticelli. Leí todos los carteles. DIOS, DAME FUERZAS. CUNA NUEVA A ESTRENAR (POR MUERTE DE BEBÉ).

La chica metió su ropa en un cesto turquesa y se fue. Llevé mi colada a la mesa, revisé la de Tony y puse otra moneda de diez centavos. Solo estábamos él y yo. Miré mis manos y mis ojos en el espejo. Unos bonitos ojos azules.

Una vez estuve a bordo de un yate en Viña del Mar. Acepté el primer cigarrillo de mi vida y le pedí fuego al príncipe Alí Khan. *«Enchanté»*, me dijo. La verdad es que no tenía cerillas.

Doblé la ropa y cuando llegó Ángel me fui a casa.

No recuerdo en qué momento caí en la cuenta de que nunca volví a ver a aquel viejo indio.

Doctor H. A. Moynihan

Odiaba el colegio St. Joseph. Aterrorizada por las monjas, sofocada por el calor de Texas, un día empujé a sor Cecilia y me expulsaron. Como castigo tuve que trabajar todas las vacaciones de verano en el consultorio de mi abuelo, que era dentista. Sabía que en realidad querían evitar que jugara con los niños del vecindario. Mexicanos y sirios. No había negros, pero solo era cuestión de tiempo, decía mi madre.

Estoy segura de que también querían evitarme la agonía de Mamie, mi abuela, que se estaba muriendo: sus lamentos, los rezos de sus amigas, el hedor y las moscas. Por la noche Mamie dormitaba, con la ayuda de la morfina, y mi madre y mi abuelo se quedaban bebiendo a solas, en habitaciones distintas. Desde mi cama, en el porche de atrás, los oía tomar bourbon, cada uno por su lado.

El abuelo apenas me dirigió la palabra en todo el verano. Yo esterilizaba el instrumental, les colocaba a los pacientes una toalla alrededor del cuello, sostenía el vaso de colutorio bucal y les pedía que escupieran. Cuando no había ningún paciente, mi abuelo se encerraba en el taller a hacer dentaduras o en su despacho a pegar recortes. No me permitía entrar a ninguno de los dos sitios. Recortaba artículos de Ernie Pyle y Franklin D. Roosevelt; la guerra japonesa y la alemana estaban en álbumes distintos. También tenía álbumes de Crímenes, Texas y Accidentes Rocambolescos: hombre encolerizado lanza una sandía por la ventana de un segundo piso. La sandía golpea a su mujer en la cabeza y la mata, rebota, golpea al bebé en el cochecito, lo mata también, y ni siquiera se rompe.

Todo el mundo odiaba al abuelo salvo Mamie, y yo, supongo. Por las noches se emborrachaba y tenía muy mal genio. Era cruel, intolerante y despótico. Le había sacado un ojo de un tiro a mi tío John durante una pelea, y a mi madre la había avergonzado y humillado toda la vida. Ella no le dirigía la palabra, procuraba no tenerlo cerca porque le repugnaba, se le caía la comida y escupía, dejaba cigarrillos babosos por todas partes. Iba manchado del yeso con que hacía los moldes de las dentaduras, como un pintor o una estatua.

Era el mejor dentista del oeste de Texas, quizá de todo Texas. Mucha gente opinaba así, y yo también lo creía. No era verdad que todos sus pacientes fueran viejos borrachos o amigos de la abuela, como decía mi madre. A su consulta venían hombres distinguidos, incluso desde Dallas o Houston, porque hacía unas dentaduras postizas extraordinarias. Sus dentaduras nunca resbalaban ni dejaban que se escapara el aire, y parecían completamente auténticas. Había inventado una fórmula secreta para darles el color adecuado, a veces incluso las hacía melladas o amarillentas, con empastes y coronas.

No permitía que nadie entrara en su taller, salvo los bomberos, aquella vez. Allí dentro no se había limpiado en cuarenta años. Cuando mi abuelo iba al cuarto de baño, yo aprovechaba para colarme. Las ventanas tenían una costra negra de polvo, yeso y cera. La única luz era la llama azulada de dos mecheros Bunsen. Sacos enormes de yeso apilados contra las paredes, que iba cayendo en el suelo junto con los trozos pisoteados de moldes rotos, y tarros donde guardaba dientes de diversa procedencia. Había gruesos pegotes rosados y blancos de cera en las paredes, de los que colgaban telarañas. En las estanterías se amontonaban herramientas oxidadas e hileras de dentaduras postizas, sonrientes, o del revés, ceñudas, como máscaras de teatro. El abuelo canturreaba mientras trabajaba, y los cigarrillos que tiraba a medias a menudo prendían los pegotes de cera o los envoltorios de caramelo. Apagaba esos fuegos con café, tiñendo el yeso poroso del suelo de un marrón oscuro y cavernoso.

El taller daba a un pequeño despacho, con un secreter donde él pegaba los recortes en los álbumes y rellenaba cheques. Después de firmarlos siempre sacudía la pluma, salpicando su nombre de tinta o a veces emborronando el importe, con lo que el banco tendría que llamar para verificarlo.

No había puerta entre la consulta donde atendía a los pacientes y la sala de espera. Mientras trabajaba, se volvía blandiendo la fresa en la mano a hablar con alguno de los que esperaban. Los pacientes de una extracción se recuperaban en una *chaise longue;* los demás se sentaban en las repisas de las ventanas o en los radiadores. A veces alguien se sentaba en la cabina telefónica, una taquilla de madera con un teléfono público, un ventilador, y un cartel: NUNCA HE CONOCIDO A UN HOMBRE QUE NO ME INSPIRARA SIMPATÍA.

No había revistas. Si alguien traía alguna y la dejaba al marcharse, el abuelo la tiraba a la basura. Según mi madre era solo por llevar la contraria, pero él decía que le sacaba de quicio ver a la gente hojeándolas sin hacer nada.

Cuando no se sentaban, los pacientes daban vueltas por la sala y se entretenían toqueteando las cosas que había encima de las dos cajas fuertes. Budas, calaveras con dientes falsos articuladas para abrirse y cerrarse, serpientes que te mordían si les tirabas de la cola, cúpulas en las que nevaba al darles la vuelta. En el techo había un cartel, ¿QUÉ DEMONIOS HACES MIRANDO AQUÍ ARRIBA? En las cajas fuertes guardaba el oro y la plata para los empastes, fajos de dinero y botellas de Jack Daniel's.

En todas las ventanas, que daban a la avenida principal de El Paso, se leía en grandes letras doradas DOCTOR H. A. MOYNIHAN. ABSTÉNGANSE NEGROS. Los rótulos se reflejaban en los espejos de las tres paredes restantes, y el mismo lema estaba escrito en la puerta del rellano. Nunca me sentaba de cara a la puerta, porque me daba miedo que entrara algún negro y atisbara por encima del rótulo, aunque a decir verdad nunca vi a ninguno en el edificio Caples, aparte de Jim, el ascensorista.

Cuando llamaba alguien para pedir visita, el abuelo me hacía decirles que la agenda estaba cerrada; así, conforme avanzaba el verano, cada vez había menos que hacer. Al final, justo antes de que Mamie muriera, ya no venían pacientes. El abuelo se pasaba el día encerrado en su taller o en su despacho. A veces yo subía a la azotea, desde donde se veía Juárez y todo el centro de El Paso. Me gustaba elegir a alguien entre la multitud y seguirlo con la mirada hasta que lo perdía de vista. Pero por lo general me sentaba encima del radiador y miraba Yandell Drive desde la ventana. O pasaba las horas descifrando cartas de los Amigos del Club de Fans del Capitán Marvel, a pesar de que me aburría: el código consistía simplemente en A por Z, B por Y, etcétera.

Las noches eran largas y calurosas. Las amigas de Mamie se quedaban incluso mientras ella dormía, leyendo la Biblia, o a veces cantando. El abuelo salía, al Elks, o a Juárez. El taxista del servicio nocturno le ayudaba a subir las escaleras. Mi madre iba a jugar al bridge, o eso decía, pero también llegaba borracha a casa. Los niños mexicanos jugaban en la calle hasta las tantas. Me quedaba en el porche mirando a las chicas, que jugaban a las tabas agachadas en la acera a la luz de la farola. Me moría de ganas de jugar con ellas. El sonido de las tabas me parecía mágico, caían como las escobillas de un tambor o como la lluvia, cuando una ráfaga de viento la hace rielar contra el cristal de la ventana.

Una madrugada cuando aún estaba oscuro, el abuelo vino a despertarme. Era domingo. Me vestí mientras él llamaba al taxi. Le pidió a la operadora que le pusiera con el servicio nocturno, y cuando contestaron, dijo: «¿Qué tal si nos transportamos un poco?». No respondió cuando el taxista le preguntó por qué íbamos al consultorio en domingo. La oscuridad del vestíbulo me dio escalofríos. Las cucarachas correteaban por las baldosas, y las revistas nos sonreían tras las rejillas de los buzones. El abuelo condujo el ascensor, subiendo y bajando la palanca como un poseso, hasta que después de varias sacudidas logró pararlo un poco más arriba del quinto piso y saltamos al rellano. Luego se hizo un gran silencio. Solo se oían las campanas de la iglesia y el trolebús de Juárez.

Al principio me dio miedo acompañarlo al taller, pero me agarró y me hizo entrar. Estaba oscuro, como en una sala de cine. Prendió los jadeantes mecheros Bunsen. Aun así yo no veía, no veía lo que él quería que viera. Cogió una dentadura postiza de un estante y la acercó a la llama sobre el bloque de mármol. Negué con la cabeza, sin comprender.

—Mírala, mírala.

El abuelo abrió bien la boca y, después de mirar varias veces sus dientes y los postizos, me di cuenta.

—¡Son los tuyos! —dije.

La dentadura postiza era una réplica perfecta de los dientes de la boca de mi abuelo, incluso las encías imitaban aquel rosa feo, pálido y enfermizo. Había dientes con empastes y grietas, otros con mellas o limados. Solo había cambiado un detalle, un incisivo al que le había puesto una corona de oro. Por eso era una obra de arte, dijo.

—¿Cómo conseguiste todos esos colores?

—Cojonudos, ¿eh? Qué, ¿crees que es mi obra maestra?

—Sí —le estreché la mano. Estaba muy contenta de estar allí—. ¿Cómo piensas colocártela? —le pregunté—. ¿Encajará?

Normalmente arrancaba primero todos los dientes, dejaba que las encías se curaran y luego sacaba una impresión de la encía.

—Algunos nuevos lo están haciendo así. Tomas la impresión antes de arrancar los dientes, haces la dentadura y la colocas antes de que las encías se retraigan.

—¿Cuándo te arrancarán los dientes?

—Ahora mismo. Vamos a hacerlo juntos, tú y yo. Prepara las cosas.

Enchufé el esterilizador oxidado. El cable estaba pelado; chisporroteaba. El abuelo hizo ademán de quitarlo.

—Al cuerno con...

—No —lo detuve—. Hay que esterilizarlo todo.

Se echó a reír. Puso su botella de whisky y su paquete de tabaco en la bandeja, encendió un cigarrillo y llenó de Jack Daniel's un vaso de cartón hasta el borde. Se sentó en la butaca. Ajusté el foco, le até un babero, levanté la butaca con el pedal y la recliné hacia atrás.

—Caramba, apuesto a que a muchos de tus pacientes les gustaría estar en mi lugar.

—¿Eso hierve ya?

—No —llené varios vasitos con colutorio Stom Aseptine y saqué un frasco de sales de amoniaco—. ¿Y si te desmayas? —le pregunté.

—Bueno. Entonces me los arrancas tú. Agárralos lo más cerca de la raíz que puedas, retuerce y tira a la vez. Dame un trago —le pasé un vasito de Stom Aseptine—. Muy lista.

Le pasé el whisky.

—A tus pacientes nunca les damos whisky.

—Son pacientes míos, no tuyos.

—Bueno, ya está hirviendo —vacié el esterilizador en la escupidera, tendí una toalla. Con otra fui colocando en abanico los instrumentos, sobre la bandeja encima de su pecho.

—Sostenme el espejo pequeño —dijo, y agarró las tenazas.

Me subí al reposapiés entre sus rodillas, para sostener el espejo cerca. Los tres primeros dientes salieron con facilidad. Me los iba dando y yo los tiraba al bidón que había junto a la pared. Los incisivos costaron más, sobre todo uno de los colmillos. Le entró una arcada y paró, con la raíz todavía clavada en la encía. Hizo un ruido raro y me puso las tenazas en la mano.

—¡Sácalo! —tiré con fuerza—. ¡Tijeras, idiota!

Me senté en la plancha metálica entre sus pies.

—Espera un momento, abuelo.

Me pasó el brazo por arriba para alcanzar la botella, bebió y cogió un instrumento distinto de la bandeja. Empezó a sacarse el resto de los dientes inferiores sin espejo. Crujían como raíces cercenadas de cuajo, como árboles arrancados de la tierra helada. Ploc, ploc. La sangre comenzó a gotear en la bandeja metálica donde yo estaba sentada.

Empezó a reírse con carcajadas tan fuertes que pensé que se había vuelto loco. Se abalanzó hacia mí. Asustada, pegué tal brinco que lo empujé y volvió a quedar tendido en la butaca.

—¡Arráncalos! —gritó con voz ahogada. Me asaltó el miedo; por un momento pensé que si se moría mientras se los sacaba sería un asesinato—. ¡Arráncalos! —escupió y una fina cascada roja le cayó por la barbilla.

Recliné el respaldo al máximo. Se quedó exánime, no parecía sentir cómo le retorcía las muelas superiores y tiraba hasta que salían. Se desmayó, sus labios se cerraron como unas valvas grises. Le abrí la boca y le metí una toallita de papel en uno de los lados, para poder acceder a las tres últimas muelas.

Todos los dientes estaban fuera. Intenté bajar la butaca con el pedal, pero accioné la palanca equivocada y el abuelo empezó a dar vueltas, salpicando cercos de sangre en el suelo. La butaca siguió chirriando lentamente hasta que se paró sola. Necesitaba bolsitas de té, el abuelo pedía a la gente que las mordiera para detener la hemorragia. Vacié los cajones de Mamie: polvos de talco, estampas religiosas, gracias por las flores. Las bolsitas de té estaban en un tarro detrás de la placa eléctrica.

La toallita de la boca ya se había empapado de carmesí. La tiré al suelo, le metí a presión varias bolsitas de té en la boca, se la cerré y sujeté con fuerza las mandíbulas. Grité. Sin dientes, su cara parecía una calavera, huesos blancos sobre la garganta palpitante y ensangrentada. Un monstruo espantoso, una tetera que hubiera cobrado vida, con las etiquetas amarillas y negras de Lipton colgando como banderolas en un desfile. Corrí a telefonear a mi madre. No tenía monedas, ni conseguí mover a mi abuelo para hurgar en sus bolsillos. Se había mojado los pantalones; había un charco de pis en el suelo. Una pompa sangrienta aparecía y estallaba en un orificio de la nariz con cada respiración.

Sonó el teléfono. Era mi madre. Estaba llorando. El estofado, un buen almuerzo de domingo. Hasta le había puesto pepinillos y cebollitas, como hacía Mamie.

—¡Ayuda! ¡El abuelo! —grité, y colgué.

Había vomitado. Genial, pensé, y me eché a reír, porque era absurdo pensar «genial» en esas circunstancias. Tiré las bolsitas de té al suelo inmundo, humedecí unas toallas y se las pasé por la cara. Abrí el frasco de las sales y se lo acerqué a la nariz. Me llegó el olor y me dio escalofríos.

—¡Mis dientes! —gritó el abuelo.

—¡Ya no están! —exclamé, como si le hablara a un niño—. ¡No queda ninguno!

—¡Los nuevos, idiota!

Fui a buscarlos. Los reconocí al instante, eran exactamente iguales a los que había en su boca un rato antes.

Tendió las manos, como un pordiosero de Juárez, pero le temblaban demasiado.

—Te los colocaré yo. Antes enjuágate —le di el vaso de colutorio.

Se enjuagó y escupió sin levantar la cabeza. Rocié la dentadura con peróxido y se la metí en la boca.

—¡Mira! —dije, sosteniendo el espejo de marfil de Mamie.

—¡Ostras! —se echó a reír.

—¡Una obra maestra, abuelo! —dije, riendo también, y besé su frente sudorosa.

—¡Dios mío! —chilló mi madre, acercándose hacia mí con los brazos abiertos. Resbaló con la sangre y patinó hasta los bidones de los dientes. Se agarró a mí para recuperar el equilibrio.

—Mírale los dientes, mamá.

Ni siquiera se dio cuenta. No veía la diferencia. El abuelo le sirvió un poco de Jack Daniel's. Mi madre brindó con él distraídamente y bebió.

—Estás loco, papá —dijo, y a mí me repitió—: Está loco. ¿De dónde han salido todas esas bolsitas de té?

Se oyó como un desgarro cuando mi abuelo despegó la camisa de la piel. Le ayudé a lavarse el pecho y los pliegues de la barriga. Aproveché para lavarme también, y me puse un suéter coral de Mamie. Mi madre y él bebieron en silencio, mientras esperábamos el taxi del servicio nocturno. Me encargué de manejar el ascensor al bajar, conseguí detenerlo casi a ras del suelo. Cuando llegamos a casa, el chófer ayudó al abuelo a subir las escaleras. Se paró en la puerta de Mamie, pero estaba dormida.

En la cama, el abuelo dormía también, enseñando los dientes con una sonrisa de Bela Lugosi. Debió de dolerle mucho.

—Ha hecho un buen trabajo —dijo mi madre.

—Ya no le odias, ¿a que no, mamá?

—Ah, sí... —dijo—. No te quepa duda.

Estrellas y santos

Esperen. Déjenme explicar...

De siempre me he visto envuelta en esas situaciones, como aquella mañana con el psiquiatra. Él estaba viviendo en la casita detrás de la mía mientras remodelaban la casa que se acababa de comprar. Parecía muy simpático, y además era guapo, así que por supuesto quería causarle buena impresión, y hasta le habría llevado unos pastelitos de chocolate, pero tampoco quería violentarlo. Una mañana, justo al amanecer, como de costumbre, me estaba tomando el café y contemplando desde la ventana mi jardín, que en ese momento era un prodigio, con las enredaderas de caracolillo en flor y los delfinios y el cosmos. Me sentí, bueno, me sentí rebosante de alegría... ¿Por qué titubeo al contarlo? No quiero parecer melindrosa, quiero causar buena impresión. La cuestión es que estaba contenta, y eché un puñado de alpiste en la terraza y sonreí abstraída mientras docenas de tórtolas y pinzones acudían a comer las semillas. De pronto, zas, dos gatos enormes saltaron a la terraza y empezaron a zamparse los pájaros entre una nube de plumas, en el preciso momento que el psiquiatra salía por la puerta. Me miró consternado, dijo «¡Qué horror!» y huyó. A partir de aquella mañana me evitó completamente, y no eran imaginaciones mías. Cómo habría podido explicarle que todo ocurrió muy rápido, que no sonreía porque me divirtiera la carnicería de los gatos, sino que no había dado tiempo a que mi felicidad al ver los caracolillos y los pinzones se disipara.

Desde que me alcanza la memoria siempre he tenido un don para quedar mal. Como aquella vez en Montana, cuando solo intentaba quitarle a Kent Shreve los calcetines para que pudiéramos ir descalzos, y resulta que los llevaba prendidos con imperdibles a los calzoncillos... Pero en realidad ahora quería hablar del colegio St. Joseph. A ver, los psiquiatras (por favor, no se equivoquen: no estoy obsesionada con los psiquiatras ni nada parecido) se centran demasiado en la escena primaria y la privación preedípica, me parece, e ignoran el trauma de la escuela y los otros niños, que son crueles y despiadados.

Ni siquiera entraré en lo que pasó en Vilas, la primera escuela a la que fui en El Paso. Un gran malentendido de principio a fin. Así que dos meses después de empezar el curso, en tercero de primaria, ahí estaba yo, en el parque que había enfrente del St. Joseph. Mi nuevo colegio. Completamente aterrorizada. Había creído que ir de uniforme ayudaría, pero llevaba un corsé ortopédico para la «curvatura» de mi columna (afrontémoslo, era una joroba en toda regla), así que debía usar la blusa blanca y la falda de cuadros escoceses varias tallas más grandes, y por supuesto a mi madre no se le ocurrió subirme por lo menos un poco el bajo de la falda.

Otro gran malentendido. Meses después, la celadora era sor Mercedes, la monja joven y dulce que sin duda había vivido una trágica historia de amor. Probablemente su prometido murió en la guerra, en un bombardero. Cuando desfilábamos a su lado, de dos en dos, sor Mercedes me pasaba la mano por la joroba y susurraba: «Pobre criatura, qué cruz debes soportar». ¿Y cómo iba ella a saber que a esas alturas yo ya me había convertido en una fanática religiosa, que sus inocentes palabras solo me convencían de que mi destino estaba unido a Nuestro Redentor?

(Ah, y las madres. Justamente el otro día, en el autobús, se subió una madre con su hijo, un niño pequeño. Saltaba a la vista que venía de trabajar y acababa de recogerlo de la guardería, estaba cansada pero contenta de verle, le preguntó qué tal el día. El niño le contó las cosas que había hecho. «¡Ay, eres tan especial!», exclamó ella, abrazándolo. «¡Especial significa que soy retrasado!», protestó el niño, con lagrimones en los ojos y muerto de miedo, mientras su madre seguía sonriendo con la mirada perdida, igual que yo con los pájaros.)

Aquel día en el parque supe que jamás en la vida conseguiría entrar. No ya encajar, ni siquiera entrar. En una esquina dos chicas le daban a la comba mientras, una por una, niñas preciosas de mejillas sonrosadas se metían y saltaban, saltaban, saltaban, y en el momento exacto salían y se ponían de nuevo en la cola. Pim, pam, nadie perdía el ritmo. En medio del parque había un columpio redondo, con un asiento circular que giraba vertiginosamente como un tiovivo y nunca se detenía, pero los niños risueños se subían y bajaban de un brinco sin... no solo sin caerse, sino sin cambiar el paso. Todo cuanto me rodeaba en el parque era simetría, sincronización. Dos monjas, sus rosarios entrechocando al unísono, sus caras limpias inclinándose a saludar a los niños como una sola. Tabas. La canica caía con un chasquido seco sobre el cemento, las tabas saltaban y una manita las atrapaba al vuelo con un quiebro de muñeca. Plas, plas, plas, otras niñas movían las manos en intricados juegos de palmas. «Había una vez, un pequeño holandés...» Plas, plas, plas. Deambulé por el parque, no solo incapaz de entrar, sino sintiéndome invisible. En cierto modo fue una bendición. Hui por la esquina del edificio, desde donde escuché ruidos y risas que venían de la cocina de la escuela. Desde el parque quedaba oculta, y las voces cálidas del interior me reconfortaron. Tampoco allí podía entrar, pero de pronto hubo gritos y chillidos y una monja exclamó: «Ay, no puedo, de verdad que no puedo», y supe que era mi oportunidad, porque comprendí que la monja no podía sacar los ratones muertos de las trampas. «Yo lo haré», me ofrecí. Y las monjas estaban tan complacidas que no se quejaron de verme en la cocina, más allá de que una le susurró a otra: «Protestante».

Y así fue como empezó. Además, me dieron una galleta, caliente y deliciosa, con mantequilla. Por supuesto yo había desayunado, pero estaba tan buena que la engullí y me dieron otra. A partir de entonces cada día, a cambio de vaciar y volver a colocar dos o tres trampas, no solo me dieron galletas, sino también una medalla de San Cristóbal que luego canjeaba por el almuerzo. De paso me ahorraba la vergüenza de hacer fila antes de clase para entregar los diez centavos que valían las medallas.

Por mis problemas de espalda me dejaban quedarme en el aula a la hora de gimnasia y del recreo, así que las mañanas eran el momento más difícil, porque el autocar llegaba antes de que se abriera la escuela. Me obligué a intentar hacer amigas, a hablar con las niñas de mi clase, pero no sirvió de nada. Eran todas católicas, e iban juntas desde el parvulario. Hay que decir que eran chicas simpáticas, normales. Me habían pasado de curso en la escuela, así que yo era más pequeña, y antes de la guerra solo había vivido en pueblos mineros remotos. No sabía cómo decir cosas como «¿Te gusta estudiar el Congo Belga?» o «¿Cuáles son tus pasatiempos?». Me plantaba delante de ellas y soltaba a bocajarro: «Mi tío tiene un ojo de cristal». O: «Encontré un oso pardo muerto con la cara llena de gusanos». Ellas me ignoraban, o se reían con desdén, o decían: «Mentirosa, ¡te crecerá la nariz!».

Así que durante un tiempo tuve un sitio adonde ir antes de entrar al colegio. Me sentía útil y valorada. Pero entonces oí que las niñas murmuraban «zarrapastrosa», además de «protestante», y luego empezaron a llamarme «matarratas» y «Minnie Mouse». Hice como si nada, y además la cocina me encantaba, la risa suave y las voces quedas de las monjas cocineras, vestidas con hábitos hechos a mano que parecían camisones.

Por supuesto a esas alturas ya había decidido hacerme monja, porque ellas nunca parecían nerviosas, pero sobre todo por los hábitos negros y las tocas blancas, los velos almidonados como gigantescas e inmaculadas flores de lis. Apuesto a que la Iglesia católica perdió a un montón de futuras monjas cuando empezaron a vestirse como las ordinarias guardas de los parquímetros. Entonces mi madre visitó la escuela para ver qué tal me adaptaba. Le dijeron que mi trabajo en clase era magnífico y mi comportamiento perfecto. Sor Cecilia le contó cuánto me apreciaban en la cocina, y cómo se ocupaban de que tomara un buen desayuno. Mi madre, la petulante, con su viejo abrigo raído y la boa de zorro apelmazada a la que se le habían caído los ojos de vidrio. Se quedó mortificada, indignada con el asunto de los ratones y más aún con la medalla de San Cristóbal, porque yo había seguido llevándome diez centavos cada mañana y los gastaba en caramelos al salir del colegio. Taimada ladronzuela. Zas. Zas. ¡Qué vergüenza!

Y ese fue el final de la historia, un gran malentendido de principio a fin. Por lo visto las monjas creían que merodeaba la cocina porque era una pobre chiquilla desatendida y hambrienta, y me encomendaron la tarea de las trampas por caridad, no porque les hiciera ninguna falta. El problema es que aún no veo cómo se podría haber evitado esa falsa impresión. ¿Tal vez si hubiera rechazado la galleta?

Así es como acabé rondando por la iglesia antes de entrar en la escuela y me hice el firme propósito de ser monja, o una santa. El primer misterio era que las velas colocadas al pie de cada una de las estatuas de Jesús, María y José parpadeaban y temblaban como si corrieran ráfagas de viento, a pesar de que no hubiera aberturas en la vasta nave de la iglesia y de que las puertas estaban bien cerradas. Yo creía que el espíritu de Dios en las estatuas era tan poderoso que hacía bailar y sisear las velas, trémulas de sufrimiento. Cada vez que una de las llamas se avivaba, iluminaba la sangre reseca de los pies blancos y descarnados de Cristo y parecía que volviera a manar de las heridas.

Al principio me quedaba al fondo, mareada, ebria con el olor a incienso. Me arrodillaba y rezaba. Arrodillarme era un suplicio, por mi espalda, y el corsé ortopédico se me clavaba en la columna. Estaba segura de que eso me santificaba y era una penitencia por mis pecados, pero dolía tanto que al final dejé de hacerlo, y simplemente me sentaba en la iglesia oscura hasta que sonaba la campana para entrar a clase. Por lo general no había nadie más, salvo los jueves, cuando el padre Anselmo se encerraba en el confesionario. Entraban algunas ancianas, chicas de la escuela superior, de vez en cuando una alumna de la escuela primaria, deteniéndose a arrodillarse y santiguarse de cara al altar, y arrodillándose y santiguándose de nuevo antes de meterse en el confesionario por el otro lado. Me desconcertaba cómo variaba el tiempo que unas u otras dedicaban a rezar cuando salían. Habría dado cualquier cosa por saber qué ocurría allí dentro. No recuerdo cuánto tardé en decidirme a entrar un día, con el corazón desbocado. El interior era más exquisito de lo que podría haber imaginado. Brumoso por el humo de la mirra, un cojín de terciopelo en el que arrodillarse, la Virgen mirándome desde lo alto con infinita piedad y compasión. Al otro lado de la celosía de madera estaba el padre Anselmo, que normalmente era un hombrecillo ensimismado pero que en ese momento quedaba perfilado a contraluz, como el retrato del señor del sombrero de copa en la pared de la abuela. Podía ser cualquiera... Tyrone Power, mi padre, Dios. Su voz no se parecía en nada a la del padre Anselmo, era grave y ligeramente atronadora. Me pidió que rezara una oración que yo no conocía, así que recitó las frases y las fui repitiendo, arrepentida en lo más hondo de semejante ofensa. Luego me preguntó por mis pecados. No mentí. Era la pura verdad, no tenía pecados que confesar. Ni uno solo. Estaba tan avergonzada, seguro que había algo. Busca en lo más hondo de tu corazón, hija mía... Nada. Desesperada por complacerlo, me inventé uno.

Le había pegado a mi hermana en la cabeza con un cepillo. ¿Tienes celos de tu hermana? Ay, sí, padre. Los celos son un pecado, hija mía, reza para desterrarlos. Tres avemarías. Mientras rezaba, arrodillada, me di cuenta de que era una penitencia insignificante, la próxima vez lo haría mejor. Sin embargo no habría una próxima vez. Ese día sor Cecilia me pidió que me quedara después de clase. Me supo aún peor que me tratara con tanta ternura. Entendía mi atracción por los sacramentos y los misterios de la Iglesia, ¡misterios, sí!, pero yo era protestante, y no estaba bautizada ni confirmada. Me habían aceptado en el colegio, y ella se alegraba porque era una alumna buena y obediente, pero no pertenecía a su Iglesia. Debía quedarme en el patio con los demás niños.

Me asaltó un pensamiento atroz, y saqué las cuatro estampas de santos que llevaba en el bolsillo. Cada vez que nos ponían un excelente en lectura o aritmética, conseguíamos una estrella. Los viernes, a la alumna con más estrellas le daban una estampa, parecida a un cromo de béisbol salvo porque el halo brillaba con purpurina. ¿Podía quedarme con mis santos?, le pregunté, con el corazón en un puño.

—Por supuesto que sí, y espero que consigas muchas estampas más —me sonrió y me concedió otro favor—. Y puedes seguir rezando, querida, en busca de guía espiritual. Vamos a rezar juntas el avemaría.

Cerré los ojos y recé fervorosamente a nuestra Santa Madre, que siempre tendrá la cara de sor Cecilia.

Cuando sonaba una sirena en la calle, cerca o lejos, sor Cecilia nos pedía que interrumpiéramos lo que estábamos haciendo y apoyáramos la cabeza en el pupitre para rezar un avemaría. Aún lo hago. Rezar un avemaría, quiero decir. Bueno, también suelo apoyar la cabeza en los escritorios de madera y los escucho, porque hacen ruidos, similares a las ramas mecidas por el viento, como si todavía fueran árboles. La verdad es que en aquellos tiempos me inquietaban muchas cosas, como qué insuflaba vida a las velas y de dónde procedían los sonidos de los pupitres. Si en el reino del Señor todo tiene un alma —incluso los pupitres, puesto que están dotados de voz—, debía existir un cielo. A mí el cielo me estaba vedado, porque era protestante. Iría al limbo. Hubiera preferido ir al infierno que al limbo: qué palabra tan fea, como «dingo», o «jumbo», un lugar sin ninguna dignidad.

Hablé con mi madre y le conté que quería ser católica. A ella y a mi abuelo les dio un ataque. Él quiso volver a meterme en el colegio Vilas, pero mi madre se negó, estaba lleno de mexicanos y delincuentes juveniles. Le recordé que en St. Joseph había muchos mexicanos, pero me contestó que allí eran de buenas familias. ¿Nosotros éramos una buena familia? Yo no lo sabía. Hoy día aún suelo mirar por las ventanas cuando veo a una familia sentada y me pregunto: ¿qué hacen?, ¿cómo se hablan los unos a los otros?

Sor Cecilia y otra monja vinieron a casa una tarde. No sé con qué fin, y tampoco tuvieron ocasión de decirlo. Todo fue un desastre. Mi madre llorando, y Mamie, mi abuela, llorando; el abuelo estaba borracho y la emprendió con las monjas, llamándolas cuervos. Al día siguiente temí que sor Cecilia estuviera enfadada conmigo y no se despidiera con su habitual «Adiós, querida», al dejarme sola en el aula durante el recreo; pero antes de marcharse me dio una novela de Dorothy Canfield sobre una niña huérfana y dijo que pensaba que podía gustarme. Fue el primer libro de verdad que leí, el primer libro del que me enamoré.

Sor Cecilia alababa mi trabajo en clase, y me ensalzaba delante de las otras alumnas cada vez que conseguía una estrella, o los viernes cuando me daban una estampa. Y yo me esforzaba por complacerla, encabezando siempre las cuartillas con un esmerado A. M. D. G., apresurándome a borrar la pizarra. Recitaba las oraciones con más fervor que nadie, era la primera en levantar la mano cuando nos hacía una pregunta. Ella siguió recomendándome lecturas, y una vez me regaló un marcapáginas que decía «Reza por nosotros pecadores ahora y en la hora de nuestra muerte». Se lo enseñé a Melissa Barnes en la cantina. Cometí la estupidez de creer que, como le caía bien a sor Cecilia, empezaría a caerles bien también a las otras niñas. Pero ahora, en lugar de reírse de mí, me detestaban. Cuando me levantaba para contestar en clase, susurraban: «Niña mimada, niña mimada». Sor Cecilia me eligió a mí para recoger el dinero del almuerzo y, mientras repartía las medallas, mis compañeras me decían por lo bajo: «Niña mimada».

Entonces, de buenas a primeras, mi madre se enfadó conmigo porque mi padre me escribía a mí más que a ella. Es porque yo le escribo más. No, eres su niña mimada. Un día volví a casa tarde. Había perdido el autobús de la plaza. La encontré esperándome en lo alto de las escaleras: en una mano sostenía una carta de mi padre y el sobre azul del correo por avión. Con la otra encendió una cerilla, rascándola en la uña del pulgar, y quemó la carta antes de que pudiera impedírselo. De pequeña eso siempre me asustaba, porque no veía la cerilla y pensaba que se encendía los cigarrillos con llamas que le salían del pulgar.

Dejé de hablar. No dije: «Pues ahora no voy a hablar más», simplemente poco a poco dejé de hacerlo, y cuando oía las sirenas recostaba la cabeza en el pupitre y susurraba la oración para mis adentros. Cuando sor Cecilia me preguntaba la lección, yo negaba con la cabeza y volvía a sentarme. Dejaron de darme estampas de santos y estrellas. Era demasiado tarde. Ahora me llamaban «tonta del bote». Una vez sor Cecilia se quedó en la clase hasta que las otras niñas se fueron a gimnasia.

—¿Qué te ocurre, querida? ¿Puedo ayudarte? Dime algo, por favor.

Apreté los dientes y me negué a mirarla. Sor Cecilia se fue y me quedé sentada en la penumbra de la clase. Volvió, al cabo de un rato, y me puso delante un ejemplar de *Belleza negra*.

—Este es un libro precioso, aunque muy triste. Dime, ¿estás triste por algo?

Eché a correr, dejándola allí con el libro, y me escondí en el guardarropa. Por supuesto no se usaba para guardar ropa, con el calor que hacía en Texas, sino cajas de libros de texto polvorientos. Adornos de Semana Santa. Adornos de Navidad. Sor Cecilia me siguió hasta aquel cuarto asfixiante. Me dio la vuelta y me obligó a ponerme de rodillas.

—Vamos a rezar —dijo.

Ave María, llena eres de gracia, el Señor es contigo. Bendito sea el fruto de tu vientre, Jesús... Ella recitaba con los ojos llenos de lágrimas. No pude soportar la ternura de su mirada. Al forcejear para que me soltara, la derribé sin querer. Su velo se enganchó en un perchero y se le arrancó de un tirón. No llevaba la cabeza rapada, como decían las niñas. Dio un grito y salió corriendo del guardarropa.

Me mandaron a casa ese mismo día, expulsada del colegio por agredir a una monja. No sé cómo pudo pensar que la golpeé a propósito. No fue así, ni mucho menos.

Manual para mujeres de la limpieza

42–PIEDMONT. Autobús lento hasta Jack London Square. Sirvientas y ancianas. Me senté al lado de una viejecita ciega que estaba leyendo en Braille; su dedo se deslizaba por la página, lento y silencioso, línea tras línea. Era relajante mirarla, leer por encima de su hombro. La mujer se bajó en la calle 29, donde se han caído todas las letras del cartel PRODUCTOS NACIONALES ELABORADOS POR CIEGOS, excepto CIEGOS.

La calle 29 también es mi parada, pero tengo que ir hasta el centro a cobrar el cheque de la señora Jessel. Si vuelve a pagarme con un cheque, lo dejo. Además, nunca tiene suelto para el desplazamiento. La semana pasada hice todo el trayecto hasta el banco pagándolo de mi bolsillo, y se había olvidado de firmar el cheque.

Se olvida de todo, incluso de sus achaques. Mientras limpio el polvo los voy recogiendo y los dejo en el escritorio. 10 A. M. NÁUSEAS en un trozo de papel en la repisa de la chimenea. DIARREA en el escurridero. LAGUNAS DE MEMORIA Y MAREO encima de la cocina. Sobre todo se olvida de si tomó el fenobarbital, o de que ya me ha llamado dos veces a casa para preguntarme si lo ha hecho, dónde está su anillo de rubí, etcétera.

Me sigue de habitación en habitación, repitiendo las mismas cosas una y otra vez. Voy a acabar tan chiflada como ella. Siempre digo que no voy a volver, pero me da lástima. Soy la única persona con quien puede hablar. Su marido es abogado, juega al golf y tiene una amante. No creo que la señora Jessel lo sepa, o que se acuerde. Las mujeres de la limpieza lo saben todo.

Y las mujeres de la limpieza roban. No las cosas por las que tanto sufre la gente para la que trabajamos. Al final es lo superfluo lo que te tienta. No queremos la calderilla de los ceniceros.

A saber dónde, una señora en una partida de bridge hizo correr el rumor de que para poner a prueba la honestidad de una mujer de la limpieza hay que dejar un poco de calderilla, aquí y allá, en ceniceros de porcelana con rosas pintadas a mano. Mi solución es añadir siempre algunos peniques, incluso una moneda de diez centavos.

En cuanto me pongo a trabajar, antes de nada compruebo dónde están los relojes, los anillos, los bolsos de fiesta de lamé dorado. Luego, cuando vienen con las prisas, jadeando sofocadas, contesto tranquilamente: «Debajo de su almohada, detrás del inodoro verde sauce». Creo que lo único que robo, de hecho, son somníferos. Los guardo para un día de lluvia.

Hoy he robado un frasco de semillas de sésamo Spice Islands. La señora Jessel apenas cocina. Cuando lo hace, prepara pollo al sésamo. La receta está pegada en la puerta del armario de las especias, por dentro. Guarda una copia en el cajón de los sellos y los cordeles, y otra en su agenda. Siempre que encarga pollo, salsa de soja y jerez, pide también un frasco de semillas de sésamo. Tiene quince frascos de semillas de sésamo. Catorce, ahora.

Me senté en el bordillo a esperar el autobús. Otras tres sirvientas, negras con uniforme blanco, se quedaron de pie a mi lado. Son viejas amigas, hace años que trabajan en Country Club Road. Al principio todas estábamos indignadas... el autobús se adelantó dos minutos y lo perdimos. Maldita sea. El conductor sabe que las sirvientas siempre están ahí, que el 42 a Piedmont pasa solo una vez cada hora.

Fumé mientras ellas comparaban el botín. Cosas que se habían llevado... laca de uñas, perfume, papel higiénico. Cosas que les habían dado... pendientes desparejados, veinte perchas, sujetadores rotos.

(Consejo para mujeres de la limpieza: aceptad todo lo que la señora os dé, y decid gracias. Luego lo podéis dejar en el autobús, en el hueco del asiento.)

Para meterme en la conversación les enseñé mi frasco de semillas de sésamo. Se rieron a carcajadas.

—¡Ay, chica! ¿Semillas de sésamo?

Me preguntaron cómo aguantaba tanto con la señora Jessel. La mayoría no repiten más de tres veces. Me preguntaron si es verdad que tiene ciento cuarenta pares de zapatos. Sí, pero lo malo es que la mayoría son idénticos.

La hora pasó volando. Hablamos de las señoras para las que trabajamos. Nos reímos, no sin un poso de amargura.

50

Las mujeres de la limpieza de toda la vida no me aceptan de buenas a primeras. Y además, me cuesta conseguir trabajo en esto, porque soy «instruida». Sé que ahora mismo no puedo buscarme otra cosa. He aprendido a contarles a las señoras desde el principio que mi marido alcohólico acaba de morir y me he quedado sola con mis cuatro hijos. Hasta ahora nunca había trabajado, criando a los niños y demás.

43–SHATTUCK–BERKELEY. Los bancos con carteles de SATURACIÓN PUBLICITARIA están empapados todas las mañanas. Le pedí fuego a un hombre y me dio la caja de cerillas. EVITEMOS EL SUICIDIO. Era de esas que, absurdamente, llevan la banda de fósforo detrás. Más vale prevenir.

Al otro lado de la calle, la mujer de la tintorería estaba barriendo la acera. A ambos lados de su puerta revoloteaban hojas y basura. Ahora es otoño, en Oakland.

Esa misma tarde, al volver de limpiar en casa de Horwitz, la acera de la tintorería volvía a estar cubierta de hojas y porquería. Tiré mi billete de transbordo. Siempre compro billete de transbordo. A veces los regalo, pero normalmente me los quedo.

Ter solía burlarse de esa manía mía de guardarlo siempre todo.

—Vamos, Maggie May, en este mundo no te puedes aferrar a nada. Excepto a mí, quizá.

Una noche en Telegraph Avenue me desperté al notar que me ponía la anilla de una lata de Coors en la palma de la mano y me cerraba el puño. Abrí los ojos y lo vi sonriendo. Terry era un vaquero joven, de Nebraska. No le gustaba ver películas extranjeras. Ahora sé que era porque no le daba tiempo a leer los subtítulos.

Las raras veces que Ter leía un libro, arrancaba las páginas a medida que las pasaba y las iba tirando. Al volver a casa, donde las ventanas siempre estaban abiertas o rotas, me encontraba un remolino de hojas en la habitación, como palomas en un aparcamiento del Safeway.

33–BERKELEY EXPRESS. ¡El autobús se perdió! El conductor se pasó de largo en el desvío de SEARS para tomar la autopista. Todo el mundo empezó a tocar el timbre mientras el hombre, avergonzado, giraba a la izquierda en la calle 27. Acabamos atascados en un callejón sin salida. La gente se asomaba a las ventanas a ver el autobús. Cuatro hombres se bajaron para ayudarle a retroceder entre los coches que había aparcados en la calle estrecha. Una vez en la autopista, empezó a acelerar como un loco. Daba miedo. Hablábamos unos con otros, emocionados por el suceso.

Hoy toca la casa de Linda.

(Mujeres de la limpieza: como norma general, no trabajéis para las amigas. Tarde o temprano se molestan contigo porque sabes demasiado de su vida. O dejan de caerte bien, por lo mismo.)

Pero Linda y Bob son buenos amigos, de hace tiempo. Siento su calidez aunque no estén ahí. Esperma y confitura de arándanos en las sábanas. Quinielas del hipódromo y colillas en el cuarto de baño. Notas de Bob a Linda: «Compra tabaco y lleva el coche a... du-duá, du-duá». Dibujos de Andrea con amor para mamá. Cortezas de pizza. Limpio los restos de coca del espejo con Windex.

Es el único sitio donde trabajo que no está impecable, para empezar. Más bien está hecho un asco. Cada miércoles subo como Sísifo las escaleras que llevan al salón de su casa, donde siempre parece que estén en mitad de una mudanza.

No gano mucho dinero con ellos porque no les cobro por horas, ni el transporte. No me dan la comida, por supuesto. Trabajo duro de verdad. Pero también paso muchos ratos sentada, me quedo hasta muy tarde. Fumo y leo el *New York Times,* libros porno, *Cómo construir una pérgola.* Sobre todo miro por la ventana la casa de al lado, donde viví un tiempo. El 2129 ½ de Russell Street. Miro el árbol que da peras de madera, con las que Ter hacía tiro al blanco. En la cerca brillan los perdigones incrustados. El rótulo de BEKINS que iluminaba nuestra cama por la noche. Echo de menos a Ter y fumo. Los trenes no se oyen de día.

40—TELEGRAPH AVENUE—ASILO DE MILLHAVEN. Cuatro ancianas en sillas de ruedas contemplan la calle con mirada vidriosa. Detrás, en el puesto de enfermeras, una chica negra preciosa baila al son de «I Shot the Sheriff». La música está alta, incluso para mí, pero las ancianas ni siquiera la oyen. Más abajo, tirado en la acera, hay un cartel burdo: INSTITUTO DEL CÁNCER 13:30.

El autobús se retrasa. Los coches pasan de largo. La gente rica que va en coche nunca mira a la gente de la calle, para nada. Los pobres siempre lo hacen... De hecho, a veces parece que simplemente vayan en el coche dando vueltas, mirando a la gente de la calle. Yo lo he

52

hecho. La gente pobre está acostumbrada a esperar. La Seguridad Social, la cola del paro, lavanderías, cabinas telefónicas, salas de urgencias, cárceles, etcétera.

Mientras esperábamos el 40, nos pusimos a mirar el escaparate de la LAVANDERÍA DE MILL Y ADDIE. Mill había nacido en un molino, en Georgia. Estaba tumbado sobre una hilera de cinco lavadoras, instalando un televisor enorme en la pared. Addie hacía pantomimas para nosotros, simulando que el televisor se iba a caer en cualquier momento. Los transeúntes se paraban también a mirar a Mill. Nos veíamos reflejados en la pantalla, como en un programa de cámara oculta.

Calle abajo hay un gran funeral negro en FOUCHÉ. Antes pensaba que el cartel de neón decía «touché», y siempre imaginaba a la muerte enmascarada, apuntándome al corazón con un florete.

He reunido ya treinta pastillas, entre los Jessel, los Burn, los McIntyre, los Horwitz y los Blum. En cada una de esas casas donde trabajo hay un arsenal de anfetas o sedantes que bastaría para dejar fuera de circulación a un ángel del infierno durante veinte años.

18–PARK BOULEVARD–MONTCLAIR. Centro de Oakland. Hay un indio borracho que ya me conoce, y siempre me dice: «Qué vueltas da la vida, cielo».

En Park Boulevard un furgón azul de la policía del condado, con las ventanas blindadas. Dentro hay una veintena de presos de camino a comparecer ante el juez. Los hombres, encadenados juntos y vestidos con monos naranjas, se mueven casi como un equipo de remo. Con la misma camaradería, a decir verdad. El interior del furgón está oscuro. En la ventanilla se refleja el semáforo. Ámbar DESPACIO DESPACIO. Rojo STOP STOP.

Una hora larga de modorra hasta las colinas neblinosas de Montclair, un próspero barrio residencial. Solo van sirvientas en el autobús. Al pie de la Iglesia Luterana de Sion hay un letrero grande en blanco y negro que dice PRECAUCIÓN: TERRENO RESBALADIZO. Cada vez que lo veo, se me escapa la risa. Las otras mujeres y el conductor se vuelven y me miran. A estas alturas ya es un ritual. En otra época me santiguaba automáticamente cuando pasaba delante de una iglesia católica. Tal vez dejé de hacerlo porque en el autobús la gente siempre se daba la vuelta y miraba. Sigo rezando automáticamente un avemaría, en silencio, siempre que oigo una sirena. Es un incordio, porque vivo en Pill Hill, un barrio de Oakland lleno de hospitales; tengo tres a un paso.

Al pie de las colinas de Montclair mujeres en Toyotas esperan a que sus sirvientas bajen del autobús. Siempre me las arreglo para subir a Snake Road con Mamie y su señora, que dice: «¡Caramba, Mamie, tú tan preciosa con esa peluca atigrada, y yo con esta facha!». Mamie y yo fumamos.

Las señoras siempre suben la voz un par de octavas cuando les hablan a las mujeres de la limpieza o a los gatos.

(Mujeres de la limpieza: nunca os hagáis amigas de los gatos, no les dejéis jugar con la mopa, con los trapos. Las señoras se pondrán celosas. Aun así, nunca los ahuyentéis de malos modos de una silla. En cambio, haceos siempre amigas de los perros, pasad cinco o diez minutos rascando a Cherokee o Smiley nada más llegar. Acordaos de bajar la tapa de los inodoros. Pelos, goterones de baba.)

Los Blum. Este es el sitio más raro en el que trabajo, la única casa realmente bonita. Los dos son psiquiatras. Son consejeros matrimoniales, con dos «preescolares» adoptados.

(Nunca trabajéis en una casa con «preescolares». Los bebés son geniales. Puedes pasar horas mirándolos, acunándolos en brazos. Con los críos más mayores... solo sacarás alaridos, Cheerios secos, hacerte inmune a los accidentes y el suelo lleno de huellas del pijama de Snoopy.)

(Nunca trabajéis para psiquiatras, tampoco. Os volveréis locas. Yo también podría explicarles a ellos un par de cosas... ¿Zapatos con alzas?)

El doctor Blum está en casa, otra vez enfermo. Tiene asma, por el amor de Dios. Va dando vueltas en albornoz, rascándose una pierna peluda y pálida con la alpargata.

La, la, la, la, Mrs. Robinson... Tiene un equipo estéreo de más de dos mil dólares y cinco discos. Simon & Garfunkel, Joni Mitchell y tres de los Beatles.

Se queda en la puerta de la cocina, rascándose ahora la otra pierna. Me alejo contoneándome con la fregona hacia el *office,* mientras él me pregunta por qué elegí este tipo de trabajo en particular.

—Supongo que por culpabilidad, o por rabia —digo con desgana.

—Cuando se seque el suelo, ¿podré prepararme una taza de té?

—Mire, vaya a sentarse. Ya se lo preparo yo. ¿Azúcar o miel?

—Miel. Si no es mucha molestia. Y limón, si no es...

—Vaya a sentarse —le llevo el té.

Una vez le traje una blusa negra de lentejuelas a Natasha, que tiene cuatro años, para que se engalanara. La doctora Blum puso el grito en el cielo y dijo que era sexista. Por un momento pensé que me estaba acusando de intentar seducir a Natasha. Tiró la blusa a la basura. Conseguí rescatarla y ahora me la pongo de vez en cuando, para engalanarme.

(Mujeres de la limpieza: aprenderéis mucho de las mujeres liberadas. La primera fase es un grupo de toma de conciencia feminista; la segunda fase es una mujer de la limpieza; la tercera, el divorcio.)

Los Blum tienen un montón de pastillas, una plétora de pastillas. Ella tiene estimulantes, él tiene tranquilizantes. El señor doctor Blum tiene pastillas de belladona. No sé qué efecto hacen, pero me encantaría llamarme así.

Una mañana los oí hablando en el *office* de la cocina y él dijo: «¡Hagamos algo espontáneo hoy, llevemos a los niños a volar una cometa!».

Me robó el corazón. Una parte de mí quiso irrumpir en la escena como la sirvienta de la tira cómica del *Saturday Evening Post*. Se me da muy bien hacer cometas, conozco varios sitios con buen viento en Tilden. En Montclair no hay viento. La otra parte de mí encendió la aspiradora para no oír lo que ella le contestaba. Fuera llovía a cántaros.

El cuarto de los juguetes era una leonera. Le pregunté a Natasha si Todd y ella realmente jugaban con todos aquellos juguetes. Me dijo que los lunes al levantarse los tiraban por el suelo, porque era el día que iba yo a limpiar.

—Ve a buscar a tu hermano —le dije.

Los había puesto a recoger cuando entró la señora Blum. Me sermoneó sobre las interferencias y me dijo que se negaba a «imponer culpabilidad o deberes» a sus hijos. La escuché, malhumorada. Luego, como si se le ocurriera de pronto, me pidió que desenchufara el frigorífico y lo limpiara con amoniaco y vainilla.

¿Amoniaco y vainilla? A partir de ahí dejé de odiarla. Una cosa tan simple. Me di cuenta de que realmente quería vivir en un hogar acogedor, que no quería imponer culpabilidad o deberes a sus hijos. Más tarde me tomé un vaso de leche, y sabía a amoniaco y vainilla.

40–TELEGRAPH AVENUE–BERKELEY. Lavandería de Mill y Addie. Addie está sola dentro, limpiando los cristales del escaparate. Detrás de ella, encima de una lavadora, hay una enorme cabeza de pescado en una bolsa de plástico. Ojos ciegos y perezosos. Un amigo, el señor Walker, les lleva cabezas de pescado para hacer caldo. Addie traza círculos inmensos de espuma blanca en el vidrio. Al otro lado de la calle, en la guardería St. Luke, un niño cree que lo está saludando. La saluda, haciendo los mismos gestos con los brazos. Addie para, sonríe y lo saluda de verdad. Llega mi autobús. Toma Telegraph Avenue hacia Berkeley. En el escaparate del SALÓN DE BELLEZA VARITA MÁGICA hay una estrella de papel de plata pegada a un matamoscas. Al lado, tienda de ortopedia con dos manos suplicantes y una pierna.

Ter se negaba a ir en autobús. Ver a la gente ahí sentada lo deprimía. Le gustaban las estaciones de autobuses, en cambio. Íbamos a menudo a las de San Francisco y Oakland. Sobre todo a la de Oakland, en San Pablo Avenue. Una vez me dijo que me amaba porque yo era como San Pablo Avenue.

Él era como el vertedero de Berkeley. Ojalá hubiera un autobús al vertedero. Íbamos allí cuando añorábamos Nuevo México. Es un lugar inhóspito y ventoso, y las gaviotas planean como los chotacabras del desierto al anochecer. Allá donde mires, se ve el cielo. Los camiones de basura retumban por las carreteras entre vaharadas de polvo. Dinosaurios grises.

No sé cómo salir adelante ahora que estás muerto, Ter. Aunque eso ya lo sabes.

Es como aquella vez en el aeropuerto, cuando estabas a punto de embarcar para Albuquerque.

—Mierda, no puedo irme. Nunca vas a encontrar el coche.

O aquella otra vez, cuando te ibas a Londres.

—¿Qué vas a hacer cuando me vaya, Maggie? —repetías sin parar.

—Haré macramé, chaval.

—¿Qué vas a hacer cuando me vaya, Maggie?

—¿De verdad crees que te necesito tanto?

—Sí —contestaste. Sin más, una afirmación rotunda de Nebraska.

Mis amigos dicen que me recreo en la autocompasión y el remordimiento. Que ya no veo a nadie. Cuando sonrío, sin querer me tapo la boca con la mano.

Voy juntando somníferos. Una vez hicimos un pacto: si para 1976 las cosas no se arreglaban, nos mataríamos a tiros al final del muelle. Tú no te fiabas de mí, decías que te dispararía y echaría a correr, o me mataría yo primero, cualquier cosa. Estoy harta de bregar, Ter.

58–UNIVERSIDAD–ALAMEDA. Las viejecitas de Oakland van todas al centro comercial Hink, en Berkeley. Las viejecitas de Berkeley van al centro comercial Capwell, en Oakland. En este autobús todos son jóvenes y negros, o viejos y blancos, incluidos los conductores. Los conductores viejos blancos son cascarrabias y nerviosos, especialmente en la zona del Politécnico de Oakland. Siempre paran con un frenazo, gritan a los que fuman o van escuchando la radio. Dan bandazos y se detienen en seco, haciendo que las viejecitas se choquen contra las barras. A las viejecitas les salen cardenales en los brazos, instantáneamente.

Los conductores jóvenes negros van rápido, surcan Pleasant Valley Road pasándose todos los semáforos en ámbar. Sus autobuses son ruidosos y echan humo, pero no dan bandazos.

Hoy me toca la casa de la señora Burke. También tengo que dejarla. Ahí nunca cambia nada. Nunca hay nada sucio. Ni siquiera entiendo para qué voy. Hoy me sentí mejor. Al menos he entendido lo de las treinta botellas de Lancers Rosé. Antes había treinta y una. Por lo visto ayer fue su aniversario de bodas. Encontré dos colillas de cigarrillo en el cenicero del marido (en lugar de la que hay siempre), una copa de vino (ella no bebe) y la botella en cuestión. Los trofeos de petanca estaban ligeramente desplazados. Nuestra vida juntos.

Ella me enseñó mucho sobre el gobierno de la casa. Coloca el rollo de papel de váter de manera que salga por abajo. Abre la lengüeta del detergente solo hasta la mitad. Quien guarda halla. Una vez, en un ataque de rebeldía, rasgué la lengüeta de un tirón con tan mala suerte que el detergente se vertió y cayó en los quemadores de la cocina. Un desastre.

(Mujeres de la limpieza: que sepan que trabajáis a conciencia. El primer día dejad todos los muebles mal colocados, que sobresalgan un palmo o queden un poco torcidos. Cuando limpiéis el polvo, poned los gatos siameses mirando hacia otro lado, la jarrita de la leche a la izquierda del azucarero. Cambiad el orden de los cepillos de dientes.)

Mi obra maestra en este sentido fue cuando limpié encima del frigorífico de la señora Burke. A ella no se le escapa nada, pero si yo no hubiera dejado la linterna encendida no se habría dado cuenta de que me había entretenido en rascar y engrasar la plancha, en reparar la figurita de la geisha, y de paso en limpiar la linterna.

Hacer mal las cosas no solo les demuestra que trabajas a conciencia, sino que además les permite ser estrictas y mandonas. A la mayoría de las mujeres estadounidenses les incomoda mucho tener sirvientas. No saben qué hacer mientras estás en su casa. A la señora Burke le da por repasar la lista de felicitaciones de Navidad y planchar el papel de regalo del año anterior. En agosto.

Procurad trabajar para judíos o negros. Te dan de comer. Pero sobre todo porque las mujeres judías y negras respetan el trabajo, el trabajo que haces, y además no se avergüenzan en absoluto de pasarse el día entero sin hacer nada de nada. Para eso te pagan, ¿no?

Las mujeres de la Orden de la Estrella de Oriente son otra historia. Para que no se sientan culpables, intentad siempre hacer algo que ellas no harían nunca. Encaramaos a los fogones para restregar del techo las salpicaduras de una Coca-Cola reventada. Encerraos dentro de la mampara de la ducha. Retirad todos los muebles, incluido el piano, y ponedlos contra la puerta. Ellas nunca harían esas cosas, y además así no pueden entrar.

Menos mal que siempre están enganchadas como mínimo a un programa de televisión. Dejo la aspiradora encendida media hora (un sonido relajante) y me tumbo debajo del piano con un trapo de limpiar el polvo en la mano, por si acaso. Simplemente me quedo ahí tumbada, tarareando y pensando. No quise identificar tu cadáver, Ter, aunque eso trajo muchas complicaciones. Temía empezar a pegarte por lo que habías hecho. Morir.

El piano de los Burke lo dejo para el final. Lo malo es que la única partitura que hay en el atril es el himno de la Marina. Siempre acabo marchando a la parada del autobús al ritmo de «From the Halls of Montezuma...».

58–UNIVERSIDAD–BERKELEY. Un conductor viejo blanco cascarrabias. Lluvia, retrasos, gente apretujada, frío. Navidad es una mala época para los autobuses. Una hippy joven colocada empezó a gritar «¡Quiero bajarme de este puto autobús!». «¡Espera a la próxima parada!», le gritó el conductor. Una mujer de la limpieza gorda que iba sentada delante de mí vomitó y ensució las galochas de la gente y una de mis botas. El olor era asqueroso y varias personas se bajaron en la siguiente parada, como ella. El conductor paró en la gasolinera Arco de Alcatraz y trajo una manguera para limpiarlo, pero lo único que hizo fue echarlo hacia atrás y encharcar aún más el suelo. Estaba colorado y rabioso, y se saltó un semáforo; nos puso a todos en peligro, dijo el hombre que había a mi lado.

En el Politécnico de Oakland una veintena de estudiantes con radios esperaban detrás de un hombre prácticamente impedido. La Seguridad Social está justo al lado del Politécnico. Mientras el hombre subía al autobús, con muchas dificultades, el conductor gritó «¡Ah, por el amor de Dios!», y el hombre pareció sorprendido.

Otra vez la casa de los Burke. Ningún cambio. Tienen diez relojes digitales y los diez están en hora, sincronizados. El día que me vaya, los desenchufaré todos.

Finalmente dejé a la señora Jessel. Seguía pagándome con un cheque, y en una ocasión me llamó cuatro veces en una sola noche. Llamé a su marido y le dije que tengo mononucleosis. Ella no se acuerda de que me he ido, anoche me llamó para preguntarme si la había visto un poco pálida. La echo de menos.

Una señora nueva, hoy. Una señora de verdad.

(Nunca me veo como «señora de la limpieza», aunque así es como te llaman: su señora o su chica.)

La señora Johansen. Es sueca y habla inglés con mucha jerga, como los filipinos.

Cuando abrió la puerta, lo primero que me dijo fue: «¡Santo cielo!».

—Uy. ¿Llego demasiado pronto?

—En absoluto, querida.

Invadió el escenario. Una Glenda Jackson de ochenta años. Quedé hechizada. (Mirad, ya estoy hablando como ella.) Hechizada en el recibidor.

En el recibidor, antes incluso de quitarme el abrigo, el abrigo de Ter, me puso al día sobre su vida.

Su marido, John, había muerto hacía seis meses. A ella lo que más le costaba era dormir. Se aficionó a hacer puzles. (Señaló la mesita de la sala de estar, donde el Monticello de Jefferson estaba casi terminado, salvo por un agujero protozoario, arriba a la derecha.)

Una noche se enfrascó tanto en el puzle que ni siquiera durmió. Se olvidó, ¡se olvidó de dormir! Y hasta de comer, para colmo. Cenó a las ocho de la mañana. Luego se echó una siesta, se despertó a las dos, desayunó a las dos de la tarde y salió y se compró otro puzle.

Cuando John vivía era Desayuno a las 6, Almuerzo a las 12, Cena a las 6. Los tiempos han cambiado, ¡a mí me lo van a decir!

—Así que no, querida, no llegas demasiado pronto —concluyó—. Solo que quizá me vaya de cabeza a la cama en cualquier momento.

Yo seguía de pie en el recibidor, acalorada, sin apartar la mirada de los ojos radiantes y somnolientos de mi nueva señora, como si los cuervos fueran a hablar.

Lo único que tenía que hacer era limpiar las ventanas y aspirar la moqueta; pero antes de aspirar la moqueta, encontrar la pieza que faltaba del puzle. Cielo con unas hojas de arce. Sé que se ha perdido.

Disfruté en el balcón, limpiando las ventanas. Aunque hacía frío, el sol me calentaba la espalda. Dentro, ella siguió con su puzle. Absorta, pero sin dejar de posar en ningún momento. Se notaba que había sido muy hermosa.

Después de las ventanas vino la tarea de buscar la pieza del puzle. Repasar centímetro a centímetro la alfombra verde, encontrar entre las largas hebras migas de biscotes, gomas elásticas del *Chronicle*. Estaba encantada, era el mejor trabajo que había tenido nunca. A ella le «importaba un rábano» si fumaba o no, así que seguí gateando por el suelo mientras fumaba, deslizando el cenicero a mi lado.

Encontré la pieza lejos de la mesita donde estaba el puzle, al otro lado del salón. Era cielo, con unas hojas de arce.

—¡La encontré! —gritó—. ¡Sabía que se había perdido!

—¡Yo la he encontrado! —exclamé.

Entonces pude pasar la aspiradora, y entretanto ella terminó el puzle con un suspiro. Al irme le pregunté cuándo creía que me necesitaría otra vez.

—Ah... ¿qué será, será? —dijo ella.

—Lo que tenga que ser... será —dije, y las dos nos reímos.

Ter, en realidad no tengo ningunas ganas de morir.

40–TELEGRAPH AVENUE. Parada del autobús delante de la LAVANDERÍA DE MILL Y ADDIE, que está abarrotada de gente haciendo turno para las lavadoras, pero en un clima festivo, como si esperaran una mesa. Charlan de pie al otro lado de la vidriera, tomando latas verdes de Sprite. Mill y Addie alternan como estupendos anfitriones, dando cambio a los clientes. En la televisión, la Orquesta Estatal de Ohio toca el himno nacional. Arrecia la nieve en Michigan.

Es un día frío, claro de enero. Cuatro motoristas con patillas aparecen por la esquina de la calle 29 como la cola de una cometa. Una Harley pasa muy despacio por delante de la parada del autobús y varios críos saludan al motorista greñudo desde la caja de una ranchera, una Dodge de los años cincuenta. Lloro, al fin.

Mi jockey

Me gusta trabajar en Urgencias, por lo menos ahí se conocen hombres. Hombres de verdad, héroes. Bomberos y jockeys. Siempre vienen a las salas de urgencias. Las radiografías de los jinetes son alucinantes. Se rompen huesos constantemente, pero se vendan y corren la siguiente carrera. Sus esqueletos parecen árboles, parecen brontosaurios reconstruidos. Radiografías de San Sebastián.

Suelo atenderlos yo, porque hablo español y la mayoría son mexicanos. Mi primer jockey fue Muñoz. Dios. Me paso el día desvistiendo a la gente y no es para tanto, apenas tardo unos segundos. Muñoz estaba allí tumbado, inconsciente, un dios azteca en miniatura, pero con aquella ropa tan complicada fue como ejecutar un elaborado ritual. Exasperante, porque no se acababa nunca, como cuando Mishima tarda tres páginas en quitarle el kimono a la dama. La camisa de raso morada tenía muchos botones a lo largo del hombro y en los puños que rodeaban sus finas muñecas; los pantalones estaban sujetos con intrincados lazos, nudos precolombinos. Sus botas olían a estiércol y sudor, pero eran tan blandas y delicadas como las de Cenicienta. Entretanto él dormía, un príncipe encantado.

Empezó a llamar a su madre incluso antes de despertarse. No solo me agarró de la mano, como algunos pacientes hacen, sino que se colgó de mi cuello, sollozando «*¡Mamacita, mamacita!*»*. La única forma de que consintiera que el doctor Johnson lo examinara fue acunándolo en mis brazos como a un bebé. Era pequeño como un niño, pero fuerte, musculoso. Un hombre en mi regazo. ¿Un hombre de ensueño? ¿Un bebé de ensueño?

El doctor Johnson me pasaba una toalla húmeda por la frente mientras yo traducía. La clavícula estaba fracturada, había al menos

---

* Se mantiene la cursiva original de las expresiones y de los diálogos en español, rasgo característico de los relatos de Lucia Berlin. *(N. de la T.)*

tres costillas rotas, probablemente una conmoción cerebral. No, dijo Muñoz. Debía correr en las carreras del día siguiente. Llévelo a Rayos X, dijo el doctor Johnson. Puesto que no quiso tumbarse en la camilla, lo llevé en brazos por el pasillo, estilo King Kong. Muñoz sollozaba, aterrorizado; sus lágrimas me mojaron el pecho.

Esperamos en la sala oscura al técnico de Rayos X. Lo tranquilicé igual que habría hecho con un caballo. *«Cálmate, lindo, cálmate. Despacio... despacio.»* Se aquietó en mis brazos, resoplaba y roncaba suavemente. Acaricié su espalda tersa. Se estremeció, lustrosa como el lomo de un potro soberbio. Fue maravilloso.

El Tim

Una monja se quedaba junto a la puerta de cada aula, sus hábitos negros flotando hacia el pasillo con el viento. Las voces de la clase de primero, rezaban «Dios te salve, María, llena eres de gracia, el Señor es contigo». Al otro lado del pasillo empezaba la clase de segundo, con voz clara, «Dios te salve, María, llena eres de gracia». Me detenía en el centro del edificio y esperaba a oír las voces triunfales de la clase de tercero, a las que se unían entonces las de primero, «Padre nuestro que estás en los cielos», y las de la clase de cuarto, a continuación, graves, «Dios te salve, María, llena eres de gracia».

A medida que los niños se hacían mayores rezaban más deprisa, de manera que poco a poco sus voces empezaban a acompasarse, a fundirse en un súbito canto jubiloso... «En el nombre del Padre, del Hijo y del Espíritu Santo. Amén.»

Yo enseñaba español en el nuevo módulo de secundaria, que parecía un juguete de colores plantado en la otra punta del patio. Cada mañana, antes de clase, pasaba por la escuela de primaria para oír las oraciones, pero también simplemente para entrar en el edificio, como quien entra en una iglesia. El colegio era una antigua misión, construida en el siglo XVIII por los españoles, construida para seguir en pie mucho tiempo en el desierto. Era diferente de otros colegios antiguos, cuya quietud y solidez es un mero cascarón para los niños que pasan por ellos. Había conservado la paz de una misión, de un santuario.

En la escuela primaria las monjas reían, y los niños reían. Eran todas monjas muy mayores, pero no como las ancianas agotadas que se aferran al bolso en la parada del autobús, sino orgullosas, queridas por su Dios y por sus niños. Respondían al cariño con ternura, con risas dulces que quedaban contenidas, custodiadas, tras las macizas puertas de madera.

Varias monjas de la escuela secundaria se paseaban por el patio, vigilando que nadie fumara. Estas eran monjas jóvenes y nerviosas.

Daban clase a «chicos desfavorecidos», «con un pie en la delincuencia», y en sus caras demacradas se delataba el cansancio, el hartazgo ante tanta mirada impasible. No podían recurrir al respeto o el cariño como las monjas de la escuela primaria. Optaban por la impenetrabilidad, la indiferencia hacia los estudiantes a los que dedicaban sus esfuerzos y su vida.

Las ventanas de la clase de noveno centellearon cuando sor Lourdes las abrió, como de costumbre, siete minutos antes de que sonara la campana. Me quedé fuera, delante de las puertas naranjas con las iniciales del colegio, observando a mis alumnos de noveno mientras caminaban de un lado a otro junto a la alambrada, sus cuerpos flexibles y ágiles, sus cuellos meciéndose al ritmo de sus pasos, los brazos y las piernas balanceándose al compás, al son de una trompeta que nadie más podía oír.

Se apoyaron en la alambrada, hablando en la jerga de moda, mezcla de inglés y español, entre risas silenciosas. Las chicas llevaban los uniformes azul marino del colegio. Como aves mudas flirteaban con los chicos, que ladeaban la cabeza luciendo sus crestas, resplandecientes con sus pantalones de pitillo naranjas, amarillos o turquesas. Llevaban camisas negras desabrochadas o jerséis de pico sin nada debajo, de manera que sus crucifijos brillaban sobre sus pechos morenos y tersos... La cruz del pachuco, que también llevaban tatuada en el dorso de la mano.

—Buenos días, querida —me dijo sor Lourdes, que salía a ver si los alumnos de séptimo estaban en fila.

—Buenos días, hermana.

Sor Lourdes era la directora. Me había contratado, por más que le pesara pagar a alguien por dar las clases, porque ninguna de las monjas hablaba español.

—Así que, como profesora laica —me había dicho entonces—, la primera en el colegio San Marco, puede que le resulte difícil mantener a raya a los alumnos, y más teniendo en cuenta que la mayoría prácticamente son de su misma edad. No debe cometer el error en el que caen muchas monjas jóvenes. No intente ser amiga suya. Estos alumnos piensan en términos de poder y debilidad. Usted debe mantener la autoridad guardando las distancias, a base de disciplina, castigos, control. El español es una asignatura optativa, póngales tantos suspensos como quiera. Las tres primeras semanas puede trasladar a cualquiera de sus alumnos a mi clase de latín. No se ha matriculado nadie —sonrió—. Verá que eso le será de gran ayuda.

El primer mes había ido bien. La amenaza de la clase de latín era una ventaja; al final de la segunda semana, había eliminado a siete alumnos. Era un lujo enseñar para un grupo tan reducido, en el que además me libraba de los peores elementos. Hablar español como una nativa era una gran baza. Los alumnos se sorprendieron de que una *gringa* pudiera hablar tan bien como sus padres, incluso mejor que ellos. Les impresionó que reconociera las palabrotas, la jerga para hablar de la marihuana o de la policía. Trabajaban duro. El español les resultaba cercano, era importante para ellos. Se comportaban, pero su obediencia huraña y sus respuestas mecánicas eran una afrenta para mí.

Se burlaban de las palabras y expresiones que yo usaba, y empezaron a usarlas tanto como yo. «La Piña», me llamaban, mofándose de mi pelo, y pronto las chicas se hicieron el mismo corte. «La muy idiota no sabe escribir», murmuraron al ver que escribía en la pizarra con letra de imprenta, pero empezaron a utilizar la misma letra en sus trabajos.

Aquellos chicos todavía no eran los pachucos, los matones que se esforzaban en imitar, tratando de clavar una navaja en un pupitre, sonrojándose cuando se les escurría y caía. Todavía no decían «A mí no me puedes enseñar nada». Esperaban, con gesto de indiferencia, a verlas venir. ¿Y qué podía enseñarles? El mundo que yo conocía no era mejor que el que ellos se atrevían a desafiar.

Observé a sor Lourdes, cuya fuerza no era, como la mía, una fachada para ganarse su respeto. Los alumnos veían su fe en Dios, en la vida que había escogido; respetaban esas cosas, sin permitir nunca que ella advirtiera su tolerancia ante la dureza con que imponía disciplina.

Sor Lourdes tampoco podía reírse con ellos. Solo se reían para burlarse, solo cuando alguien quedaba en evidencia con una pregunta, con una sonrisa, una equivocación, un pedo. Cuando me esforzaba por acallar sus risas amargas, siempre pensaba en las carcajadas, los gritos, el contrapunto de la alegría de la escuela de primaria.

Una vez a la semana me reía con los alumnos de noveno: los lunes, cuando de pronto alguien aporreaba la endeble puerta de chapa, con un imperioso BUM, BUM, BUM que hacía vibrar las ventanas y resonaba en todo el edificio. Desprevenida ante ese estruendo repentino siempre daba un respingo, y la clase se reía de mí.

—¡Adelante! —decía, y los golpes cesaban, y nos reíamos al ver que solo era un alumno chiquitín de primero. Se acercaba a mi mesa silenciosamente, andando de puntillas con sus suelas de goma.

—Buenos días —susurraba—. ¿Puede darme la lista de la cantina?

Luego volvía a salir de puntillas y cerraba con un portazo, y eso también era gracioso.

—Señora Lawrence, ¿le importaría pasar un momento?

Seguí a sor Lourdes hasta su despacho y esperé mientras tocaba la campana.

—Timothy Sánchez vuelve al colegio —hizo una pausa, como esperando a que reaccionara—. Ha estado en el correccional de menores, una de tantas veces, por robo y narcóticos. Allí creen que debería terminar los estudios tan rápido como sea posible. Es mucho mayor que el resto de la clase, y según las pruebas que le han hecho es un chico con una inteligencia excepcional. Aquí dice que deberíamos «animarlo y alentarlo a superarse».

—¿Quiere que haga alguna cosa en particular?

—No, de hecho no puedo darle ningún consejo... Es un caso muy diferente. Pensé que debía mencionárselo. Un asistente social supervisará la evolución del chico.

A la mañana siguiente era Halloween, y los niños de primaria vinieron a la escuela disfrazados. Me demoré viendo las brujas, los cientos de demonios que recitaban con voz temblorosa las oraciones de la mañana. La campana ya había sonado cuando llegué a la puerta de la clase de noveno. «Santa María, madre de Dios, ruega por nosotros», decían. Me quedé en la puerta mientras sor Lourdes pasaba lista. Se levantaron cuando entré.

—Buenos días —arrastraron las sillas al volver a sentarse.

El aula se quedó en silencio.

—¡*El Tim!* —susurró alguien.

Estaba en la puerta, su silueta recortada como la de sor Lourdes por la luz de la claraboya del pasillo. Iba de negro, con la camisa abierta hasta la cintura, los pantalones bajos, ceñidos a sus enjutas caderas. En su pecho brillaba un crucifijo de oro colgado de una gruesa cadena. Miraba a sor Lourdes con una media sonrisa de desdén, y sus pestañas creaban sombras en zigzag sobre sus mejillas chupadas. Tenía el pelo negro, largo y lacio. Se lo alisó con unos dedos largos y finos, rápido, como un pájaro.

Observé a los alumnos, sobrecogidos. Miré a las chicas, chicas bonitas y jóvenes que en el vestuario hablaban en susurros, no de citas o amor, sino de matrimonio y aborto. Estaban pendientes, mirándolo, ruborizadas e inquietas.

Sor Lourdes entró en el aula.

—Siéntate aquí, Tim —se acercó a un asiento delante de mi mesa.

Tim cruzó el aula, la espalda ancha encorvada, la cabeza gacha, tssch-tssch, tssch-tssch, el ritmo del pachuco.

—¡Anda, la monja loca! —sonrió, mirándome.

La clase se rio.

—¡Silencio! —dijo sor Lourdes. Se quedó de pie a su lado—. Esta es la señora Lawrence. Aquí tienes tu libro de español.

Tim no pareció oírla. Las cuentas del rosario de la monja repicaron exasperantemente.

—Abróchate la camisa —le dijo—. ¡Abróchate la camisa!

El chico se llevó las manos al pecho, y con una llevó un botón hacia la luz mientras con la otra tanteaba el ojal. La monja le apartó las manos, y forcejeó con la camisa hasta que consiguió abotonarla.

—No sé cómo he podido arreglármelas sin usted, hermana —dijo Tim, arrastrando las palabras.

Sor Lourdes salió del aula.

Era martes, dictado.

—Sacad papel y lápiz —la clase obedeció automáticamente—. Tú también, Tim.

—Papel —ordenó él sin alzar la voz.

Varios alumnos se pelearon por darle un folio.

—*Llegó el hijo* —dicté.

Tim se levantó y caminó hacia el fondo del aula.

—Se ha roto el lápiz —dijo. Su voz era grave y áspera, con esa aspereza de cuando alguien está a punto de llorar. Sacó punta al lápiz lentamente, girando el sacapuntas de un modo que sonaba como las escobillas sobre un tambor.

—*No tenían fe.*

Tim se paró a tocarle el pelo a una chica.

—Siéntate —le dije.

—Tranquila... —murmuró.

La clase se rio.

Me entregó la hoja en blanco, solo con su nombre, EL TIM, escrito en la cabecera.

A partir de ese día todo giró en torno a «el Tim». Enseguida se puso al nivel de los demás. Sus exámenes y sus ejercicios escritos eran siempre excelentes. Los otros alumnos, sin embargo, solo reaccionaban a su insolencia hosca en clase, a su desidia silenciosa, incastigable. Leer en voz alta, conjugar en la pizarra, debates, todo lo que hasta entonces había sido casi divertido, ahora era casi imposible. Los chicos eran impertinentes, se avergonzaban de hacer las cosas bien; las chicas estaban turbadas, incómodas delante de él.

Empecé a centrarme en los ejercicios escritos, trabajo individual que pudiera revisar de pupitre en pupitre. Les pedí varias redacciones y comentarios, aunque en principio no tocaba hacer eso en las clases de español de noveno. Era lo único que a Tim le gustaba, en lo que trabajaba concentrado, borrando y reescribiendo, pasando las páginas de un diccionario de español que siempre tenía a mano en el pupitre. Sus redacciones eran imaginativas, con una gramática perfecta, siempre sobre cosas impersonales... una calle, un árbol. Yo le ponía comentarios y las elogiaba. A veces leía sus textos al resto de la clase, con la esperanza de impresionarlos, de que su trabajo los alentara. Comprendí demasiado tarde que solo los confundía y les hacía pensar que había que elogiarlo, que él triunfaba de todos modos con el desdén... «*Pues, la tengo...*» La tengo en el bolsillo.

Emiterio Pérez repetía todo lo que Tim decía. Emiterio era retrasado, lo dejaban en noveno hasta que tuviera la edad de abandonar los estudios. Repartía los ejercicios, abría las ventanas. En mis clases le pedía las mismas tareas que a los demás. Riéndose por lo bajo, escribía páginas interminables de garabatos pulcros e ilegibles, y yo se las puntuaba y se las devolvía. A veces le ponía un bien y se quedaba la mar de contento. Ahora ni siquiera él trabajaba.

—*¿Para qué, hombre?* —le susurraba Tim.

Emiterio miraba a Tim, y luego a mí, hecho un lío. A veces lloraba.

Con impotencia, yo asistía a la creciente confusión de la clase, una confusión que ni siquiera sor Lourdes era capaz de controlar. Cuando ella entraba ya no había silencio, sino tensión... Uno se restregaba la cara con la mano, otro daba golpecitos con la goma de borrar, otro hojeaba un libro. Estaban a la espera. Y siempre, lenta y grave, llegaba la voz de Tim. «Aquí dentro hace frío, hermana, ¿no cree?» «Hermana, tengo algo en el ojo, venga a ver.» Nadie se movía cuando la monja, cada día, automáticamente iba a abrocharle la camisa a Tim. «¿Va todo bien?», me preguntaba antes de salir del aula.

Un lunes levanté la vista y vi a un niño chiquitín que se acercaba hacia mí. Miré al niño y, sonriendo, miré a Tim.

—Cada vez salen más pequeños, ¿a que sí? —dijo, para que solo yo pudiera oírlo.

Me sonrió. Le sonreí también, enternecida. Entonces, arrastrando la silla con un chirrido, se levantó y fue hacia el fondo del aula. A mitad de camino, se paró delante de Dolores, una chica menuda, fea y tímida. Lentamente, Tim le restregó los pechos con las dos manos. Ella gimió y salió corriendo entre sollozos de la clase.

—¡Ven aquí! —le grité a Tim.

Sus dientes centellearon.

—Oblígueme —dijo.

Me apoyé en la mesa, aturdida.

—Márchate de aquí, vete a casa. No vuelvas a mi clase nunca más.

—Vale —contestó con una sonrisa burlona.

Pasó por mi lado hacia la puerta, chasqueando los dedos al caminar... Tsch-tsch, tsch-tsch. La clase estaba en silencio.

Cuando me disponía a salir para buscar a Dolores, una piedra atravesó la ventana, y aterrizó en mi mesa con cristales hechos añicos.

—¡Qué ocurre aquí! —sor Lourdes estaba en la puerta. Me cerraba el paso.

—He mandado a Tim a casa.

Se puso lívida, su toca temblaba.

—Señora Lawrence, es su obligación conseguir que se comporte en el aula.

—Lo siento, hermana, no puedo.

—Hablaré con la madre superiora —dijo—. Venga a mi despacho por la mañana. ¡Vuelve a tu asiento! —le gritó a Dolores, que había entrado por la puerta de atrás. La monja se fue.

—Id a la página noventa y tres —dije—. Eddie, lee y traduce el primer párrafo.

No pasé por la escuela de primaria a la mañana siguiente. Sor Lourdes me estaba esperando, sentada tras su escritorio. Al otro lado de la puerta de vidrio del despacho, Tim estaba de pie apoyado en la pared, con los pulgares metidos en el cinturón.

Brevemente le conté a la monja lo que había ocurrido el día anterior. Me escuchó sin levantar la cabeza.

—Confío en que crea posible volver a ganarse el respeto de este chico —me dijo.

—No quiero tenerlo en mi clase —le dije, de pie delante de su escritorio, agarrada al borde de madera.

—Señora Lawrence, nos advirtieron que este muchacho necesitaba atención especial, que necesitaba que lo alentaran y lo estimularan.

—No en este curso. Es demasiado mayor y demasiado inteligente para estar aquí.

—Bueno, pues tendrá usted que aprender a lidiar con ese problema.

—Sor Lourdes, si pone a Tim en mi clase de español, iré a hablar con la madre superiora, con el asistente social. Les enseñaré el trabajo que hacían mis alumnos antes de que él viniera y el trabajo que han hecho desde entonces. Les enseñaré el trabajo de Tim, que no corresponde al curso en el que está.

La monja habló sin alterarse, secamente.

—Señora Lawrence, este chico está bajo nuestra responsabilidad. El asistente social nos cedió su tutela. Se quedará en su clase —se inclinó hacia mí, pálida—. Como profesoras, es nuestro deber controlar estas situaciones, enseñar a pesar de los obstáculos.

—Bueno, pues no soy capaz.

—¡Es usted débil! —dijo entre dientes.

—Sí, es cierto. Ha podido conmigo. No soporto lo que le hace al resto de la clase, ni lo que me hace a mí. Si Tim vuelve, renuncio.

Sor Lourdes se dejó caer en la silla. Abatida, insistió.

—Dele otra oportunidad. Una semana. Y luego haga lo que le parezca.

—De acuerdo.

Se levantó a abrir la puerta y Tim entró. Se sentó en el borde del escritorio.

—Tim —empezó sor Lourdes con suavidad—, ¿estás dispuesto a demostrarnos, a mí, a la señora Lawrence y al resto de la clase, que lamentas lo ocurrido?

El chico no contestó.

—No quiero mandarte de nuevo al correccional —dijo la monja.

—¿Por qué no?

—Porque eres un chico brillante. Quiero que aprendas algo aquí, que te gradúes en el colegio San Marco. Quiero que luego estudies bachillerato, que...

—Venga ya, hermana —dijo Tim con sorna—. Usted solo quiere abrocharme la camisa.

—¡Cállate! —le di una bofetada en la boca.

La silueta blanca de mi mano se quedó marcada en su piel oscura. No se movió. Me entraron ganas de vomitar. Sor Lourdes salió del despacho. Tim y yo nos quedamos quietos, cara a cara, mientras la oíamos iniciar las oraciones en la clase de noveno... «Bendita tú eres entre todas las mujeres, bendito es el fruto de tu vientre, Jesús...»

—¿Cómo es que me ha pegado? —preguntó Tim en voz baja.

Iba a contestarle, diciéndole: «Porque has sido insolente y desagradable», pero vi su sonrisa de desprecio mientras esperaba a que dijera precisamente eso.

—Te he pegado porque estaba enfadada. Por lo de Dolores y la piedra. Porque me sentí herida y estúpida.

Me escrutó con sus ojos oscuros. Por un instante cayó el velo.

—Supongo que ahora estamos en paz —dijo Tim.

—Sí. Vamos a clase.

Caminé a su lado por el pasillo, evitando seguir el ritmo de sus pasos.

73

Punto de vista

Imaginemos «Tristeza», el cuento de Chéjov, en primera persona. Un anciano explicándonos que su hijo acaba de morir. Nos sentiríamos turbados, incómodos, incluso aburridos, y reaccionaríamos precisamente como los pasajeros del cochero en el relato. La voz imparcial de Chéjov, sin embargo, imbuye a ese hombre de dignidad. Absorbemos la compasión del autor por él, y nos conmueve en lo más hondo, si no la muerte del hijo, el hecho de que el viejo termine hablando con el caballo.

Creo que en el fondo es porque somos inseguros.

Quiero decir que si les presentara así a la mujer sobre la que estoy escribiendo...

«Soy una mujer de cincuenta y tantos años, soltera. Trabajo en la consulta de un médico. Vuelvo a casa en autobús. Los sábados voy a la lavandería y luego hago la compra en Lucky's, recojo el *Chronicle* del domingo y me voy a casa», me dirían: eh, no me agobies.

En cambio, mi historia se abre con: «Cada sábado, después de la lavandería y el supermercado, Henrietta compraba el *Chronicle* del domingo». Ustedes escucharán todos y cada uno de los detalles compulsivos, obsesivos y aburridos de la vida de esta mujer solo porque está escrita en tercera persona. Caramba, pensarán, si el narrador cree que hay algo en esta patética criatura sobre lo que merezca la pena escribir, será que lo hay. Seguiré leyendo, a ver qué pasa.

En realidad no pasa nada. La historia, de hecho, ni siquiera está escrita todavía. Sin embargo, aspiro a que, a fuerza de minuciosidad en el detalle, esta mujer les resulte tan creíble que no puedan evitar compadecerla.

La mayoría de los escritores utilizan accesorios y decorados de su propia vida. Por ejemplo, mi Henrietta toma cada noche una cena frugal en un mantelito, con exquisitos cubiertos macizos italianos de acero inoxidable. Un detalle curioso, que podría parecer contradictorio en esta mujer que recorta los vales de descuento de los rollos de papel de cocina, pero capta la atención del lector. O al menos espero que así sea.

Creo que no daré ninguna explicación en el relato. A mí, sin ir más lejos, me gusta comer con ese tipo de cubiertos elegante. El año pasado encargué un juego para seis comensales del catálogo navideño del Museo de Arte Moderno. Muy caro, cien dólares, pero pensé que merecía la pena. Tengo seis platos y seis sillas. A lo mejor daré una cena en casa, pensé en el momento. Resultó, sin embargo, que eran cien dólares por seis piezas. Dos tenedores, dos cuchillos, dos cucharas. Un juego individual. Me dio vergüenza devolverlos; pensé: bueno, a lo mejor el año que viene encargo otro.

Henrietta come con sus preciosos cubiertos y bebe vino de Calistoga en copa. Toma ensalada en un cuenco de madera y calienta una comida precocinada Lean Cuisine en un plato llano. Mientras cena, lee la sección «Cosas de este mundo», en la que todos los artículos parecen escritos por la misma primera persona.

Henrietta espera el lunes con impaciencia. Está enamorada del doctor B., el nefrólogo. Muchas enfermeras/secretarias están enamoradas de «sus» doctores. Una especie de síndrome Della Street.

El doctor B. está inspirado en el nefrólogo para el que trabajé durante un tiempo. No estaba enamorada de él, ni mucho menos. A veces bromeaba y decía que teníamos una relación amor-odio. Era un hombre tan detestable que sin duda me recordó cómo degeneran las aventuras amorosas, a veces.

Shirley, mi predecesora, sí que estaba enamorada de él. Me enseñó todos los regalos de cumpleaños que le había hecho. La maceta con la hiedra y la pequeña bicicleta de bronce. El espejo con el koala esmerilado. El estuche estilográfico. Me contó que al doctor le encantaron todos los regalos salvo el sillín de piel de borrego. Se lo tuvo que cambiar por unos guantes de ciclista.

En mi relato, el doctor B. se burla de Henrietta cuando le regala el sillín, es sarcástico y cruel con ella, como sin duda podía ser en realidad. Ese sería el punto álgido de la historia, de hecho, cuando Henrietta se da cuenta del desprecio que siente por ella, de qué patético es su amor.

El día que empecé a trabajar allí, encargué camisones de papel. Shirley los utilizaba de algodón: «Cuadros azules para los chicos, flores rosas para las chicas». (La mayoría de nuestros pacientes eran tan viejos que usaban andadores.) Todos los fines de semana, Shirley cargaba con la ropa sucia y se la llevaba a casa en el autobús, y no solo la lavaba, sino que además la almidonaba y la planchaba. En eso anda ahora mi Henrietta... planchando en domingo, después de limpiar su apartamento.

Por supuesto buena parte de mi relato va de las costumbres de Henrietta. Costumbres. Quizá ni siquiera malas en sí mismas, sino tan arraigadas. Cada sábado, año tras año.

Cada domingo, Henrietta lee las páginas rosas. Primero el horóscopo, siempre en la página 16, como es costumbre de ese periódico. Normalmente los astros le traen a Henrietta noticias picantes. «Luna llena, sexy Escorpio, ¡y ya sabes qué significa! ¡Prepárate para que surja la chispa!»

Los domingos, después de limpiar y planchar, Henrietta prepara algo especial para cenar. Capón al horno. Un salteado instantáneo Stove Top con salsa de arándanos. Guisantes a la crema. Una chocolatina Forever Yours de postre.

Después de lavar los platos, ve *60 Minutos*. No es que le interese especialmente el programa. Le gustan los presentadores y tertulianos. Diane Sawyer, siempre distinguida y guapa, y los hombres, todos tan serios, fiables e implicados en los temas a debate. A Henrietta le gusta cómo mueven la cabeza con gesto taciturno, o sonríen cuando hay una situación divertida. Y sobre todo le gustan los primeros planos de la esfera del reloj. El minutero y el tictac del paso del tiempo.

Luego ve *Se ha escrito un crimen*, que no le gusta pero es lo único que hay.

Me está costando mucho escribir sobre el domingo. Plasmar la larga sensación de vacío de los domingos. Sin correo, las máquinas cortando el césped a lo lejos, la desesperanza.

O cómo describir que Henrietta se muere de ganas de que sea lunes por la mañana. El clic, clic, clic de los pedales de la bicicleta del doctor y el chasquido de la llave cuando se encierra en el despacho a ponerse su traje azul.

—¿Ha disfrutado del fin de semana? —le pregunta Henrietta.

Él nunca contesta. Nunca dice hola o adiós.

Cuando el doctor se marcha y sale con la bicicleta, ella le aguanta la puerta.

—¡Adiós! ¡Que se divierta! —dice sonriendo.

—¿Que me divierta? Por el amor de Dios, déjese de tonterías.

Aun así, por desagradable que sea con ella, Henrietta cree que existe un vínculo entre los dos. El doctor tiene un pie deforme, una pronunciada cojera, mientras que ella tiene escoliosis, una desviación en la columna. Una joroba, de hecho. Ella es tímida y vergonzosa, pero entiende que él pueda ser tan cáustico. Una vez le dijo que reunía las dos cualidades necesarias en una enfermera... Ser «estúpida y servil».

Después de *Se ha escrito un crimen*, Henrietta se da un baño, mimándose con perlas perfumadas de aroma floral.

Luego ve las noticias mientras se esparce la crema por la cara y las manos. Ha puesto agua para el té. Le gusta el parte meteorológico. Los pequeños soles sobre Nebraska y Dakota del Norte. Nubes de lluvia sobre Florida y Luisiana.

Se estira en la cama a tomar una infusión relajante. Echa de menos su vieja manta eléctrica, con el regulador BAJO-MEDIO-ALTO. La que tiene ahora se anunciaba como la «manta eléctrica inteligente». La manta sabe que no hace frío, así que apenas se calienta. Ojalá se calentara de verdad y la reconfortara. ¡Demasiado lista, la condenada! A Henrietta se le escapa la risa. Suena chocante en el pequeño dormitorio.

Apaga el televisor mientras toma la infusión, escuchando los coches que entran y salen de la gasolinera Arco al otro lado de la calle. De vez en cuando un coche se para con un frenazo junto a la cabina telefónica. Después la puerta se cierra de golpe y el coche arranca y se aleja.

Oye un coche que se acerca despacio hacia los teléfonos. Dentro suena jazz a todo volumen. Henrietta apaga la luz y levanta la persiana junto a su cama, apenas una rendija. La ventana está empañada. En la radio del coche suena Lester Young. El hombre que habla por teléfono sujeta el auricular con la barbilla. Se pasa un pañuelo por la frente. Me apoyo en la repisa fría de la ventana y le observo. Escucho el suave saxo de «Polka Dots and Moonbeams». Escribo una palabra en el vidrio empañado. ¿Qué? ¿Mi nombre? ¿El de un hombre? ¿Henrietta? ¿Amor? Sea cual sea, la borro antes de que nadie la vea.

Su primera desintoxicación

Carlotta despertó, durante la cuarta semana seguida de lluvias de octubre, en el pabellón de desintoxicación del condado. Estoy en un hospital, pensó, y recorrió el pasillo sacudida por los temblores. Vio a dos hombres en una sala grande que, de no llover, habría sido luminosa. Los dos eran feos, llevaban uniformes de lona blancos y negros. Estaban magullados, tenían vendajes manchados de sangre. Son presidiarios, pensó, pero entonces vio que ella llevaba también un uniforme blanco y negro, que estaba magullada y manchada de sangre. Recordó unas esposas, una camisa de fuerza.

Era Halloween. La voluntaria de AA, una señora, les enseñó a hacer calabazas. Hinchas el globo, ella lo ata. Luego lo cubres con tiras de papel encolado. A la noche siguiente, cuando está seco, lo pintas de naranja. La señora recorta los ojos, la nariz y la boca. Puedes escoger si quieres que sonría o que frunza el ceño. No te dejan usar tijeras.

Se reían como niños, con el temblor de las manos se les escurrían los globos. No era nada fácil hacer las calabazas. Si les hubieran permitido recortar los ojos, la nariz y la boca, les habrían prestado unas de esas absurdas tijeras sin punta. Cuando querían escribir les daban lápices gruesos, como a los chiquillos de parvulario.

Carlotta se lo pasaba bien en el pabellón de desintoxicación. Los hombres intentaban ser galantes con ella. Era la única mujer, era bonita, no parecía «de las que empinan el codo». Tenía unos ojos grises y claros, una risa fácil. Había transformado su pijama negro y blanco con una vistosa bufanda escarlata.

La mayoría de los hombres eran borrachos de la calle. La policía los traía, o simplemente ingresaban por su propio pie cuando se les acababa el dinero del subsidio, cuando no había vino ni cobijo. El hospital del condado era un buen sitio para estar en el dique seco, le dijeron. Te dan Valium, Thorazine, Dilantin si hay convulsiones.

Grandes cápsulas amarillas de Nembutal por la noche. Eso no duraría mucho, pronto solo habría «programas de acción social», sin drogas de ninguna clase.

—Mierda... ¿y a qué viene eso? —preguntó Pepe.

La comida es buena, pero fría. Tienes que ir a buscarte la bandeja al carrito y llevártela a la mesa. Al principio la mayoría no puede hacerlo, o se les cae. Algunos de los hombres temblaban tanto que había que darles de comer, o simplemente se agachaban y comían a lengüetazos, como los gatos.

A los pacientes les daban Antabus a partir del tercer día. Si bebes alcohol en un margen de setenta y dos horas después de haberlo tomado, te pones a morir. Convulsiones, dolores en el pecho, shock tóxico; incluso puede resultar letal. Los pacientes veían la película del Antabus cada mañana a las nueve y media, antes de la terapia de grupo. Más tarde, en la galería, los hombres calculaban cuándo podrían volver a beber de nuevo. Escribían en servilletas de papel, con lápices gruesos. Carlotta fue la única que dijo que no volvería a beber.

—¿Y tú qué sueles tomar, mujer? —preguntó Willie.

—Jim Beam.

—¿Jim Beam? —todos se rieron.

—Joder... Tú no eres alcohólica. Los alcohólicos bebemos vino dulce.

—¡Ah, sí, qué dulce es!

—¿Qué coño estás haciendo aquí, de todos modos?

—¿Qué hace una chica como yo en un sitio como este, quieres decir? —Carlotta no lo había pensado todavía.

—Jim Beam. Tú no necesitas desintoxicarte...

—¡Y tanto que sí! Parecía una loca cuando la trajeron aquí, pegándole a aquel policía chino. Wong. Luego le entró un ataque terrible, se pasó tres minutos golpeándose de un lado a otro como un pollo sin cabeza.

Carlotta no se acordaba de nada. La enfermera le contó que había estampado el coche contra una tapia. La policía la había traído aquí en lugar de a la cárcel cuando averiguaron que era profesora, con cuatro hijos y sin marido. No tenía antecedentes.

—¿Tienes DT? —le preguntó Pepe.

—Sí —mintió ella. Dios mío, escúchame... por favor, aceptadme, muchachos, por favor, quiero caeros bien, vagabundos de mirada vidriosa.

No sé qué es eso del DT. El médico me preguntó lo mismo. Dije que sí, y él lo anotó. Creo que los he tenido toda la vida, si de hecho son visiones de demonios.

Todos se reían mientras pegaban tiras de papel encolado en los globos. Como a Joe lo habían echado del Adam and Eve, pensó que podía encontrar un bar mejor. Se subió a un taxi gritando «¡Al Shalimar!», pero el taxi era un coche patrulla y lo trajeron aquí. ¿En qué se diferencia un entendido en vino de un borracho? El entendido saca la botella de la bolsa de papel. Mac, sobre las virtudes del vino Thunderbird: «Esos estúpidos italianos se olvidaron de quitarse los calcetines».

Por la noche, después de los globos y el último Valium, venía la gente de AA. La mitad de los pacientes se pasaban toda la reunión dando cabezadas, escuchando a esa gente que decía que también había tocado fondo. Una mujer de AA contó que se pasaba el día masticando ajo para que nadie notara el aliento a licor. Carlotta mascaba clavos de olor. Su madre inhalaba bálsamo Vicks a puñados. Al tío John siempre se le quedaban trocitos de pastillas Sen-Sen para la halitosis metidos entre los dientes, y al sonreír parecía una de aquellas calabazas.

A Carlotta lo que más le gustaba era el final, cuando todos se daban la mano y ella rezaba el padrenuestro. Luego tenían que despertar a sus compañeros, erguirlos como a los soldados muertos en *Beau Geste*. Sentía cierta cercanía con los hombres mientras rezaban por mantenerse sobrios para siempre.

Después de que se marchara la gente de AA, a los pacientes les daban leche con galletas y Nembutal. Casi todo el mundo se iba a dormir, incluidas las enfermeras. Carlotta jugaba al póquer con Mac y Joe y Pepe hasta las tres de la mañana. Sin comodines.

Llamaba a casa cada día. Sus hijos más mayores, Ben y Keith, cuidaban de Joel y Nathan. Todo iba bien, decían. Ella no podía decir gran cosa.

Pasó siete días en el hospital. La mañana que se marchó había un cartel en la sala de día, oscurecida por la lluvia. MUCHA SUERTE, LOTTIE. La policía había dejado su coche en el aparcamiento. Una gran abolladura, un espejo roto.

Carlotta condujo hasta Redwood Park. Puso la radio a todo volumen, se sentó en el capó abollado bajo la lluvia. Más abajo se veía el reflejo dorado del Templo Mormón. La niebla cubría la bahía. Era agradable estar fuera, oír música. Fumó, planeó lo que haría en las clases de la semana siguiente, programó las lecciones, anotó los libros que necesitaría de la biblioteca.

(Se había excusado en la escuela. Un quiste de ovario... benigno, por suerte.)

Lista de la compra. Esa noche haría lasaña, el plato favorito de sus hijos. Salsa de tomate, carne de ternera. Ensalada y pan de ajo. Sopa y papel higiénico, probablemente. Elegir un pastel de zanahoria de postre. Las listas la tranquilizaban, hacían que todo volviera a recomponerse.

Sus hijos y Myra, la directora de la escuela, eran los únicos que sabían dónde había estado. La habían apoyado. No te preocupes. Todo irá bien.

En cierto modo todo iba bien. Era una buena profesora y una buena madre. El pequeño apartamento donde vivían rebosaba de proyectos, libros, discusiones, risas. Todo el mundo cumplía con sus obligaciones.

Por las noches, después de lavar los platos y hacer la colada, de corregir ejercicios, había ratos de televisión o Scrabble, problemas, cartas o conversaciones tontas. ¡Buenas noches, chicos! Y luego un silencio que ella celebraba con tragos dobles, ya sin maniáticos cubitos de hielo.

Si sus hijos se despertaban, veían su peor cara, aunque el malhumor solo de vez en cuando duraba hasta la mañana siguiente. Hasta donde le alcanzaba la memoria, sin embargo, oía a Keith comprobando los ceniceros, la chimenea, a altas horas de la noche. Apagando luces, cerrando puertas.

Esta había sido su primera experiencia con la policía, aunque no la recordaba. Nunca antes había conducido borracha, nunca había faltado más de un día al trabajo, nunca... No tenía ni idea de todo lo que quedaba por venir.

Harina. Leche. Ajax. En casa solo tenía vinagre de vino, que con el Antabus podía provocarle convulsiones. Añadió vinagre de sidra a la lista.

Dolor fantasma

Yo tenía cinco años entonces, en la mina de Deuces Wild, Montana. Cada pocos meses, antes de que nevara, acompañaba a mi padre a las montañas siguiendo las marcas que el viejo Hancock había grabado en los árboles allá por la década de 1890. Mi padre llevaba un talego de lona lleno de café, polenta, cecina y demás. A mí me dejaba cargar con un haz de ejemplares atrasados del *Saturday Evening Post,* al menos buena parte del camino. La cabaña de Hancock estaba al final de un prado con forma de cráter en la cumbre misma de la montaña. Al levantar la vista, al mirar alrededor, solo cielo azul. Su perro se llamaba Blue. Crecía hierba en el tejado, y caía como un flequillo desenfadado sobre el porche donde ellos tomaban café y hablaban, examinando pedazos de mena, entrecerrando los ojos tras el humo de los cigarrillos. Yo jugaba con Blue y las cabras o pegaba hojas del *Post* en las paredes de la cabaña, recubiertas ya con una gruesa capa de ejemplares antiguos. Pulcramente colocados en tersos rectángulos a lo largo y ancho de la pequeña estancia. Aislado por la nieve durante el largo invierno, Hancock leía las paredes, página por página. Si encontraba el final de un artículo, intentaba deducir los antecedentes, o recomponer la historia con las otras noticias que empapelaban la cabaña. Cuando acababa de leer todas las paredes, pasaba días y días pegando hojas nuevas, y volvía a empezar. No acompañé a mi padre en la primera expedición de la primavera, cuando encontró muerto al viejo. Las cabras y el perro también, todos en su cama. «Cuando tengo frío me basta con echarme otra cabra encima», solía decir Hancock.

—Vamos, Lu, llévame a las montañas y déjame allí —me suplicaba mi padre a todas horas cuando lo metí en la residencia de ancianos.

No hablaba de otra cosa; distintas minas, distintas montañas. Idaho, Arizona, Colorado, Bolivia, Chile. En esos tiempos se le empezaba a ir la cabeza. No solo recordaba esos lugares, sino que creía estar allí, en aquella época. Pensaba que yo era pequeña, me hablaba como si fuera la niña de entonces. Les decía a las enfermeras cosas como «La pequeña Lu ha leído *Nuestros pequeños aprendices,* y solo tiene cuatro años», o «Ayuda a la señora a recoger los platos. Así me gusta, buena chica».

Iba todas las mañanas a llevarle café con leche. Lo afeitaba y lo peinaba, lo paseaba una y otra vez por los pasillos malolientes. La mayoría de los pacientes aún estaban en la cama, llamando a las enfermeras, zarandeando las barras metálicas, tocando el timbre. Las ancianas seniles se toquetean. Después de pasear a mi padre, lo ataba en la silla de ruedas, para que no se cayera intentando escapar. Y yo hacía lo mismo. Quiero decir que no fingía o me limitaba a seguirle la corriente, sino que de verdad me iba con él a algún sitio. La mina de Trench en las montañas de Patagonia, Arizona: tenía ocho años, y estaba morada por la violeta genciana para la tiña. Por la tarde íbamos todos al barranco a tirar las latas y quemar la basura. Ciervos y antílopes, y el puma, a veces, se acercaban, no les tenían miedo a nuestros perros. Los chotacabras se lanzaban como flechas contra la pared de roca desnuda de los despeñaderos, más rojizos aún a la luz del crepúsculo.

La única vez que mi padre dijo que me quería fue justo antes de que me volviera a Estados Unidos para ir a la universidad. Estábamos en la playa, en Tierra del Fuego. Frío antártico.

—Hemos recorrido juntos todo este continente... Las mismas montañas, el mismo océano, de arriba abajo.

Nací en Alaska, aunque de eso no me acuerdo. En la residencia mi padre se empeñó en que debía recordarlo, así que al final fingí que conocía a Gabe Carter, y que me acordaba de Nome, el oso del campamento.

Al principio me preguntaba constantemente por mi madre, dónde estaba, cuándo iba a venir. O creía que estaba a su lado, hablaba con ella, me hacía darle un bocado por cada uno que tomaba él. Opté por darle largas. Mamá estaba haciendo el equipaje, llegaría pronto. Cuando se recuperara, viviríamos todos juntos en una casa grande en Berkeley. Él asentía, convencido, salvo por un día que me dijo: «Se te escapan las mentiras entre los dientes», y luego siguió hablando de otra cosa.

Un día la mató, sin más. Cuando llegué estaba en la cama, llorando, acurrucado como un bebé. Me contó la historia conmocionado, con detalles irrelevantes, como quien ha sido testigo de un accidente horrible. Iban en un barco de vapor por el Misisipi, mi madre estaba apostando en el salón bajo cubierta. Resulta que permitían entrar a la gente de color, y Florida (la enfermera de mi padre) la había desplumado hasta el último centavo. Mi madre lo había apostado todo, los ahorros de toda una vida, en una última mano de póquer cerrado de cinco cartas. Con los tuertos de comodines.

—Tendría que haberlo sospechado —dijo mi padre— cuando vi a esa caradura riéndose con sus dientes de oro, contando todo ese dinero. A John le ha dado por lo menos cuatro mil.

—¡Cierra el pico, pedante! —lo cortó John desde la cama de al lado.

Sacó una chocolatina Hershey que escondía entre las tapas de su Biblia. A él le habían prohibido los dulces, era la que yo le había llevado a mi padre el día antes. Las gafas de leer de mi padre asomaban bajo la almohada de John. Las saqué de allí. John empezó a gemir y a gritar.

—¡Las piernas! ¡Me duelen las piernas!

No tenía piernas. Era diabético y se las habían amputado por encima de las rodillas.

En el barco de vapor, mi padre estaba en el bar con Bruce Sasse (un prospector de Bisbee). Habían oído el disparo y luego, un buen rato después, el impacto del cuerpo al caer al agua.

—No encontré suelto para la propina, pero no quería dejar un dólar.

—¡Pedante tacaño! ¡Típico, típico! —dijo John desde su cama.

Mi padre y Bruce Sasse fueron corriendo a estribor justo a tiempo de ver a mi madre flotando en el agua. Sangre en la estela del barco.

Solo lloró su muerte aquel día, pero durante semanas habló del funeral. Habían asistido miles de personas. Ninguno de mis hijos vestía de traje, pero yo estaba preciosa y fui muy correcta. Vinieron Ed Titman, el embajador en Perú; Domingo, el mayordomo; e incluso Charlie Bloom, el viejo sueco de Mullan, Idaho. Charlie me dijo una vez que siempre tomaba las gachas de avena con azúcar. ¿Y si no tienes?, le pregunté por hacerme la lista. Pues las tomo igual.

El día que mi padre mató a mi madre fue el día que dejó de reconocerme. A partir de entonces empezó a darme órdenes como a una secretaria o una criada. Un día finalmente le pregunté por mí. Me había escapado, dijo. Mala sangre, una Moynihan igual que mi madre y el tío John. Me había fugado una tarde, sin avisar, justo delante de la residencia de ancianos, y había huido por Ashby Avenue con un pelagatos grasiento en un Buick descapotable. Describió justo al tipo de hombre moreno con malas pintas que a mí me atrae.

Empezó a alucinar prácticamente a todas horas. Las papeleras se convertían en perros que hablaban, las sombras de las hojas en las paredes pasaron a ser escuadrones de soldados y las robustas enfermeras eran ahora espías travestidos. Hablaba sin cesar de Eddie y Little Joe; ninguno de los dos me sonaba de nada. Cada noche vivían alguna aventura trepidante y descabellada a bordo de un acorazado en las costas de Nagasaki, sobrevolando Bolivia en helicóptero. Mi padre se reía, relajado y tranquilo como nunca lo había visto.

Llegué a rezar para que siguiera así, pero poco a poco se volvió más racional, recuperó «el sentido del tiempo y el espacio». Hablaba de dinero. El dinero que había ganado, el dinero que había perdido, el dinero que ganaría. Entonces empezó a verme como un agente de bolsa, quizá, y se pasaba horas hablando de oportunidades y porcentajes, garabateando números en la caja de los kleenex. Márgenes y opciones de compra, letras del Tesoro, y acciones y bonos y fusiones. Acusaba amargamente a su hija (yo) de haber asesinado a su esposa y haberlo encerrado allí, solo para quedarse con su dinero. Florida era la única enfermera negra del hospital que accedía a ocuparse de él. Las acusaba a todas de robar, las llamaba negritas zumbonas o putas. Usaba el orinal para llamar a la policía. Florida y John le habían robado todo su dinero. John lo ignoraba, seguía leyendo la Biblia o estirado en la cama, retorciéndose, chillando.

—¡Mis piernas! ¡Jesús de mi vida, quítame este dolor en las piernas!
—Cálmese, John —decía Florida—. Es solo dolor fantasma.
—¿Es real? —le pregunté.
Ella se encogió de hombros.
—Todo dolor es real.
Mi padre le hablaba de mí a Florida. Ella se reía, guiñándome el ojo, asintiendo.

—¡Está podrida hasta los tuétanos!

Enumeraba todas las formas en que yo lo había decepcionado, desde los concursos de ortografía a mis matrimonios fracasados.

—Te está afectando —me dijo Florida—. Ya no le planchas las camisas. Pronto dejarás de venir.

Crecía en mí un vínculo nuevo, sin embargo. Nunca me había parecido un hombre amargado, o intolerante, o preocupado por el dinero. Era el mismo hombre cuyos ídolos habían sido Thoreau, Jefferson y Thomas Paine. No estaba desilusionada. El miedo y el respeto que en otros tiempos me infundía empezaron a desaparecer.

Otra cosa que me gustaba era que ahora podía tocarlo. Abrazarlo y bañarlo, cortarle las uñas de los pies y darle la mano. Ya no prestaba mucha atención a nada de lo que decía. Le daba la mano mientras escuchaba a Florida y las demás enfermeras cantando y riéndose, *Días de nuestras vidas* a todo volumen en el televisor de la sala. Le daba el postre de gelatina oyendo a John leer pasajes del Deuteronomio. Nunca he entendido cómo es posible que tanta gente prácticamente iletrada pueda leer la Biblia con tanto ahínco. Hace falta valor. De la misma manera, me sorprende que las costureras sin estudios del mundo entero se las ingenien para poner una manga y una cremallera.

Mi padre comía en su habitación y no se relacionaba para nada con el resto de los pacientes. Yo lo hacía, para darme un pequeño respiro o para no llorar. En el tablón de anuncios había un cartel grande donde ponía: Hoy es _____. Hace un día _____. La próxima comida es _____. El próximo día festivo es _____. Durante dos meses fue un martes lluvioso antes del almuerzo y de la Pascua, pero después los espacios siempre estaban en blanco.

Ada era una voluntaria que venía todas las mañanas a leer el periódico. Saltaba páginas y páginas, evitando los crímenes y la violencia. Muchos días lo único que le quedaba eran accidentes de autobús en Pakistán, Daniel el Travieso y el horóscopo. Huracanes en Galveston. (Tampoco puedo entender que la gente se haya quedado en Galveston después de todos estos años.) Me gustaba ir, disfrutaba con la compañía de los otros pacientes. La mayoría estaban aún más seniles que mi padre, pero se alegraban de verme, me agarraban con dedos minúsculos. Todos me reconocían, me llamaban con distintos nombres.

No dejé de ir a visitarlo. Quizá porque me sentía culpable, como decía Florida, pero también con esperanza. Seguía confiando en que al final me elogiaría, me perdonaría. Por favor, papá, reconóceme, di que me quieres. Nunca lo hizo, y ahora solo voy a llevar cosas para afeitarlo, o pijamas, o caramelos. Ya no puede caminar. Se pone violento, así que lo tienen inmovilizado día y noche con un chaleco de fuerza.

La última vez que de verdad estuve con él fue en el pícnic al lago Merritt. Diez pacientes fueron a la excursión. Y Ada, Florida, Sam y yo. Sam es el conserje. (Chimpancé, lo llamaba mi padre.) Tardamos una hora en meterlos en la furgoneta, subiendo las sillas de ruedas en un elevador quejumbroso. Hacía mucho calor, era el día después de los Caídos. La mayoría se habían meado antes de que nos pusiéramos en marcha; las ventanillas se empañaron. Los ancianos se reían y estaban contentos, pero también asustados, se encogían cada vez que nos adelantaba un autobús, una ambulancia, motos. Mi padre iba muy elegante con su traje de lino claro, aunque la pechera enseguida se le mojó con las babas del Parkinson y se empapó toda la pernera del pantalón.

Pensé que nos pondríamos a la sombra de los árboles, cerca del agua, pero Ada nos hizo colocar las sillas de ruedas en un semicírculo de cara a la calle, junto al estanque de los patos. También imaginé que los vagabundos borrachos se marcharían, pero se quedaron en los bancos delante de los ancianos. Algunos de los pacientes olieron el humo del tabaco y pidieron cigarrillos. Uno de los borrachos le dio uno a John, pero Ada se lo quitó y lo apagó de un pisotón. Los gases de los tubos de escape, las radios de los descapotables maqueados, de los coches de chasis bajo, de las motos. El suelo vibraba cuando la gente que corría en el parque se amontonaba al llegar a nosotros, y seguía trotando en el sitio hasta que conseguían esquivarnos. Empezamos a pasar la comida, a repartir el «rancho». Ensaladilla de patata y pollo frito. Remolacha en vinagre y refrescos Kool-Aid. Florida y yo les servimos un plato a los cuatro borrachos del banco, y Ada se puso hecha una furia, aunque había comida de sobra. Las barritas de helado se derretían y caían en los baberos. Lula y Mae simplemente aplastaron las barritas, juguetearon con ellas encima del regazo. Mi padre era muy pulcro para comer, siempre había sido meticuloso en eso. Le limpié los dedos, uno por uno. Tiene unas manos preciosas. No sé por qué les da por pellizcar la ropa y las mantas. Es un acto inconsciente, se llama «flocilación».

Después de comer, una mujer corpulenta con uniforme de guardaparques sacó una cría de mapache y dejó que la tocáramos. Era suave y despedía un olor dulzón, a todo el mundo le gustó, nos encantó sostenerlo y acariciarlo, pero Lula lo apretó tan fuerte que el mapache le dio un zarpazo en la cara.

—¡Está rabioso! —dijo mi padre.

—¡Mis piernas! —gritó John.

El hombre le dio a John otro cigarrillo. Ada no se dio cuenta, estaba metiendo las bandejas de la comida en la furgoneta. La guarda del parque les dejó el mapache a los borrachos. Se notaba que el animalito los conocía, se les acurrucó en el cuello, dócil. Ada dijo que disponíamos de veinte minutos para dar una vuelta con los pacientes por el estanque y las jaulas de los pájaros, o subir la cuesta para tener una buena vista del lago.

A mi padre siempre le habían apasionado las aves. Lo coloqué delante de los desaliñados búhos reales, mientras le hablaba de las distintas aves que habíamos visto juntos. La cacatúa que parecía un puercoespín de pelo verde. El pájaro carpintero de cresta roja en el álamo blanco. Una fregata cerca de Antofagasta. Correcaminos apareándose, majestuosos. Mi padre siguió impasible, con la mirada vidriosa. Los búhos dormían, o quizá fueran disecados. Empujé la silla para alejarnos de allí. Todos los demás parecían alegres, aullaban y nos saludaban de lejos. John se lo estaba pasando en grande. Florida se había hecho amiga de un hombre que hacía deporte en el parque y que le prestó su walkman. Lula aguantaba el aparato y cantaba mientras daban de comer a los patos.

Me costó subir la cuesta empujando la silla. Entre el calor y el ruido de los coches y las radios, mientras no dejaba de pasar gente corriendo. Había tanta bruma que apenas se veía la otra orilla. Basura y sobras del día de los Caídos. Vasos de papel flotaban entre los espumarajos del lago parduzco, serenos como cisnes. Al llegar arriba, puse los frenos de la silla y encendí un cigarrillo. Mi padre se echó a reír, una risa fea.

—Es horrible, ¿verdad, papá?

—Y que lo digas, Lu.

Mi padre soltó los frenos y la silla comenzó a bajar por el sendero de losas de barro. No reaccioné, me quedé perpleja mirándolo, pero entonces tiré el cigarrillo y alcancé la silla justo cuando empezaba a coger velocidad.

Dentelladas de tigre

El tren aminoró a las afueras de El Paso. Sin despertar a mi pequeño Ben, me lo llevé en brazos al vestíbulo del vagón para mirar el paisaje. Y oler el desierto. Caliche, salvia, azufre de la fundición, leña quemada de las barracas de los mexicanos junto al río Grande. La Tierra Santa. Cuando vine aquí de pequeña, a vivir con Mamie y el abuelo durante la guerra, fue la primera vez que oí hablar de Jesús, de María, de la Biblia y el pecado, así que Jerusalén se mezcló con las sierras y los desiertos de El Paso. Juncos en las orillas del río y enormes crucifijos por todas partes. Higueras y granados. Mujeres tapadas con mantos oscuros y niños en los brazos, hombres pobres y enjutos con ojos de mártir, de redentor. Y de noche las estrellas eran grandes y resplandecientes como en la canción, y brillaban con tanta insistencia que parecía lógico que los reyes sabios no pudieran evitar seguir cualquiera de ellas y hallaran el camino.

Mi tío Tyler había urdido una reunión familiar para Navidad. Entre otras cosas esperaba que mis padres y yo nos reconciliáramos. A mí me daba miedo volver a verlos... Estaban furiosos porque mi marido, Joe, me había dejado. Por poco se mueren cuando me casé con diecisiete años, así que mi divorcio era la gota que colmaba el vaso. Aun así me moría de impaciencia por ver a mi prima Bella Lynn y a mi tío John, que venía desde Los Ángeles.

¡Y allí estaba Bella Lynn! En el aparcamiento de la estación del tren. Saludando de pie desde un Cadillac descapotable azul celeste, vestida con un traje de vaquera de ante con flecos. Seguramente era la mujer más bella del oeste de Texas, debía de haber ganado un millón de concursos de belleza. Pelo largo rubio claro y ojos color miel. Y su sonrisa, sin embargo, o más bien su risa, era una cascada profunda de alegría, insinuaba y se burlaba del dolor que la alegría siempre trae consigo.

Lanzó nuestro equipaje y la cunita de Ben en el asiento trasero. Los Moynihan somos todos gente fuerte, por lo menos físicamente.

Nos inundó de besos y abrazos a los dos, y luego montamos en el coche y pusimos rumbo al restaurante A & W del otro lado de la ciudad. Hacía frío pero el aire estaba limpio y seco, Bella llevaba la capota bajada y la calefacción a tope, hablaba sin parar mientras conducía, con una sola mano, porque con la otra iba saludando a todo el mundo que pasaba.

—Antes de nada debería avisarte de que andamos cortos de espíritu navideño en casa. El tío John llegará pasado mañana, para Nochebuena, menos mal. Mary, tu madre, y mamá empezaron a beber y a pelearse en cuanto se vieron. Mamá se subió al tejado del garaje y no quería bajar. Tu madre se cortó las venas.

—Ay, Dios.

—Bueno, ya sabes, no fue grave ni nada. Escribió una nota de suicidio diciendo que siempre le has arruinado la vida. ¡La firmó «Mary, la Sangrienta»! Está ingresada en el pabellón psiquiátrico del St. Joseph, en observación durante setenta y dos horas. Al menos tu padre no vendrá, está hecho una furia por lo de tu D-I-V-O-R-C-I-O. Mi abuela la loca sí que ha venido. ¡Chiflada perdida! Y una caterva de parientes horrorosos de Lubbock y Sweetwater. Papá los ha metido en un motel, pero vienen a casa y se pasan todo el día comiendo y viendo la tele. Todos son renacidos, así que creen que tú y yo no tenemos salvación. ¡Y ha venido Rex Kipp! Papá y él se pasan el día comprando regalos y cosas para los pobres y se quedan a su aire en el taller de papá. Así que, chica, no sabes cuánto me alegro de verte...

En el A & W pedimos desde el coche hamburguesas con patatas fritas y batidos, como siempre. Le dije a Bella que Ben podía comer un poco de lo mío, porque solo tenía diez meses, pero ella le pidió una hamburguesa y banana split. Toda nuestra familia es extravagante. Bueno, no, mi padre no es así, para nada. Nació en Nueva Inglaterra, es ahorrativo y responsable. Yo tiro más a los Moynihan.

Después de ponerme al corriente de la situación, Bella me habló de Cletis, que había sido su marido solo dos meses. Cuando se casó sus padres se enfadaron tanto como los míos conmigo. Cletis trabajaba de peón en la obra, en pozos petrolíferos, o de jinete en los rodeos. Las lágrimas caían por las preciosas mejillas de Bella mientras me lo contaba todo.

—Lou, éramos felices como unos tortolitos. Juro que nadie ha vivido nunca un amor tan tierno y dulce. ¿Por qué los tortolitos son felices, por el amor de Dios? Teníamos nuestra pequeña caravana en el valle del sur, al lado del río, estábamos en la gloria. Nuestro pequeño paraíso. ¡Yo limpiaba la casa y lavaba los platos! Cocinaba, hacía pastel de piña, macarrones, un montón de platos distintos, y él estaba orgulloso de mí, y yo de él. La cosa empezó a torcerse cuando papá me perdonó por casarme con Cletis y nos compró una casa. En Rim Road, nada menos, una mansión, con columnas en el porche, pero nosotros no queríamos, así que Cletis y papá se enzarzaron en una discusión terrible. Intenté explicarle a papá que no queríamos aquel caserón, que me gustaba vivir en la caravana. Y también tuve que explicárselo a Cletis una y otra vez, porque aunque no quise mudarme se puso de morros. Entonces un día fui a La Popular, los grandes almacenes, y me compré un poco de ropa y unas toallas, cuatro cosas nada más, y las cargué a la cuenta que tengo allí de toda la vida. Cletis se puso como loco, dijo que me había gastado más dinero en dos horas del que él ganaba en seis meses. Así que lo saqué todo afuera, lo rocié de queroseno y le prendí fuego, y nos besamos e hicimos las paces. Ah, pequeña Lou, le quería tanto, ¡tanto! Luego cometí otra estupidez, y ni siquiera entiendo por qué lo hice. Mamá había pasado de visita. Imagino que simplemente me metí en la piel de una mujer casada, ¿entiendes? Una adulta. Preparé café y serví galletas Oreo en un platito. Empecé a irme de la maldita lengua hablando de s-e-x-o. Supongo que por fin me sentía mayor para hablar con ella de s-e-x-o. Y tampoco lo sabía, por Dios, así que le pregunté si me podía quedar embarazada por tragármelo cuando Cletis se corría. Mamá salió de la caravana hecha un basilisco y volvió corriendo a casa a contárselo a papá. Se armó un lío infernal. Esa noche papá y Rex vinieron y le pegaron a Cletis una paliza de muerte. Acabó en el hospital con la clavícula fracturada y dos costillas rotas. Dijeron que era un pervertido y que lo meterían en la cárcel por sodomita y que anularían el matrimonio. ¿Te lo puedes creer, que mamársela a tu legítimo esposo vaya contra la ley? De todos modos no volví con papá, no me separé de la cabecera de Cletis hasta que pude llevármelo a casa. Y todo fue bien, otra vez los dos felices como tortolitos, a pesar de que Cletis empezó a beber mucho, con eso de que no podría volver a trabajar en una temporada. Hasta que la semana pasada me asomo y veo este Cadillac flamante aparcado delante de nuestra caravana, con un enorme muñeco de Santa Claus al volante y adornado con lazos de raso. Me eché a reír, porque ya te imaginas que era gracioso, pero Cletis dijo: «Contenta, ¿eh? Bueno, pues yo nunca te voy a hacer tan feliz como tu papaíto». Y se fue. Pensé que era solo un arranque de genio y que luego volvería. Ay, Lou, pero no va a volver, ¡se ha largado! Se ha ido a Luisiana, a trabajar en una plataforma petrolífera. Ni siquiera me llamó. Me lo dijo la bruta de su madre cuando vino a buscar su ropa y su silla de montar.

Resulta que el pequeño Ben se había comido la hamburguesa enterita y una buena parte del banana split. Vomitó y se lo echó todo encima y salpicó la chaqueta de Bella Lynn. Ella tiró la chaqueta en el asiento de atrás, limpió a Ben con servilletas de papel mojadas mientras yo sacaba ropa limpia y un pañal. Eso sí, no lloró para nada. Le encantaba la música country y el rock and roll, y estaba fascinado con la voz y el pelo de Bella Lynn, no le quitaba ojo.

Envidié a Bella y Cletis, tan enamorados. A Joe yo lo adoraba, pero siempre le había tenido miedo, siempre estaba intentando complacerle. Ni siquiera creo que él me hubiera querido demasiado. Me sentí desgraciada, no tanto porque le echara de menos, sino por cómo habían fracasado nuestros planes y porque todo parecía culpa mía.

Le conté a Bella mi breve y triste historia. Que Joe era un escultor maravilloso. Le habían dado una beca Guggenheim, consiguió un mecenas y una villa y una fundición en Italia, y se marchó. «El arte es su vida.» (Me había dado por decir eso, a todo el mundo, con dramatismo.) No, no me pasaba la manutención del niño. Ahora ni siquiera sabía su dirección.

Bella Lynn y yo nos abrazamos y lloramos un rato, y al final ella suspiró.

—Bueno, por lo menos te queda el bebé.

—Los bebés.

—¿Qué?

—Estoy de casi cuatro meses. Para Joe fue el colmo que me quedara embarazada otra vez.

—¡Será el colmo para ti, cabeza de chorlito! Maldita sea, ¿se puede saber qué vas a hacer? No creas que tus padres van a ayudarte. Tu madre va a suicidarse una y otra vez cuando se entere de esto.

—No sé qué voy a hacer. Encima, hay otro problema gordo... Me moría de ganas de venir, pero no me dejaban librar en Nochebuena en la agencia fiduciaria. Así que me marché y me vine, sin más. Ahora tendré que buscarme otro trabajo, y embarazada.

—Has de abortar, Lou. No te queda otra.

—¿Y dónde quieres que aborte? De todos modos... será tan fácil criar sola a dos niños como a uno.

—Tan difícil, querrás decir. Y además, no es verdad. Si Ben es tan encantador, es porque tú estabas con él cuando era un bebé. Ahora ya tiene edad para que lo dejes al cuidado de alguien mientras vas a trabajar, aunque sea una lástima. Pero no puedes irte dejando a un recién nacido.

—Bueno, así están las cosas.

—Hablas igual que tu padre. La cosa es que tienes diecinueve años y eres bonita. Has de buscarte a un hombre bueno, fuerte y decente, dispuesto a querer al pequeño Ben como si fuera su propio hijo. Ahora bien, encontrar a alguien que cargue con dos críos ya es otra historia. Solo podría ser una especie de buen samaritano dispuesto a rescatarte, un santo, y te casarías con él por gratitud y luego te sentirías culpable y lo detestarías, así que acabarías locamente enamorada de un saxofonista bohemio... Sería una tragedia, Lou, una tragedia. A ver, pensemos. Esto es muy serio. Ahora solo quiero que me escuches y dejes que me ocupe de ti. ¿Acaso no te he aconsejado siempre bien?

Bueno, de hecho no, ni mucho menos, pero estaba tan confundida que no dije nada. Me arrepentí de habérselo contado. Yo solo quería reunirme con la familia y pasarlo bien, olvidar todos mis problemas. Ahora habían empeorado aún más, con mi madre suicidándose otra vez, y mi padre que ni siquiera iba a venir.

—Espérame aquí, no te muevas. Pídenos un café mientras voy a hacer unas llamadas.

Sonrió y saludó a varias personas, en su mayoría hombres, que la llamaban desde otros coches aparcados mientras iba a la cabina telefónica. Se pasó un buen rato dentro, aunque salió dos veces, una para venir a buscar un suéter y café, y luego a por más monedas. Ben se entretuvo jugueteando con los botones de la radio y encendiendo y apagando el limpiaparabrisas. La camarera que llevaba los pedidos a los coches me calentó un biberón; Ben se lo tomó y se durmió en mi regazo.

Cuando Bella volvió, sonriente, levantó la capota y nos pusimos en marcha hacia la plaza por Mesa Street. Venía cantando «South of the border... down Mexico way!».

—Bueno, Lou. Todo arreglado. Yo también he pasado por esto. Es horrible, pero el sitio es de confianza y limpio. Entrarás esta tarde a las cuatro, y a las diez de la mañana estarás fuera. Te darán antibióticos y analgésicos para que te los traigas, pero no es un dolor exagerado, es como una regla fuerte. He llamado a casa y les he dicho que nos vamos de compras a Juárez, que pasaremos la noche en el Camino Real. Ben y yo te esperaremos ahí, y nos iremos conociendo, y tú vuelves en cuanto esto se acabe.

—Un momento, Bella. No lo he pensado bien.

—Ya lo sé. Por eso me he encargado yo de pensarlo.

—¿Y si algo sale mal?

—Entonces buscaremos un médico aquí. En Texas te pueden salvar la vida y todo lo demás. Simplemente no pueden practicar abortos.

—¿Y si me muero? ¿Quién cuidará de Ben?

—¡Bueno, pues yo! Y te prometo que seré una madre estupenda.

Ahí me tuve que reír. Hablaba con mucha lógica. De hecho, sentí que me quitaba un gran peso de encima. No preocuparme por un recién nacido además de Ben. Qué alivio, por Dios. Bella tenía razón. Un aborto era la mejor solución. Cerré los ojos y me recosté en el asiento de cuero.

—¡No tengo nada de dinero! ¿Cuánto cuesta?

—Quinientos. En efectivo. Que precisamente me arden ahora mismo en la mano. Tengo dinero para quemar. Cada vez que me acerco a mamá o a papá, aunque solo vaya buscando un abrazo o porque necesito contarles que echo de menos a Cletis o preguntarles si creen que debería ir a estudiar secretariado, lo único que se les ocurre es soltarme más dinero. Cómprate algo bonito, me dicen.

—Ya —dije. Sabía lo que era eso. Al menos antes de que mis padres me repudiaran—. A veces acababa pensando que si un tigre me arrancaba la mano a dentelladas y yo corría a buscar a mi madre, ella simplemente me soltaría un fajo de billetes en el muñón. O haría alguna broma... «¿Qué es eso que suena, una palmada con una sola mano?»

Llegamos al puente y al olor de México. Humo, guindilla, cerveza. Claveles, velas, queroseno. Naranjas y orines. Bajé la ventanilla y asomé la cabeza, contenta de estar en casa. Campanas de iglesia, música ranchera, bebop, mambo. Villancicos de las tiendas para los turistas. Ruidosos tubos de escape, bocinas, soldados estadounidenses borrachos de Fort Bliss. Señoras respetables de El Paso, compradoras serias, cargadas de piñatas y garrafas de ron. Había nuevas zonas comerciales y un flamante hotel de lujo, donde un empleado joven y cortés se ocupó del coche, otro de las maletas, y otro incluso tomó a Ben en brazos sin despertarlo. Nuestra habitación era elegante, con alfombras y tapices delicados, buenas antigüedades falsas y colorido arte folclórico. Las ventanas de postigos daban a un patio con una fuente de azulejos, exuberantes jardines, y más allá una piscina vaporosa. Bella les dio propina a todos y llamó al servicio de habitaciones. Una jarra de café, ron, Coca-Cola, repostería, fruta. Yo llevaba leche de fórmula, papilla y varios biberones limpios para Ben, y le pedí a Bella que no le diera caramelos ni helado.

—¿Natillas? —me preguntó. Asentí—. Y natillas —dijo por el teléfono. Bella llamó a la tienda de artículos de regalo y pidió un traje de baño de la talla 8, lápices de colores, cualquier juguete que tuvieran, y revistas de moda—. ¡Quizá deberíamos quedarnos aquí todos los días! ¡Al cuerno la Navidad!

Paseamos por los jardines con Ben entre las dos. Estaba tan a gusto y tan contenta que me sobresalté cuando Bella Lynn dijo:

—Bueno, cielo, es hora de que te vayas.

Me dio los quinientos dólares. Me dijo que para volver pidiera un taxi hasta el hotel y ella bajaría a pagar.

—No puedes llevar encima otro dinero ni documentos. Cualquier cosa, les das mi nombre y este número.

Ben y ella me saludaron con la mano cuando ya me había montado en un taxi, que Bella pagó después de darle las indicaciones al conductor.

El taxi me llevó al restaurante Nueva Poblana, a la entrada posterior del aparcamiento, donde yo esperaría a dos hombres vestidos de negro, con gafas oscuras.

Apenas llevaba allí tres o cuatro minutos cuando llegaron. Un viejo sedán apareció por la parte de atrás, rápido y silencioso, y aparcó junto a mí. Uno de los hombres abrió la puerta y me indicó con un gesto que subiera, mientras el otro daba la vuelta para montarse por el otro lado. El conductor, un chico joven, echó un vistazo alrededor, asintió y arrancó. Las ventanillas traseras tenían cortinas y el asiento era muy bajo, así que no pude ver por dónde íbamos; al principio parecía que condujeran en círculos, y luego el plas plas plas de un tramo de autopista, más círculos y el coche frenó. El crujido de unas pesadas puertas de madera. Avanzamos unos metros y paramos, la puerta se cerró.

Alcancé a echar un vistazo al patio mientras una vieja vestida de negro me conducía adentro. No me miró exactamente con desprecio, pero el hecho de que no se dignara a hablarme o a saludarme se contradecía tanto con la típica calidez y cortesía mexicanas que me pareció un insulto.

El edificio era de ladrillo ocre, quizá un antiguo taller, con el suelo de cemento, pero aun así había canarios, macetas de periquitos y portulacas. Música de bolero, risas, y el ruido de platos desde el otro lado del patio. Guiso de pollo, olor a cebolla y ajo, epazote.

Una mujer me saludó con un gesto expeditivo desde su escritorio, y cuando me senté me estrechó la mano pero sin presentarse. Me pidió mi nombre y los quinientos dólares, por favor. El nombre y el número de alguien a quien llamar en caso de emergencia. Eso fue todo lo que me preguntó, y no me hizo firmar nada. Ella hablaba poco inglés, pero no le hablé en español, y tampoco a los demás; habría parecido un exceso de confianza.

—A las cinco vendrá el doctor. Le hará examen, y le colocará el catéter en el útero. Durante la noche provoca contracciones, pero con medicina para dormir no se sentirá mal. Nada de comida o agua después de cenar. A la mañana temprano normalmente hay un aborto espontáneo. Seis de la mañana, entrará a la sala de operaciones y le hacen D y C. Se despierta en su cama. Le damos ampicilina para la infección, codeína para el dolor. A las diez, un coche la lleva a Juárez o al aeropuerto o al autobús de El Paso.

La vieja me acompañó a mi cama, que estaba en una habitación oscura con otras seis camas. Levantó los cinco dedos para indicarme la hora de la visita, luego señaló la cama y apuntó también hacia una sala de espera al otro lado del pasillo.

Había tan poco ruido que me sorprendió encontrar una veintena de mujeres en la habitación, todas estadounidenses. Tres de ellas eran muy jóvenes, apenas niñas, con sus madres. Las otras estaban solas, leyendo revistas o sentadas, a lo suyo. Cuatro de las mujeres parecían ya cuarentonas, o incluso de cerca de cincuenta años... embarazos premenopáusicos, supuse, que al parecer no eran un cuento chino. El resto eran chicas con poco menos o poco más de veinte años. A primera vista se notaba que todas estaban asustadas, incómodas, pero por encima de todo sumamente avergonzadas. De haber hecho algo terrible. Vergüenza. No se advertía ningún vínculo de empatía entre ninguna de ellas; mi llegada pasó prácticamente desapercibida. Una mujer mexicana embarazada iba de un lado a otro con una fregona sucia y húmeda, mirándonos con curiosidad y desdén sin ningún disimulo. Sentí una rabia irracional hacia ella. ¿Y tú qué le cuentas al cura, perra? ¿Que tienes siete hijos y estás sin marido, que has de trabajar en este agujero o morir de hambre? Ay, Dios, seguramente era cierto... Sentí un cansancio, una tristeza inmensa, por ella, por todas nosotras.

Todas, sin excepción, estábamos solas. Las chiquillas quizá más todavía, porque a pesar de que dos de ellas lloraban, sus madres también parecían ajenas y distantes, con la mirada perdida, aisladas en su propia rabia y vergüenza. Solas. Se me empezaron a llenar los ojos de lágrimas, porque Joe se había ido, porque mi madre no estaba ahí, nunca.

Yo no quería abortar. No necesitaba abortar. Los distintos panoramas que imaginé para las demás mujeres que había en la habitación eran todos desoladores, historias espantosas, situaciones imposibles. Violación, incesto, asuntos feos de toda índole. Yo podía hacerme cargo de este bebé. Seríamos una familia. El bebé, Ben y yo. Una familia de verdad. Quizá sea una locura. Por lo menos es una decisión mía. Bella Lynn siempre me dice lo que tengo que hacer.

Salí al pasillo. Quería llamar por teléfono a Bella Lynn, irme de allí. Todas las otras puertas estaban cerradas, salvo la de la cocina, donde las cocineras me echaron sin miramientos.

Una puerta se cerró de golpe. Había llegado el médico. No cabía duda de que era el médico, aunque parecía un galán de cine argentino o un cantante de un club nocturno de Las Vegas. La vieja lo ayudó a quitarse el abrigo de cachemira y la bufanda. Llevaba un traje de seda caro, un Rolex. Eran su arrogancia y su autoridad las que le daban aire de médico. Era moreno, untuosamente atractivo, de andares sigilosos, como un ladrón.

Al verme me tomó del brazo.

—Vuelve con las otras chicas, cariño, es hora de la revisión.

—He cambiado de idea. Quiero irme.

—Ve a tu habitación, cielo. Algunas cambian de idea una docena de veces en una hora. Luego hablamos... Vamos, *¡ándale!*

Encontré mi cama. Las otras mujeres estaban sentadas en el borde de sus catres. Dos de las chicas jóvenes. La anciana nos hizo desnudar, ponernos una bata. La chiquilla más joven temblaba, casi histérica de miedo. El médico la examinó primero y debo reconocer que la trató con paciencia e intentó tranquilizarla, pero ella le dio un manotazo, pataleó para apartar a su madre. El médico le puso una inyección, la tapó con una manta.

—Volveré después. Relájese —le dijo a la madre.

A la otra chica joven también le dieron un sedante, antes de hacerle una revisión rutinaria. Le pidió un breve historial, la auscultó con el estetoscopio, le tomó la temperatura y la tensión. No nos habían hecho análisis de orina ni de sangre. El médico hacía un rápido examen pélvico a cada mujer, asentía, y luego la vieja les introducía una sonda de tres metros en el útero, poco a poco, como si rellenara un pavo. La anciana no llevaba guantes, iba pasando de una paciente a la otra. Algunas gritaban, como si el dolor fuera horrible.

—Esto les provocará cierta molestia —dijo el médico, hablando para todas—. También inducirá las contracciones y un rechazo natural y sano del feto.

Estaba examinando a la mujer mayor que había a mi lado. Cuando le preguntó cuándo había tenido el último periodo, ella dijo que no lo sabía... hacía tiempo que no tenía el periodo. El médico tardó un buen rato en examinarla.

—Lo siento —dijo—. Está de más de cinco meses. No puedo arriesgarme.

A ella también le dio un sedante. La mujer se quedó mirando el techo, desconsolada. Ay, Dios mío. Dios mío.

—Mira a quién tenemos aquí. A nuestra pequeña fugitiva —me puso el termómetro en la boca y el brazalete para tomarme la tensión, mientras me agarraba el otro brazo. Cuando me soltó para auscultarme, me saqué el termómetro.

—Quiero marcharme. He cambiado de opinión.

No me oyó, tenía puesto el estetoscopio. Me cubrió un pecho con la mano, sonriendo insolentemente mientras me auscultaba los pulmones. Retrocedí, furiosa. Le habló a la vieja, en español.

—Esta golfilla actúa como si nadie le hubiera tocado nunca los pechos —dijo.

Entonces contesté en español.

—Tú no los toques, cabrón.

Se echó a reír.

—¡Qué desconsideración dejarme hablar en inglés, con lo que sufro!

Luego se disculpó diciendo lo cínico y amargado que acababa uno después de quince, veinte casos al día. Una labor tan dolorosa como necesaria. Etcétera. Cuando terminó de hablar era yo la que sentía lástima por él y, que Dios me perdone, miraba absorta el pozo de sus grandes ojos castaños, mientras él me acariciaba el brazo.

Volví a la carga.

—Mire, doctor, no quiero hacer esto, y ahora me gustaría marcharme.

—¿Te das cuenta de que el dinero que has pagado no es reembolsable?

—No importa. De todos modos no quiero hacerlo.

—*Muy bien*. Me temo que aun así tendrás que pasar aquí la noche. Estamos lejos de la ciudad y nuestros chóferes no vuelven hasta mañana. Te daré un sedante para dormir. Mañana a las diez podrás irte. ¿Estás segura, *m'ija*, de que esto es lo que quieres? Última oportunidad.

Asentí. Me había dado la mano. Era un consuelo: me moría de ganas de llorar, de que me abrazaran. Ay, qué no haríamos por un poco de comprensión.

—La verdad es que podrías ayudarme —dijo—. La chiquilla del rincón está muy traumatizada. Su madre anda mal, no se puede contar

101

con ella. Sospecho que lo ha hecho el padre, o una situación particularmente escabrosa. Sin duda la chica debería abortar. ¿Me ayudarías? ¿La tranquilizarías un poco esta noche?

Fui con él hasta la cama de la chica, me presenté. El médico me pidió que le explicara lo que iba a hacer, para que supiera a qué atenerse, que le explicara que no había peligro, que era fácil y que todo saldría bien. Ahora va a auscultarte el corazón y los pulmones... Ahora el doctor necesita palparte por dentro... (Él dijo que no le dolería. Yo le dije que iba a doler.) Tiene que hacer esto para asegurarse de que todo está bien.

Aun así, la chica se resistía.

—¡A fuerzas! —dijo él.

La agarramos entre la vieja y yo. Luego ayudé al médico a sujetarla y seguí hablándole, tratando de calmarla, mientras la anciana introducía en su cuerpecito la sonda, palmo a palmo. Cuando acabó, la abracé; ella se colgó de mi cuello, llorando. Su madre seguía en la silla al pie de la cama, con expresión pétrea.

—¿Está en shock? —le pregunté al doctor.

—No, está borracha como una cuba.

Nada más decirlo, la mujer se desplomó y cayó al suelo; la levantamos y la acostamos en la cama al lado de la de su hija.

El médico y la anciana se marcharon entonces a otras dos habitaciones llenas de pacientes. Dos indias jóvenes entraron con las bandejas de la cena.

—¿Quieres que me quede a comer aquí contigo? —le pregunté a la chica.

Ella asintió. Se llamaba Sally; era de Misuri. Apenas dijo nada más, pero comió con avidez. Nunca había probado las tortillas mexicanas, echaba de menos un poco de pan. ¿Qué es esto verde? Aguacate. Está bueno. Mezcla un poco con la carne, ponlo en la tortilla y enróllala.

—¿Crees que tu madre se pondrá bien? —le pregunté.

—Por la mañana se encontrará mal —Sally levantó el colchón. Había una petaca de Jim Beam—. Si yo no estuviera y tú sigues por aquí, dale esto. Lo necesita para no vomitar.

—Sí. Mi madre también bebe —le dije.

Cuando se llevaron las bandejas, la vieja entró a traernos comprimidos grandes de Seconal. A las chicas más jóvenes les pusieron inyecciones. La anciana dudó al pasar junto a la madre de Sally, y al final le inyectó también un barbitúrico.

Me tumbé en la cama. Las sábanas eran ásperas, olían bien, como la ropa secada al sol, y la tosca manta mexicana olía a lana virgen. Recordé los veranos en Nacogdoches.

El doctor ni siquiera se había despedido. A lo mejor Joe volvería a casa. Ay, qué insensata. Quizá lo mejor sería abortar. Si no estoy en condiciones de criar a un hijo, mucho menos a dos. Dios mío, ¿qué debería...? Me quedé dormida.

Me despertaron unos sollozos angustiosos. La habitación estaba a oscuras, pero por el tenue resplandor de la luz del pasillo vi que no había nadie en la cama de Sally. Salí corriendo al pasillo. Me costó abrir la puerta del baño, porque Sally estaba en el suelo y me impedía el paso. Al entrar la encontré inconsciente, pálida como un cadáver. Había sangre por todas partes. Sally tenía una fuerte hemorragia, estaba enredada en vueltas y vueltas de sonda como un Laocoonte desquiciado. Había coágulos pegados a la goma de la sonda, que se arqueaba y se retorcía, deslizándose por el cuerpo de la chica como un ser vivo. Comprobé que Sally tenía pulso, pero no pude levantarla.

Corrí por el pasillo, golpeando las puertas hasta que desperté a la vieja. Dormía vestida con su uniforme blanco; se puso los zapatos y fue al cuarto de baño a toda prisa. Tras echar un vistazo, se dirigió rápidamente al despacho a telefonear. Me quedé fuera, escuchando. La anciana cerró la puerta de una patada.

Volví con Sally, le lavé la cara y los brazos.

—El doctor viene para acá. Vaya a su habitación —me dijo la anciana.

La acompañaban las indias jóvenes. Me agarraron entre las dos y me acostaron en mi cama; la mujer me puso una inyección.

Me desperté en un cuarto inundado por un sol radiante. Había seis camas vacías, hechas con esmero, las colchas de un rosa vivo. Canarios y pinzones cantaban fuera, y la buganvilla morada rozaba los postigos abiertos con la brisa. Encontré mi ropa al pie de la cama. Me la llevé al cuarto de baño, que ahora estaba impecable. Me lavé y me vestí, me cepillé el pelo. Al caminar me tambaleaba, todavía sedada. Cuando volví a la habitación empezaron a traer a las demás mujeres en camilla para acostarlas. Vi a la mujer a la que no habían querido practicarle el aborto sentada en una silla, mirando por la ventana. Las chicas indias trajeron bandejas con café con leche, pan dulce, naranja en rodajas y sandía. Algunas de las mujeres desayunaron, otras vomitaban en una palangana o iban a trompicones al cuarto de baño. Todo el mundo se movía a cámara lenta.

—*Buenos días* —el doctor llevaba una bata verde larga, la mascarilla bajada, su pelo largo y negro alborotado. Me sonrió—. Espero que hayas dormido bien —dijo—. Te irás en el primer coche, saldrá en unos minutos.

—¿Dónde está Sally? ¿Dónde está su madre? —tenía la lengua pastosa. Me costaba articular las palabras.

—Sally necesitaba una transfusión de sangre.

—¿Está aquí? ¿Viva? —la palabra se resistió a salir.

El doctor me agarró de la muñeca.

—Sally está bien. ¿Lo tienes todo? El coche sale ahora mismo.

A cinco de nosotras nos condujeron apresuradamente por el pasillo, afuera y hasta el coche. Arrancamos y oímos que las puertas volvían a cerrarse.

—¿Quién va al aeropuerto de El Paso? —las demás mujeres iban al aeropuerto.

—A mí déjenme en el puente, del lado de Juárez —dije.

Luego el viaje prosiguió sin interrupciones. Nadie hablaba. Me moría de ganas de decir alguna tontería, como «¿No hace un día precioso?». Hacía un día precioso de veras, fresco y despejado, el cielo de un azul chillón mexicano.

Sin embargo, en el coche reinaba un silencio impenetrable, cargado de vergüenza, de dolor. Solo el miedo había desaparecido.

El bullicio y los olores del centro de Juárez eran los mismos de mi niñez. Me sentí una niña y como si solo quisiera deambular sin rumbo, pero le hice una señal a un taxi. Resultó que el hotel estaba a unas pocas calles de allí. El portero pagó al taxista. Bella Lynn se había encargado de todo. Estaban en la habitación, me dijo el portero.

La habitación era un completo desastre. Ben y Bella estaban en el centro de la cama, riéndose, arrancando las hojas de las revistas y lanzándolas por los aires.

—Este es su juego favorito. ¿Crees que de mayor será crítico?

Bella se levantó y me dio un abrazo, me miró a los ojos.

—Cielo santo. No lo has hecho. ¿Será posible, pequeña estúpida? ¡Estúpida!

—¡No, no lo he hecho! —sostenía a Ben en los brazos, sintiendo sus huesecitos contra mi pecho, ¡ah, qué bien olía! Empezó a parlotear. Me di cuenta de que se lo habían pasado estupendamente—. ¡No pude! Tuve que pagar de todos modos, pero te devolveré el dinero. Solo te pido que no me sermonees. Bella, había una chica allí, se llamaba Sally...

La gente dice que Bella Lynn es una consentida y una frívola. Que vive sin la menor preocupación. Pero nadie entiende las cosas como ella... Tiene un sexto sentido. No hizo falta que le explicara nada, aunque por supuesto más tarde lo hice. Simplemente me eché a llorar, y ella y Ben lloraron también.

Nosotros los Moynihan, sin embargo, lloramos o nos enfadamos y luego ya está. Ben fue el primero en cansarse, empezó a saltar en la cama.

—Oye, Lou, claro que no voy a sermonearte. Cualquier cosa que tú hagas me parecerá bien. Lo único que quiero saber es qué vamos a hacer ahora. ¿Tomamos un tequila *sunrise*? ¿Vamos a comer? ¿De compras? No sé tú, pero yo estoy hambrienta.

—Yo también. Vamos a comer. Y quiero comprar algo para tu abuela y para Rex Kipp.

—Qué, Ben, ¿te parece un buen plan? ¿Sabes decir «compras»? Hemos de inculcarle valores a este crío. ¡Compras!

El servicio de habitaciones trajo su chaqueta de flecos de la tintorería. Las dos nos cambiamos y nos maquillamos, vestimos a Ben. Al principio pensé que tenía un sarpullido, pero eran solo los restos de pintalabios de tanto besarle la cara.

Almorzamos en el comedor del hotel, que era precioso. Éramos chicas alegres, sin la menor preocupación. Jóvenes y bonitas y libres, con el futuro a nuestros pies. Nos contamos chismes y nos reímos y jugamos a especular sobre la vida de la gente que había en el salón.

—Bueno, vale más que volvamos a casa, si no queremos perdernos la reunión familiar —dije al fin, después de nuestro tercer café con Kahlúa.

Compramos regalos y un cesto de mimbre para meterlo todo, incluidos los juguetes de la habitación. Bella Lynn suspiró.

—Los hoteles son tan acogedores, siempre me da pena irme...

Tras la inmensa puerta de la casa de campo del tío Tyler, Roy Rogers y Dale Evans cantaban villancicos de Navidad a grito pelado. Había una máquina de burbujas instalada también detrás de la puerta, así que la primera vista del gigantesco árbol de Navidad era a través de unos prismas empañados por la espuma.

—Cielo santo, ¡es como pasar por un túnel de lavado! Y mira la alfombra —Bella Lynn desenchufó la máquina, apagó la música.

Bajamos los escalones de piedra que llevaban al colosal salón. Troncos, árboles enteros, ardían en la chimenea. Los parientes de la tía Tiny estaban todos repantigados en los sofás de cuero y los sillones reclinables viendo el partido de fútbol. Ben fue directo a sentarse; nunca había visto la televisión. Dulce criatura, nunca había estado fuera de casa; iba asimilándolo todo sobre la marcha.

Bella Lynn nos presentó, aunque la mayoría se limitaron a hacer un gesto con la cabeza, sin apartar apenas la vista de los platos o del partido. Iban todos bien vestidos, como para un funeral o una boda, pero aun así parecían un hatajo de jornaleros o víctimas de un tornado.

Volvimos a subir las escaleras.

—Me muero de ganas de verlos mañana en la fiesta de papá. A primera hora recogeremos al tío John, y de ahí pasamos y sacamos a tu madre del hospital. Luego habrá un cóctel y vendrá mucha gente. Buenos partidos, en su mayoría, así que no nos gustará ninguno. Pero también un montón de amigos, que quieren verte a ti y al bebé.

—¡Ay, Madre del Amor Hermoso!

Era la vieja señora Veeder, la madre de Tiny. Había alzado a Ben en brazos, sin preocuparse de que se le cayera el bastón, e iban los dos tambaleándose por el salón. Ben se reía, pensando que era un juego, mientras chocaban con las consolas y las vitrinas de la porcelana, haciendo añicos la cristalería. Una de las expresiones favoritas de mi madre es «La vida está erizada de peligros». La señora Veeder salió a trompicones con Ben en brazos hacia su cuarto, donde había otro televisor, sintonizado en el canal de las telenovelas, y bastantes cachivaches encima de la cama para entretenerlo durante meses. Saleros de cerámica de Texarkana con forma de letrina, caniches de punto que eran fundas para el papel higiénico, saquitos de fieltro perfumados, brazaletes a los que se les habían caído varias piedras. Todo mugriento, en el proceso de ser reciclados como regalos de Navidad. La señora Veeder y Ben cayeron juntos encima de la cama. Ben se quedó allí horas, mordisqueando estatuillas de Jesús que brillaban en la oscuridad, mientras ella envolvía regalos con trozos de papel arrugado y cinta enmarañada. Cantando «Jesús nos ama, ¡sí, lo sé...! Pues la Biblia lo proclama».

La mesa del comedor parecía sacada de un anuncio de los bufés de los cruceros. Me quedé admirando el despliegue de platos de carnes, ensaladas, costillas a la brasa, galantinas, gambas, quesos, pasteles, tartas, preguntándome adónde iría todo, cuando empezó a desaparecer ante mis ojos a medida que los parientes de Tiny entraban sigilosamente, de uno en uno, haciendo incursiones furtivas y volviendo a toda prisa al partido de fútbol.

Esther estaba en la cocina, vestida con un uniforme negro, encorvada sobre un enorme cuenco de masa para los tamales. En el horno se cocinaban empanadas de carne. Bella Lynn abrazó a Esther como si hubiera estado ausente varios meses.

—¿Ha llamado?

—Claro que no, cariño. No va a llamar.

Esther la meció en sus brazos. Había cuidado a Bella Lynn desde que nació. Aun así no la consentía, como todos los demás. En otros tiempos me parecía una mujer despiadada. Bueno, en realidad lo es. Me saludó con un «Mira qué tenemos aquí, ¡otra cabecita hueca!». Me dio también un abrazo. Era una mujer menuda, de huesos delicados, pero te envolvía.

—¿Dónde está ese pobre crío? —fue a ver a Ben, volvió y me abrazó otra vez—. Qué bendición. Es un tesoro de niño. ¿Te sientes afortunada, muchacha?

Asentí, sonriendo.

—Si quieres, te ayudamos a hacer tamales —le dije—. Solo quiero ir a saludar a Tyler y Rex. Y a la tía Tiny. ¿Está...?

—No va a bajar. Se ha llevado la manta eléctrica, la radio y licor. No, se quedará un buen rato ahí arriba.

—Alabado sea Dios —dijo Bella.

—Id a llevarles algo de comer a esos chicarrones al taller. Poned muchas gambas para Rex.

El «taller» de Tyler en realidad era una vieja casa de adobe, con una gran sala de estar y habitación para invitados, una estancia gigantesca llena de armas de fuego, nuevas y antiguas. La sala de estar tenía una gran chimenea, trofeos de caza en todas las paredes y pieles de oso cubriendo las baldosas del suelo. El cuarto de baño era una alfombra de pechos, senos de goma de todos los colores y tamaños. La alfombra fue un regalo que le hizo a mi tío Barry Goldwater, que una vez fue candidato a la presidencia de Estados Unidos.

Ya había oscurecido, era una noche fría y serena. Seguí a Bella Lynn por el sendero.

—¡Descaradas! ¡Basura blanca!

Di un respingo, sobresaltada. Bella se rio.

—No hagas caso, es mamá, en el tejado.

Rex y el tío Tyler se alegraron de verme. Dijeron que cuando Joe volviera a pisar suelo americano se lo hiciera saber, lo descuartizarían vivo. Estaban tomando bourbon y escribiendo listas. En el salón se amontonaban bolsas de la compra llenas a rebosar. Cada año repartían regalos por los asilos de ancianos y los hospitales infantiles y los orfanatos. Se gastaban varios miles de dólares. Solo que no se limitaban a donar cheques. La gracia era elegirlo todo y luego ir por los sitios con comida y Santa Claus.

Ese año habían ideado algo nuevo, porque Rex ahora tenía una avioneta. Una Piper Cub con la que aterrizaba en los pastos al sur de la finca de Tyler. En Nochebuena irían lanzando las bolsas de juguetes y comida desde el aire y caerían en el suburbio de barracas de Juárez. Los dos hombres se reían mientras seguían tramando sus planes.

—Pero papá —dijo Bella—, ¿qué vamos a hacer con mamá? ¿Y con la tía Mary? ¿Qué hay de Lou y de mí? Unos tigres la atacaron y le hicieron un bombo, y luego huyeron con mi marido.

—Espero que las dos tengáis vestidos de infarto para la fiesta de mañana. Hemos contratado camareros, pero aun así Esther necesitará un poco de ayuda. Rex, ¿cuántos bastones de caramelo calculas entonces para los niños inválidos?

Apuntes de la sala de urgencias, 1977

Nunca se oyen sirenas en la sala de urgencias; los conductores las apagan en Webster Street. Veo con el rabillo del ojo las luces rojas de las ambulancias de ACE o United cuando dan marcha atrás. Normalmente las estamos esperando, tras recibir el aviso por radio, como en la televisión. «Metropolitano Uno: ACE, Código 2. Varón de cuarenta y dos años, herida en la cabeza, TA superior a 110. Consciente. Tiempo estimado de llegada, tres minutos.» «Metropolitano Uno... 76542 Despejado.»

Si es un Código 3, cuando la vida del paciente está en peligro crítico, el médico y las enfermeras se anticipan y esperan fuera, charlando. Dentro, en la sala 6, la sala de traumatología, está el equipo que activa el Código Azul. ECG, técnicos de Rayos X y de terapia respiratoria, enfermeras de cardiología. En la mayoría de los Códigos Azules, sin embargo, los conductores de los vehículos de emergencia o los bomberos están demasiado ocupados para llamar. El Departamento de Bomberos de Piedmont nunca llama, y eso que les toca ver la peor cara de los barrios ricos. Infartos masivos, suicidios con fenobarbital, niños en piscinas.

Todo el día llegan los Cadillac de Care Ambulance, pesados como coches fúnebres, y dan la vuelta justo al lado de la entrada de Urgencias. Todo el día pasan por delante de mi ventana las camillas hacia la sala de rayos gamma, de radioterapia. Las ambulancias son grises, los conductores van de gris, las mantas son grises, los pacientes tienen la piel gris amarillenta, salvo por las marcas rojas brillantes que los médicos les han hecho en el cráneo o la garganta con un rotulador Magic X.

Me propusieron trabajar allí. No, gracias. Odio alargar las despedidas. ¿Por qué sigo haciendo bromas de mal gusto sobre la muerte? Ahora me la tomo muy en serio. Y la estudio. No directamente, a cierta distancia. Veo la muerte encarnada en una persona, o a veces varias, que me saludan. La señora Diane Adderly, que era ciega; el señor Gionotti; Madame Y; mi abuela.

Madame Y es la mujer más hermosa que he visto. Parece muerta, de hecho, su piel blanquiazul traslúcida, una cara de rasgos orientales exquisitos, serena y atemporal. Lleva pantalones holgados y botas, chaquetas de cuello mao cortadas y bordadas ¿en Asia?, ¿en Francia? En el Vaticano, tal vez... pesan como la sotana de un obispo, o como una bata de radiología. Los ribetes están cosidos a mano, con fucsias, morados, naranjas suntuosos.

Llega a las nueve en un Bentley, conducido por un filipino descarado que fuma un Sherman tras otro en el aparcamiento. Los dos hijos de Madame Y, altos, con trajes confeccionados en Hong Kong, la escoltan desde el coche hasta la entrada de radioterapia. Hay que recorrer un pasillo interminable. Ella es la única que lo hace sola. En la entrada se vuelve hacia sus hijos, sonríe y se despide con una leve inclinación de la cabeza. Ellos se despiden igual y la siguen con la mirada hasta que llega al final del pasillo. Cuando la pierden de vista, van a tomar café o a hablar por teléfono.

Una hora y media más tarde, todos reaparecen a la vez. Madame Y, con dos manchas malvas en los pómulos, sus hijos, el Bentley con el filipino, y todos se marchan con aire majestuoso. El destello metálico del coche plateado, el pelo negro de ella, su chaqueta de seda. Todo el ritual es silencioso y fluido como la sangre.

Ahora está muerta. No sé exactamente cuándo fue, supongo que en uno de mis días libres. De todos modos ya parecía muerta, pero una muerta con encanto, como sacada de una ilustración o un anuncio.

Me gusta mi trabajo en Urgencias. La sangre, los huesos, los tendones me parecen afirmaciones rotundas. No deja de asombrarme el cuerpo humano, su resistencia. Y más vale, porque pasarán horas antes de que les hagan radiografías o les inyecten Demerol. Quizá soy morbosa. Me fascina ver dos dedos en una bolsita de plástico, la hoja reluciente de una navaja atravesando la esbelta espalda de un chulo. Me gusta el hecho de que, en Urgencias, todo tiene arreglo. O no.

Códigos Azules. A todo el mundo le gustan los Códigos Azules. Se activan cuando alguien muere —el corazón deja de latir, dejan de respirar—, pero el equipo de emergencias puede, y a menudo consigue, devolverlo a la vida. Incluso si el paciente es un hombre de ochenta años cansado de vivir, no puedes evitar quedar atrapado en el espectáculo de la resucitación, por pasajera que sea. Se salvan muchas vidas, vidas jóvenes y fructíferas.

El ritmo y la intensidad de diez o quince personas actuando a la vez... Es como la noche de estreno en un teatro. Los pacientes, si están conscientes, participan también, aunque sea observando con interés todo lo que ocurre. Nunca parecen asustados.

Si la familia está con el paciente, mi trabajo consiste en darles información, mantenerles al tanto de lo que pasa. Tranquilizarlos, sobre todo.

Mientras que el personal piensa en términos de códigos bien o mal ejecutados —en qué medida cada uno cumplió con su cometido, tanto si el paciente reaccionó como si no—, yo pienso en términos de muertes buenas o malas.

Las muertes malas son esas en que el allegado más próximo es un director de hotel, o en que la mujer de la limpieza encontró a la víctima de un derrame cerebral al cabo de dos semanas muriendo de deshidratación. Las muertes malas de verdad son cuando llegan hijos y parientes después de viajar desde lugares inaccesibles y ni siquiera parece que se conozcan o que sientan el menor aprecio por el difunto. No hay nada que decir. Se ponen a hablar de los preparativos, de que habrá que hacer los preparativos, de quién hará los preparativos.

Las de los gitanos son muertes buenas. O a mí me lo parecen, aunque las enfermeras no opinen lo mismo, ni tampoco los celadores. Siempre llegan en manada, y exigen estar con la persona moribunda, besarla y abrazarla, desenchufan y estropean los televisores y los monitores y los demás aparatos. Lo mejor de las muertes de los gitanos es que nunca hacen callar a sus niños. Los adultos aúllan y lloran y gimen, pero los niños siguen correteando por ahí, juegan y ríen sin que nadie les diga que deben estar tristes o ser respetuosos.

Las muertes buenas casualmente parecen coincidir con los Códigos Azules que salen bien: el paciente responde a todos esos tratamientos para devolverle la vida, y luego se muere sin que nadie se dé cuenta.

El señor Gionotti tuvo una muerte buena... La familia respetó la petición del personal y se quedaron fuera, pero iban entrando uno por uno para que el señor Gionotti supiera que estaban allí, y al salir tranquilizaban a los demás y garantizaban que los médicos hacían todo lo posible. Eran muchos, sentados, de pie; se acariciaban, fumaban, a veces se reían. Me dio la impresión de asistir a una celebración, a una reunión familiar.

Una cosa sé de la muerte. Cuanto «mejor» es la persona, cuanto más cariñosa, feliz y comprensiva, menor es el vacío que deja su muerte.

Cuando el señor Gionotti murió, evidentemente estaba muerto, claro, y la señora Gionotti lloró, igual que el resto de la familia, pero se fueron todos llorando juntos, y con él de verdad.

La otra noche vi al señor Adderly en el autobús, el 51. Es ciego, como lo era su esposa, Diane Adderly, que ingresó clínicamente muerta hace unos meses. Él encontró su cuerpo en el pie de la escalera, con el bastón. La arpía de la enfermera McCoy no paraba de decirle que dejara de llorar.

—Así no va a arreglar la situación, señor Adderly.

—No quiero arreglar nada. Es lo único que puedo hacer. Déjeme tranquilo.

Cuando oyó que McCoy se iba a hacer los trámites, el hombre me dijo que hasta ese día nunca había llorado. Le daba miedo, por sus ojos.

Le puse la alianza de su mujer en el dedo meñique. Habían encontrado mil dólares en billetes pegajosos en el sujetador de su esposa, y se los metí en la cartera. Le dije que eran billetes de cincuenta, de veinte y de cien, y que habría de buscar a alguien que se los separara.

Cuando me lo encontré en el autobús debió de reconocerme por mi manera de andar o por mi olor. Al subir no lo vi, pasé de largo hasta el primer asiento libre. El señor Adderly se levantó del asiento más próximo al conductor y vino a sentarse a mi lado.

—Hola, Lucia —dijo.

Fue muy divertido, me habló de lo desordenado que era su nuevo compañero de cuarto en el Asilo Hilltop para Invidentes. Al principio me costó imaginar cómo podía saber que su compañero era desordenado, pero luego empecé a imaginar situaciones, tipo los hermanos Marx, de dos ciegos que comparten la misma habitación:

espuma de afeitar en los espaguetis, patinazos con los canelones derramados, etcétera. Nos reímos y luego nos quedamos callados, cogidos de la mano... desde Pleasant Valley a Alcatraz Avenue. El señor Adderly lloraba en silencio. Mis lágrimas eran por mi propia soledad, mi propia ceguera.

La primera noche que trabajé en Urgencias, una ambulancia de ACE trajo a una «Jane Doe», una mujer sin identificar. Íbamos cortos de personal esa noche, así que los conductores de la ambulancia y yo la desvestimos, le quitamos las medias rotas que cubrían sus piernas varicosas, las uñas de los pies curvadas como las de los loros. Arrancamos los papeles que llevaba, no del sujetador negruzco de color carne sino de sus pechos pegajosos. Una fotografía de un hombre joven con uniforme de la Marina: George, 1944. Tres cupones de Purina Cat Chow empapados de sudor y una cartilla de asistencia sanitaria con la franja roja, blanca y azul emborronada. Se llamaba Jane. Jane Daugherty. Probamos en la guía telefónica. Ninguna Jane, ningún George.

Si no les han robado ya el bolso, da la impresión de que las ancianas solo llevan encima la dentadura postiza, un horario de la línea 51 del autobús y una agenda sin apellidos.

Los conductores de la ambulancia y yo trabajamos juntos con los cabos sueltos, llamamos al hotel California y preguntamos por Annie, subrayado, la tintorería Five-Spot. A veces simplemente hemos de esperar a que llame algún pariente preguntando por ellos. Los teléfonos de Urgencias no paran de sonar en todo el día. «¿Sabe si han traído a...?» Viejos. No acabo de verlo claro con los viejos. Me parece una lástima hacer una prótesis completa de cadera o un bypass a alguien de noventa y cinco años que susurra: «Por favor, déjenme morir».

Nadie diría que los viejos tuvieran que caerse tanto, bañarse tanto. Aunque quizá para ellos sea importante caminar solos, poder ponerse de pie sin ayuda. A veces se diría que se caen a propósito, como la mujer que se tomó todos aquellos laxantes... para no ir a la residencia de ancianos.

Hay muchas bromas y coqueteos entre las enfermeras y los equipos de las ambulancias. «Hasta el próximo ataque.» Al principio me chocaba oírlos bromear en medio de una traqueotomía o afeitando a un paciente para llevarlo a monitores. Una mujer de ochenta años, con la pelvis fracturada, gimiendo: «¡Deme la mano! ¡Por favor, deme la mano!». Los conductores de la ambulancia seguían hablando del partido de los Stompers de Oakland.

—¡Dale la maldita mano, hombre!

El tipo me miró como si estuviera loca. Ya no le doy la mano a la gente, y también hago muchas bromas, aunque no delante de los pacientes. Hay mucha tensión, muchos nervios. Agota estar a todas horas en situaciones de vida o muerte.

Aún más agotador, y la verdadera causa de la tensión y el cinismo, es que muchos de los pacientes que atendemos en Urgencias no solo no son urgencias, sino que no les pasa absolutamente nada. Al final acabas deseando ver una buena puñalada o una herida de bala. Todo el día, toda la noche, viene a Urgencias gente que ha perdido un poco el apetito, que está estreñida, que tiene tortícolis, que orina rojo o verde (que invariablemente significa que han comido remolacha o espinacas).

¿Y oyen todas esas sirenas en mitad de la noche? Más de una de ellas va a recoger a un viejo borracho que se ha quedado sin oporto Gallo.

Registro tras registro. Ataque de ansiedad. Cefaleas tensionales. Hiperventilación. Intoxicación. Depresión. (Esos son los diagnósticos: los pacientes creen que tienen cáncer, un ataque al corazón, coágulos en la sangre, asfixia.) Cada uno de estos pacientes cuesta cientos de dólares, entre ambulancia, Rayos X, análisis de laboratorio, ECG... que cubre la Seguridad Social de California. Las ambulancias se quedan con un adhesivo de Medi-Cal, nosotros nos quedamos con un adhesivo de Medi-Cal, el médico se queda con un adhesivo de Medi-Cal, y el paciente se queda dormitando un rato hasta que viene un taxi a recogerlo, pagado con un justificante. Dios, ¿me he vuelto tan inhumana como la enfermera McCoy? El miedo, la pobreza, el alcoholismo, la soledad son enfermedades terminales. Urgencias, de hecho.

Nos llegan pacientes con traumatismos críticos o paros cardiacos, por descontado; en cuestión de minutos los tratan y los estabilizan con una habilidad y una eficacia increíbles, y acto seguido pasan al quirófano, o a cuidados intensivos, o quedan en observación.

Los borrachos y los suicidas acaparan durante horas salas y enfermeras que hacen mucha falta. Cuatro o cinco personas esperan delante de mi mostrador para poder ingresar. Fracturas de tobillo, faringitis, latigazo cervical, etcétera.

Maude está espatarrada en una camilla, ciega de cerveza, dándome zarpazos en el brazo como un gato neurótico.

—Eres tan buena... tan encantadora... Es este vértigo, querida.

—¿Me dice su apellido y su dirección? ¿Dónde está su cartilla de Medi-Cal?

—Perdida, todo se ha perdido... Soy tan desgraciada y estoy tan sola... ¿Por qué me dejan aquí? Seguro que tengo algún problema en el oído interno. Mi hijo Willie no llama nunca. Claro que desde Daly City es larga distancia. ¿Tienes hijos?

—Firme aquí.

He encontrado la información indispensable entre el caos de su bolso. Usa papel de fumar para fijar el pintalabios. Besos emborronados saltan en el fondo como palomitas de maíz.

—¿Me dice el apellido de Willie y su número de teléfono?

Se echa a llorar, estirando los brazos para colgarse de mi cuello.

—No le llames. Dice que le doy asco. Tú también crees que doy asco. ¡Abrázame!

—Luego pasaré a verla, Maude. Suélteme el cuello y firme este papel. Suélteme.

Los borrachos están indefectiblemente solos. Los suicidas vienen acompañados al menos por otra persona, en general varias más. Que tal vez era la idea en un principio. Mínimo dos agentes de la policía de Oakland. Al final he entendido por qué el suicidio se considera un delito.

Las sobredosis son lo peor. Siempre la misma historia. Las enfermeras suelen estar demasiado ocupadas. Les dan alguna medicación, pero entonces el paciente tiene que beber diez vasos de agua. (Esas no son las sobredosis críticas con lavado de estómago.) A veces estoy tentada de meterles los dedos para que vomiten. Hipidos y lágrimas. «Tenga, un vaso más.»

Hay suicidios «buenos». O «buenas razones», muchas veces, como una enfermedad terminal, el sufrimiento. Pero a mí me impresiona más una buena técnica. Balas que atraviesan el cerebro, venas cortadas como es debido, barbitúricos decentes. Esa gente, aunque no lo consiga, transmite una paz, una fuerza, que quizá sea fruto de una decisión meditada.

Son los reincidentes los que me exasperan: las cuarenta cápsulas de penicilina, los veinte Valium y un frasco de espray nasal Dristan. Sí, ya sé que estadísticamente la gente que amenaza o que intenta suicidarse al final lo consigue. Estoy convencida de que siempre es por accidente. John, que suele volver a casa a las cinco, pinchó un neumático y no llegó a tiempo de rescatar a su esposa. A veces sospecho que se trata de una modalidad de homicidio involuntario: el marido, o el salvador de turno, al final se cansa de aparecer justo en el momento preciso.

—¿Dónde está Marvin? Debe de estar muy preocupado.

—Está llamando por teléfono.

Me da pena decirle que está en la cafetería, parece que les ha tomado el gusto a los sándwiches de pastrami.

Semana de exámenes en la universidad. Muchos suicidios, algunos consumados, casi todos orientales. El suicidio más estúpido de la semana fue el de Otis.

La mujer de Otis, Lou-Bertha, lo había dejado por otro. Otis se tomó dos frascos de Sominex, pero estaba completamente despierto. Demasiado, incluso.

—¡Llame a Lou-Bertha antes de que sea tarde!

No paraba de darme instrucciones a gritos desde la sala de traumatología.

—Mi madre... Mary Brochard, teléfono 849-0917... Pruebe en el bar Adam and Eve, a ver si Lou-Bertha está allí.

Lou-Bertha acababa de salir del Adam and Eve hacia el Shalimar. La línea estuvo mucho rato ocupada, por fin contestaron y escuché entera «Don't You Worry 'Bout a Thing» de Stevie Wonder hasta que ella se puso al teléfono.

—Repítemelo a ver si lo entiendo, cielo... ¿Una sobredosis de qué?

Se lo dije otra vez.

—Mierda. Ve y dile a ese negro inútil y desdentado que más le vale tomarse mucho más de algo mucho más fuerte si espera sacarme de aquí.

Volví con la idea de contarle a Otis... ¿qué? Que Lou-Bertha se alegraba de que estuviera bien, quizá. Pero lo encontré hablando por

116

teléfono en la sala 6. Llevaba puestos sus pantalones, aún con la bata de topos encima. Había guardado la petaca de vodka Royal Gate en el bolsillo de la chaqueta. Estaba a sus anchas, como un ejecutivo en su despacho.

—¿Johnnie? Sí. Soy Otis. Mira, estoy aquí en la sala de urgencias del hospital. Ya sabes, al final de Broadway Avenue. ¿Cómo va todo? Bien, bien. Esa zorra de Lou-Bertha tonteando con Darryl... —silencio—. No jodas.

La enfermera de turno entró.

—¿Todavía sigue aquí? ¡Sácalo! Vienen cuatro Códigos Azules en camino. Accidente de coche, todos Código 3, tiempo estimado diez minutos.

Intento registrar a tantos pacientes como sea posible antes de que lleguen las ambulancias. La gente tendrá que esperar hasta más tarde, la mitad se irá, pero si no están todo el rato inquietos y enfadados.

Al diablo... Había tres esperando antes que ella, pero mejor registrarla ya. Es Marlene la Migraña, una habitual de Urgencias. Una mujer guapísima, joven. Al verme deja de hablar con dos jugadores de baloncesto del Laney College, uno con una lesión en la rodilla derecha, y se acerca tambaleándose a mi mostrador para hacer su numerito.

Sus alaridos suenan como Ornette Coleman en la época de «Lonely Woman». Normalmente el número consiste en, primero, golpearse la cabeza contra la pared, justo a mi lado, y luego barrer de un manotazo todo lo que hay en mi escritorio.

Y a continuación empieza con los gritos. Aullidos angustiosos, que recuerdan los corridos mexicanos, las melancólicas canciones de amor texanas. «¡Ay, ay, ay, aaaay!»

—¡Canta y no llores!

Se ha dejado caer al suelo y solo veo una mano, con una manicura impecable, que me tiende la cartilla de Medi-Cal por encima del mostrador.

—¿No ves que me estoy muriendo? ¡Me estoy quedando ciega, por el amor de Dios!

—Vamos, Marlene, ¿y cómo has conseguido ponerte esas pestañas postizas?

—Puta asquerosa.

—Marlene, levántate y firma el registro. Están a punto de llegar varias ambulancias, así que tendrás que esperar. ¡Levántate!

Se pone de pie, saca un paquete de Kool para encenderse un cigarrillo.

—Ni se te ocurra encenderlo, firma aquí —le digo.

Ella firma y Zeff sale para acompañarla a una sala.

—Vaya, vaya, si es nuestra vieja amiga Marlene la gruñona.

—No creas que me voy a callar porque me sigas la corriente, enfermera estúpida.

Llegan las ambulancias, y son urgencias de verdad. Dos de los heridos mueren. Durante una hora las enfermeras, los médicos, incluidos los de guardia, los cirujanos... todo el mundo se vuelca en la sala 6 para que los otros dos jóvenes sobrevivan.

Marlene se debate para meter una mano por la manga de su abrigo de terciopelo, mientras con la otra se pinta los labios de fucsia.

—Cielo santo, no esperarás que me quede en este antro toda la noche, ¿verdad? ¡Nos vemos, encanto!

—Nos vemos, Marlene.

Temps perdu

Llevo años trabajando en hospitales, y si algo he aprendido es que cuanto más enfermo está un paciente, menos ruido hace. Por eso los ignoro cuando llaman por el interfono. Soy administrativa de planta, mis prioridades son pedir fármacos y suero intravenoso, mandar a los pacientes a quirófano o a Rayos X. Por supuesto al final contesto las llamadas, normalmente para decirles «¡La enfermera irá enseguida!», porque tarde o temprano aparecerá por allí. Mi actitud hacia las enfermeras ha cambiado mucho. Solían parecerme inflexibles y despiadadas. Ahora sé que el problema es el hartazgo. He comprendido que su indiferencia es un arma contra la enfermedad. Combátela, acaba con ella. Ignórala, si quieres. Ceder a los caprichos de un paciente solo sirve para que le tome el gusto a estar enfermo, esa es la verdad pura y dura.

Al principio, cuando una voz por el interfono decía «¡Enfermera! ¡Rápido!», yo preguntaba: «¿Qué ocurre?». Me quitaba mucho tiempo; además, nueve de cada diez veces el problema es que el televisor se ve en blanco y negro.

A los únicos a los que les hago caso es a los que no pueden hablar. La luz se enciende y pulso el botón. Silencio. Obviamente tienen algo que decir. Por lo general hay alguna incidencia, como que la bolsa de colostomía está llena. Esa es otra de las pocas cosas que ahora sé con certeza. A la gente le fascinan las bolsas de colostomía. No solo a los pacientes dementes o seniles que juegan literalmente con ellas, sino que todo el que lleva una siente una atracción inevitable por la visibilidad del proceso. ¿Y si nuestro cuerpo fuera transparente, como la puerta de una lavadora? Qué prodigio, observarnos por dentro. Los deportistas correrían con más ahínco, bombeando sangre a toda máquina. Los amantes harían más el amor. ¡Hostia! ¡Mira esa descarga de semen! Las dietas mejorarían: kiwi y fresas, remolacha cocida con crema agria.

En todo caso, cuando se encendió la luz de la cama 2 de la habitación 4420, fui para allá. Era la del señor Brugger, un viejo diabético que había sufrido una embolia masiva. Primero vi que la bolsa estaba llena, como me figuraba. «Avisaré a la enfermera», dije, y le sonreí mirándole a los ojos. Dios mío, qué impacto me dio, como si me cayera de golpe en la barra de la bicicleta, una sonata de Vinteuil ahí mismo en la calle 4 Este. Sus ojillos negros como cuentas se reían tras los pálidos pliegues epicánticos. Ojos un paso más allá de los ojos de Buda... ojos de endrina, ojos lentos, ojos mongoloides. Los ojos risueños de Kentshereve, atravesándome con la mirada... Me asaltó el recuerdo del amor, no el amor en sí. Sin duda el señor Brugger lo sintió, porque ahora se pasa toda la noche tocando devotamente su timbre.

Movió la cabeza, burlándose de mí por creer que me llamaba por la bolsa de colostomía. Miré alrededor. En la pantalla del televisor *La extraña pareja* daba vueltas a un ritmo vertiginoso. Ajusté el aparato y me fui, volví a toda prisa a mi escritorio, a mecerme en el suave oleaje de la memoria.

Mullan, Idaho, 1940, en la mina Morning Glory. Yo tenía cinco años, hacía sombras chinas a la luz del sol una mañana de primavera con el dedo gordo del pie. Primero oí sus pasos. Un crujido de manzanas. ¿O sería apio? No, era Kentshereve, bajo mi ventana, mordisqueando bulbos de jacinto. Tierra en las comisuras de su boca, labios carnosos morados, húmedos como los del señor Brugger.

Volé hacia él (Kentshereve), sin mirar atrás, sin titubeos. Al menos el siguiente recuerdo es verme también dando mordiscos a los bulbos crujientes y fríos. Me sonrió, ojos de pasa centelleando a través de unas rendijas carnosas, animándome a saborear. Él no utilizó esa palabra: fue mi primer marido, cuando me enseñó a reconocer los sutiles matices del puerro y las chalotas (en nuestra cocina de adobe de Santa Fe, vigas de madera y azulejos mexicanos). Luego vomitamos (Kentshereve y yo).

Seguí trabajando mecánicamente frente a mi escritorio, contestando llamadas, pidiendo oxígeno y técnicos de laboratorio, mientras me dejaba arrastrar por cálidas olas de sauce blanco, enredaderas de caracolillo y charcas de truchas. Las poleas y los volquetes de la mina por la noche, después de las primeras nieves. El cielo estrellado como el encaje de la reina Ana.

«Él conocía cada palmo de mi cuerpo.» ¿Habré leído eso en algún sitio? Seguro que nadie diría jamás una cosa así. Esa primavera, desnudos en el bosque, nos contamos uno al otro todos los lunares del cuerpo, marcando con tinta china el punto donde lo dejábamos para seguir al día siguiente. Kentshereve comentó que el plumín tenía la misma forma que el pito de un gato.

Kentshereve sabía leer. Se llamaba Kent Shreve, pero cuando me lo dijo pensé que era su nombre de pila, y aquella primera noche lo repetí una y otra vez, lo canté sin cesar para mis adentros, igual que he hecho siempre con los Jeremy y los Christopher desde entonces. Kentshereve, Kentshereve. Él podía leer incluso los carteles de SE BUSCA en la oficina de correos. Vaticinó que cuando fuéramos mayores seguramente leería un cartel con mi nombre. Me ocultaría bajo un alias, por supuesto, pero él sabría que era yo porque se mencionaría un gran lunar en el talón del pie izquierdo, una marca de nacimiento en la rodilla derecha, otro lunar en la raja del culo. Quizá un antiguo amante mío lea ese cartel y no se acordará de estas cosas. Kentshereve sí. Mi tercer hijo nació con el mismo lunar, justo en el nacimiento de las nalgas. El día que nació lo besé, complacida al pensar que tal vez algún día otra mujer besaría o contaría ese lunar. A mí me llevó más tiempo documentar a Kentshereve porque él además tenía pecas, y era difícil trazar una línea clara. Cuando le revisé la espalda no se fió de mí, me acusó de exagerar.

Me molestó que nos trajeran a dos pacientes de posoperatorio: varias páginas de volantes justo en esos momentos reveladores. Aquel fogonazo de amor que recibí de la cama 2 de la habitación 4420 era indistinguible de todos los demás. Kentshereve, mi palimpsesto. Un intelectual más mayor de ingenio sarcástico, obsesionado con la comida y el sexo. Con él empezó una vida de comidas al aire libre que irían desde Zihuatanejo al norte del estado de Nueva York. Hamburguesas sobre una tumba zuni con Harrison, aquel farsante.

Ninguna tan deliciosa ni espeluznante. Como él ya leía, sabía que la fogata que hicimos podía suponer una multa de mil dólares o una pena de cárcel. No para nosotros, para nuestros padres, dijo riéndose con malicia, mientras echaba más piñas a la hoguera. Ungüento

Massé para los pezones, lámpara de calor para el perineo, espray Americaine para las hemorroides, baños de asiento *t.i.d.* Liquidé el papeleo para poder volver cuanto antes a oler los pinos, a saborear la cecina con pan blanco. La salsa era un frasco de loción de manos Jergen —miel y almendras—, y jamás he probado ninguna salsa agridulce que la superara. Kentshereve podía hacer tortitas con la forma de Texas, Idaho, California. Los dientes se le quedaban negros hasta el miércoles por el regaliz del sábado, y teñidos del azul de los arándanos todo el verano.

Intentamos imitar el acto sexual, pero nos rendimos y nos concentramos en hacer puntería con el pis. Por supuesto él era mejor, pero para una chica dar en el blanco no es moco de pavo. Reconoció mi mérito, asintiendo, y vi asomar un destello por las ranuras de sus ojos.

Me llevó por primera vez a una charca de truchas. Charca a secas. La charca vacía, quiero decir, en el criadero. Solo vaciaban los estanques unas pocas veces al año, pero él sabía cuándo era el momento justo para ir. Kentshereve lo veía todo, aunque sus ojos parecieran cerrados como las gafas de madera que usan los esquimales para protegerse del sol. El truco era ir un día de calor cuando vaciaban la charca, antes de que la limpiaran. Una gruesa capa de cieno gelatinoso mezclado con semen de trucha cubría el lecho de los estanques. Yo le daba el primer empujón, proyectándolo hacia una punta, donde rebotaba y volvía hasta mí, un sapo con propulsores, y empezábamos a revolcarnos y a resbalar en las paredes como neumáticos grasientos, embadurnados de brillantes escamas de trucha.

Nos lavábamos el pelo con zumo de tomate para quitarnos el olor, pero no se iba. Días después, mientras él estaba en la escuela y yo hacía sombras chinas en la pared con los dedos de los pies, me llegaría el tufo a pescado muerto y añoraría a Kentshereve, ansiando el momento de oír que subía por la colina, el tintineo de la fiambrera del almuerzo contra su pierna.

Nos escondimos en el cobertizo desde el que se veía la cocina de J. R. a mirar cómo lo hacía con su mujer, que era muy flaca, un acto tan tremendamente grotesco que desde entonces ha arruinado muchos momentos felices de mi vida con un ataque de risa. Se sentaban a la mesa cubierta con hule, cabizbajos, fumando y sin dejar de beber, simplemente fumando y bebiendo, callados, y de pronto J. R. se quitaba el casco de minero aullando, «¡Al estilo perro!», y le daba la vuelta a la mujer como a una muñeca en el taburete.

La mayoría de los mineros eran finlandeses y al salir del trabajo se daban una ducha y se metían en la sauna. Había un corral de madera junto a la sauna, y en invierno salían corriendo y se tiraban en la nieve. Hombres grandes, pequeños, gordos, flacos, todos rosados, revolcándose en la nieve. Al principio, espiándolos por el agujero de la cerca, nos reíamos al verles el pirulo azulado y los testículos como una nuez, pero acabábamos riendo también como ellos, de pura alegría, con la nieve y el cielo azul, azul.

La noche se calmó en el trabajo. Wendy, la enfermera jefe, y su mejor amiga, Sandy, mataban el tiempo en el escritorio de al lado. De verdad mataban el tiempo, practicando garabatos donde ponían «1982» y cómo firmarían si se casaban con el novio de turno. Mujeres adultas, en los tiempos que vivimos. Compadezco a esas enfermeras jóvenes y bonitas que todavía no saben lo que es enamorarse.

—Estás en las nubes, ¿en qué piensas? —me preguntó Wendy.

—En un viejo amor —suspiré.

—Qué maravilla, que todavía pienses en el amor a tu edad...

Ni siquiera me inmuté. La pobre ilusa no sabía la pasión que acababa de desatarse entre la cama 2 de la habitación 4420 y yo.

De hecho, el timbre había estado sonando con insistencia. Contesté. «Su enfermera irá enseguida.» Le dije a Sandy que el paciente quería volver ya a la cama. Porque ahora lo conocía, simplemente por haber penetrado en aquellos ojos de Kentshereve. Sandy me pidió que avisara al camillero para ayudarla. Peso muerto.

Siempre he sido buena para escuchar. Esa es mi mejor cualidad. A Kentshereve quizá se le ocurrían todas las ideas, pero era yo quien las escuchaba. Éramos una pareja clásica, como Zelda y Scott, Paul y Virginie. Salimos en el periódico de Wallace, Idaho, tres veces. Una vez cuando nos perdimos. No estábamos perdidos, ni mucho menos, solo en el bosque después del toque de queda, pero de todos modos drenaron las acequias. Luego encontramos a un vagabundo muerto en el bosque. Primero oímos su muerte, desde el fondo de la hondonada, el zumbido de las moscas. La última vez fue cuando a Sextus se le cayó la escalera encima. Por lo menos el periódico apreció el suceso, a nuestros padres no les hizo ninguna gracia. Kentshereve tenía que cuidar de Sextus (el pequeño de los seis hermanos, con un mes recién cumplido). Estaba envuelto en un fardo, siempre empapado, y se pasaba el día durmiendo, así que no creímos que le importara si lo sacábamos y nos los llevábamos al cobertizo. Decidimos columpiarnos de las vigas, dejamos el pequeño fardo en el suelo y trepamos por la escalera de madera. Kentshereve nunca me culpó por derribar la escalera. Encajaba las cosas tal como venían. Vinieron de tal forma que la escalera cayó encima del bebé, con la suerte de que ninguno de los travesaños le tocó, y el crío ni siquiera se despertó. Un milagro, aunque no creo que conociéramos esa palabra todavía. Allí estuvimos durante horas, en la viga, muy lejos del suelo, colgados de las piernas como si temiéramos sentarnos erguidos. Se nos puso la cara colorada, hablando con voces raras boca abajo. Nadie nos oía chillar. Nuestras familias habían ido a Spokane, y no había otras cabañas cerca. Empezó a oscurecer. Nos las arreglamos para incorporarnos y deslizarnos poco a poco hasta el borde del alero, turnándonos para apoyarnos en la pared. Jugamos al búho y a lanzar escupitajos, apuntando a distintos blancos. Me hice pis encima. Sextus se despertó y empezó a berrear. En voz bien alta, para oírnos a pesar de los berridos, enumeramos todas las cosas que queríamos comer. Pan con mantequilla y azúcar. Era lo que Kentshereve comía a todas horas. Sé que ahora es diabético, toma loción Jergens a escondidas y le dan ataques. Siempre exhalaba ese olor, y en sus camisas de cuadros centelleaban los cristales de azúcar al sol.

Kentshereve tenía que mear, y se le ocurrió que si apuntaba justo al lado de Sextus, lo calentaría y le haría gracia. En esas estaba cuando mi padre entró y pegó un grito. Me asusté tanto que me caí de la viga. Así fue como me rompí el brazo la primera vez. Entonces llegó Red, el padre de Kentshereve, y recogió al crío del suelo. Nadie le dijo a Kentshereve que bajara, ni siquiera advirtieron el milagro de que la escalera al caer no hubiera rozado al bebé. Desde el coche, temblando de dolor, vi que Red le daba una paliza a Kentshereve. No lloró.

Me hizo un gesto con la cabeza desde el otro lado del patio y sus ojos me dijeron que había merecido la pena.

Pasé una noche con él, la noche que le extirparon las amígdalas a mi hermanita pequeña. Red me mandó con mis mantas al altillo donde los cinco hijos mayores dormían en lechos de paja. No había ventanas, solo una abertura en los aleros del techo tapada con un hule negro. Kentshereve agujereó la tela con un punzón y entraba un chorro de aire como el de los aviones pero helado. Si pegabas la oreja, se oían los carámbanos de hielo de los pinos, carillones, los crujidos del pozo de la mina, las vagonetas trajinando mena. Olía a frío y humo de leña. Cuando atisbé por el agujero minúsculo vi las estrellas como por primera vez, ampliadas; el cielo, resplandeciente y vasto. Bastaba con que pestañeara para que todo desapareciera.

Nos quedamos despiertos para oír a sus padres haciéndolo, pero no hubo suerte. Le pregunté cómo creía que sería. Acercó su mano a la mía de manera que todos nuestros dedos se tocaran, y me hizo reseguirlos con el índice y el pulgar de la otra mano. No se sabe cuál es cuál. Debe de ser algo parecido, dijo.

En lugar de ir a la cafetería en el descanso salí a la terraza de la cuarta planta. Era una noche fría de enero, pero ya había flores de ciruelo chino iluminadas por las farolas de la calle. Los californianos defienden la sutileza de sus estaciones. ¿Quién quiere una primavera sutil? Yo me quedo con uno de aquellos días de deshielo en Idaho, Kentshereve y yo deslizándonos por las laderas fangosas en una caja de cartón aplastada. Me quedo con el estallido de los lilos en flor, de un jacinto que ha sobrevivido al invierno. Fumé en la terraza, sintiendo en los muslos las franjas frías de la silla de metal. Añoré el amor, los susurros en una noche clara de invierno.

Nos peleábamos solo en el cine, los sábados en Wallace. Kentshereve podía leer los créditos, pero no me desvelaba lo que decían. Me daba envidia, como más adelante envidiaría la música de un marido, las drogas de otro. La dama del lago. Cuando apareció el primer título, me chistó: «¡Ahora silencio!». Las letras se deslizaban por la pantalla mientras Kentshereve asentía entornando los ojos. A veces movía la cabeza, o se reía por lo bajo, o resoplaba «¡Pfff!». Ahora sé que los créditos revelan poco más que detalles técnicos, pero aún estoy segura de estar perdiéndome algo. Comenzaba a retorcerme, frenética, zarandeándolo del brazo. Vamos, ¿qué pone? ¡Silencio!, me apartaba el brazo y se inclinaba hacia delante en la butaca, tapándose los oídos, moviendo los labios mientras leía. Me moría de ganas de ir al colegio, de que el tiempo pasara deprisa para empezar segundo curso. (Kentshereve decía que primero era una pérdida de tiempo.) No habría nada, entonces, que no pudiéramos compartir.

Sonó el timbre de la cama 2 en la 4420. Fui para allá. Las visitas de su compañero de habitación habían corrido por equivocación la cortina al marcharse y le tapaba el televisor. La descorrí, y él asintió con aprobación. ¿Alguna cosa más?, le pregunté, y negó con la cabeza. En la pantalla flotaban los créditos de *Dallas*.

—¿Sabes qué, sucia rata? Al final aprendí a leer —le dije, y sus ojos de perdigón centellearon mientras se reía.

Resultaba difícil darse cuenta, fue apenas un silbido de cañería oxidada que sacudió débilmente la cama abatible. Pero yo reconocería esa risa en cualquier parte.

Carpe diem

Normalmente llevo bien envejecer. Hay cosas que me dan una punzada de nostalgia, como los patinadores. Qué libres parecen, deslizándose con sus largas piernas, el pelo suelto al viento. Otras cosas me dan pánico, como las puertas del metro. Una larga espera antes de que se abran, cuando el tren se para. No muy larga, pero más larga de la cuenta. No hay tiempo.

Y las lavanderías. Aunque para mí ya suponían un problema incluso cuando era joven. Una espera demasiado larga, incluso con las rápidas Speed Queens. La vida te pasa por delante de los ojos mientras estás ahí, hundiéndote sin remedio. Claro, si tuviera coche, podría ir a la ferretería o a la oficina de correos, y luego volver para meter la ropa en la secadora.

Las lavanderías automáticas donde no hay empleados son aún peores. Y además, siempre me da la impresión de ser la única persona que va ahí, por más que las otras lavadoras y secadoras siempre estén en marcha... Todo el mundo habrá ido a la ferretería.

He conocido a empleados de muchas lavanderías, esos Carontes que merodean dando cambio, o que nunca tienen cambio. Ahora es el turno de la gorda Ophelia, que pronuncia «de nada» como «de nata». Se le partió la dentadura masticando cecina reseca. Tiene unos pechos tan grandes que ha de pasar de lado encogida por las puertas, como si moviera una mesa de cocina. Cuando aparece por el pasillo con una fregona todo el mundo se aparta y aparta también los cestos de la ropa. Le encanta cambiar el canal de la televisión. Justo cuando nos hemos acomodado para ver un concurso, viene y pone una serie.

Una vez, por ser educada, le dije que a mí también me daban sofocos, y por eso desde entonces me asocia con... el Cambio. «¿Cómo sigues con el cambio?», me dice a gritos a modo de saludo. Y entonces es aún peor, quedarme allí sentada, meditando, envejeciendo. Mis hijos ya son mayores, así que en lugar de cinco lavadoras ahora solo uso una, pero una tarda lo mismo.

Me mudé la semana pasada, y debo de llevar doscientas mudanzas a cuestas. Metí todas las sábanas, las cortinas y las toallas en el carrito de la compra, a rebosar. En la lavandería había mucha gente; no quedaban lavadoras juntas libres, así que dividí mi ropa entre las tres que encontré y fui a pedirle cambio a Ophelia. Volví, metí las monedas y el jabón, y las puse en marcha. Solo que puse en marcha las lavadoras equivocadas. Las tres donde un hombre acababa de lavar la ropa.

Quedé acorralada contra las lavadoras. Ophelia y el hombre se cernieron sobre mí. Soy una mujer alta, ahora uso medias Big Mama, pero ellos eran dos moles. Ophelia sostenía un espray quitamanchas en la mano. El hombre llevaba unos vaqueros cortados, de los que asomaban unas piernazas cubiertas de vello pelirrojo. La tupida barba ni siquiera parecía pelo, sino un parachoques rojo acolchado. Llevaba una gorra de béisbol con el dibujo de un gorila. La gorra no era especialmente pequeña, pero solo alcanzaba a cubrir la parte más alta de aquella maraña de pelo, convirtiéndolo así en un hombre de más de dos metros de altura. Mientras se acercaba iba descargando un puño cerrado en la palma enrojecida de la otra mano.

—Maldita sea. ¡No me jodas!

Ophelia no me estaba amenazando: pretendía protegerme, dispuesta a interponerse entre el hombre y yo, o él y las máquinas. Siempre presume de que no hay nada en la lavandería que ella no sepa manejar.

—Señor, será mejor que se siente y se relaje. No hay manera de parar las lavadoras una vez se han puesto en marcha. Vea un poco la tele, tómese una Pepsi.

Introduje las monedas en las máquinas correctas y las puse en marcha. Entonces me acordé de que no me quedaba nada de dinero, no tenía detergente, y que aquellas monedas eran para las secadoras. Me eché a llorar.

—¿Y encima es ella la que llora? ¿Sabes que me acabas de fastidiar el sábado, pedazo de inútil? Por los clavos de Cristo.

Me ofrecí a meterle la ropa en la secadora, si quería ir a algún sitio mientras tanto.

—No quiero que te acerques a mi ropa. Más te vale quedarte lejos, ¿me explico?

No había ningún asiento libre, excepto a mi lado. Miramos fijamente las máquinas. Deseé que saliera a la calle, pero se quedó ahí sentado, a mi lado. Su enorme pierna derecha vibraba como el cabezal de una máquina de coser. Seis lucecitas rojas resplandecían delante de nosotros.

—Qué, ¿te dedicas a ir jodiendo al personal? —me preguntó.

—Mira, lo siento. Estaba cansada. Iba con prisa —se me escapó una risa nerviosa.

—Lo creas o no, yo sí que tengo prisa. Conduzco una grúa. Seis días a la semana. Doce horas al día. Y este es mi día libre. Mira por dónde.

—¿Y por qué tenías prisa? —lo dije con buena intención, pero pensó que quería ser sarcástica.

—Serás estúpida. Si fueras un tío, te daría una buena. Metería tu cabeza hueca en la secadora y la pondría a cocer.

—He dicho que lo siento.

—No me extraña que lo sientas. Eres patética. Nada más verte he sabido que eres una perdedora... No me lo puedo creer. Está llorando otra vez. Por los clavos de Cristo.

Ophelia se plantó delante de él.

—No se te ocurra molestarla más, ¿me oyes? —le dijo al tipo—. Sé que está pasando una mala racha.

¿Cómo lo sabía? Me quedé perpleja. Esta Sibila negra y colosal, esta Esfinge, lo sabe todo. Ah, debe de referirse al Cambio.

—Si quieres, te doblo la ropa —le ofrecí al hombre.

—A callar, muchacha —dijo Ophelia—. Vamos a ver, ¿acaso se acaba el mundo? ¿Alguien se acordará de esto dentro de sien años?

—Sien años —susurró él—. Sien años.

Y yo estaba pensando lo mismo. Cien años. Nuestras máquinas estaban centrifugando, con todas las lucecitas azules encendidas.

—Al menos tu ropa estará limpia. He gastado todo el jabón.

—Ya te compraré un poco de jabón, por el amor de Dios.

—Es demasiado tarde. Gracias, de todos modos.

—No me ha fastidiado el día. Me ha jodido toda la puta semana. Y sin jabón.

Ophelia volvió y se inclinó para hablarme de cerca.

—He vuelto a manchar un poco —susurró—. El médico dice que si no se me retira, habré de hacerme un Papanicolau. ¿Tú has manchado?

Negué en silencio.

—Ya te llegará. Los problemas de las mujeres no se acaban nunca. Una vida entera de problemas. Mírame a mí, hinchada. ¿Tú no te hinchaste?

—La cabeza se le hinchó —dijo el hombre—. Mira, me voy al coche a por una cerveza. Quiero que me prometas que no te acercarás a mis lavadoras. Las tuyas son la treinta y cuatro, la treinta y nueve y la cuarenta y tres. ¿Queda claro?

—Sí. Treinta y dos, cuarenta y cuarenta y dos —no le hizo ninguna gracia.

Las lavadoras estaban en el último centrifugado. Tendría que tender mi ropa a secar en la baranda. Cuando me pagaran, volvería con jabón.

—Jackie Onassis cambia las sábanas todos los santos días —dijo Ophelia—. Eso ya me parece enfermizo, qué quieres que te diga.

—Enfermizo —asentí.

Dejé que el hombre metiera su ropa en un cesto y fuera a las secadoras antes de sacar mi colada. Vi varias personas con cara de circunstancias, pero las ignoré. Llené el carrito con las sábanas y las toallas empapadas. Apenas podía empujarlo, y la ropa estaba tan mojada que no cabía. Me eché las cortinas fucsias al hombro. En la otra punta, el hombre hizo ademán de decir algo, pero al final desvió la mirada.

Tardé mucho en llegar a casa. Y más incluso en tenderlo todo, aunque por suerte encontré una cuerda. Empezaba a caer la niebla.

Me serví café y me senté en el porche trasero. Estaba contenta. Serena, sin prisas. La próxima vez que vaya en metro, ni siquiera pensaré en bajarme hasta que el tren se haya parado. Entonces, saldré, justo a tiempo.

Toda luna, todo año

> *Toda luna, todo año,*
> *todo día, todo viento*
> *camina, y pasa también.*
> *También, toda sangre llega*
> *al lugar de su quietud.*
> (Libros de *Chilam Balam*)

Automáticamente, Eloise Gore empezó a traducir el poema del español al inglés en la cabeza. «Each moon, each year». No. «Every moon, every year» conserva el sonido fricativo. *¿Camina?* «Walks.» Lástima que no funcione en inglés. Los relojes en español andan, no corren. «Goes along, and passes away.»

Cerró el libro de golpe. A quién se le ocurre ponerse a leer en un complejo turístico. Tomó un sorbo del cóctel margarita, se obligó a contemplar la vista desde la terraza del restaurante. Las nubes veteadas de color coral habían adquirido un peltre fluorescente, las crestas de las olas se hacían añicos de plata en la arena nacarada. A lo largo de la playa, desde el pueblo de Zihuatanejo, un débil resplandor y una danza de diminutos destellos verdosos. Luciérnagas, neón verde lima. Las muchachas del pueblo se las prendían en el pelo cuando paseaban al anochecer, en grupos de dos o tres. Algunas de las chicas se entreveraban los insectos por el pelo, otras los colocaban como diademas de esmeraldas.

Era su primera noche allí y estaba sola en el comedor. Camareros de chaqué blanco aguardaban cerca de los escalones que bajaban a la piscina y el bar donde la mayoría de los huéspedes todavía bailaban y bebían. «*¡Mambo! ¡Qué rico el mambo!*» Cubitos de hielo y maracas. Los camareros encendían velas parpadeantes. Era una noche sin luna; parecía que las estrellas le dieran al mar aquel brillo metálico.

Gente quemada por el sol con vestimentas estrafalarias empezó a entrar al comedor. De Texas o California, dedujo ella, más desenvueltos, más alegres que cualquier habitante de Colorado. Se hablaban a gritos de una mesa a la otra: «¡A por ella, Willy!», «¡Se te ha ido la mano, joder!».

¿Qué pinto yo aquí? Era la primera vez que iba a algún sitio desde la muerte de su marido, tres años atrás. Ambos profesores de español, en verano solían viajar por México y Latinoamérica. Cuando él murió, ella no quiso ir sola, y seguía trabajando todo el verano a partir de junio. Ese año, sin embargo, se había sentido sin fuerzas para dar clases. En la agencia de viajes le preguntaron cuándo tenía que estar de vuelta. Guardó silencio, estremecida. No tenía que volver, ni siquiera tenía por qué dar más clases. Nada la ataba a ningún lugar, no le debía explicaciones a nadie.

Empezó a comer el ceviche, sintiéndose completamente fuera de lugar. Su traje de cloqué gris, apropiado para la escuela, en Ciudad de México... era tan soso que rozaba el ridículo. Las medias eran chabacanas, y le daban mucho calor. Seguro que cuando se levantara habría una mancha de sudor en la silla.

Se obligó a relajarse, a disfrutar los langostinos salteados con ajo. Los mariachis se paseaban de mesa en mesa, y pasaron de largo al ver su expresión gélida. «*Sabor a mí.*» ¿Quién puede imaginar una canción en inglés que hable sobre el sabor de una persona? En México todo tenía sabor. Ajo, cilantro, lima. Los olores eran intensos. Menos las flores, que no olían a nada. En cambio el mar, el agradable olor a jungla en descomposición, el tufo rancio de las sillas de cuero, las baldosas enceradas con queroseno, las velas...

La playa estaba oscura y las luciérnagas revoloteaban en remolinos verdes, ahora a sus anchas. En la bahía resplandecían bengalas rojas para atraer a los peces.

—*Pues, ¿cómo estuvo?* —preguntó el camarero.

—*Exquisito, gracias.*

La boutique del hotel aún estaba abierta. Encontró dos vestidos sencillos hechos a mano, uno blanco y uno rosado. Eran vaporosos y sueltos, no se parecían en nada a la ropa que solía llevar. Se compró un cesto de paja y varias peinetas con luciérnagas de jade engarzadas, premios para sus alumnos.

¿Una última copita?, le sugirió el director del hotel cuando cruzaba el vestíbulo. Bueno, ¿por qué no?, pensó, y fue al bar, ya vacío, junto a la piscina. Pidió un brandy Madero con Kahlúa. La bebida favorita de Mel. Consumida de añoranza, echó de menos su mano acariciándole el pelo. Cerró los ojos y se dejó llevar por el rumor de las palmeras, el tintineo del hielo en la coctelera, el crujido de los remos.

En la habitación volvió a echarle una ojeada al poema. «Thus all life arrives / at the place of its quietude.» No. Y no «life», en cualquier caso, la palabra es *sangre*, «blood», todo lo que palpita y fluye. La luz de la lámpara era demasiado tenue, los bichos chocaban con la pantalla. Justo cuando apagó la luz volvió a empezar la música en el bar. El compás ahogado e insistente del bajo. Sintió que su corazón latía, estaba latiendo. *Sangre.*

Añoró la firmeza de su cama, el murmullo infalible de los coches en la autopista distante. En realidad lo que más añoro es mi crucigrama de las mañanas. Ay, Mel, ¿qué voy a hacer? ¿Abandonar la enseñanza? ¿Viajar? ¿Hacer un doctorado? ¿Suicidarme? ¿De dónde ha salido esa idea? Sin embargo la enseñanza es lo que da sentido a mi vida. Y eso es patético. «La señorita Gore es un sopor.» Cada año algún estudiante daba con la rima y la repetía alegremente. Eloise era una buena profesora, seca, desapasionada, de las que años después los estudiantes valoran.

«Cuando calienta el sol, aquí en la playa.» Cada vez que la música daba una tregua, a través de los postigos de las habitaciones contiguas salían carcajadas, jadeos de gente haciendo el amor. «¡Vaya con el gran viajero! ¡Señor Sabelotodo! ¡Vaya con el hombre de mundo!», rezongó una mujer. «¡Que sí, cariño, que sí!», contestó una voz de hombre, ebria y con acento texano. Se oyó un estrépito y después se hizo el silencio. Debía de haberse desplomado, borracho. La mujer soltó una risotada ronca. «¡Al fin, Dios mío!»

Eloise se arrepintió de no haber traído un libro de misterio. Se levantó y fue al baño; cucarachas y cangrejos de tierra correteearon abriéndole paso. Se duchó con jabón de coco, se secó con toallas húmedas. Limpió el espejo empañado para mirarse. Una cara vulgar y adusta, pensó. Quizá no tanto vulgar, con sus grandes ojos grises, su bonita nariz y su sonrisa, como adusta. Buena figura, pero tanto tiempo descuidada que también parecía adusta.

La orquesta paró de tocar a las dos y media. Ruidos de pasos y susurros, una copa hecha añicos. «¡Dime que te gusta, cielo, dímelo!» Un gemido. Ronquidos.

Eloise se despertó a las seis, como de costumbre. Abrió los postigos, vio el cielo pasar de un tono plateado lechoso a gris lavanda. Las hojas de las palmeras se deslizaban con la brisa como los naipes de una baraja. Se puso el bañador y su nuevo vestido rosa. No había nadie levantado, ni siquiera en la cocina. Los pollos cacareaban y los zopilotes aleteaban alrededor de la basura. Cuatro cerdos. Al fondo del jardín dormían los mozos y los jardineros indios, destapados, encogidos en las losas de barro.

Eloise siguió el sendero de la selva, lejos de la playa. Silencio oscuro cargado de humedad. Orquídeas. Una bandada de cotorras verdes. Una iguana se arqueó sobre una roca, esperando a que pasara. Las ramas le azotaban el calor pegajoso en la cara.

Había salido el sol mientras remontaba la ladera, y luego bajó hasta una loma sobre una playa de arena blanca. Desde allí contempló las aguas serenas de la cala de Las Gatas. Bajo el agua había una barrera de piedra construida por los tarascos para proteger la cala de los tiburones. Un cardumen de sardinas se arremolinó en las aguas límpidas y desapareció como un tornado mar adentro. Las palapas formaban pequeños núcleos a lo largo de la orilla. Del más alejado salía una columna de humo, pero no se veía a nadie en la playa. Un cartel decía ESCUELA DE BUCEO BERNARDO.

Dejó caer el vestido y el cesto en la arena, nadó con brazadas seguras hasta alejarse de la barrera de piedras. Luego de espaldas, nadando y flotando. Pataleó, sin poder contener la risa, y al final se dejó mecer por las olas y el silencio junto a la orilla, con los ojos abiertos al radiante azul del cielo.

Pasó de largo la escuela de buceo y se encaminó hacia donde salía el humo. Una estancia diáfana con techo de paja y suelo de arena rastrillada. Una mesa grande de madera, bancos. Al fondo había una larga hilera de alcobas separadas por tabiques de bambú, cada una con una hamaca y una mosquitera. En la rudimentaria cocina una chiquilla lavaba platos en la pila; una mujer mayor avivaba el fuego. Las gallinas correteaban alrededor, picoteando la arena.

—Buenos días —dijo Eloise—. ¿Esto siempre está así de tranquilo?

—Los buzos han salido. ¿Quiere desayunar?

—Por favor —Eloise tendió la mano—. Me llamo Eloise Gore.

La mujer asintió, sin más.

—*Siéntese.*

Eloise comió frijoles, pescado, tortillas de maíz, escrutando las montañas brumosas al otro lado del agua. El hotel se le antojó un bloque ordinario y desangelado, torcido en medio de la ladera. Las buganvillas se derramaban por sus paredes como los mantos de una mujer borracha.

—¿Podría alojarme aquí? —le preguntó a la mujer.

—No somos un hotel. Aquí viven los pescadores —pero cuando volvió con café caliente, dijo—: Hay una habitación libre. Los extranjeros que vienen a bucear a veces se quedan ahí.

Era una choza sin paredes al otro lado del claro. Una cama y una mesa con una vela encima. Un colchón enmohecido, sábanas limpias, una mosquitera.

—No hay escorpiones —dijo la mujer. Le pidió un precio irrisorio por la habitación y la comida. Desayuno, y el almuerzo a las cuatro, cuando regresaban los buzos.

Hacía calor mientras Eloise volvía por la selva, pero sin darse cuenta brincaba como una niña, hablando con Mel dentro de su cabeza. Trató de recordar la última vez que había experimentado una alegría parecida. Una vez, poco después de que él muriera, había visto a los hermanos Marx por televisión. *Una noche en la ópera.* La tuvo que apagar, no soportaba reírse sola.

Al director del hotel le hizo gracia que se fuera a Las Gatas. «*Muy típico*», dijo. Color local: un eufemismo de primitivo o de sucio. Se encargó de buscarle una canoa para que esa tarde la llevaran con sus cosas al otro lado de la bahía.

Al acercarse a su pacífica playa se le encogió el corazón. Había una gran barca de madera, *La Ida,* anclada delante de la palapa. Canoas multicolores y lanchas motorizadas se deslizaban hacia el embarcadero y salían hacia el pueblo. Trajinaban cajas de pescado, anguilas, pulpos, bolsas cargadas de almejas. Una docena de hombres descargaban en la orilla tanques de aire comprimido y reguladores de la barca, entre risas y gritos. Un muchacho ató una enorme tortuga verde al cabo del ancla.

Eloise dejó sus cosas en la alcoba; quería echarse, pero no había intimidad de ningún tipo. Desde su cama veía el interior de la cocina, más allá los buzos sentados a la mesa, y el mar turquesa de fondo.

—Hora de comer —la llamó la mujer. Ella y la chiquilla estaban llevando platos a la mesa.

—¿Quiere que la ayude? —preguntó Eloise.

—*Siéntese.*

Eloise titubeó al llegar a la mesa.

Uno de los hombres se levantó y le estrechó la mano. Achaparrado, recio, como una estatua olmeca. Era muy moreno, tenía unos párpados gruesos y una boca sensual.

—*Soy César. El maestro.*

Le hizo un hueco para que se sentara, la presentó a los otros buzos, que saludaron inclinando la cabeza y siguieron comiendo. Tres hombres muy viejos. El Flaco, Ramón y Raúl. Los hijos de César, Luis y Cheyo. Madaleno, el barquero. Beto, «un buzo nuevo. El mejor». La esposa de Beto, Carmen, sentada aparte dándole el pecho a su hijo.

Cuencos humeantes de almejas. Los hombres siguieron hablando del «Peine». El viejo Flaco por fin lo había visto por primera vez, después de haber buceado toda la vida. ¿El peine? Más tarde, con un diccionario, Eloise averiguó que se trataba de un pez sierra gigante.

—*Gigante.* Grande como una ballena. ¡Más grande!

—*¡Mentira!* Sería una alucinación. El oxígeno se te habrá subido a la cabeza.

—Ya lo verás. Cuando vengan los italianos con sus cámaras, seré yo quien los lleve, no vosotros.

—Apuesto a que no recuerdas dónde estaba.

El Flaco se echó a reír.

—*Pues...* no exactamente.

Langosta, pargo rojo a la brasa, pulpo. Arroz con frijoles y tortillas. La niña puso un plato con miel en una mesa alejada para distraer a las moscas. Una comida larga y bulliciosa. Cuando acabó, todos salvo César y Eloise se fueron a las hamacas a dormir. La alcoba de Beto y Carmen tenía una cortina, las otras estaban abiertas.

—*Acércate a mí* —le dijo César a Eloise.

Ella se acercó. La mujer les llevó papaya y café. Era la hermana de César, Isabel; Flora, la niña, era su hija. Habían venido hacía dos años, cuando la esposa de César murió. Sí, Eloise también era viuda. Tres años.

—¿Qué esperas encontrar en Las Gatas? —le preguntó.

Ella no lo sabía.

—Tranquilidad —dijo.

Él se rio.

—Pero eso lo tienes siempre, ¿no? Puedes venir a bucear con nosotros, ahí abajo no hay ruido. Anda, ahora ve a descansar.

Estaba anocheciendo cuando se despertó. Un farol resplandecía en el comedor. César y los tres hombres viejos estaban jugando al dominó. Aquellos viejos eran su padre y su madre, le explicó César a Eloise. Sus verdaderos padres habían muerto cuando él tenía cinco años, y esos hombres lo acogieron, ellos lo llevaron a hacer su primera inmersión. Entonces eran los únicos buzos que había allí, bajaban a pulmón y recogían ostras y almejas, años antes de que llegaran los tanques de aire comprimido o los arpones.

En la punta más alejada de la palapa Beto y Carmen hablaban, ella mecía la hamaca con su pie diminuto. Cheyo y Juan afilaban las puntas de los arpones. Apartado de los demás, Luis escuchaba la radio. Rock and roll. ¡Puedes enseñarme inglés! Invitó a Eloise a sentarse con él. Las letras de las canciones no eran ni mucho menos lo que había imaginado. «Can't get no satisfaction.»

El bebé de Beto estaba desnudo encima de la mesa, César le acunaba la cabeza con la mano libre. El bebé se meó y César limpió el pis de la mesa, se secó la mano en el pelo.

Niebla. Dos grullas blancas. Ondas en el agua cuando la tortuga atada al bote se asomaba. El viento hizo bailar la llama del farol, los relámpagos iluminaron el mar verde pálido. Las grullas alzaron el vuelo y empezó a llover.

Un joven gringo de pelo largo apareció bajo la lluvia, temblando, sin aliento. Ay Dios ay Dios. No paraba de reír. Nadie se movió. Dejó su mochila y un cuaderno de dibujo encima de la mesa, y siguió riéndose.

—*¿Drogas?* —preguntó el Flaco.

César se encogió de hombros y salió, regresó con toallas y ropa de algodón. El joven se quedó de pie, dócil, mientras César lo desnudaba y lo secaba, lo volvía a vestir. Madaleno le trajo sopa y tortillas; cuando acabó de comer, César lo llevó a una hamaca y lo arropó. El joven se quedó dormido, meciéndose.

El compresor con que llenaban los tanques de aire empezó a traquetear mucho antes del amanecer. Las gallinas cacareaban, el loro graznó en la pila de fuera, los buitres aleteaban en la orilla del claro. César y Raúl llenaron los tanques; Madaleno rastrilló el suelo de arena. Eloise se lavó en la pila, se peinó en el reflejo del agua, ahora plateada. El único espejo era un pedazo roto clavado en una palmera, donde Luis se estaba afeitando, canturreando sonriente. ¡Guantanamera! Saludó a Eloise con la mano.

—Buen día, *teasher* —le dijo.

—Buen día. Di «teacher» —contestó ella, sonriendo.

—*Teacher.*

Fue a la alcoba y empezó a ponerse el vestido rosa encima del traje de baño.

—No, no te vistas. Vamos a buscar almejas.

César cargó los pesados tanques de aire y los plomos. Ella llevó las gafas de buceo y las aletas.

—Nunca he buceado.

—Sabes nadar, ¿no?

—Soy buena nadadora.

—Eres fuerte —dijo él, mirando su cuerpo.

Ella se sonrojó. Fuerte. Sus alumnos decían que era cortante y fría. César le ató los pesos alrededor de la cintura, el tanque de aire a la espalda. Ella volvió a ruborizarse cuando le rozó los pechos, al abrochárselo. Le explicó las normas básicas, cómo subir poco a poco, cómo usar el tanque de reserva. Le enseñó a limpiar las gafas con saliva, a ajustar el regulador. El peso de la bombona a la espalda se le antojó insoportable.

—Espera, no puedo cargar con esto.

—Podrás —dijo él. Le ajustó la boquilla del tubo y la atrajo hasta sumergirla.

El peso se desvaneció. No solo el peso del tanque, sino también el de su cuerpo. Se hizo invisible. Movió las piernas, usando aletas por primera vez, surcando el agua. Con la boquilla no podía reírse o gritar en voz alta. ¡Mel, esto es maravilloso! Siguió volando, con César a su lado.

El sol salió a través de la superficie esmerilada del agua, un débil brillo metálico. Lentamente entonces, como cuando se ilumina un escenario, el mundo submarino cobró existencia. Anémonas fucsias, cardúmenes de peces ángel, azules y rojos de neón, una raya. César le enseñó a descomprimir a medida que bajaban a más profundidad, a medida que se alejaban. Cerca de la barrera de piedras nadó hasta el fondo soleado y empezó a hundir un pico en la arena, una y otra vez. Cuando aparecía una burbuja, desenterraba una almeja y la metía en la bolsa. Con gestos ella le pidió el pico y siguió clavándolo en la arena mientras César sacaba almejas hasta que la bolsa estuvo llena. Volvieron hacia la orilla a través de miríadas de peces y algas. Absolutamente todo era nuevo para Eloise, cada criatura, cada sensación. Atravesó un cardumen de sardinas y sintió como si pequeños chorros de agua a presión aguijonearan su piel. De pronto le faltó el aire; se olvidó del tanque de reserva, le entró el pánico, empezó a retorcerse en el agua. César la agarró, le sostuvo la cabeza, tiró del cordón del aire con la otra mano.

Salieron a la superficie. El agua turquesa no revelaba nada de lo que había debajo. Por el sol, Eloise supo que no habían estado abajo ni siquiera una hora. Sin peso la persona se pierde a sí misma como punto de referencia, pierde su lugar en el tiempo.

—Gracias —dijo.

—Gracias a ti... Hemos recogido muchas almejas.

—¿Cuánto cobras por las clases?

—Yo no doy clases.

Ella señaló el cartel de la escuela de buceo Bernardo. CLASES 500 PESOS.

—No fuiste a lo de Bernardo. Te presentaste en nuestra casa.

Y eso es todo, pensó Eloise más tarde, a la mesa del desayuno. La habían acogido no por simpatía ni por afinidad. Simplemente porque se había presentado allí, como aquel joven, que desde entonces había desaparecido. Quizá los buzos, al pasar tanto tiempo debajo del agua, sumergidos en la inmensidad, están acostumbrados a esperar cualquier cosa, todas intrascendentes por igual.

Los tanques amarillos de aire comprimido rodaban y chocaban unos con otros en el fondo de la barca. *La Ida*. No era un nombre de mujer, sino la marcha, la partida.

Los pescadores reían mientras ataban y reataban las gomas de los arpones, las correas con que se prendían los cuchillos a la pierna. Los tanques siseaban mientras César comprobaba que estuvieran bien cargados.

Contaban historias. El Peine. La ballena asesina. El submarinista italiano y los tiburones. Cuando Mario se ahogó, cuando a César se le rompió el tubo de aire. Incluso Eloise llegaría a escucharlas una y otra vez, la letanía antes de cada inmersión.

Una mantarraya empezó a juguetear con la barca. Madaleno viró en seco, justo a tiempo de esquivarla. La mantarraya emergió del agua con un gran salto, vieron el destello de su vientre blanco. Los peces parásitos salieron disparados en todas direcciones, chocando contra el casco del bote. Mar adentro, una pareja de tortugas de un verde muy oscuro se apareaba en las olas. Acopladas, se mecían con aire soñador, parpadeando de vez en cuando bajo el sol radiante.

Madaleno echó el ancla en la parte norte de la bahía, lejos de las rocas. Aletas, gafas, pesos, tanques puestos. Se sentaron en corro en el borde de la barca. El Flaco y Ramón se tiraron primero. Simplemente se dejaron caer hacia atrás y desaparecieron. Luego Raúl y Cheyo, Beto y Luis. César vio que Eloise tenía miedo. Las olas eran altas, de un intenso azul. Con una sonrisa la empujó al agua. Frío. Un fogonazo de cielo azul y de pronto un cielo traslúcido completamente nuevo. La realidad de la barca y el cabo del ancla. Más profundo, más frío. Ve despacio, gesticuló César.

El tiempo quedó en suspenso, y a la vez se multiplicó en gradaciones de luz y oscuridad, de frío y cálido. Fueron bajando capas, estratos, cada uno con una jerarquía particular de plantas y peces en coexistencia. Noches y días, inviernos y veranos. Cerca del fondo es cálido, soleado, un prado de Montana años atrás. Las morenas enseñaban los colmillos. El Flaco le mostró a Eloise qué debía buscar. El destello azulado de las antenas de las langostas. Espera, cuidado con las morenas. Los buzos flotaban entrando y saliendo de las grietas como bailarines en un sueño. Eloise avisaba con la mano a los hombres que estaban más cerca cuando descubría una langosta. De vez en cuando pasaba una lora o un pargo enorme y alguno de los buzos le disparaba. Un relámpago de sangre. Destello de plata mientras lo ensartaban en la cuerda.

La siguiente inmersión fue en mar abierto. Eloise esperó en la barca con Madaleno. Él cantaba, ella observaba las aves fragatas y dormitaba junto a los peces resbaladizos. Sus sueños se disolvían con el rocío de las olas, el grito de un buzo al emerger con la captura.

En el viaje de regreso los hombres estaban exultantes, salvo Luis. Habían faenado bien, pero necesitaban pescar así dos veces al día si querían conservar *La Ida*. Se habían atrasado con los dos últimos recibos, aún debían veinte mil pesos. Antes, en la vieja barca, solo cabían cuatro buzos y tanques para una única inmersión. *La Ida* sería una buena idea, dijo, si su padre dejaba marchar a los tres viejos. Los viejos capturaban dos peces por cada diez nuestros. Con tres buenos buzos acabaríamos de pagar la barca en unos meses.

—En realidad Luis quiere comprarse una lancha —dijo César— para llevar a las *gringas* a hacer esquí acuático. *Que se vaya a Acapulco.* Jamás les pediría que no vinieran a bucear. Y que a ti no se te ocurra pedírmelo a mí jamás.

Eloise acompañaba cada mañana a César a buscar almejas y a la primera inmersión del día. Seguían sin llevársela a la segunda salida, cuando se adentraban en zonas más profundas, aunque ella iba ganando seguridad y vigor e incluso empezaba a sacar su buena porción de pescado con el arpón. Por las noches se sentaba con los viejos. Luis y César hacían las cuentas, discutían. A veces los hijos iban al pueblo. Luis le pedía a Eloise que le aconsejara qué ropa ponerse. Hazme caso, los pantalones blancos de algodón son más bonitos que esos verdes de poliéster. Y ni se te ocurra quitarte el collar con el colmillo de tiburón.

Una noche César les cortó el pelo a todos. Incluso a ella. Echó en falta un espejo, pero le gustó la sensación de ligereza, de que se ondulara a su aire.

—*Berry pretty* —dijo Luis.

«Very», le corrigió Eloise, aunque sabía que él había descubierto el encanto de hablar con acento.

Solían quedarse en silencio mientras se ponía el sol, caía la noche. Ella oía el tableteo de las fichas del dominó, el crujido del cabo del ancla. Unas pocas veces intentó leer o trabajar en el poema, pero se rindió. Quizá no vuelva a leer nunca más. ¿Qué haría cuando volviera a casa? Quién sabe; puede que Denver esté completamente sumergida bajo el agua. Se rio solo de pensarlo.

—*Estás contenta* —dijo César.

Al día siguiente Eloisa lo llamó a gritos por encima del ruido del generador.

—¿Puedo hacer una inmersión profunda antes de marcharme?

—Primero necesitas una mala experiencia bajo el agua.

—¿Y cómo la consigo?

—Ya llegará. Tal vez hoy. Está encrespado. Llovió toda la noche.

La primera inmersión fue en un roquedal, con muchos erizos y morenas. El agua estaba turbia; fuertes corrientes frías hacían que resultara difícil ver o nadar. Un pez aguja picó a Eloise en el brazo. Ramón y Raúl salieron a la superficie con ella, y le vendaron el corte con trapos para que la sangre no atrajera a los tiburones. Al volver a zambullirse los perdió de vista; a César no lo había visto en ningún momento. Espero que esto valga como mala experiencia, se dijo tratando de bromear, pero se sentía aterrorizada. No podía ver a nadie, nada. Avanzaba a tientas en el agua, como si estuviera perdida en el bosque. El aire se le acabó. Tiró del cordón de la reserva, pero no pasó nada. No te dejes llevar por el pánico. Vuelve arriba despacio. Despacio. De todos modos se asustó, sentía los pulmones a punto de estallar. Subió hacia la superficie despacio, tirando frenéticamente del cordón. No había aire. De pronto César apareció, delante de ella. Eloise le arrancó la boquilla y se la puso.

Sorbió una bocanada de aire con un gemido de alivio. César esperó, recuperó la boquilla sin perder la calma y respiró a su vez. Condujo a Eloise hacia la superficie, mientras se iban pasando el tubo del aire por turnos.

Emergieron. Aire, luz. Ella temblaba; Madaleno la ayudó a subir a la barca.

—Estoy tan avergonzada... Por favor, perdóname.

César le agarró la cabeza entre las manos.

—Te cerré el tanque de reserva. Hiciste exactamente lo que debías hacer.

Los buzos le tomaron el pelo en el camino de regreso, pero todos estuvieron de acuerdo en que podría ir con ellos a Los Morros el día siguiente.

—*Pues, es brava* —dijo Raúl.

—*Sí* —César sonreía—. *Ella podría ir sola.*

Debía de tenerla por una de esas mujeres estadounidenses intrépidas y competentes, pensó Eloise. Soy intrépida, pensó, con la cabeza recostada en el borde de la barca, dejando que las olas altas le limpiaran las lágrimas. Cerró los ojos y pensó en el poema, supo cómo acabarlo. «And thus all blood arrives / to its own quiet place».

El día siguiente amaneció radiante y despejado. Los Morros era un peñón agreste que se alzaba mar adentro, apenas visible desde tierra. Blanco por el guano, el islote parecía palpitar con el aleteo de un millón de pájaros. *La Ida* ancló a cierta distancia, pero sobre el embate de las olas y los graznidos de los pájaros se alzaba el rumor espectral del batir de las alas. El hedor a orines y guano era nauseabundo, tan embriagador como el éter.

Bajada a pico. Cincuenta pies, setenta y cinco, cien, ciento veinte. Era como ver las montañas de Colorado bajo el agua. Riscos y barrancos, desfiladeros y valles. Animales y plantas que Eloise no había visto nunca; los peces que conocía eran allí enormes, audaces. Apuntó a una garlopa, falló, apuntó de nuevo y la atravesó con el arpón. Era tan grande que Juan la ayudó a subirla al trancanil; la cuerda le laceró los dedos. A su alrededor todos pescaban y cargaban con frenesí. Loras, pargos, medregales. *Sangre.* Eloise le dio a un mero y a otra garlopa, contenta de no haber visto a César, de estar buceando sola. Se asustó por un momento, pero lo vio a lo lejos y se lanzó a su encuentro entre las escarpadas paredes de roca. César la esperó en la oscuridad moviendo apenas las aletas y entonces la atrajo hacia él. Se abrazaron, sus reguladores entrechocaron. Al notar que la estaba penetrando, entrelazó las piernas a su cuerpo mientras daban vueltas y ondulaban en el mar oscuro. Cuando César se apartó, el esperma quedó flotando entre los dos como tinta blanca de pulpo. Siempre que Eloise rememorara la escena en el futuro no sería como suele recordarse a una persona o un acto sexual, sino más bien un fenómeno de la naturaleza, un ligero temblor de tierra, una ráfaga de viento en un día de verano.

César le dio la cuerda con los peces ensartados al ver un pintillo enorme, lo atravesó con el arpón y lo añadió a la sarta. Vieron un pargo más arriba, lejos, y Eloise nadó deprisa detrás de César tratando de darle alcance hasta la boca de una cueva oscura. El pargo había desaparecido. César le indicó que se quedara quieta, llevándola hacia la oscuridad fría. Partículas de polvo dorado se cernían en el agua púrpura opaca. Un pez loro azul. Silencio. Entonces aparecieron. Un banco de barracudas. No había nada más en el mar. Eran cientos, interminables, subliminales. La tenue luz convertía sus lomos escurridizos en plata fundida. César disparó, desintegrándolas como el mercurio derramado que al instante volvió a aglutinarse y desapareció.

La Ida apenas sobresalía del agua, empapada por el rocío salobre. Los buzos yacían exhaustos encima de los cuerpos palpitantes de los peces. Beto había capturado una tortuga, y los hombres escarbaban en sus entrañas en busca de huevos, que se comían con lima y sal. Eloise al principio rehusó, indignada porque la tortuga estaba en época de veda, pero luego, hambrienta, también se los comió. La barca seguía dando vueltas y más vueltas al peñón de Los Morros. Nadie había dicho nada; Eloise tardó en darse cuenta de que el Flaco aún no había salido del agua, no advirtió la inquietud hasta que pasó más de una hora y seguía sin aparecer. Ni siquiera cuando cayó el sol nadie dijo que debía de haberse ahogado, que debía de estar muerto. Finalmente César le pidió a Madaleno que pusiera rumbo a la orilla.

Cenaron a la luz del único farol. Nadie habló. Cuando terminaron, César, Raúl y Ramón volvieron a echarse al mar, con faroles y una botella de raicilla.

—Pero no esperarán encontrarlo en la oscuridad.

—No —dijo Luis.

Ella fue a su alcoba a hacer el equipaje, dejó colgado su traje de cloqué. Se marcharía por la mañana, una panga pasaría a recogerla. Aguardó acostada en la cama húmeda, mirando la noche de peltre iluminada por la luna a través de la mosquitera. César se acostó con ella, la abrazó, la acarició con sus manos fuertes y curtidas. Su boca y su piel sabían a sal. Sus cuerpos eran pesos terrestres, calientes, meciéndose. Al ritmo de las olas. Sonrieron a la pálida luz y se quedaron dormidos, acoplados como tortugas.

Al despertar vio a César sentado en la cama, con el bañador puesto y una camisa.

—*Eloísa,* ¿puedes darme los veinte mil pesos para la barca?

Ella dudó. En pesos parecía mucho. Era mucho.

—Sí —dijo—. ¿Te va bien un cheque?

César asintió. Rellenó el cheque y él se lo guardó en el bolsillo. «*Gracias*», dijo, besó sus párpados y se marchó.

El sol estaba alto. Vio a César junto al compresor, le chorreaba grasa por el brazo. Eloise se pintó los labios frente al espejo roto. Los cerdos y las gallinas rebuscaban desperdicios por el patio, espantando a los zopilotes. Madaleno rastrillaba la arena. Isabel salió de la cocina.

—*¿Pues ya se va?*

Eloise asintió, fue a estrecharle la mano para despedirse, pero la mujer le echó los brazos al cuello. Se balancearon, abrazadas; Eloise sintió la tibieza de las manos de Isabel, enjabonadas y húmedas.

La lancha se acercaba a la playa justo cuando *La Ida* pasaba la barrera de piedras, hacia mar abierto. Los hombres saludaron con la mano a Eloise desde la barca, fugazmente, antes de seguir revisando los reguladores, atándose los pesos y los cuchillos. César comprobó que los tanques estuvieran bien llenos.

Buenos y malos

Las monjas pusieron mucho empeño en enseñarme a ser buena. En el instituto fue el turno de la señorita Dawson. Colegio Norteamericano de Santiago de Chile, 1952. Seis de las alumnas seguiríamos nuestros estudios universitarios en Estados Unidos; nos tocó dar clases de historia y educación cívica con la nueva profesora, Ethel Dawson. Era la única profesora estadounidense; las otras eran chilenas o europeas.

Todas fuimos malas con ella. Y yo la peor. Si teníamos un examen y no habíamos estudiado, sabía cómo distraerla una hora entera con preguntas sobre la Venta de La Mesilla, o darle cuerda para que hablara de la segregación o del imperialismo estadounidense si estábamos en verdaderos apuros.

Nos burlábamos de ella, imitábamos su acento nasal y plañidero de Boston. Llevaba un alza en un zapato por las secuelas de la polio, y unas gafas gruesas con montura metálica. Dientes de conejo separados, una voz horrible. Parecía que se empeñara en ponerse aún más fea con aquellos pantalones masculinos de colores que desentonaban, arrugados y con manchas de sopa, o los pañuelos llamativos que se anudaba al pelo cortado a trasquilones. No se trataba de un simple alarde de pobreza... La señora Tournier llevaba la misma falda percudida y la misma blusa negra día sí, día también; pero la falda estaba cortada al bies, y la blusa, verdosa y raída por el uso, era de seda fina. El estilo, la distinción eran entonces de suma importancia para nosotras.

Nos pasaba películas y diapositivas sobre la situación de los mineros y los estibadores chilenos, que por supuesto era culpa de Estados Unidos. La hija del embajador iba a mi clase, así como las hijas de varios almirantes. Mi padre era ingeniero de minas, trabajaba con la CIA. Sé que creía firmemente que Chile nos necesitaba. La señorita Dawson pensaba que se estaba ganando a chicas ingenuas e influenciables, cuando en realidad hablaba para mocosas consentidas. Todas teníamos un papá estadounidense rico, guapo y poderoso. A esa edad las chicas sienten por sus padres lo que sienten por los caballos. Son su pasión. Y la señorita Dawson insinuaba que eran unos villanos.

Como yo llevaba la voz cantante, era la que acaparaba más su atención. Me retenía después de clase, y una vez incluso salió a caminar conmigo por la rosaleda, quejándose del elitismo del colegio. Perdí la paciencia.

—Entonces ¿qué hace aquí? ¿Por qué no va a dar clases a los pobres, si tanto le preocupan? ¿Por qué mezclarse para nada con cursis como nosotras?

Me dijo que solo le habían dado trabajo allí, porque ella enseñaba Historia de Estados Unidos. Todavía no hablaba español, pero dedicaba todo su tiempo libre a trabajar con los pobres y como voluntaria en grupos revolucionarios. De todos modos no creía que darnos clase a nosotras fuera una pérdida de tiempo... Si conseguía que una sola de nosotras pensara de otra manera, ya merecería la pena.

—Quizá tú seas esa persona —dijo. Nos sentamos en un banco de piedra. La hora del recreo casi había terminado. Aroma de rosas y el leve olor a moho de su jersey—. Dime, ¿qué sueles hacer los fines de semana? —me preguntó.

No era difícil parecer rematadamente frívola, pero aun así exageré. Peluquería, manicura, modista. Almuerzo en el Charles. Polo, rugby o críquet, *thés dansants,* cenas, fiestas hasta el amanecer. Misa de siete en El Bosque el domingo por la mañana, todavía con el traje de noche. Luego desayuno en el club de campo, golf o natación, o quizá pasar el día en Algarrobo, junto al mar, o esquiando en invierno. Cine, por supuesto, pero más que nada bailábamos toda la noche.

—¿Y esa vida te llena? —preguntó.

—Sí, claro.

—Y si te pidiera que me dedicaras tus sábados, durante un mes, ¿lo harías? Verías una parte de Santiago que no conoces.

—¿Por qué yo?

—Básicamente porque creo que eres una buena persona. Creo que le podrías sacar partido —me agarró las dos manos con vehemencia—. Solo te pido que lo pruebes.

Buena persona. Sin embargo, en realidad lo que me atrajo fue la palabra «revolucionarios». Quería conocer revolucionarios, porque ellos eran malos.

Como todo el mundo pareció tomarse muy a pecho que dedicara los sábados a la señorita Dawson, me entraron verdaderas ganas de hacerlo. Le dije a mi madre que iba a ayudar a los pobres. Ella se disgustó, preocupada por las enfermedades, los asientos de los inodoros. Hasta yo sabía que los pobres en Chile no tienen asientos en los inodoros. Mis amigas se escandalizaron de que fuera a ayudar a la señorita Dawson. Decían que era una chiflada, una fanática, y para colmo lesbiana, ¿acaso me había vuelto loca?

El primer día que pasé con ella fue horroroso, pero por puro despecho no abandoné.

Cada sábado por la mañana íbamos al vertedero de la ciudad, en una ranchera con enormes ollas de comida. Frijoles, gachas, galletas, leche. Montábamos una mesa grande en un descampado junto a miles de chabolas construidas a base de latas aplastadas. Un grifo torcido a tres bloques más o menos suministraba agua a todo el arrabal. Había fogatas encendidas bajo los precarios cobertizos, donde quemaban retales de madera, cartón, zapatos para cocinar.

Al principio parecía desierto, kilómetros y kilómetros de dunas. Dunas de basura apestosa, humeante. Al cabo de un rato, a través del polvo y el humo, empezabas a ver gente trepando por las dunas. Pero era gente del color del estiércol, vestida con harapos idénticos a los desechos por los que se arrastraban. Nadie caminaba erguido, gateaban deprisa como ratas mojadas, metiendo despojos en bolsas de arpillera que parecían las jorobas de algún animal, dando vueltas, abalanzándose, chocando unos con otros, olisqueándose, escabulléndose, desapareciendo como iguanas tras las dunas. Una vez sirvieron la comida, sin embargo, aparecieron hordas de mujeres y niños tiznados y mojados, apestando a descomposición y alimentos putrefactos. Se los veía contentos por el desayuno, comían en cuclillas sacando sus codos huesudos como mantis religiosas sobre los montículos de basura. Después de comer, los niños se apiñaron a mi alrededor, todavía gateando o tirados en el suelo de tierra, y empezaron a acariciar mis zapatos, a pasarme la mano por las medias.

—Mira, les gustas —dijo la señorita Dawson—. ¿Eso no te hace sentir bien?

Eso me servía para saber que les gustaban mis zapatos y mis medias, mi chaqueta roja de Chanel.

Cuando nos fuimos la señorita Dawson y sus amigas estaban exultantes, charlando animadamente. Yo me sentía asqueada y abatida.

—¿De qué sirve darles de comer una vez por semana? Eso no hace mella en su vida. Necesitan más que galletas una vez a la semana, por el amor de Dios.

Cierto. Pero hasta que llegara la revolución y todo se compartiera, cualquier ayuda era buena.

—Necesitan sentir que alguien sabe que existen. Nosotros les decimos que pronto las cosas cambiarán. Esperanza. Se trata de dar esperanza —dijo la señorita Dawson.

Almorzamos en un bloque de viviendas al sur de la ciudad, en un sexto piso. Una sola ventana que daba al patio de luces. Una placa de cocina, sin agua corriente. Si querían usar agua, la tenían que cargar por aquellas escaleras. La mesa estaba puesta: cuatro platos hondos, cuatro cucharas y un montón de pan en el centro. Había mucha gente, charlando en pequeños corros. Si bien yo hablaba español, ellos empleaban un *caló* muy marcado, sin apenas consonantes, y me costaba entenderlos. Nos ignoraban, mirándonos con tolerancia burlona o con completo desdén. No oí ninguna conversación revolucionaria, solo los escuché hablar de trabajo, de dinero, chistes soeces. Todos hicimos turnos para comer las lentejas, beber *chicha,* un vino crudo, usando el plato y el vaso de quien ya hubiera terminado.

—Menos mal que no pareces demasiado escrupulosa con la limpieza —me dijo la señorita Dawson, radiante.

—Me crié en pueblos mineros. Había mucho polvo.

Sin embargo, las cabañas de los mineros finlandeses y vascos eran bonitas, con flores y velas, vírgenes de rostro dulce, mientras que ese lugar era feo, mugriento, con eslóganes mal escritos en las paredes, panfletos comunistas pegados con chicle. Había una fotografía del periódico tachada con sangre donde aparecía mi padre con el ministro de Minas.

—¡Eh! —exclamé.

La señorita Dawson me dio la mano, me acarició.

—Shhh. Aquí estamos a título personal. Por lo que más quieras, no digas quién eres —me dijo en inglés—. Vamos, Adele, no te sientas incómoda. Para crecer necesitas hacer frente a todas las realidades de las distintas facetas de tu padre.

—Pero no manchadas de sangre.

—Precisamente así. Es una posibilidad fundada y deberías tomar conciencia —dijo, estrechándome entonces las dos manos.

Después del almuerzo me llevó a El Niño Perdido, un orfanato en un viejo edificio de piedra cubierto de hiedra al pie de los Andes. Estaba a cargo de monjas francesas, adorables ancianas con tocas flor de lis y hábitos gris azulado. Flotaban al cruzar las habitaciones en penumbra, sobre los suelos de piedra, se deslizaban por los pasillos junto al atrio florido, abrían los postigos de madera al asomarse a llamar a alguien con sus voces de pajarito. Apartaban con delicadeza a los niños deficientes que les mordían las piernas, que se agarraban de sus piececitos. Lavaban la cara a diez chiquillos en hilera, todos ciegos. Daban de comer a diez gigantes mongólicos, alzándose de puntillas con cada cucharada de gachas de avena.

Todos eran huérfanos con algún tipo de problema. Unos eran dementes, otros no tenían piernas o eran sordomudos, algunos sufrían quemaduras en todo el cuerpo. Sin nariz o sin orejas. Bebés sifilíticos y mongólicos adolescentes. Las desgracias se sucedían de habitación en habitación, hasta el precioso atrio descuidado.

—Aquí hay mucho por hacer —dijo la señorita Dawson—. A mí me gusta dar de comer y cambiar a los bebés. Quizá quieras leerles a los niños ciegos... Todos parecen particularmente inteligentes y aburridos.

Había pocos libros. La Fontaine en español. Se sentaron en corro, escrutándome con la mirada realmente perdida. Nerviosa, se me ocurrió hacer un juego, una especie de juego de la silla pero con palmadas y marcando el ritmo con los pies. Les gustó, y se acercaron también algunos otros niños.

Odiaba el vertedero los sábados, pero me gustaba ir al orfanato. Incluso me caía bien la señorita Dawson cuando estábamos allí. Se dedicaba a bañar y acunar y a cantarles a los bebés, mientras yo ideaba juegos para los niños más mayores. Algunas cosas funcionaban y otras no. Las carreras de relevos no, porque nadie quería soltar el palo. Saltar a la comba era genial, porque había dos niños con síndrome de Down que se podían pasar horas dando vueltas a la cuerda sin parar, mientras los demás, sobre todo las niñas ciegas, aguardaban su turno. Incluso las monjas saltaban, y con cada salto parecían globos azules suspendidos en el aire. La vieja factoría. Botón, botón. El escondite no funcionaba, porque nadie iba a casa. Los huérfanos se ponían contentos al verme, y a mí me encantaba ir, no porque fuera buena, sino porque me gustaba jugar.

Los sábados por la noche íbamos a ver obras de teatro revolucionario o a lecturas de poesía. Oímos a los poetas latinoamericanos más grandes de nuestro siglo. Eran poetas que más adelante me fascinarían, estudiaría su obra y hablaría sobre ellos en mis clases. Entonces ni siquiera los escuchaba, ofuscada en una agonía de timidez y confusión. Éramos las únicas norteamericanas allí, lo único que se oían eran ataques contra Estados Unidos. Mucha gente hacía preguntas sobre políticas estadounidenses que yo no podía contestar, los remitía a la señorita Dawson y traducía sus respuestas, avergonzada y consternada por las explicaciones que me tocaba darles, por la segregación, por el plan Anaconda. Ella no se daba cuenta de cuánto nos despreciaban, de cómo se mofaban de los banales clichés comunistas sobre la realidad que ellos vivían. Se reían de mí, con mi corte de pelo y mi manicura de Josef, mi ropa cara a la última moda. En uno de los grupos teatrales me pusieron en el escenario y el director me chilló: «¡Vamos, *gringa*, explícame por qué estás en mi país!». Me quedé petrificada y fui a sentarme, entre abucheos y risas. Al final le dije a la señorita Dawson que no podía seguir yendo los sábados por la noche.

Cena y baile en casa de Marcelo Errázuriz. Vermú, copitas de consomé en la terraza, fragantes jardines de fondo. Una cena de seis platos que empezaba a las once. Todos se burlaban de mis días con la señorita Dawson, me rogaban que les explicara adónde iba. A mí no me apetecía hablar de eso, ni con mis amigos ni con mis padres. Recuerdo que alguien bromeó sobre mis *«rotos»*, como llamaban entonces a los pobres. Me sentí cohibida, consciente de que en el salón había casi tantos sirvientes como invitados.

Acompañé a la señorita Dawson a una protesta obrera frente a la embajada de Estados Unidos. Apenas había llegado a la primera esquina cuando un amigo de mi padre, Frank Wise, me sacó de la multitud y me llevó al hotel Crillón.

Estaba furioso.

—¿Se puede saber qué crees que haces?

Enseguida entendió algo que la señorita Dawson no veía: que yo no sabía nada de política, que no tenía ni la menor idea de qué iba todo aquello. Me dijo que para mi padre sería terrible que la prensa se enterara de que estaba involucrada en cosas como aquellas. Eso sí lo comprendí.

Otro sábado por la tarde accedí a ir al centro y hacer una colecta para el orfanato. Me aposté en una esquina, y la señorita Dawson en otra. En apenas unos minutos me habían insultado y maldecido decenas de personas. Sin comprender, yo seguía enarbolando el cartel de DONEN PARA EL NIÑO PERDIDO, agitando la taza de hojalata. Tito y Pepe, dos amigos, pasaron de camino a la cafetería del Waldorf. Me sacaron de allí enseguida, me obligaron a ir con ellos a tomar un café.

—Eso aquí no se hace. Los pobres mendigan. Estás insultando a los pobres. Que una mujer pida, sea para lo que sea, resulta escandaloso. Vas a arruinar tu reputación. Tampoco van a creer que no te quedas con el dinero. Una chica no puede estar en la calle sin vigilancia, así de simple. Puedes ir a bailes o comidas benéficas, pero el contacto físico con las clases bajas es sencillamente vulgar, y condescendiente con ellos. Y desde luego no debes dejarte ver en público para nada con una mujer de esa orientación sexual. Eres demasiado joven, querida mía, no te das cuenta...

Los escuché mientras tomábamos un café jamaicano. Les dije que entendía lo que trataban de decirme, pero que no podía dejar a la señorita Dawson sola en la esquina. Dijeron que hablarían con ella. Los tres bajamos por Ahumada hasta donde seguía apostada, orgullosa, mientras los transeúntes murmuraban entre dientes «*Gringa loca*» o «*Puta coja*» al pasar a su lado.

—No es apropiado, en Santiago, que una muchacha haga esto, y vamos a llevarla a casa —le dijo Tito, sin más explicaciones.

Ella lo miró con desdén y aquella semana, en el pasillo del colegio, me dijo que era un error dejar que los hombres dictaran mis actos. Le dije que me daba la impresión de que todo el mundo dictaba mis actos, que había ido con ella los sábados un mes más de lo que al principio le había prometido. Que no iría más.

—Sería un error que volvieras a una vida completamente egoísta. Luchar por un mundo mejor es la única causa que merece la pena. ¿Acaso no has aprendido nada?

—He aprendido mucho. Veo que muchas cosas han de cambiar. Pero es su lucha, no la mía.

—No puedo creer que seas capaz de hablar así. ¿No ves que ese es el problema del mundo, esa actitud?

Se fue cojeando a llorar al lavabo, llegó tarde a clase y nos dispensó por el resto del día. Las seis alumnas salimos y nos estiramos en el césped del jardín, lejos de las ventanas para que nadie se diera cuenta de que no estábamos en clase. Las chicas me provocaban, decían que le había roto el corazón a la señorita Dawson. Saltaba a la vista que estaba enamorada de mí. ¿Había intentado besarme? Eso me confundió y me irritó mucho. A pesar de todo me empezaba a caer bien, no podía evitar admirar su compromiso ingenuo y terco, su esperanza. Era como una chiquilla, como uno de los niños ciegos que ahogaban un grito de alegría jugando con el aspersor del convento. La señorita Dawson nunca coqueteó conmigo ni intentó tocarme a todas horas como hacían los chicos, pero quería que hiciera cosas que no quería hacer y que me hacían sentir mala persona por no querer hacerlas, por no preocuparme más de las injusticias del mundo. Las chicas se enfadaron conmigo cuando me negué a hablar de ella, y me acusaron de ser la amante de la señorita Dawson. Sin nadie con quien poder hablar de todo aquello, nadie a quien preguntarle qué era lo correcto, llegué a creer que había hecho algo malo.

Hacía viento el último día que fui al vertedero. Ráfagas resplandecientes salpicaban las gachas de arena. Cuando aparecieron las siluetas en las dunas, entre torbellinos de polvo, parecían fantasmas plateados, derviches. Ninguno llevaba zapatos, trepaban silenciosamente los montículos encharcados con sus pies descalzos. No hablaban, ni se gritaban unos a otros, como suele hacer la gente que trabaja en grupo, y nunca nos dirigían la palabra. Más allá de las colinas de estiércol humeante estaba la ciudad, y al fondo las cumbres blancas de los Andes. La gente comió. La señorita Dawson no dijo una sola palabra, mientras recogía las ollas y los utensilios entre los susurros del viento.

Habíamos acordado ir esa tarde a una reunión de obreros en las afueras de la ciudad. Comimos *churrasco* en un puesto callejero, pasamos por su casa para que se cambiara.

Era un apartamento sombrío y mal ventilado. Me puse mala al ver que el fogoncillo para cocinar estaba encima de la cisterna del váter, mareada con el olor a lana vieja, sudor y pelo. Se cambió delante de mí; su cuerpo contrahecho desnudo, su piel blanca y azulada me dieron repelús y miedo. Se puso un vestido de tirantes sin sujetador.

—Señorita Dawson, eso estaría bien para ponérselo en casa por la noche, o para la playa, pero no puede salir tan ligera de ropa en Chile.

—Te compadezco. Vivirás siempre paralizada por las normas, por lo que la gente te diga que deberías pensar o hacer. Yo no me visto para complacer a nadie. Hoy es un día de mucho calor, y me siento cómoda con este vestido.

—Bueno..., pues a mí no me hace sentir cómoda. La gente nos dirá groserías. Aquí las cosas no son como en Estados Unidos...

—Lo mejor que te podría ocurrir sería que pasaras incomodidades de vez en cuando.

Tomamos varios autobuses abarrotados para llegar al *fundo* donde se hacía la reunión, esperando bajo un sol de justicia y viajando de pie. Al bajar caminamos por un hermoso sendero con eucaliptos a los lados, y paramos a refrescarnos en el arroyo junto al camino.

Llegamos tarde a los discursos. Sobre la tarima vacía, una pancarta que decía DEVUELVAN LA TIERRA AL PUEBLO colgaba torcida detrás del micrófono. Había un pequeño grupo de hombres trajeados, sin duda los organizadores, pero la mayoría eran jornaleros del campo. Una pareja bailaba la cueca con desgana al son de una guitarra, ondeando lánguidamente sus pañuelos mientras daban vueltas uno alrededor de otro, en medio de un corro. La gente se servía vino de unas cubas enormes o hacía cola por un plato de ternera al espiedo con frijoles. La señorita Dawson me dijo que buscara sitio para las dos en una de las mesas, que ella iría a por la comida.

Conseguí apretujarme en un hueco al final de una mesa atestada de familias. Nadie hablaba de política, parecían gente del campo que simplemente había ido a comer asado de balde. Todo el mundo estaba muy, muy borracho. Alcanzaba a ver a la señorita Dawson charlando en la cola. Ella también tomaba vino, gesticulaba y hablaba muy alto para hacerse entender.

—¿No es estupendo? —me preguntó cuando llegó con dos grandes platos de comida—. Vamos a presentarnos. Intenta hablar más con la gente, así es como se aprende, y se ayuda.

Los dos jornaleros que había a nuestro lado decidieron entre risotadas que éramos de otro planeta. Como me temía, miraban con ojos desorbitados los hombros desnudos y la marca de los pezones de la señorita Dawson, sin saber muy bien qué pensar. Me di cuenta de que además de no hablar español, era prácticamente ciega. Bizqueaba a través de los gruesos cristales de sus gafas, sonriendo, pero no veía que aquellos hombres se estaban riendo de nosotras, que no les gustábamos, quienquiera que fuéramos. ¿Qué hacíamos allí? Intentó explicarles que estaba en el Partido Comunista, pero en lugar de por el *partido,* ella brindaba a cada momento por la *fiesta,* así que los otros brindaban a su vez: «¡Por *la fiesta!*».

—Tenemos que irnos —le dije, pero se limitó a mirarme boquiabierta y achispada.

El hombre sentado a mi lado me lanzaba insinuaciones sin mucho entusiasmo, pero me preocupaba más el grandullón borracho que había al lado de la señorita Dawson. Ella se reía sin parar hasta que el hombre empezó a manosearla y besarla, y entonces se puso a chillar.

La señorita Dawson acabó en el suelo, llorando desconsoladamente. La gente se había acercado al oír los gritos, pero enseguida se marchó, murmurando «Bah, solo una *gringa* borracha». Los hombres que antes estaban sentados a nuestro lado ahora nos ignoraron por completo. Ella se levantó y echó a correr hacia la carretera, y yo la seguí. Cuando llegó al arroyo intentó lavarse, restregarse la boca y el pecho. Quedó empapada y llena de churretes de barro. Se sentó en la orilla, llorando y moqueando. Le di mi pañuelo.

—¡Señorita Perfecta! ¡Un pañuelo de hilo, planchado y todo!

—Sí —le dije, harta de ella y ya solo preocupada por cómo volver a casa.

Llorando aún, avanzó a trompicones hacia la carretera, donde empezó a hacer señas a los coches. La empujé de nuevo hacia los árboles.

—Mire, señorita Dawson, no puede hacer eso aquí. No lo entienden... Podría traernos problemas, dos mujeres haciendo señas a los coches para que paren. ¡Escúcheme!

Pero un granjero con una vieja camioneta se había parado, aguardaba con el motor en marcha en la carretera polvorienta. Le ofrecí dinero para que nos llevara hasta la ciudad. Me dijo que iba al centro, podía llevarnos hasta la casa de la señorita Dawson por veinte pesos. Nos montamos en la parte posterior de la camioneta descubierta.

Quizá para protegerse del viento, se abrazó a mí. Sentí su vestido mojado, el vello pegajoso de sus axilas mientras se aferraba a mi cuello.

—¡No puedes volver a tu frívola vida! ¡No te vayas! ¡No me dejes! —iba repitiendo hasta que al fin llegamos al edificio donde vivía.

—Adiós. Gracias por todo —le dije, o alguna tontería parecida.

La dejé en la acera, mirándome llorosa hasta que mi taxi dobló la esquina.

Las sirvientas estaban apoyadas en la verja de mi casa, hablando con el *carabinero* del barrio, así que pensé que no habría nadie, pero encontré a mi padre cambiándose para ir a jugar al golf.

—Has vuelto pronto. ¿Dónde has estado? —me preguntó.

—He ido de pícnic, con mi profesora de Historia.

—Ah, sí. ¿Y cómo te llevas con ella?

—Bien. Es comunista.

Se me escapó, ni siquiera lo pensé. Había sido un día horrible. Estaba harta de la señorita Dawson. Pero no hizo falta más. Tres palabras a mi padre. La despidieron ese mismo fin de semana y nunca volvimos a verla.

Nadie más supo lo que había pasado. Las otras chicas se alegraron de que se marchara. Desde entonces nos quedaron horas libres entre clase y clase, aunque habríamos de ponernos al día en Historia de Estados Unidos cuando llegáramos a la universidad. No había nadie con quien hablar. A quien decirle que lo sentía.

Melina

En Albuquerque, al caer la tarde, mi marido Rex iba a sus clases en la universidad o a su taller de escultura. Yo solía sacar al bebé, Ben, a dar largos paseos con el cochecito. En lo alto de la colina, en una calle frondosa con olmos a ambos lados, estaba la casa de Clyde Tingley. Siempre pasábamos por delante de aquella casa. Clyde Tingley era un millonario que donaba todo su dinero a los hospitales infantiles del estado. Me gustaba ir por allí porque siempre, no solo en Navidad, había guirnaldas de luces en los aleros del porche y en los árboles. Las encendía justo al anochecer, cuando normalmente volvíamos del paseo. A veces lo veía en su silla de ruedas en el porche, un viejecito flacucho que nos saludaba de lejos, «Buenas», o «Qué preciosa noche», cuando pasábamos. Una vez, sin embargo, me gritó:

—¡Espere, espere! ¡Ese niño tiene un problema en los pies! Debe hacérselo mirar.

Eché un vistazo a los pies de Ben, que estaban perfectamente.

—No, es porque ya está demasiado grande para esa sillita. Encoge los pies torcidos para no arrastrarlos por el suelo.

Ben era tan listo... Ni siquiera hablaba todavía, pero pareció entender. Apoyó con firmeza los pies en el suelo, como para demostrarle al viejo que no había de qué preocuparse.

—Las madres nunca quieren reconocer que hay un problema. Hágame caso y llévelo al médico.

Justo en ese momento se acercaba un hombre vestido de negro por la calle. Ya entonces era raro ver a alguien caminando, así que fue una sorpresa. Se agachó en la acera y sujetó los pies de Ben con ambas manos. Llevaba la correa de un saxofón colgada del cuello y Ben se la agarró.

—No, señor, los pies del chico son perfectamente normales —dijo.

—Bueno, me alegra oírlo —contestó Clyde Tingley desde arriba.

—Gracias, de todos modos —le dije.

Me quedé hablando con el hombre de negro, y luego nos acompañó a casa. Eso ocurrió en 1956. Fue el primer bohemio que conocí. No había visto a nadie como él en Albuquerque. Judío, con acento de Brooklyn. Pelo largo y barba, gafas oscuras; pero no parecía siniestro. A Ben le cayó bien de entrada. Se llamaba Beau. Era poeta y músico, tocaba el saxo. Fue más tarde cuando averigüé que la correa del cuello era para el saxofón.

Nos hicimos amigos nada más conocernos. Beau jugó con Ben mientras yo preparaba té frío. Cuando acosté a Ben, nos quedamos hablando en los escalones del porche hasta que Rex volvió a casa. Los dos hombres fueron correctos pero no se cayeron demasiado bien, saltaba a la vista. Rex estudiaba en la universidad. Éramos muy pobres en aquella época, pero Rex parecía más mayor, más confiado. Cierto aire de triunfo, quizá con un punto de soberbia. Beau actuaba como si nada le importara mucho, aunque yo ya me había dado cuenta de que no era verdad. Cuando se fue, Rex dijo que no le gustaba la idea de que me dedicara a traer a casa músicos descarriados.

Beau estaba volviendo en autostop a Nueva York, a la Gran Manzana, después de seis meses en San Francisco. Se alojaba en casa de unos amigos, pero trabajaban todo el día, así que los cuatro días que se quedó allí vino a vernos a Ben y a mí.

Beau necesitaba hablar. Y para mí era estupendo escuchar a alguien, más allá de las cuatro palabras que decía Ben, así que me alegraba de verlo. Además, hablaba de amor. Se había enamorado. A mí no me cabía duda de que Rex me quería, de que éramos felices y que viviríamos felices juntos, pero no estaba locamente enamorado de mí como Beau lo estaba de Melina.

En San Francisco, Beau había trabajado vendiendo bocadillos con un carrito de comidas, además de café, repostería y refrescos, que trajinaba de un lado a otro por las distintas plantas de un coloso de oficinas. Un día entró en el despacho de una compañía de seguros y vio a una mujer. Era Melina. Estaba archivando documentos, aunque no realmente, porque miraba por la ventana con una sonrisa soñadora. Tenía el pelo largo y rubio teñido, y llevaba un vestido negro. Era muy menuda y delgada. Pero fue su piel, dijo Beau. Más que una persona, Melina parecía una criatura de seda blanca, de vidrio opalino.

Beau no supo qué le sucedía. Dejó el carrito y a los clientes y cruzó una pequeña puerta hasta donde estaba ella. Le dijo que la amaba. Te deseo, le dijo. Conseguiré la llave del baño. Vamos. Solo serán cinco minutos. Melina lo miró y dijo: ahora voy.

Entonces yo era muy joven. Me pareció la historia más romántica que había oído nunca.

Melina estaba casada y tenía una hijita de un año más o menos. La edad de Ben. Su marido era trompetista, y estuvo de gira los dos meses que Beau pasó con ella. Vivieron una aventura apasionada, y justo antes de que el marido volviera Melina le dijo a Beau: «Es hora de que sigas tu camino». Así que se marchó.

Beau dijo que era imposible no obedecerla, que no solo lo hechizaba a él o a su marido, sino a cualquier hombre que la conociera. No había lugar para los celos, dijo, porque parecía completamente natural que cualquier otro hombre la amara.

Por ejemplo... el bebé ni siquiera era de su marido. Durante un tiempo habían vivido en El Paso. Melina trabajó en Piggly Wiggly envasando carne y pollos y envolviéndolos en plástico. Detrás de una mampara transparente, con uno de esos ridículos gorros de papel. Y aun así, aquel torero mexicano que había entrado a comprar unos filetes la vio. Aporreó el mostrador y llamó al timbre, le insistió al carnicero que tenía que ver a la mujer que envasaba la carne. La obligó a marcharse del trabajo. Así es como te afectaba, dijo Beau. Necesitabas estar cerca de ella inmediatamente.

Unos meses más tarde Melina se dio cuenta de que estaba embarazada. Loca de alegría, se lo contó a su marido. Él se puso hecho una furia. No puede ser, dijo, me hice una vasectomía. ¿Qué? Melina se indignó. ¿Y te casaste conmigo sin decírmelo? Lo echó de la casa a patadas, cambió las cerraduras. Él le mandó flores, le escribió cartas apasionadas. Durmió delante de la puerta hasta que al final lo perdonó.

Melina cosía la ropa de la familia. Había tapizado con tela todas las habitaciones del apartamento. En el suelo había colchones y almohadas, podías ir gateando como un bebé de carpa en carpa. A la luz de las velas día y noche nunca sabías qué hora era.

Beau me lo contó todo sobre Melina. Que su infancia transcurrió en varias casas de acogida, que a los trece años se escapó. Fue bailarina en un bar de alterne (no estoy segura de lo que significa eso) y su marido la había rescatado de una situación muy fea. Es dura, dijo Beau, y malhablada, y sin embargo sus ojos, su tacto, son los de una criatura angelical. Ella fue el ángel que entró en mi vida sin avisar y me condenó para siempre... Se ponía muy dramático, y a veces incluso lloraba desconsolado, pero a mí me encantaba que me hablara de ella, me habría gustado ser como ella. Dura, misteriosa, bella.

Me dio pena que Beau se marchara. También él fue como un ángel en mi vida. Después de conocerlo me di cuenta de qué poco hablaba Rex conmigo o con Ben. Me sentí tan sola que incluso pensé en convertir nuestras habitaciones en carpas.

Unos años más tarde estaba casada con otro hombre, un pianista de jazz que se llamaba David. Era un buen hombre, pero también callado. No sé por qué me casé con esos tipos callados, cuando a mí lo que más me gusta en el mundo es hablar. Teníamos muchos amigos, eso sí. Los músicos que pasaban por la ciudad se quedaban en casa y mientras los hombres tocaban, las mujeres cocinábamos y charlábamos y nos tumbábamos en el césped a jugar con los niños.

Intentar que David me contara cómo era de pequeño, o me hablara de su primera novia, de cualquier cosa, era como arrancarle una muela. Sabía que había vivido con una mujer, una pintora muy guapa, durante cinco años, pero no quería hablarme de ella. Eh, le dije, yo te he contado mi vida, explícame algo sobre ti, dime cuándo te enamoraste por primera vez... Se echó a reír, pero al final me lo contó. Eso es fácil, me dijo.

Fue de una mujer que vivía con su mejor amigo, un contrabajista, Ernie Jones. En el valle al sur de la ciudad, junto al canal de riego. Una vez David había ido a ver a Ernie y, como no lo encontró en casa, bajó al canal.

Ella estaba tomando el sol, desnuda y blanca sobre la hierba verde. Para protegerse los ojos llevaba esas blondas de papel que ponen en los platitos de los helados.

—¿Y? ¿Ya está? —dije, tratando de sonsacarle más.

—Bueno, sí. Ya está. Me enamoré.

—Pero ¿y ella cómo era?

—No parecía de este mundo. Una vez Ernie y yo nos habíamos echado junto al canal, hablando, fumando hierba. Estábamos hechos polvo porque a ninguno de los dos nos salía trabajo. Vivíamos con lo que ganaba ella, haciendo de camarera. Un día trabajó en un banquete y se llevó todas las flores a casa. Había tantas como para llenar una habitación, pero lo que hizo fue cargarlas río arriba y echarlas al canal. Así que Ernie y yo estábamos allí, cabizbajos en la orilla, mirando el agua turbia, y de pronto millones de flores pasaron flotando. Ella trajo comida y vino, incluso cubiertos y manteles que colocó en la hierba.

—Entonces, ¿hiciste el amor con ella?

—No. Ni siquiera llegué a hablar con ella nunca, al menos a solas. Simplemente la recuerdo ahí, estirada en la hierba.

—Hum —dije, complacida por los detalles y la mirada bobalicona que puso. Me encantaba el romance en cualquiera de sus formas.

Nos mudamos a Santa Fe, donde David tocaba el piano en Claude's. Pasaron un montón de buenos músicos por allí esos años, y actuaban una o dos noches como invitados del trío de David. Una vez vino un trompetista realmente bueno, Paco Durán. A David le gustaba tocar con él, y me preguntó si me parecía bien que Paco y su mujer y su hijo se quedaran en casa una semana. Claro, dije, será estupendo.

Y lo fue. Paco era un músico fabuloso. David y él tocaban toda la noche en el club y también el día entero en casa. La mujer de Paco, Melina, era exótica y divertida. Hablaban y se comportaban como los músicos de jazz de Los Ángeles. A nuestra casa la llamaban «la choza», y decían «¿lo pillas?» o «fetén». Su hijita y Ben se lo pasaban en grande juntos, aunque estaban en esa edad en que lo tocan todo. Intentamos meterlos en un parquecito, pero ninguno de los dos consentía quedarse allí. A Melina se le ocurrió que lo mejor era dejarlos a su aire y meternos nosotras en el parquecito, con nuestro café y nuestros ceniceros a salvo. Así que eso hicimos, sentarnos dentro mientras los niños sacaban libros de las estanterías. Ella estaba hablándome de Las Vegas, pero hacía que sonara a otro planeta. Mientras la escuchaba me di cuenta, no solo al mirarla sino rodeada por el aura de su belleza, de que era la Melina de Beau.

Curiosamente, sin embargo, no fui capaz de contárselo. No pude decirle: Eh, eres tan guapa y extravagante que tienes que ser la mujer por la que Beau perdió la cabeza. Aun así pensé en Beau y lo añoré, deseé que las cosas le fueran bien.

Melina y yo preparábamos la cena y luego los hombres se iban a trabajar. Bañábamos a los niños y salíamos al porche de atrás, fumábamos y tomábamos café, hablábamos de zapatos. Hablamos de todos los zapatos que habían marcado nuestra vida. Los primeros mocasines, los primeros tacones altos. Plataformas plateadas. Botas que habíamos tenido. Manoletinas perfectas. Sandalias hechas a mano. Huaraches. Tacones de aguja. Mientras hablábamos, nuestros pies descalzos se retorcían en la hierba verde y húmeda junto al porche. Ella llevaba las uñas pintadas de negro.

Me preguntó cuál era mi signo del zodiaco. Normalmente el horóscopo me irritaba, pero dejé que me revelara todos los detalles de mi personalidad Escorpio y creí hasta la última palabra. Entonces le dije que sabía leer las líneas de la mano, un poco, y estudié las suyas. Había oscurecido, así que fui a buscar una lámpara de queroseno y la puse en los escalones entre las dos. Sostuve sus manos blancas a la luz de la lámpara y de la luna, y recordé lo que Beau había dicho de su piel. Era como tocar vidrio frío, plata.

Me sé el manual de quiromancia de Cheiro de memoria. He leído cientos de manos. Si digo esto, es para que quede claro que realmente mencioné las cosas que veía en las líneas y los resaltos de sus manos. Pero más que nada le dije todo lo que Beau me había contado de ella.

Me da vergüenza reconocer por qué lo hice. Estaba celosa de ella. Era tan deslumbrante... No es que hiciera nada en especial, deslumbraba por ser como era. Yo solo quería impresionarla.

Le conté la historia de su vida. Le hablé de los terribles padres adoptivos, de cómo la protegió Paco. Dije cosas como: «Veo a un hombre. Un hombre atractivo. Peligro. Tú no estás en peligro, es él quien lo está. ¿Un piloto de carreras, un torero, quizá?». Joder, dijo ella, nadie sabía lo del torero.

Beau me había contado que una vez le acarició el pelo y le dijo: «Todo irá bien...», y que ella se echó a llorar. Le dije que ella nunca lloraba, jamás, ni siquiera cuando estaba triste o furiosa, pero que si alguien la trataba con ternura y le acariciaba el pelo y le decía que no se preocupara, quizá eso la haría llorar...

Prefiero no contar nada más. Me da vergüenza. Solo diré que mis palabras tuvieron exactamente el efecto deseado. Se quedó allí sentada mirándose sus preciosas manos y susurró: «Eres una hechicera. Eres mágica».

Pasamos una semana maravillosa. Fuimos juntos a los bailes criollos, y subimos hasta el parque nacional de Bandelier y el pueblo de Acoma. Nos sentamos en las cuevas rupestres de Sandía. Nos sumergimos en los baños termales cerca de Taos y fuimos al santuario de Chimayó. Un par de noches incluso pagamos a una niñera para que Melina y yo pudiéramos ir al club. La música fue formidable.

—Me lo he pasado estupendamente esta semana —le dije.

—Yo siempre me lo paso estupendamente —dijo ella, sin más.

La casa se quedó muy silenciosa cuando se marcharon. Me desperté, como de costumbre, cuando David volvió a casa. Estuve a punto de confesarle la farsa de la quiromancia, pero me alegro de no haberlo hecho. Estábamos tumbados en la cama a oscuras cuando me dijo:

—Era ella.

—¿Quién?

—Melina. Ella era la mujer desnuda en la hierba.

Amigos

Loretta conoció a Anna y Sam el día que le salvó la vida a Sam.

Anna y Sam eran viejos. Ella tenía ochenta años, y él ochenta y nueve. Loretta veía a Anna cada tanto, cuando iba a nadar a la piscina de su vecina Elaine. Un día que pasó a saludar, las dos señoras trataban de convencer al anciano para que se diera un baño. El hombre finalmente se metió en el agua, e iba dando brazadas torpes con una gran sonrisa cuando le dio un ataque. Las dos señoras estaban en la parte baja y no se dieron cuenta. Loretta saltó al agua, con zapatos y todo, lo arrastró hacia los escalones y consiguió sacarlo de la piscina. No necesitó que lo reanimaran, pero parecía desorientado y asustado. Tenía que tomarse una medicación, para la epilepsia, y lo ayudaron a secarse y vestirse. Se quedaron un rato sentados hasta asegurarse de que el hombre se encontraba bien y podía ir andando a su casa, que estaba en esa misma manzana. Anna y Sam no paraban de darle las gracias a Loretta por haberle salvado la vida, e insistieron en que fuera a comer con ellos al día siguiente.

Dio la casualidad de que ella no tenía que ir al trabajo por unos cuantos días. Se había tomado tres días libres sin sueldo porque necesitaba solucionar varias cosas. Almorzar con ellos significaría ir hasta Berkeley desde la ciudad, y no zanjar todos los asuntos pendientes en un día, como había planeado.

A menudo esas cosas la desbordaban. Situaciones en las que te dices: Caramba, es lo menos que puedo hacer, son tan amables. Si no lo haces, te sientes culpable, y si lo haces, te sientes un pelele.

Se le pasó el mal humor en cuanto entró en su casa, soleada y diáfana como una antigua villa de México, donde ellos habían vivido la mayor parte de su vida. Anna era arqueóloga y Sam ingeniero. Siempre habían trabajado juntos, en Teotihuacán y otros yacimientos. Tenían un sinfín de vasijas preciosas y fotografías, una magnífica biblioteca. Bajando las escaleras, en el patio trasero, había un huerto enorme, muchos árboles frutales y zarzas de frutos silvestres. Loretta se asombró de que dos ancianos frágiles como pajaritos se ocuparan de todas las labores sin ayuda de nadie. Ambos usaban bastón, y caminaban con mucha dificultad.

Comieron pan tostado con queso, sopa de chayote y una ensalada de su huerto. Anna y Sam prepararon juntos el almuerzo, pusieron la mesa y sirvieron la comida juntos.

Lo habían hecho todo juntos durante cincuenta años. Como gemelos, uno repetía las palabras del otro o remataba las frases que el otro empezaba. El almuerzo transcurrió agradablemente mientras le contaban, en estéreo, algunas de sus experiencias trabajando en la pirámide de México, y sobre otras excavaciones en las que habían participado. A Loretta la impresionaron aquellos dos viejecitos, su amor compartido por la música y la jardinería, cómo disfrutaban uno del otro. La admiró ver lo implicados que estaban en la política local y nacional, participando en manifestaciones y protestas, escribiendo a los congresistas y a la prensa, haciendo llamadas de teléfono. Leían tres o cuatro periódicos cada día, se leían novelas o libros de historia uno al otro por la noche.

Mientras Sam recogía la mesa con manos temblorosas, Loretta le dijo a Anna qué envidiable era haber encontrado un compañero con quien compartir la vida. Sí, dijo Anna, pero pronto uno de los dos faltará...

Loretta recordaría esas palabras mucho después, y se preguntaría si Anna había empezado a cultivar una amistad con ella como una especie de póliza de seguros para el momento en que uno de los dos muriera. No, pensó, en realidad era más simple. Hasta entonces los dos habían sido autosuficientes, se habían colmado uno al otro toda la vida, pero Sam empezaba a parecer distraído, y a menudo perdía el hilo. Repetía las mismas historias una y otra vez, y aunque Anna siempre lo trataba con paciencia, Loretta notaba que se alegraba de poder hablar con alguien más.

Sea cual fuera la razón, se vio cada vez más implicada en la vida de Sam y Anna. Ellos ya no conducían. Con frecuencia Anna llamaba a Loretta al trabajo y le pedía que al salir le comprara sustrato de turba para las plantas, o que llevara a Sam al oftalmólogo. A veces ninguno de los dos se encontraba con ánimos de hacer la compra, así que Loretta iba por ellos. Ambos le caían bien, los admiraba por igual. Como parecían tan necesitados de compañía, empezó a ir a cenar con ellos una vez a la semana, o cada dos a lo sumo. Ella los invitó a cenar a su casa varias veces, pero había que subir tantas escaleras, y los dos llegaban tan exhaustos, que desistió. Así que cuando iba llevaba un plato de pescado, de pollo o de pasta. Ellos preparaban una ensalada, de postre servían frutos rojos del jardín.

Después de cenar, mientras tomaban una infusión de hierbabuena o té de Jamaica, hacían la sobremesa escuchando las historias de Sam. De cuando Anna tuvo la polio, en una excavación en plena jungla del Yucatán, y la llevaron a un hospital, y lo bien que se portó la gente. Muchas anécdotas sobre la casa que se construyeron en Xalapa. De la mujer del alcalde, cuando se rompió la pierna bajando por una ventana para esquivar a una visita. Las historias de Sam siempre empezaban igual: «Eso me recuerda aquella vez que...».

Poco a poco Loretta fue conociendo los detalles de su vida juntos. Su cortejo en el Monte Tam. Su idilio en Nueva York cuando eran comunistas. Viviendo en pecado. Nunca se casaron, todavía se complacían en ese desafío a las convenciones. Tenían dos hijos; ambos vivían en ciudades lejanas. Había historias sobre el rancho cerca de Big Sur, cuando los niños eran pequeños. Cuando se estaba acabando una historia, Loretta decía: «Me da rabia tener que irme, pero mañana empiezo a trabajar muy temprano». A menudo se marchaba en ese momento. Normalmente, sin embargo, Sam decía: «Espera, déjame contarte lo que ocurrió con el gramófono». Horas más tarde, exhausta, conduciendo de vuelta a su casa en Oakland, se repetía que no podía seguir así. O que podía, siempre y cuando fijara una hora límite.

No es que se aburriera nunca con ellos o le parecieran anodinos. Al contrario, la pareja había vivido una vida rica, plena, eran personas comprometidas y receptivas. Sentían un ávido interés por el mundo, por su propio pasado. Se lo pasaban tan bien, añadiendo un matiz a los comentarios del otro, discutiendo alguna fecha o un detalle, que a Loretta le sabía mal interrumpirlos y marcharse. Y desde luego a ella también la enriquecía, porque los dos se alegraban mucho de verla. A veces, sin embargo, cuando estaba demasiado cansada o tenía alguna otra cosa por hacer, iba a desgana. Al final les dijo que no podía quedarse hasta tan tarde, que por la mañana se le pegaban las sábanas. Vente a almorzar el domingo, sin prisas, propuso Anna.

Cuando hacía buen tiempo comían en una mesa en el porche, rodeados de flores y plantas. Cientos de pájaros acudían a los comederos y picoteaban cerca de ellos. Al llegar el frío empezaron a comer dentro junto a la estufa de leña. Sam iba echando los troncos que él mismo cortaba. Tomaban gofres o la tortilla especial de Sam; a veces Loretta llevaba bagels con salmón ahumado. Pasaban las horas, se le iba el día mientras Sam contaba sus historias, mientras Anna le corregía y añadía algún comentario. A veces, en el porche al sol o al calor de la lumbre, le costaba mantenerse despierta.

En México vivían en una casa de bloques de hormigón, pero mandaron hacer las vigas, las encimeras y repisas y los armarios de madera de cedro. Primero se construyó la sala grande, cocina y comedor a la vez. Habían plantado árboles, por supuesto, antes de empezar a construir la casa. Bananos y ciruelos, jacarandas. Al año siguiente añadieron un dormitorio, varios años más tarde otro dormitorio y un estudio para Anna. Las camas, los bancos de trabajo y las mesas eran de cedro. Volvían a su pequeña morada después de trabajar en el yacimiento, en otro estado de México. La casa siempre estaba fresca y olía a cedro, como un arcón.

Anna contrajo neumonía y tuvo que ir al hospital. A pesar de lo enferma que estaba, solo podía pensar en Sam, en cómo se las arreglaría sin ella. Loretta le prometió que pasaría a verlo antes del trabajo, vigilaría que tomara su medicina y que desayunara, y al salir de trabajar le prepararía la cena y lo llevaría al hospital a visitarla.

Lo más terrible fue que Sam no hablaba. Se sentaba temblando en el borde de la cama mientras Loretta lo ayudaba a vestirse. Se tomaba las píldoras y el zumo de piña como un autómata, se limpiaba pulcramente la barbilla después de desayunar. Por la tarde lo encontraba en el porche esperándola. Quería ir primero a ver a Anna, y cenar luego. Cuando llegaban al hospital, Anna yacía pálida en la cama, parecía una niña con sus largas trenzas blancas. Le habían puesto suero, un catéter, oxígeno. No hablaba, pero sonreía y le daba la mano a Sam mientras él le contaba que había hecho la colada, regado los tomates, cubierto las judías con un mantillo, lavado los platos, preparado limonada. Le hablaba sin parar, jadeando; le relataba el día hora por hora. Cuando se marchaban Loretta tenía que sostenerlo, el anciano tropezaba y se tambaleaba al andar. En el coche lloraba, angustiado de preocupación. Y sin embargo Anna volvió a casa y se recuperó, solo la inquietaba ver el huerto tan descuidado. Al domingo siguiente, después del almuerzo, Loretta ayudó a arrancar malas hierbas, cortó las zarzamoras. Entonces empezó a cavilar: ¿y si Anna se ponía enferma de verdad? ¿Qué responsabilidad implicaba esa amistad? La dependencia mutua de la pareja, la vulnerabilidad de los dos ancianos la entristecían y la conmovían. Esos pensamientos se le pasaron por la cabeza mientras trabajaba, pero disfrutó, removiendo la tierra negra fresca, sintiendo el sol en la espalda. Sam, contando sus historias mientras arrancaba hierbajos en el surco contiguo.

El siguiente domingo que Loretta fue a visitarlos llegó tarde. Había madrugado, tenía muchas cosas que hacer. La verdad es que habría preferido quedarse en casa, pero le faltó valor para llamarlos y cancelar.

Encontró la puerta principal con el pestillo puesto, como de costumbre, así que fue al jardín para entrar por atrás. Echó un vistazo al huerto, exuberante de tomates, calabacines, tirabeques. Abejas perezosas. Anna y Sam estaban fuera, en el porche trasero. Loretta iba a llamarlos, pero los oyó muy enfrascados hablando.

—Nunca ha llegado tarde. A lo mejor no viene.

—Ah, claro que vendrá... Estas mañanas significan mucho para ella.

—Pobrecita. Está tan sola. Nos necesita. La verdad es que somos la única familia que tiene.

—Y cómo le gustan mis historias. Caramba, no se me ocurre ninguna para contarle hoy.

—Ya improvisarás algo...

—¡Hola! —gritó Loretta—. ¿Hay alguien en casa?

Inmanejable

En la profunda noche oscura del alma las licorerías y los bares están cerrados. La mujer palpó debajo del colchón; la botella de medio litro de vodka estaba vacía. Salió de la cama, se puso de pie. Temblaba tanto que tuvo que sentarse en el suelo. Respiraba agitadamente. Si no conseguía pronto algo para beber, le darían convulsiones o delírium trémens.

El truco está en aquietar la respiración y el pulso. Mantener la calma en la medida de lo posible hasta que consigas una botella. Azúcar. Té con azúcar, es lo que te dan en los centros de desintoxicación. Temblaba tanto, sin embargo, que no podía tenerse en pie. Se estiró en el suelo e hizo varias inhalaciones profundas tratando de relajarse. No pienses, por Dios, no pienses en qué estado estás o te morirás, de vergüenza, de un ataque. Consiguió calmar la respiración. Empezó a leer títulos de los libros de la estantería. Concéntrate, léelos en voz alta. Edward Abbey, Chinua Achebe, Sherwood Anderson, Jane Austen, Paul Auster, no te saltes ninguno, ve más despacio. Cuando acabó de leer todos los títulos de la pared se encontraba mejor. Se levantó con esfuerzo. Sujetándose a la pared, temblando tanto que a duras penas podía mover los pies, consiguió llegar a la cocina. No quedaba vainilla. Extracto de limón. Le quemó la garganta y le dio una arcada; apretó los labios para volver a tragárselo. Preparó té, con mucha miel; lo tomó a pequeños sorbos en la oscuridad. A las seis, en dos horas, la licorería Uptown de Oakland le vendería un poco de vodka. En Berkeley tendría que esperar hasta las siete. Ay, Dios, ¿tenía dinero? Volvió sigilosamente a su habitación y miró en el bolso que había encima del escritorio. Su hijo Nick debía de haberse llevado su cartera y las llaves del coche. No podía entrar a buscarlas al cuarto de sus hijos sin despertarlos.

Había un dólar con treinta centavos en calderilla en el bote del escritorio. Revisó los bolsos del armario, los bolsillos del abrigo, un cajón de la cocina, hasta que reunió los cuatro dólares que aquel maldito paki cobraba por una petaca a esas horas. Los alcohólicos enfermos le pagaban. Aunque la mayoría compraban vino dulce, porque hacía efecto más rápido.

Era una caminata larga. Tardaría tres cuartos de hora; tendría que volver corriendo a casa para llegar antes de que los chicos se despertaran. ¿Lo conseguiría? Apenas podía caminar de una habitación a la otra. Y reza para que no pase un coche patrulla. Ojalá tuviera un perro para sacarlo a pasear. Qué buena idea, se rio, le pediré a los vecinos que me presten el suyo. Claro. Ninguno de los vecinos le dirigía ya la palabra.

Consiguió mantener el equilibrio concentrándose en las grietas de la acera, contándolas: un, dos, tres... Agarrándose a los arbustos, los troncos de los árboles para darse impulso, como si escalara una montaña muy escarpada. Cruzar las calles era aterrador, parecían tan anchas, con sus luces parpadeantes: rojo, rojo, ámbar, ámbar. De vez en cuando pasaba una furgoneta de ATESTADOS, un taxi vacío. Un coche de policía a toda velocidad, sin luces. No la vieron. Un sudor frío le caía por la espalda, el fuerte castañeteo de sus dientes rompía la quietud de la mañana oscura.

Llegó jadeante y mareada a la licorería Uptown de Shattuck Avenue. Todavía no estaba abierta. Siete hombres negros, todos viejos menos un chico joven, esperaban de pie junto a la puerta. El hindú estaba sentado al otro lado del escaparate, ajeno a ellos, tomando café con parsimonia. En la acera dos hombres compartían un frasco de jarabe NyQuil para la tos. Muerte azul, eso sí se podía comprar toda la noche.

Un viejo al que llamaban Champ sonrió al verla.

—¿Qué pasa, mujer, te has puesto mala? ¿Tan mala que te duele hasta el pelo?

Ella asintió. Se sentía exactamente así; el pelo, los ojos, los huesos.

—Anda, toma —le ofreció Champ—, cómete alguna —estaba comiendo galletitas saladas, le dio un par—. Tienes que obligarte a comer algo.

—Eh, Champ, déjame unas pocas —le reclamó el chico.

La dejaron que comprara primero. Pidió vodka y soltó el montón de monedas en el mostrador.

—Está justo —dijo.

El hombre sonrió.

—Cuéntelo, hágame el favor.

—Venga ya. Mierda —protestó el chico mientras ella contaba las monedas con las manos temblando a más no poder. Se guardó la petaca en el bolso y salió a trompicones. En la calle se agarró a un poste de teléfono, sin atreverse a cruzar.

Champ estaba bebiendo de una botella de Night Train.

—¿Eres demasiado señora para beber en la calle?

Ella negó con la cabeza.

—Me da miedo que se me caiga la botella.

—Ven —dijo él—. Abre la boca. Necesitas un trago o te quedarás por el camino.

Le arrimó la botella a los labios y le dio un poco de vino. Ella sintió cómo le corría por dentro, cálido.

—Gracias —dijo.

Cruzó la calle deprisa y trotó desgarbadamente por las calles de vuelta a su casa, noventa, noventa y una, contando las grietas. Era todavía de noche cuando llegó a la puerta.

Recobró el aliento. Sin encender la luz, sirvió un poco de zumo de grosellas en un vaso y un tercio de la botella. Se sentó y bebió despacio, sintiendo cómo el alcohol la reconfortaba a medida que calaba en su cuerpo. Se echó a llorar, de alivio por no haber muerto. Se sirvió otro tercio de la botella con un poco de zumo, y entre trago y trago recostaba la cabeza en la mesa.

Después de la segunda copa se sentía mejor, y fue al lavadero y metió la colada en la lavadora. Se llevó la botella al cuarto de baño. Se duchó y se peinó, se puso ropa limpia. Diez minutos más. Comprobó que la puerta estaba cerrada, se sentó en el váter y se terminó el vodka. Con esos últimos tragos no solo se puso a tono, sino que se sintió ligeramente ebria.

Pasó la colada de la lavadora a la secadora. Estaba batiendo el concentrado de naranja para preparar zumo cuando Joel entró en la cocina, restregándose los ojos.

—No tengo calcetines, ni camisa.

—Hola, cariño. Toma unos cereales. Cuando termines de desayunar y ducharte, la ropa estará seca —le sirvió un vaso de zumo, y otro a Nicholas, que estaba callado en silencio junto a la puerta.

—¿Dónde demonios has conseguido licor? —la empujó al pasar y se sirvió cereales. Trece años. Era más alto que ella.

—¿Podrías devolverme la cartera y las llaves del coche? —le preguntó.

—La cartera sí. Te daré las llaves cuando vea que estás bien.

—Estoy bien. Mañana volveré al trabajo.

—Ya no eres capaz de dejarlo sin ir al hospital, mamá.

—Me pondré bien. Por favor, no te preocupes. Tengo todo el día para recuperarme —fue a echar un vistazo a la ropa de la secadora—. Las camisas están secas —le dijo a Joel—. A los calcetines les faltan diez minutos, más o menos.

—No puedo esperar. Me los pondré mojados.

Sus hijos fueron a buscar los libros y las mochilas, se despidieron con un beso y se marcharon. Ella se quedó en la ventana y los vio bajar la calle hacia la parada del autobús. Esperó hasta que el autobús los recogió y desapareció por Telegrah Avenue. Entonces salió, fue directa a la licorería de la esquina. Ya habían abierto.

Coche eléctrico, El Paso

La señora Snowden esperó a que mi abuela y yo subiéramos a su coche eléctrico. Parecía un coche cualquiera, salvo porque era muy alto y corto, como un coche estampado contra una pared en una tira cómica. Un coche con los pelos de punta. Mamie subió delante, y yo me monté atrás.

Entrar allí era como rascar una pizarra con las uñas. Las ventanillas estaban cubiertas por una capa de polvo ocre. Las paredes y los asientos eran de terciopelo enmohecido polvoriento. Marrón topo. En aquella época me mordía mucho las uñas, y el tacto del terciopelo mohoso polvoriento en las yemas de los dedos en carne viva, en los codos y las rodillas magullados... era angustioso. Me dio dentera, qué repelús. Me estremecí como si hubiera tocado sin querer la piel apelmazada de un gato muerto. En cuclillas estiré los brazos y me agarré de los floreros de latón grabados que había cerca del techo, porque los asideros estaban podridos y deshilachados y se balanceaban debajo de los floreros como pelucas viejas. Así me quedé, colgada a una altura considerable, de manera que podía ver los asientos traseros de los demás coches, las bolsas de la compra, los bebés jugando con los ceniceros, las cajas de kleenex.

El motor era tan silencioso que apenas parecía que nos estuviéramos moviendo. ¿Nos movíamos? La señora Snowden no pasaba, o no podía pasar, de veinte por hora. Íbamos tan despacio que vi las cosas como nunca antes las había visto. A través del tiempo, como al mirar toda la noche a alguien que duerme. Un hombre en la acera a punto de entrar en una cafetería cambió de opinión, siguió hasta la esquina, dio media vuelta otra vez y entró, se puso la servilleta en el regazo y esperó con expectación antes de que el coche llegara siquiera al siguiente cruce.

Si agachaba la cabeza, como el asiento de un columpio bajo mis brazos colgantes, al levantar la mirada lo único que veía eran los sombreros de paja que llevaban Mamie y la señora Snowden, tan diminutas que parecía que solo hubiera dos sombreros de paja encima del salpicadero. Me reía como una loca cada vez que lo hacía. Mamie volvía la cara y sonreía como si no se diera cuenta. No habíamos llegado aún al centro, ni siquiera a la plaza.

Ella y la señora Snowden hablaban de amigas que habían muerto o estaban enfermas o habían perdido a su marido. Acababan siempre las frases con una cita de la Biblia.

—Bueno, a mí me parece que fue muy imprudente...

—Ay, Señor, sí que lo fue. «Mas no lo tengáis como a un enemigo, sino amonestadle como a un hermano.»

—¡Tesalonicenses, tres! —dijo Mamie. Era una especie de juego.

Al final ya no pude seguir colgada de los floreros. Me estiré en el suelo. Goma mohosa. Polvo. Mamie se giró para sonreírme. ¡Dios mío! La señora Snowden frenó a un lado de la calle. Pensaron que me había caído del coche. Después, horas después, me entraron ganas de ir al baño. Todos los aseos limpios estaban en la acera de enfrente, en el lado izquierdo. La señora Snowden no sabía girar a la izquierda. Recorrimos diez calles de giros a la derecha y calles con dirección prohibida antes de encontrar un aseo. A esas alturas ya me había meado encima, pero no se lo dije, bebí el agua fresca, fresquísima, del grifo de la gasolinera Texaco. Tardamos aún más en volver de nuevo al carril derecho, porque tuvimos que retroceder otra vez hasta el paso a nivel de Wyoming Avenue.

En el aeropuerto todo estaba reseco, los coches entraban y salían derrapando en la gravilla. Rastrojos rodantes atrapados en la alambrada. Asfalto, metal, un velo de partículas polvorientas que danzaban centelleando con el reflejo de las alas y las ventanillas de los aviones. La gente en los coches de alrededor comía cosas jugosas. Sandías, granadas, plátanos amoratados. Las botellas de cerveza espurreaban los techos, la espuma se derramaba por los laterales de los coches. Me moría de ganas de chupar una naranja. Tengo hambre, gimoteé.

La señora Snowden había previsto eso. Su mano enguantada me pasó unos hojaldres de higo envueltos en un kleenex que olía a talco. El hojaldre se expandió en mi boca como las flores japonesas, como un almohadón reventado. Me atraganté y se me saltaron las lágrimas.

Mamie sonrió y me pasó un pañuelo de hilo perfumado, y le susurró a la señora Snowden, que movía la cabeza con impaciencia.

—No le hagas caso... Quiere hacerse notar.

—Porque el Señor al que ama castiga.

—¿San Juan?

—Hebreos, once.

Varios aviones despegaron y uno aterrizó. Bueno, será mejor que vayamos volviendo a casa. La señora Snowden no veía muy bien de noche, con las luces y demás, así que el camino de regreso condujo más despacio, procurando mantenerse lejos de los coches aparcados en los arcenes. Todos los domingueros al volante nos pitaban. Me puse de pie en el asiento, con las manos apoyadas en el cristal de atrás para no tocar el terciopelo, mirando el collar de faros pegados a nosotras que llegaba hasta el aeropuerto.

—¡La policía! —grité.

Una luz roja, una sirena. La señora Snowden puso el intermitente y se apartó con prudencia para dejar paso, pero el coche patrulla se detuvo a nuestro lado. La señora Snowden bajó la ventanilla hasta la mitad para escuchar al agente.

—Señora, la velocidad mínima son sesenta kilómetros hora. Además, va usted conduciendo por mitad de la carretera.

—Sesenta es demasiada velocidad.

—Vaya más rápido o tendré que ponerle una multa.

—Que me adelanten si quieren.

—¡No se atreverían, querida señora!

—¡Pues allá ellos!

Apretó el botón y le cerró la ventanilla delante de las narices. El policía golpeó el vidrio con el puño, colorado de rabia. Empezaron a sonar bocinas y vi que la gente de los coches de atrás se reía. Furioso, el policía dio varios pisotones en el asfalto y se metió en el coche patrulla, puso en marcha el motor y salió con un acelerón y las sirenas encendidas, se saltó un semáforo en rojo, embistió por detrás a un Oldsmobile marrón y luego volvió a chocar, de frente, con una ranchera. Tintinearon cristales. La señora Snowden bajó la ventanilla automática. Pasó con cuidado, esquivando la camioneta abollada.

—Así que el que piensa estar firme, mire que no caiga.

—¡Corintios! —dijo Mamie.

Atracción sexual

Bella Lynn era mi prima, y quizá la chica más bonita del oeste de Texas. Había sido primera majorette en el instituto de El Paso y Miss Sun Bowl en 1946 y 1947. Más tarde se fue a Hollywood para convertirse en una estrella de cine. La cosa no cuajó. El viaje empezó mal de entrada, por culpa de su sujetador. No llevaba relleno, sino que lo hinchabas de aire, como un globo. Dos globos.

El tío Tyler, la tía Tiny y yo fuimos a despedirla al aeropuerto. Viajaba en un DC-6 de dos turbinas. Ninguno de nosotros había subido nunca a un avión. Ella decía que por dentro era un manojo de nervios, pero no lo aparentaba. Estaba sencillamente preciosa, con su jersey de angora rosa. Sus pechos se veían muy grandes.

Nos quedamos mirando su avión, saludando con la mano, hasta que tomó rumbo a California y Hollywood y se perdió de vista. Al parecer más o menos en ese momento también alcanzó cierta altitud, y por la presión de la cabina a Bella Lynn se le reventó el sujetador. O sea, explotó. Afortunadamente nadie en El Paso se enteró del suceso. Ni siquiera me lo contó a mí hasta al cabo de veinte años. De todos modos no creo que esa fuera la razón de que no llegara al estrellato.

Siempre salía su foto en el periódico de El Paso. Una vez apareció todos los días durante una semana... cuando salió con Rickie Evers. Rickie Evers acababa de divorciarse de una famosa estrella de cine. Su padre era un hotelero millonario, y vivía en el ático del Hotel del Norte, en El Paso.

Rickie Evers estaba en la ciudad para el Campeonato Nacional de Golf, y a Bella Lynn se le metió entre ceja y ceja salir con él. Reservó mesa para la cena en el Del Norte. Me dijo que debía acompañarla, que once años era una edad perfecta para empezar a aprender algo sobre atracción sexual y seducción.

La verdad es que yo no sabía nada sobre atracción sexual. El sexo en sí parecía guardar cierta relación con la locura. Los gatos se ponían como locos, por lo menos, y todas las estrellas de cine tenían un aire demente. Bette Davis y Barbara Stanwyck eran directamente perversas. Bella Lynn y sus amigas se repantigaban en el Court Café bajo magníficos tupés, echando humo por la nariz como dragones petulantes. Hablaban entusiasmadas del Campeonato Nacional de Golf.

—¡Una mina de oro! ¡Un pozo de petróleo en el jardín de tu propia casa!

Wilma, la mejor amiga de Bella Lynn, quería ir con nosotras al Del Norte, pero Bella Lynn dijo que ni hablar. Un principio básico de la seducción, me explicó, es trabajar en solitario. Da igual que la otra mujer sea guapa o fea: simplemente retrasaba y complicaba cualquier operación.

Me puse de punta en blanco con el que me parecía el vestido más maravilloso que había visto nunca. Muselina violeta, mangas abombadas y miriñaque. La tía Tiny me hizo un peinado con trenzas francesas. Como todavía no usaba pintalabios, me puse un poco de mercromina en la boca, pero la tía Tiny me dijo que me lavara. Eso sí, me pellizcó las mejillas para darme rubor. Bella Lynn llevaba un vestido de crepé marrón con grandes hombreras, un maquillaje oscuro de mujer fatal y tacones altos negros. Llegamos pronto al hotel. Ella se sentó en una silla de respaldo alto en el vestíbulo, sin quitarse las gafas de sol. Cruzó las piernas. Medias negras de seda. Le dije que las costuras estaban torcidas, pero ella me dijo que las costuras ligeramente torcidas eran seductoras. Me dio veinticinco centavos para comprarme un refresco, pero en lugar de eso me quedé subiendo y bajando por las escaleras. Una preciosa escalinata curvada, con una alfombra de terciopelo rojo y una balaustrada sinuosa. Subía hasta arriba y me quedaba debajo de la araña de luces, sonriendo majestuosamente. Luego bajaba muy despacio y con elegancia, peldaño a peldaño, rozando apenas con los dedos el pasamano de caoba. Y después volvía a subir corriendo. Así estuve un buen rato, hasta que me pareció que debía de ser la hora de cenar. Bella Lynn me dijo que había pospuesto la reserva porque Evers aún no había aparecido. Me compré una barrita de chocolate almendrado Hershey y me senté varias sillas más allá. Ella me susurró que dejara de dar patadas en el asiento. Fumaba Pall Malls, solo que los llamaba Palos Malos.

Reconocí al famoso Evers y a su padre millonario nada más verlos. Entraron al comedor acompañados de varios hombres. Todos con sombreros Stetson y botas, salvo Evers, que llevaba un traje de raya diplomática y la cabeza descubierta. Pero habría sabido que eran ellos solo por la cara de mala de Bella Lynn, que ahora fumaba con una larga boquilla. Se quitó las gafas oscuras y entró tras ellos. Le dijo al *maître* que a su acompañante le había surgido un imprevisto ineludible. Que solo seríamos las dos para la cena.

A mí me apetecía pedir milanesa de pollo, pero ella dijo que era demasiado vulgar. Pidió solomillo para las dos. Un manhattan para ella, y un Shirley Temple para mí. Solo que ella acabó tomando también un Shirley Temple, porque solo tenía dieciocho años. Al camarero le dijo que no sabía dónde había dejado su permiso de conducir. Qué inoportuno.

Los hombres tenían una botella de bourbon en la mesa y, salvo Rickie Evers, todos estaban fumando puros.

—¿Y cómo lo vas a conocer? —le pregunté a Bella Lynn.

—Ya te lo dije. Atracción sexual. En cuanto consiga que me mire a los ojos se acercará y nos invitará a este solomillo que vamos a comernos.

—Hasta ahora ni ha mirado hacia aquí.

—Sí, ha mirado, pero disimulando... Esa es su manera de seducir. Pero volverá a mirar, y cuando lo haga lo miraré como si fuera el perro sarnoso más rastrero que he visto en la vida.

Y justo entonces Rickie Evers la miró, y así fue exactamente como ella lo miró a él, con cara de ¿será posible que lo hayan dejado entrar? En dos segundos se plantó en nuestra mesa, junto a la silla libre.

—¿Puedo sentarme?

—Bueno. A mi acompañante le ha surgido un imprevisto ineludible. Quizá unos minutos.

—¿Qué tomáis? —nos preguntó.

—Shirley Temples —dije, pero ella dijo manhattan.

183

Evers le pidió al camarero un Shirley Temple para mí. Manhattans para él y la señorita. El camarero no mencionó que la señorita era menor de edad.

—Soy Bella Lynn, y esta es la pequeña Lou, mi prima. Perdón, ¿cómo has dicho que te llamas? —preguntó, aunque lo sabía perfectamente.

Él se presentó y ella dijo:

—Ah, tu papá y el mío juegan juntos al golf.

—¿Irás mañana a ver el campeonato? —preguntó Evers.

—No estoy segura. Es un hervidero de gente. Aunque la pequeña Lou se ha empeñado en ir.

Al final quedaron en encontrarse en el torneo de golf al día siguiente, para que yo no me llevara una desilusión. Era lo último que me apetecía, pero el día siguiente ya se habían olvidado de cuántas ganas tenía yo de ir.

Se tomaron sus manhattans y luego pidieron cóctel de gambas antes de nuestra carne asada. Tortilla noruega de postre, que a mí me pareció increíble.

Después de cenar saldrían de copas por Juárez, y se planteó el problema, mientras tomaban licor de menta, de cómo llevarme a casa. Un taxi, dijo Bella Lynn, pero él insistió en que podían dejarme en la puerta antes de cruzar la frontera.

Bella Lynn fue a empolvarse la nariz. No la acompañé: aún no sabía que se supone que siempre hay que ir, para evaluar la situación.

Cuando ella se fue, Rickie Evers dejó caer su encendedor de oro al suelo, y al agacharse a recogerlo me pasó la mano por la pierna, y me acarició la cara interna de la rodilla.

Tomé un bocado de tortilla noruega y dije que no entendía cómo conseguían hacerlo. Evers se incorporó y me dijo que tenía restos de merengue en la barbilla. Cuando me limpió con la gran servilleta de hilo, su brazo rozó mis pechos. Me dio vergüenza, aún ni siquiera llevaba un sujetador de pollita.

Bella Lynn volvió del tocador de señoras caminando alegremente con sus costuras torcidas, fingiendo no darse cuenta de que todos los hombres la miraban. Nadie en el comedor les había quitado ojo a Bella Lynn y Rickie Evers durante toda la cena. Creo que el camarero mexicano vio lo que hizo Evers cuando dejó caer el encendedor al suelo.

Me senté entre Evers y Bella Lynn en el gran Lincoln negro. Las ventanillas subían y bajaban cuando él apretaba un botón, incluso las de atrás. Había un encendedor automático, y Evers me rozaba la pierna cada vez que lo usaba, y los pechos de nuevo cuando alargaba el brazo para encender los Palos Malos de Bella Lynn.

Paramos delante de mi casa.

—¿Qué tal un beso de buenas noches, pequeña Lou? —me dijo Evers.

Bella Lynn se rio.

—Oye, que ni siquiera tiene todavía los dulces dieciséis.

Mientras ella bajaba, Evers me dio un mordisco en el cuello.

Bella Lynn entró conmigo para buscar un chal y su vaporizador de Tabú.

—¿Ves lo que te dije, Lou, sobre la atracción sexual? ¡Es pan comido!

Me quedé a escuchar la serie de misterio *Inner Sanctum* con el tío Tyler y la tía Tiny. Estaban encantados de que Bella Lynn fuera a salir con el exmarido de la estrella de cine más hermosa del mundo.

—¿Cómo lo habrá conseguido? —preguntó el tío Tyler.

—¡Tyler, ya sabes que nuestra Bella Lynn es la criatura más preciosa al oeste del Misisipi!

—No. Fue atracción sexual —les dije.

Me miraron perplejos.

—Chiquilla, ¡que no vuelva a oírte decir esa palabra nunca más! —me dijo la tía Tiny, indignada. Parecía la mismísima Mildred Pierce.

Gamberro adolescente

En los sesenta, Jesse solía venir a ver a Ben. Eran chavales entonces, pelo largo, estroboscopios, hierba y ácido. Jesse ya había abandonado los estudios, ya había estado en el correccional. Vinieron los Rolling Stones a Nuevo México. Los Doors. Ben y Jesse lloraron cuando murió Jimi Hendrix, cuando murió Janis Joplin. Aquel año también hubo un invierno muy duro. Nieve. Cañerías congeladas. Todo el mundo lloró aquel año.

Vivíamos en una vieja casa de campo, cerca del río. Marty y yo acabábamos de divorciarnos, fue mi primer año dando clases, mi primer trabajo. Ocuparse sola de la casa tenía lo suyo. Goteras en el tejado, la bomba quemada; pero era una casa grande, preciosa.

Ben y Jesse ponían la música a tope, encendían incienso de violetas que olía a pis de gato. Mis otros hijos, Keith y Nathan, no soportaban a Jesse —decían que era un hippy colgado—, pero Joel, el pequeño, lo adoraba, sus botas, su guitarra, su escopeta de balines. Tiraban a las latas de cerveza detrás de la casa. Ping.

Era marzo y hacía frío de verdad. A la mañana siguiente las grullas estarían en la charca al amanecer. Había aprendido cosas sobre ellas por el nuevo pediatra. Es un buen médico, y soltero, pero aún añoro al viejo doctor Bass. Cuando Ben era bebé lo llamé para preguntarle cuántos pañales debía lavar de golpe. Uno, me dijo.

Ninguno de los chicos había querido acompañarme. Me vestí. Encendí un fuego con leña de pino, preparé un termo de café. Dejé lista la masa para las tortitas, di de comer a los perros y los gatos y a la cabra, Rosie. ¿Teníamos también un caballo? En tal caso, me olvidé de darle de comer. Jesse apareció detrás de mí en la oscuridad, en la alambrada de espino junto a la carretera escarchada.

—Quiero ver las grullas.

187

Le di la linterna, y creo que también le di el termo. Él alumbraba en todas direcciones menos la carretera, y yo no paraba de darle la lata. Venga ya. Corta el rollo.

—Puedes ver sin problemas. Sigues andando. Está claro que conoces el camino.

Cierto. Los mareantes haces de luz barrían los nidos de los pájaros en los pálidos álamos pelados, las calabazas en el campo de Gus, las siluetas prehistóricas de sus cebús. Sus ojos de ágata se abrían para reflejar un destello minúsculo, se cerraban de nuevo.

Cruzamos por el tronco sobre el agua lenta y oscura del canal de riego hasta llegar junto a la charca, donde nos estiramos boca abajo, silenciosos como guerrilleros. Ya lo sé, le pongo a todo una nota romántica; pero es verdad que estuvimos allí mucho tiempo, congelándonos en la niebla. No era niebla. Debía de ser la bruma que se levantaba en la charca, o quizá simplemente el vaho de nuestra respiración.

Al cabo de mucho rato por fin llegaron las grullas. Cientos, justo cuando empezaba a clarear. Se posaron a cámara lenta sobre sus patas quebradizas. Lavándose, acicalándose en la orilla. De pronto todo se volvió negro, blanco y gris, una película después de los créditos, girando en remolinos.

Mientras las grullas bebían, la superficie plateada del agua se escindió en docenas de arroyuelos. Las aves se marcharon enseguida, en medio de la blancura, con el rumor de una baraja de naipes.

Nos quedamos allí tumbados, tomando café, hasta que amaneció y llegaron los cuervos. Cuervos desgarbados, chillones, desafiando la elegancia de las grullas. Su negrura zigzagueaba en el agua, las ramas de los álamos cimbreaban como trampolines. Se empezó a notar el sol.

Era de día cuando volvimos por la carretera, pero Jesse dejó la linterna encendida. ¿Haces el favor de apagarla? Me ignoró, así que se la quité. Caminamos al ritmo de sus largas zancadas siguiendo las roderas de los tractores.

—Joder —dijo—. Ha sido escalofriante.

—Y tanto. Imponente como escuadrones abanderados. Eso es de la Biblia.

—¿No me digas, profesora?

El chico ya apuntaba maneras.

Paso

El centro de desintoxicación de Oakland Oeste antiguamente era un almacén. Por dentro es oscuro y retumba como un aparcamiento subterráneo. Dormitorios, una cocina, y la oficina que se abre a una sala inmensa. En medio de la sala hay una mesa de billar y el foso de la tele. Lo llaman el foso porque las paredes que lo rodean tienen apenas un metro y medio de altura, para que los terapeutas se puedan asomar a echar un vistazo.

La mayoría de los internos estaban en el foso, con pijamas azules, viendo *Leave it to Beaver*. Bobo sujetaba una taza de té para que bebiera Carlotta. Los otros hombres se reían al imaginarla corriendo por las vías del tren, intentando meterse debajo de la locomotora. El Amtrak de Los Ángeles se había detenido. Carlotta también se rio, al verlos a todos corriendo en pijama. No es que le quitara importancia a lo que había hecho. No se acordaba, así que la proeza no tenía ningún mérito.

Milton, uno de los terapeutas, se acercó al borde del foso.

—¿Cuándo es el combate?

—Dentro de dos horas.

Benítez y Sugar Ray Leonard se disputaban el título mundial de peso wélter.

—Ganará Sugar Ray, obvio.

Milton le sonrió a Carlotta y los hombres hicieron comentarios, bromas. A la mayoría los conocía de otras veces allí, de desintoxicaciones en Hayward, Richmond, San Francisco. A Bobo lo conocía además del pabellón psiquiátrico de Highland.

Los veinte internos estaban ahora en el foso, con almohadas y mantas, acurrucados juntos como parvularios a la hora de la siesta, dibujos de Henry Moore de la gente en los refugios antiaéreos. En la pantalla del televisor, Orson Welles decía: «No venderemos ningún vino hasta que esté en su punto». Bobo se echó a reír.

—¡Ya está en su punto, hermano, ya está en su punto! —dijo.

—Deja de tiritar, mujer, que el televisor tiembla.

Un hombre con rastas se sentó al lado de Carlotta y le metió la mano por el muslo. Bobo lo agarró de la muñeca.

—Lárgate o te parto el brazo.

El viejo Sam llegó envuelto en una manta. No había calefacción y hacía un frío espantoso.

—Siéntate ahí, a los pies de la chica. Así se los mantendrás quietos.

Trece por docena estaba a punto de acabar. Clifton Webb moría y Myrna Loy iba a la universidad. Willie dijo que le había gustado Europa porque allí la gente blanca era fea. Carlotta no entendía a qué se refería, hasta que se dio cuenta de que la única gente que ven los borrachos solitarios es la de la televisión. Ella se quedaba despierta hasta las tres de la madrugada para ver al Jack el Destripador de los coches de segunda mano en la televisión local. Reventando precios. A cuchillada limpia.

La televisión era la única luz de todo el pabellón. Casi parecía que el foso fuera su propio cuadrilátero lleno de humo, y en el medio el cuadrilátero en color de la televisión. La voz del presentador era estridente. ¡El bote de hoy es de un millón de dólares! Todos los hombres habían apostado por Sugar Ray. O lo habrían hecho. Bobo le dijo a Carlotta que algunos de los que estaban allí ni siquiera eran alcohólicos, solo fingían que necesitaban desintoxicarse para poder ver el combate.

Carlotta iba con Benítez. ¿Te gustan los jovencitos guapos, mujer? Benítez era guapo, esbelto, con un bigotito pulcro. Pesaba 65 kilos, había ganado su primer campeonato a los diecisiete. Sugar Ray Leonard apenas pesaba un poco más que él, pero parecía descollar, inmóvil. Los púgiles se encontraron en el centro del ring. No se oía nada. La multitud en la televisión, los internos en el foso contenían la respiración mientras los boxeadores se medían frente a frente, dando vueltas, amagando, sosteniéndose la mirada.

En el tercer asalto, Leonard tumbó a Benítez con un gancho rápido. Se levantó en un instante, con una sonrisa de niño. Avergonzado. No me lo esperaba. En ese momento los hombres en el foso empezaron a querer que ganara.

Nadie se movió, ni siquiera durante los anuncios. Sam se tiró todo el combate liando cigarrillos y pasándolos. Milton se asomó al foso en el sexto asalto, justo cuando Benítez se llevaba un golpe en la frente, la única herida de todo el combate. Milton vio la sangre reflejada en los ojos de los demás, en su sudor.

—Figuras..., todos acabaréis apostando por un perdedor —dijo.

—¡Silencio! Octavo asalto.

—Vamos, cariño, no te rindas.

No pedían que Benítez ganara, solo que no abandonara el combate. Y no lo hizo, aguantó. Reculó en el noveno asalto tras un directo, y luego un gancho con la izquierda lo puso contra las cuerdas y un derechazo le arrancó el protector de la boca.

Diez, once, doce, trece, catorce asaltos. Seguía aguantando. En el foso nadie hablaba. Sam se había quedado dormido.

Sonó la campana del último asalto. El cuadrilátero estaba tan silencioso que se pudo oír el susurro de Sugar Ray Leonard: «Dios mío, sigue en pie».

Pero la rodilla derecha de Benítez tocó la lona. Apenas un instante, como un católico al persignarse. La mínima deferencia que señalaba el final del combate. Había perdido.

—Dios, ayúdame, por favor —susurró Carlotta.

Perdidos

Llegué a Albuquerque de Baton Rouge. Eran cerca de las dos de la madrugada. Azotaba el viento. Eso es lo que hace el viento en Albuquerque. Me quedé por la estación de autobuses hasta que apareció un taxista con tantos tatuajes carcelarios que pensé que podría pillar y él me diría algún sitio donde caer. Me puso a tono y me llevó a una *«noria»*, como llaman allí a una casa por la que pasa mucha gente, en el valle al sur de la ciudad. Fue una suerte dar con él, con Noodles. No podría haber elegido un sitio peor donde ir a parar que Albuquerque. Los chicanos controlan la ciudad. Los *mayates* no pueden pillar nada, tienen suerte de que no los maten. Algunos hombres blancos, con bastante tiempo entre rejas para demostrar que valen. Mujeres blancas, olvídate, no duran. La única manera, y Noodles me ayudó también con eso, era enrollarme con alguien importante, como hice con Nacho. Entonces nadie me haría daño. Qué lamentable hablar así. Nacho era un santo, aunque cueste creerlo. Hizo mucho por los Boinas Cafés, por toda la comunidad chicana, la gente joven, los viejos. No sé dónde está ahora. Se saltó la fianza. Y me refiero a una fianza enorme. Disparó a un narco, Márquez, cinco tiros, por la espalda. El jurado no pensó que fuera un santo, pero quizá sí Robin Hood, porque solo le cargaron homicidio involuntario. Me gustaría saber qué ha sido de él. A mí me trincaron más o menos en ese momento, por las marcas de los pinchazos.

Todo esto pasó hace muchos años o ni siquiera podría estar hablando de ello. En aquella época podían meterte cinco o diez años por fumar marihuana o si te veían pinchazos de jeringuilla.

Era cuando empezaban los primeros programas de rehabilitación con metadona. Me mandaron a uno de los proyectos piloto. Seis meses en La Vida en lugar de varios años en *«la pinta»*, la cárcel estatal de Santa Fe. Otros veinte adictos consiguieron el mismo trato. Llegamos a La Vida en un viejo autocar escolar amarillo. Nos recibió una manada de perros salvajes, que nos gruñeron y nos aullaron hasta que al final se perdieron corriendo en la polvareda.

La Vida estaba a unos cincuenta kilómetros de Albuquerque. En el desierto. No había nada alrededor, ni un árbol, ni un matorral. La ruta 66 estaba demasiado lejos para ir andando. La Vida había sido una base de radares, un complejo militar durante la Segunda Guerra Mundial. Desde entonces estaba abandonada. Y quiero decir abandonada. Nosotros íbamos a restaurarla.

Nos quedamos deambulando al viento, al sol cegador. Solo el gigantesco disco del radar descollaba en medio del complejo, la única sombra. Barracones derruidos. Persianas rotas y oxidadas que se sacudían con el viento. Chicas de viejos calendarios en las paredes desconchadas. Dunas de cuatro o cinco palmos de altura en todas las habitaciones. Dunas, con ondas y dibujos como en las postales del Desierto Pintado.

Muchas cosas iban a contribuir a nuestra rehabilitación. La número uno era apartarnos del ambiente de la calle. Cada vez que un terapeuta decía eso nos partíamos de la risa. No se veía ninguna carretera alrededor, mucho menos calles, y las calles del complejo estaban enterradas en la arena. Había mesas en los comedores y catres en los barracones, pero también estaban enterrados. Váteres taponados con animales muertos y más arena.

Solo se oía el viento y las manadas de perros que seguían merodeando. A veces era agradable, el silencio, salvo porque los discos del radar giraban sin parar con un débil lamento quejumbroso, día y noche, día y noche. Al principio era estremecedor, pero con el tiempo acabó por ser reconfortante, como el sonido de un carillón. Decían que lo habían utilizado para interceptar a los pilotos kamikaze japoneses, pero decían un montón de cosas raras.

La parte fundamental de nuestra rehabilitación iba a ser, por supuesto, a fuerza de trabajo. La satisfacción de la tarea bien hecha. Aprender a relacionarnos con los demás. Trabajar en equipo. Ese trabajo en equipo empezaba todos los días al ponernos en la cola para la metadona a las seis de la mañana. Después del desayuno, trabajábamos hasta la hora de comer. Grupo de dos a cinco; más grupo de siete a diez.

El propósito de esos grupos era desarmarnos. Nuestros principales problemas eran la rabia, la arrogancia, la rebeldía. Mentíamos, hacíamos trampas y robábamos. Cada día había sesiones en las que el resto del grupo le gritaba a uno todos sus defectos y debilidades, dándole «para el pelo».

Nos daban a diestro y siniestro hasta que tirábamos la toalla. ¿Qué toalla ni qué hostias? Ven, sigo con la misma rabia, igual de arrogante. Llegué diez minutos tarde a una sesión de grupo y me afeitaron las cejas y me cortaron las pestañas.

Ahí aprendíamos a canalizar la rabia. Nos pasábamos el día entero metiendo papelitos en una caja donde escribíamos con quién estábamos enfadados, y luego en grupo aprendíamos a lidiar con esas cosas. Básicamente nos dedicábamos a gritar que los demás eran unos perdedores y estaban acabados. Aunque, la verdad, todos mentíamos y fingíamos. La mitad de las veces ni siquiera estábamos enfadados, solo soltábamos un poco de mala baba y nos agarrábamos a cualquier excusa para seguir la dinámica del grupo, para quedarnos en La Vida y no ir a la cárcel. La mayoría de las quejas en los papelitos iban para Bobby, el cocinero, porque daba de comer a aquellos perros salvajes. O cosas como que Grenas no ayuda a desbrozar, se pasa el rato fumando y esparciendo los hierbajos con el rastrillo.

Detestábamos a aquellos perros. Hacíamos cola a las seis de la mañana, y a la una y a las seis de la tarde delante de la puerta del comedor. Azotaba el viento cargado de arena. Estábamos cansados y con hambre. Helados por la mañana y sofocados por la tarde. Bobby nos hacía esperar, hasta que al final se acercaba con andares de banquero engreído a abrirnos la puerta. Y mientras esperábamos, a pocos pasos, junto a la puerta de la cocina, los perros también estaban esperando a que Bobby les echara las sobras. Perros sarnosos, feos, chuchos que la gente había abandonado en la meseta. Los perros se llevaban bien con Bobby, pero a nosotros nos odiaban, nos enseñaban los dientes y nos gruñían, día tras día, comida tras comida.

Me trasladaron de la lavandería a la cocina. Hacía de pinche, fregaba los platos y el suelo. Al cabo de un tiempo Bobby empezó a caerme mejor. Incluso los perros empezaron a caerme bien. Él les ponía nombre a todos. Nombres tontos. Duque, Mancha, Negrito, Cojo, Tapón. Y Liza, su favorita. Una perra callejera de pelo cano, con la cabeza plana, enormes orejas que parecían alas de murciélago y ojos de color ámbar. «¡Rayo de sol! Liza, mi sol de ojos amarillos», le canturreaba Bobby. Con el tiempo incluso le rascaba entre las feas orejas y justo donde le nacía la larga cola despeluchada que arrastraba entre las patas. «Mi dulce rayito de sol», le decía.

Con los fondos del gobierno traían a gente que nos hacía talleres. Una señora nos dio un taller sobre Familias. Como si alguno de nosotros hubiera tenido alguna vez familia. Y un tipo de Synanon que dijo que nuestro problema era ir tan sobrados. Su expresión favorita era «Cuando creéis que quedáis bien, estáis quedando mal». Cada día nos hacía «reventar nuestra imagen». Que no era otra cosa que actuar como imbéciles.

Conseguimos un gimnasio y una mesa de billar, pesas y sacos de boxeo. Dos televisores en color. Una pista de baloncesto, una de bolos y una cancha de tenis. Láminas enmarcadas de Georgia O'Keeffe. Nenúfares de Monet. Pronto vendría una productora de cine de Hollywood, para rodar allí una película de ciencia ficción. Podríamos hacer de extras y ganarnos algún dinero. La película iría sobre el disco del radar y lo que le hacía a Angie Dickinson. El radar se enamoraba de ella y capturaba su alma cuando moría en un accidente de coche. Capturaba también al resto de las almas vivientes, que serían los internos de La Vida, nosotros. La habré visto veinte veces, a altas horas de la noche, por televisión.

En conjunto los tres primeros meses fueron bastante bien. Estábamos limpios y sanos; trabajábamos duro. Sacamos brillo a las instalaciones. Nos hicimos bastante amigos entre nosotros y también nos enfadábamos. Aquellos tres primeros meses, sin embargo, estuvimos totalmente aislados. No vino nadie y nadie salió. Nada de llamadas telefónicas, periódicos, correo, televisión. Las cosas empezaron a estropearse cuando eso cambió. La gente salía de permiso y los análisis de orina daban positivo cuando volvían, o ni siquiera volvían. Seguían llegando nuevos internos, pero no compartían el orgullo que nosotros sentíamos por aquel lugar.

Cada día teníamos una reunión matinal. Parte sesión de quejas, parte sesión de chivatazos. También debíamos pedir la palabra, incluso para hacer una broma o cantar una canción. Pero a nadie se le ocurría nunca nada que decir, así que al menos dos veces por semana el viejo Lyle

Tanner cantaba: «I thought I saw a whippoorwill». El Sapo dio una charla sobre cómo criar chihuahuas, que fue de lo más soez. Sexy recitaba siempre el Salmo 23. Solo que acariciaba las palabras de una manera que sonaba lasciva y todo el mundo se reía, y eso hería sus sentimientos.

La llamábamos Sexy en broma. Era una puta vieja de México. No había venido con nuestra primera remesa, sino más tarde, después de cinco días en aislamiento sin nada de comida. Bobby le preparó sopa y beicon con huevos. Pero ella nada más quería pan. Se sentó y se comió tres bolsas enteras de pan de molde Wonder, sin masticarlo siquiera, famélica. Bobby le dio la sopa y el beicon con huevos a Liza.

Sexy siguió comiendo hasta que al final la llevé a nuestra habitación y cayó redonda. Lydia y Sherry estaban encamadas en el cuarto de al lado. Eran amantes desde hacía años. Por sus risas lentas supe que iban colocadas, seguramente se habían metido rojas o ludes. Volví a la cocina y ayudé a Bobby a recoger. Gabe, el terapeuta, entró a buscar los cuchillos, para guardarlos en la caja fuerte, como hacía todas las noches.

—Me voy al pueblo. Te dejo al cargo, Bobby —el personal de la plantilla ya nunca se quedaba a dormir.

Bobby y yo salimos a tomar café bajo el árbol del paraíso. Los perros aullaron persiguiendo algo en la meseta.

—Me alegro de que haya venido Sexy. Me cae bien.

—A mí ni fu ni fa. No se quedará.

—Me recuerda a Liza.

—Liza no es tan fea. *Oye*, Tina, quédate quieta. Ya va a salir.

La luna. No hay luna como la de una noche clara de Nuevo México. Asoma por la sierra de Sandía y se derrama en la vastedad yerma del desierto con la misma blancura silenciosa de las primeras nieves. La luz de la luna en los ojos amarillos de Liza y el árbol del paraíso.

El mundo sigue girando. Nada importa mucho, ¿no? Me refiero a importar de verdad. Sin embargo a veces de pronto, durante apenas un segundo, se te concede la gracia de creer que sí, que importa muchísimo.

Bobby sintió lo mismo. Oí el temblor en su voz. Hay gente que habría rezado, de rodillas en el suelo, en un momento así. Habría cantado un himno. Los cavernícolas quizá habrían ejecutado una danza.

Nosotros hicimos el amor. El Sapo nos pilló. Después, pero todavía estábamos desnudos.

Así que el tema salió en la reunión de la mañana y tuvimos que recibir un castigo. Tres semanas, después de limpiar la cocina, rascar y lijar toda la pintura de las ventanas del comedor. Hasta la una de la madrugada, todas las santas noches. Por si no bastara con eso, Bobby se levantó y habló, intentando salvar el culo.

—No quería tirarme a Tina —dijo—. Solo quería estar limpio, cumplir mi tratamiento aquí y volver a casa con mi mujer, Debbi, y mi pequeña Debbi-Ann.

Juro que podría haberle metido un papelito por aquellos dos nombres vomitivos.

Aquello me dolió. Bobby me había abrazado, había hablado conmigo. Se había tomado muchas más molestias haciendo el amor de las que suelen tomarse los hombres, y me sentí feliz a su lado cuando salió la luna.

Trabajábamos tan duro que no quedaba tiempo para hablar. De todos modos nunca habría dejado que supiera cuánto me había herido. Estábamos hechos polvo, acabábamos molidos cada noche, y arrastrábamos el cansancio todo el día.

Así que no habíamos hablado de los perros. Llevaban tres noches sin aparecer.

Al final saqué el tema.

—¿Dónde crees que están los perros?

Hizo un gesto de indiferencia.

—Un puma. Chicos con escopetas.

Seguimos lijando. Se hizo tarde incluso para ir a la cama, así que preparamos café y nos sentamos bajo el árbol.

Yo echaba de menos a Sexy. Olvidé decir que se había ido al dentista a la ciudad pero se las arregló para pillar, la trincaron y la volvieron a encerrar en la cárcel.

—Echo de menos a Sexy. Bobby, era mentira lo que dijiste en la reunión. Claro que querías hacerlo conmigo.

—Sí, era mentira.

Nos metimos en la cámara frigorífica y nos abrazamos otra vez, hicimos el amor otra vez pero rápido porque hacía un frío que pelaba. Volvimos a salir fuera.

Empezaron a llegar los perros. Tapón, Negrito, Mancha, Duque.

Se habían enzarzado con puercoespines. Debía de haber sido varios días atrás porque estaban todos infectados, purulentos. Las caras hinchadas como rinocerontes monstruosos, supurando pus verde. Los ojos tan inflados que no podían abrirlos, los párpados llenos de púas como dardos minúsculos. Eso era lo más espantoso, que no podían ver. Ni tampoco articular ningún sonido, porque la garganta también la tenían tumefacta.

A Negrito le entraron espasmos. Brincaba como un muñeco de trapo, haciendo unos gorgoteos espeluznantes. Retorciéndose, sacudiéndose, meándose en el aire. Pegó varios brincos y luego cayó muerto, mojado, en el polvo. Liza llegó la última porque no podía caminar, vino arrastrándose hasta los pies de Bobby y se quedó allí encogida, pasándole la pata por la bota.

—Tráeme los malditos cuchillos.

—Gabe aún no ha vuelto —solo los terapeutas podían abrir la caja fuerte.

Liza le acarició el pie con la pata, suavemente, como pidiendo mimos, que le lanzara una pelota.

Bobby entró en la cámara y sacó un filete. Había un cielo color lavanda. Era casi de mañana.

Hizo que los perros olieran la carne. Los llamó, los engatusó a seguirle hasta el otro lado de la carretera, al taller. Yo me quedé bajo el árbol.

Una vez dentro, cuando finalmente consiguió meterlos a todos, los apaleó con una maza hasta matarlos. No lo vi, pero pude oírlo, y desde donde estaba sentada vi la sangre que salpicaba y chorreaba por las paredes. Pensé que diría algo como: «Liza, mi dulce sol», pero no dijo una sola palabra. Cuando salió estaba cubierto de sangre; no me miró, se fue directo a los barracones.

La enfermera llegó en coche con las dosis de metadona y todo el mundo se puso a la cola para el desayuno. Encendí la plancha y empecé a hacer la masa de las tortitas. Todo el mundo se enfadó porque tardara tanto en servirles.

Aún no había aparecido nadie del personal cuando llegaron los camiones del rodaje. Se pusieron a trabajar enseguida, buscando las localizaciones, eligiendo a los extras. Gente corriendo de un lado a otro con megáfonos y *walkie-talkies*. Por alguna razón, nadie entró en el taller.

Empezaron a rodar una escena enseguida... una toma con un especialista que supuestamente era Angie Dickinson conduciendo un coche desde el gimnasio mientras un helicóptero volaba en círculos alrededor del disco del radar. Se suponía que el coche debía chocar contra el disco y el radar abducía el espíritu de Angie, pero el coche chocó con el árbol del paraíso.

Bobby y yo preparamos la comida, tan cansados que caminábamos a cámara lenta, exactamente como les pedían a los extras que hacían de zombis. No hablábamos. Una vez, preparando ensaladilla de atún, dije en voz alta, hablando conmigo misma: «¿Salsa tártara?».

—¿Qué has dicho? —me preguntó Bobby.

—He dicho salsa tártara.

—Por Dios. ¡Salsa tártara!

Nos reímos, no podíamos parar de reír. Bobby me tocó la mejilla, suavemente, un ala de pájaro.

El equipo de rodaje pensó que la base del radar era fabulosa, alucinante. A Angie Dickinson le gustó mi sombra de ojos. Le dije que solo era tiza, de la que se usa para los tacos de billar.

—Es para morirse, ese azul —me dijo.

Después de comer, un viejo gaffer, sea lo que sea eso, vino a preguntarme dónde estaba el bar más cercano. Había un tugurio de carretera en dirección a Gallup, pero le dije que en Albuquerque. Le dije que haría cualquier cosa por ir a la ciudad.

—No te preocupes por eso. Móntate en mi camioneta y vámonos.

Pum, pam, bang.

—Santo cielo, ¿qué ha sido eso? —preguntó.

—Una reja guardaganado.

—Caramba, sí que está este sitio dejado de la mano de Dios.

Finalmente salimos a la autopista. Fue increíble volver a oír el sonido de los neumáticos en el asfalto, notar el viento en la cara. Camiones con tráiler, adhesivos en los parachoques, niños peleándose en el asiento trasero de los coches. La ruta 66.

Llegamos a lo alto de la loma, con el ancho valle y el río Grande a nuestros pies, la sierra de Sandía preciosa de fondo.

—Verá, jefe, lo que necesito es dinero para comprar el billete de vuelta a Baton Rouge. Son unos sesenta dólares. Si no le va mal, ¿me los podría dar?

—Tranquila. Tú necesitas un billete. Yo necesito un trago. Todo se andará.

Penas

—¿De qué hablarán esas dos todo el rato, si puede saberse? —le preguntó la señora Wacher a su marido mientras desayunaban.

Al otro lado del comedor, techado con paja y abierto al mar, las hermanas hablaban y hablaban, olvidándose de la papaya, de los huevos rancheros. Más tarde paseaban por la orilla del mar con las cabezas muy juntas. Hablando, hablando. Las olas las pillaban desprevenidas, las empapaban, y ellas se reían. La más joven a menudo lloraba... La mayor la dejaba llorar, consolándola, le daba un pañuelo. Cuando el llanto pasaba, empezaban a hablar de nuevo. No parecía insensible, la mayor, pero ella nunca lloraba.

Los demás huéspedes del hotel sentados en el comedor y en las hamacas de la playa solían estar callados, y de vez en cuando hacían un comentario sobre el espléndido día, el mar azul turquesa, o les decían a sus hijos que se sentaran erguidos. La pareja de luna de miel se hablaba en susurros y bromeaba, se daban uno al otro trocitos de melón, pero por lo general se quedaban en silencio, mirándose a los ojos, embelesados en sus manos. Las parejas mayores tomaban café y leían o hacían crucigramas. Sus conversaciones eran breves, monosilábicas. La gente bien avenida hablaba tan poco como la que destilaba rencor o aburrimiento; era el ritmo de sus palabras lo que cambiaba, como el vaivén perezoso de una pelota de tenis o los rápidos manotazos para espantar una mosca.

Por la noche, a la luz de los faroles, la pareja alemana, los Wacher, jugaba al bridge con otra pareja de jubilados canadienses, los Lewis. Todos eran jugadores serios, así que la conversación se reducía al mínimo. El chas, chas de los naipes, los mmm del señor Wacher. Dos sin triunfo. El rumor de las olas, el tintineo del hielo en las copas. Las mujeres hablaban, cada tanto, de planes para ir de compras al día siguiente, de una excursión a Isla Grande, de las misteriosas hermanas habladoras. La mayor, tan elegante y serena. Cincuentona, pero todavía atractiva, coqueta. La joven, de cuarenta y tantos, era bonita pero sosa, apocada. ¡Ahí va, llorando otra vez!

La señora Wacher decidió que abordaría a la hermana mayor por la mañana en la playa, cuando fuera a nadar. La señora Lewis hablaría con la más joven, que nunca se bañaba ni tomaba el sol, sino que esperaba a la otra tomando té, sosteniendo un libro que no llegaba a abrir.

Aquella noche, mientras el señor Wacher iba a buscar la hoja para anotar los puntos y la baraja de cartas, y el señor Lewis pedía bebidas y aperitivos en la barra, las dos mujeres pusieron en común la información.

—¡Hablan tanto porque no se han visto en veinte años! ¿Te imaginas? ¿Siendo hermanas? La mía se llama Sally, vive en Ciudad de México, está casada con un mexicano y tiene tres hijos. Hablamos en español, parece mexicana de verdad. Hace poco le hicieron una mastectomía, de ahí que no se bañe. Empieza el tratamiento para el cáncer el mes que viene. Probablemente por eso llora tan a menudo. Eso es lo que pude averiguar antes de que la hermana volviera y fueran a cambiarse.

—¡No! ¡No llora por eso! ¡Su madre acaba de morir! ¡Hace dos semanas! Y ellas en un complejo turístico, ¿te lo puedes creer?

—¿Qué más te ha dicho? ¿Cómo se llama?

—Dolores. Es enfermera, de California, con cuatro hijos ya mayores. Me contó que su madre ha muerto hace poco, que su hermana y ella tenían mucho de que hablar.

Las mujeres imaginaron el resto. Sally, la más dulce, debía de haber cuidado a su madre inválida todos esos años. Cuando al fin la anciana murió, Dolores se sintió culpable por haberse despreocupado, por no haber ido nunca a visitarlas. Y para colmo el cáncer de su hermana. Dolores era la que corría con los gastos, pagaba los taxis, a los camareros. La vieron comprándole ropa a Sally en las boutiques del centro. Eso lo explicaba todo. La culpa. Lamenta no haber visto a su madre antes de que muriera, quiere portarse bien con su hermana antes de que muera también.

—O antes de morir ella misma —dijo la señora Lewis—. Cuando fallecen tus padres has de afrontar tu propio final.

—Ah, entiendo lo que quieres decir... Entonces ya no queda nadie para protegerte de la muerte.

Las dos mujeres guardaron silencio, complacidas con sus inofensivas especulaciones, con sus análisis. Pensando que también a ellas les llegaría la muerte. Que a sus maridos les llegaría la muerte. No se demoraron en esos pensamientos, sin embargo. Aunque superaban los setenta eran parejas sanas, activas. Vivían con plenitud, disfrutaban el día a día. Cuando sus maridos retiraron sus sillas para sentarse a jugar la partida, ambas se sumieron en el juego con placer, olvidándose por completo de las dos hermanas, que en ese momento estaban sentadas una al lado de la otra en la playa, bajo las estrellas.

Sally no lloraba por su difunta madre o por el cáncer. Lloraba porque su marido, Alfonso, la había dejado después de veinte años para liarse con una mujer joven. Parecía un acto despiadado, justo después de la mastectomía. Estaba destrozada, pero no, de ninguna manera pensaba divorciarse, aunque la otra mujer se había quedado embarazada y él quería casarse con ella.

—Que esperen a que me muera. Pronto estaré muerta, probablemente el año que viene... —Sally lloraba, pero el océano ahogó los sollozos.

—No te vas a morir. Dijeron que el cáncer ha desaparecido. La radioterapia es rutinaria, una precaución. Oí al médico decir eso, que habían extirpado todo el tumor.

—Pero volverá. Siempre vuelve.

—Eso no es verdad. Déjate de historias, Sally.

—Qué fría eres. A veces eres tan cruel como mamá.

Dolores no dijo nada. Su mayor temor, ser como su madre. Cruel, una borracha.

—Mira, Sally. Concédele el divorcio y empieza a preocuparte de ti misma.

—¡Tú no lo entiendes! ¿Cómo vas a entender cómo me siento después de haber vivido veinte años con él? ¡Llevas prácticamente el mismo tiempo sola! ¡Para mí solo ha existido Alfonso, desde los diecisiete años! ¡Es el amor de mi vida!

—Creo que puedo hacerme a la idea —dijo Dolores, secamente—. Anda, vamos dentro, empieza a hacer frío.

En la habitación, la lámpara de Dolores estaba encendida dentro de la mosquitera; leía en la cama antes de dormir.

—¿Dolores?

Sally estaba llorando, otra vez. Dios. Y ahora qué.

—Sally, me vuelvo loca si no puedo leer justo cuando me levanto y antes de irme a dormir. Puede parecer una costumbre absurda, pero es lo que hay. ¿Qué pasa?

—Se me ha clavado una astilla en el pie.

Dolores se levantó, fue a por una aguja, un poco de antiséptico y esparadrapo, y le quitó la astilla del pie a su hermana. Sally lloró otra vez, y abrazó a Dolores.

—Sigamos unidas a partir de ahora. ¡Es tan bonito tener una hermana que cuide de mí!

Dolores alisó el esparadrapo en el pie de Sally, como había hecho tantas veces cuando eran niñas.

—Ya está curado —dijo, mecánicamente.

—¡Ya está curado! —suspiró Sally. Luego se durmió enseguida.

Dolores siguió leyendo varias horas. Al final apagó la luz, añorando tomarse una copa.

¿Cómo podía hablarle a Sally de su alcoholismo? No era como hablar de la muerte, o de perder a un marido, de perder un pecho. La gente decía que era una enfermedad, pero nadie la obligaba a beber. Tengo una enfermedad letal. Estoy aterrorizada, quiso decir Dolores, pero no lo hizo.

Los Wacher y los Lewis eran siempre los primeros en desayunar, sentados en mesas contiguas. Los maridos leían el periódico, las esposas charlaban con los camareros y entre ellas. Después del desayuno los cuatro irían de pesca mar adentro.

—Me pregunto dónde están hoy las hermanas —dijo la señora Lewis.

—¡Chillando! Las he oído discutir a voces cuando he pasado por delante de su habitación. Sally dijo: ¡No!, ¡no quería ni un penique del maldito dinero de la vieja bruja! Que en las épocas de desesperación su madre la había rechazado, ¡y no sabes qué palabrotas soltaba, la mosquita muerta! La maldecía en español: «*¡Puta! ¡Desgraciada!*». Dolores le gritaba: «¿Es que no entiendes lo que es la locura? La chiflada eres tú, porque te niegas a ver más allá... ¡Mamá estaba loca!». Y entonces empezó a chillarle: «¡Quítatelo! ¡Quítatelo!».

—Calla. Ahí vienen.

Sally estaba despeinada; parecía, como de costumbre, que acabara de llorar; Dolores, como de costumbre, estaba tranquila e impecable. Pidió el desayuno para las dos.

—Come. Te sentirás mejor —oyeron que le decía a la hermana cuando les sirvieron—. Bébete todo el zumo de naranja. Está dulce, riquísimo.

—¡Quítatelo!

Sally se encogió, agarrando el *huipil* y pegándoselo al cuerpo. Dolores se lo arrancó, la hizo quedarse de pie, desnuda, las cicatrices donde antes estaba su seno de un rojo y azul lívidos.

—¡Estoy espantosa! ¡Ya no soy una mujer! ¡No me mires!

Dolores la agarró por los hombros, la sacudió.

—¿Quieres que sea tu hermana? ¡Déjame mirar! Sí, es espantoso. Las cicatrices parecen brutales, atroces. Pero ahora forman parte de ti. ¡Y tú eres una mujer, boba estúpida! Sin tu Alfonso, sin tu pecho, puedes ser más mujer que nunca, ¡puedes ser libre! Para empezar hoy te vas a dar un baño, con ese postizo de ciento cincuenta dólares que he traído para que te lo coloques en el bañador.

—No puedo.

—Claro que puedes. Anda, vístete para ir a desayunar.

—¡Buenos días, señoras! —saludó desde la mesa la señora Lewis a las hermanas—. Otro día espléndido. Nosotros vamos de pesca. ¿Qué planes tienen para hoy?

—Vamos a darnos un baño, y después de compras y a la peluquería.

—Pobre Sally —comentó luego la señora Lewis—. Es evidente que no le apetece hacer ninguna de esas cosas. Está enferma, y afligida. Esa hermana suya la obliga a estar de vacaciones como si nada. Igual que mi hermana Iris. ¡Mandona, mandona! ¿Tú tenías una hermana mayor?

—No —se rio la señora Wacher—. La mayor era yo. Créeme, las hermanas pequeñas tampoco son perfectas.

Dolores tendió las toallas en la arena.

—Quítatelo.

Se refería al albornoz que su hermana llevaba encima del bañador y del que no se desprendía.

—Quítatelo —insistió de nuevo—. Estás estupenda. Tu pecho parece auténtico. Tienes una cinturita de avispa, unas piernas bonitas. Aunque la verdad es que tú nunca te has dado cuenta de lo preciosa que eres.

—No. La guapa eras tú. Yo era la buena.

—A mí también me pesaba esa etiqueta. Quítate el sombrero. Solo nos quedan unos días. Vas a volver a la ciudad bronceada.

—*Pero...*

—*Cállate.* Cierra la boca, así te broncearás sin arrugas.

—Qué bien se está al sol —suspiró Sally al cabo de un rato.

—¿A que te sientes a gusto con tu cuerpo?

—Me siento desnuda. Como si todo el mundo pudiera ver las cicatrices.

—¿Sabes una cosa que he aprendido en la vida? La mayoría de la gente no se fija en nada, y si se fija, no le importa.

—Eres tan cínica...

—Date la vuelta, deja que te ponga aceite en la espalda.

Luego Sally le habló a Dolores de la biblioteca del *barrio* donde trabajaba de voluntaria. Historias alentadoras sobre los niños y las familias, que vivían en una situación de extrema pobreza. A ella le encantaba trabajar allí, y ellos la adoraban.

—¿Ves, Sally? Hay muchísimas cosas que puedes hacer, que disfrutas.

A Dolores no se le ocurrieron historias alentadoras que pudiera contarle a Sally sobre su trabajo, en una clínica de Oakland Este. Hijos del crack, niños maltratados, niños con daños cerebrales, síndrome de Down, heridas de bala, malnutrición, sida. Pero era buena en lo que hacía, y le daba satisfacciones. O se las había dado: al final la despidieron por beber, apenas hacía un mes, antes de que su madre muriera.

—A mí también me gusta mi trabajo —dijo nada más—. Venga, vamos a nadar.

—No puedo. Me hará mal.

—Esas heridas están curadas, Sally. Son solo cicatrices. Cicatrices terribles.

—No puedo.

—Por el amor de Dios, métete en el agua.

Dolores guió a su hermana hasta donde rompía el oleaje y luego consiguió que le soltara la mano. Vio a Sally zozobrar y caerse, tragar agua, cómo la revolcaba una ola. Esperó, observó que Sally se levantaba y se zambullía para pasar la siguiente ola por debajo, y seguía nadando. Dolores nadó hacia ella. Ay, Dios, está llorando otra vez... pero no, Sally se reía a carcajadas.

—¡Está caliente! ¡Qué buena está! ¡Me siento ligera como un bebé!

Se adentraron en el mar azul y nadaron largo rato. Al final volvieron a la orilla. Jadeantes, riendo, salieron de las olas. Sally rodeó con los brazos a su hermana y se quedaron abrazadas, mientras la espuma se arremolinaba en sus tobillos.

—¡*Maricones!* —se burlaron dos mozos mexicanos al pasar.

La señora Lewis y la señora Wacher observaban la escena desde sus hamacas, conmovidas.

—No es tan mala, solo estricta... Sabía que a la hermana le gustaría, una vez se metiera en el agua. Qué feliz parece. Pobrecita, necesitaba estas vacaciones.

—Sí, ya no resulta tan chocante, ¿a que no? Que se tomaran unas vacaciones después de la muerte de su madre.

—Lástima que no sea una tradición, ¿verdad? Unas vacaciones para superar el luto, como la luna de miel, o la ducha de regalos cuando nace un bebé.

Las dos se echaron a reír.

—¡Herman! —le dijo de lejos la señora Wacher a su marido—. Cuando nosotras nos muramos, ¿los hombres prometéis iros juntos de vacaciones?

Herman negó con la cabeza.

—No. Se necesitan cuatro para el bridge.

Cuando Sally y Dolores volvieron aquella noche todo el mundo alabó a Sally por lo preciosa que estaba. Sonrosada por el sol, el nuevo corte de pelo le enmarcaba la cara con sedosos rizos caoba.

Sally no dejaba de atusarse el pelo, mirándose en el espejo. Sus ojos verdes brillaban como esmeraldas. Se los había pintado con el maquillaje de Dolores.

—¿Me prestas esa blusa verde? —le preguntó.

—¿Qué? Acabo de comprarte tres vestidos preciosos. ¿Ahora quieres mi blusa? ¡Y ya que estamos, podrías usar tu maquillaje y tu perfume!

—¿Ves qué rencorosa eres conmigo? Sí, me haces regalos, pero sigues siendo egoísta, ¡egoísta como ella!

—¡Egoísta! —Dolores se quitó la blusa—. ¡Toma! Y ponte también estos pendientes. Van a juego.

El sol se puso mientras tomaban las natillas. Cuando llegó el café, Dolores le dio la mano a su hermana.

—Fíjate, estamos actuando igual que hacíamos de niñas. Es bonito, si te paras a pensarlo. No dejas de repetir que quieres que ahora seamos hermanas de verdad. ¡Es justamente lo que hacemos! ¡Nos peleamos!

Sally sonrió.

—Tienes razón. Supongo que nunca supe cómo se comportaba una familia de verdad. Nunca nos fuimos de vacaciones en familia, ni siquiera de pícnic.

—Seguro que por eso tuve tantos hijos y tú te casaste con un hombre que tiene una familia mexicana tan numerosa, porque necesitábamos desesperadamente un hogar.

—Y por eso es tan duro que Alfonso vaya a dejarme...

—No hables más de él.

—¿De qué voy a hablar entonces?

—Hemos de hablar de ella. De mamá. Ahora está muerta.

—¡Habría podido asesinarla con mis propias manos! Me alegro de que esté muerta —dijo Sally—. Fue horrible cuando papá murió. Volé a Los Ángeles y fui en autobús hasta San Clemente. Ni siquiera me dejó entrar. Aporreé la puerta y le dije: «¡Necesito una madre! ¡Déjame hablar contigo!», pero no me abrió. Eso fue muy injusto. El dinero me da igual, pero eso también fue injusto.

Su madre nunca había perdonado a Sally por casarse con un mexicano, se había negado a conocer a sus hijos, le dejó a Dolores el dinero. Dolores insistió en dividir la herencia, pero eso no borraba la ofensa.

Dolores acunó a Sally cuando se sentaron en la arena. Ya se había puesto el sol.

—Ha muerto, Sally. Estaba enferma, asustada. Atacaba, como... una hiena herida. Tienes suerte de no haberla visto. Yo la vi. La llamé para avisarla de que llevábamos a papá al hospital en ambulancia. ¿Sabes lo que dijo? «¿Podrías parar y comprarme unos plátanos?»

—¡Hoy es mi último día! —le dijo Sally a la señora Wacher—. Vamos a la isla. ¿Han estado allí?

—Sí, sí, fuimos con los Lewis hace unos días. Es un lugar precioso. ¿Vais a bucear?

—Haremos submarinismo —dijo Dolores—. *Vamos,* Sally, el coche está esperando.

—Yo no voy a hacer submarinismo. Ni hablar —dijo Sally, de camino a Ixtapa.

—Ya verás. Espera a conocer a César. Viví con él un tiempo, hace veinticinco o treinta años. Entonces era solo un buzo, un pescador.

Se había hecho famoso y rico desde entonces, el Jacques Cousteau de México, salía en muchos documentales, en programas de televisión.

211

A Dolores le costaba hacerse a la idea. Recordaba su vieja barca de madera, el suelo de arena de su palapa, la hamaca que compartían.

—Entonces ya era un maestro —dijo—. Nadie conoce el océano como él. En los anuncios de prensa lo apodan Neptuno, y suena bastante banal, pero es verdad. Seguramente no se acordará de mí, pero aun así quiero que lo conozcas.

Ahora era viejo, llevaba una larga barba blanca y una cabellera blanca suelta. Por supuesto que se acordaba de Dolores. Dulce, su beso en los párpados, su abrazo. Ella recordaba en la piel el tacto de sus manos curtidas, llenas de cicatrices... Las acompañó a una mesa de la galería. Dos hombres de la oficina turística estaban tomando tequila, abanicándose con los sombreros de paja, las guayaberas sudorosas y arrugadas.

La galería enorme miraba hacia el océano, pero los frondosos mangos y aguacates bloqueaban completamente la vista del mar.

—¿Cómo podéis tapar así una vista tan magnífica? —preguntó Sally.

César se encogió de hombros.

—*Pues,* ya está vista.

Les habló de las inmersiones que hizo con Dolores años atrás. Aquella vez con los tiburones, el *peine* gigante, el día que el Flaco se ahogó. Contó que los buzos la llamaban *«la Brava».* Ella apenas oyó sus elogios, sin embargo. Oyó que decía: «De joven era una mujer hermosa».

—Entonces, ¿has venido a bucear conmigo? —preguntó, tomándola de las manos.

Ella deseaba bucear; le faltó valor para decirle que le daba miedo romperse la dentadura postiza con el regulador.

—No. Ahora estoy mal de la espalda. He traído a mi hermana para que bucee contigo.

—¿*Lista?* —le preguntó a Sally, que estaba bebiendo tequila, disfrutando de los piropos y los galanteos de los hombres.

Los hombres se fueron. César, Sally y Dolores salieron en una canoa hacia la isla. Sally iba agarrada al borde de la barca, lívida de miedo. En un momento dado sacó la cabeza y vomitó.

—¿Estás segura de que puede bucear? —le preguntó César a Dolores.

—Segurísima.

Se sonrieron. Los años se borraron, la complicidad aún allí. Una vez ella comentó con ironía que César era el hombre perfecto. No sabía leer ni escribir, y la mayor parte de su idilio fue bajo el agua, donde no había palabras. Nunca existió necesidad de dar explicaciones.

En voz queda, César le enseñó a Sally lo básico del buceo. Al principio Sally seguía temblando de miedo, aunque eran aguas poco profundas. Dolores se sentó en las rocas y los miró, vio que él limpiaba las gafas de bucear con saliva, le explicaba el funcionamiento del regulador. Le colocó el tanque de aire en la espalda. Dolores advirtió que Sally se quedaba rígida, temerosa de que notara el pecho, pero luego vio que se relajaba, meciéndose acompasadamente mientras César la tranquilizaba, le ataba las correas del equipo y la acariciaba, la calmaba al sumergirse con ella en el agua.

Hicieron falta cuatro intentos. Sally volvía a subir enseguida, creía que se ahogaba. ¡No, no, era imposible, le daba claustrofobia, no podía respirar! Pero él siguió hablándole dulcemente, engatusándola, acariciándola. Dolores sintió una punzada de envidia malsana cuando César sostuvo la cara de su hermana entre las manos, sonriéndole a los ojos a través de las gafas. Recordó su sonrisa a través del vidrio.

La gran idea ha sido tuya, se dijo. Trató de serenarse contemplando el movimiento de las olas verdosas donde su hermana y César habían desaparecido. Trató de concentrarse en el placer de su hermana. Porque sabía que sería placentero. Aun así solo fue capaz de sentir cargo de conciencia y arrepentimiento, una pérdida inexplicable.

Dio la impresión de que pasaban horas hasta que emergieron. Sally se estaba riendo; su risa era la de una niña. Besaba y abrazaba impetuosamente a César mientras él le quitaba los tanques, las aletas.

En la cabaña de los buzos abrazó también a Dolores.

—¡Tú sabías que sería increíble! ¡El océano no se acababa nunca! Dolores, ¡qué viva y fuerte me sentía! ¡Era una amazona!

Dolores estuvo a punto de mencionar que las amazonas tenían un solo pecho, pero se mordió la lengua. Ella y César sonreían mientras Sally continuaba hablando de la belleza del mundo submarino.

¡Pensaba volver pronto, pasar una semana buceando! Oh, el coral y las anémonas, los colores, los brillantes cardúmenes de peces.

César les propuso que se quedaran a almorzar. Eran las tres de la tarde.

—Me temo que necesito una *siesta* —dijo Dolores.

Sally se desilusionó.

—Volverás, Sally. Ahora ya sabes el camino.

—Gracias, a los dos —dijo Sally. Su alegría y su gratitud eran puras, inocentes.

César y su hermana la besaron en las mejillas encendidas.

Fueron a la parada de taxis de la playa. César estrechó con fuerza la mano de Dolores.

—Y pues, *mi vieja,* ¿volverás alguna vez?

Ella negó en silencio.

—Pasa la noche conmigo.

—*No puedo.*

César la besó en los labios. Dolores saboreó el deseo y la sal del pasado. La última noche que habían pasado juntos, César le mordió las uñas y se las dejó en carne viva.

—Piensa en mí —dijo él.

Sally habló sin parar durante todo el camino de vuelta al pueblo, una hora de viaje. Qué vital se había sentido, qué libre.

—Sabía que te iba a gustar. Tu cuerpo desaparece, por la ingravidez, pero al mismo tiempo tomas profunda conciencia de él.

—César es maravilloso. Maravilloso. ¡Me puedo imaginar una aventura amorosa con él! ¡Qué suerte tienes!

—Imagínate, Sally. ¿Toda esa franja de costa, donde está el Club Med? Era pura playa desierta. Había un pozo artesiano en plena jungla. Había ciervos, casi mansos. Pasábamos días enteros sin que apareciera un alma. Y la isla. Era solo una isla, completamente virgen. No había tiendas de buceo o restaurantes. Ni una barca, salvo la nuestra. ¿Te lo imaginas?

No. No podía.

—Qué extraño —dijo la señora Wacher, cuando las hermanas bajaron del taxi—. Es como si hubieran invertido totalmente los papeles. Ahora la más joven está preciosa y radiante, mientras que la otra está ojerosa y desgreñada. Mírala... ¡ella, que nunca tenía un pelo fuera de sitio!

Era una noche tormentosa. Nubes negras pasaban cubriendo la luna, de modo que la playa brillaba y de pronto se oscurecía, como una habitación de hotel con un rótulo de neón parpadeante junto a la ventana. La cara de Sally resplandecía como la de una niña cuando la luna la iluminaba.

—Pero ¿mamá hablaba de mí alguna vez, acaso?

No, a decir verdad. Excepto para burlarse de tu candidez, para decir que tu docilidad demostraba que eras una ilusa.

—Sí, claro que sí, muchas veces —mintió Dolores—. Uno de los recuerdos que guardaba con más cariño era cómo te gustaba aquel libro del doctor Bunny. Fingías leerlo, pasando las páginas, muy seria. Y lo recitabas palabra por palabra a la perfección, salvo que cuando el doctor Bunny decía «¡Caso resuelto!», tú decías «¡Huevos revueltos!».

—¡Me acuerdo de ese libro! ¡Los conejos estaban forrados de peluche!

—Al principio, pero acabaron despeluchados de tanto que los acariciabas. También le gustaba recordarte con aquella carretilla roja... Tú tendrías unos cuatro años. Ponías a Billy Jameson en la carretilla, y a todas tus muñecas, y a Mabel, la perra, y los dos gatos, y gritabas: «¡Pasajeros al tren!», pero los gatos y la perra se bajaban, y Billy también, y las muñecas se caían. Te pasabas toda la mañana subiéndolos una y otra vez y diciendo: «¡Pasajeros al tren!».

—De eso no me acuerdo para nada.

—Ah, yo sí. Te veo en el sendero, al lado de los jacintos de papá y el rosal trepador de la verja. ¿Recuerdas qué bien olían las rosas?

—¡Sí!

—Mamá solía preguntarme si me acordaba de Chile, cuando te ibas al colegio en bicicleta. Cada mañana mirabas hacia la ventana del recibidor, saludabas con la mano y tu sombrero de paja salía volando.

Sally se rio.

—Claro, me acuerdo... Pero Dolores, eras tú la que estaba en la ventana del recibidor. Era a ti a quien yo saludaba con la mano.

Cierto.

—Bueno, supongo que ella te veía desde la ventana de su habitación.

—Qué bobada, que esto me haga sentir tan bien. Quiero decir aunque nunca me dijera adiós, el mero hecho de que se asomara para ver cómo me iba al colegio. Cuánto me alegro de que me lo hayas contado.

—Bien —susurró Dolores, hablando consigo misma.

El cielo se puso negro y empezaron a caer goterones fríos de lluvia. Las hermanas corrieron bajo el aguacero hasta su habitación.

El avión de Sally salía por la mañana; Dolores se marchaba al día siguiente. Después del desayuno, antes de irse, Sally se despidió de todo el mundo, dio las gracias a los camareros, dio las gracias a la señora Lewis y la señora Wacher por lo amables que habían sido.

—Nos alegramos de que hayáis disfrutado tanto del reencuentro. ¡Qué consuelo, tener una hermana! —dijo la señora Lewis.

—Realmente es un consuelo —dijo Sally, cuando se despidió con un beso de Dolores en el aeropuerto.

—Apenas empezamos a conocernos de verdad —dijo Dolores—. Ahora estaremos siempre ahí, la una para la otra —se le encogió el corazón al ver la dulzura, la confianza en la mirada de su hermana.

Volviendo al hotel le pidió al taxista que parara en una licorería. En la habitación bebió, se quedó dormida y luego mandó que le trajeran otra botella. A la mañana siguiente de camino al avión de vuelta a California compró una petaca de ron, para curar los temblores y la jaqueca. Cuando el taxi llegó al aeropuerto ya había, como suele decirse, ahogado las penas.

Bonetes azules

—Mamá, no puedo creer que hagas esto. No sales nunca con nadie, y ahora te vas a pasar una semana con un desconocido. Podría ser un asesino con un hacha, no sabes nada de él.

Nick, su hijo, estaba llevando a Maria al aeropuerto de Oakland. Dios, ¿por qué no había ido en taxi? Sus hijos, ya mayores todos, podían ser peor que unos padres, más intransigentes, más anticuados cuando se trataba de juzgarla a ella.

—No nos hemos visto en persona, pero no es exactamente un desconocido. Le gustó mi poesía, me pidió que tradujera su libro al español. Nos hemos escrito y hemos hablado por teléfono durante años. Tenemos mucho en común. Él crio a sus cuatro hijos solo, también. A mí me gusta la jardinería; él tiene una granja. Me halaga que me haya invitado... No creo que vea a mucha gente.

Maria le había preguntado sobre Dixon a una vieja amiga de Austin. Un excéntrico total, había dicho Ingeborg. Vida social cero. En lugar de un maletín, lleva un saco de arpillera. Sus alumnos, o lo idolatran o lo detestan. Debe de rondar los cincuenta, bastante atractivo. Ya me contarás...

—Ese es el libro más raro que he leído en mi vida —dijo Nick—. De hecho ni lo pude leer. Reconócelo... ¿tú pudiste? Disfrutarlo, me refiero.

—El estilo era magnífico. Claro y sencillo. Agradable de traducir. Habla de filosofía y lingüística, simplemente es muy abstracto.

—No te imagino haciendo esto... teniendo una especie de aventura... en Texas.

—Eso es lo que te molesta. La idea de que tu madre pueda acostarse con alguien, o que cualquiera de más de cincuenta lo haga. De todos modos él no me dijo: «Eh, vamos a tener una aventura». Me dijo: «¿Por qué no vienes a pasar una semana a la granja? Los bonetes azules justo empiezan a florecer. Podría enseñarte las notas para mi

217

nuevo libro. Podemos ir a pescar, pasear por el bosque». Afloja un poco, Nick. Trabajo en un hospital público, en Oakland. ¿Cómo crees que suena para mí un paseo por el bosque? ¿Bonetes azules? Es casi como si me fuera al paraíso.

Aparcaron delante de United y Nick le bajó la bolsa del maletero. La abrazó, le dio un beso en la mejilla.

—Perdona si te he hecho pasar un mal rato. Disfruta del viaje, mamá. Eh, a lo mejor puedes ir a un partido de los Rangers.

Nieve en las Rocosas. Maria leyó, escuchó música, procuró no pensar. Por supuesto, en el fondo, fantaseaba con la posibilidad de una aventura.

No se había desnudado delante de nadie desde que había dejado de beber, la mera idea la aterraba. Bueno, tampoco él parecía muy desenvuelto, quizá se sintiera igual. Tómatelo con calma. Prueba simplemente a estar con un hombre, por el amor de Dios, disfruta la visita. Vas a Texas.

El aparcamiento olía a Texas. Polvo de caliche y adelfas. El hombre lanzó su equipaje en la caja de una vieja ranchera descubierta con arañazos de perro en las puertas.

—¿Conoces «Tennessee Border»? —le preguntó Maria.

—Cómo no.

La cantaron. «Picked her up in a pickup truck and she broke that heart of mine...» Dixon era alto y esbelto, con unas líneas de la sonrisa muy marcadas. Arrugas alrededor de los ojos, grises y atentos. Parecía completamente a sus anchas; empezó a hacerle preguntas personales, una tras otra, con un acento nasal y pausado que a Maria le recordó al de su tío John. ¿Cómo es que conocía Texas, y aquella vieja canción? ¿Por qué se divorció? ¿Cómo eran sus cuatro hijos? ¿Por qué no bebía? ¿Por qué era alcohólica? ¿Por qué traducía la obra de otra gente? Eran preguntas incómodas, avasalladoras, pero la atención era un bálsamo, como un masaje.

Dixon paró en una pescadería. Quédate aquí, enseguida vuelvo. Luego la autopista y ráfagas de aire caliente. Enfilaron una carretera de grava donde no vieron ningún otro coche. Solo un tractor rojo, lento. Molinos de viento, ganado hereford hundido hasta la canilla en las flores escarlatas del pincel indio. En el pueblo de Brewster, Dixon aparcó delante de la plaza. Corte de pelo. Ella lo siguió hacia la puerta de la barbería, con su poste tricolor, un pequeño establecimiento con una sola butaca, y se sentó a escuchar mientras Dixon y el viejo que le cortaba el pelo hablaban del calor, de las lluvias, de pesca. Jesse Jackson candidato a la presidencia, varias muertes y un matrimonio. Dixon se había limitado a sonreír cuando ella le preguntó si no pasaba nada por dejar el equipaje en la ranchera abierta. Maria miró por la ventana el centro de Brewster. Era primera hora de la tarde y en las calles no había nadie. Dos viejos estaban sentados en los escalones del juzgado, como figurantes en una película sureña, mascando tabaco, escupiendo.

La ausencia de ruido era lo que tanto le evocaba su infancia, otra época. Nada de sirenas, ni tráfico, ni radios. El zumbido de un tábano contra el vidrio, chasquidos de tijeras, la cadencia de las voces de los dos hombres, un ventilador eléctrico con unas cintas sucias que azotaban revistas viejas. El barbero la ignoró, no porque fuera grosero, sino por cortesía.

Al salir Dixon dijo: «Muy agradecido». Mientras cruzaban la plaza hacia la tienda de ultramarinos, Maria le habló de su abuela texana, Mamie. Una vez una señora pasó a visitarla. Mamie sirvió el té en una tetera con un azucarero y una jarrita para la crema, preparó unos bocadillos, galletas y tarta cortada en pedazos. «Por Dios, Mamie, no deberías haberte tomado tantas molestias.» «Desde luego que sí —contestó Mamie—. Qué menos.»

Dejaron la compra en la ranchera y condujeron hasta el almacén de los piensos, donde Dixon pidió salvado y pienso para las gallinas, dos balas de heno y una docena de polluelos. Le sonrió a Maria al percatarse de que lo miraba fijamente mientras hablaba sobre la alfalfa con dos granjeros.

—¿Qué estarías haciendo ahora en Oakland? —le preguntó cuando volvieron a la ranchera.

Hoy le tocaba pediatría. Hijos del crack, heridas de bala, bebés con sida. Hernias y tumores, pero sobre todo las heridas de los pobres de la ciudad, desesperados y llenos de rabia.

Pronto estuvieron fuera del pueblo, en una estrecha carretera de tierra. Los pollitos piaban dentro de la caja, en el suelo.

—Esto es lo que quería que vieras —dijo Dixon—, el camino a mi casa en esta época del año.

Avanzaron por la carretera desierta a través de colinas sinuosas, exuberantes y cargadas del aroma de flores rosas, azules, moradas, rojas. Fogonazos de amarillo y lila. El aire caliente, perfumado, envolvía la cabina. Se habían formado enormes nubes de tormenta y la luz se hizo más dorada, dándole a los miles de flores una luminosidad iridiscente. Alondras y zacateros, tordos alirrojos, volaban como flechas sobre las acequias junto a la carretera; el canto de los pájaros se oía por encima del ruido de la camioneta. Maria se asomó por la ventanilla, apoyó la cabeza sudorosa en los brazos. Estaban en abril, pero el calor bochornoso de Texas la sofocaba, el perfume de las flores la adormecía como una droga.

Una vieja granja con tejado de zinc y una mecedora en el porche, una docena de gatitos de distintas camadas. Guardaron la compra en una cocina con magníficas alfombras persas delante del fregadero y el fogón, otra quemada con las chispas de una estufa de leña. Dos butacas de cuero. Las paredes estaban cubiertas de estanterías, con dos hileras de libros en cada balda. Una mesa maciza de roble, también cubierta de libros. En el suelo había columnas de libros apilados. Las ventanas eran antiguas, con aguas en los vidrios, y daban a un campo de abundantes pastos verdes, donde las cabritillas se amamantaban de sus madres. Dixon metió la comida en el frigorífico, puso a los polluelos en una caja más grande, en el suelo, con una bombilla dentro, a pesar de que hacía mucho calor. Su perro acababa de morir, dijo. Y entonces, por primera vez, pareció cohibido. Tengo que regar, dijo, y Maria lo siguió, pasando los gallineros y los cobertizos, hasta un campo grande con maíz, tomates, judías, calabacines y otras verduras sembradas. Se sentó en la cerca mientras él abría las compuertas de las acequias para que el agua llegara a los surcos. Más allá una yegua y un potro zainos galopaban en el prado de bonetes azules.

Caía la tarde cuando dieron de comer a los animales junto al granero, donde en un rincón oscuro se escurrían unos quesos envueltos en paños de lienzo, y más gatos correteaban por las vigas, indiferentes a los pájaros que entraban y salían a saltitos por las ventanas del altillo. Un mulo blanco viejo, Homer, avanzó con andar pesado al oír el tintineo del cubo de hojalata. Túmbate a mi lado, dijo Dixon. Pero nos pisarán. No, túmbate, tranquila. Un corro de cabras tapó el sol, mirándola fijamente a través de sus largas pestañas. La caricia

220

del hocico aterciopelado de Homer en las mejillas de Maria. La yegua y el potro resoplaron, soltando vaharadas calientes mientras la examinaban.

Las demás habitaciones de la granja no estaban ni mucho menos abarrotadas como la cocina. Una sala con suelo de madera, donde solo había un piano de cola Steinway. El estudio de Dixon, sin más mobiliario que cuatro mesas grandes de madera cubiertas de cuartillas blancas de cartulina. Cada una tenía un párrafo o una frase escrita. Maria vio que Dixon las barajaba y las cambiaba de sitio, igual que otra gente mueve cosas en un ordenador. No las mires ahora, dijo él.

La sala de estar y el dormitorio eran una sola habitación, amplia, con altos ventanales a ambos lados. Lienzos fastuosos de gran formato en las otras dos paredes. Maria se sorprendió de que fueran obras suyas. Dixon parecía tan sereno... Los cuadros eran audaces, enérgicos. Había pintado un mural en el sofá de pana, compuesto de varias figuras sentadas. Una cama de latón con una vieja colcha de retales, cómodas y escritorios y consolas exquisitas, antigüedades de la época colonial que habían pertenecido a su padre. En esa habitación el suelo estaba pintado de blanco satinado bajo alfombras persas aún más lujosas. No te olvides de quitarte los zapatos, le dijo.

La habitación de Maria era una galería que recorría la parte posterior de la casa, con mamparas en los tres lados, de un plástico esmerilado que desdibujaba las flores rosas y verdes, los brotes de los árboles, el vuelo fugaz de un cardenal. Era como estar en el sótano de L'Orangerie contemplando los nenúfares de Monet. Dixon fue a llenarle la bañera en el cuarto de al lado. Seguro que te apetecerá echarte un rato. Aún me quedan algunas tareas por hacer.

Limpia, cansada, se tumbó rodeada por los tenues colores que se diluyeron aún más cuando empezó la lluvia y el viento arremolinó las hojas de los árboles. Lluvia sobre un tejado de zinc. Justo cuando se quedó dormida, Dixon entró y se estiró a su lado, se quedó junto a ella hasta que se despertó e hicieron el amor. Así de simple.

Dixon encendió la estufa de forja y ella se sentó al calor del fuego mientras él preparaba una sopa de cangrejo. Cocinaba en un hornillo, pero tenía lavaplatos. Comieron en el porche a la luz de un farol mientras amainaba la lluvia y cuando escampó apagaron el farol para mirar las estrellas.

Cada día daban de comer a los animales a la misma hora, pero por lo demás el día y la noche se invirtieron. Se quedaban en la cama todo el día, desayunaban cuando oscurecía, paseaban por el bosque a la luz de la luna. Vieron *Mr. Lucky* con Cary Grant a las tres de la madrugada. Adormilados por el calor del sol, se mecían en el bote de remos en la charca, pescando, leyendo a John Donne, a William Blake. Se tumbaban en la hierba húmeda, observando a los polluelos, hablando de la infancia, de sus hijos. Vieron a Nolan Ryan fulminar a los Atléticos de Oakland, pasaron la noche al raso en sacos de dormir junto a un lago a varias horas a pie campo a través. Hicieron el amor en la bañera con pies de garra, en el bote, en el bosque, pero sobre todo a la luz verdosa de la galería cuando llovía.

¿Qué era el amor?, se preguntaba Maria, estudiando las líneas limpias de la cara de Dixon mientras dormía. Qué nos impide hacerlo a ninguno de los dos, amar.

Ambos reconocían que rara vez hablaban con nadie, se reían por todo lo que ahora querían contarse, por cómo se interrumpían uno al otro para hablar, sí, pero... Era difícil cuando él hablaba de su nuevo libro, o se refería a Heidegger y Wittgenstein, Derrida, Chomsky y otros cuyos nombres Maria ni siquiera conocía de oídas.

—Perdona. Yo soy poeta. Trato con lo concreto. Me pierdo en la abstracción. Simplemente me faltan conocimientos para hablar de esas cosas contigo.

Dixon se puso furioso.

—¿Y cómo diablos tradujiste mi otro libro? Sé que hiciste un buen trabajo, por la acogida que tuvo. ¿Acaso lo leíste, maldita sea?

—Pues claro que hice un buen trabajo. No tergiversé una sola palabra. Alguien podría traducir mis poemas a la perfección, y aun así pensar que son íntimos y triviales. No llegué a... captar... el alcance filosófico del libro.

—Entonces esta visita es una farsa. Mis libros son todo lo que yo soy. Es inútil que hablemos de nada.

Maria empezó a sentirse dolida y molesta y no se movió cuando lo vio salir. Pero luego lo siguió, se sentó a su lado en el escalón del porche.

—No es inútil. Estoy aprendiendo a conocerte.

Él la abrazó, la besó, con cautela.

En sus épocas de estudiante Dixon había vivido en una cabaña cerca de allí, en el bosque. Entonces en esa casa vivía un anciano y Dixon le hacía los recados, le traía comida y provisiones del pueblo. Cuando el viejo murió le dejó la casa y algo más de una hectárea de tierra a Dixon, y el resto de la finca al Gobierno para crear una reserva de aves. A la mañana siguiente hicieron una caminata hasta la vieja cabaña. En aquellos tiempos tenía que llevar incluso el agua a cuestas, le contó a Maria. Fue la mejor época de su vida.

La cabaña de madera estaba en medio de una alameda. No había ningún sendero, y tampoco se veían mojones para orientarse entre las matas de encinillo y mezquite. Al acercarse, Dixon pegó un grito, como de dolor.

Alguien, probablemente chavales, había roto a tiros todas las ventanas de la cabaña, había destrozado el interior con hachas, había pintado obscenidades con espray en las paredes desnudas de pino. Costaba imaginar que alguien se adentrara tanto en la espesura para hacer una cosa así. Me recuerda a Oakland, dijo Maria. Dixon la fulminó con la mirada, dio media vuelta y echó a andar de nuevo a través de los árboles. Ella trataba de no perderlo de vista, pero era incapaz de alcanzarlo. El silencio resultaba turbador. De vez en cuando aparecía un enorme cebú, de pie a la sombra de un árbol. Inmóvil, ni siquiera pestañeaba, impasible, silencioso.

Dixon no habló en el trayecto de vuelta a casa. Saltamontes verdes chocaban en el parabrisas.

—Me sabe mal, lo de tu cabaña —dijo ella. Al ver que no contestaba, dijo—: Yo hago lo mismo, cuando estoy dolida. Me arrastro a mi casa y me escondo como un gato enfermo.

Dixon siguió callado. Cuando pararon delante de la casa, alargó el brazo y le abrió la puerta a Maria, con el motor aún en marcha.

—Voy a buscar el correo. Volveré dentro de un rato. Quizá podrías leer algo de mi libro.

Sabía que por «libro» se refería a los cientos de cuartillas esparcidas en las mesas. ¿Por qué le pedía justo ahora que lo leyera? Quizá porque no podía hablar. Ella a veces hacía lo mismo. Cuando le resultaba demasiado difícil contarle a alguien cómo se sentía, enseñaba un poema. Normalmente la gente no entendía lo que ella había pretendido insinuar.

Descorazonada, entró en la casa. Sería agradable vivir en un lugar donde ni siquiera tuvieras que cerrar las puertas. Fue a la sala a poner música, pero cambió de idea y entró en la habitación de las cartulinas. Se sentó en un taburete y se fue desplazando de una mesa a la otra a medida que leía y releía las frases escritas en las cuartillas.

—No tienes ni idea de lo que dicen, ¿verdad?

Dixon había entrado silenciosamente, estaba allí acechándola por la espalda. Maria no había tocado ninguna de las cuartillas.

Él empezó a moverlas por la mesa, con frenesí, como si jugara a colocar unas fichas en el orden correcto. Maria se levantó y salió al porche.

—Te pedí que no pisaras ese suelo con los zapatos puestos.

—¿Qué suelo? ¿De qué hablas?

—El suelo blanco.

—Ni siquiera me he acercado a esa habitación. Estás loco.

—No me mientas. Son tus huellas.

—Ah, perdona. Es verdad, iba a entrar, pero no pude haber dado más de dos pasos.

—Exactamente. Dos.

—Menos mal que vuelvo a mi casa mañana por la mañana. Ahora me voy a dar un paseo.

Maria caminó por el sendero hacia la charca, se metió en el bote de remos y se alejó de la orilla. Se rio por dentro cuando las libélulas le recordaron a los helicópteros de la policía de Oakland.

Dixon bajó por el sendero hasta la charca, se metió en el agua y con un impulso se izó hasta el bote. La besó, la sujetó contra el lecho de la barca mientras la penetraba. Se contorsionaron violentamente y el bote se balanceó y giró hasta que al final quedó varado en los juncos. Permanecieron allí tumbados, meciéndose bajo el sol caliente. Maria se preguntó si aquel arrebato de pasión había salido de la simple rabia o de cierto sentimiento de pérdida. Hicieron el amor sin mediar palabra durante casi toda la noche, en la galería al son de la lluvia. Antes de que empezara a llover habían oído el aullido de un coyote, los cacareos de las gallinas encaramadas a los árboles.

Fueron hasta el aeropuerto en silencio, dejando atrás las praderas de bonetes azules y prímulas. Déjame en la puerta, dijo ella, no hay mucho tiempo de espera.

Maria fue en taxi desde el aeropuerto de Oakland hasta el bloque de pisos donde vivía. Saludó al guardia de seguridad, echó una ojeada al buzón. El ascensor estaba vacío, igual que los pasillos durante el día. Dejó la maleta al lado de la puerta y encendió el aire. Se quitó los zapatos, como hacía todo el mundo antes de pisar su moqueta. Entró en la habitación y se acostó en su propia cama.

La vie en rose

Las dos chicas están tumbadas boca abajo en toallas donde se lee GRAN HOTEL PUCÓN. La arena es negra y fina; el agua del lago es verde. De un verde fresco más oscuro, los pinos que bordean el lago. El volcán Villarrica se alza imponente y blanco sobre el lago y los árboles, el hotel, el pueblo de Pucón. Espumas de humo salen del cono del volcán y se desvanecen en el claro azul del cielo. Casetas playeras azul marino. La melena pelirroja de Gerda peinada a lo paje, una pelota hinchable amarilla, las fajas coloradas de los *huasos* cabalgando entre los árboles.

Cada tanto, una de las piernas bronceadas de Gerda o de Claire ondea lánguidamente en el aire, sacudiéndose la arena, una mosca. A veces sus cuerpos jóvenes se estremecen con la risa incontenible de las chicas adolescentes.

—¡Y la cara que puso Conchi! Lo único que se le ocurrió decir fue «*Ojalá*»... ¡Qué descaro!

La risa de Gerda es breve y ronca como un ladrido, una risa germánica. La de Claire es aguda, ondulante.

—Tampoco va a reconocer lo tonta que fue.

Claire se incorpora para ponerse aceite en la cara. Sus ojos azules escrutan la playa. *Nada.* Los dos apuestos jóvenes no han vuelto a aparecer.

—Allí está... Nuestra Anna Karenina.

En una hamaca de lona roja y blanca a la sombra de los pinos.

La melancólica dama rusa con una pamela de jipijapa y una sombrilla de seda blanca.

Gerda gruñe.

—Oh, es preciosa. Qué nariz. Franela gris en verano. Y parece tan desdichada... Seguro que tiene un amante.

—Voy a cortarme el pelo como ella.

—A ti te quedaría como si llevaras un tazón en la cabeza. Ella tiene estilo, así de simple.

—Es la única mujer con estilo por aquí. Todos esos argentinos y norteamericanos chabacanos. Parece que no haya ningún chileno, ni siquiera entre los empleados. En el pueblo solo se oye hablar alemán.

—Cuando me despierto por un momento creo estar en Alemania o Suiza como cuando era niña. Oigo a las sirvientas susurrando en el pasillo, cantando desde la cocina.

—Nadie sonríe, excepto esos norteamericanos. Ni siquiera los niños, tan serios haciendo castillos de arena.

—Solo los estadounidenses sonríen a todas horas. Tú hablas en español, pero esa sonrisa estúpida te delata. Tu padre también se ríe sin que venga a cuento. El mercado del cobre se ha hundido, ja, ja.

—Tu padre también se ríe mucho.

—Solo por tonterías. Míralo. Debe de haber nadado hasta la balsa cien veces esta mañana.

Gerda y Claire siempre iban a sitios interesantes con el padre de una o de la otra. Al cine y a las carreras de caballos con el señor Thompson, a conciertos de la orquesta sinfónica o a jugar al golf con Herr Von Dessaur. Sus amigas chilenas, en cambio, iban indefectiblemente con las madres y las tías, las abuelas y las hermanas.

La madre de Gerda murió en Alemania durante la guerra; su madrastra era doctora, rara vez estaba en casa. La madre de Claire bebe, está en la cama o en sanatorios la mayor parte del tiempo. Al salir del colegio las dos amigas van a casa a tomar el té, a leer o estudiar. Su amistad nació gracias a los libros, en casas donde no había nadie.

Herr Von Dessaur se seca. Está empapado, jadeante. Ojos grises, fríos. De niña, Claire se sentía culpable al ver las películas de guerra. Le gustaban los nazis... sus casacas, sus coches, sus ojos grises, fríos.

—*Ja*. Basta. Id a nadar. Dejadme ver vuestras brazadas, cómo buceáis ahora.

—Está muy simpático, ¿no? —dice Claire caminando hacia el agua.

—Es simpático cuando no está con ella.

Las chicas nadan con brazadas firmes adentrándose en el agua gélida del lago, hasta que oyen *Gerdalein!*, y ven que el padre las saluda con la mano. Nadan hasta la balsa, se tumban en la madera caliente. El volcán blanco brilla y humea imponente. Llegan risas de un bote en el centro del lago, ruido de cascos en el camino de tierra junto a la orilla. No se oye nada más. Solo el chapaleo del agua que mece la balsa.

En el vasto comedor de techos altos, las cortinas se hinchan con la brisa del lago. Las hojas de las palmeras se mecen en esbeltos jarrones. Un camarero con frac sirve el consomé, otro casca huevos, pone uno en cada cuenco de peltre. Entre los dos desespinan la trucha, flambean los postres.

Un caballero encorvado de pelo blanco se sienta enfrente de la bella Anna Karenina.

—¿Será su marido?

—Espero que no sea el conde Vronsky.

—¿De dónde habéis sacado la idea de que son rusos, chicas? Les oí hablar en alemán.

—¿De veras, papi? ¿Qué decían?

—Ella dijo: «No debería haber comido ciruelas pasas para desayunar».

Las chicas alquilan un bote para ir a una de las islas. El lago es inmenso. Hacen turnos, riéndose; al principio reman en círculos hasta que acompasan los movimientos y se deslizan con suavidad. Los remos salpican y se hunden a la par. Varan el bote en una cala y desde una cornisa de roca saltan al agua verdosa, que sabe a pescado y musgo. Nadan largo rato y después se tumban al sol, con los brazos y las piernas en cruz, la cara enterrada en los tréboles silvestres. De pronto sienten un temblor prolongado y lento bajo sus cuerpos jóvenes. Las chicas se agarran a las matas de lavanda en flor mientras en las profundidades la tierra se pliega sobre sí misma. Con la cara a ras de la hierba verde, ven cómo el suelo se ondula. ¿Se ha oscurecido el cielo con el humo del volcán? El olor a azufre es intenso, aterrador. El temblor cesa. Por una fracción de segundo no se oye nada, y luego los pájaros estallan en una alarma de graznidos histéricos. Llegan los mugidos de las vacas y los relinchos de los caballos desde todos los confines del lago. Los perros ladran, ladran sin cesar. Los pájaros aletean y trinan en las copas de los árboles que las rodean. Altas olas rompen contra las piedras. Las chicas guardan silencio. Ninguna de las dos puede expresar lo que siente, algo distinto del miedo. Gerda se ríe, con su risa explosiva y ronca.

—Hemos nadado muchísimo, papi. ¡Y míranos las manos, ampollas de remar! ¿Has notado el temblor?

Su padre jugaba al golf cuando se produjo el temblor, estaba en el *green*. La pesadilla de cualquier golfista... ¡ver que la pelota se aleja del hoyo y viene hacia ti!

Los apuestos jóvenes están en el vestíbulo, hablando con el recepcionista. Oh, qué guapos son. Fuertes y morenos, con los dientes muy blancos. Visten ropa llamativa, deben de rondar los veinticinco años. El de Claire, el moreno, tiene un hoyuelo en la barbilla. Cuando baja la mirada, las pestañas rozan sus pómulos altos y bronceados. ¡Ay, que me desmayo! Claire se ríe. Herr Von Dessaur dice que son demasiado mayores, y vulgares, salta a la vista que son de baja estofa. Granjeros, probablemente. Escolta a las chicas al pasar junto a ellos, y les dice que vayan a leer a su cuarto hasta la hora de la cena.

En el comedor hay un ambiente festivo. Con la excusa del temblor los clientes se saludan, hablan con los camareros, charlan unos con otros. Hay músicos, todos muy viejos. Los violines tocan tangos, valses. «Frenesí.» «La Mer.»

Los dos jóvenes están en la puerta, enmarcados por palmeras en tiestos y apliques de terciopelo de color burdeos.

—Papi, no son granjeros. ¡Mira!

Lucen espléndidos en el uniforme de cadetes de la aviación chilena. Azul pastel con ribetes y galones dorados. Cuellos altos y hombreras, botones dorados. Llevan botas con espuelas, capas de paño largas hasta el suelo, espadas. Sostienen sus gorras y sus guantes bajo el brazo.

—¡Militares! ¡Peor aún! —dice Herr Von Dessaur con una carcajada; está llorando de risa. Vuelve la cara para secarse las lágrimas—. Capas en una noche de verano. ¿Espuelas y espadas en un avión? ¡Por Dios, mirad a esos pobres patanes!

Claire y Gerda los miran, obnubiladas. Los cadetes a su vez les dedican miradas enternecedoras, sonrisas veladas. Se sientan a una pequeña mesa junto a la tarima de la orquesta, tomando brandy en copas de balón. El rubio fuma con una boquilla de concha que aprieta entre los dientes.

—Papi, reconócelo. Sus ojos son del mismo tono de azul que su capa.

—Sí. Azul aviador. ¡Las Fuerzas Aéreas chilenas ni siquiera tienen aviones!

Debía de hacer demasiado calor, después de todo. Se trasladan a una mesa junto a la puerta de la terraza, cuelgan las capas en el respaldo de las sillas.

Las chicas ruegan para poder quedarse un rato más, a escuchar la música, a ver a la gente bailar tango. El sudor riza el pelo de la frente de los bailarines, que se miran fijamente, hipnotizados. Como sonámbulos, giran y se inclinan al son de los violines.

Los hombres, Roberto y Andrés, se cuadran entrechocando los talones de sus botas. Se presentan al padre de Gerda, le piden permiso para bailar con las damiselas. Herr Von Dessaur al principio dice que no, pero los cadetes le parecen tan cómicos que les concede un baile. Después ya será hora de que las chicas se vayan a la cama.

La orquesta se demora tocando «La vie en rose» mientras los jóvenes se deslizan dando vueltas y vueltas por el suelo reluciente. Los uniformes azules, los vestidos blancos de organza se reflejan en los espejos oscuros. La gente sonríe, mirando a los bellos bailarines. Las cortinas se hinchan como velas. Andrés se dirige a Claire tuteándola. Roberto sugiere que las chicas vuelvan al salón cuando Herr Von Dessaur se vaya a dormir. El baile ha terminado.

Pasan los días. Los hombres trabajan en el *fundo* de Roberto, van al hotel solo por la noche. Gerda y Claire nadan, suben al volcán. Sol abrasador, nieve fría. Juegan al golf y al croquet con Herr Von Dessaur. Reman hasta su isla. Montan a caballo con Herr Von Dessaur. Hombros atrás, les dice él. Barbilla alta, le dice a Claire. Le sostiene el cuello erguido, mucho rato. Claire traga saliva. Las chicas juegan a la canasta con algunas señoras en la terraza. Una mujer argentina les lee la suerte con las cartas. Fuma, sin soltar el cigarrillo de los labios; mira a través del humo entornando los ojos. A Gerda le sale un nuevo camino y un hombre desconocido, misterioso. A Claire le sale también un nuevo camino y el dos de corazones. Un beso de los dioses.

Cada noches bailan «La vie en rose» con Roberto y Andrés, y finalmente una noche las chicas deciden volver a bajar cuando Herr

Von Dessaur se duerma. En el salón solo hay una pareja de luna de miel y algunos norteamericanos. Roberto y Andrés se levantan al verlas y las saludan con una reverencia. Los viejos de la orquesta parecen sorprendidos, pero tocan «Adiós, muchachos», un tango triste, palpitante. Las parejas salen a la terraza bailando como en un sueño, bajan la escalinata hasta la arena húmeda. Las botas crujen en la arena como sobre nieve recién caída. Se suben a un bote. Se quedan escuchando los violines, de la mano, en la noche estrellada. Las luces del hotel y el volcán blanco derraman esquirlas plateadas en el agua. Se levanta brisa. Hace fresco. No, hace frío. El bote se ha desamarrado. No hay remos. El bote surca el agua, deslizándose como el viento, hacia las profundidades del lago. ¡Oh, no!, Gerda ahoga un grito. Los muchachos besan a las chicas mientras aún hay oportunidad. Me metió la lengua, dirá Gerda más tarde. A Claire le dan un golpe en la frente. Un beso le roza la comisura de los labios y la nariz antes de que las chicas se sumerjan como mercurio en el agua negra del lago.

Han perdido los zapatos. Empapadas y ateridas de frío, se quedan temblando junto a la entrada del hotel al encontrar cerrada la verja de hierro. Esperemos a que abran, dice Claire. ¿Qué, hasta la mañana? ¡Debes de estar loca! Gerda sacude la puerta metálica hasta que por fin se encienden algunas luces en el hotel. *Gerdalein!*, grita su padre desde un balcón, pero de repente está delante de ellas, al otro lado de la verja. El mayordomo llega en albornoz, con las llaves.

En la habitación las chicas se envuelven con mantas. Herr Von Dessaur está lívido. ¿Te ha tocado? Gerda niega con la cabeza. No. Bailamos, y luego nos subimos a un bote, pero de pronto se soltó, así que... ¿Te ha besado? Ella no contesta. Te lo pregunto otra vez. ¿Te ha besado? Gerda dice que sí con la cabeza; su padre le da un bofetón en la boca. Furcia, dice.

A la mañana siguiente, cuando aún no ha amanecido, entra la doncella. Prepara el equipaje. Se marchan antes de que nadie se levante, esperan mucho rato en la estación de tren de Temuco. Herr Von Dessaur se sienta delante de Claire y Gerda. Las chicas leen en silencio, sosteniendo el libro entre las dos. *Sonata de otoño.* La mujer muere en los brazos del amado, en un ala lejana del castillo. Él ha de cargar el cadáver para devolverla a su cama, recorriendo los pasadizos. Su larga melena negra se engancha en las losas. No hay velas.

—No verás a nadie, y especialmente a Claire, el resto del verano.

Al fin Herr Von Dessaur sale a fumar y por un instante liberador las amigas se pueden reír. Un estallido de júbilo. Cuando el padre vuelve a entrar, las chicas están leyendo en silencio.

Macadán

Fresco parece caviar, suena como los cristales triturados, como si alguien masticara hielo.

A mí me gustaba masticar el hielo cuando se terminaba la limonada, meciéndome con mi abuela en el balancín del porche. Desde allí mirábamos a la reata de presos que pavimentaban Upson Street. Un capataz vertía el macadán; los convictos lo apisonaban, con un compás pesado y rítmico. Las cadenas y los grilletes entrechocaban; el macadán caía con un rumor de aplausos.

Las tres decíamos la palabra a menudo. Mi madre porque odiaba vivir allí, en la miseria, y al menos ahora tendríamos una calle asfaltada. Mi abuela solo quería que la casa estuviera limpia: así no habría tanto polvo. Polvo rojo de Texas que se colaba con la escoria negruzca de la fundición, formando dunas en el suelo encerado del pasillo, sobre la mesa de caoba.

A mí me gustaba decir «macadán» en voz alta, a solas, porque sonaba como el nombre para un amigo.

Querida Conchi

Querida Conchi:

La Universidad de Nuevo México no es para nada como la imaginábamos. La escuela secundaria en Chile era más difícil que la facultad aquí. Vivo en una residencia, cientos de chicas, todas extrovertidas y desenvueltas. Aún me siento rara, incómoda.

Me encanta el lugar en sí. El campus tiene muchos edificios antiguos de adobe. El desierto es precioso, y aquí hay montañas. No como los Andes, por supuesto, pero grandes a otra escala. Escarpadas y rocosas. Qué tonta... así es como se llaman, las Montañas Rocosas. Aire claro y limpio, frío de noche con millones de estrellas.

Mi ropa desentona completamente. Una chica incluso me dijo que aquí nadie «se arregla» tanto. Supongo que habré de comprarme calcetines blancos y faldas enormes de vuelo, vaqueros azules. En serio, aquí las mujeres visten fatal. A los hombres, en cambio, les sienta bien llevar ropa informal y botas.

Nunca me acostumbraré a la comida. Cereales de desayuno, y un café tan aguachento que parece té. Y cuando me apetece tomar el té por la tarde aquí es la hora de la cena. Cuando estoy lista para cenar se apagan las luces de la residencia.

No conseguí plaza en las clases de Ramón J. Sender hasta el próximo semestre, ¡pero lo vi en el vestíbulo! Le dije que *Crónica del alba* era mi libro favorito. «Ya, pero claro, eres muy joven», me dijo. Es tal como me lo imaginaba, solo que viejo de verdad. Muy español y arrogante, todo un señor...

Querida Conchi:

Tengo trabajo, ¿te imaginas? De media jornada, pero aun así. Hago de correctora del periódico universitario, *The Lobo,* que sale una vez por semana. Trabajo tres noches en la facultad de Periodismo, justo al lado de la residencia. Incluso me han dado una llave, porque la residencia cierra a las diez y yo trabajo hasta las once. El impresor es un viejo texano llamado Jonesy, que trabaja con una linotipia. Una máquina maravillosa con cerca de mil piezas y engranajes. Las letras se hacen con plomo fundido. Compone las palabras en moldes que chocan y cantan y tintinean, y luego salen en líneas de plomo caliente. Eso hace que cada línea parezca importante.

Aprendo mucho de Jonesy, me enseña a escribir titulares, a distinguir qué artículos son buenos, y por qué. Me toma el pelo, me tiende trampas para que no baje la guardia. En mitad de una crónica sobre un partido de baloncesto cuela algo como «Bajando por el río Swanee».

A veces viene un hombre que se llama Joe Sánchez a traer artículos y una cerveza para Jonesy. Es cronista deportivo y columnista. Estudia, pero es mucho mayor que los chicos de mis clases, porque es veterano de guerra, está aquí con el programa de ayudas a los excombatientes. Nos habla de Japón, donde sirvió como médico. Parece un indio, con su pelo negro y lustroso, largo, peinado en un tupé de cola de pato.

Perdona, ya estoy usando expresiones que nunca has oído. La mayoría de los chicos aquí llevan el pelo cortado al rape, que es casi como decir que se afeitan la cabeza. Algunos se lo dejan más largo y se peinan los lados hacia la nuca, de manera que visto desde atrás parece una cola de pato.

Os echo mucho de menos a ti y a Quena. Todavía no tengo ninguna amiga aquí. Soy diferente, al venir de Chile. Como soy reservada, creo que me toman por engreída. Todavía no capto el humor, me da vergüenza porque aquí hacen muchas bromas e insinuaciones sobre el sexo. Cualquier desconocido te cuenta su vida, pero no son emotivos o afectuosos como los chilenos, así que aún no acabo de entender a la gente.

En todos esos años que viví en Sudamérica quería volver a mi país, a Estados Unidos, porque era una democracia, no solo había dos clases sociales como en Chile. Desde luego aquí también hay clases. Chicas que al principio fueron simpáticas conmigo ahora me miran con desdén porque no quise entrar en ninguna hermandad, porque prefiero vivir en una residencia. Y además hay hermandades «mejo- res» que otras. Más ricas.

Le comenté a mi compañera de habitación, Ella, que Joe, el re- portero, era divertido y agradable, y me dijo: «Sí, pero es mexicano». En realidad no es de México, pero aquí llaman así a cualquiera que descienda de españoles. No hay muchos mexicanos en la universidad, en proporción a la población local, y los negros se pueden contar con los dedos de la mano.

Mis clases de periodismo van bien, profesores estupendos, inclu- so se parecen a los reporteros de las películas antiguas. Empiezo a te- ner una sensación extraña, sin embargo. Me matriculé en Periodismo porque quería ser escritora, pero el periodismo consiste precisamente en cortar cuando se pone interesante...

Querida Conchi:

... he salido varias veces con Joe Sánchez. Le dan entradas y lue- go escribe sobre los eventos. Joe me gusta porque nunca dice las cosas solo por quedar bien. Es muy moderno decir que te gusta Dave Brubeck, un músico de jazz, pero en su reseña Joe dijo que era un pu- silánime. La gente se enfadó muchísimo. Y Billy Graham. Es difícil explicarle a una católica como tú lo que es un evangelista. Ese hom- bre se desgañita hablando de Dios y el pecado, intenta que la gente se entregue en cuerpo y alma a Jesucristo. Todo el mundo que conozco cree que está chiflado, que es un sacacuartos y rancio a más no poder. Joe en su columna habló de la habilidad y el poder que tiene ese hom- bre. Acabó siendo una reflexión sobre la fe.

Luego no vamos a los locales de moda entre los estudiantes, sino a pequeños restaurantes en el valle del sur o a las tabernas mexicanas o de vaqueros. Es como estar en otro país. Nos perdemos con el co- che por las montañas o en el desierto, caminamos o escalamos duran- te horas. No intenta «atracar» como hacen aquí todos los chicos, sin tregua. Cuando se despide solo me acaricia la mejilla. Una vez me besó el pelo.

No comenta las cosas, ni los espectáculos, ni los libros. Me re- cuerda a mi tío John. Cuenta historias, sobre sus hermanos, o sobre su abuelo, o sobre las geishas de Japón.

Me gusta porque habla con todo el mundo. De verdad quiere saber cómo le va a la gente.

Querida Conchi:

He conocido a un hombre de lo más sofisticado, Bob Dash. Fuimos a ver una obra, *Esperando a Godot,* y una película italiana, no recuerdo el título. Bob parece un autor apuesto en la solapa de un libro. Fuma en pipa, lleva parches en los codos. Vive en una casa de adobe llena de vasijas indias, alfombras y arte moderno. Tomamos gin-tonics con rodajas de lima, escuchamos música del estilo «Sonata para dos pianos y percusión», de Bartók. Habla mucho de libros que nunca he oído nombrar, y me ha prestado una docena... Sartre, Keerkegard (¿se escribe así?), Beckett y T. S. Eliot, muchos más. Me gusta un poema titulado «Los hombres huecos».

Joe me dijo que el que estaba hueco era Dash. No sé por qué le ha molestado tanto que salga con Bob, o incluso que me tome un café con él. Dice que no está celoso, pero que no soporta la idea de que me convierta en una intelectual. Dice que tengo que escuchar a Patsy Cline y a Charlie Parker como antídoto. Leer a Walt Whitman y *El ángel que nos mira* de Thomas Wolfe.

En realidad a mí me gustó más *El extranjero* de Camus que *El ángel que nos mira*. Pero me gusta Joe porque a él le gusta ese libro. No le importa parecer sentimental. Ama Estados Unidos, y Nuevo México, el barrio donde vive, el desierto. Hacemos largas excursiones por la montaña. Una vez se levantó una gran tormenta de arena. Los rastrojos azotaban entre la ventisca de polvo amarillento. Joe se puso a bailar en círculos en medio del remolino. Apenas pude oírle cuando gritó lo maravilloso que era el desierto. Vimos un coyote, oímos sus aullidos.

También es sentimental conmigo. Rescata recuerdos, y me escucha mientras hablo sin parar. Una vez me eché a llorar sin motivo, solo porque os añoraba a ti y a Quena y echaba de menos aquello. No intentó animarme, solo me abrazó y me dejó estar triste. Hablamos en español para decir cosas bonitas, o cuando nos besamos. Nos hemos besado mucho últimamente.

Querida Conchi:

Escribí un cuento, «Manzanas». Va sobre un viejo que recoge manzanas caídas con un rastrillo. Bob Dash me tachó en rojo una docena de adjetivos y dijo que era «un boceto pasable». Joe dijo que era precioso y falso. Que debía escribir solo sobre lo que siento, no inventar cosas sobre un viejo al que no conozco. No me importa lo que me digan. No me canso de leerlo.

Claro que me importa.

Mi compañera de habitación, Ella, me dijo que prefería no leerlo. Ojalá nos lleváramos mejor. Su madre le manda compresas por correo desde Oklahoma todos los meses. Estudia arte dramático. Por favor, ¿cómo va a interpretar a Lady Macbeth si hace aspavientos por un poco de sangre?

Me veo más a menudo con Bob Dash. Es como asistir a un seminario personalizado. Hoy hemos ido a tomar café y hemos hablado de *La náusea*. Aun así pienso más en Joe. Nos encontramos entre clase y clase, y en el trabajo. Jonesy y él se ríen mucho, comen pizza y beben cerveza. Joe tiene un cuartito que es como su despacho, ahí es donde nos besamos. No pienso en él exactamente, sino en besarlo. Estaba pensando en eso en la clase de Corrección de Pruebas I, e incluso gemí o se me escapó algo en voz alta, y el profesor me miró y dijo: «¿Sí, señorita Gray?».

Querida Conchi:

... estoy leyendo a Jane Austen. Su prosa parece música de cámara, pero es auténtica y divertida al mismo tiempo. Hay mil libros que quiero leer, no sé por dónde empezar. Voy a pasarme a Filología el próximo semestre...

Querida Conchi:

Hay una pareja mayor, los dos trabajan de conserjes en la facultad de Periodismo. Una noche nos llevaron a la azotea a tomar una cerveza después del trabajo. Las copas de los álamos son más altas que el tejado, así que te sientas bajo los árboles a mirar las estrellas. Si quieres, puedes asomarte y ver los coches que pasan por la ruta 66, o desde el otro lado, las ventanas de mi residencia. Nos dieron una llave del cuartito de las escobas, donde está la escalera que sube a la azotea. Nadie más conoce este sitio. Subimos entre clase y clase, y después de trabajar. Joe compró una parrilla, un colchón y velas. Es como nuestra propia isla, o una cabaña en los árboles...

Querida Conchi:

Soy feliz. Cuando me despierto por la mañana me duele la cara de tanto sonreír.

Creo que de pequeña a veces encontraba paz, en el bosque o en un prado, y en Chile siempre me divertía mucho. Esquiar siempre ha sido un placer para mí. Sin embargo, nunca había sentido la felicidad como ahora con Joe. Nunca me había sentido tan a gusto conmigo misma, y amada por eso.

Firmo el permiso los fines de semana para ir a su casa, bajo la responsabilidad de su padre. Joe vive con su padre, que es muy viejo, un maestro retirado. Le encanta cocinar, hace unas comidas horrorosas y grasientas. Se pasa el día bebiendo cerveza. A primera vista solo le da por cantar baladas románticas, como «Minnie the Mermaid» y «Rain on the Roof», las repite una y otra vez mientras cocina. También cuenta historias, sobre la gente de Armijo, el barrio. La mayoría fueron alumnos suyos en la escuela.

Querida Conchi:

Los fines de semana solemos ir a la sierra de Jémez y pasamos el día escalando, y por la noche acampamos al raso. Hay varias fuentes termales allí arriba. Hasta ahora nunca nos hemos encontrado a nadie cuando hemos ido. Ciervos y búhos, carneros de grandes cuernos, arrendajos azules. Nos tumbamos en el agua, hablamos o leemos en voz alta. A Joe le encanta leer a Keats.

Mis clases y mi trabajo van bien, pero siempre estoy deseando acabar para poder estar con Joe. Él también es cronista deportivo para el *Tribune,* así que cuesta encontrar tiempo. Vamos a las carreras de atletismo y a los partidos de baloncesto de la liga juvenil, a las carreras de coches de serie. A mí no me gusta el fútbol americano, echo de menos los partidos de fútbol y rugby.

Querida Conchi:
Todo el mundo está haciendo un drama porque Joe y yo salgamos juntos. La supervisora de la residencia me dio una charla. Bob Dash cayó muy bajo, se pasó una hora sermoneándome hasta que me levanté y me fui. Dijo que Joe era vulgar y mediocre, un hedonista sin valores y sin amplitud intelectual. Entre otras cosas. La gente se preocupa porque soy muy joven. Piensan que echaré por la borda mis estudios o mi carrera. O eso es lo que dicen. Creo que les da envidia vernos tan enamorados. Y sean cuales sean sus argumentos, desde que arruinaré mi reputación a que mi futuro está en peligro, siempre mencionan el hecho de que Joe es mexicano. A nadie se le ocurre que viniendo de Chile lógicamente me atraería alguien latino, alguien que sienta las cosas. No encajo aquí para nada. Ojalá Joe y yo pudiéramos volver a casa, a Santiago...

Querida Conchi:
... resulta que alguien ha escrito a mis padres, les ha dicho que estoy teniendo una aventura con un hombre demasiado mayor para mí.
Me llamaron, histéricos, y van a venir desde Chile. Llegarán el día de Fin de Año. Por lo visto mi madre ha vuelto a beber. Mi padre dice que todo es culpa mía.
Cuando estoy con Joe nada de eso importa. Creo que es reportero porque le gusta hablar con la gente. Vayamos donde vayamos, acabamos hablando con desconocidos. Y todos nos caen bien.
Creo que el mundo no me gustaba de verdad hasta que conocí a Joe. A mis padres no les gusta el mundo, ni les gusto yo, o de lo contrario confiarían en mí.

Querida Conchi:
Llegaron la víspera de Año Nuevo, pero estaban agotados del viaje así que apenas hablamos. No oyeron que mis notas son sobresalientes,

que me encanta mi trabajo, que aquella noche me habían elegido reina del Baile de la Prensa. Me he convertido en una cualquiera, una furcia, etcétera. «Con un grasiento», dijo mi madre.

El baile fue maravilloso. Antes cenamos con amigos de la redacción, nos reímos mucho. Hubo una ceremonia en la que me obsequiaron con una corona de papel de periódico y una orquídea. Por alguna razón antes nunca había bailado con Joe. Fue maravilloso. Bailar con él.

Habíamos quedado con mis padres al día siguiente, en el motel donde se alojaban. Mi padre dijo que Joe y él podían ver el partido del Rose Bowl, que así romperían el hielo.

Qué estúpida soy. Vi que ya habían tomado unos martinis y pensé que estarían más relajados. Joe estuvo fantástico. Desenvuelto, cálido, abierto. Ellos parecían de piedra.

Papá se calmó un poco cuando empezó el partido, él y Joe lo disfrutaron. Mamá y yo nos quedamos ahí sentadas en silencio. Joe solo bebe cerveza, así que realmente se soltó con los martinis de mi padre. Cada vez que había un gol de campo, aullaba «¡Puta madre!» o «¡A la verga!». En varias ocasiones le dio un puñetazo amistoso en el hombro a mi padre. Mamá ponía cara de circunstancias y bebía sin decir una palabra.

Después del partido Joe invitó a mis padres a cenar fuera, pero mi padre dijo que mejor que Joe y él fueran a buscar comida china.

Mientras tanto mamá me habló de cuánto los había avergonzado con mi inmoralidad, de lo disgustada que estaba.

Conchi, sé que prometimos que hablaríamos de sexo, que nos contaríamos cuando hiciéramos el amor la primera vez. Por escrito resulta difícil. A mí me parece bonito porque es entre dos personas, lo más desnudo y cerca que se puede estar. Y siempre es distinto y sorprendente. A veces no paramos de reírnos. A veces te hace llorar.

El sexo es lo más importante que me ha pasado en la vida. No podía entender lo que mi madre decía, que me llamara indecente.

A saber de qué hablaron Joe y papá. Los dos estaban pálidos cuando volvieron. Por lo visto mi padre dijo cosas como «violación de una menor», y Joe dijo que se casaría conmigo al día siguiente; fue lo peor, para mis padres, que podría haber dicho.

244

Después de comer, Joe dijo:

—Bueno, estamos todos cansados. Será mejor que me vaya. ¿Vienes, Lu?

—No, ella se queda aquí —dijo mi padre.

Me dejó helada.

—Me voy con Joe —dije—. Os veré por la mañana.

Te escribo desde la residencia. Reina un silencio inquietante. La mayoría de las chicas se han ido a casa por Navidad.

Aparte de contarme brevemente lo que había dicho mi padre, Joe no habló en el trayecto de vuelta. Yo tampoco pude. Cuando nos despedimos con un beso creí que se me partía el corazón.

Querida Conchi:

Mis padres me sacan de la universidad al final del semestre. Me esperarán en Nueva York. Me reuniré allí con ellos y luego iremos a Europa hasta el otoño.

Fui en taxi a casa de Joe. Íbamos a Pico Sandía para hablar, nos montamos en el coche. No sé qué pensaba que me diría, ni siquiera lo que yo misma quería.

Deseaba que dijera que me esperaría, que seguiría aquí a mi regreso. Pero dijo que si lo amaba de verdad, me casaría con él ahora mismo. Protesté. Él debe terminar sus estudios; solo trabaja media jornada. Preferí no seguir diciendo la verdad, que es que no quiero dejar la universidad. Quiero estudiar a Shakespeare, a los poetas románticos. Joe dijo que podíamos vivir con su padre hasta que tuviéramos suficiente dinero. Estábamos cruzando el puente sobre el río Grande cuando le dije que aún no quería casarme.

—Tardarás mucho en saber lo que estás dejando pasar.

Sabía lo que había entre nosotros, dije, y seguiría estando ahí cuando yo volviera.

—Eso seguirá estando, pero tú no. No, tú seguirás adelante, tendrás «relaciones», te casarás con algún imbécil.

Abrió la puerta del coche, me empujó y me dejó tirada en el puente del río Grande, sin parar siquiera. Y se marchó. Crucé a pie toda la ciudad de vuelta a la residencia. Seguí pensando que aparecería en cualquier momento a recogerme, pero no lo hizo.

Triste idiota

La soledad es un concepto anglosajón. En Ciudad de México, si eres el único pasajero en un autobús y alguien sube, no solo se sentará a tu lado sino que se recostará en ti.

Cuando mis hijos vivían en casa, si entraban a mi habitación normalmente había un motivo concreto. ¿Has visto mis calcetines? ¿Qué hay para cenar? Incluso ahora, cuando suena la campana de la verja, será: ¡Eh, mamá, vamos al partido de los Atléticos!, o: ¿Puedes cuidar a los niños esta noche? En México, en cambio, las hijas de mi hermana subirán tres pisos de escaleras y cruzarán tres puertas solo porque estoy ahí. Para recostarse a mi lado o decir: *¿Qué onda?*

Su madre, Sally, está profundamente dormida. Ha tomado calmantes para el dolor y una pastilla para dormir. No me oye pasar las páginas, toser, acostada en la cama junto a la suya. Cuando llega su hijo de quince años, Tino, me da un beso, va hasta la cama de su madre y se tumba a su lado, le da la mano. Se despide con un beso de buenas noches y se va a su cuarto.

Mercedes y Victoria viven al otro lado de la ciudad, están independizadas, pero cada noche pasan a verla aunque ella ni siquiera se despierte. Victoria le acaricia la frente, mulle las almohadas y alisa las mantas, dibuja una estrella en su cabeza calva con un rotulador. Sally gime dormida, frunce el ceño. Tranquila, *amor*, dice Victoria. A eso de las cuatro de la madrugada Mercedes viene a darle a su madre las buenas noches. Es escenógrafa de cine. Cuando trabaja, trabaja día y noche. Ella también se tumba al lado de Sally, le canta, le besa la cabeza. Ve la estrella y se ríe. ¡Ha venido Victoria! Tía, ¿estás despierta? *Sí. ¡Oye,* vamos a fumar! Nos metemos en la cocina. Ella está muy cansada, sucia. Abre el frigorífico y se queda unos instantes con la mirada perdida, suspira y lo cierra. Fumamos y compartimos una manzana, sentadas las dos en la única silla de la cocina. Está contenta.

247

La película que están rodando es estupenda, el director es el mejor. Ella está haciendo un buen trabajo.

—Me tratan con respeto, ¡como a un hombre! ¡Cappelini quiere que trabaje en su próxima película!

Por la mañana, Sally, Tino y yo vamos a La Vega a tomar café. Tino va pasando de mesa en mesa con su cappuccino, habla con los amigos, coquetea con las chicas. Mauricio, el chófer, espera fuera para llevar a Tino al colegio. Sally y yo hablamos sin parar, como hemos hecho desde que llegué de California, hace tres días. Lleva una peluca caoba rizada, un vestido verde que realza sus ojos jade. Todo el mundo la mira, fascinado. Hace veinticinco años que Sally viene a esta cafetería. Todo el mundo sabe que se está muriendo, pero nunca ha estado tan bella o tan feliz.

A mí... si me dijeran que me queda un año de vida, apuesto a que me tiraría al mar, zanjaría el asunto de una vez. Para Sally, en cambio, es como si la sentencia fuera un regalo. Quizá es porque se enamoró de Xavier la semana antes de enterarse. Ha revivido. Saborea cada momento. Dice lo que quiere, hace lo que le apetece. Se ríe. Sus andares son sensuales, su voz es sensual. Se enfada y lanza cosas, grita palabrotas. La pequeña Sally, siempre dócil y pasiva, a mi sombra de pequeña, a la de su marido casi el resto de su vida. Ahora es fuerte, está radiante; su energía se contagia. La gente se para a saludarla, los hombre le besan la mano. El médico, el arquitecto, el viudo.

Ciudad de México es una metrópoli inmensa pero la gente tiene títulos, como el herrero de un pueblo. El estudiante de medicina; el juez; Victoria, la bailarina; Mercedes, la belleza de la casa; el exmarido de Sally, el ministro. Yo soy la hermana gringa. Todo el mundo me saluda con abrazos y besos en la mejilla.

El exmarido de Sally, Ramón, se para a tomar un café, escoltado por guardaespaldas. Chirrían las sillas en toda la cafetería a medida que los hombres se levantan para estrecharle la mano o darle un *abrazo*. Ahora es miembro del gabinete, con el PRI. Nos da un beso a Sally y a mí, le pregunta a Tino por los estudios. Tino abraza a su padre al despedirse y se va a clase. Ramón echa un vistazo a su reloj.

Quédate un poco más, dice Sally. Tienen tantas ganas de verte... Llegarán en cualquier momento.

Victoria la primera, con un maillot escotado para su clase de baile. Lleva el pelo estilo punk, y un tatuaje en el hombro. ¡Por el amor de Dios, cúbrete!, le dice su padre.

—*Papi,* aquí todo el mundo está acostumbrado a verme así, ¿verdad, Julián?

Julián, el camarero, mueve la cabeza.

—No, *mi doña,* cada día nos trae usted una nueva sorpresa.

Nos ha servido a todos sin necesidad de preguntar lo que queríamos. Té para Sally, un segundo café con leche para mí, un expreso y luego un café con leche para Ramón.

Llega Mercedes, con el pelo suelto y alborotado, muy maquillada, para hacer una sesión como modelo antes de irse al rodaje de la película. En la cafetería todos conocen a Victoria y Mercedes desde que eran unas crías, pero son tan bellas y visten con ropa tan escandalosa que no pueden dejar de mirarlas.

Ramón empieza con su sermón habitual. Mercedes ha aparecido en algunas escenas atrevidas para la MTV mexicana. Una vergüenza. Quiere que Victoria vaya a la universidad y consiga un trabajo de media jornada. Ella le echa los brazos al cuello.

—Vamos, *papi,* ¿para qué voy a ir a la universidad, cuando lo único que me gusta es bailar? ¿Y para qué voy a trabajar, con lo rico que eres?

Ramón mueve la cabeza con resignación, y acaba dándole el dinero para las clases, y para unos zapatos, y para un taxi, porque llega tarde. Victoria se va, despidiéndose con la mano y lanzando besos alrededor.

—¡Llego tarde! —resopla Ramón.

Se marcha también, parándose a estrechar varias manos a su paso. Una limusina negra se lo lleva a toda velocidad, por la avenida de los Insurgentes.

—*Pues,* por fin podemos comer —dice Mercedes. Julián llega con zumos, fruta y chilaquiles—. Mamá, ¿no puedes probar nada, ni un bocadito siquiera?

Sally niega con la cabeza. Luego tiene quimio, y le dan náuseas.

—¡No he pegado ojo en toda la noche! —dice Sally.

Parece dolida cuando Mercedes y yo nos reímos, pero se ríe también cuando le contamos toda la gente que ha pasado por su cama mientras dormía.

—Mañana es el cumpleaños de la tía. ¡El día de Basil! —dijo Mercedes—. Mamá, ¿tú también fuiste a la fiesta del Colegio Grange, en Santiago de Chile?

—Sí, pero era pequeña, solo tenía siete años cuando cayó el día del duodécimo cumpleaños de Carlotta, el año que tu tía conoció a Basil. Iba todo el mundo, grandes y chicos. Había un pequeño mundo inglés dentro de Chile. Iglesias anglicanas, mansiones y casas solariegas de estilo inglés. Jardines y perros ingleses. El club de campo Príncipe de Gales. Equipos de rugby y críquet. Y por supuesto el Colegio Grange. Una escuela para chicos muy buena, estilo Eton.

—Y todas las chicas de vuestro colegio estaban enamoradas de los chicos de Grange.

—La fiesta duraba el día entero. Había partidos de fútbol y críquet, y carreras campo a través, lanzamiento de pesos y competiciones de salto. Toda clase de juegos y casetas, tenderetes y puestos de comida.

—Y adivinas que te echaban la suerte —dijo Carlotta—. Una me dijo que tendría muchos amores y muchos problemas.

—Eso podría habértelo dicho yo. Bueno, la cuestión es que era igual que una feria campestre inglesa.

—Y él, ¿cómo era?

—Noble y atribulado. Alto y apuesto, salvo por unas orejas bastante grandes.

—Y una mandíbula prominente...

—A última hora de la tarde se hacía la entrega de premios, y todos los chicos que nos gustaban a mis amigas y a mí ganaron premios en las competiciones deportivas, pero a Basil no dejaban de llamarlo para darle premios de física y química, historia, griego y latín. Y muchísimos más. Al principio todo el mundo aplaudía, pero al final ya daba risa. Cada vez que subía al estrado, más colorado estaba. Los premios eran libros, y se llevó más de una docena. Marco Aurelio y cosas por el estilo.

»Entonces llegó la hora del té, antes del baile. La gente se paseaba por allí o tomaba el té en las mesitas. Conchi me desafió a que lo invitara a bailar, así que lo hice. Basil estaba de pie con toda su familia. Su padre, muy barbudo, su madre y sus tres hermanas, todos con la misma mandíbula, los pobres. Lo felicité, y le invité a bailar. Y se enamoró de mí, delante de mis narices.

250

»Nunca había bailado, así que le enseñé lo fácil que era, simplemente con el paso de la caja. Tocaron "Siboney", "Long Ago and Far Away". Bailamos toda la noche, agarrados o con el paso de la caja. Vino a tomar el té a casa todos los días durante una semana. Luego llegaron las vacaciones de verano y se fue al *fundo* de su familia. Me escribía a diario, me mandaba docenas de poemas.

—Tía, ¿y cómo besaba? —preguntó Mercedes.

—¡Besar! Jamás me besó, ni siquiera me daba la mano. Eso habría sido muy serio entonces, en Chile. Recuerdo el vértigo que sentí cuando Pirulo Díaz me dio la mano en el cine mientras veíamos *Beau Geste*.

—Si un chico te tuteaba, ya se consideraba una osadía —dijo Sally—. Fue hace mucho, mucho tiempo. Nos frotábamos piedras de alumbre en las axilas como desodorante. Las compresas desechables ni siquiera se habían inventado; usábamos tiras de trapo que las sirvientas lavaban una y otra vez.

—¿Y tú estabas enamorada de Basil, tía?

—No. Estaba enamorada de Pirulo Díaz. Pero durante años Basil estaba siempre ahí, en nuestra casa, en los partidos de rugby, en las fiestas. Venía cada día a la hora del té. Papá jugaba al golf con él, siempre le invitaba a cenar.

—Fue el único pretendiente al que le dio el visto bueno.

—Eso mata el romanticismo —suspiró Mercedes—. Los hombres buenos no tienen carisma.

—¡Mi Xavier es bueno! ¡Se porta tan bien conmigo! ¡Y tiene carisma! —protestó Sally.

—Basil y papá eran buenos de un modo condescendiente, se creían con derecho a juzgar. Yo trataba fatal a Basil, pero él seguía viniendo. Desde entonces todos los años me ha mandado rosas o me ha llamado por mi cumpleaños. Sin falta. Durante cuarenta años. Me ha localizado a través de Conchi, o de tu madre... en mil sitios distintos. Chiapas, Nueva York, Idaho. Una vez incluso encerrada en un pabellón psiquiátrico en Oakland.

—¿Y qué te decía, cuando te llamaba todos esos años?

—Poca cosa, en realidad. Al menos sobre su vida. Es director de una cadena de supermercados. Por lo general me preguntaba cómo estaba. Indefectiblemente siempre acababa de ocurrir algo espantoso... nuestra casa quemada, un accidente de coche. Cada vez que llama repite las mismas palabras. Como un rosario. Hoy, 12 de noviembre, está pensando en la mujer más encantadora que ha conocido. «Long Ago and Far Away» suena de fondo.

—¡Todos los santos años!

—¿Y nunca te ha escrito ni te ha vuelto a ver?

—No —dijo Sally—. Cuando llamó la semana pasada preguntando dónde estaba Carlotta, le dije que estaría aquí en Ciudad de México, que por qué no iba a almorzar con ella. Me dio la sensación de que en realidad preferiría evitar la cita de mañana. Dijo que no le parecía conveniente que su esposa se enterara. Le dije que la trajera, pero dijo que eso no le parecía conveniente.

—¡Ah, ahí viene Xavier! Qué suerte tienes, mamá. No nos das ninguna lástima. *¡Pilla envidia!*

Xavier se acerca y la toma de las manos. Está casado. Supuestamente nadie sabe que tienen una aventura. Ha pasado por aquí, como de casualidad. ¿Cómo es posible que la gente no note la electricidad? Julián me sonríe.

Xavier también ha cambiado, tanto como mi hermana. Es un aristócrata, un químico eminente, solía ser un hombre muy serio y reservado. Ahora también se ríe. Sally y él juegan, y lloran, y se pelean. Hacen clases de *danzón* y van a Mérida. Bailan danzón en la plaza, bajo las estrellas, gatos y niños jugando entre los arbustos, farolillos de papel en los árboles.

Cualquier cosa que digan, desde algo tan trivial como un «buenos días, *mi vida*» o «pásame la sal», suena tan apremiante que a Mercedes y a mí nos cuesta contener la risa. Nos conmueve, sin embargo, nos maravilla ver a esas dos personas en estado de gracia.

—¡Mañana es el día de Basil! —sonríe Xavier.

—Victoria y yo creemos que debería ir disfrazada de punk, o de anciana decrépita —dice Mercedes.

—¡O podría ir Sally en mi lugar! —digo yo.

—No. Victoria o Mercedes... ¡Así creerá que todavía estáis en los años cuarenta, casi como te recuerda!

Xavier y Sally se marcharon a la sesión de quimio y Mercedes se fue a trabajar. Pasé el día en Coyoacán. En la iglesia, el cura estaba bautizando a una cincuentena de críos a la vez. Me arrodillé al fondo, cerca del Cristo sangriento, y observé la ceremonia. Los padres y los padrinos estaban de pie en largas hileras, cara a cara en el pasillo. Las madres sostenían en brazos a los críos, vestidos de blanco. Bebés redondos, flacos, gordos, pelones. El cura iba por el centro del pasillo seguido de dos monaguillos que balanceaban incensarios. Rezaba en latín. Se humedecía los dedos en un cáliz que sujetaba en la mano izquierda y hacía la señal de la cruz en la frente de cada criatura, bautizándola en el nombre del Padre, del Hijo y del Espíritu Santo. Los padres estaban serios, rezaban con solemnidad. Deseé que el cura bendijera a las madres, también, que les hiciera alguna señal, que les concediera alguna protección.

En las aldeas mexicanas, cuando mis hijos eran pequeños, los indios a veces les hacían la señal de la cruz en la frente. *¡Pobrecitos!*, decían. ¡Que una criatura tan adorable hubiera de soportar esta vida de sufrimiento!

Mark, con cuatro años, en una guardería de Horatio Street, en Nueva York. Estaba jugando a las casitas con otros niños. Abrió un frigorífico de juguete, sirvió un vaso imaginario de leche y se lo dio a su amigo. El amigo rompió el vaso imaginario contra el suelo. La mirada de dolor de Mark, la misma que he visto después en todos mis hijos a lo largo de su vida. La herida de un accidente, un divorcio, un fracaso. Mi deseo feroz de protegerlos. Mi impotencia.

Al salir de la iglesia pongo una vela a los pies de la estatua de la Santa Virgen María. *Pobrecita.*

Sally está en la cama, agotada y con náuseas. Enfrío paños con agua helada y se los pongo en la frente. Le hablo de la gente en la plaza de Coyoacán, del bautismo. Ella me habla de los otros pacientes que hacen quimio, de Pedro, su médico. Me cuenta las cosas que le ha dicho Xavier, lo tierno que es, y llora lágrimas amargas, amargas.

Cuando Sally y yo nos hicimos amigas, ya de mayores, pasamos varios años limando nuestras asperezas y nuestros celos. Más adelante, cuando las dos estábamos en terapia, pasamos años desfogando el rencor hacia nuestro abuelo, nuestra madre. Nuestra madre cruel.

Y años más tarde aún la rabia hacia nuestro padre, el santo, cuya crueldad no era tan evidente.

Ahora, sin embargo, solo hablamos en presente. En un cenote del Yucatán, en lo alto de Tulum, en el convento de Tepoztlán, en el cuartito de mi hermana, nos reímos de alegría con las similitudes de nuestras reacciones, con nuestras visiones en estéreo.

Hoy cumplo cincuenta y cuatro años. Esta mañana no nos quedamos mucho rato en La Vega. Sally quiere descansar antes de ir a quimio, y yo he de arreglarme para almorzar con Basil. Cuando llegamos a casa Mercedes y Victoria están viendo una telenovela con Belén y Dolores, las dos sirvientas. Belén y Dolores se pasan la mayor parte del día y de la noche viendo telenovelas. Las dos llevan veinte años con Sally; viven en un pequeño apartamento en el ático. No tienen tanto que hacer ahora que Ramón y las hijas se han ido, pero Sally jamás les pediría que se marcharan.

Hoy es un gran día en *Los golpes de la vida*. Sally se pone una bata y viene a ver el episodio. Yo me he dado una ducha y me he maquillado, pero me quedo en bata también, no quiero que se me arrugue el traje gris de lino.

Adelina va a tener que contarle a su hija Conchita que no se puede casar con Antonio. ¡Ha de confesar que Antonio es su hijo biológico, el hermano de Conchita! Adelina dio a luz en un convento hace veinticinco años.

Y ahí están, en Sanborn's, pero antes de que Adelina pueda decir una palabra, Conchita le cuenta a su madre que se ha casado en secreto con Antonio. ¡Y van a tener un bebé! Primer plano de la cara consternada de Adelina, la cara de su madre. Al final, sin embargo, sonríe y besa a Conchita. *Mozo,* dice, tráiganos champán.

Ya sé, suena ridículo. Lo verdaderamente ridículo fue que las seis mujeres estábamos ahí berreando, llorando a mares cuando llamaron al timbre. Mercedes fue corriendo a abrir la puerta.

Basil miró a Mercedes horrorizado. No solo por verla llorando, o vestida con pantalones cortos y un top sin sujetador. A todo el mundo le impacta la belleza de las hermanas. Después de pasar un rato con ellas te acostumbras, como a un labio leporino.

Mercedes le dio un beso en la mejilla.

—¡El famoso Basil, y vestido de tweed auténtico!

Se puso colorado. Nos miró, todas llorando a lágrima viva, tan perplejo que nos entró la risa. Como les pasa a los niños. Risas desatadas, condenables. No podíamos parar. Me levanté y fui también a darle un *abrazo,* pero Basil volvió a quedarse rígido, me tendió la mano y me la estrechó con frialdad.

—Perdónanos..., estamos viendo una telenovela lacrimógena —lo presenté—. Te acuerdas de Sally, ¿verdad?

La miró, más consternado aún.

—¡Mi peluca! —gritó ella, y corrió a ponérsela.

Me fui a vestir. Mercedes me acompañó.

—Anda, tía, ponte algún atuendo de furcia bien chabacano... ¡Ese hombre es tan acartonado!

—Por aquí no hay ningún sitio para comer, desde luego —estaba diciendo Basil cuando volvimos.

—Claro que sí. La Pampa, un restaurante argentino, justo enfrente del reloj de flores del parque.

—¿El reloj de flores?

—Ya te lo enseñaré —dije—. Vamos.

Bajé tras él los tres tramos de escaleras, hablando al tuntún. Cuánto me alegraba de verlo, qué buen aspecto tenía.

En el vestíbulo de la entrada se detuvo y dio media vuelta.

—Ahora Ramón es ministro. Seguro que puede permitirse que su familia viva en un sitio mejor, ¿no crees?

—Ha rehecho su vida, tiene una nueva familia. Viven en El Pedregal, en una casa preciosa. Pero aquí están estupendamente, Basil. El apartamento es soleado y espacioso... lleno de antigüedades, plantas y pájaros.

—¿Y el barrio?

—¿La calle Amores? Sally nunca viviría en otro sitio. Conoce a todo el mundo. Hasta yo conozco a todo el mundo.

No paré de saludar a gente hasta que llegamos a su coche. Basil había pagado a unos chicos para que se lo vigilaran y no se acercaran los vándalos.

Nos abrochamos los cinturones.

—¿Qué le ha pasado a Sally en el pelo? —me preguntó.

—Con la quimioterapia se le cayó. Tiene cáncer.

—¡Qué horror! ¿El pronóstico es bueno?

—No. Se está muriendo.

—Cuánto lo siento... Aunque debo decir que no parecéis muy afectadas.

—Nos ha afectado mucho a todos. Ahora estamos contentos. Sally está enamorada. Nosotras dos nos hemos unido mucho, como hermanas. Eso también ha sido como enamorarse. Sus hijos vienen a verla, la escuchan.

Se quedó callado, agarrando el volante con las dos manos.

Le di las indicaciones para ir al parque de los Insurgentes.

—Aparca donde quieras. ¡Ves, ahí está el reloj de las flores!

—No parece un reloj.

—Claro que sí, ¡mira los números! Bueno, qué demonios, parecía un reloj el otro día. Los números son caléndulas, y ahora están un poco espigadas. Pero todo el mundo sabe que es un reloj.

Aparcamos muy lejos del restaurante. Hacía calor. Sufro de la espalda, fumo mucho. El humo de los coches, mis zapatos de tacón alto. Estaba desfallecida de hambre. El restaurante olía de maravilla. Ajo y romero, vino tinto, cordero.

—No sé —dijo él—, es muy bullicioso. Será difícil mantener una conversación como es debido. ¡Y está lleno de argentinos!

—Ya, bueno, es un restaurante argentino.

—¡Tienes un acento tan americano! Dices «ya» a cada momento.

—Ya, bueno, soy americana.

Recorrimos la calle de arriba abajo, mirando los escaparates de restaurantes estupendos, pero a todos les sacaba alguna pega. Uno era demasiado elegante. Decidí que a partir de entonces diría «elegante» en lugar de «caro». ¡Oh, mira, ha llegado mi elegante factura de teléfono!

—Basil... Compremos una torta y vayamos a sentarnos en el parque. Estoy muerta de hambre, y prefiero pasar el rato hablando contigo.

—Vamos a tener que ir al centro. Allí conozco los restaurantes.

—¿Y si te espero aquí mientras vas a buscar el coche?

—No pienso dejarte sin escolta en este barrio.

—Este es un barrio sensacional.

—Por favor. Vamos juntos a buscar el coche.

A buscar el coche. Por supuesto no se acordaba de dónde lo había aparcado. Calles y más calles. Volvimos en círculos, nos alejamos, dimos un rodeo, tropezamos con los mismos gatos, las mismas sirvientas apoyadas en las verjas flirteando con el cartero. El afilador tocando su flauta, conduciendo la moto sin manos.

Me hundí en el asiento acolchado del coche y me quité los zapatos. Saqué un paquete de cigarrillos, pero Basil me pidió que no fumara en el coche. Nos caían goterones por la cara del calor y la niebla tóxica de Ciudad de México. Le dije que me parecía que el humo del cigarrillo quizá formara una pantalla protectora.

—¡Ay, Carlotta, sigues coqueteando con el peligro!

—Vámonos. Me muero de hambre.

Pero él empezó a sacar fotos de sus hijos de la guantera. Sostuve los marcos de plata de los retratos. Jóvenes de ojos claros, mirada decidida. Y mandíbula prominente. Basil hablaba de lo brillantes que eran, de sus logros, de sus prósperas carreras como médicos. Sí, al hijo lo veían, pero Marilyn y su madre no se llevaban bien. Las dos eran testarudas.

—Tiene muy buena mano con las sirvientas —comentó Basil, hablando de su esposa—. No permite que se tomen demasiadas confianzas. ¿Las mujeres en casa de tu hermana eran las sirvientas?

—Lo eran. Ahora son más como de la familia.

Nos equivocamos y giramos por una calle en dirección prohibida. Basil reculó, mientras los coches y los camiones nos pitaban. En el *periférico* fuimos más rápido, hasta que nos quedamos parados por un accidente más adelante. Basil apagó el motor y el aire acondicionado. Salí a fumar.

—¡Te van a atropellar!

No se movía ni un solo coche en la larga caravana que se formó detrás de nosotros.

Llegamos al Sheraton a las cuatro y media. El comedor estaba cerrado. ¿Qué hacer? Basil había aparcado el coche. Entramos en un Denny's que había al lado.

—Y todo para acabar en un Denny's —le dije—. Quiero un sándwich club y té con hielo. ¿Tú qué vas a tomar?

—No lo sé. La comida no me interesa.

Me sentí profundamente deprimida. Quería comerme el sándwich e irme a casa, pero por cortesía entablé conversación. Sí, eran miembros de un club de campo inglés. Él jugaba al golf y al críquet, actuaba en un grupo de teatro. Había interpretado a una de las ancianas de *Arsénico por compasión.* Muy divertido.

—Por cierto, compré aquella casa con piscina, en Chile, delante del tercer hoyo del campo de golf en Santiago. De momento la alquilamos, pero pensamos retirarnos allí. ¿Sabes a qué casa me refiero?

—Claro. Una casa preciosa, con glicinas y lilos. Busca entre las matas de lila, encontrarás cien pelotas de golf. El primer golpe siempre se me iba a ese jardín.

—¿Qué planes tienes tú para la jubilación? ¿Para el futuro?

—¿Futuro?

—¿Tienes ahorros? ¿Un plan de pensiones, o algo así?

Negué con la cabeza.

—He estado muy preocupado por ti. Especialmente aquella vez que estuviste en el hospital. Has dado bastantes tumbos... Tres divorcios, cuatro hijos, tantos trabajos. Y tus hijos ¿a qué se dedican? ¿Estás orgullosa de ellos?

A pesar de que me habían traído el sándwich, seguía irritable. Basil había pedido un sándwich de queso sin tostar y té.

—Odio esa idea... Estar orgulloso de los hijos, ponerse medallas por lo que ellos han logrado. A mí me caen bien mis hijos. Son cariñosos; son personas íntegras.

Se ríen. Comen mucho. Muchísimo.

Volvió a preguntarme a qué se dedicaban. Un cocinero, un cámara de televisión, un diseñador gráfico, un camarero. A todos les gusta lo que hacen.

—No parece que ninguno esté en posición de ocuparse de ti cuando lo necesites. Ah, Carlotta, ojalá te hubieras quedado en Chile... Ahora llevarías una vida apacible. Seguirías siendo la reina del club de campo.

—¿Apacible? Habría muerto en la revolución —¿reina del club de campo? Cambia de tema, rápido—: ¿Hilda y tú vais a la playa?

—¿A quién se le ocurriría, después de conocer la costa de Chile? No, hay hordas de estadounidenses. El Pacífico mexicano me parece aburrido.

—Basil, ¿cómo es posible que un océano te parezca aburrido?

—¿Y a ti qué te parece aburrido?

—Nada, la verdad. Jamás me he aburrido.

—Claro, pero has hecho las mil y una con tal de no aburrirte.

Basil apartó a un lado su sándwich prácticamente intacto y se inclinó hacia mí con gesto solícito.

—Carlotta, querida..., ¿cómo piensas recoger los pedazos de tu vida?

—No quiero ninguno de esos viejos pedazos. Simplemente sigo adelante, procuro no hacer daño a nadie.

—Dime, ¿qué crees que has conseguido en la vida?

No se me ocurría nada.

—No he probado el alcohol en tres años —dije.

—Dudo que eso pueda considerarse un logro. Es como decir «No he asesinado a mi madre».

—Bueno, eso también lo he conseguido, por supuesto —contesté sonriendo.

Me había comido todos los triángulos de mi sándwich, y el perejil.

—¿Podría ponerme unas natillas y un cappuccino, por favor?

Era el único restaurante de la República de México que no tenía natillas. Gelatina con sabor a frutas, *sí*.

—Y tú, Basil, ¿qué fue de tu ambición de ser poeta?

Movió la cabeza con resignación.

—Sigo leyendo poesía, desde luego. Dime, ¿qué verso resume para ti la esencia de la vida?

¡Qué pregunta tan interesante! Me gustó, pero solo me vinieron a la cabeza versos perversamente inaceptables. Di, mar, ¡llévame! Toda mujer ama a un fascista. ¡Adoro la mirada de la agonía! Porque sé que no miente.

—«No entres dócilmente en esa noche quieta» —ni siquiera me gustaba Dylan Thomas.

—¡Sigues siendo mi desafiante Carlotta! El mío es de Yeats. «Sé ignoto, y solázate.»

Dios. Apagué el cigarrillo, me terminé el café instantáneo.

—¿Y qué me dices de «millas por recorrer antes del sueño»? Será mejor que vuelva a casa de Sally.

Era la hora mala del tráfico y la niebla tóxica. Avanzábamos a paso de hormiga. Me recitó todas las muertes de viejos conocidos, los fracasos económicos y conyugales de mis antiguos novios.

Aparcó junto a la acera. Le dije adiós. Como una estúpida, me acerqué para darle un abrazo. Reculó y volvió a montarse en el coche. *Ciao,* le dije, ¡y solázate!

La casa estaba en silencio. Sally se había quedado dormida después de la quimio. Se agitaba a cada momento. Preparé café bien cargado, me senté junto a los canarios, sintiendo la fragancia de los nardos, escuchando el chelo desafinado del vecino de abajo.

Me acurruqué en la cama al lado de mi hermana. Las dos dormimos hasta que oscureció. Victoria y Mercedes vinieron a saber cómo había ido el almuerzo con Basil.

Les podría haber hablado de lo que comimos. Podría haberlo convertido en una historia muy divertida. Contarles que las caléndulas estaban espigadas y que Basil ni siquiera veía el reloj de flores. Podría haberlo imitado interpretando a una de las ancianitas de *Arsénico por compasión*. Y sin embargo, volví a hundir la cabeza en la almohada, al lado de mi hermana.

—No me llamará nunca más.

Lloré. Sally y sus hijas me consolaron. No pensaron que fuera una triste idiota.

Luto

Me encantan las casas, todas las cosas que me cuentan, así que esa es una razón de que no me importe trabajar como mujer de la limpieza. Se parece mucho a leer un libro.

He estado trabajando para Arlene, de la inmobiliaria Central. Limpiando casas vacías, sobre todo, pero incluso las casas vacías tienen historias, pistas. Una carta de amor en el fondo de un armario, botellas de whisky vacías escondidas detrás de la secadora, listas de la compra... «Por favor trae detergente Tide, un paquete de linguine verdes y un pack de seis Coors. No pensaba en serio lo que dije anoche.»

Últimamente he limpiado casas en las que alguien acababa de morir. Limpiar y ayudar a clasificar las cosas para que la gente se las lleve o las done a la caridad. Arlene siempre pregunta si tienen ropa o libros para el Hogar de los Padres Judíos, que es donde está Sadie, su madre. Han sido trabajos deprimentes. O los familiares lo quieren todo y se pelean por las cosas más insignificantes (unos tirantes viejos y raídos, o un tazón), o ninguno quiere saber nada de lo que hay en la casa, así que solo he de meterlo todo en cajas. En ambos casos lo triste es qué poco se tarda. Piensa en ello. Si murieras... podría deshacerme de todas tus pertenencias en dos horas como máximo.

La semana pasada limpié la casa de un cartero negro muy mayor. Arlene lo conocía, había estado postrado en cama con diabetes hasta que murió de un ataque al corazón. Había sido un viejo mezquino, severo, me dijo, uno de los patriarcas de la iglesia. Era viudo; su mujer había muerto diez años antes. Su hija era amiga de Arlene, una activista política, en el comité educativo de Los Ángeles.

—Ha hecho mucho por la educación y el derecho a la vivienda en la comunidad negra. Es una tipa dura —dijo Arlene, así que debía de serlo, porque eso es lo que siempre dice la gente de Arlene. El hijo es cliente de Arlene, y otra historia. Abogado del distrito en Seattle, es dueño de propiedades inmobiliarias en todo Oakland—. No diré que sea el amo de los suburbios, pero...

El hijo y la hija no llegaron hasta última hora de la mañana, pero yo ya sabía mucho de ellos, por lo que Arlene me había contado, y por otras pistas. Cuando entré reinaba ese silencio que retumba en las casas donde no hay nadie, donde alguien acaba de morir. La vivienda estaba en un barrio decadente en Oakland Oeste. Parecía una pequeña granja, limpia y bonita, con un balancín en el porche, un jardín cuidado con rosales leñosos y azaleas. La mayoría de las casas alrededor tenían las ventanas condenadas con tablones, grafitis pintados. Viejos borrachines me observaban desde los escalones combados de un porche; camellos jóvenes vendían crack en las esquinas o sentados en los coches.

Dentro, también, la casa parecía un mundo aparte del barrio, con cortinas de visillo, muebles lustrosos de roble. El anciano había pasado mucho tiempo en una gran galería acristalada de la parte trasera de la casa, en una cama de hospital y una silla de ruedas. En las repisas de las ventanas se apiñaban helechos y violetas africanas, y cuatro o cinco comederos justo al otro lado del vidrio, para los pájaros. Un televisor enorme, un vídeo, un reproductor de CD; regalos de sus hijos, supuse. En la chimenea había un retrato de bodas: el hombre de esmoquin, con el pelo peinado hacia atrás y un bigotillo de lápiz; la esposa era joven y preciosa. Ambos posaban solemnes. Una fotografía de ella, vieja y con el pelo blanco, pero con una sonrisa, ojos sonrientes. Solemnes también los hijos en las fotos de graduación, guapos los dos, seguros, arrogantes. La foto de bodas del hijo. Una bella novia rubia de satén blanco. Luego los dos en otra foto con una chiquilla, de un año más o menos. Una foto de la hija con el congresista Ron Dellums. En la mesilla de noche había una tarjeta que empezaba: «Perdona, tuve demasiado lío para ir a Oakland en Navidad...», que podría haber sido de cualquiera de los dos. La Biblia del anciano estaba abierta por el Salmo 104. «Él mira la tierra, y ella tiembla; toca los montes, y humean.»

Antes de que llegaran limpié los dormitorios y el cuarto de baño de arriba. No había gran cosa, pero lo que encontré en los armarios y el mueble de la ropa blanca lo amontoné en distintas pilas sobre una de las camas. Estaba limpiando las escaleras, apagué el aspirador cuando entraron. Él fue cordial, me estrechó la mano; ella se limitó a inclinar la cabeza y subió las escaleras. Debían de venir directamente del funeral. Él llevaba un traje negro de tres piezas con una fina raya dorada; ella iba con un conjunto de cachemira gris y chaqueta de ante del mismo color. Ambos eran altos, guapísimos. Ella se había recogido el pelo en un moño tirante. No sonrió en ningún momento; él no dejaba de sonreír.

Los seguí a las habitaciones. Él cogió un espejo ovalado con un marco de madera tallada. No quisieron nada más. Les pregunté si podían donar algo al Hogar de los Padres Judíos. Ella me escrutó con sus ojos negros.

—¿Te parecemos judíos?

Él se apresuró a explicarme que la gente de la Iglesia Baptista Rosa de Sarón pasaría más tarde a recoger todo lo que dejaran. Y del servicio de material clínico a por la cama y la silla de ruedas. Mejor me pagaba ya, dijo sacando cuatro billetes de veinte de un grueso fajo que sujetaba con una pinza plateada. Me pidió que cuando terminara cerrara la casa y le dejara la llave a Arlene.

Me puse a limpiar la cocina mientras ellos estaban en la galería. El hijo cogió el retrato de bodas de sus padres, y sus fotos. Ella quería la foto de su madre. Él también la quería, pero dijo: No, quédatela. Se quedó con la Biblia; ella con la foto donde salía con Ron Dellums. Entre las dos lo ayudamos a cargar el televisor, el vídeo y el reproductor de CD al maletero de su Mercedes.

—Dios, es horrible ver cómo está el barrio ahora —dijo él.

Ella no dijo nada. Creo que ni siquiera había echado un vistazo. Al volver dentro, se sentó en la galería y miró alrededor.

—No puedo imaginar a papá mirando los pájaros, o cuidando las plantas —dijo.

—Es raro, ¿no? Aunque creo que nunca he llegado a conocerlo de verdad.

—Él era el que nos ponía firmes.

—Recuerdo cuando te dio una azotaina por sacar un aprobado en matemáticas.

—No —dijo ella—, saqué un bien. Un bien alto. A él nada le parecía suficiente.

—Ya lo sé. Aun así... desearía haber venido a verle más a menudo. Me horroriza pensar cuándo estuve aquí por última vez... Sí, lo llamaba mucho, pero...

Ella lo interrumpió, diciéndole que no se culpara, y luego coincidieron en que habría sido imposible que su padre viviera con cualquiera de los dos, con lo absorbidos que ambos estaban por el trabajo. Procuraban darse la razón, pero se notaba que les pesaba.

Y yo soy una bocazas. Ojalá me hubiera callado.

—Esta galería es tan agradable... —dije de pronto—. Parece que vuestro padre era feliz aquí.

—¿Verdad que sí? —dijo el hijo, sonriéndome, pero la hija me lanzó una mirada penetrante.

—No es asunto tuyo, si era feliz o no.

—Lo siento —dije. Siento no poder soltarte un bofetón, bruja malvada.

—No me iría mal un trago —intervino el hijo—. Aunque seguramente en casa no haya nada.

Le mostré el armario donde había brandy y un poco de licor de menta y jerez. Les sugerí que pasaran a la cocina para revisar los armarios y enseñarles las cosas antes de meterlas en cajas. Se trasladaron a la mesa de la cocina. Él sirvió dos grandes copas de brandy, una para cada uno. Bebieron y fumaron Kools mientras yo vaciaba los armarios. Ninguno de los dos quiso nada, así que acabé rápido.

—También hay algunas cosas en la alacena... —lo sabía porque les había echado el ojo. Una plancha antigua, con el mango de madera tallada y el armazón de hierro forjado.

—¡Esa la quiero yo! —dijeron a la vez.

—¿Vuestra madre la usaba para planchar? —le pregunté al hijo.

—No, la usaba para hacer sándwiches tostados de jamón y queso. Y con la carne en conserva, para prensarla.

—Siempre me había preguntado cuál era el truco... —dije, yéndome otra vez de la lengua, pero me callé al ver que la hermana me echaba otra mirada de las suyas.

Un viejo rodillo de amasar, suave por el uso, sedoso.

—¡Lo quiero! —exclamaron los dos.

Entonces ella sí se rio. El alcohol, el calor de la cocina le habían aflojado un poco el peinado, varios mechones se le ensortijaban alrededor de la cara, ahora brillante. Se le había ido el pintalabios; parecía la chica de la foto de graduación. Él se quitó la chaqueta, el chaleco y la corbata, se remangó la camisa. Ella me sorprendió admirando su magnífica complexión y me lanzó aquella mirada asesina.

Justo entonces llegaron los empleados de Western Medical Supply a recoger la cama y la silla de ruedas. Los acompañé a la galería, abrí la puerta de atrás. Cuando volví, el hermano había servido otro brandy en cada copa. Estaba inclinado hacia su hermana.

—Haz las paces con nosotros —le decía—. Ven a pasar un fin de semana, así podrás conocer mejor a Debbie. Y a Latania ni siquiera la conoces. Es preciosa, idéntica a ti. Por favor.

Ella guardó silencio, pero pude ver que la muerte empezaba a ablandarla. La muerte cura, nos dice que perdonemos, nos recuerda que no queremos morir solos.

Asintió.

—Iré —dijo.

—¡Ah, eso es estupendo! —dijo él. Puso una mano en la de su hermana, pero ella retrocedió, apartó la mano y asió la mesa como una garra rígida.

Qué fría eres, malvada, dije. No en voz alta. En voz alta dije:

—Apuesto a que aquí hay algo que los dos vais a querer...

Una plancha de acero antigua para hacer gofres, muy pesada. Mi abuela Mamie tenía una. No hay nada como esos gofres. Crujientes y dorados por fuera y tiernos por dentro. Puse la plancha entre los dos.

Ella sonrió.

—¡Eh, esta es para mí!

Él se echó a reír.

—Vas a tener que pagar una fortuna por exceso de equipaje.

—No me importa. ¿Te acuerdas de que mamá nos preparaba gofres cuando estábamos enfermos? ¿Con auténtico sirope de arce?

—El día de San Valentín los hacía en forma de corazón.

—Solo que nunca parecían corazones.

—No, pero le decíamos: «Mamá, ¡te han salido corazones perfectos!».

—Con fresas y nata montada.

Entonces saqué otras cosas, fuentes de horno y cajas de frascos para conservas que no eran interesantes. La última caja, en el estante más alto, la dejé encima de la mesa.

Delantales. De los antiguos, con peto. Cosidos a mano, bordados con pájaros y flores. Paños de cocina, también bordados. Todos hechos con la tela de los sacos de harina o retales de ropa vieja. Suaves y descoloridos, con olor a vainilla y clavo.

—¡Este lo hizo con el vestido que llevé el primer día de colegio en cuarto de primaria!

La hermana empezó a desplegar los delantales y los paños uno por uno, tendiéndolos sobre la mesa. Oh. Oh, repetía. Le caían lágrimas por las mejillas. Recogió todos los delantales y los paños y los estrechó contra su pecho.

—¡Mamá! —gritó—. ¡Ay, mamá querida!

El hermano también estaba llorando, y fue hacia ella. La abrazó, y ella dejó que la abrazara, que la meciera. Salí de la cocina y por la puerta de atrás.

Estaba todavía sentada en los escalones cuando un camión aparcó delante y se bajaron tres hombres de la Iglesia baptista. Los acompañé hasta la puerta de la entrada y a la planta de arriba, y les dije que podían llevárselo todo. Ayudé a uno con las cosas de arriba, y luego lo ayudé a cargar lo que había en el garaje, herramientas y rastrillos, una segadora para cortar el césped y una carretilla.

—Bueno, pues ya está —dijo uno de los hombres.

El camión reculó para dar la vuelta y saludaron con la mano al irse. Volví adentro. La casa estaba en silencio. Los dos hermanos se habían ido. Entonces barrí y me marché, cerrando con llave las puertas de la casa vacía.

Panteón de Dolores

Ni «Descanso Celestial» ni «Valle de la Serenidad». El cementerio del parque de Chapultepec se llama Panteón de Dolores. No hay manera de escapar de ello en México. Muerte. Sangre. Dolor.

La tortura está en todas partes. En los combates de lucha libre, los templos aztecas, los caballetes de clavos en los viejos conventos, las espinas sangrientas de las coronas de Cristo en todas las iglesias. Hasta las galletas y los caramelos se hacen en forma de calavera, ahora que se acerca el día de Muertos.

Ese fue el día en que murió mamá, en California. Mi hermana Sally estaba aquí, en Ciudad de México, donde vive. Ella y sus hijos le hicieron una *ofrenda* a nuestra madre.

Es muy divertido preparar *ofrendas*. Obsequios para los muertos. Hay que procurar que queden bien bonitas. Con brillantes cascadas de caléndulas, flores de terciopelo escarlatas (esas rizadas que parecen un cerebro) y minúsculas *sempiternas* moradas. La idea aquí es que la muerte sea hermosa y festiva. Cristos sangrantes y seductores, la elegancia, la sublime belleza siniestra de las corridas de toros, sepulcros con minuciosos grabados, lápidas para las tumbas.

En las *ofrendas* hay que poner todo cuanto el difunto podría desear. Tabaco, retratos de su familia, mangos, boletos de lotería, tequila, postales de Roma. Espadas y velas y café. Calaveras con los nombres de los amigos. Esqueletos de caramelo, para endulzar el paladar.

En la *ofrenda* a nuestra madre, los hijos de mi hermana pusieron decenas de encapuchados del Ku Klux Klan. Ella los repudiaba por ser hijos de un mexicano. También pusieron chocolatinas Hershey, Jack Daniel's, novelas de misterio y muchos, muchos billetes de dólar. Somníferos, pistolas y cuchillos, porque ella siempre se estaba matando. Ninguna soga... Solía decir que eso era mucho lío.

Ahora estoy en México. Este año preparamos una *ofrenda* preciosa para mi hermana Sally, que se está muriendo de cáncer.

Conseguimos montones de flores, naranjas, escarlatas, moradas. Muchísimas velas blancas. Estatuas de santos y ángeles. Guitarritas en miniatura y pisapapeles de París. Cancún y Portugal. Chile. Todos los sitios donde ha estado. Decenas y decenas de calaveras con los nombres y los retratos de sus hijos, de todos los que la hemos querido... Una fotografía de papá en Idaho, sosteniéndola en brazos de bebé. Poemas de los niños que fueron alumnos suyos.

Mamá, tú no estabas en la *ofrenda*. No te omitimos a propósito. De hecho, incluso hemos hablado de ti con cariño estos últimos meses.

Durante años, siempre que Sally y yo estábamos juntas despotricábamos obsesivamente por lo cruel y loca que eras. En cambio, ahora... Bueno, supongo que cuando uno se está muriendo en cierto modo es natural rescatar lo que importa de verdad, los momentos hermosos. Hemos recordado tus bromas y tu forma de mirar, sin que nunca se te escapara nada. Eso nos lo diste. La mirada.

No el don de escuchar, en cambio. Nos concedías cinco minutos, quizá, para explicarte algo, y luego decías: «Basta».

Me cuesta entender por qué nuestra madre odiaba tanto a los mexicanos. Quiero decir más allá del prejuicio heredado de todos sus parientes texanos. Sucios, mentirosos, ladrones. A ella le repugnaban los olores, de cualquier clase, y los olores de México le parecían aún peores que el humo de los coches. Cebollas y claveles. Cilantro, pis, canela, goma quemada, ron y nardos. Los hombres huelen en México. El país entero huele a sexo y jabón. Eso es lo que a ti te aterraba, mamá, igual que al viejo D. H. Lawrence. Aquí es fácil que el sexo y la muerte acaben confundiéndose, nunca dejan de latir. Un paseo de un par de manzanas es sensualidad pura, está cargado de peligro.

A pesar de que hoy en día se supone que nadie debería salir a la calle siquiera, por el nivel de contaminación...

Mi marido y mis hijos y yo vivimos muchos años en México. Fuimos muy felices durante esos años, aunque nosotros siempre vivimos en pueblos, junto al mar o en las montañas. Había una paz afectuosa, un candor indolente allí. O entonces, pues han pasado muchos años.

Ciudad de México hoy en día... Fatalista, suicida, corrupta. Una ciénaga pestilente. Ah, pero tiene su encanto. Hay destellos de tal belleza, ternura y color que te dejan sin aliento.

Volví unos días a casa hace un par de semanas, para Acción de Gracias. De nuevo en los Estados Unidos de América, donde hay honor e integridad y sabe Dios cuántas otras virtudes. Acabé confundida. El presidente Bush, y Clarence Thomas, y los movimientos contra el aborto, y el sida, y Duke y el crack y la gente sin techo. Y por todas partes, en la MTV, en los dibujos animados, los anuncios, las revistas: solo guerra, sexismo y violencia. En México por lo menos se te cae un bidón de cemento de un andamio en la cabeza, no hay Uzis ni nada personal.

A lo que me refiero es que ahora estoy aquí por un tiempo indefinido, pero ¿luego qué, adónde iré?

Mamá, tú veías la fealdad y el mal en todas partes, en todo el mundo, en todos los lugares. ¿Estabas loca o eras una visionaria? Qué más da: no soporto la idea de acabar como tú. Me da mucho miedo, estoy perdiendo el sentido de lo que es... precioso, verdadero.

Ahora me siento igual que tú, crítica, desagradable. Qué vertedero. Odiabas los lugares con la misma pasión que odiabas a las personas... Todos los asentamientos mineros donde vivimos, Estados Unidos, El Paso, tu casa, Chile, Perú.

Mullan, Idaho, en la sierra de Coeur d'Alene. Odiabas aquel pueblo minero más que ningún otro, porque era un pueblecito de verdad. «El cliché de un pueblecito.» Una escuela de una sola aula, una cantina con un surtidor de gaseosa, una estafeta de correos, una cárcel. Un burdel, una iglesia. Una pequeña biblioteca con préstamo de libros en el almacén de abastos. Zane Grey y Agatha Christie. Había un salón municipal, donde se hicieron las reuniones sobre los apagones y los ataques aéreos.

Te pasaste todo el camino de vuelta a casa echando pestes de los finlandeses ignorantes y ordinarios. Paramos a comprar el *Saturday Evening Post* y una tableta grande de chocolate Hershey antes de subir la montaña hasta la mina, con papá llevándonos de la mano. A oscuras, porque la guerra acababa de empezar y la gente del pueblo cubría las ventanas, pero las estrellas y la nieve eran tan brillantes que el camino se veía perfectamente... En casa, papá te leía hasta que te quedabas dormida. Si una historia te gustaba de verdad, llorabas; no de tristeza, solo porque te parecía demasiado bonita, en contraste con lo escabroso que era todo lo demás en este mundo.

Los lunes, mientras jugabas al bridge, mi amigo Kentshereve y yo excavábamos al pie del lilo. Las otras tres mujeres venían en bata de andar por casa, a veces incluso con los calcetines y las pantuflas. Hacía frío en Idaho. A menudo llevaban bigudíes en el pelo y un turbante, arreglándose para... ¿qué? Eso todavía es una costumbre en Estados Unidos. Por todas partes se ven mujeres con la cabeza llena de rulos rosas. Es una especie de declaración filosófica o un postulado de la moda. Quizá venga algo mejor, más adelante.

Siempre te vestías con esmero. Liguero. Medias con costura. Una combinación de raso salmón que dejabas asomar un poco a propósito, solo para que aquellos campesinos supieran que la llevabas. Un vestido de gasa con hombreras, un broche con brillantes diminutos. Y tu abrigo. Aunque solo tenía cinco años, ya me daba cuenta de que era un abrigo viejo y raído. Granate, los bolsillos manchados y percudidos, los puños deshilachados. Era un regalo de bodas que te había hecho tu hermano Tyler, hacía diez años. Tenía un cuello de pieles. Ah, las pobres pieles apelmazadas, en otros tiempos plateadas, amarilleaban ahora como las patas traseras meadas de los osos polares en el zoo. Kentshereve me contó que todo el mundo en Mullan se reía de tu ropa.

—Bueno, ella se ríe de la suya aún más, que les zurzan.

Subías tambaleándote por la ladera con unos tacones altos baratos, el cuello de pieles levantado, envolviendo tu melena ondulada con tenacillas. Una mano enguantada se agarraba a la baranda del sendero de madera desvencijado que seguía hasta más allá de la mina y el aserradero. Al entrar en la sala de estar encendías la estufa de leña, te quitabas los zapatos y los dejabas tirados por ahí.

Te sentabas a oscuras, fumando, llorando de soledad y aburrimiento. Mi mamá, madame Bovary. Leías obras de teatro. Habrías querido ser actriz. Noel Coward. *Luz de gas*. Aprendías de memoria cualquier cosa en la que actuaran los Lunt, y recitabas los papeles en voz alta mientras lavabas los platos. «¡Oh! Pensé que me estabas siguiendo, Conrad... No. Oh, pensé que me estabas siguiendo, Conrad...»

Cuando papá llegaba a casa, sucio, con sus pesadas botas de minero, un casco con una lámpara, se iba a duchar mientras tú preparabas cócteles en una mesita, con una cubitera y un sifón. (Aquella botella de sifón dio muchos quebraderos de cabeza. Papá tenía que acordarse de comprar los cartuchos las raras veces que viajaba a Spokane. Y a la mayoría de las visitas no les gustaba. «No, déjate de esa agua ruidosa. A mí ponme agua de verdad.») Pero era lo que usaban en el teatro, y en las películas de detectives de Nick y Nora Charles.

En *Alma en suplicio* Joan Crawford tenía una hija, Sherry, y mientras el villano se ponía soda en la copa, le preguntaba a Joan Crawford qué quería. «Sherry. Me la llevo a casa.»

—¡Qué buena idea! —me dijiste cuando salimos del cine—. Creo que te cambiaré el nombre por Sherry, me dará juego.

—¿Y qué tal Cerveza Fría? —le pregunté. Fue mi primera ocurrencia ingeniosa. O por lo menos la primera vez que te hice reír.

La otra vez fue cuando Earl, el chico de los recados, trajo una caja con el pedido de la tienda de ultramarinos. Te ayudé a colocar la compra. Nuestra casa de hecho era una barraca recubierta con tela asfáltica, tal como tú decías, y el suelo de la cocina hacía pendiente y se inclinaba en ondas irregulares de linóleo podrido y tablones alabeados hasta la pared del fondo. Quise agarrar a la vez tres latas de sopa de tomate para guardarlas, pero se me cayeron. Rodaron por el suelo y se estrellaron contra la pared. Te miré, pensando que ibas a gritar, o a pegarme, pero te estabas riendo. Sacaste algunas latas más del armario y las echaste a rodar también.

—¡Va, hagamos una carrera! —dijiste—. ¡Mi maíz en lata contra tus guisantes!

Estábamos a gatas, riéndonos, soltando latas en el suelo inclinado de la cocina y jugando a que chocaran unas con otras cuando llegó papá.

—¡Basta, ahora mismo! ¡Guardad todas esas latas!

Había muchas. (Hacías acopio de provisiones, por la guerra, y papá decía que eso no estaba bien.) Tardamos un buen rato en volver a colocarlas en el armario, ahogando la risa, en susurros, y cantando

«Praise the Lord and Pass the Ammunition» mientras me ibas pasando las latas del suelo. Fue el mejor momento que viví contigo. Acabábamos de recogerlas cuando papá se asomó a la puerta y dijo: «Vete a tu cuarto». Obedecí... ¡pero se refería también a ti! No tardé mucho en comprender que cuando te mandaba a tu cuarto era porque habías estado bebiendo.

A partir de entonces te recuerdo prácticamente siempre en tu cuarto. Deerlodge, Montana; Marion, Kentucky; Patagonia, Arizona; Santiago, Chile; Lima, Perú.

Ahora Sally y yo estamos en su cuarto, en México; prácticamente no nos hemos movido de aquí estos últimos cinco meses. Salimos, cada tanto, al hospital para que se haga radiografías y análisis, para que le aspiren el líquido de los pulmones. Un par de veces hemos ido al Café París a tomar café, y una vez a casa de su amiga Elizabeth a desayunar. Pero se cansa mucho. Ahora incluso le hacen los tratamientos de quimio en su habitación.

Hablamos y leemos, yo le leo en voz alta, viene gente de visita. Por las tardes da un poco el sol en las plantas. Media hora, más o menos. Ella dice que en febrero hay mucho sol. Ninguna de las ventanas mira al cielo, así que en realidad no da la luz directa, sino que se refleja de la pared de enfrente. Por la noche, cuando oscurece, corro las cortinas.

Sally y sus hijos han vivido aquí veinticinco años. Sally no se parece en nada a nuestra madre: más bien es el polo opuesto, tanto que resulta irritante, porque ve belleza y bondad en todas partes, en todo el mundo. Le encanta su cuarto, todos los recuerdos de las estanterías. Nos sentamos en la sala de estar y dice: «Ese es mi rincón favorito, con el helecho y el espejo». O en otro momento dirá: «Ese es mi rincón favorito, con la máscara y el cesto de naranjas».

A mí, ahora, todos los rincones me hacen sentir enjaulada.

Sally adora México, con el fervor de una conversa. Su marido, sus hijos, su casa, todo lo que la rodea es mexicano. Salvo ella. Ella es muy estadounidense, una mujer a la vieja usanza, íntegra. En cierto modo yo soy la más mexicana de las dos, mi naturaleza es oscura. He conocido la muerte, la violencia. Muchos días ni siquiera me doy cuenta del momento en que la luz entra en el cuarto.

Cuando nuestro padre se fue a la guerra, Sally era muy pequeña. Viajamos en tren desde Idaho a Texas, a vivir con nuestros abuelos hasta que volvió papá.

Que mi madre fuese como era en parte se debía a que se había criado entre algodones. Su madre y su padre pertenecían a las mejores familias de Texas. El abuelo era un dentista próspero; vivían en una casa preciosa con criados, una niñera para mamá, que la consintió, igual que a sus tres hermanos mayores. Y de pronto, ¡zas!, la atropelló un cartero de Western Union y pasó casi un año en el hospital. Ese año todo fue de mal en peor. La Gran Depresión, al abuelo le dio por el juego, por la bebida. Cuando mi madre salió del hospital, encontró su mundo completamente cambiado. Una casa destartalada al lado de la fundición, sin coche, sin criados, sin un cuarto propio. Su madre, Mamie, se había puesto a trabajar de enfermera para el abuelo, había renunciado a sus partidas de mahjong y bridge. Todo era lúgubre. Y probablemente aterrador, si el abuelo le hizo lo que nos hacía a Sally y a mí. Ella nunca me contó nada, pero debió de ser así, a juzgar por el odio que le tenía, y porque no soportaba que nadie la tocara, ni siquiera para estrecharle la mano...

El tren se acercaba a El Paso mientras salía el sol. Era increíble ver el espacio, las interminables llanuras, viniendo de los tupidos bosques de abetos. Como si el mundo se abriera de pronto ante mis ojos, como si quitaran una tapa. La inmensidad resplandeciente y el cielo azul, azul. No me cansaba de corretear de una ventanilla a otra en el vagón restaurante, que al fin había abierto, fascinada por esa faz completamente nueva de la tierra.

—Solo es el desierto —dijo ella—. Desierto. Vacío. Árido. Y pronto llegaremos a ese lugar de mala muerte que antes llamaba hogar.

Sally quería que la ayudara a poner en orden su casa de la calle Amores. Clasificar fotografías, ropa y papeles, arreglar las barras de las cortinas de la ducha, los vidrios de las ventanas. Salvo en la entrada, ninguna de las puertas tenía picaporte; habías de usar un destornillador para acceder a los armarios, y atrancar con un cesto la puerta del baño. Llamé a unos peones para que vinieran a poner los picaportes. Vinieron, y habría estado bien si no hubiera sido un domingo por la tarde, mientras cenábamos en familia, y quedándose hasta las diez de la noche. Resulta que pusieron los picaportes, pero no apretaron los tornillos, así que nos quedábamos con el pomo en la mano, y entonces ni siquiera podíamos abrir ninguna puerta o armario. Y para colmo muchos de los tornillos se caían al suelo y se perdían. A la mañana siguiente llamé a los hombres, que no volvieron hasta el cabo de varios días, justo cuando mi hermana se acababa de dormir después de una mala noche. Los tres hacían tanto ruido que les dije: déjenlo, mi hermana está enferma, grave, y hacen demasiado escándalo. Vengan en otro momento. Regresé con ella al cuarto, pero luego empecé a oír bufidos y jadeos y golpes ahogados. Estaban sacando todas las puertas de los goznes para poder llevarlas a la azotea y arreglarlas sin hacer ruido.

¿Será que estoy enfadada porque Sally se está muriendo, y por eso me enfado con todo un país? Ahora se ha roto el váter. Han de levantar todo el suelo.

Echo de menos la luna. Echo de menos la soledad.

En México siempre hay alguien contigo. Si te vas a tu cuarto a leer, alguien se dará cuenta de que estás sola e irá a hacerte compañía. Sally nunca está sola. Por la noche me quedo con ella hasta cerciorarme de que se ha dormido.

No hay ninguna guía para la muerte. Nadie para decirte qué hacer, qué es lo que te espera.

Cuando éramos pequeñas, nuestra abuela Mamie se ocupó de cuidar a Sally. Mamá se pasaba las noches comiendo, bebiendo y leyendo novelas de misterio en su habitación. El abuelo comía, bebía y escuchaba la radio en su cuarto. En realidad mamá salía casi todas las noches, con Alice Pomeroy y las chicas de los Parker, a jugar al bridge o por Juárez. De día iba al hospital Beaumont, donde era voluntaria de la Cruz Roja, y leía para los soldados ciegos o jugaba al bridge con los lisiados.

Sentía fascinación por la atrocidad, igual que el abuelo, y cuando volvía del hospital llamaba a Alice y le hablaba con todo detalle de las heridas de los soldados, sus historias de guerra; le contaba que las esposas los dejaban al saber que habían perdido las manos o los pies.

A veces ella y Alice iban a un baile de las Organizaciones de Servicios Unidas, a buscarle marido a Alice. Alice nunca encontró marido, trabajó en La Popular deshaciendo costuras hasta que murió.

Byron Merkel también trabajaba en La Popular, en la sección de lámparas. Era supervisor. Seguía locamente enamorado de mamá, después de tantos años. Habían hecho teatro juntos en el instituto, y siempre interpretaban a la pareja protagonista. Mamá era muy bajita, pero en las escenas de amor se tenían que sentar, porque él no llegaba al metro sesenta. De no ser por eso probablemente se habría convertido en un actor famoso.

La invitaba al teatro. *Canción de cuna. El zoo de cristal.* A veces venía por la noche y se sentaban en el balancín del porche. Leían las obras en las que habían actuado de jóvenes. Yo siempre me quedaba debajo del porche, en un nidito que había hecho con una manta vieja y una lata de galletas saladas. *La importancia de llamarse Ernesto. Las vírgenes de Wimpole Street.*

Era abstemio, y yo pensaba que eso quería decir que solo bebía té, pues era lo único que tomaba mientras ella bebía manhattans. En eso estaban cuando oí que Byron le confesaba que seguía locamente enamorado de ella después de tantos años. Dijo que sabía que no podía hacerle sombra a Ted (papá), otra expresión rara. Siempre repetía «Arrieros somos», y yo tampoco lo entendía. Una vez, cuando mamá estaba despotricando de los mexicanos, él dijo: «Bueno, les das un dedo y te agarran el dedo». El problema era que decía esas cosas con una profunda voz de tenor, y cada palabra parecía cargada de significado, y resonaba en mi mente. Abstemio, abstemio...

Una noche, después de que se marchara Byron, mi madre entró al cuarto donde dormíamos las dos. Siguió bebiendo y llorando y garabateando, literalmente garabateando, en su diario.

—Eh, ¿estás bien? —le pregunté al fin, y me dio una bofetada.

—¡Te dije que «eh» no es manera de dirigirse a nadie! —luego se disculpó por haberse enfadado conmigo—. Es que odio vivir en Upson Street. Tu padre solo me escribe explicando cosas de su buque, y diciendo que no lo llame «barco». ¡Y el único romance de mi vida es un vendedor de lámparas enano!

Ahora suena gracioso, pero entonces no lo era, porque ella lloraba, lloraba como si se le fuera a partir el corazón. Le puse una mano en el hombro y se encogió sobresaltada. No soportaba que la tocaran. Así que me quedé mirándola a la luz de la farola que se filtraba por la persiana. Simplemente la miré mientras lloraba. Estaba completamente sola, igual que mi hermana Sally cuando llora así.

Hasta la vista

Me encanta oír a Max decir hola.

Lo llamaba cuando empezamos a ser amantes, adúlteros. Sonaba el teléfono, su secretaria contestaba y yo preguntaba por él. Eh, hola, me decía. ¿Max? Me flaqueaban las piernas, me daba vueltas la cabeza en la cabina telefónica.

Hace muchos años que nos divorciamos. Ahora está inválido, con oxígeno, en una silla de ruedas. Cuando yo vivía en Oakland solía llamarme cinco o seis veces al día. Tiene insomnio: una vez me llamó a las tres de la madrugada y me preguntó si ya era de día. A veces me molestaba y le colgaba enseguida, o ni siquiera contestaba el teléfono.

Más que nada hablábamos de nuestros hijos, nuestro nieto, o del gato de Max. Yo me limaba las uñas, cosía, veía el partido de los Atléticos de Oakland mientras charlábamos. Max es muy divertido, y un chismoso de primera.

Hace ya casi un año que vivo en Ciudad de México. Mi hermana Sally está muy enferma. Cuido de la casa y de sus hijos, le llevo comida, le pongo las inyecciones, la baño. Leo para ella, libros maravillosos. Hablamos durante horas, lloramos y reímos, nos indignamos con las noticias, nos preocupamos cuando su hijo sale hasta tarde.

Es raro, cuánto nos hemos unido. Llevamos tanto tiempo juntas, sin separarnos en todo el día... Vemos y oímos las cosas de la misma manera, sabemos lo que la otra va a decir.

Rara vez salgo a la calle. Ninguna de las ventanas mira al cielo, todas dan al patio de luces o al edificio de al lado. Desde la cama de Sally se ve el cielo, pero yo solo lo veo al correr y descorrer las cortinas de su cuarto. Hablo en español con ella y con sus hijos, con todo el mundo.

A decir verdad Sally y yo ni siquiera hablamos tanto ya. A ella le duelen los pulmones cuando habla. Yo leo, o canto, o simplemente nos tumbamos juntas a oscuras, respirando al unísono.

Siento que me he desvanecido. La semana pasada en el mercado de Sonora me veía tan alta, rodeada de indios de piel oscura, muchos de ellos hablando en náhuatl. No solo me había desvanecido, era invisible. Quiero decir que me embargó la sensación de ni siquiera estar allí.

Por supuesto que aquí también soy yo misma, y tengo una nueva familia, nuevos gatos, nuevas bromas... pero sigo tratando de recordar quién era en inglés.

Por eso me alegra tanto oír a Max. Llama mucho, desde California. Hola, dice. Me cuenta que ha ido a ver a Percy Heath, a protestar contra la pena de muerte en San Quintín. Nuestro hijo Keith le preparó huevos benedictine el domingo de Pascua. La mujer de Nathan, Linda, le pidió a Max que no la llamara tanto. Nuestro nieto Nikko le dijo que no podía evitar quedarse dormido.

Max me habla del tráfico y de los partes meteorológicos, me describe el vestuario del programa de Elsa Klensch. Me pregunta por Sally.

En Albuquerque, cuando éramos jóvenes, antes de conocernos, lo había escuchado tocando el saxo, lo había visto pilotando Porsches en las carreras de Fort Sumter. Todo el mundo lo conocía. Era guapo, rico, exótico. Una vez lo vi en el aeropuerto, despidiéndose de su padre. Le dio un beso, con lágrimas en los ojos. Quiero un hombre que se despida de su padre con un beso, pensé.

Cuando te estás muriendo es natural volver la vista atrás, recapitular sobre tu vida, arrepentirte. Acompañando a mi hermana estos últimos meses, yo también lo he hecho. Nos costó mucho despojarnos de la rabia y la culpa. Incluso las listas de nuestros pesares y reproches se van acortando. Ahora las listas son de las cosas que nos quedan. Amigos. Lugares. A ella le gustaría estar bailando *danzón* con su amante. Quiere ver la *parroquia* de Veracruz, palmeras, farolillos a la luz de la luna, perros y gatos entre los zapatos relucientes de la gente que baila. Recordamos las escuelas con una sola aula en Arizona, el cielo cuando esquiamos en los Andes.

Ella ha dejado de padecer por sus hijos, por qué será de ellos cuando muera. Probablemente yo volveré a padecer por los míos cuando me vaya de aquí, pero ahora nos basta con dejarnos llevar lentamente por las rutinas y los ritmos de cada nuevo día. Hay días llenos de dolor y vómitos, otros tranquilos, con el son lejano de una marimba, el silbido del vendedor de *camote* por la noche...

Ya no me arrepiento de haber sido alcohólica. Antes de irme de California mi hijo pequeño, Joel, vino a desayunar. El mismo hijo al que le robaba, que me dijo que no era su madre. Preparé blinis de queso; tomamos café y leímos el periódico, echando pestes de Rickey Henderson, George Bush. Luego se fue a trabajar. Me dio un beso y me dijo: hasta la vista, mamá. Hasta la vista, le dije.

En el mundo entero hay madres desayunando con sus hijos, acompañándolos hasta la puerta cuando se van. ¿Entenderán ellas la gratitud que sentí, allí de pie, despidiéndome con la mano? El indulto.

Tenía diecinueve años cuando mi primer marido me dejó. Luego me casé con Jude, un hombre considerado, con un sentido del humor bastante seco.

Jude era una buena persona. Quiso ayudarme a criar a mis dos hijos pequeños.

Max fue nuestro padrino. Después de celebrar la boda en el patio trasero de casa, Jude se marchó a trabajar, tocaba el piano en el bar Al Monte. Mi mejor amiga, Shirley, la otra testigo, se fue casi sin dirigirme la palabra. Se disgustó mucho porque me casara con Jude, pensando que lo había hecho a la desesperada.

Max se quedó. Cuando los niños se fueron a la cama, nos quedamos comiendo la tarta y bebiendo champán. Me habló de España; yo le hablé de Chile. Me contó anécdotas de los años en Harvard con Jude y Creeley. Que se aficionó a tocar el saxo cuando empezó el bebop. Charlie Parker y Bud Powell, Dizzy Gillespie. Max había sido adicto a la heroína en aquellos tiempos del bebop. Entonces yo no sabía muy bien qué significaba eso. La palabra «heroína» para mí tenía un halo romántico... Jane Eyre, Becky Sharp, Tess.

Jude tocaba de noche. Se despertaba por la tarde, practicaba o se pasaba horas tocando a dúo con Max, y después cenábamos. Luego se iba a trabajar. Max me ayudaba a lavar los platos y a acostar a los niños.

Yo no podía ir a molestar a Jude al trabajo. Cuando había algún merodeador, cuando los niños se ponían enfermos, cuando pinchaba una rueda era a Max a quien llamaba. Hola, me decía.

Bueno, la cuestión es que al cabo de un año tuvimos una aventura. Fue intensa y apasionada, un desastre. Jude no quiso hablar. Me fui a vivir por mi cuenta con los niños. Jude se presentó un día y me dijo que me subiera al coche. Nos íbamos a Nueva York, allí él tocaría jazz y salvaríamos nuestro matrimonio.

Nunca hablamos de Max. Los dos trabajamos duro en Nueva York. Jude practicaba y se unía a otros músicos en sesiones de improvisación, tocaba en bodas en el Bronx, en espectáculos de striptease en Jersey, hasta que entró en el sindicato. Yo hacía ropa para niños que se vendía incluso en Bloomingdale's. Fuimos felices. Nueva York era un sueño entonces. Allen Ginsberg y Ed Dorn leyeron en la Y de la calle 92. La exposición de Rothko en el MoMA, durante la gran nevada. La luz intensa de la nieve entraba por las claraboyas; los cuadros latían. Escuchamos a Bill Evans y Scott LaFaro. John Coltrane al saxo soprano. La primera noche de Ornette en el Five Spot.

Durante el día, mientras Jude dormía, los chicos y yo recorríamos la ciudad en metro, bajando cada día en una parada distinta. Montábamos en transbordador con la menor excusa. Una vez, cuando Jude estaba tocando en el Grossinger, acampamos en Central Park. Así de fascinante era Nueva York entonces, o así de boba era yo... Vivíamos en Greenwich Street, cerca de Washington Market, de Fulton Street.

Jude hizo una caja roja para los juguetes de los niños, colgó columpios de las cañerías en el desván del edificio industrial donde vivíamos. Era paciente y severo con ellos. Por la noche, cuando volvía a casa, hacíamos el amor. Con la electricidad de la rabia y la tristeza y la ternura que había entre nosotros. Y que nunca expresamos en voz alta.

Por la noche, cuando Jude se iba a trabajar, me quedaba leyéndoles cuentos a Ben y Keith, les cantaba hasta que se dormían, y luego me ponía a coser. Llamaba al programa de Symphony Sid y le pedía que pusiera a Charlie Parker y a King Pleasure, hasta que me dijo que no llamara tan a menudo. Los veranos eran muy calurosos y dormíamos en la azotea. Los inviernos eran fríos y no había calefacción a partir de las cinco o los fines de semana. Los niños dormían con orejeras y mitones. Veía el vaho de mi aliento cuando les cantaba.

En México ahora le canto canciones de King Pleasure a Sally. «Little Red Top.» «Parker's Mood.» «Sometimes I'm Happy.»

Es bastante desolador cuando no puedes hacer nada más.

En Nueva York, cuando sonaba el teléfono por la noche era Max. Hola, decía.

Estaba en las carreras de Hawái. Estaba en las carreras de Wisconsin. Estaba viendo la tele, pensando en mí. Los lirios empezaban a florecer en Nuevo México. Arroyos desbordados por las trombas de agua en agosto. Los álamos se ponían amarillos en otoño.

Venía a Nueva York a menudo, a escuchar música, pero nunca nos veíamos. Me llamaba y me lo contaba todo de Nueva York y yo se lo contaba todo de Nueva York. Cásate conmigo, decía, dame una razón para vivir. Háblame, decía yo, no cuelgues.

Una noche hacía un frío espantoso, Ben y Keith estaban durmiendo conmigo, con los monos de la nieve puestos. Los postigos batían con el viento, postigos tan viejos como Herman Melville. Era domingo, así que no había coches. Abajo en las calles pasaba el fabricante de velas, con un carro tirado por un caballo. Clop, clop. La gélida aguanieve siseaba contra las ventanas, y Max llamó. Hola, dijo. Estoy abajo en la esquina, en una cabina de teléfono.

Llegó con rosas, una botella de brandy y cuatro billetes para Acapulco. Desperté a los chicos y nos fuimos.

No es cierto, eso de que ya no me arrepiento de nada, a pesar de que entonces no sentí el menor asomo de arrepentimiento. Esta fue solo una de las muchas cosas que hice mal en mi vida, marcharme así.

En el hotel Plaza no hacía frío. De hecho, hacía calor. Ben y Keith se metieron en la bañera humeante maravillados, como en un bautismo texano. Se quedaron dormidos sobre las sábanas blancas y limpias. En la habitación contigua Max y yo hicimos el amor y hablamos hasta el amanecer.

Bebimos champán sobrevolando Illinois. Nos besamos mientras los niños dormían en la fila de al lado y vimos el manto de las nubes por la ventanilla. Cuando aterrizamos, el cielo sobre Acapulco estaba veteado de coral y púrpura.

Los cuatro nos dimos un baño en la playa, fuimos a comer langosta y nos bañamos un rato más. Por la mañana el sol brillaba a través de las persianas de madera dibujando rayas en los cuerpos de Max, Ben y Keith. Me quedé sentada en la cama, mirándolos, con felicidad.

Max llevaba a los niños en brazos a la cama y los arropaba. Los besaba con ternura, igual que besó a su padre en el aeropuerto. Max dormía tan profundamente como ellos. Pensé que debía de estar agotado por lo que estábamos haciendo, haber dejado a su mujer, hacerse cargo de una familia.

Max les enseñó a nadar y a bucear con gafas de tubo. Les contaba cosas. Me contaba cosas. Simplemente cosas, sobre la vida, sobre gente que conocía. Nos interrumpíamos unos a otros contándole también cosas nuestras. Nos tumbábamos en la fina arena de la playa de Caleta, al calor del sol. Keith y Ben me enterraron en la arena. Max reseguía el perfil de mis labios con el dedo. Fogonazos de color me atravesaban los párpados cerrados, salpicados de arena. Deseo.

Por las noches íbamos a un parque junto al muelle donde alquilaban triciclos. Max y yo paseábamos de la mano mientras los chicos hacían carreras alrededor del parque, pasando como relámpagos junto a la buganvilla fucsia, cañas de las Indias de un rojo vivo. Más allá estaban cargando los barcos en el muelle.

Una tarde mi madre y mi padre, charlando abstraídos, subieron la pasarela del *S. S. Stavangerfjord,* un buque noruego. Mi hermana me había escrito contándome que iban a viajar de Tacoma a Valparaíso. En esa época mis padres no me hablaban, por haberme casado con Jude. No podía gritarles: ¡Eh, mamá, papá, qué coincidencia! Este es Max.

Aun así me hizo sentir bien saber que mis padres estaban ahí mismo. Y luego los vi en la barandilla de la cubierta mientras zarpaba el buque. Mi padre estaba quemado por el sol y llevaba un sombrero de tela blanco. Mi madre fumaba. Ben y Keith corrían cada vez más embalados por la pista de cemento, llamándose entre ellos, y a nosotros... ¡Eh, mírame!

Hoy ha habido una gran explosión de gas en Guadalajara, han muerto cientos de personas, sus casas han quedado destruidas. Max llamó para saber si estaba bien. Le conté que ahora a la gente en México le parece divertido ir por ahí preguntando: «Oye, ¿no hueles a gas?».

En Acapulco hicimos amigos en el hotel. Don y Maria, que tenían una hija de seis años, Lourdes. Por la noche los niños coloreaban dibujos en su terraza hasta que caían dormidos.

Nosotros nos quedábamos hasta muy tarde, hasta que la luna estaba alta y pálida. Don y Max jugaban al ajedrez a la luz de un farol de queroseno. Caricia de polillas. Maria y yo nos tumbábamos en diagonal en una hamaca y hablábamos en voz baja de cosas tontas como la ropa, de nuestros niños, del amor. Hacía solo seis meses que se había casado con Don. Antes de conocerlo se había sentido muy sola. Le conté que por las mañanas yo decía el nombre de Max incluso antes de abrir los ojos. Ella me dijo que su vida había sido como escuchar un disco horrible una y otra vez, cada día, y en un instante le habían dado la vuelta al disco, y sonaba música. Max la oyó y me sonrió. Ves, *amor,* ahora estamos en la cara B.

Además, teníamos algunos otros amigos. Raúl, el buzo, y su mujer, Soledad. Un fin de semana los seis comimos almejas al vapor en la terraza de nuestro hotel. Habíamos mandado a todos los niños a echarse la siesta, pero uno por uno se iban asomando, querían ver qué pasaba. ¡A la cama! Uno pedía agua, otro simplemente no se podía dormir. A la cama. ¡Keith salió y dijo que había visto una jirafa! Vamos, vuelve a la cama, pronto os iremos a despertar. Ben salió y dijo que había tigres y elefantes. Ay, Dios... Pero allí estaban, en la calle, justo abajo. Un desfile de circo. Entonces despertamos a todos los niños. Uno de los hombres del circo creyó que Max era una estrella de cine, así que nos regalaron entradas. Esa noche fuimos todos al circo. Fue mágico, pero los niños se quedaron dormidos antes de que acabara el número del trapecio.

Hoy ha habido un terremoto en California. Max llamó para decir que no ha sido culpa suya y que no encuentra a su gato.

Fue una espectral luna de sangre la que nos iluminó aquella noche mientras hacíamos el amor. Nos quedamos tendidos uno al lado del otro bajo las aspas de madera del ventilador que daba vueltas, acalorados, pegajosos. La mano de Max en mi pelo mojado. Gracias, susurré, a Dios, supongo...

Por las mañanas me despertaba con los brazos de Max alrededor de mi cuerpo, sus labios rozándome el cuello, su mano en mi cadera.

Un día me desperté antes de que saliera el sol y Max se había levantado. La habitación estaba en silencio. Habrá ido a nadar, pensé. Fui al cuarto de baño. Encontré a Max sentado en el váter, calentando algo en una cuchara tiznada. Vi una jeringuilla en el lavabo.

—Hola —dijo.

—Max, ¿qué es eso?

—Es heroína —dijo.

Suena como el final de una historia, o el principio, cuando en realidad simplemente fue una parte de los años que vendrían. Momentos de intensa felicidad tecnicolor y momentos sórdidos y espantosos.

Tuvimos dos hijos más, Nathan y Joel. Viajamos por todo México y Estados Unidos en un Bonanza Beechcraft. Vivimos en Oaxaca, al final nos quedamos en una aldea en la costa de México. Fuimos felices, todos, durante un tiempo, y luego se nos hizo difícil y nos sentíamos solos, porque Max se entregaba más a la heroína que a nosotros.

Nada de desintoxicación... dice Max por teléfono... Reintoxicarse es lo que todo el mundo necesita. ¿Y eso de «di no»? Deberías decir: «No, gracias». Está bromeando, hace muchos años que dejó las drogas.

Sally y yo pusimos mucho empeño durante meses en analizar nuestras vidas, nuestros matrimonios, a nuestros hijos. A diferencia de mí, ella ni siquiera ha bebido ni fumado nunca.

Su exmarido es político. Pasa a verla casi todos los días, en un coche con dos guardaespaldas, y dos coches escolta con varios hombres más. Sally está tan unida a él como yo a Max. ¿Qué es el matrimonio, a fin de cuentas? Nunca lo he sabido muy bien. Y ahora es la muerte lo que no entiendo.

No solo la muerte de Sally. Mi país, después de Rodney King y los disturbios. En el mundo entero, la rabia y la desesperación.

Sally y yo nos escribimos acertijos para evitar que le duelan los pulmones al hablar. Los hacemos con dibujos en lugar de palabras o letras. Violencia, por ejemplo, es una viola con una encía. Asco es un as de naipes y medio coco. Nos reímos, por lo bajo, en su habitación, dibujando. A decir verdad, el amor ya no es ningún misterio para mí. Max llama y dice hola. Le digo que mi hermana se va a morir pronto. ¿Cómo estás?, me pregunta.

Una aventura amorosa

Era complicado atender sola la consulta y la recepción. Tenía que cambiar vendajes, tomar la temperatura y la tensión arterial a los pacientes, y aun así tratar de recibir a los que llegaban y contestar los teléfonos. Un incordio, porque para hacer un electro o un Papanicolau o ayudar a suturar una herida habría de pedir al servicio de contestador que tomara los recados. La sala de espera estaba llena, la gente se sentía desatendida, y yo oía los teléfonos sonar incansablemente.

En general las pacientes del doctor B. eran muy mayores. A menudo las señoras que venían a hacerse el Papanicolau eran obesas, con difícil acceso, así que se tardaba aún más.

Creo que una ley obligaba a que hubiera una enfermera en la consulta cuando el doctor atendía a una paciente de sexo femenino. A mí me parecía una precaución trasnochada. Ni mucho menos. Increíble cuántas de aquellas viejecitas estaban enamoradas de él.

Yo le pasaba el espéculo y, luego, el largo bastoncillo. Tras extraer el frotis cervical restregaba la muestra en una placa de vidrio, que yo sostenía y a continuación rociaba con una película protectora. Tapaba la muestra con otra placa, la colocaba en una caja y la etiquetaba para mandarla al laboratorio.

Mi principal tarea consistía en colocar las piernas de las mujeres en los estribos y conseguir que bajaran las nalgas hasta el borde del potro, donde quedarían justo a la altura de los ojos del doctor B. Luego les cubría las rodillas con una sábana y supuestamente ayudaba a la mujer a relajarse. Charlar y hacer bromas hasta que él entrara. Eso era fácil, la parte de la charla. Conocía a las pacientes y eran todas bastante majas.

La parte difícil empezaba cuando entraba él. Era un hombre sumamente tímido, con un acusado temblor en las manos que por momentos se manifestaba. Siempre cuando firmaba cheques o hacía frotis vaginales.

Se sentaba en un taburete, encorvado, los ojos al nivel de la vagina de la mujer en cuestión, alumbrándose con un frontal. Yo le pasaba el espéculo (previamente calentado) y, al cabo de unos minutos, mientras la paciente jadeaba sudorosa, el largo bastoncillo con la punta de algodón. Él lo sostenía, sacudiéndolo como una batuta, y volvía a desaparecer debajo de la sábana, inclinándose hacia la mujer. Cuando por fin su mano emergía, el bastoncillo parecía un metrónomo mareado apuntando a la placa, ya preparada para recibir la muestra. En aquella época yo aún bebía, así que mi mano, sosteniendo la placa, temblaba intentando encontrarse con la suya. Sin embargo el mío era un temblor nervioso vertical, mientras que el suyo era horizontal. Chocaban, al fin. Este proceso llevaba tanto tiempo que a menudo el doctor no podía contestar llamadas de teléfono importantes, y por supuesto la gente en la sala de espera se impacientaba muchísimo. Una vez el señor Larraby incluso llamó a la puerta y el doctor B. se sobresaltó tanto que se le cayó el bastoncillo. Tuvimos que volver a empezar. Entonces accedió a contratar a una recepcionista de media jornada.

Si alguna vez busco otro trabajo, pediré un sueldazo. Cuando se trabaja por tan poco dinero como cobrábamos Ruth y yo, hay gato encerrado.

Ruth no había trabajado en su vida, y tampoco lo necesitaba, lo cual ya era bastante sospechoso. Lo hacía por pasar el rato.

A mí eso me fascinó tanto que la invité a almorzar después de la entrevista. Tostadas de atún con queso fundido en Pill Hill Café. Me cayó bien en cuanto la vi. No se parecía a nadie que hubiera conocido antes.

Ruth tenía cincuenta años, llevaba treinta casada con su amor de infancia, un contable. Tenían dos hijos y tres gatos. Sus aficiones, en la solicitud de empleo, eran «los gatos». Así que el doctor B. siempre le preguntaba cómo estaban sus gatos. Mis aficiones eran «leer», así que el doctor me decía: «En las orillas de Itchee Gumee» o «Nunca más, dijo el cuervo».

Cada vez que visitaba a una nueva paciente, el doctor B. anotaba algunos datos en el dorso de la ficha. Algo que le sirviera para dar conversación cuando entraba en la consulta a hacer la revisión. «Cree que Texas es la tierra prometida.» «Tiene dos caniches enanos.» «Gasta quinientos dólares diarios en su adicción a la heroína.» Así cuando entraba a visitarlas decía cosas como: «Buenos días, ¿ha estado últimamente por la tierra prometida?», o «Si cree que va a sacarme alguna droga, no es su día de suerte».

Mientras almorzábamos Ruth me contó que había empezado a sentirse mayor y estancada, así que se había apuntado a un grupo de apoyo. Las Milicias Pizpiretas, o las M. P., que en realidad eran las siglas de Meno Pausia. Ruth siempre lo decía como si fueran dos palabras. El propósito del grupo era poner más chispa en la vida de las mujeres. Se centraban en las necesidades individuales de cada una de ellas. La última había sido Hannah. El grupo la convenció para que fuera a un centro de adelgazamiento, al balneario de Rancho del Sol, a hacer clases de bossa nova y luego a someterse a una liposucción y un estiramiento facial. Quedó estupenda, pero ahora estaba en dos grupos más. Uno para mujeres que se estiran la cara pero siguen deprimidas, y otro para «Mujeres que Aman Demasiado». Ruth suspiró.

—Hannah siempre ha sido la clase de mujer que se lía con estibadores.

¡Estibadores! Ruth usaba palabras sorprendentes, como «sobremanera» o «guirigay». Decía cosas como que echaba de menos «aquellos días del mes», que para ella eran siempre cálidos y reconfortantes.

El grupo de las M. P. hizo a Ruth ir a un curso de arreglos florales, unirse a un grupo de teatro, a un club de Trivial Pursuit, y conseguir un empleo. Se suponía que también debía tener una aventura amorosa, pero eso aún estaba pendiente. Ya había recuperado la chispa en su vida. Hacer arreglos florales le encantaba, y ahora empezaban a introducir hierbas y arbustos silvestres en los ramos. Representaba un pequeño papel, sin canto, en *¡Oklahoma!*

Me gustaba tener a Ruth en la consulta. Bromeábamos mucho con las pacientes y hablábamos de ellas como si fueran parientes nuestras. A ella incluso archivar le parecía divertido, y cantaba «¡Abcdefg hi jk lmnop lmnopqrst uvwxyZ!», hasta que me cansaba y le decía: «Basta, deja que archive yo».

Ahora me resultaba más llevadero atender a las pacientes, pero Ruth hacía muy poca cosa, la verdad. Se dedicaba a estudiar las tarjetas del Trivial y llamaba mucho a sus amigas, sobre todo a Hannah, que ahora tenía una aventura con su profesor de baile.

A la hora de comer acompañaba a Ruth a recoger hierbas silvestres para sus ramos, trepando acaloradas y sudorosas por el terraplén de la autopista hasta la mata de encaje de la reina Ana o de lengua de vaca. Se nos metían piedras en los zapatos. Ruth parecía una señora judía de mediana edad, bonita y corriente, pero con un punto de locura y libertad. Recuerdo el alarido que dio al descubrir una violeta de Damasco en el callejón detrás del hospital.

Ella y su marido se habían criado juntos. Sus familias estaban muy unidas, eran de los pocos judíos en un pueblo de Iowa. Ruth no recordaba un momento en que todos no dieran por hecho que Ephraim y ella se casarían. Se enamoraron de verdad en el instituto. Ella estudió economía doméstica en la universidad y esperó a que él se licenciara en gestión y contabilidad. Por supuesto se reservaron para el matrimonio. Se mudaron a la casa de la familia de Ephraim y cuidaron de su madre inválida. Ella había venido con ellos a Oakland, seguía viviendo con ellos, a sus ochenta y seis años.

Nunca oí a Ruth quejarse, ni de la anciana enferma, ni de sus hijos, ni de su esposo. Yo siempre me estaba quejando de mis chavales, o de mi exmarido, o de una nuera, y sobre todo del doctor B. Me hacía abrir todos los paquetes que le llegaban por si había una bomba. Si entraba una abeja o una avispa, se iba fuera hasta que yo la mataba. Eso solo por hablar de las cosas tontas. Era malo. Especialmente malo con Ruth, a la que le decía por ejemplo: «¿Esto es lo que consigo por contratar a inútiles?». La llamaba Dislexia, porque mezclaba los números de teléfono. Le ocurría muy a menudo. Día sí, día no, el doctor B. me pedía que la despidiera. Yo le decía que no podíamos. No había ningún motivo. A mí me ayudaba de verdad, y a los pacientes les caía bien. Alegraba la consulta.

—No soporto la alegría —me contestó—. Me dan ganas de quitarle la sonrisa de un bofetón.

Ella seguía siendo amable con él. Creía que el doctor era como Heathcliff, o el señor Rochester en *Jane Eyre,* solo que en pequeño.

—Sí, muy pequeño —decía yo.

Pero Ruth nunca oía los comentarios negativos. Estaba convencida de que alguien, en algún momento, le había roto el corazón al doctor B. Le llevaba *kugel* y *rugelach* y *hamantaschen,* siempre estaba inventando pretextos para entrar en su despacho. A mí no se me había pasado por la cabeza que era el hombre que había elegido para la aventura amorosa hasta que él entró en mi oficina y cerró la puerta.

—¡Tienes que despedirla! ¡Está flirteando conmigo, en serio! Es increíble.

—Bueno, por extraño que parezca, usted le resulta tremendamente atractivo. Aun así la necesito. No es fácil encontrar a alguien con quien se trabaje a gusto. Tenga paciencia. Señor, se lo ruego.

El «señor» surtió efecto, como de costumbre.

—De acuerdo —me dijo con un suspiro.

Me sentaba bien estar con Ruth, ponía chispa en mi vida. En lugar de pasar la hora del almuerzo rumiando y fumando en el callejón, me ensuciaba y me divertía haciendo ramos con ella. Incluso empecé a cocinar, usando alguna de los cientos de recetas que se pasaba el día fotocopiando. Cebollitas caramelizadas con un toque de azúcar moreno. Traía pingos viejos de tiendas de ropa usada y yo se los compraba. Alguna vez que Ephraim estaba demasiado cansado fui con ella a la ópera.

Me encantaba ir a la ópera con ella, porque en el intermedio no se limitaba a quedarse esperando con cara de aburrimiento como hace todo el mundo. Me llevaba a recorrer el vestíbulo para admirar la ropa y los vestidos. Lloramos con *La Traviata*. Nuestra escena favorita fue el aria de la anciana en *La dama de picas*.

Un día Ruth invitó al doctor B. a ir a la ópera con ella.

—¡De ninguna manera! ¡Qué proposición tan fuera de lugar! —contestó él.

—Vaya un patán —dije yo cuando salió.

Ella solo dijo que los médicos están demasiado ocupados para tener aventuras amorosas, así que suponía que habría de optar por Julius.

Julius era un dentista retirado que había formado parte del elenco en *¡Oklahoma!* Era viudo y estaba gordo. Ella decía que la grasa era buena, que la grasa abrigaba y era confortable.

Le pregunté si no sería que a Ephraim ya no le interesaba tanto el sexo.

—*Au contraire!* —exclamó ella—. Es lo primero que tiene en la cabeza cuando se levanta, y lo último cuando se acuesta. Y si durante el día está en casa, empieza a perseguirme también. Tú no sabes...

Vi a Julius en el funeral de la madre de Ephraim, en la Capilla del Valle. La anciana había muerto plácidamente mientras dormía.

Ruth y su familia estaban en los escalones de la funeraria. Dos hijos encantadores, guapos, educados, consolando a sus padres, Ruth y Ephraim. Ephraim era oscuramente atractivo. Delgado, taciturno, intenso. Él sí que parecía Heathcliff. Sus ojos tristes y soñadores sonrieron al mirarme.

—Gracias por ser tan cariñosa con mi mujer.

—¡Ahí está! —me susurró Ruth señalando a Julius, colorado como un tomate. Cadenas de oro y un traje azul marino demasiado estrecho, con una sola hilera de botones. Debía de haber mascado chicles Clorets, tenía los dientes verdes.

—¡Estás loca! —le susurré yo.

Ruth había elegido la Capilla del Valle porque organizaban las mejores pompas fúnebres. Las pacientes del doctor B. morían a menudo, así que casi cada día venía algún empleado de una funeraria para que les firmara el certificado de defunción. En tinta negra, exigía la ley, pero el doctor B. se empeñaba en firmar con un bolígrafo azul, así que los empleados tenían que quedarse tomando café hasta que volvía y lo firmaba con negro.

Me quedé de pie al fondo de la capilla, sin saber dónde sentarme. Habían venido muchas mujeres de Hadassah; estaba abarrotado. Uno de los encargados de la funeraria apareció a mi lado.

—Qué bien te sienta el gris, Lily —me dijo.

El otro, con una flor en el ojal, se acercó por el pasillo y me habló con voz grave y llena de congoja.

—Qué detalle que hayas venido, querida —dijo—. Permíteme buscarte un buen sitio.

Seguí a los dos hombres por el pasillo sin poder ocultar cierto orgullo, como cuando te conocen en un restaurante.

Fue un funeral precioso. El rabino leyó el pasaje de la Biblia en que se dice que una buena esposa es un bien más preciado que los rubíes. A nadie se le habría ocurrido eso sobre la anciana, no lo creo. Me pareció que el panegírico hablaba de Ruth, y Ephraim y Julius pensaron lo mismo, por el modo en que los dos la miraron.

El lunes siguiente intenté que entrara en razón.

—Tú lo tienes todo. Salud, belleza, humor. Una casa en las colinas. Una mujer de la limpieza. Un compactador de basura. Hijos maravillosos. ¡Y a Ephraim! Es guapo, brillante, rico. ¡Salta a la vista que te adora!

Le dije que el grupo la estaba llevando en la dirección equivocada. No debía disgustar a Ephraim, sino agradecer su buena estrella. Las M. P. simplemente tenían envidia. Lo más probable es que sus maridos fuesen alcohólicos, solo sabían ver el fútbol por la tele, eran impotentes o infieles. Sus hijos llevaban buscas, eran bulímicos, drogatas, estaban llenos de tatuajes y pendientes.

—Creo que te avergüenzas por ser feliz, vas a hacer esto solo para compartirlo con las M. P. Te entiendo. Cuando tenía once años, una tía mía me regaló un diario. Lo único que escribí fue: «He ido al colegio, he hecho los deberes». Así que empecé a hacer cosas malas para tener algo que contar.

—No va a ser una aventura seria —dijo—. Solo es para que las cosas se animen un poco.

—¿Y si yo tengo una aventura con Ephraim? A mí me animaría. Y tú te pondrías celosa y volverías a enamorarte locamente de él.

Ruth sonrió. Una sonrisa inocente, como la de un niño.

—Ephraim nunca haría algo así. Me quiere.

Pensé que había abandonado la idea de la aventura hasta que un viernes trajo un periódico.

—Voy a salir con Julius esta noche. Pero a Ephraim le diré que salgo contigo. ¿Has visto alguna de estas películas, para contarme de qué va?

Le conté *Ran* de cabo a rabo, sobre todo la escena en que la mujer saca el puñal, y cuando el loco llora. Los estandartes azules en los árboles, los estandartes rojos en los árboles, los estandartes blancos en los árboles. Me estaba metiendo de lleno en la historia, pero de pronto me dijo «¡Basta!», y me preguntó dónde iríamos después del cine. Decidí que iríamos, irían, al Café Roma de Berkeley.

Empezó a quedar con Julius todos los viernes. Su romance me vino muy bien. Normalmente volvía a casa después del trabajo, leía novelas y bebía vodka de 100 grados hasta que me dormía, día sí, día también. Durante la Aventura Amorosa empecé a ir de verdad a conciertos de cuartetos de cuerda, al cine, a lecturas de Ishiguro o Leslie Scalapino mientras Ruth y Julius iban al Hungry Tiger y al Rusty Scupper.

Estuvieron saliendo casi dos meses antes de hacer lo-que-tú-ya-sabes. El acontecimiento iba a ocurrir en Big Sur, en una escapada de tres días juntos. ¿Qué podía contarle a Ephraim?

—Ah, eso es fácil —le dije—. Tú y yo nos iremos a un retiro zen. ¡Sin teléfonos! No habrá nada que contar, porque haremos voto de silencio y meditaremos. Nos daremos baños en las termas bajo las estrellas. En la posición del loto mirando el océano desde los acantilados. Olas infinitas. Infinitas.

Fue un incordio no poder salir con libertad esos días, cribar mis llamadas de teléfono. Pero funcionó. Ephraim llevó a los chicos a cenar fuera, dio de comer a los gatos, regó las plantas, y la echó de menos. Muchísimo.

El lunes después de la escapada llegaron tres ramos de rosas a la consulta. Una tarjeta decía: «A mi adorada esposa, con amor». Otra era de «Tu admirador secreto», y la última decía «Ella camina en la belleza». Ruth confesó que ese último se lo había enviado ella misma. Le chiflaban las rosas. Les había insinuado a los dos hombres que le encantaban las rosas, pero ni en sueños pensó que fueran a mandárselas.

—Quiero estas coronas fúnebres fuera de aquí ahora mismo —dijo el doctor B., cuando salía para el hospital. Antes me había vuelto a pedir que la despidiera, y yo me había vuelto a negar. ¿Por qué le irritaba tanto Ruth?—. Ya te lo dije. Es demasiado alegre.

—A mí normalmente me pasa lo mismo con la gente así. Pero su alegría es genuina.

—Dios. Aún más deprimente.

—Por favor, dele una oportunidad. De todos modos algo me dice que pronto caerá en la amargura.

—Eso espero.

Ephraim pasó para invitar a Ruth a tomar un café. Ella no había hecho nada en toda la mañana, aparte de hablar por teléfono con Hannah. Me di cuenta de que el marido más que nada quería saber qué le habían parecido las rosas. Se molestó mucho al ver los otros ramos. Ella le dijo que uno era de una paciente, Anna Fedaz, pero con una risita le mencionó al admirador secreto. Pobre hombre. Vi cómo los celos le abofeteaban la cara, el corazón. Gancho con la izquierda directo al estómago.

Me preguntó qué tal lo había pasado en el retiro espiritual. Detesto mentir, realmente no soporto decir mentiras. No por razones morales. Es tan difícil, improvisar sin dejar cabos sueltos. Recordar lo que has dicho.

—Bueno, el sitio era estupendo. Ruth es muy serena y pareció adaptarse perfectamente a aquel ambiente. A mí me cuesta meditar. No hago más que preocuparme, o vuelvo sobre todas las equivocaciones que he cometido en la vida. Pero está bien para... hum... centrarse. Serenidad. Anda, marchaos ya. ¡Que disfrutéis del almuerzo!

Más tarde Ruth me dio la primicia: Big Sur había sido la aventura de su vida. Sabía que no sería capaz de contarles a las M. P. lo-que-tú-ya-sabes. ¡S. oral por primera vez! Bueno, sí, había practicado s. oral con Ephraim, pero a ella nunca se lo habían hecho. Y M-A-R-I...

—Sé que lleva una hache intercalada en algún sitio.

—¿Marihuana?

—¡Calla! Bueno, más que nada me hizo toser y me alteró. Y sí, lo del s. oral estuvo muy bien, pero como él no paraba de preguntarme «¿Estás a punto?», empecé a pensar que íbamos a algún sitio, y se rompió la magia.

Harían otra escapada juntos a Mendocino en un par de semanas. La historia era que ella y yo íbamos a un taller de escritura y a la feria del libro de Petaluma. Robert Haas sería el escritor residente.

Una noche entre semana, Ruth me llamó y me preguntó si podía venir a verme. La esperé como una idiota, no entendí que era una tapadera, que había ido a encontrarse con Julius. Así que cuando Ephraim telefoneó no necesité fingir que estaba contrariada porque todavía no hubiera llegado, y más aún la segunda vez.

—Le diré que te llame en cuanto llegue.

Al cabo de un rato me llamó de nuevo, esta vez furioso porque ella había vuelto a casa y decía que yo no le había dado el mensaje.

Al día siguiente le dije que no volvería a encubrirla. Me dijo que no pasaba nada, que los ensayos de teatro empezaban el lunes.

—Tú y yo vamos a clases de arreglos florales los viernes, en Laney. Nada más.

—Bueno, que sea la última. Has tenido mucha suerte de que Ephraim no pidiera detalles.

—Nunca se le ocurriría pedírmelos. Él confía en mí. Pero ahora tengo la conciencia tranquila. Julius y yo ya no hacemos lo-que-tú-ya-sabes.

—¿Y entonces qué hacéis? ¿A qué viene tanto secretismo y tantas molestias si ya no hacéis lo-que-tú-ya-sabes?

—Nos hemos dado cuenta de que ninguno de los dos somos tan liberales. A mí me gusta mucho más lo-que-tú-ya-sabes con Ephraim, y a Julius no le interesa demasiado. A mí lo que me gusta es el juego del disimulo. A él le gusta hacerme regalos y cocinar para mí. Mi momento favorito es cuando llamo a la puerta de un motel en Richmond o donde sea y me abre y entro precipitadamente. Con el corazón desbocado.

—¿Y qué hacéis luego?

—Jugamos al Trivial Pursuit, vemos vídeos. A veces cantamos. Duetos, como «Bali Hai» o «Oh, What a Beautiful Morning». ¡Paseamos a medianoche bajo la lluvia!

—¡Pasee bajo la lluvia en sus horas libres! —gritó el doctor B.

No nos habíamos dado cuenta de que entraba.

Hablaba en serio. Se quedó allí apostado mientras Ruth recogía todas sus revistas de *Bon Appétit* y sus tarjetas del Trivial y sus labores de punto. El doctor me pidió que le extendiera un cheque con el sueldo de dos semanas, además de lo que le debíamos.

Después de que el doctor B. se fuera, Ruth llamó a Julius, le pidió quedar en Denny's enseguida.

—¡Mi carrera se ha ido a pique! —sollozó.

Se despidió de mí con un abrazo y se marchó. Me trasladé a su escritorio, desde donde veía la sala de espera.

Ephraim entró por la puerta. Se acercó lentamente hacia mí y me estrechó la mano.

—Lily —dijo, con su voz envolvente.

Me dijo que supuestamente Ruth había de encontrarse con él en Pill Hill Café para almorzar, pero no se había presentado. Le conté que el doctor B. la había despedido, sin ningún motivo. Probablemente se había olvidado del almuerzo, se habría ido a casa. O de compras, quizá.

Ephraim continuaba plantado delante de mi escritorio.

—Puede encontrar trabajos mucho mejores. Soy la directora administrativa, y por supuesto le haré una buena carta de recomendación. Voy a echarla de menos, la verdad.

Siguió ahí, mirándome.

—Y ella también te echará de menos —dijo al fin. Se apoyó en la ventanilla que había sobre mi escritorio—. No hay mal que por bien no venga, querida. Quiero que sepas que lo entiendo. Créeme, lo siento por ti.

—¿Cómo?

—Hay muchas aficiones que yo no comparto con ella como tú. Literatura, budismo, la ópera. Ruth es una mujer que se hace querer.

—¿Qué tratas de decir?

Entonces me dio la mano, me miró fijamente con los ojos llorosos.

—Echo de menos a mi mujer. Por favor, Lily. Déjala marchar.

Empezaron a resbalarme lágrimas por las mejillas. Me embargó una gran tristeza. Nuestras manos eran un pequeño ovillo tibio y mojado en la repisa de la ventanilla.

—No te preocupes —dije—. Ruth solo te ama a ti, Ephraim.

A ver esa sonrisa

> *Podéis creerlo, la tumba tiene más poder que los ojos de*
> *la amada. La tumba abierta con todos sus imanes.*
> *Y esto te lo digo a ti, a ti que cuando sonríes haces pen-*
> *sar en el comienzo del mundo.*
>
> VICENTE HUIDOBRO, *Altazor*

Jesse me descolocó. Y eso que suelo enorgullecerme de mi habilidad para calar a la gente. Antes de asociarme al bufete de Brillig, fui
abogado de oficio tanto tiempo que aprendí a medir a un cliente o un
jurado casi a primera vista.

Además me pilló desprevenido, porque mi secretaria no me avisó por el interfono y no habíamos concertado ninguna cita. Elena lo
acompañó a mi despacho sin más.

—Jesse quiere verle, señor Cohen.

Elena lo presentó como si fuera alguien importante, usando solo
su nombre de pila. Era tan guapo, entró en el despacho con tal autoridad, que pensé que debía de ser una estrella de rock de quien yo no
había oído hablar.

Llevaba botas de vaquero, tejanos negros y camisa de seda negra.
Tenía el pelo largo, facciones fuertes angulosas. Le eché unos treinta
años, pero cuando me estrechó la mano advertí una dulzura indescrip-
tible en su sonrisa, una franqueza inocente e infantil en sus ojos castaños. Su voz grave y áspera me confundió aún más. Hablaba como si estuviera explicando algo pacientemente a un joven inexperto. Yo.

Dijo que había heredado diez mil dólares y quería destinarlos a
contratar mis servicios. La mujer con la que vivía estaba en apuros,
dijo, y en un par de meses iría a juicio. Con diez cargos en su contra.

Detestaba tener que decirle hasta dónde le alcanzaría ese dinero
conmigo.

—¿No le han asignado un abogado de oficio que la defienda?
—pregunté.

—Sí, pero el muy imbécil renunció. Cree que es culpable y una mala persona, una pervertida.

—¿Qué le hace pensar que yo no creeré lo mismo? —le pregunté.

—Verá como no. Según ella, usted es el mejor abogado en derechos civiles de la ciudad. El trato es que ella no sabe que he estado aquí. Quiero que le haga creer que se ofrece voluntariamente a defenderla. Por principios. Esa es mi única condición.

Intenté interrumpir, decirle: «Olvídelo, hijo». Dejarle muy claro que no iba a hacerlo. Que no se podía permitir contratarme. No quería ni tocar el caso. Me parecía increíble que el pobre chico estuviera dispuesto a desprenderse de todo el dinero que tenía. Odié inmediatamente a aquella desalmada, ¡por supuesto que era culpable y una mala persona!

Me dijo que el problema era el informe policial, que leerían el juez y el jurado. La condenarían de antemano porque estaba lleno de mentiras y hechos distorsionados. Pensaba que a mí me sería fácil sacarla del aprieto demostrando que el arresto fue un montaje, que el informe estaba repleto de calumnias, que el policía al que agredió era un salvaje, que el oficial que la detuvo era un psicótico, que sin duda le habían endosado pruebas falsas. Estaba convencido de que yo podría descubrir otros arrestos sucios y ejemplos de brutalidad en el historial de aquellos agentes.

Dio más instrucciones de cómo llevar el caso. No me explico por qué no perdí los estribos y le dije que se largara. El chico era bueno argumentando, y apasionado. Debería haber sido abogado.

No solo me gustó. Incluso empecé a comprender que gastar toda su herencia era un rito iniciático necesario. Un gesto heroico, noble.

Era como si Jesse viniera de otra época, de otro planeta. Incluso en un momento dado dijo que la mujer lo llamaba «el hombre que cayó a la Tierra». Por alguna razón eso me hizo verla con mejores ojos.

Le pedí a Elena que cancelara una reunión y una cita. El chico habló toda la mañana, claramente y sin tapujos, de su relación, del arresto de la mujer.

Soy abogado defensor. Soy cínico. Soy una persona materialista, un hombre codicioso. Le dije que aceptaría el caso sin cobrar nada.

—No. Gracias —me contestó—. Simplemente le pido que a ella le diga que lo hace sin cobrar. Pero es culpa mía que se haya metido en este lío, y quiero pagar para arreglarlo. ¿Cuánto será? ¿Cinco mil? ¿Más?

—Dos mil —le dije.

—Sé que es demasiado poco. ¿Qué tal tres mil?

—Trato hecho.

Se quitó una de las botas y contó treinta billetes de cien dólares, y los dejó aún tibios sobre mi escritorio, abriéndolos como un abanico de cartas. Nos estrechamos la mano.

—Gracias por aceptar, señor Cohen.

—No hay de qué. Llámame Jon.

Volvió a sentarse y me contó la historia.

Jesse y su amigo Joe habían dejado los estudios y habían huido de Nuevo México el año pasado. Jesse tocaba la guitarra, quería tocar en San Francisco. Al cumplir dieciocho años heredaría dinero de una anciana de Nebraska (otra historia conmovedora). Tenía pensado ir a Londres, donde le habían propuesto unirse a una banda de allí. Un grupo inglés había tocado en Albuquerque, les gustaron sus canciones y cómo tocaba la guitarra. Cuando llegaron al Área de la Bahía no tenían donde alojarse, así que Joe buscó a Ben, que había sido su mejor amigo los primeros años del instituto. La madre de Ben no sabía que se habían escapado de casa. Les dijo que si querían podían quedarse un tiempo en el garaje. Luego se enteró y avisó a sus padres por teléfono, los tranquilizó, les contó que las cosas les iban bien.

Todo salió rodado. Jesse y Joe hacían de jardineros, mudanzas y demás trabajos a salto de mata. Jesse tocaba con otros músicos, componía. Se llevaban estupendamente con Ben y con su madre, Carlotta. Ella apreciaba que Jesse pasara tanto tiempo con el chaval más pequeño, Saul, y que lo llevara a partidos de béisbol, de pesca, de excursión al parque de Tilden. Ella era profesora y trabajaba duro, también agradecía la ayuda con la colada y la compra y los platos. En cualquier caso, dijo Jesse, era un buen apaño para todo el mundo.

—Yo había conocido a Maggie hacía tres años, más o menos. Un día la llamaron de nuestro instituto en Albuquerque. Alguien le había puesto ácido a Ben en la leche del almuerzo, y él se asustó, no sabía lo que le pasaba. Ella vino a buscarlo. A Joe y a mí nos dejaron acompañarla, por si Ben se ponía violento. Pensé que lo llevaría al hospital, pero nos montó en el coche a todos y fuimos al río. Nos sentamos los cuatro en los juncos, mirando los tordos alirrojos, procurando calmar a Ben y de hecho ayudando a que tuviera un viaje guapo. Maggie y yo congeniamos, hablando de los pájaros y del río. Normalmente no hablo mucho, pero con ella siempre necesito decir un montón de cosas.

En este punto encendí la grabadora.

—Así que nos quedamos un mes en Berkeley, en su casa, y luego un mes más. Por la noche nos sentábamos todos a charlar y hacer bromas alrededor del fuego. En esa época Joe se echó una novia, y Ben también, así que ellos salían. Ben estaba en el último curso del instituto y vendía su bisutería y fotos de estrellas del rock en Telegraph Avenue, así que no lo veía mucho. Los fines de semana me iba al muelle o a la playa con Saul y Maggie.

—Disculpa. Has dicho que se llamaba Carlotta. ¿Quién es Maggie?

—La llamo Maggie. Por la noche ella corregía los trabajos de sus alumnos y yo tocaba la guitarra. A veces nos quedábamos hablando hasta tarde, nos contábamos la vida, riendo, llorando. Los dos somos alcohólicos, y eso es malo depende de cómo lo mires, pero es bueno si piensas cuánto nos ayudaba a contarnos cosas que nunca le habíamos dicho a nadie. Nuestra infancia había sido espantosa y difícil por igual, pero eran como negativos una de la otra. Cuando estábamos juntos sus hijos se asustaban, sus amigos decían que era enfermizo, incestuoso. Somos incestuosos, pero de una forma extraña. Es como si fuéramos gemelos. La misma persona. Ella escribe cuentos. Hace lo mismo en sus cuentos que yo hago en mi música. Bueno, la cuestión es que cada día nos conocíamos más a fondo, así que cuando al final acabamos en la cama fue como si ya hubiéramos estado el uno dentro del otro. Fuimos amantes un par de meses, hasta cuando supuestamente yo me marchaba. La idea era recoger mi dinero en Albuquerque el 28 de diciembre, cuando cumpliera los dieciocho, y luego irme a Londres. Ella me alentaba a marcharme, decía que necesitaba esa experiencia y que teníamos que romper.

»Yo no quería ir a Londres. Puede que sea joven, pero sé que lo que hay entre nosotros está a galaxias de distancia de la gente corriente.

Nos conocemos en el alma, para bien y para mal. Nos tenemos verdadero cariño.

Entonces me contó la historia de cuando ella y Joe lo acompañaron al aeropuerto. La navaja del cinturón y las cremalleras que Joe llevaba hicieron saltar la alarma de seguridad, los desnudaron a los tres para cachearlos y Jesse perdió el avión. Se puso a gritar que su guitarra y su música estaban en el avión, la policía le estaba dando una paliza cuando Maggie entró.

—Nos detuvieron a todos. Está en el informe —dijo—. El titular del periódico fue «Maestra de escuela luterana y ángeles del infierno arman una bronca en el aeropuerto».

—¿Eres un ángel del infierno?

—Claro que no. Pero el informe dice que sí. Joe parece uno de ellos, le gustaría serlo. Compró al menos diez ejemplares del periódico. La cuestión es que ella y Joe fueron a la cárcel de Redwood City. Yo pasé la noche en el correccional y luego me mandaron a Nuevo México. Maggie me llamó por mi cumpleaños y me dijo que todo iba bien. No mencionó ningún juicio, y tampoco me contó que la habían desahuciado y despedido del trabajo, que su exmarido se llevaba a los chicos a México. Pero Joe me lo contó, aunque ella le pidió que no dijera nada. Así que volví aquí.

—¿Y ella cómo se lo tomó?

—Se puso furiosa. Dijo que me marchara, que fuera a Londres. Que necesitaba aprender y crecer. Y empezaba a creerse toda esa mierda de que era mala porque yo tenía diecisiete años cuando nos enrollamos. Fui yo quien la sedujo. Por lo visto nadie pilla esa parte, excepto ella. No soy el típico adolescente.

—Cierto —dije.

—Pero da igual, ahora estamos juntos. Ella accedió a no decidir nada hasta después del juicio. No buscar trabajo ni casa. Tengo la esperanza de que cuando todo esto pase se venga conmigo.

Me dio el informe policial.

—Lo mejor es que leas esto y luego hablemos. Vente a cenar un día. ¿El viernes te va bien? Después de que lo hayas leído. A lo mejor puedes averiguar algo de ese policía. De los dos policías. Ven pronto —dijo—, cuando salgas del trabajo. Vivimos aquí mismo.

Las barreras habían caído. No pude decir que era inapropiado. Que tenía planes. Que a mi mujer quizá le molestaría.

—Claro, estaré ahí a las seis.

La dirección que me dio estaba en una de las peores zonas de la ciudad.

Fue una Navidad preciosa. Regalos preciosos para todos, una cena estupenda. Keith invitó a Karen, una de mis alumnas. Supongo que es pueril, pero me hizo sentir bien que él viera cuánto me admiraba. La novia de Ben, Megan, hizo empanadas de carne. Los dos me ayudaron con la cena y nos divertimos mucho. Vino también nuestro amigo Larry. Un buen fuego, un día bonito a la antigua usanza.

Nathan y Keith se alegraban tanto de que Jesse se marchara que estuvieron encantadores con él, incluso le hicieron regalos. Jesse había preparado obsequios para todos. Fue una velada cálida y festiva, salvo cuando en la cocina Jesse me susurró: «Eh, Maggie, ¿qué vas a hacer cuando me vaya?», y pensé que se me partía el corazón. Me regaló un anillo con una estrella y una luna. Casualmente uno al otro nos regalamos una petaca de plata. A nosotros nos pareció genial. Nathan dijo: «Mamá, es repugnante», pero en ese momento no lo oí.

El avión de Jesse salía a las seis. Joe también quería ir. Conduje hasta el aeropuerto con la lluvia. «The Joker» y «Jumpin' Jack Flash» en la radio. Joe iba tomando una lata de cerveza, y Jesse y yo bebíamos Jim Beam de una botella. Nunca me paré a pensar que con eso contribuía a que fueran por el mal camino. Ya bebían cuando los conocí. Compraban licor, nunca les pedían el carné. La verdad es que como yo me empeñaba en negar que bebía, tampoco era de esperar que me preocupara porque ellos lo hicieran.

Cuando entramos en el aeropuerto, Jesse se detuvo en seco.

—Dios. Jamás vais a encontrar el coche —dijo.

Nos reímos, sin saber hasta qué punto acertaría.

No estábamos exactamente borrachos, pero sí un poco pasados y nerviosos. Yo procuraba que no se me notara la desesperación de verlo marchar.

Ahora me doy cuenta de cuánto debíamos de llamar la atención. Tan altos, los tres. Joe, un indio laguna moreno con largas trenzas negras, vestido de cuero, con un machete en el cinturón. Botas grandes, cremalleras y cadenas. Jesse, de negro, con el macuto de lona y la guitarra. Ni me atrevía a levantar la vista, a recrearme en la línea de su mandíbula, sus dientes, sus ojos dorados, su pelo largo y suelto. Si lo miraba, me echaría a llorar. Yo me había puesto elegante para Navidad con un traje pantalón negro de terciopelo, joyas de los indios navajos. Por lo que fuera, la combinación de los tres, sumada a todos los dispositivos que Joe hizo saltar al pasar el control... nos vieron como una amenaza para la seguridad, nos llevaron a salas separadas y nos cachearon. Revisaron mi ropa interior, mi bolso, me pasaron los dedos por el pelo, entre los dedos de los pies. Todo. Al salir no vi a Jesse, así que fui corriendo hasta la puerta de embarque. Ya habían cerrado el vuelo, pero Jesse le gritaba al agente que su guitarra estaba en el avión, que su música estaba en el avión. Tuve que ir al lavabo. Cuando salí no había nadie en el mostrador. El avión se había ido. Le pregunté a alguien si el chico alto de negro había conseguido tomar el vuelo. El hombre señaló hacia una puerta sin letrero. Entré.

Vi una sala llena de guardias de seguridad y policías municipales. Apestaba a sudor. Dos guardias contenían a Joe, que estaba esposado. Dos policías sujetaban a Jesse mientras otro le pegaba en la cabeza con una linterna larga. Jesse tenía la cara cubierta de sangre, que también le empapaba la camisa. Gritaba de dolor. Crucé la habitación sin que nadie se diera cuenta. Todos miraban mientras el policía pegaba a Jesse, como si vieran un combate por televisión. Agarré la linterna y le aticé al poli en la cabeza. Cayó como un peso muerto.

—Dios mío, lo ha dejado seco —dijo otro.

A Jesse y a mí nos esposaron y nos llevaron a la otra punta del aeropuerto hasta una pequeña comisaría que había en el sótano. Nos quedamos sentados uno al lado del otro, con las manos a la espalda esposadas a las sillas. Jesse tenía los párpados pegados con sangre reseca. No veía nada, y la herida en el cuero cabelludo seguía sangrando. Les supliqué que se la limpiaran o le pusieran una venda. Que le lavaran los ojos. Ya os limpiarán a fondo en la cárcel de Redwood City, dijo el guardia.

—¡Joder, Randy, el tío es menor de edad! ¡Alguien ha de llevarlo al otro lado del puente!

—¿Un menor? Esta zorra se ha metido en un buen lío. Yo no pienso llevarlo, mi turno casi ha terminado.

Se acercó a mí.

—¿Sabes el agente de la ley al que has golpeado? Lo tienen en cuidados intensivos. Podría morir.

—Por favor. ¿Podrían limpiarle los ojos?

—A la mierda sus ojos.

—Inclínate un poco, Jesse.

Le lamí la sangre de los ojos. Tardé mucho rato; la sangre estaba espesa y reseca, pegada en las pestañas. Tenía que escupirla a cada momento. Con el cerco rojizo, sus ojos despedían un destello ambarino.

—Eh, Maggie, a ver esa sonrisa.

Nos besamos. El guardia me apartó la cabeza y me dio una bofetada.

—¡Zorra asquerosa! —dijo.

Justo entonces se armó un griterío y metieron a Joe de un empujón con nosotros. Lo habían arrestado por decir obscenidades delante de mujeres y niños. Se había enfadado porque se negaban a darle ninguna información sobre nosotros.

—Este sí que tiene edad para ir a Redwood City.

Con las manos esposadas a la espalda no podía abrazarnos, así que nos dio un beso. Que yo recuerde nunca nos había besado en los labios a ninguno de los dos. Luego dijo que al ver nuestras bocas ensangrentadas le dio pena. El policía volvió a llamarme pervertida, me acusó de seducir a chicos jóvenes.

A esas alturas estaba asqueada. Aún no me daba cuenta, no entendía cómo me veía todo el mundo. Tampoco tenía ni idea de que los cargos se iban acumulando. Uno de los policías me los leyó desde el mostrador del fondo de la comisaría.

—Estar borracha en público, obstrucción a la autoridad, agresión a un agente del orden, ataque con objeto contundente, intento de asesinato, resistencia a la autoridad. Comportamiento lujurioso y lascivo, actos sexuales sobre un menor (lamerle los ojos), contribuir a la conducta delictiva de menores, posesión de marihuana.

—¡Eh, no! —dijo Joe.

—No digas nada —susurró Jesse—. Jugará a nuestro favor. Seguro que nos la han colocado ellos. Nos acaban de cachear a todos, ¿verdad?

—Joder, sí —dijo Joe—. Y además, nos la habríamos fumado, de haberla tenido.

Se llevaron a Jesse. A Joe y a mí nos metieron en el asiento trasero de un coche patrulla. Fue un rato largo hasta la cárcel de Redwood City. A mí lo único que me daba vueltas en la cabeza era que Jesse ya no estaba. Supuse que lo mandarían a Albuquerque y que luego se iría a Londres.

Dos policías hombrunas me hicieron un examen vaginal y rectal, me dieron una ducha fría. Me lavaron el pelo con jabón de sosa, que se me metió en los ojos. Me dejaron ahí, sin toalla ni peine. La única ropa que me dieron fue una bata corta, cortísima, y unas zapatillas de lona. Tenía un ojo morado y el labio hinchado, de los golpes que recibí cuando me quitaron la linterna. El policía que me llevó al sótano no paraba de retorcerme las esposas, así que tenía también unos cortes en carne viva en las muñecas, como los suicidas estúpidos.

No me dejaron quedarme mis cigarrillos. Al menos las dos putas y la borrachina que había en mi celda me dieron las últimas caladas de los suyos. Nadie durmió ni habló. Me pasé toda la noche tiritando de frío, de ansiedad por beber algo.

A la mañana siguiente fuimos en una furgoneta al juzgado. Hablé a través de una ventanilla, por teléfono, con un abogado gordo y colorado que me leyó el informe. Era una sarta de mentiras y hechos distorsionados de principio a fin.

«Alertados de tres individuos sospechosos en el vestíbulo del aeropuerto. Mujer con dos ángeles del infierno, uno indio. Todos armados y potencialmente peligrosos.» Yo no paraba de decirle que el informe era un cúmulo de falsedades. El abogado me ignoró, solo me preguntaba si me estaba follando al chico.

—¡Sí! —le dije al final—. Pero eso es casi lo único de lo que no me acusan.

—Si de mí dependiera, la acusaría. Violación estatutaria.

Estaba tan cansada que me entró la risa, con lo que se enojó aún más. Violación estatutaria. Me asaltan visiones de Pigmalión o algún italiano violando la Pietà.

—Es usted una pervertida —dijo—. Está acusada de realizar actos sexuales con un menor en público.

Le dije que solo intentaba limpiarle a Jesse la sangre de los ojos para que pudiera ver.

—¿De verdad se la quitó con la lengua? —preguntó con desprecio.

Me puedo imaginar el infierno que ha de ser una cárcel. Comprendí realmente por qué los prisioneros solo aprenden a ser peores personas. Me entraron ganas de matarlo. Le pregunté qué iba a pasar. Me explicó que primero comparecería ante el tribunal y se fijaría una fecha para el juicio. Yo entraría, me declararía inocente, cruzando los dedos para que en la vista no me tocara un juez muy severo. Conseguir un jurado en esta ciudad también es un problema. Aquí hay mucha gente reaccionaria, religiosa, intransigente con las drogas, con los delitos sexuales. Los ángeles del infierno son Satanás, y la marihuana ni hablar.

—Yo no tenía marihuana —le dije—. El policía la puso ahí.

—Sí, claro. ¿Para darle las gracias por chuparle la polla?

—Qué, ¿va a defenderme o a ir en contra mía?

—Soy su abogado de oficio. La veré en el juzgado.

Joe también estaba en la sala, encadenado a una reata de presos, todos con el uniforme naranja. No me miró. Yo iba de negro y azul, con el pelo rizado y revuelto, y el vestido ancho como un saco que apenas me tapaba las bragas. Más tarde Joe confesó que me vio con tan mala pinta que hizo como si no me conociera. A los dos nos citaron en enero. Cuando su caso llegó al tribunal, el juez se echó a reír y retiró los cargos.

Yo había llamado a casa. Fue muy duro explicarle a Ben dónde estaba. Me daba demasiada vergüenza pedirle a nadie que pagara la fianza, así que esperé otro día a que me pusieran en libertad bajo palabra. Me la dieron solo cuando cometí la estupidez de permitir que llamaran a la directora de la escuela donde trabajaba. Era una mujer que me apreciaba, me respetaba. Aún no tenía ni idea de cómo me juzgaría la gente. Ahora no me explico cómo pude ser tan ciega, pero ahora estoy sobria.

La policía me dijo que Joe necesitaba que le avalara la fianza, así que cuando salí fui a un fiador judicial. No debía de ser mucho dinero, porque le extendí un cheque.

Nos las arreglamos para averiguar cómo volver al aeropuerto. Pero es como ver el monte Everest. Solo parecía que estaba cerca. Caminamos bajo la lluvia, helados de frío, kilómetros y kilómetros. Tardamos casi todo el día. Nos reímos mucho, incluso después de intentar tomar un atajo por un criadero de perros. En lo alto de una valla con dóberman ladrando y gruñendo en el suelo. Abbott y Costello. Nadie quiso recogernos cuando llegamos a la autopista. Mentira, al final nos paró un tipo con un camión, pero ya casi estábamos allí, le hicimos señas para que siguiera.

Y lo peor vino entonces. En serio. Tratar de encontrar el maldito coche. Recorrimos de un lado a otro las enormes plantas del aparcamiento, una tras otra hasta la última, y luego volvimos a bajarlas y a dar vueltas y vueltas, y luego arriba otra vez hasta que los dos nos echamos a llorar. Berreando de cansancio y de hambre y de frío. Un anciano negro nos vio, y no se asustó, aunque estábamos empapados y llorando como idiotas. Ni siquiera le importó que le dejáramos su impecable Hudson perdido de barro y agua. Fue recorriendo con el coche una planta tras otra, dando vueltas y más vueltas, diciendo que Nuestro Señor nos ayudaría, seguro. Y cuando por fin encontramos el coche, todos dijimos: «Alabado sea el Señor». Cuando nos bajamos, el hombre nos dijo: «Vayan con Dios». «Vaya con Dios, y gracias», dijimos Joe y yo al unísono, como en un responso de la misa.

—Ese tío es un puto ángel.

—De verdad que lo es —dije yo.

—Ya, eso acabo de decir. Un ángel de verdad.

Había más de media petaca de Jim Beam en la guantera. Nos sentamos ahí con la calefacción encendida y las ventanillas empañadas, comiendo Cheerios y picatostes de la bolsa del pan para los patos y acabándonos la botella de whisky.

—Tengo que reconocerlo —dijo Joe—. Nada me ha sabido tan bien en toda mi vida.

Hicimos en silencio todo el camino de vuelta a casa con la lluvia. Joe conducía. Yo limpiaba a cada momento el vaho de los vidrios. Le pedí que no les contara ni a mis hijos ni a Jesse lo de los cargos o lo del policía. Ha sido por alteración del orden público, ¿de acuerdo? Vale, me dijo. Después ya no hablamos más. No me sentía culpable ni avergonzada, no me preocupé por el lío en el que estaba o por lo que iba a hacer. Solo pensaba en que Jesse se había ido.

Intenté llamar a Cheryl antes de ir a casa de Jesse, pero me colgó el teléfono; volví a intentarlo pero saltó el contestador. Había pensado ir en coche, pero me preocupaba aparcar en aquel barrio. También me inquietaba caminar por allí. Supongo que dice bastante que dejara mi Porsche en el garaje del bufete y recorriera a pie las siete u ocho manzanas hasta su apartamento.

La puerta de abajo era una plancha de conglomerado lleno de grafitis detrás de barrotes metálicos. Me abrieron por el interfono y entré en un recibidor de mármol polvoriento, iluminado por un tragaluz en forma de estrella cuatro pisos más arriba. Todavía era un bello edificio de azulejos y mármol, con una escalinata curvada, espejos deslucidos con marcos *art déco*. Alguien dormía recostado en una columna; varias figuras volvieron la cara al pasar a mi lado en la escalera, todas vagamente familiares de los juzgados o la cárcel.

Cuando llegué a su apartamento estaba sin resuello, mareado por el tufo a orina, vino barato, aceite rancio, polvo. Carlotta abrió la puerta.

—Adelante —sonrió.

Entré en su mundo tecnicolor, que olía a tortas de maíz y guindilla, a limas y cilantro y a su perfume. Vi los techos altos, los grandes ventanales. Había alfombras orientales en los suelos de madera pulida. Helechos enormes, plantas de banano, aves del paraíso. El único mueble en esa habitación era una cama con sábanas de satén rojo. Fuera, a la luz del crepúsculo, se veía la cúpula dorada de la Iglesia Baptista Abisinia, un jardín con palmeras altas, viejas, la curva de las vías del metro. Era como una vista en Tánger. Carlotta me dejó absorber la escena un instante antes de estrecharme la mano.

—Gracias por ayudarnos, señor Cohen. Con el tiempo podré pagarle.

—No te preocupes por eso. Me alegro de poder hacerlo —dije—, sobre todo ahora que he leído el informe. La distorsión de los hechos es evidente.

Carlotta era alta, llevaba un vestido suave de punto blanco que realzaba su bronceado. Aparentaba unos treinta años, tenía lo que mi madre solía llamar porte. Ella me sorprendió todavía más que la vivienda, incluso que Jesse; bueno, quizá no tanto como Jesse. Enseguida entendí por qué la combinación de los dos resultaba turbadora. No podía dejar de mirarla. Era una mujer encantadora. No me refiero a bonita, aunque lo era. Elegante. Si al final íbamos a juicio, causaría sensación.

Esta sería solo la primera de muchas visitas. Volví cada viernes desde entonces, caminando (o más bien corriendo) desde mi despacho hasta su casa. Era como si hubiera tomado una pócima, igual que Alicia, o como estar en una película de Woody Allen. No en la que el actor sale de la pantalla: yo escalaba y me metía dentro.

Aquella primera noche Carlotta me llevó a otra habitación, donde había una preciosa alfombra de Bokara, varias alforjas, una mesa puesta para tres, con flores y velas. En el estéreo sonaba «Angie». Allí los ventanales tenían cortinas de bambú y un viento ligero dibujaba sombras como estandartes en las paredes.

Jesse saludó desde la cocina, salió a estrecharme la mano. Iban en vaqueros y camiseta blanca. Los dos estaban radiantes, habían pasado el día en el estuario.

—¿Qué te parece nuestra casa? Yo la pinté. Échale un vistazo a la cocina. Amarillo caca de bebé, ¿bonito, no?

—¡Es fantástico, este apartamento!

—Y ella te gusta. Sabía que te gustaría.

Me dio un gin-tonic.

—¿Cómo has adivinado...?

—Se lo pregunté a tu secretaria. Esta noche cocino yo. Seguramente tendrás preguntas que hacerle a Maggie mientras termino.

Ella me llevó a la «terraza», poco más que una pequeña cornisa al otro lado de las ventanas, justo encima de la escalera de incendios, donde apenas cabían dos cajas de leche. Era cierto, tenía docenas de preguntas. Según el informe, ella afirmaba ser profesora. Me contó que la habían despedido del colegio luterano donde daba clases de secundaria, que la habían desahuciado de su casa. Fue franca. Dijo que los vecinos se quejaban hacía tiempo, por ser tantos allí metidos, por la música alta. Eso fue la gota que colmó el vaso. Se alegraba de que su exmarido se hubiera llevado a los tres hijos menores a México.

—Estoy completamente confundida, hecha un lío, ahora mismo —confesó. Costaba creerla, con aquella voz hermosa y serena.

Me explicó brevemente los sucesos del aeropuerto, cargando con más culpa por lo ocurrido de la que Jesse le atribuía.

—Asumo todos los cargos, excepto lo de la marihuana, que me colocó la policía. Pero los términos en que lo describen son repugnantes. Es cierto que Joe nos besó, por ejemplo, pero fue un beso de amigos. No estoy en una red de tráfico sexual con menores. La saña de aquel policía pegándole a Jesse mientras los otros miraban sin mover un dedo, eso sí que fue horrible y asqueroso. Cualquier persona normal habría hecho lo mismo que yo. Aunque, gracias a Dios, el policía no murió.

Le pregunté qué pensaba hacer después del juicio. Vi que le entraba el pánico; en susurros me dijo lo mismo que Jesse en el bufete, que habían decidido no lidiar con eso hasta el juicio.

—Pero podré organizarlo. Entonces me organizaré.

Me contó que hablaba español, que pensaba buscar trabajo en hospitales, o como intérprete judicial. Había colaborado casi un año en un juicio en Nuevo México, tenía buenas referencias. Yo conocía el caso, y al juez y el abogado con los que había trabajado. Un caso famoso... un drogadicto que le había pegado cinco tiros por la espalda a un narco y solo le cayó homicidio sin premeditación. Comentamos la brillante defensa, y le dije adónde podía escribir para hacer de intérprete judicial.

Jesse salió con un poco de guacamole y patatas fritas, otra copa para mí, cerveza para ellos. Carlotta se acomodó en el suelo para que se sentara, y se recostó en sus rodillas. Jesse le rodeó la garganta con una mano y siguió tomando la cerveza con la otra. Tenía unas manos delicadas, de dedos largos.

Nunca olvidaré ese gesto. Ninguno de los dos era insinuante o zalamero, nunca hacían gestos eróticos, ni siquiera demostraciones de cariño, pero había entre ellos una intimidad eléctrica. Él le agarró la garganta. No era un alarde de posesión; estaban fusionados.

—Por supuesto, Maggie puede conseguir el trabajo que quiera. Y puede buscar una casa y que sus hijos vuelvan a vivir con ella. La cuestión es que están mejor sin ella. Claro que la echan de menos, y ella los añora. Era una buena madre. Los ha criado como es debido, les ha dado carácter y valores, un sentido de pertenencia. Son chicos seguros de sí mismos y honestos. Se ríen mucho. Ahora están con su padre, que es muy rico. Puede mandarlos a Andover y Harvard, donde estudió él. El resto del tiempo pueden salir a navegar, ir de pesca y hacer submarinismo. Si vuelven con ella, me tendré que ir. Y si me voy, ella volverá a beber. No será capaz de parar, y eso será terrible.

—Y tú, ¿qué harás si te vas?

—¿Yo? Morirme.

El sol del ocaso estaba en los brillantes ojos azules de Carlotta. Se le llenaron de lágrimas, que quedaron atrapadas en las pestañas sin llegar a caer y reflejaron las palmeras verdes: parecía que llevara unas gafas turquesas.

—No llores, Maggie —dijo él. Le echó la cabeza hacia atrás y lamió las lágrimas.

—¿Cómo sabías que estaba llorando? —pregunté.

—Siempre lo sabe —dijo ella—. Por la noche a oscuras, cuando le doy la espalda, a lo mejor sonrío y me dice: «¿Qué te hace tanta gracia?».

—Ella es igual. A lo mejor está en la cama, fuera de combate. Roncando. Y yo sonrío. De repente abre los ojos y me mira sonriéndome.

Luego cenamos. Una comida fantástica. Hablamos de todo menos del juicio. No recuerdo cómo, empecé a contar historias de mi abuela rusa, docenas de anécdotas sobre ella. Les enseñé la palabra *shonda*. ¡Qué *shonda*!

Carlotta recogió la mesa. Las velas estaban a la mitad. Volvió con café y natillas. Cuando casi habíamos acabado, dijo:

—Jon, ¿puedo llamarte Consejero?

—No, por Dios —dijo Jesse—. Eso me recuerda al instituto. Me preguntará de dónde sale toda esa rabia mía. Llamémosle Magistrado. Magistrado, ¿ha estudiado un poco la penosa situación que aflige a esta dama?

—Así es, querido muchacho. Deje que traiga mi maletín y les enseñe a qué debemos atenernos.

Acepté un coñac. Ellos estaban tomando whisky con agua. Me entusiasmé. Quería ceñirme a los hechos, pero me dejaba llevar por la emoción. Repasé el documento y lo comparé con una lista de tres páginas de declaraciones falsas, equívocas, difamatorias o calumniosas del informe. «Lujuria», «comportamiento disipado», «actitud lasciva», «amenazante», «amenazadora», «armada y peligrosa». Páginas de declaraciones que predispondrían a un juez y un jurado contra mi cliente, y que de hecho a mí me habían dado una idea distorsionada de ella incluso después de hablar con Jesse.

Me hice una copia del atestado de seguridad del aeropuerto donde se afirmaba que tras registrar a Carlotta minuciosamente, así como su ropa y su bolso, no se habían encontrado drogas ni armas.

—Lo mejor de todo, sin embargo, es que acertaste, Jesse. Esos dos tipos tienen un largo historial de infracciones graves. Suspensiones por uso indebido de la fuerza, pegar a sospechosos. Dos investigaciones distintas por matar a sospechosos desarmados. Muchas, muchas quejas de brutalidad, abusos, arrestos falsos y manipulación de pruebas. ¡Y eso en solo unos días sin indagar muy a fondo! Sabemos que los dos agentes han estado suspendidos del cargo, los degradaron y los trasladaron de la ciudad a San Francisco Sur. Insistiremos en que Asuntos Internos los ha investigado, amenazaremos con denunciar al cuerpo de policía de San Francisco.

—Entonces no nos limitemos a amenazar, hagámoslo —dijo Jesse.

Aprendería a darme cuenta de que la bebida lo envalentonaba, mientras que a ella la hacía más frágil.

—No me veo con fuerzas de pasar por eso —dijo Carlotta, moviendo la cabeza.

—Mala idea, Jesse —dije—. Pero es una buena manera de manejar el caso.

El juicio no se celebraría hasta finales de junio. Aunque mis ayudantes siguieron reuniendo pruebas contra los policías, no había mucho más que discutir. Si no desestimaban el caso, tendríamos que posponer el juicio... y, bueno, rezar. Pero seguí yendo a su apartamento de Telegraph Avenue todos los viernes. Mi mujer, Cheryl, se ponía celosa y de mal humor. Sin contar los partidos de balonmano, era la primera vez que iba a algún sitio sin ella. No entendía por qué no podía acompañarme. Y yo no podía explicarlo, ni siquiera a mí mismo. Una vez incluso me acusó de tener una aventura.

Era como tener una aventura. Era impredecible y excitante. Los viernes esperaba con impaciencia el momento de ir. Estaba enamorado, de todos ellos. A veces Jesse, Joe, Ben (el hijo de Carlotta) y yo jugábamos al póquer o al billar. Jesse me enseñó a ser un buen jugador de póquer, y un buen jugador de billar. Me parecía el no va más ir con ellos a los salones de billar del centro sin ningún miedo. La presencia de Joe nos bastaba para andar tranquilos por cualquier sitio.

—Es como tener un pitbull, solo que más barato de alimentar —decía Jesse.

—También es bueno para otras cosas —dijo Ben—. Abre botellas con los dientes. Y siempre tiene la risa a punto.

Eso era verdad. Apenas hablaba, pero captaba el humor inmediatamente.

A veces íbamos a caminar con Ben por el centro de Oakland mientras él hacía fotos. Carlotta nos enseñó a hacer encuadres con las manos, mirar las cosas como a través de una lente. Le dije a Ben que eso había cambiado mi manera de ver el mundo.

A Joe lo que le gustaba era colarse en las fotografías. Al imprimir los contactos, aparecía sentado en los escalones de una casa con varios borrachos, o con pinta de haberse perdido en la entrada de un local, discutiendo sobre un pato con un carnicero chino.

Un viernes Ben trajo una Minolta, dijo que me la vendía por cincuenta dólares. Cómo no, me la quedé encantado. Luego me di cuenta de que le daba el dinero a Joe, y eso me hizo sospechar.

—Juega con ella antes de ponerle película. Llévala cuando vas a dar una vuelta, mira por el objetivo. Yo la mitad de las veces voy sin carrete en la cámara.

Las primeras fotografías que hice fueron en una tienda a unas pocas manzanas de mi oficina. Vendían zapatos sueltos por un dólar. En una parte del local hay montones de zapatos viejos para el pie izquierdo, a la derecha están los zapatos del pie derecho. Ancianos. Jóvenes pobres. El vendedor, un viejo en una mecedora, poniendo el dinero en una caja de avena Quaker.

Ese primer carrete de fotos me hizo más feliz que cualquier otra cosa en mucho tiempo, incluso que un buen juicio. Cuando les

313

enseñé los contactos, todos me chocaron la mano. Carlotta me dio un abrazo.

Ben y yo salimos juntos varias veces, a primera hora de la mañana, por el barrio chino, el barrio de almacenes al por mayor. Era una buena manera de conocer a alguien. A mí me llamaban la atención los niños con el uniforme de la escuela, mientras él enfocaba las manos de un anciano. Le dije que no me sentía a gusto fotografiando a la gente, que me parecía impertinente, rudo.

—Mamá y Jesse me ayudaron con eso. Siempre hablan con todo el mundo, y la gente habla con ellos. Si no consigo fotografiar a alguien sin que se dé cuenta, simplemente voy a hablar con él, me acerco y pregunto: «¿Te importa si te hago una foto?». La mayoría me dice: «Claro que me importa, imbécil». Pero a veces no les molesta.

Alguna vez hablábamos de Carlotta y Jesse. Como todos se llevaban tan bien, me sorprendió su rabia.

—Bueno, claro que estoy enfadado. En parte es una reacción infantil, los veo tan unidos que me siento al margen y me pongo celoso, como si hubiera perdido de golpe a mi madre y a mi mejor amigo. Otra parte de mí, en cambio, se alegra. Hasta ahora nunca los había visto felices, a ninguno de los dos. El problema es que alimentan mutuamente su lado destructivo, el odio que sienten hacia sí mismos. Él no ha tocado, ella no ha escrito desde que se mudaron a Telegraph Avenue. Se están fundiendo el dinero de Jesse, básicamente se lo están bebiendo.

—Nunca me ha dado la impresión de que estén borrachos —le dije.

—Porque nunca los has visto sobrios. Y no empiezan a beber de verdad hasta que nosotros nos vamos. Entonces salen por ahí a dar tumbos, a perseguir coches de bomberos, sabe Dios... Una vez se colaron en el depósito de correos y les dispararon. Al menos son borrachos pacíficos. Se tratan con una dulzura increíble. Ella nunca fue mala con nosotros de pequeños, nunca nos pegó. Nos quiere. Por eso no me cabe en la cabeza que no traiga a mis hermanos de vuelta.

Otra vez, en Telegraph Avenue, Ben me enseñó la letra de una canción que Jesse había escrito. Era estupenda. Madura, irónica, tierna. Me recordó a una mezcla de Dylan, Tom Waits y Johnny Cash. También me mostró un número del *Atlantic Monthly* con un cuento de su madre. Había leído el relato hacía unos meses y me pareció genial.

—¿Vosotros habéis escrito estas cosas tan estupendas?

Los dos se encogieron de hombros.

Por más sentido que tuviera lo que Ben decía, yo no veía nada de ese odio hacia sí mismos o ese afán de destrucción. Estar con ellos parecía sacar un lado positivo en mí, un lado sentimental.

Carlotta y yo estábamos solos en la terraza. Le pregunté por qué me sentaba tan bien estar allí.

—¿Será simplemente porque todos son jóvenes?

Ella se rio.

—Aquí nadie es joven. Ben nunca fue joven. Yo nunca fui joven. Probablemente tú también fueras un niño viejo, y te caemos bien porque puedes hacer el papel que quieras. Actuar es un juego maravilloso, ¿verdad? Te gusta venir aquí porque el resto de tu vida se desvanece. Nunca mencionas a tu mujer, así que seguro que ahí hay problemas. En tu trabajo seguro que hay problemas. Jesse permite a todo el mundo ser como es y pensar en sí mismo. Que no pasa nada por ser egoísta.

»Estar con Jesse es una especie de meditación. Como estar en la posición de loto, o en una cámara de aislamiento sensorial. El pasado y el futuro desaparecen. Los problemas y las decisiones desaparecen. El tiempo desaparece y el presente adquiere un color exquisito y existe enmarcado tan solo en este instante, exactamente igual que los encuadres que hacemos con las manos.

Me di cuenta de que había bebido, pero aun así entendí lo que quería decir, supe que tenía razón.

Durante un tiempo, Jesse y Maggie dormían cada noche en una azotea distinta del centro. Como me costaba entender por qué lo hacían, un día me llevaron. Primero encontramos la vieja trampilla metálica de la salida de incendios, y Jesse dio un salto y bajó la escalera. Cuando subimos y llegamos a la escalera de mano, la retiró de nuevo. Entonces trepamos, muy alto. Era escalofriante y mágico asomarse y ver el estuario, la bahía. La última luz rosada del ocaso tras el Golden Gate. El centro de Oakland estaba silencioso y desierto.

—Los fines de semana, ahí abajo es como en *La hora final*—dijo Jesse.

Me sobrecogió el silencio, la sensación de estar allí solos, con la ciudad a nuestros pies, el cielo envolviéndonos. No sabía muy bien dónde estábamos hasta que Jesse me llamó para que me asomara a una de las cornisas.

—Mira.

Miré, y entonces me di cuenta. Era mi oficina, en el decimoquinto piso del edificio Leyman, unas pocas plantas más arriba de nosotros. Unas ventanas más allá se veía el despacho de Brillig. La pequeña lámpara de concha estaba encendida. Reconocí a Brillig sentado frente a su escritorio, sin chaqueta ni corbata, con los pies en un escabel. Leía. Montaigne, probablemente, porque el libro estaba encuadernado en cuero y Brillig sonreía.

—No está bien hacer esto —dijo Carlotta—. Vámonos.

—Normalmente te encanta mirar a la gente por las ventanas.

—Sí, pero si los conoces ya no es imaginar, sino espiar.

Mientras bajábamos por la salida de incendios, pensé que ese tipo de discusión reflejaba por qué me gustaban. Ellos nunca discutían por nimiedades.

Una vez llegué cuando Joe y Jesse todavía no habían vuelto de pescar. Ben estaba en casa. Maggie había llorado. Me pasó una carta de su hijo de quince años, Nathan. Una carta enternecedora, donde le contaba cómo les iba todo y le decía que querían volver.

—Y bien, ¿tú qué opinas? —le pregunté a Ben cuando ella fue a lavarse la cara.

—Me gustaría que abandonaran esa idea de que es o Jesse o los niños. Si ella consiguiera un trabajo y una casa, si dejara de beber, si él viniera de vez en cuando, se darían cuenta de que podría funcionar. Y puede funcionar. El problema es que los dos temen que si uno está sobrio, el otro se marche.

—¿Ella dejará de beber si él se marcha?

—Dios, no. No quiero ni pensarlo.

Ben y Joe fueron a un partido de béisbol aquella noche. Joe siempre se refería a los Atléticos de Oakland como «los putos ases».

—Hoy pasan por televisión *Cowboy de medianoche*. ¿Quieres venir a verla? —me preguntó Jesse.

Claro, dije, me encantaba esa película. Pensé que la idea era ir a un bar, aunque él no tuviera la edad. No, se referían a la estación de autobuses: nos sentamos en una hilera de asientos, cada uno con un televisor pequeñito al que le íbamos echando monedas. Durante los anuncios, Carlotta fue a buscar más cambio y palomitas. Después fuimos a un restaurante chino, pero estaban cerrando.

—Sí, siempre llegamos a la hora que cierran. Entonces es cuando piden pizza de otro sitio.

Cómo habían averiguado eso originalmente, no consigo imaginarlo. Me presentaron al camarero, le dimos dinero y nos sentamos a la misma mesa con los demás camareros, cocineros y lavaplatos, a comer pizza y tomar Coca-Cola. Las luces estaban apagadas; cenamos a la luz de las velas. Todos hablaban en chino, asentían con la cabeza cuando nos pasaban los distintos tipos de pizza. De alguna manera me sentí en un restaurante chino de verdad.

La noche siguiente Cheryl y yo habíamos quedado a cenar con unos amigos en Jack London Square. Hacía una noche agradable, íbamos con la capota del Porsche bajada. Habíamos tenido un buen día, habíamos hecho el amor y retozado en la cama. Estábamos cerca del restaurante, riéndonos, de buen humor. Nos detuvo uno de los lentos trenes de carga que indefectiblemente atraviesan la plaza. Aquel parecía no acabar nunca. Oí un grito.

—¡Consejero! ¡Jon! ¡Eh, Magistrado! —Jesse y Carlotta me saludaban desde un vagón, echando besos al aire.

—No me lo digas —dijo Cheryl—. Seguro que son Peter Pan y su madre —y añadió—: Los Bonnie y Clyde particulares de Jon.

—Cierra la boca.

Nunca le había hablado así. Cheryl siguió mirando al frente, como si no me hubiera oído. Fuimos al restaurante de lujo con nuestros amigos elegantes, elocuentes y liberales. La comida era excelente, los vinos perfectos. Hablamos de cine y de política y de temas legales. Cheryl estuvo encantadora; yo estuve ingenioso. Algo terrible había ocurrido entre nosotros.

Ahora Cheryl y yo estamos divorciados. Creo que nuestro matrimonio empezó a acabarse por aquellas noches de viernes, no porque ella se liara con otro. Le daba rabia que nunca la llevara conmigo. No sé si me resistía por miedo a que no le cayeran bien o que a ellos no les cayera bien Cheryl. O quizá otra cosa..., una parte de mí que me avergonzaba que ella viera.

Jesse y Carlotta ya se habían olvidado del vagón cuando nos volvimos a ver.

—Maggie es incorregible. Podríamos aprender y cogerle el tranquillo. Podríamos viajar por todo Estados Unidos. Pero cada vez que empieza el traqueteo se pone histérica. A lo más que hemos llegado es a Richmond y Fremont.

—No, una vez llegamos a Stockton. Lejos. Pasé miedo, Jon. Aunque también es bonito, y te sientes muy libre, como si fuera un tren para ti solo. El problema es que Jesse no le teme a nada. ¿Y si acabamos en Dakota del Norte en medio de una tormenta de nieve, y nos quedamos ahí atrapados? Vaya una gracia. Muertos de frío.

—Maggie, no puedes ser tan sufridora. ¿No ves el daño que te haces? Calentándote la cabeza por una tormenta de nieve en Dakota del Sur...

—Dakota del Norte.

—Jon, dile que no sea tan sufridora.

—Todo va a salir bien, Carlotta —dije. Pero también estaba asustado.

Comprobamos que el vigilante del puerto no anduviera por allí. A las siete y media siempre estaba en la otra punta del muelle. Lanzábamos nuestro macuto al otro lado de la valla y luego la saltábamos, en la zona cerca del agua donde no está conectada a la alarma. Nos llevó unos cuantos intentos encontrar el barco perfecto para nosotros, *La Cigale*. Un velero grande precioso, con la cubierta de teca. Sobresalía poco del agua. Desplegábamos los sacos de dormir, poníamos la radio baja, comíamos bocadillos y tomábamos cerveza. Más tarde bebíamos whisky. Hacía fresco y olía a mar. Alguna vez la bruma escampó y vimos las estrellas. La mejor parte era cuando los grandes buques japoneses cargados de coches entraban por el estuario. Como rascacielos en movimiento, todos iluminados. Barcos fantasma que se deslizaban sin hacer ningún ruido. Levantaban olas enormes, silenciosas, que nos mecían antes de romper. Nunca había más de una o dos siluetas en las cubiertas. Hombres solos fumando, mirando hacia la ciudad con ademán inexpresivo.

Los petroleros mexicanos eran justo lo contrario. Oíamos la música, olíamos el humo de los motores antes de ver los cascos herrumbrosos. La tripulación en pleno se asomaba por los flancos a saludar a las chicas de las terrazas de los restaurantes. Todos los marineros se reían, fumaban o estaban comiendo. Una vez no pude evitarlo, grité *«¡Bienvenidos!»*, y el vigilante me oyó. Se acercó y nos apuntó con su linterna.

—Os he visto un par de veces por aquí. Supuse que no hacíais daño a nadie, y que no estabais robando, pero me podríais meter en un buen lío.

Jesse le hizo señas para que bajara. Hasta le dijo «Bienvenido a bordo». Le dimos un bocadillo y una cerveza y le dijimos que si nos pillaban, nos encargaríamos de que nadie pudiera pensar que nos había visto. Se llamaba Solly. A partir de entonces venía todas las noches, a cenar a las ocho, y luego se marchaba a hacer sus rondas. Nos despertaba por la mañana, antes de que amaneciera, justo cuando las gaviotas empezaban a volar a ras del agua.

Noches suaves de primavera. Hacíamos el amor, bebíamos, hablábamos. ¿De qué hablábamos tanto? A veces nos pasábamos toda la noche hablando. Una vez hablamos de las cosas malas que vivimos de niños. Incluso las escenificamos juntos. Fue emocionante, turbador. Nunca más lo hicimos. Charlábamos sobre la gente, más que nada, las personas que conocíamos al caminar por la ciudad. De Solly. Me encantaba oírlos a él y a Jesse conversar sobre las tareas del campo. Solly era de Grundy Center, Iowa, lo habían destinado a Treasure Island cuando estuvo en la marina.

Jesse nunca leía libros, pero las palabras de la gente le hacían feliz. Una anciana negra, que nos dijo que era más vieja que la sal y la pimienta. Solly, que nos contó que se largó de casa cuando su mujer empezó a lanzarle dardos con la mirada y siempre estaba de uñas.

Jesse hacía que todo el mundo se sintiera importante. No era amable. «Amable» es una palabra como «caridad»; implica un esfuerzo. Como esas pegatinas de los parachoques que promueven los gestos de amabilidad espontáneos. Deberían ser así siempre, no actos de voluntad. Jesse mostraba empatía y curiosidad por todo el mundo. Toda la vida he tenido la impresión de no existir siquiera. Jesse me vio. A mí. Vio quién soy. A pesar de todas las cosas peligrosas que hicimos, solo con él me he sentido a salvo.

La idea más descabellada que se nos ocurrió fue ir nadando hasta la isla en el lago Merritt. Envolvimos nuestros bártulos —ropa de recambio, comida, whisky, cigarrillos— en plástico y empezamos a nadar. Más lejos de lo que parece. El agua estaba helada, tan sucia que olía a rayos, y nosotros apestábamos también, incluso después de cambiarnos de ropa.

El parque de día es precioso, lomas sinuosas y viejos robles, la rosaleda. De noche latía de miedo y maldad. Sonidos espantosos nos llegaban amplificados por el agua. Sexo rabioso y peleas, botellas rotas. Gente vomitando y gritando. Mujeres abofeteadas. La policía y gruñidos, golpes. El ruido ahora familiar de las linternas. Las ondas rompían en nuestra pequeña isla arbolada, pero nos quedamos bebiendo ateridos hasta que se calmó lo necesario para atrevernos a volver a nado a la otra orilla. El agua debía de estar contaminada de verdad, los dos pasamos varios días enfermos.

Ben se presentó una tarde en casa. Estaba sola. Joe y Jesse habían ido a jugar al billar. Ben me agarró del pelo y me llevó al cuarto de baño.

—¡Mírate, borracha! ¿Quién eres? ¿Qué hay de mis hermanos? Papá y su novia se meten cocaína. Quizá contigo morirían en un accidente de coche o quemarías la casa, pero al menos no pensarían que beber tiene glamour. Te necesitan. Yo te necesito. Necesito no odiarte —estaba llorando.

Tan solo pude hacer lo que había hecho un millón de veces antes. Repetir sin cesar: «Lo siento».

Pero cuando le dije a Jesse que teníamos que parar, dijo: de acuerdo. Y por qué no dejar el tabaco, de paso. Les dijimos a los chicos que nos íbamos de acampada cerca de Big Sur. Tomamos la ruta 1, la serpenteante carretera de los acantilados. Había luna y la espuma del océano era blanca fosforescente. Jesse conducía con las luces apagadas, lo cual era aterrador, y así empezó nuestra pelea. Después de llegar y adentrarnos en los bosques comenzó a llover. Llovía, llovía, y volvimos a discutir, por algo sobre los fideos ramen. Hacía frío, y para colmo nos entraron unos temblores horribles. Solo duramos una noche. Volvimos a casa y nos emborrachamos. Luego tratamos de bajar poco a poco antes de intentarlo de nuevo.

Esa vez salió mejor. Fuimos a Point Reyes. Estaba despejado y hacía buen tiempo. Mirábamos el océano durante horas, en silencio. Hacíamos caminatas por el bosque, corríamos por la playa, comentábamos lo buenas que estaban las granadas. Llevábamos allí tres días más o menos cuando nos despertaron unos extraños gruñidos. Hollando el suelo del bosque se acercaban unas criaturas entre la neblina, similares a alienígenas con cabezas oblongas, que emitían sonidos guturales y risas raras. Caminaban con las piernas rígidas y paso tambaleante.

—Buenos días. Perdón por molestaros —dijo un hombre.

Resultó ser un grupo de varios adolescentes retrasados. Sus cabezas alargadas en realidad eran los sacos de dormir enrollados en lo alto de las mochilas.

—Dios, necesito un cigarrillo —dijo Jesse.

Estuvo bien llegar a casa, a Telegraph Avenue. Seguíamos sin probar el alcohol.

—Es increíble cuánto tiempo consumía beber, ¿no, Maggie?

Íbamos al cine. Vimos *Malas tierras* tres veces. Ninguno de los dos podíamos dormir. Hacíamos el amor día y noche, como si estuviéramos furiosos uno con el otro, resbalando de las sábanas de seda hasta el suelo, sudando y extenuados.

Una noche Jesse entró en el cuarto de baño cuando yo estaba leyendo una carta de Nathan. Decía que tenían que volver a casa. Nos peleamos toda la noche. Pelea de verdad, con puñetazos y patadas y arañazos hasta que terminamos llorando tirados en el suelo. Acabamos emborrachándonos a lo bestia durante varios días, pasados como nunca. Al final estaba tan envenenada por el alcohol que una copa no me hacía nada, no me calmaba los temblores. Me asusté, me entró el pánico. No me veía capaz de dejarlo, creía que nunca podría cuidar de mí misma, mucho menos de mis hijos.

Estábamos desquiciados, y juntos nos desquiciábamos aún más. Decidimos que ninguno de los dos merecía vivir. Jesse nunca llegaría a ser músico, ya lo había echado por la borda. Yo había fracasado como madre. Éramos alcohólicos empedernidos. No podíamos vivir juntos. Ninguno de los dos encajaba en este mundo. Así que lo mejor era morir. Resulta violento escribir esto. Suena tan egoísta y melodramático. Cuando lo dijimos, era una verdad funesta y terrible.

A la mañana siguiente nos subimos al coche y nos dirigimos a San Clemente. Yo llegaría a la casa de mis padres el miércoles. El jueves iría a la playa y me metería en el mar. Así sería un accidente y mis padres se ocuparían de mi cadáver. Jesse volvería conduciendo y se ahorcaría el viernes, para que Jon lo encontrara muerto.

Nos tuvimos que moderar un poco con la bebida solo para hacer el viaje. Llamamos a Jon, Joe y Ben, para que supieran que nos íbamos, y quedamos en verlos el viernes siguiente. Nos lo tomamos sin prisas. Fue un viaje maravilloso. Nadamos en el océano. Carmel y el castillo de Hearst. Newport Beach.

Newport Beach estuvo genial. La señora del motel llamó a la puerta y me dijo: «Olvidé darle las toallas a su marido».

Estábamos viendo *Valle de pasiones* cuando Jesse dijo:

—¿Qué te parece? ¿Nos casamos o nos suicidamos?

Llegando a la casa de mis padres nos enzarzamos en una discusión ridícula. Jesse quería ver la casa de Richard Nixon antes de dejarme allí. Le dije que no quería que uno de los últimos actos de mi vida fuera visitar la casa de Nixon.

—Bueno, pues largo, sal del coche.

Me dije que no saldría si me decía que me quería, pero solo me dijo:

—A ver esa sonrisa, Maggie.

Me bajé, saqué mi maleta del asiento trasero. No pude sonreír. Jesse se fue.

Mamá era bruja; lo sabía todo. No les había hablado de Jesse. Les había contado que me habían despedido de la escuela, que los niños estaban en México, que andaba en busca de trabajo. Pero apenas llevaba una hora allí cuando me dijo:

—Entonces ¿estás pensando en suicidarte o qué?

Les dije que me desmoralizaba no encontrar trabajo, que echaba de menos a mis hijos. Hacerles una visita me había parecido una buena idea, pero ahora sentía que solo estaba postergando las cosas. Se mostraron bastante comprensivos. Todos bebimos mucho aquella noche.

A la mañana siguiente mi padre me llevó al aeropuerto John Wayne y me compró un billete a Oakland. No se cansaba de repetir que buscara un puesto de recepcionista en la consulta de un médico, donde conseguiría prestaciones.

Iba en el autobús de la línea de MacArthur de camino a Telegraph Avenue más o menos a la hora en que supuestamente tenía que ahogarme. Fui corriendo desde la calle 40 hasta casa, aterrada ante la posibilidad de que Jesse ya hubiera muerto.

No estaba en casa. Había tulipanes lilas por todas partes. En jarrones y latas y cuencos. Por todo el apartamento, el cuarto de baño, la cocina. En la mesa encontré una nota. «No puedes dejarme, Maggie.»

Se acercó a mí por la espalda, me dio la vuelta contra la cocina. Me abrazó, me levantó la falda y me bajó las bragas, me penetró y se corrió. Pasamos toda la mañana en el suelo de la cocina. Otis Redding y Jimi Hendrix. «When a Man Loves a Woman.» Jesse preparó nuestro sándwich favorito. Pollo en pan de molde con mayonesa. Sin sal. Es un sándwich horrible. Me temblaban las piernas de hacer el amor, tenía la cara dolorida de sonreír.

Nos duchamos y nos vestimos, pasamos la noche en nuestra azotea. No hablamos. Jesse solo dijo: «Ahora es mucho peor». Asentí, acurrucada en su pecho.

A la noche siguiente llegó Jon, luego Joe y Ben. Ben se alegró al ver que no bebíamos. No lo habíamos decidido, simplemente no bebimos. Por supuesto todos preguntaron por los tulipanes.

—Esto necesitaba un poco de color, joder —dijo Jesse.

Decidimos pedir comida para llevar en Flint's Barbeque e ir al puerto deportivo de Berkeley.

—Ojalá pudiéramos llevarlos a nuestro barco —dije.

—Yo tengo un barco —dijo Jon—. Salgamos a navegar.

Su barco era más pequeño que *La Cigale,* pero igualmente bonito. Salimos del puerto, utilizando el motor, y recorrimos toda la bahía mientras se ponía el sol. Fue hermoso, las ciudades, el puente, el rocío salobre. Volvimos al muelle y cenamos en la cubierta. Solly pasó por allí, pareció asustado al vernos. Le presentamos a Jon, le contamos que nos había llevado a navegar.

Solly sonrió.

—Caray, seguro que os ha encantado. ¡Un paseo en barco!

Joe y Ben se reían. A ellos les había encantado, salir a la bahía, el olor y la libertad. Hablaban de hacerse con un bote y vivir allí. Planearon todos los detalles.

—¿Y a vosotros qué os pasa? —nos preguntó Joe.

Era verdad. Los tres guardábamos silencio, allí sentados.

—Estoy deprimido —dijo Jon—. Hace un año que tengo este barco, y es la tercera vez que lo saco. Nunca he navegado con el maldito trasto. Mis prioridades están manga por hombro. Mi vida es un desastre.

—A mí... —Jesse movió la cabeza, no terminó la frase.

Supe que estaba triste por la misma razón que yo. Ese era un barco de verdad.

Jesse dijo que no quería ir al juzgado. Quedé con Carlotta en que pasaría bien temprano a buscarla. Era la época del racionamiento de petróleo, así que nunca sabías lo largas que serían las colas. La recogí en la gasolinera, enfrente de Sears. Jesse estaba con ella, pálido, con cara de resaca.

—Vamos, hombre. No te preocupes. Irá bien —le dije. Asintió.

Ella se cubrió el pelo con un pañuelo. Tenía la mirada clara y parecía tranquila, con un vestido rosa palo, manoletinas de cuero y una cartera de mano.

—¡Jackie O va a los tribunales! El vestido es perfecto —dije.

Se despidieron con un beso.

—Odio ese vestido —dijo Jesse—. Cuando vuelvas voy a quemarlo.

Se quedaron de pie mirándose fijamente.

—Anda, sube al coche. No vas a ir a la cárcel, Carlotta, te lo prometo.

Esperamos un buen rato para echar gasolina. Hablamos de todo salvo del juicio. Hablamos de Boston. De la librería Grolier. Del restaurante Lochober. Le conté que Cheryl tenía una aventura. Que yo no sabía qué pensar. De la aventura, del matrimonio.

Carlotta puso su mano sobre la mía, en el cambio de marchas.

—Cuánto lo siento, Jon —dijo—. Lo más difícil es no saber lo que piensas. Una vez lo averigües, bueno, entonces todas tus dudas se disiparán. Supongo.

—Muchas gracias —sonreí.

Los dos agentes de policía estaban en la sala. Carlotta se sentó enfrente de ellos, en los asientos destinados al público. Hablé con el fiscal y el juez y fuimos a sus dependencias. Los dos la miraron con dureza antes de entrar.

—Sí, sí, entonces ¿cuál es su propuesta?

—Proponemos denunciar al Departamento de Policía de San Francisco a menos que se desestimen todos los cargos.

El juez se lo pensó, pero no tardó en decidirse.

—Me parece conveniente desestimar los cargos.

El fiscal ya lo veía venir, pero me di cuenta de que detestaba enfrentarse a los policías.

Volvimos a la sala, donde el juez dijo que debido a una causa pendiente contra el Departamento de Policía de San Francisco, creía oportuno retirar todos los cargos contra Carlotta Moran. Si los agentes hubieran tenido linternas a mano, habrían aporreado a Carlotta hasta matarla allí mismo. Ella no pudo resistirse a poner una sonrisa angelical.

Me sentí decepcionado. Había sido tan rápido... Y esperaba ver a Carlotta más contenta, más aliviada. Si el otro abogado hubiera llevado el caso, ahora estaría entre rejas. Incluso me atreví a decírselo, para sacarle algún cumplido.

—Oye, no estaría de más un poco de alegría... de gratitud, ¿no crees?

—Perdona, Jon. Claro que me alegra. Claro que estamos agradecidos. Y sé lo que cobras. En realidad te debemos miles y miles de dólares. Más que eso me alegra que nos hayamos conocido, y que te cayéramos bien. Y nosotros ahora te queremos —entonces me dio un cálido abrazo, con una gran sonrisa.

Me avergoncé, le dije que olvidara el dinero, que había sido algo más que un caso. Nos subimos al coche.

—Jon, necesito beber algo. A los dos nos vendrá bien desayunar.

Paré y le compré una petaca de Jim Beam. Tomó unos buenos tragos antes de que llegáramos a Denny's.

—Vaya mañanita. Podríamos estar en Cleveland. Mira a nuestro alrededor —en el Denny's de Redwood City te sentías en la América profunda.

Me di cuenta de que se esforzaba por demostrarme que estaba contenta. Me pidió que le explicara cómo había ido todo, qué dije yo, qué dijo el juez. De camino a casa me preguntó por otros casos, cuáles eran mis favoritos. No entendí qué sucedía hasta que estábamos en el puente de la bahía y vi las lágrimas. Cuando salimos del puente paré a un lado de la carretera, le ofrecí mi pañuelo. Se retocó la cara en el espejo, me miró con un rictus de sonrisa.

—Bueno, supongo que se acabó la fiesta —le dije. Levanté la capota del coche justo a tiempo. Empezó a arreciar la lluvia cuando reemprendimos la marcha hacia Oakland—. ¿Qué vas a hacer?

—¿Tú qué recomiendas, Consejero?

—No seas sarcástica, Carlotta. No te pega.

—Hablo muy en serio. ¿Qué harías tú?

Negué con la cabeza. Pensé en su cara al leer la carta de Nathan. Recordé la mano de Jesse rodeándole la garganta.

—¿Tú ves claro lo que vas a hacer?

—Sí —susurró—. Lo veo claro.

Él estaba esperando en la esquina de Sears. Empapado.

—¡Para! ¡Ahí está Jesse!

Carlotta se bajó. Él se acercó, preguntó cómo había ido.

—A pedir de boca. Salió redondo.

Alargó el brazo y me estrechó la mano.

—Gracias, Jon.

Al doblar la esquina aparqué junto al bordillo y los vi alejarse bajo el aguacero, ambos metiendo adrede los pies en los charcos, chocando suavemente uno con el otro.

Mamá

—Mamá lo sabía todo —dijo mi hermana Sally—. Era bruja. Incluso ahora que está muerta me da miedo que pueda verme.

—A mí también. Me preocupo sobre todo cuando meto la pata hasta el fondo. Lo más triste es que cuando hago algo bien me gustaría que me viera. «Eh, mamá, fíjate en esto.» ¿Y si los muertos andan a su antojo mirándonos a todos, partiéndose de risa? Dios, Sally, eso suena como una de las cosas que diría mamá. ¿Y si resulta que soy igual que ella?

Nuestra madre se preguntaba cómo serían las sillas si dobláramos las rodillas al revés. ¿Y si a Jesucristo lo hubieran electrocutado? En lugar de llevar crucifijos en las cadenas, la gente iría por ahí con sillas colgando del cuello.

—A mí me dijo: «Hagas lo que hagas, no procrees» —recordó Sally—. Y que si era tan idiota como para casarme alguna vez, me asegurara de elegir a un hombre rico que me adorara. «Nunca, jamás te cases por amor. Si amas a un hombre, querrás estar siempre a su lado, complacerlo, hacer cosas por él. Le preguntarás: "¿Dónde has estado?" o "¿En qué estás pensando?" o "¿Me quieres?". Así que acabará pegándote. O saldrá a por cigarrillos y no volverá.»

—Mamá odiaba la palabra «amor». La decía con el mismo desprecio que la gente dice la palabra «furcia».

—Odiaba los niños. Una vez la fui a buscar a un aeropuerto cuando mis cuatro hijos eran pequeños, y chilló «¡Quítamelos de encima!», como si fueran una manada de dóberman.

—No sé si me repudió por casarme con un mexicano o porque era católico.

—Culpaba a la Iglesia católica de que la gente tuviera tantos hijos. Decía que los papas habían hecho correr el rumor de que el amor hacía feliz a la gente.

«El amor te hace desgraciado», decía nuestra madre. «Mojas la almohada llorando hasta quedarte dormida, empañas las cabinas telefónicas con tus lágrimas, tus sollozos hacen aullar al perro, fumas dos cigarrillos a la vez.»

—¿Papá te hizo desgraciada? —le pregunté.

—¿Tu padre? Él no podía hacer desgraciado a nadie.

Aun así, recurrí al consejo de mi madre para salvar el matrimonio de mi hijo. Coco, su mujer, me llamó, llorando a mares. Ken quería vivir por su cuenta unos meses. Necesitaba su propio espacio. Coco lo adoraba; estaba desesperada. De pronto me descubrí dándole consejos con la voz de mi madre. Literalmente, con su acento nasal de Texas, con su desdén.

—Pues dale a ese idiota un poco de su propia medicina.

Le dije que no se le ocurriera pedirle que volviera a casa.

—No lo llames. Mándate flores con tarjetas misteriosas. Enséñale a su loro gris africano a decir: «¡Hola, Joe!».

Le recomendé que se abasteciera de hombres, hombres guapos, bien plantados. Que les pagara si era necesario, solo para que se pasaran a verla. Que los invitara a Chez Panisse a almorzar. Que se asegurara de que hubiera hombres distintos en casa cuando Ken se presentara, a buscar ropa o a visitar al loro. Coco siguió llamándome. Sí, estaba haciendo lo que le había dicho, pero Ken aún no había ido a casa. Sin embargo, ya no sonaba tan apenada.

Finalmente un día Ken me telefoneó.

—Eh, mamá, agárrate... Coco es una pécora de cuidado. Voy a buscar unos CD a nuestro apartamento, ¿vale? Y me encuentro ahí a ese tipo. Un ciclista, con un maillot morado de licra, probablemente sudoroso, tumbado en mi cama, viendo a Oprah en mi televisor, dándole de comer a mi pájaro.

¿Qué puedo decir? Ken y Coco han vivido felices desde entonces. Hace poco estuve de visita en su casa y sonó el teléfono. Coco contestó, habló un rato, riéndose de vez en cuando. Cuando colgó, Ken le preguntó «¿Quién era?». Coco sonrió: «Bah, un chico que conocí en el gimnasio».

—Mamá echó por tierra mi película favorita —le conté a Sally—. *La canción de Bernadette.* Entonces yo iba al colegio St. Joseph y aspiraba a hacerme monja, o preferiblemente llegar a ser una santa. Tú no tendrías más de tres años. Vi aquella película tres veces. Al final accedió a venir conmigo al cine. No paró de reírse en todo el rato. Dijo que la bella dama no era la Virgen María. «Es Dorothy Lamour, por amor de Dios.» Durante semanas se burló de la Inmaculada Concepción. «Tráeme una taza de café, ¿te importa? No me puedo levantar. Soy la Inmaculada Concepción.» O, hablando por teléfono con su amiga Alice Pomeroy, decía: «Hola, soy yo, la virgen de los sudores». O bien: «Hola, aquí la concepción exprés».

—Era ingeniosa, no lo negarás. Como cuando le daba cinco centavos a un pordiosero y decía: «Disculpe, joven, pero ¿cuáles son sus sueños y aspiraciones?». O cuando encontraba un taxista hosco y le decía: «Hoy parece usted bastante reflexivo y taciturno».

—No, incluso su sentido del humor era escalofriante. Las notas de suicidio que escribió a lo largo de los años, siempre dirigidas a mí, solían ser bromas. Cuando se cortó las venas, firmó «Mary la Sangrienta». Cuando se tomó pastillas, escribió que prefería no intentarlo con una soga porque era demasiado lío. La última carta que me mandó no era divertida. Decía que sabía que yo nunca la perdonaría. Que ella tampoco me perdonaba por haber destrozado mi vida.

—A mí nunca me escribió una nota de suicidio.

—No me lo puedo creer, Sally, ¿estás celosa de que me las escribiera a mí?

—Bueno, sí, la verdad.

Cuando murió nuestro padre, Sally voló desde Ciudad de México a California. Llegó a casa de mamá y llamó a la puerta. Mamá se asomó a la ventana, pero no la dejó entrar. Había renegado de Sally hacía años y años.

—Echo de menos a papá —le gritó Sally desde el otro lado del vidrio—. Me estoy muriendo de cáncer. ¡Ahora te necesito, mamá!

Ella se limitó a cerrar las persianas e ignoró los golpes de mi hermana en la puerta.

Sally lloraba, recreando la escena y otras escenas más tristes, una y otra vez. Al final estaba muy enferma y preparada para morir. Había dejado de padecer por sus hijos. Estaba serena, encantadora y dulce. Aun así, de vez en cuando, la rabia se apoderaba de ella y no la soltaba, negándole la paz.

Así que empecé a contarle historias a Sally todas las noches, como si fueran cuentos de hadas.

Le contaba anécdotas divertidas de nuestra madre. Como aquella vez que quería abrir una bolsa de patatas fritas Granny Goose, pero al final se rindió. «La vida es demasiado dura, maldita sea», dijo, y lanzó la bolsa de patatas por los aires.

Le conté que mamá no había hablado con su hermano Fortunatus durante treinta años. Finalmente él la invitó a comer a un restaurante de lujo, el Top of the Mark, para enterrar el hacha. «¡En su cabeza de viejo pomposo!», farfulló mi madre. Se lo hizo pagar caro, de todos modos. Fortunatus la obligó a pedir faisán y, cuando se lo trajeron cubierto con una campana de cristal, mamá le dijo al camarero: «Eh, muchacho, ¿no tienes un poco de ketchup?».

Más que nada le contaba a Sally historias de cómo era mi madre en otros tiempos. Antes de darse a la bebida, antes de hacernos daño. Érase una vez...

—Mamá está apoyada en la barandilla del barco a Juneau. Va a conocer a Ed, su futuro esposo. En busca de una nueva vida. Estamos en 1930. Ha dejado atrás la Gran Depresión, ha dejado atrás al abuelo. Toda la pobreza sórdida y el dolor de Texas han desaparecido. El barco surca las olas, ya cerca de la costa, en un día radiante. Ella mira el intenso azul del agua y los pinos verdes en la orilla de esa tierra nueva, virgen. Hay icebergs y gaviotas.

»Sobre todo debemos tener presente que era una mujer muy menuda, medía poco más de metro sesenta. Solo a nosotras nos parecía enorme. Y tan joven, diecinueve años. Era muy hermosa, morena y delgada. En la cubierta del barco, se mece contra el viento. Es frágil. Tiembla de frío y de emoción. Fumando, con el cuello de pieles ceñido alrededor de su cara en forma de corazón, su pelo azabache.

»El tío Guyler y el tío John le habían comprado a mamá aquel abrigo como regalo de bodas. Todavía lo llevaba seis años después, así que se grabó en mi memoria. Solía enterrar mi cara en las pieles apelmazadas por la nicotina. No mientras ella lo llevaba puesto. No soportaba que la tocaran. Si te acercabas, levantaba la mano como para protegerse de un golpe.

»En la cubierta del barco se siente bonita y mayor. Había hecho amistades durante la travesía, desplegando sus encantos, su ingenio.

El capitán flirteaba con ella. Le servía más ginebra, que a ella le daba vértigo, y la hacía reírse a carcajadas mientras le susurraba: "¡Me está rompiendo el corazón, belleza de tez morena!".

»Cuando el barco atracó en el puerto de Juneau, sus ojos azules se llenaron de lágrimas. No, tampoco la vi llorar jamás. Era algo así como Escarlata en *Lo que el viento se llevó*. Se hizo una promesa. Jamás volverán a hacerme daño.

»Sabía que Ed era un buen hombre, íntegro y cariñoso. La primera vez que le dejó acompañarla a casa, en Upson Avenue, estaba avergonzada. Todo era decadente; el tío John y el abuelo estaban borrachos. Temió que Ed no quisiera volver a salir con ella. Pero la estrechó entre sus brazos y dijo: "Yo te protegeré".

»Alaska era tan maravillosa como había imaginado. Recorrieron regiones inexploradas en aviones que podían aterrizar en lagos helados, esquiaban en el silencio y vieron alces, osos polares, lobos. Acampaban en los bosques en verano y pescaban salmones, ¡vieron osos grizzlies y cabras blancas de las montañas! Hicieron amigos; ella se unió a un grupo de teatro y fue la médium en *Un espíritu burlón*. Los actores hacían fiestas y cenas en las que cada uno llevaba algo, hasta que Ed le dijo que no podía seguir con el teatro porque bebía más de la cuenta, su comportamiento no era digno de una mujer casada. Entonces nací yo. Papá tuvo que ir a Nome varios meses, y se quedó sola con una criatura recién nacida. A su regreso la encontró borracha, tambaleándose conmigo en los brazos. "Te arrancó de mi pecho", me dijo ella. Papá se hizo cargo de mí, empezó a darme el biberón. Le pedía a una mujer esquimal que me cuidara mientras él iba a trabajar. Acusó a mamá de ser débil y despiadada, como todos los Moynihan. A partir de entonces se empeñó en protegerla de sí misma, no la dejaba conducir ni le daba dinero. Mamá solo podía ir andando a la biblioteca y leer obras de teatro, y novelas de misterio o de Zane Grey.

»Cuando estalló la guerra naciste tú y nos fuimos a vivir a Texas. Papá sirvió en Japón, de teniente en un acorazado. Mamá no soportó volver a casa. Salía todo lo que podía, y bebía cada vez más. La abuela dejó de trabajar en la consulta del abuelo para ocuparse de ti. Trasladó tu cuna a su habitación; jugaba contigo y te cantaba y te mecía en brazos para dormirte. No dejaba que nadie se acercara a ti, ni siquiera yo.

»Para mí era terrible, con mamá, y con el abuelo. O sola, más que nada. Me metí en problemas en la escuela, me escapé de un colegio, me expulsaron de otros dos. Una vez pasé seis meses sin hablar. Mamá me llamaba la Mala Semilla. Descargaba en mí toda su rabia. Hasta que fui mayor no me di cuenta de que ella y el abuelo probablemente ni siquiera se acordaban de lo que hacían. Dios concede lagunas a los borrachos porque si supieran lo que han hecho, se morirían de vergüenza.

»Después de que papá volviera de la guerra vivimos en Arizona y fueron felices juntos. Plantaron rosales y te regalaron un cachorro que se llamaba Sam. Mamá estaba sobria, pero ya no sabía cómo tratar con nosotras. Pensábamos que nos odiaba, cuando simplemente le dábamos miedo. Creía que éramos nosotras quienes la habíamos abandonado, quienes la odiábamos. Se protegía burlándose y tratándonos con desprecio, hiriéndonos para evitar que la hiriéramos primero.

»Parecía que irnos a vivir a Chile sería un sueño hecho realidad para mamá. Le encantaba la elegancia y las cosas bellas, siempre anhelaba codearse con "la gente adecuada". Papá tenía un trabajo prestigioso. De pronto éramos ricos, con una casa preciosa y muchos sirvientes, y alternábamos en cenas y fiestas con toda la gente adecuada. Mamá al principio salía, pero el miedo pudo con ella. Su pelo desentonaba, su ropa desentonaba. Compró muebles caros que imitaban antigüedades y cuadros malos. Los sirvientes la aterraban. Hizo algunas amistades de confianza; por irónico que parezca, jugaba al póquer con curas jesuitas. Sin embargo, pasaba la mayor parte del tiempo en su habitación. Papá la dejaba allí encerrada.

»"Al principio fue mi guardián, luego se convirtió en mi carcelero", decía ella. Él creía que así la ayudaba, pero año tras año le racionó la bebida y escondió a mamá, y nunca recurrió a nadie en busca de apoyo. Nosotras no nos acercábamos a ella, nadie lo hacía. Le daban ataques de furia, se volvía cruel, irracional. Nosotras pensábamos que nada de lo que hacíamos era bastante bueno para ella. Y de hecho le daba rabia ver que salíamos adelante, que crecíamos y alcanzábamos metas. Éramos jóvenes y bonitas y teníamos un futuro. ¿Ves? ¿Entiendes qué mal lo pasaba, Sally?

—Sí. Tal cual. Pobre mamá, qué lástima. Ahora hago lo mismo, ¿sabes? Me enfado porque todo el mundo está trabajando, viviendo. A veces te odio porque no te estás muriendo. ¿No es terrible?

—No, porque tú puedes contármelo. Y yo te puedo decir que me alegro de no ser la que se está muriendo. Mamá, en cambio, nunca tuvo a nadie con quien hablar. Aquel día, en el barco, al llegar al puerto, pensó que iba a encontrarlo. Mamá creía que Ed siempre estaría ahí. Creyó que llegaba a casa.

—Descríbemela otra vez. En el barco. Cuando se le llenaron los ojos de lágrimas.

—De acuerdo. Tira el cigarrillo al agua. Se oye el siseo que hace al apagarse, tan en calma está el mar cerca de la orilla. Los motores del barco se paran con un temblor. Silenciosamente, acompañados por el vaivén de las boyas y las gaviotas y la sirena larga y quejumbrosa del barco, se deslizan hacia el atracadero, chocan suavemente contra los neumáticos del muelle. Mamá se alisa el cuello de pieles y el pelo. Sonriente, mira hacia la multitud, buscando a su marido. Nunca ha conocido una felicidad igual.

Sally está llorando en silencio.

—*Pobrecita, pobrecita* —dice—. Ojalá hubiera sido capaz de hablar con ella. Ojalá le hubiera dicho cuánto la quería.

Yo... no tengo compasión.

Carmen

Delante de cualquier farmacia de la ciudad —Payless, Walgreen o Lee— siempre había docenas de coches viejos aparcados con niños peleándose en el asiento trasero. Al entrar veía a las madres, pero no nos saludábamos. Aunque nos conociéramos... hacíamos como si no. Esperábamos en la cola, mientras las otras compraban jarabe para la tos de hidrato de terpina con codeína y firmaban en el aparatoso libro de registro. A veces con el nombre verdadero, a veces con uno inventado. Me daba cuenta de que, igual que yo, tampoco sabían cuál de las dos cosas era peor. A veces veía a la misma mujer en cuatro o cinco farmacias distintas en un solo día. Mujeres o madres de adictos. Los farmacéuticos compartían nuestra complicidad, fingían no habernos visto antes. Excepto una vez que un dependiente joven en la farmacia de la calle 4 me llamó cuando ya me iba. Me quedé aterrorizada. Pensé que iba a denunciarme. Era un chico muy tímido, y se disculpó por la intromisión, pero sabía que estaba embarazada y le preocupaba que comprara tanto jarabe para la tos. Contenía una dosis elevada de alcohol, me explicó, y podía acabar intoxicada sin darme cuenta. No le dije que no era para mí. Le di las gracias, pero al darme la vuelta se me saltaron las lágrimas y salí corriendo, llorando porque quería que Noodles estuviera limpio cuando naciera el bebé.

—¿Por qué lloras, mamá? ¡Mamá está llorando! —Willie y Vincent no paraban de saltar en el asiento de atrás.

—¡Sentaos! —me giré y le di un manotazo a Willie en la cabeza—. Sentaos. Lloro porque estoy harta de que no os quedéis quietos.

Habían hecho una redada importante en la ciudad, y una aún más grande en Culiacán, así que en Albuquerque no había heroína. Noodles primero me dijo que se las arreglaría con jarabe para la tos y se desengancharía, así estaría limpio cuando llegara el bebé, al cabo de un par de meses. Supe que no podría. Nunca había estado tan enganchado, y para colmo se había lesionado la espalda trabajando en la obra. Al menos cobraba la paga por discapacidad.

Cuando llegué estaba arrodillado, hablando, había ido a rastras hasta el teléfono. Ya, ya lo sé, he ido a las reuniones. También estoy enferma, soy cómplice, coadicta. Solo puedo decir que al verlo sentí amor, lástima, ternura por él. Estaba tan flaco, tan enfermo. Haría cualquier cosa por él con tal de no verlo sufrir así. Me arrodillé y lo rodeé con mis brazos. Noodles colgó el teléfono.

—Joder, Mona, han trincado a Beto —dijo. Me besó y me acarició, llamó a los niños y les dio un abrazo—. Eh, chicos, echadle una mano a vuestro viejo, sed mis muletas hasta el lavabo.

Cuando los niños se fueron, entré y cerré la puerta. Noodles temblaba tanto que tuve que darle yo el jarabe. El olor me provocó náuseas. Su sudor, su mierda, la caravana entera olían a naranjas podridas por el jarabe.

Preparé la cena para los niños y vieron *El agente de C. I. P. O. L.* por la televisión. En la escuela todos los chicos llevaban Levi's y camisetas, salvo Willie. Estaba en tercero de primaria y vestía con pantalones negros de pinzas y camisa blanca. Se peinaba como el rubio de la serie. Los chicos dormían en literas en un cuarto diminuto, Noodles y yo dormíamos en el otro. Hacía días que a los pies de la cama estaba preparado un moisés, pañales y ropita de bebé en cada hueco libre. Teníamos casi una hectárea de tierra en Corrales, cerca del canal, en una alameda. Al principio hicimos planes para empezar a construirnos una casa de adobe, plantar un huerto, pero justo después de comprar el terreno Noodles se volvió a enganchar. Siguió trabajando la mayor parte del tiempo en la construcción, pero la idea de la casa había quedado en nada, y ya se acercaba el invierno.

Me preparé una taza de cacao y salí a la puerta.

—¡Noodles, ven a ver esto!

No contestó. Oí que destapaba otra vez el frasco del jarabe. Había una puesta de sol chillona, espléndida. Los montes de la sierra de Sandía teñidos de fucsia, las rocas de las estribaciones de un rojo intenso. Las hojas amarillas de los álamos parecían arder en la orilla del canal. Empezaba a asomar una luna color melocotón. ¿Se puede saber qué me pasa? Otra vez estaba llorando. Detesto ver sola cosas bonitas. Entonces Noodles apareció a mi lado, besándome en el cuello y rodeándome con los brazos.

—Ya sabes que se llama sierra de Sandía porque tiene forma de sandía.

—No —dije—, es por el color.

Fue la discusión que tuvimos la primera vez que salimos juntos, y la hemos repetido cien veces. Se rio y me besó con dulzura. Ya se encontraba bien. Eso es lo asqueroso de las drogas, pensé. Funcionan. Nos quedamos allí sentados, mirando los chotacabras que volaban a ras del campo.

—Noodles, no tomes más jarabe. Guardaré los frascos que quedan, te daré solo cuando te pongas mal. ¿Vale?

—Vale —no me escuchaba—. Beto iba a ir a Juárez, a pillarle a la Nacha. Mel está allí. Él la probará, pero no puede traerla. No puede cruzar la frontera. Necesito que vayas tú. Eres la persona ideal para hacerlo. Eres gringa, estás embarazada, tienes una cara angelical. Pareces una mujer decente.

Soy una mujer decente, pensé.

—Irás en avión a El Paso, cruzarás la frontera en taxi, y vendrás en avión de vuelta. Sin problemas.

Recordé haber esperado en el coche delante del bloque donde vivía la Nacha, haber pasado miedo en aquel barrio.

—Soy la persona menos indicada. No puedo dejar a los niños. No puedo ir a la cárcel, Noodles.

—No irás a la cárcel. Esa es la clave. Connie cuidará de los niños. Sabe que tienes familia en El Paso. Podría haber una emergencia. A los chicos les encantará quedarse en casa de Connie.

—¿Y si me paran los narcos, si me preguntan qué hago ahí?

—Todavía tenemos el carné de Laura. Os parecéis, quizá ella no sea tan guapa, pero las dos sois güeras de ojos azules. Llevarás un papel manoseado con un nombre escrito, «Lupe Vega», y la dirección de la casa justo al lado de la Nacha. Dices que estás buscando a tu sirvienta, que no se ha presentado a trabajar, que te debe dinero, algo así. Y te haces la tonta, les pides que te ayuden a encontrarla.

Al final accedí a ir. Me dijo que Mel estaría allí, y que lo observara cuando la probara.

—Sabrás si es buena —sí, sabía reconocer un buen colocón—. Pase lo que pase, no dejes a Mel solo en ningún momento. Eso sí: te vas de allí sola. Que nadie salga contigo, ni siquiera Mel. Quedas con el taxista para que te recoja al cabo de una hora. No dejes que ellos te pidan un taxi.

Me arreglé para irme, llamé a Connie y le dije que mi tío Gabe había muerto en El Paso, le pregunté si podía quedarse con los niños esa noche, a lo sumo un día más. Noodles me dio un grueso sobre de dinero, cerrado con cinta adhesiva. Preparé una bolsa para los niños. Se pusieron contentos. Los seis hijos de Connie eran como sus primos. Cuando los acompañé hasta la puerta, Connie los hizo entrar, salió al porche y me dio un abrazo. Su pelo negro estaba recogido con rulos metálicos, como un tocado de kabuki. Llevaba unos vaqueros cortados y una camiseta, parecía una quinceañera.

—A mí no hace falta que me mientas nunca, Mona —me dijo.

—¿Has hecho esto alguna vez?

—Sí, muchas. Aunque no después de tener hijos. Y apuesto a que tú no volverás a hacerlo más. Cuídate. Rezaré por ti.

Aún hacía calor en El Paso. Crucé la pista desde el avión, sintiendo que el asfalto se hundía bajo mis pies y aspirando el olor a polvo y salvia que recordaba de la infancia. Le pedí al taxista que me llevara al otro lado del puente, pero que primero pasara por el estanque de los caimanes.

—¿Caimanes? Aquellos viejos caimanes se murieron hace años. ¿Quiere ver la plaza de todos modos?

—Claro —dije. Me recosté en el asiento a mirar los barrios que íbamos dejando atrás. Vi muchos cambios, pero de niña había patinado tantas veces por aquella ciudad que me parecía conocer todas las casas y árboles viejos. El bebé empezó a darme pataditas y a estirarse—. ¿Te gusta el sitio donde me crié?

—¿Cómo dice? —preguntó el taxista.

—Perdón, estaba hablando con mi bebé.

Se rio.

—¿Y le contestó?

Crucé el puente. Todavía estaba contenta solo con el olor a leña quemada y caliche, el tufillo a azufre de la fundición. A mi amiga

Hope y a mí nos encantaba dar respuestas ocurrentes cuando los guardias de la frontera nos preguntaban de qué nacionalidad éramos. Transilvanas. Mozambiqueñas.

—Estados Unidos —dije.

Nadie pareció fijarse en mí. Por si acaso, preferí no tomar ninguno de los taxis que había justo en la frontera y me alejé varias calles. Comí *dulce de membrillo*. Ni siquiera de niña me gustaba, pero lo tomaba por la cajita de madera de balsa en que se vendía, y usaba la tapa de cuchara. Me entretuve mirando las joyas de plata y los ceniceros de nácar y las figuras de don Quijote, hasta que me obligué a subir a un taxi y le di al conductor el trozo de papel con el nombre de Lupe y la dirección falsa.

—*¿Cuánto?* —le pregunté.

—Veinte dólares.

—Diez.

—*Bueno.*

Entonces ya no pude fingir que no estaba asustada. Condujo durante un rato largo a toda velocidad. Reconocí la calle desierta y el edificio de estuco. Se detuvo varias casas más abajo. En un español chapurreado, le pedí que volviera al cabo de una hora. Por veinte dólares.

—Okey. *Una hora.*

Me costó subir las escaleras hasta el cuarto piso, con el peso del bebé y las piernas hinchadas y doloridas. En cada rellano me detenía a recobrar el aliento, casi llorando. Me temblaban las rodillas y las manos. Llamé a la puerta del número 43, Mel abrió y entré tambaleándome.

—Eh, cariño, ¿qué pasa?

—Agua, por favor.

Me senté en un sofá sucio de cuero sintético. Me trajo una Coca-Cola Light, limpió el borde de la botella con la camisa, sonrió. Estaba sucio, guapo, se movía como un guepardo. A esas alturas era una leyenda; se había fugado de varias cárceles, saltándose la condicional. Armado y peligroso. Me acercó una silla para que pusiera los pies en alto, me frotó los tobillos.

—¿Dónde está la Nacha? —nunca se referían a ella simplemente como «Nacha». La Nacha, a saber por qué.

En ese momento entró, vestida con un traje negro de hombre y camisa blanca. Se sentó en una silla frente a un escritorio. No pude precisar si era un hombre travestido o una mujer que pretendía pasar por hombre. Era muy morena, casi negra, con rasgos mayas, los labios y las uñas pintados de granate, gafas oscuras. Llevaba el pelo corto, lacio y brillante. Tendió una mano recia hacia Mel, sin mirarme. Le entregué el sobre. La observé contar el dinero.

Ahí fue cuando me asusté, me asusté de verdad. Pensaba que iba a comprar droga para Noodles. Lo único que me importaba es que no lo pasara mal. Imaginaba que era un fajo grueso de billetes pequeños, de diez o de veinte, pero en la mano de la Nacha había varios miles de dólares. No me había enviado a comprar solo mierda para él; me estaba metiendo en cantidades grandes, peligrosas. Si me pillaban sería por tráfico, no por consumo. ¿Quién se haría cargo de los niños? Odié a Noodles.

Mel vio que estaba temblando. Creo que incluso me dieron arcadas. Se rebuscó en los bolsillos y me pasó una pastilla azul. Negué con la cabeza. El bebé.

—Anda, por amor de Dios. Solo es un Valium. Harás más daño a ese bebé si no te lo tomas. Tómatelo. ¡Contrólate un poco! ¿Me oyes?

Asentí. Su desdén me chocó. Me calmé antes de que la pastilla hiciera efecto.

—Noodles ya te explicó que voy a probar la mierda. Si es buena, lo diré, y tú solo has de recoger el globo y marcharte. ¿Sabes dónde guardártelo? —lo sabía, pero no pensaba hacerlo. ¿Y si se rompía y llegaba al bebé?

Mel era un demonio, me leyó la mente.

—Si no te lo metes tú, yo te lo meteré. No se va a romper. Tu bebé está envuelto en una bolsa a prueba de drogas, a salvo de todos los males del mundo exterior. Una vez nazca, cariño, ya es otra historia.

Mel miró cómo la Nacha pesaba el paquete y asintió con un gesto cuando se lo entregó. A mí ni siquiera me había mirado. Observé a Mel preparar el chute. Puso un poco de algodón y agua en una cuchara, echó una pizca de heroína marrón, la calentó. Se ató, se pinchó en una vena de la mano, la sangre refluyó antes de volver a precipitarse dentro, y la goma cayó mientras su cara se destensaba instantáneamente. Mel estaba en un túnel de viento. Los fantasmas lo transportaban a otro mundo. Yo tenía que mear, tenía que vomitar.

—¿Dónde está el baño?

La Nacha indicó la puerta. Encontré el aseo al fondo del pasillo por el olor. Cuando volví recordé que supuestamente no debía dejar a Mel solo. Estaba sonriendo. Me entregó el condón, enrollado en una bola.

—Aquí tienes, preciosa, te deseo un buen viaje. Vamos, escóndelo bien, como una buena chica.

Me di la vuelta y simulé metérmelo dentro, pero solo me le metí en la ropa interior, que me iba muy apretada. Fuera, en la oscuridad del pasillo, me lo guardé en el sujetador.

Bajé las escaleras despacio, como una borracha. Estaba oscuro, mugriento.

En el segundo rellano oí que la puerta de abajo se abría, ruidos de la calle. Dos chicos jóvenes subieron corriendo las escaleras.

—*¡Fíjate nomás!*

Uno de ellos me sujetó contra la pared, el otro me arrancó el bolso. Dentro no había nada aparte de facturas sueltas, maquillaje. Todo lo demás lo llevaba en el bolsillo interior de la chaqueta. Me pegó.

—Vamos a chingárnosla —dijo el otro.

—¿Cómo? Necesitas una verga de un metro.

—Dale la vuelta, *bato.*

Justo cuando me pegó otra vez, se abrió una puerta y un hombre mayor bajó corriendo las escaleras con un cuchillo. Los chicos salieron huyendo.

—¿Está bien? —me preguntó el hombre en inglés.

Asentí. Le pedí que me acompañara.

—Debería haber un taxi fuera.

—Espere aquí. Si está, le pediré que toque tres veces la bocina.

Tu madre te enseñó a comportarte como una dama, pensé al preguntarme cuál sería el protocolo. ¿Debía ofrecerle dinero? No lo hice. Me sonrió dulcemente con su boca desdentada al abrirme la puerta del coche.

—*Adiós.*

Seguí con náuseas en el pequeño avión bimotor hasta Albuquerque. Llevaba impregnado el olor del sudor y del sofá y de la pared meada. Pedí un sándwich extra, cacahuetes y leche.

—¡Ahora hay que comer por dos! —me sonrió el tipo de Texas sentado al otro lado del pasillo.

Conduje directamente a casa desde el aeropuerto. Recogería a los niños luego, después de darme una ducha. Al tomar la carretera de tierra que llevaba a nuestra caravana, vi a Noodles fuera caminando de un lado a otro y fumando, con el tabardo puesto.

Parecía desesperado, ni siquiera se acercó a recibirme. Lo seguí adentro.

Se sentó en el borde de la cama. Encima de la mesa ya tenía el equipo a punto.

—Déjame verla.

Le di el globo. Abrió el armario de encima de la cama y lo puso en una balanza minúscula. Se giró y me soltó un bofetón en la cara. Nunca me había pegado. Me quedé sentada a su lado, muda.

—Dejaste a Mel solo con la droga, ¿a que sí? ¿A que sí?

—Ahí hay suficiente para que me hubieran encerrado mucho tiempo.

—Ya te advertí que no lo dejaras solo. ¿Qué voy a hacer ahora?

—Llama a la policía —le dije, y me soltó otro bofetón.

Este ni siquiera lo noté. Sentí una fuerte contracción. Braxton Hicks, pensé. ¿Quién diablos era Braxton Hicks? Me quedé inmóvil, apestando a Juárez, y observé cómo Noodles vaciaba el condón en un bote de película. Temblando, espolvoreó un poco en los algodones de la cuchara. Supe con una certeza repugnante que siempre que tuviera que elegir entre los niños y yo o las drogas, Noodles elegiría las drogas.

Un líquido caliente me chorreaba por las piernas hasta la moqueta.

—¡Noodles, he roto aguas! Tengo que ir al hospital.

Pero para entonces ya se había pinchado. La cucharilla tintineó en la mesa, el tubo de goma se le cayó del brazo. Noodles se recostó en la almohada.

—Al menos es mierda buena —susurró.

Sentí otra contracción. Fuerte. Me quité el vestido mugriento de un tirón, me limpié con una esponja y me puse un *huipil* blanco. Otra contracción. Llamé al 911. Noodles se había dormido. ¿Debía dejarle una nota? Quizá llamaría al hospital cuando se despertara. No. Ni siquiera pensaría en mí.

Lo primero que haría sería chutarse lo que quedaba en el algodón, probaría un poquito más. Noté un regusto a cobre en la boca. Le abofeteé en la cara, pero no se movió.

Abrí el bote de la heroína, sujetándolo con un kleenex. Eché un buen pellizco en la cuchara. Añadí un poco de agua y luego le puse el bote cerrado en la mano. Tenía unas manos preciosas. Me vino una contracción muy dolorosa. Sangre y mucosidad me chorreaban por las piernas. Me puse un jersey, cogí mi cartilla de la Seguridad Social y salí a esperar la ambulancia.

Me llevaron directamente a la sala de partos.

—¡El bebé quiere salir!

La enfermera se quedó con mi cartilla, me hizo varias preguntas: teléfono, nombre del marido, cuántos hijos vivos había parido, cuándo salía de cuentas.

Me examinó.

—Está totalmente dilatada, ya asoma la cabeza.

Los dolores no daban tregua. La enfermera fue corriendo a buscar un médico. Antes de que volviera nació el bebé. Una niña, Carmen. Me incliné y la tomé en brazos. Me quedé boca abajo, sofocada y jadeante. Estábamos solas en la habitación silenciosa. Entonces vinieron y nos llevaron en camilla a toda prisa hasta una sala con grandes focos. Alguien cortó el cordón umbilical y oí llorar al bebé. Sentí un dolor aún peor cuando salió la placenta y luego me pusieron una máscara en la cara.

—¿Qué hacen? ¡Ya ha nacido!

—El médico viene para acá. Necesita una episiotomía —me ataron las manos.

—¿Dónde está mi bebé? ¿Dónde está la niña?

La enfermera salió de la sala, dejándome atada a los costados de la cama. Entró un médico.

—Por favor, desátenme.

Lo hizo, y me trató con tanta delicadeza que me asusté.

—¿Qué ocurre?

—Nació demasiado pronto —dijo—, pesaba muy poquito. No ha sobrevivido. Lo siento —me dio unas palmaditas en el brazo, torpes, como si mullera una almohada. Estaba leyendo mi cartilla—. ¿Este es el número de su casa? ¿Quiere que llame a su marido?

—No —le dije—. No hay nadie en casa.

Silencio

De niña salí callada, al vivir en pueblos mineros de montaña y mudarme demasiado a menudo para hacer amigos. Normalmente encontraba un árbol o un cuarto en un viejo aserradero abandonado, para sentarme en silencio.

Mi madre solía estar leyendo o durmiendo, así que hablaba sobre todo con mi padre. Tan pronto entraba por la puerta o cuando me llevaba a lo alto de las montañas o bajábamos a la oscuridad de las minas, ya no había quien me callara.

Entonces papá se marchó al extranjero y nosotras nos fuimos a vivir a El Paso, Texas, donde empecé a ir al colegio Vilas. En tercero leía bien, pero ni siquiera sabía sumar. Llevaba un corsé aparatoso para corregirme la columna. Era alta, pero muy infantil. Me sentía perdida en esa ciudad, como si en realidad me hubiera criado en los bosques con las cabras del monte. Empecé a mearme encima, a montar escándalos hasta que me negué a ir a la escuela, e incluso a hablar con la directora.

La antigua profesora de mi madre me consiguió una beca para estudiar en el exclusivo Colegio Radford de chicas; iba y volvía en autobús hasta la otra punta de El Paso. Seguía teniendo los problemas que acabo de mencionar, pero además ahora iba vestida como una zarrapastrosa. Vivía en los arrabales, y mi pelo tenía algo particularmente inadmisible.

Nunca he hablado mucho de ese colegio. No me importa contar cosas terribles si consigo hacerlas divertidas. Allí nada era divertido. Una vez en el recreo bebí agua de una manguera del patio y la profesora me la quitó de un tirón, me dijo que era una ordinaria.

Salvo la biblioteca. Cada día pasábamos allí una hora, con libertad de hojear cualquier libro, todos los libros, de sentarnos a leer, o consultar las fichas del catálogo. Cuando faltaban quince minutos la bibliotecaria nos avisaba, para que pudiésemos llevarnos un libro prestado. La bibliotecaria era (no se rían) un encanto. No solo tenía una voz dulce, sino que era adorable. Te decía: «Aquí es donde están las biografías», y a continuación te explicaba lo que era una biografía.

—Aquí están los libros de consulta. Si alguna vez hay algo que quieras saber, pregúntame y encontraremos la respuesta en un libro.

Era una posibilidad maravillosa, y la creí a pies juntillas.

Entonces a la señorita Brick le robaron el bolso de debajo del escritorio, y dijo que tenía que haber sido yo. Me mandaron al despacho de Lucinda De Leftwitch Templin. Lucinda De dijo que sabía que el mío no era un hogar privilegiado, a diferencia de los de la mayoría de las chicas, y que sin duda eso a veces me ponía las cosas difíciles. Se hacía cargo, dijo, pero en realidad estaba diciendo: «¿Dónde está el bolso?».

Me fui. Ni siquiera volví a por el dinero del autobús o el almuerzo de mi taquilla. Atravesé toda la ciudad, una larga caminata, un largo día. Mi madre me esperaba en el porche con una vara. Habían llamado para decir que había robado el bolso y que luego me había escapado. Ni siquiera me preguntó si era verdad.

—Ladronzuela, mira que humillarme así —azote—. Mocosa, desagradecida —azote.

Lucinda llamó al día siguiente para decirle que un conserje había robado el bolso, pero mi madre ni siquiera me pidió disculpas. Solo dijo «Zorra», después de colgar.

Así fue como acabé en el colegio St. Joseph, que me encantaba. Sin embargo, allí las niñas también me odiaban, por las razones ya mencionadas y algunas otras más, entre ellas que sor Cecilia siempre me preguntaba en clase, y yo ganaba estrellas y estampas de santos, y todas me acusaban de ser su favorita hasta que dejé de levantar la mano.

El tío John se mudó a Nacogdoches, así que me quedé sola con mi madre y el abuelo. Hasta entonces el tío John solía comer conmigo, o bebía mientras yo comía. Me contaba cosas mientras lo ayudaba a arreglar algún mueble, me llevaba al cine y me dejaba tocar su viscoso ojo de vidrio. Fue terrible cuando se marchó. El abuelo era dentista, y Mamie, mi abuela, lo ayudaba en la consulta. Se pasaban todo el día fuera, y al volver a casa Mamie se encerraba con mi hermanita en la cocina o en su habitación, para que no la molestaran. Mi madre habría salido, al hospital del ejército donde era voluntaria o a jugar al bridge. El abuelo salía también, al club Elks o a saber dónde. La casa me parecía siniestra y vacía sin John, y me tenía que esconder del abuelo y de mamá cuando se emborrachaban. Mal en casa, mal en la escuela.

Decidí no hablar. Fue una renuncia, en cierto modo. La cosa se prolongó tanto que sor Cecilia intentó rezar conmigo en el guardarropa. Su intención era buena y solo me tocó por lástima, mientras rezábamos. Me asusté, le di un empujón, se cayó al suelo y me expulsaron.

Entonces fue cuando conocí a Hope.

El curso estaba a punto de acabar, así que me quedaría en casa y volvería a Vilas en otoño. Seguía sin hablar, ni siquiera cuando mi madre me echó una jarra entera de té helado en la cabeza o me pellizcaba con saña, dejándome los brazos llenos de marcas en forma de estrella. La Osa Mayor, la Osa Menor y la Lira, una debajo de la otra.

Me quedaba jugando a las tabas en el cemento encima de los escalones, deseando que la niña siria que vivía al lado me invitara a jugar. Ella jugaba en el porche de cemento de su casa. Era pequeña y flaca, pero parecía mayor. No adulta o madura, sino una niña vieja. Pelo negro y largo brillante, con un flequillo hasta los ojos que la obligaba a echar atrás la cabeza para ver. Me recordaba a una cría de mandril. En el buen sentido. Una cara pequeña y unos grandes ojos negros. Los seis niños de la familia Haddad parecían escuálidos, y en cambio los adultos eran enormes, como de cien kilos.

Supe que se fijaba en mí porque si yo jugaba a pasar las tabas bajo el puente, ella también. O con las doce a la vez, salvo que a ella nunca se le caía ninguna. Durante semanas seguimos oyendo el bonito toc toc chas toc toc chas de nuestras canicas y nuestras tabas, hasta que por fin un día me llamó desde la cerca. Debía de haber oído los chillidos de mi madre, porque me dijo:

—¿Sigues sin hablar?

Asentí con la cabeza.

—Bueno. Hablar conmigo no cuenta.

Salté la cerca sin dudarlo. Esa noche estaba tan contenta con mi nueva amiga que al irme a la cama grité: «¡Buenas noches!».

Habíamos pasado horas jugando a las tabas, y luego me enseñó el juego del clavo. Era peligroso, se lanzaba una navaja, que daba tres volteretas antes de clavarse en la hierba. La jugada más peligrosa era apoyar una mano extendida en el suelo y clavar la navaja entre los dedos. Más rápido más rápido más rápido sangre. Creo que no hablamos para nada. Rara vez hablamos, a lo largo de aquel verano. Solamente recuerdo las primeras y las últimas palabras que me dijo.

Nunca he vuelto a tener una amiga como Hope, mi única amiga de verdad. Poco a poco empecé a formar parte de la familia Haddad. Creo que de no haber vivido esa experiencia, de mayor no solo habría sido una mujer neurótica, alcohólica e insegura, sino además con graves trastornos mentales. Chalada.

Los seis hijos y el padre hablaban en inglés. La madre, la abuela y otras cinco o seis mujeres mayores hablaban solo en árabe. Volviendo la vista atrás, fue pasar por una especie de adiestramiento. Los niños me observaban mientras aprendía a correr, a correr de verdad, a saltar la cerca en lugar de treparla. Acabé siendo una experta con la navaja, la peonza y las canicas. Aprendí palabrotas y gestos en inglés, español y árabe. Ayudaba a la abuela a lavar los platos, a regar, a rastrillar la arena del patio, a vapulear las alfombras con un bastón de madera, ayudaba a las mujeres a amasar pan en la mesa de ping-pong del sótano. Tardes perezosas lavando paños manchados de sangre de la menstruación en una tina en el patio trasero con Hope y Shahala, su hermana mayor. No me parecía repugnante sino mágico, un rito misterioso. Por las mañanas me ponía en la cola con las otras niñas para que me lavaran las orejas y me trenzaran el pelo, para comer *kibbe* en pan caliente recién hecho. Las mujeres me chillaban: «*Hjaddadinah!*». Me daban besos o cachetes, como a una más de la casa. El padre de Hope nos dejaba sentarnos en los sofás y acompañarlo en la caja del camión de Muebles Exquisitos Haddad.

Aprendí a robar. Granadas e higos del jardín del viejo Guca, que era ciego, perfume Blue Waltz, pintalabios Tangee de los almacenes Kress, regaliz y refrescos en Sunshine. En esa época los comercios llevaban pedidos a domicilio, y un día el repartidor de Sunshine pasó a traer la compra justo cuando Hope y yo llegamos chupando una piruleta de plátano. Tanto su madre como la mía habían salido a la puerta.

—¡Sus hijas han robado esas piruletas! —dijo el chico.

Mi madre me abofeteó. Zas, zas.

—¡Entra en casa, mocosa canalla y embustera!

En cambio la señora Haddad le chilló al muchacho.

—¡Maldito mentiroso! *Hjaddadinah! Tlajhama!* ¡No vuelvas a decir una mala palabra de mis hijos! ¡No pienso volver a pisar tu comercio!

Y así lo hizo: iba a comprar en autobús hasta Mesa, aun sabiendo perfectamente que Hope había robado la piruleta. Me pareció un gesto de coherencia. A mí no solo me hubiera gustado que mi madre me creyera cuando era inocente, aunque nunca lo hacía, sino que saliese en mi defensa cuando era culpable.

Cuando conseguimos los patines Hope y yo recorríamos El Paso, descubriendo todos los rincones de la ciudad. Íbamos al cine, una colaba a la otra por la puerta de la salida de emergencia. *Los piratas del mar Caribe, Hasta el fin del tiempo.* Chopin sangrando sobre las teclas del piano en *Canción inolvidable.* Vimos *Alma en suplicio* seis veces, y *La bestia con cinco dedos* diez.

Los mejores momentos fueron con los boletos. Siempre que podíamos, rondábamos alrededor de su hermano Sammy, que tenía diecisiete años. Él y sus amigos eran guapos, chicos duros y rebeldes. Ya he hablado de Sammy y los boletos. Vendíamos números para el sorteo de joyeros musicales. Le entregábamos el dinero y nos daba una parte. Así fue como conseguimos los patines.

Vendíamos números en todas partes. En hoteles y en la estación de trenes, en los bailes de las Organizaciones de Servicios Unidas, en Juárez. Pero incluso los barrios eran mágicos. Caminas por una calle, pasando por delante de las casas y los jardines, y a veces por la noche ves a la gente comiendo o por ahí sentada y es una estampa preciosa de cómo viven. Hope y yo entramos en cientos de casas. Con siete años, ambas peculiares a nuestra manera, a la gente le caíamos bien y nos trataba con simpatía. «Anda, pasad a tomar un poco de limonada.» Vimos cuatro gatos siameses que usaban un váter de verdad e incluso tiraban de la cadena. Vimos loros, y a una persona de doscientos kilos que llevaba veinte años sin salir de casa. Más aún nos gustaban las cosas bonitas: cuadros y pastorcillas de porcelana, espejos, relojes de cuco y relojes de péndulo, colchas y alfombras de muchos colores. Nos gustaba sentarnos en las cocinas mexicanas llenas de canarios, tomando zumo de naranjas exprimidas y comiendo *pan dulce.* Hope era tan lista que aprendió español solo de oírlo en el vecindario, para poder hablar con las viejas.

Nos ruborizábamos siempre que Sammy nos dedicaba un elogio o nos abrazaba. Nos traía bocadillos de mortadela y nos dejaba sentarnos con ellos en la hierba. Nosotras les contábamos a quién habíamos conocido. Ricos, pobres, chinos, negros (hasta que el guarda de la estación nos echó de la sala de espera para la gente de color). Solo una mala persona, el hombre de los perros. No hizo nada ni nos dijo nada malo, bastaba con ver aquella sonrisa tétrica y su cara pálida para que nos muriéramos de miedo.

Cuando Sammy se compró aquel coche viejo, Hope lo adivinó enseguida: nadie iba a ganar ningún joyero musical.

Saltó la valla hecha una furia hasta mi patio, aullando, el pelo al viento como un guerrero indio de las películas. Abrió su navaja, se hizo un tajo en el dedo índice, me hizo otro en el mío, y los mantuvimos pegados mientras la sangre chorreaba.

—Nunca más voy a dirigirle la palabra a Sammy —dijo—. ¡Repítelo!

—Nunca más voy a dirigirle la palabra a Sammy —dije.

Exagero mucho, y a menudo mezclo la realidad con la ficción, pero de hecho nunca miento. No mentía cuando hice aquel juramento. Sabía que Sammy nos había utilizado, nos había mentido, que había engañado a toda aquella gente. No pensaba volver a dirigirle la palabra.

Pasaron varias semanas y un día iba subiendo la cuesta de Upson Street, cerca del hospital. Hacía calor. (Ya ven, intento justificar lo que ocurrió. Siempre hacía calor.) Sammy paró a mi lado con su viejo descapotable azul, el coche que Hope y yo habíamos ayudado a pagar con nuestro trabajo. También es cierto que viniendo de pueblos de montaña, y salvo por algún que otro taxi, yo rara vez había subido a un coche.

—Vente a dar una vuelta.

Hay palabras que me sacan de quicio. Últimamente en cualquier artículo del periódico hay una cota, o un hito, o un icono. Por lo menos una de las tres define a la perfección ese momento de mi vida.

Era una cría; no creo que se tratara de verdadera atracción sexual. Y sin embargo la belleza física de Sammy, su magnetismo, me subyugaban. Sea cual sea la excusa... Vale, de acuerdo, no hay ninguna excusa para justificar lo que hice. Hablé con él. Me subí en el coche.

Fue maravilloso ir en el descapotable, sentir el viento fresco mientras dábamos la vuelta a la plaza y acelerábamos al pasar el teatro Wigwam, el Del Norte, los almacenes de La Popular, y luego subíamos por Mesa hacia Upson. Iba a pedirle que me dejara unas manzanas antes de casa justo cuando vi a Hope trepada a una higuera en el solar donde se unían Upson y Randolph.

Hope soltó un alarido. Se irguió en el árbol blandiendo el puño hacia mí, mientras maldecía en sirio. Tal vez todo lo que me ha ocurrido desde entonces sea a raíz de esa maldición. Tiene sentido.

Me bajé del coche con el corazón en un puño, temblando, subí las escaleras de mi casa como una anciana y me desplomé en el balancín del porche.

Supe que era el fin de nuestra amistad y supe que era por mi culpa.

Los días se hacían interminables. Hope pasaba a mi lado como si no me viera, jugaba al otro lado de la cerca como si nuestro patio no existiera. Sus hermanas y ella ya solo hablaban en sirio. A gritos, si estaban fuera. Entendía muchas de las cosas malas que decían. Hope jugaba sola a las tabas en el porche durante horas, cantando canciones árabes tristes, hermosas; su voz áspera y lastimera me hacía llorar de tanto que la echaba de menos.

Excepto Sammy, ninguno de los Haddad me dirigía la palabra. Su madre escupía al verme y blandía el puño en alto. Sammy me saludaba desde el coche, cuando me veía lejos de casa. Me pedía perdón. Intentaba ser amable, diciendo que sabía que su hermana aún era mi amiga, y que por favor no estuviera triste. Que entendía por qué no podía hablar con él, que por favor lo perdonara. Me volvía para no mirarlo a la cara.

Nunca en mi vida me he sentido tan sola. Un hito de soledad. Los días eran interminables, las tabas de Hope repicaban sin cesar en el cemento hora tras hora, el silbido de su navaja al hundirse en la hierba, el destello de la hoja.

No había otros niños en nuestro barrio. Durante semanas jugamos solas. Ella perfeccionaba sus trucos con la navaja en la hierba. Yo coloreaba y leía, tumbada en el balancín del porche.

Hope se marchó para siempre justo antes de que empezara el colegio. Sammy, ella y su padre cargaron su cama y su mesilla de noche y una silla en el camión de los muebles. Hope trepó atrás, se sentó en la cama para poder asomarse. No me miró en ningún momento. Parecía diminuta, en el camión enorme. No dejé de mirarla hasta que la perdí de vista. Sammy me llamó desde la cerca, me dijo que su hermana se había ido a Odessa, Texas, a vivir con unos parientes. Digo Odessa, Texas, porque una vez alguien dijo: «Esta es Olga; es de Odessa», y yo pensé: ¿y? Resultó que era ucraniana. Hasta entonces creía que la única Odessa era el lugar adonde fue Hope.

Empezó el colegio y no fue para tanto. No me importaba estar siempre sola o que se rieran de mí. El corsé ortopédico comenzaba a quedarme pequeño y la espalda me dolía. Bien, pensaba, me lo merezco.

El tío John volvió a casa. Apenas hacía cinco minutos que había entrado por la puerta y ya se había dado cuenta.

—¡Ese corsé le va pequeño! —le dijo a mi madre.

Me alegró mucho verlo de vuelta. Me preparó un cuenco de trigo hinchado con leche, seis cucharaditas de azúcar y por lo menos tres de vainilla. Se sentó frente a mí en la mesa de la cocina, tomó bourbon mientras yo comía. Le hablé de mi amiga Hope, se lo conté todo. Incluso le hablé de mis problemas en la escuela, que casi se me habían olvidado. Él gruñía o exclamaba: «¡Carajo!», pero me escuchaba y lo entendía todo, especialmente lo de Hope.

Mi tío nunca decía cosas como «No te preocupes, todo se arreglará». De hecho, una vez Mamie dijo: «Aún podría ser peor». «¿Peor? —contestó él—. Todo podría ser condenadamente mejor, maldita sea». Él también era alcohólico, pero al beber sacaba su lado tierno, no como ellos. O se iba por ahí, a México o a Nacogdoches o a Carlsbad, a veces a la cárcel, ahora me doy cuenta.

Era guapo, moreno como el abuelo, con un único ojo azul, porque el abuelo lo había dejado tuerto de un tiro. El ojo de vidrio era verde. Sé con certeza que el abuelo le disparó, pero hay diez versiones distintas de cómo ocurrió realmente. Cuando el tío John estaba en casa dormía en el cobertizo del patio, cerca del cuarto que él me había construido en la galería de atrás.

Llevaba sombrero y botas de vaquero y a ratos parecía un vaquero intrépido de los de las películas, pero otras veces no era más que un golfo patético y lastimero.

—Enfermos otra vez —suspiraba Mamie.

—Borrachos, Mamie —le contestaba yo.

Procuraba esconderme cuando el abuelo bebía porque me agarraba y me mecía en brazos. Una vez me estaba acunando en la mecedora grande, estrechándome con fuerza mientras la butaca se acercaba peligrosamente a la estufa al rojo vivo, y clavándome su cosa una y otra vez en la espalda. El abuelo cantaba «Old Tin Pan with a Hole in the Bottom». Muy alto. Jadeando y gruñendo. Apenas a unos pasos, Mamie estaba sentada leyendo la Biblia, mientras yo chillaba: «¡Mamie, ayúdame!». Apareció el tío John, borracho y polvoriento. Me apartó del abuelo, agarró al viejo por el cuello de la camisa y le dijo que la próxima vez lo mataría con sus propias manos. Luego se acercó a Mamie y le cerró la Biblia de golpe.

—Vuelve a leerla desde el principio, madre. No has entendido que lo de ofrecer la otra mejilla no incluye cuando alguien hace daño a un niño.

Ella se echó a llorar, dijo que quería partirle el corazón.

Mientras me acababa los cereales, el tío John me preguntó si el abuelo me había molestado. Le dije que no. Le conté que a Sally sí, una vez, que yo supiera.

—¿A la pequeña Sally? ¿Y tú qué hiciste?

—Nada.

No hice nada. Me quedé mirando con una mezcla de sentimientos: miedo, excitación, celos, rabia. John se levantó y vino hasta mí, se sentó a mi lado y me zarandeó, con fuerza. Estaba furioso.

—¡Eso no se hace! ¿Me oyes? ¿Dónde estaba Mamie?

—Regando. Sally estaba durmiendo, pero se despertó.

—Cuando yo estoy fuera, tú eres la única aquí con sentido común. Has de protegerla. ¿Me oyes?

Asentí, avergonzada; pero me avergonzaba aún más lo que sentí cuando ocurrió. Mi tío lo supo, de alguna manera. Siempre entendía las cosas antes de que los demás supieran exactamente lo que sentían, y menos expresarlo con palabras.

—Crees que Sally lo tiene fácil. Estás celosa porque Mamie le presta muchas atenciones. Así que, aunque lo que el abuelo hacía estaba mal, antes al menos te lo hacía a ti, ¿verdad? Cariño, claro que estás celosa. A ella la llevan en palmitas. Pero ¿te acuerdas de cómo te enfadaste con Mamie? ¿Cómo le suplicabas que te ayudara? ¡Contéstame!

—Me acuerdo.

—Bueno, pues tú te portaste tan mal como ella. ¡Peor! El silencio puede ser perverso, condenadamente perverso. ¿Alguna otra fechoría, aparte de traicionar a tu hermana y a tu amiga?

—Robé. Caramelos y...

—Me refiero a hacer daño a la gente.

—No.

Me dijo que se quedaría un tiempo en casa, que me enderezaría, que pondría en marcha su taller de restauración de antigüedades antes del invierno.

Empecé a trabajar para él los fines de semana y al salir de la escuela, en el cobertizo y en el patio trasero. Lija que te lija, o restregando la madera con un trapo empapado con aceite de linaza y aguarrás. Sus amigos Tino y Sam venían a veces a ayudarlo a rehacer mimbres, tapicerías o pulir los acabados. Si mi madre o el abuelo aparecían por casa, daban media vuelta, porque Tino era mexicano y Sam de color. A Mamie le caían bien, a pesar de todo, y siempre que andaba por allí les llevaba pastelitos de chocolate o galletas de avena.

Una vez Tino llegó acompañado de una mujer mexicana, Mecha, jovencísima, realmente bonita, con anillos y pendientes, los ojos pintados, uñas largas y un vestido verde satinado. No hablaba inglés, pero con gestos me preguntó si podía ayudarme a pintar una banqueta de cocina. Asentí, cómo no. El tío John me pidió que me diera prisa, que pintara rápido antes de que se acabara la pintura, y supongo que Tino le dijo lo mismo a Mecha en español. Las dos nos pusimos a dar brochazos furiosos en los travesaños y las patas, tan rápido como podíamos, mientras los tres hombres se desternillaban de la risa. Nos percatamos prácticamente a la vez de que nos estaban tomando el pelo, y también nos echamos a reír. Mamie salió a ver a qué venía el alboroto. Llamó al tío John para que se acercara. Se indignó al encontrar a la mujer allí, dijo que era un escándalo tenerla en casa. John asintió y se rascó la cabeza. Cuando Mamie entró, él volvió a nuestro lado y al cabo de un rato dijo:

—Bueno, ya está bien por hoy.

Mientras limpiábamos las brochas, me explicó que la mujer era puta, que Mamie lo había deducido por su forma de vestir y su maquillaje. Acabó explicándome muchas cosas que me habían intrigado hasta entonces. Me ayudó a entender más sobre mis padres y el abuelo y las películas y los perros. Olvidó decirme que las putas trabajaban por dinero, así que en ese sentido seguía confundida.

—Mecha es simpática. Odio a Mamie —dije.

—¡No digas eso! Además, no la odias. Estás enfadada porque no te trata con cariño. Te ve callejeando por ahí, saliendo con sirios y con el tío John. Te ve como una causa perdida, una Moynihan nata. Quieres que te quiera, así de simple. Siempre que creas que odias a alguien, lo que has de hacer es rezar por ellos. Inténtalo, verás. Y mientras estés rezando por ella, de paso podrías ayudarla de vez en cuando. Dale algún motivo para querer a una mocosa arisca como tú.

A veces, los fines de semana, me llevaba al canódromo de Juárez o a partidas de cartas en distintos sitios de la ciudad. Las carreras me encantaban, y se me daba bien elegir a los ganadores. Las únicas partidas que me gustaban era cuando jugaba a las cartas con los hombres del ferrocarril, en un furgón de cola del apartadero. Trepaba al techo por la escalerilla y observaba los trenes que entraban y salían, que cambiaban de vía o se enganchaban. Aun así, la mayoría de las partidas de cartas eran en la trastienda de las tintorerías chinas. Me sentaba cerca de la entrada y leía durante horas, mientras al fondo en alguna parte él jugaba al póquer. El calor y el olor a disolvente de limpieza mezclado con el de la lana chamuscada y el sudor eran nauseabundos. En alguna ocasión el tío John salía por la puerta de atrás y me olvidaba allí, así que solo cuando el tintorero venía a cerrar me encontraba dormida en la silla. Entonces volvía a casa sola, lejos, a oscuras, y al llegar ni siquiera había nadie. Mamie se llevaba a Sally a los ensayos del coro, a la Orden de la Estrella de Oriente o a preparar vendas para los soldados del frente.

Más o menos una vez al mes íbamos a una barbería. Siempre distinta. El tío John pedía un afeitado y un corte de pelo, y yo me sentaba a leer la revista *Argosy* mientras el barbero le cortaba el pelo, y esperaba a que llegara el momento del afeitado. El tío John se recostaba en la butaca y justo cuando el barbero estaba acabando de afeitarlo, le preguntaba: «Oiga, ¿por casualidad tiene colirio?». Siempre tenían, así que el barbero se inclinaba a ponerle unas gotas en los ojos. El ojo de vidrio empezaba a dar vueltas y el barbero chillaba como un loco. Al final todo el mundo acababa riendo a carcajadas.

Si yo hubiera entendido a mi tío la mitad de lo que él siempre me entendió a mí, habría visto cuánto sufría, por qué se esforzaba tanto para hacer reír. Y hacía reír a todo el mundo. Solíamos ir a comer a cantinas de Juárez y El Paso, lugares modestos y acogedores. Poco más que unas mesas en una habitación de una casa corriente, con buena comida. Todo el mundo conocía a mi tío, y las camareras siempre se reían cuando les preguntaba si el café era recalentado.

—¡No, por Dios!

—Bueno, ¿y cómo te las arreglas para que esté hirviendo?

Por lo general me daba cuenta si se pasaba con la bebida, y si lo veía borracho me inventaba alguna excusa y volvía andando a casa o en trolebús. Un día, sin embargo, me quedé dormida en la cabina de la camioneta y me desperté cuando él ya se había subido y arrancado. Íbamos por Rim Road a toda velocidad. Mi tío sujetaba una botella entre los muslos, manejaba el volante con los codos mientras contaba el dinero que sostenía desplegado en abanico.

—¡Ve más despacio!

—¡Estoy forrado de dinero, cariño!

—¡Ve más despacio, agarra el volante!

La camioneta dio una sacudida, saltó aparatosamente y volvió a caer con estrépito. El dinero voló por toda la cabina. Me volví a mirar por la ventanilla trasera. Había un niño de pie en la calle, con el brazo herido. Un perro estaba tendido en el asfalto a su lado, cubierto de sangre, intentando levantarse.

—Para. Para la camioneta. Tenemos que dar la vuelta. ¡Tío John!

—¡No puedo!

—Frena. ¡Has de dar la vuelta! —repetí llorando, histérica.

Al llegar a casa alargó un brazo y me abrió la puerta.

—Entra en casa.

No sé si dejé de hablarle. No volvió a casa. Ni esa noche, ni en días, semanas, meses. Recé por él.

Acabó la guerra y mi padre volvió a casa. Nos fuimos a vivir a Sudamérica.

El tío John acabó en Los Ángeles viviendo en la escoria, borracho perdido. Entonces conoció a Dora, que tocaba la trompeta en la banda del Ejército de Salvación. Ella lo llevó al albergue, le dio un poco de sopa y habló con él. Más adelante contaría que el tío John la hacía reír. Se enamoraron, se casaron y él no volvió a beber nunca más. Ya de mayor fui a visitarlos a Los Ángeles. Ella trabajaba de remachadora en Lockheed, y él tenía un taller de restauración de antigüedades en el garaje de su casa. Creo que eran las personas más dulces que he conocido; dulces uno con el otro, me refiero. Fuimos al parque de Forest Lawn y a los pozos de alquitrán de La Brea y al restaurante Grotto. La mayor parte del tiempo me quedaba ayudando al tío John en el taller, lijando muebles, puliéndolos con el trapo empapado de aceite de linaza y aguarrás. Hablábamos de la vida, nos contábamos anécdotas divertidas. Ninguno de los dos mencionó El Paso. Por supuesto a esas alturas yo ya había comprendido todas las razones por las que no pudo parar la camioneta, porque para entonces era alcohólica.

Mijito

Quiero irme a casa. Cuando *mijito* Jesús se duerme, pienso en mi casa, en mi *mamacita* y mis hermanos y hermanas. Trato de recordar todos los árboles y a toda la gente del pueblo. Trato de recordarme a mí misma, porque entonces era otra, antes de *tantas cosas que han pasado*. No sabía nada. No conocía la televisión o las *drogas* o el miedo. He tenido miedo desde el momento en que emprendí el viaje: la camioneta, los hombres, correr... Y cuando Manolo vino a buscarme tuve aún más miedo, porque no era el mismo. Sabía que me amaba y cuando me abrazó fue como junto al río, pero estaba cambiado, vi el miedo en sus dulces ojos. Al llegar a Oakland todo me pareció aterrador. Coches delante, coches detrás, coches en sentido contrario, coches, coches, coches en venta, y tiendas, y tiendas, y más coches. Incluso nuestro cuartito en Oakland, la habitación donde esperaba a Manolo, llena de ruidos, no solo la televisión sino también coches y autobuses y sirenas y helicópteros, hombres peleando y disparando y gritos de gente. Los *mayates* me asustan, y siempre se quedan en grupos por la calle, así que me daba miedo salir fuera. Manolo estaba tan raro que me daba miedo que no quisiera casarse conmigo, pero me dijo:

—No seas loca, yo te amo, *mi vida* —me puse contenta, pero luego añadió—: Además, necesitas estar legal para cobrar la ayuda y que te den cupones para alimentos.

Nos casamos enseguida, y ese mismo día me llevó a la Seguridad Social. Yo estaba triste. Me hubiera gustado ir a un parque, o tomar un poco de vino, una pequeña fiesta de *luna de miel*.

Vivíamos en el motel Flamingo, en MacArthur Boulevard. Me sentía sola. Él estaba casi siempre fuera. Se enojaba conmigo por ser tan miedosa, pero se olvidaba de qué distinto era todo aquí. No teníamos baño en la casa, ni luces. Hasta la televisión me daba miedo, parecía tan real... A mí me habría gustado vivir en una casita o un cuarto que pudiera poner bonito y cocinar para él. Manolo traía comida de Kentucky Fry o Taco Bell o hamburguesas. Desayunábamos cada día en una pequeña cafetería, y eso sí era lindo, como en México.

Un día golpearon a la puerta. Al principio no quise abrir. El hombre dijo que era Ramón, el tío de Manolo. Dijo que Manolo estaba en la cárcel, y que me llevaría a hablar con él. Me hizo recoger todas mis cosas y montarme en el coche. Yo no paraba de preguntarle: «¿Por qué? ¿Qué pasó? ¿Qué hizo?».

—*¡No me jodas! Cállate* —me ordenó—. *Mira,* no lo sé. Él te contará. Lo único que sé es que te quedarás con nosotros hasta que lo juzguen.

Entramos en un edificio grande y subimos en un ascensor hasta el último piso. Yo nunca había estado en un ascensor. El hombre habló con varios policías y entonces uno me acompañó por una puerta hasta una silla delante de una ventana. Señaló un teléfono. Manolo entró y se sentó al otro lado. Estaba flaco y sin afeitar, y se le veía el miedo en los ojos. Temblaba y parecía muy pálido. Iba vestido solo con una especie de pijama naranja. Nos quedamos ahí sentados, mirándonos. Levantó el auricular y me dijo con un gesto que agarrara el mío. Fue la primera vez que hablé por teléfono. No parecía su voz, pero lo veía hablando. Estaba tan asustada... No recuerdo bien todo lo que me dijo, salvo que me quería y que lo sentía. Dijo que avisaría a Ramón cuando lo fueran a juzgar. Con suerte después podría volver conmigo a casa. Pero si no volvía, que lo esperara, que esperara a mi marido. Ramón y Lupe eran *buena gente,* cuidarían de mí hasta que él saliera. Debían llevarme a la Seguridad Social a cambiar mi dirección.

—No lo olvides. Lo siento —dijo en inglés: «Sorry». Tuve que pensar cómo se decía en español. *Lo siento.* Volví a traducirlo al inglés: «I feel it».

Si lo hubiera sabido... Debería haberle dicho que le quería y que siempre le esperaría, que lo amaba con todo mi corazón. Debería haberle contado que íbamos a tener un bebé. Pero estaba tan preocupada y demasiado asustada para hablar por el teléfono, así que me quedé mirándolo en silencio hasta que los dos policías se lo llevaron.

En el coche le pregunté a Ramón qué había sucedido, adónde se lo llevaban. Insistí hasta que paró el coche y me dijo que cómo iba a saberlo, que cerrara la boca. Mi cheque y mis cupones de alimentos se los quedarían ellos por mantenerme, y tendría que cuidar de sus hijos. Y más valía que me buscara cuanto antes un sitio para vivir. Le dije que estaba embarazada de tres meses.

—Hay que joderse —dijo él, en inglés.

Esa fue la primera frase que dije en inglés en voz alta. Hay que joderse.

El doctor Fritz debería llegar de un momento a otro, así que al menos puedo hacer pasar a algunos pacientes a las consultas. Hace dos horas que tendría que estar aquí, pero como de costumbre se le solapó una cirugía. Sabe que los miércoles tiene horas de despacho. La sala de espera está abarrotada, bebés que lloran, niños que se pelean. Karma y yo tendremos suerte si salimos de aquí a las siete. Ella es la supervisora del consultorio, vaya un trabajo. El aire de la sala está cargado y sofocante, apesta a pañales sucios y sudor, a ropa húmeda. Llueve, cómo no, y la mayoría de las madres han hecho largos trayectos de autobús para llegar hasta aquí.

Al asomarme procuro trabar la vista, y al decir el nombre de un paciente sonrío a la madre o abuela o madre de acogida, pero mirando el tercer ojo de su frente. Aprendí ese truco en Urgencias. Es la única manera de trabajar aquí, especialmente con tantos hijos del crack, niños con sida o cáncer. O los que no llegarán a crecer. Si miras a los padres a los ojos compartirás, confirmarás el miedo y el agotamiento y el dolor. Por otro lado, cuando acabas conociéndolos, a veces es lo único que puedes hacer, mirarles a los ojos con la esperanza o la lástima que no eres capaz de expresar.

Los dos primeros son posoperatorios. Preparo guantes y pinzas para quitar los puntos, gasa y esparadrapo; pido a las madres que desvistan a los bebés. No tardará. En la sala de espera llamo a Jesús Romero.

Una madre adolescente viene hacia mí, con su hijito envuelto en un rebozo, como en México. La chica parece acobardada, muerta de miedo.

—*No inglés* —me dice.

Le digo, también en español, que le quite todo menos el pañal, y le pregunto qué ocurre.

—*Pobre mijito* —me explica—, llora todo el rato, no para de llorar.

Peso al bebé, le pregunto a la madre cuánto pesó al nacer. Tres kilos doscientos. Con tres meses debería haber engordado más.

—¿Lo llevó a vacunar?

Sí, fue a la clínica hace unos días. Le dijeron que el niño tiene una hernia. Ella no sabía que los bebés necesitasen vacunas. Le pusieron una y le dijeron que volviera al cabo de un mes, pero que viniera directamente aquí.

Se llama Amelia. Tiene diecisiete años, vino de Michoacán para casarse con su novio, pero ahora él está en la cárcel de Soledad. Ella vive con el tío y la tía del marido. No tiene dinero para volver a casa. Aquí no la quieren, y tampoco al bebé, porque llora a todas horas.

—¿Le da el pecho?

—Sí, pero creo que mi leche no es buena. Se despierta por la noche y llora y llora.

Lo sostiene en brazos como un saco de patatas, y la expresión de su cara dice «¿Dónde va este saco?». Se me ocurre que no tiene a nadie que le explique nada de nada.

—¿Sabe cómo cambiar de pecho? En cada toma hay que empezar por un pecho distinto, dejar que mame un rato largo, y luego cambiarlo al otro pecho un poco más. Pero recuerde alternar los pechos. Así él toma más leche y sus pechos producen más leche. A lo mejor se queda dormido porque está cansado, no satisfecho. También es probable que llore por la hernia. El médico es muy bueno, seguro que curará a su hijito.

Da la impresión de que se tranquiliza. Resulta difícil saberlo, tiene eso que los médicos llaman «afecto plano».

—He de ir con los demás pacientes. Volveré cuando llegue el doctor.

Asiente, resignada. Tiene la típica mirada abatida de las mujeres maltratadas. Que Dios me perdone, porque también soy mujer, pero cuando veo mujeres con esa mirada me dan ganas de abofetearlas.

El doctor Fritz ha llegado, está en la primera consulta. Por más que haga esperar a las madres, por más enfadadas que estemos Karma

362

y yo, cuando está con un crío se lo perdonamos todo. Es un sanador. El mejor cirujano, hace más intervenciones que el resto de sus colegas juntos. Por supuesto todos dicen que es obsesivo y egomaníaco. Aun así, no pueden negar que es un magnífico cirujano. De hecho es famoso, fue el médico que arriesgó su vida para salvar a aquel chico después del gran terremoto.

Los primeros dos pacientes van rápido. Le digo que hay un preoperatorio que no habla inglés en la sala 3, que iré enseguida. Limpio las consultas y hago pasar a nuevos pacientes. Cuando llego a la sala 3, el doctor sostiene al bebé, le está mostrando a Amelia cómo presionar para meter la hernia hacia dentro. El bebé le sonríe.

—Pídele a Pat que programe la cirugía. Explícale el preoperatorio y el ayuno, que le quede claro. Dile que llame si no puede meter la hernia cuando se salga —y, al devolverle el bebé a la mujer, añade—: *Muy bonito.*

Entonces señala las marcas que el niño tiene en los antebrazos.

—Pregúntale cómo se ha hecho Jesús esos morados —me pide—. En los que tú deberías haber reparado.

—Lo siento —le digo al doctor.

La mujer parece asustada y sorprendida por la pregunta.

—*No sé.*

—No sabe.

—¿Qué opinas tú?

—A mí me parece que ella...

—No puedo creer que vayas a decir lo que creo que vas a decir. Tengo que devolver varias llamadas. Estaré en la consulta uno dentro de diez minutos. Necesitaré dilatadores, uno del ocho y otro del diez.

Ha acertado. Iba a decir que ella también parece una víctima, y sí, sé lo que a menudo hacen las víctimas. Le explico a la muchacha que la cirugía es muy importante, así como el preoperatorio el día anterior. Que llamara si el bebé se ponía enfermo o se le irritaba mucho la piel por el pañal. Nada de leche tres horas antes de la cirugía. Le pido a Pat que programe la fecha y repase con la chica de nuevo las instrucciones.

Me olvido de ella hasta que ha pasado al menos un mes, y por alguna razón se me ocurre de pronto que no ha traído al bebé para el posoperatorio. Le pregunto a Pat cuándo fue la cirugía.

—¿Jesús Romero? La madre es una retrasada. No se presenta a la primera cita. No se molestó en llamar. La llamo, y me dice que no consiguió que nadie la trajera. Muy bien. Así que le digo que haremos el preoperatorio el mismo día, y tendrá que venir muy temprano para un reconocimiento y análisis de sangre, pero que tiene que venir. Y, aleluya, aparece. Pero adivina qué pasó.

—Le da de mamar al bebé media hora antes de entrar al quirófano.

—Tal cual. Fritz va a estar fuera de la ciudad, así que el próximo hueco que tengo es dentro de un mes.

Era muy malo vivir con ellos. No podía esperar hasta que Manolo y yo estuviéramos juntos. Les entregaba mi cheque y mis cupones de alimentos. Ellos solo me daban un poco de dinero para mis cosas. Cuidaba de Tina y Willie, pero no hablaban español, no me hacían ningún caso. Lupe odiaba tenerme allí, y Ramón se portaba bien, salvo porque cuando bebía siempre me agarraba o se me arrimaba por detrás. A mí me daba más miedo Lupe que él, así que cuando no estaba limpiando la casa, me quedaba en mi rinconcito de la cocina.

—¿Qué haces ahí, horas y horas? —me preguntó Lupe.

—Pienso. En Manolo. En mi *pueblo*.

—Empieza a pensar en mudarte a otro sitio.

Ramón tenía que trabajar el día del juicio, así que me llevó Lupe. A veces sabía ser amable. En la sala, nos sentamos delante. Casi no lo reconocí cuando entró, esposado y con cadenas que le sujetaban las piernas. Qué crueldad tratar así a un hombre tierno como Manolo. Se quedó de pie frente al juez, y entonces el juez habló y dos policías se volvieron a llevar a Manolo. Él se volvió a mirarme, pero no lo conocí con aquella cara de rabia. Mi Manolo. De camino a casa, Lupe dijo que no pintaba bien. Ella tampoco entendió los cargos, pero no eran solo posesión de drogas, porque lo habrían mandado a Santa Rita. Ocho años en la cárcel de Soledad es mala cosa.

—¿Ocho años? ¿*Cómo que* ocho años?

—No se te ocurra perder la cabeza, o te dejo aquí mismo en la calle. Hablo en serio.

Lupe me dijo que tenía que ir a la clínica porque estaba embarazada. No entendí que se refería a hacerme un *aborto*.

—No —le dije a la señora doctora—. No, quiero a mi bebé, *mijito*. Su padre se ha ido, mi bebé es lo único que tengo.

Ella fue amable al principio, pero luego se enojó, dijo que yo era solo una chiquilla, no podría trabajar, ¿cómo iba a cuidar de él? Me tachó de egoísta, de *porfiada*.

—Es pecado —le contesté—. No lo haré. Quiero mi bebé.

La doctora golpeó la mesa con el cuaderno.

—*Válgame Dios.* Por lo menos ven a los controles antes de que nazca la criatura.

Me dio una tarjeta con el día y la hora de la visita, pero nunca volví. Los meses pasaron lentamente. Seguí esperando noticias de Manolo. Willie y Tina solo veían la tele, y no me daban problemas. Tuve el bebé en la casa de Lupe. Ella me ayudó, pero Ramón le pegó cuando volvió a casa y me pegó a mí también. En mala hora apareciste, me dijo, y ahora para colmo un crío.

Procuro no cruzarme en su camino. Tenemos nuestro rinconcito en la cocina. El pequeño Jesús es muy lindo, y se parece a Manolo. Conseguí cosas bonitas para él en Goodwill y Payless. Aún no sé qué hizo Manolo para acabar en la cárcel, o cuándo recibiré noticias suyas.

—Despídete de Manolo —me dijo Ramón cuando le pregunté—. A ver si consigues algún trabajo.

Cuido de los niños de Lupe mientras ella está trabajando, y les limpio la casa. Hago toda la colada en la lavandería de abajo. Pero estoy tan agotada... Jesús llora, llora sin parar, y *no importa* lo que haga. Lupe me recomendó que lo llevara a la clínica. Los autobuses me dan miedo. Los *mayates* me agarran y me asustan, parece como si me lo quisieran arrebatar.

En la clínica se enfadaron conmigo otra vez, dijeron que debería haberme hecho los controles prenatales, que Jesús necesitaba vacunas y que estaba más pequeño de lo normal. Nació con tres kilos doscientos, les dije, mi tío lo pesó. «Bueno, pues ahora solo pesa tres y medio.» Le pusieron una vacuna, dijeron que debía volver. El doctor dijo que Jesús tenía una hernia, y eso podía ser peligroso. Tenía que verlo un cirujano. Una mujer de allí me dio un mapa y me anotó el autobús y el metro para ir a la consulta del cirujano, e incluso me explicó cómo tomar el autobús y el metro de vuelta. Llamó y me concertó una cita.

Lupe me había llevado, estaba fuera en el coche con los niños cuando volví. Le expliqué lo que me habían dicho y me eché a llorar. Ella paró el coche y me zarandeó.

—¡Ahora eres una mujer! Afróntalo. Te daremos un tiempo hasta que Jesús se ponga bien, y luego tendrás que buscarte la vida. El apartamento es demasiado pequeño. Ramón y yo estamos muertos de cansancio, y tu hijo llora día y noche, o lloras tú, que es peor. Estamos hartos.

—Intento echar una mano —dije.

—Ya, pues muchas gracias.

Todos nos levantamos temprano el día que debía llevarlo al cirujano. Lupe tuvo que dejar los niños en la guardería. Es gratis, y a ellos les gusta más que quedarse en casa solos conmigo, así que estaban contentos. Pero Lupe se enfadó por tener que conducir tan lejos para llevarlos, y encima Ramón habría de irse en metro. Me asustaba tener que viajar en autobús, tren y luego otro autobús. Con los nervios no comí nada, así que estaba hambrienta y mareada del miedo, pero entonces vi el cartel, tal como me habían dicho, y supe que estaba en el lugar correcto. Tuvimos que esperar mucho. Salí de casa a las seis de la mañana y el doctor no visitó a Jesús hasta las tres. Estaba desfallecida de hambre. Me explicaron todo muy claro, y la enfermera me explicó que le diera de mamar de otra manera para producir más leche. El médico fue muy dulce con Jesús y dijo que era *bonito,* pero pensó que yo lo había lastimado, señaló las marcas moradas en los brazos. No me había dado cuenta hasta entonces. Es verdad. Lastimé a mi bebé, *mijito.* Fui yo quien se las hice la noche antes, cuando no paraba de llorar. Estaba conmigo, tapado bajo las mantas. Lo abracé fuerte.

—Calla, calla, deja de llorar, basta, ¡basta!

Nunca lo había agarrado así antes. Jesús no lloró ni más ni menos.

Pasaron dos semanas. Iba tachando los días en el calendario. Le dije a Lupe que tenía que ir un día para el preoperatorio, y para la cirugía al día siguiente.

—Ni lo sueñes —me contestó.

El coche estaba en el taller. Lupe no podía llevar a Willie y a Tina a la guardería. Así que no fui.

Ramón se quedó en casa. Se puso a beber cerveza mientras veía un partido de béisbol. Los niños estaban durmiendo la siesta, y yo daba de mamar a Jesús en la cocina.

—Ven aquí a ver el partido, *prima* —me dijo, así que fui.

Jesús todavía estaba mamando, pero lo tapé con una manta. Ramón se levantó a por más cerveza. No me di cuenta de que estaba borracho hasta que se levantó, pero de pronto se reía a carcajadas y se tiró al suelo junto al sofá. Me arrancó la manta y me subió la camiseta.

—Dame a mí también un poco de *chichi* —dijo, y empezó a chuparme el otro pecho.

Lo aparté de un empujón y se golpeó en la mesa, pero Jesús también se cayó y se hizo un arañazo en el hombro. Le caía sangre por el bracito, y mientras se la limpiaba sonó el teléfono.

Era Pat, la señora de cirugía, muy enfadada porque no me había presentado ni había llamado.

—Lo siento —le dije en inglés.

Dijo que al día siguiente tenían una cancelación. Podría hacer el preoperatorio el mismo día si llevaba al niño bien temprano. A las siete de la mañana. Estaba enojada conmigo. Me explicó que Jesús se podía poner muy enfermo y morir, que si no lo llevaba a operarse, el estado podría quitarme a mi hijo.

—¿Lo entiende?

Le dije que sí, pero no creí que pudieran quitarme a mi hijo.

—¿Va a venir mañana? —me preguntó.

—Sí —dije.

Le conté a Ramón que al día siguiente tenía que llevar a Jesús a operarse, si podría ocuparse de Tina y Willie.

—¿Así que por chuparte la teta crees que puedes pedir algo a cambio? Sí, estaré aquí. De todos modos me he quedado sin trabajo. Pero ni se te ocurra contarle nada a Lupe. Tu culo estaría fuera de aquí en cinco minutos. Y a mí ya me parecería bien, pero mientras esté aquí quiero probarlo un poquito.

Entonces me llevó al cuarto de baño, mientras Jesús se quedaba llorando en el suelo del salón y los niños llamaban a la puerta. Me acogotó contra el lavabo y empezó a embestirme, pero estaba tan borracho que enseguida acabó. Resbaló hasta el suelo, inconsciente. Salí y les dije a los niños que su papá estaba enfermo. Empecé a temblar tanto que tuve que sentarme, mecí a *mijito* Jesús y vi los dibujos animados con los niños. No sabía qué hacer. Recé un avemaría, pero con tanto ruido en todas partes, ¿cómo podría ser escuchada una oración?

Cuando llegó Lupe, Ramón salió. Por cómo me miró, me di cuenta de que sabía que había hecho algo malo, pero no recordaba qué. Dijo que iba a dar una vuelta. Perfecto, dijo Lupe. Abrió la nevera.

—El muy huevón se ha tomado toda la cerveza. ¿Puedes ir al 7-Eleven, Amelia? Ay, por Dios, ni siquiera puedes ir a comprar cerveza. ¿Sirves para algo? Ni siquiera te has molestado en buscar trabajo o un sitio para vivir, ¿a que no?

Le dije que había estado cuidando de los niños, ¿cómo podía ir a ninguna parte? Le conté que al día siguiente operaban a Jesús.

—Bueno, en cuanto puedas empiezas a buscar. Cuelgan ofertas de trabajo y casas en los tablones de anuncios de los supermercados, o en la farmacia.

—No sé leer.

—Hay anuncios en español.

—No sé leer español *tampoco*.

—Hay que joderse.

Hay que joderse, repetí yo. Al menos eso la hizo reír. Ay, cómo extraño mi *pueblo,* donde la risa es suave como la brisa.

—Muy bien, Amelia. Mañana buscaré por ti, haré llamadas. Hazme un favor y vigila ahora a los niños. Necesito un trago. Estaré en el Jalisco.

Debió de encontrarse con Ramón; volvieron juntos, tardísimo. Los niños y yo solo pudimos comer frijoles y Kool-Aid. No había ni pan, ni harina para hacer tortillas. Jesús dormía profundamente en nuestro rincón de la cocina, pero en cuanto me tumbé a su lado empezó a llorar. Le di el pecho. Me di cuenta de que ahora tomaba más, pero después de dormir un rato se puso a llorar de nuevo. Intenté darle un chupón, y lo escupió. Hice lo mismo otra vez, abrazarlo muy fuerte mientras le susurraba: «Ea, ea», y paré al darme cuenta de que lo lastimaba, pero también porque no quería que el doctor viera las marcas moradas. Bastante tenía ya con el brazo todo arañado y magullado, *pobrecito*. Volví a rezarle a nuestra Virgen María que me ayudara, que por favor me dijera qué hacer.

Estaba oscuro cuando salí a la mañana siguiente. Encontré a gente que me ayudó a subirme al autobús correcto, el metro y otro autobús. En el hospital me indicaron adónde ir. Le sacaron sangre del brazo a Jesús. Un médico lo examinó, pero no hablaba español. No sé qué escribió. Sé que mencionó el hombro, porque midió la herida con el dedo y luego anotó algo. Me miró interrogándome. «Los niños lo empujaron», contesté como pude en inglés, y él asintió. Me dijeron que la operación sería a las once, así que le había dado de mamar a las ocho, pero pasaban las horas y se hizo la una de la tarde. Jesús berreaba. Nos pusieron en un espacio con una cama y una silla. Yo estaba en la silla, pero la cama parecía tan cómoda que me tumbé y lo abracé a mi lado. La leche me chorreaba de los pechos, como si oyeran su llanto. No pude soportarlo y pensé que por un poquito de leche no pasaría nada.

El doctor Fritz me estaba gritando. Aparté a Jesús de mi pecho, pero el doctor negó con la cabeza y me dijo que siguiera amamantándolo. Una enfermera latina entró entonces para decir que ya no podían operarlo. Dijo que tenían mucha lista de espera y que les había jodido dos veces.

—Llama a Pat, que te dé otra fecha. Ahora venga, vete a casa. Llámala mañana. Ese crío necesita la operación, ¿me oyes?

En casa, en mi pueblo, nadie se enojaba nunca conmigo.

Cuando me levanté, debí de desmayarme. Al despertar vi a la enfermera sentada a mi lado.

—Te he pedido un buen almuerzo. Seguro que tienes hambre. ¿Has comido algo hoy?

—No —dije.

Me colocó unas almohadas detrás y puso una bandeja en mi regazo. Sostuvo a Jesús mientras yo comía. Devoré como un animal. Todo, sopa, biscotes, ensalada, zumo, leche, carne, patatas, zanahorias, pan, pastel; estaba bueno.

—Has de comer bien todos los días mientras das el pecho al bebé —dijo—. ¿Te ves con ánimos para volver a casa?

Asentí. Sí. Me encontraba tan bien, la comida estaba tan buena.

—Va, pues. Prepárate para irte. Aquí tienes algunos pañales para él. Mi turno acabó hace una hora y tengo que cerrar.

Pat tiene un trabajo difícil. Nuestro consultorio, con seis cirujanos distintos, está en el Hospital de Niños de Oakland. Cada día todos los cirujanos tienen la agenda a tope. Y además, cada día hay alguna cancelación, que se sustituye por otra visita, y se suman varias urgencias. Cada día uno de nuestros doctores está de guardia en la sala de urgencias. Toda clase de traumatismos, dedos cortados, frutos secos aspirados, heridas de bala, apéndices, quemaduras, así que puede haber seis u ocho cirugías sorpresa a diario.

Prácticamente todos los pacientes tienen la cobertura médica estatal, y muchos son extranjeros ilegales y ni siquiera tienen eso, así que ninguno de nuestros doctores están en esto por dinero. Es un trabajo agotador también para el personal administrativo. Suelo trabajar diez horas al día. Los cirujanos son muy diferentes unos de otros, y por razones muy diferentes a veces pueden ser un incordio. Pero aunque nos quejemos, los respetamos, y también estamos orgullosas de ellos, y nos da la sensación de que somos de ayuda. Es un trabajo gratificante, no como trabajar en un despacho corriente. Desde luego ha cambiado mi manera de ver las cosas.

Siempre he sido una persona cínica. Cuando empecé a trabajar aquí, pensaba que era un derroche tremendo del dinero de los contribuyentes operar a diez, doce recién nacidos con malformaciones por el crack para que pudieran seguir vivos y discapacitados después de pasar un año en un hospital, y luego ir dando tumbos de un hogar de acogida a otro. Muchos sin madre, padre ya no digamos. La mayoría de las familias de acogida son estupendas, pero algunas dan miedo. Hay tantos niños discapacitados o con lesiones cerebrales, pacientes que no vivirán más que unos pocos años. Muchos con síndrome de Down. Pensaba que yo nunca podría cuidar a un niño así.

Ahora abro la puerta de la sala de espera y Toby, que está todo contrahecho y tembloroso, Toby, que no puede hablar, está ahí. Toby, que mea y caga en bolsas, que come por un agujero en el estómago. Toby viene a abrazarme, riendo, con los brazos abiertos. Es como si estos chavales fueran la respuesta de un dios tarado a ciertas oraciones.

Todas esas madres que no quieren que sus hijos crezcan, que rezan para que su crío las quiera para siempre. Las respuestas a esas oraciones fueron enviadas en forma de Tobys.

Desde luego los Tobys pueden romper un matrimonio o una familia, pero cuando no lo hacen parece darse el efecto contrario. Hacen salir los sentimientos más profundos, buenos y malos, y las fuerzas y la dignidad que de otro modo un hombre y una mujer nunca habrían visto en sí mismos o en su pareja. A mí me da la impresión de que las alegrías se aprecian más, que el compromiso adquiere una dimensión más honda. Y no creo estar idealizándolo. Los analizo seriamente, porque advertí esas cualidades y me sorprendieron. He visto varias parejas que acaban divorciándose. Parecía inevitable. Estaba el mártir, o el descuidado, o el acusador, el por qué a mí o el culpable, el bebedor o el llorón. He visto hermanos actuar por resentimiento, provocar aún más trastorno, rabia y culpa. Pero muchas más veces he visto al matrimonio y la familia estrechar lazos, crecer. Todo el mundo aprende a lidiar, tiene que ayudar y ser sincero y decir que es una mierda. Todo el mundo tiene que reír, todo el mundo ha de sentirse agradecido cuando por más cosas que el crío no pueda hacer, es capaz de besar la mano que le acaricia el pelo.

A mí no me gusta Diane Arbus. Cuando era pequeña, en Texas, había espectáculos donde se exhibían aberraciones humanas, y ya entonces odiaba ver a la gente que señalaba a aquellas criaturas insólitas y se reía. Sin embargo, también me fascinaba. Me encantaba el hombre sin brazos que escribía a máquina con los dedos de los pies. Pero lo que me gustaba no era que no tuviera brazos, sino que realmente escribía, el día entero. Estaba escribiendo algo en serio, disfrutaba con lo que escribía.

Reconozco que es fascinante cuando las mujeres traen a Jay para un preoperatorio con la doctora Rook. Todo es estrafalario. Son enanas. Parecen hermanas, y quizá lo sean, ambas diminutas y rollizas, con mofletes rosados y pelo rizado, narices respingonas y grandes sonrisas. Son amantes, se acarician y se besan y se toquetean sin ningún pudor. Adoptaron a Jay, un bebé enano, con múltiples problemas, graves. Su asistenta social, que es, bueno, gigantesca, ha venido con ellas, para cargar a Jay y el pequeño tanque de oxígeno y la bolsa de pañales. Las madres traen cada una un taburete, como una ban-

371

queta de ordeñe, y se sientan en los taburetitos en las salas de consulta y hablan de Jay, cuentan que está mucho mejor, que ahora puede enfocar la vista, las reconoce. La doctora Rook va a hacerle una gastrostomía para que puedan alimentarlo a través de un tubo insertado por una abertura en el estómago.

Es un crío despierto pero tranquilo, no particularmente pequeño, pero con una cabezota deforme. A las mujeres les encanta hablar de él, nos explican de buena gana cómo lo cargan entre las dos, cómo lo bañan y se ocupan de él. Necesitó un casco cuando empezó a gatear, porque los muebles de la casa apenas tienen un par de palmos de altura. Le llamaron Jay porque les parecía un nombre alegre, y Jay les había traído mucha alegría.

Voy hacia la puerta para traer un poco de esparadrapo de papel. Jay es alérgico al esparadrapo normal. Me vuelvo y veo a las dos madres de puntillas, mirando a Jay, que está boca abajo en la camilla. Les está sonriendo, y ellas le sonríen. La asistenta social y la doctora Rook se sonríen también.

—Es la cosa más tierna que he visto nunca —le digo a Karma.

—Pobrecitos. Ahora son felices. Pero seguramente el crío solo viva unos años más, con suerte —comenta ella.

—Merece la pena. Aunque se acabara hoy mismo. Sigue mereciendo la pena todo el dolor que vendrá después. Karma, sus lágrimas serán dulces —me sorprendí a mí misma al decir esto, pero era lo que sentía. Empezaba a aprender lo que es un verdadero acto de amor.

El marido de la doctora Rook dice que sus pacientes son bebés de río, y ella se indigna. Al parecer la gente solía llamar así a bebés como esos en Misisipi. Él también es cirujano y trabaja con nosotros. De alguna manera se las arregla para que sus operaciones casi siempre estén cubiertas por un seguro médico de verdad, como Blue Cross. La doctora Rook se encarga de la mayor parte de niños discapacitados o en estado vegetativo, pero no solo porque es una buena cirujana. Escucha a las familias, se preocupa por ellas, así que le derivan a muchos pacientes.

Hoy hay uno detrás de otro. Los niños en su mayoría son más mayores y crecidos. Peso muerto. Tengo que alzarlos a pulso y sostenerlos mientras ella quita la sonda usada y les coloca una nueva. La mayoría no pueden llorar. Salta a la vista que debe de ser muy doloroso, pero no hay nada más que las lágrimas que resbalan y se les meten por los oídos y ese espeluznante chirrido ultraterrenal, como una verja herrumbrosa, del fondo de las entrañas.

La última paciente es estupenda. No la paciente, sino lo que hace. Una niña preciosa recién nacida, de cara colorada, con seis dedos en cada mano. Cuando nace un bebé, la gente siempre hace la broma de si han comprobado que tenga cinco dedos en cada mano y cada pie. Es más común de lo que pensaba. Normalmente los médicos les programan una cirugía que ni siquiera precisa hospitalización. Esta niña solo tiene unos días de vida. La doctora Rook me pide Xylocaína, aguja y tripa de gato. Le duerme la zona alrededor del dedo y luego hace un nudo bien prieto en la base de cada uno de los meñiques de más. Le da un poco de Tylenol líquido al bebé si muestra síntomas de dolor, y les dice que no lo toquen, que pronto, como ocurre con el ombligo, el dedo se pondrá negro y se caerá. Me contó que su padre había sido médico en un pueblecito de Alabama, que de niña le había visto hacerlo.

Una vez, el doctor Kelly vio a un crío con seis dedos en cada mano. Sus padres estaban empeñados en operarlo, pero el niño no quería. Tenía seis o siete años, un crío monísimo.

—¡No! ¡Los quiero! ¡Son míos y los quiero!

Pensé que el viejo doctor Kelly intentaría razonar con el niño, pero en lugar de eso les dijo a los padres que al parecer el chiquillo quería conservar aquella peculiaridad.

—¿Y por qué no? —concluyó. Los padres no podían creerlo. El doctor les dijo que si el chico cambiaba de opinión, podrían hacerlo de todos modos. Por supuesto cuanto más joven, mejor—. Me gusta cómo defiende sus derechos. Ponla aquí, hijo —y le estrechó la mano al niño.

Se marcharon, los padres furiosos, despotricando, y el crío con una sonrisa de oreja a oreja.

¿No cambiará de opinión? ¿Y si toca el piano? ¿Será demasiado tarde cuando cambie de parecer, si es que lo hace? ¿Qué tienen de malo seis dedos en una mano? Son raros de todos modos, igual que los dedos de los pies, el pelo, las orejas. A mí, por ejemplo, me gustaría que tuviéramos cola.

Estoy fantaseando con la posibilidad de tener una cola, u hojas en vez de pelo, mientras limpio y repongo los suministros en las salas de reconocimiento para la noche, cuando oigo que aporrean la puerta. La doctora Rook se había ido y yo era la única que quedaba en la consulta. Abro la puerta y dejo pasar a Amelia y Jesús. Ella está llorando, tiembla al hablar. Al niño se le ha salido la hernia y ella no puede volver a meterla.

Recojo mi abrigo, conecto las alarmas y cierro la puerta con llave, y la acompaño al final de la calle, a la sala de urgencias. Entro para asegurarme de que queda admitida. El doctor McGee está de guardia. Bien.

—El doctor McGee es un doctor viejo y encantador. Atenderá a tu pequeño Jesús. Probablemente lo operen esta misma noche. No olvides llamar para traer al bebé a la consulta. En una semana, más o menos. Llámanos. *Oye,* y por el amor de Dios, no le des de mamar.

Había mucha gente en el metro y el autobús, pero yo no tenía miedo. Jesús estaba dormido. Parecía como si la Virgen María me contestara. Me dijo que cobrara el próximo cheque de la Seguridad Social y volviera a casa, a México. La *curandera* cuidaría de mi bebé y mi *mamacita* sabría cómo hacer para que dejara de llorar. Yo le daría de comer plátanos y papaya. Mango no, porque a veces los mangos les dan dolor de tripa a los niños pequeños. Me pregunté cuándo les salían los dientes a los bebés.

Lupe estaba viendo la telenovela cuando llegué a casa. Sus hijos dormían en la habitación.

—¿Le operaron?

—No. Pasó algo.

—Ya, seguro. ¿Qué estupidez has hecho, eh?

Lo acosté en nuestro rincón sin que se despertara. Lupe vino a la cocina.

—Te he encontrado un sitio. Puedes quedarte ahí al menos hasta que encuentres un lugar para vivir. Puedes recoger tu próximo cheque aquí y luego dar tu nueva dirección en la Seguridad Social. ¿Me oyes?

—Sí. Quiero el dinero de mi cheque. Me vuelvo a casa.

—Estás loca. En primer lugar, el dinero de este mes ya se ha gastado. Lo que te quede es lo último que hay. *¿Estás loca?* Con eso no llegarías ni a mitad de camino a Michoacán. Mira, chica, estás aquí. Encuentra trabajo en un restaurante, algún sitio donde te den alojamiento. Conoce a algunos hombres, sal, diviértete un poco. Eres joven, y bonita, o lo serías si te arreglaras un poco. Puede decirse que eres soltera. Estás aprendiendo inglés muy rápido. No puedes rendirte sin más.

—Quiero volver a casa.

—Hay que joderse —dijo, y volvió a la tele.

Yo seguía allí sentada cuando Ramón entró por la puerta trasera. Supongo que no vio a Lupe en el sofá. Empezó a sobarme los pechos y a besarme en el cuello.

—¡Besitos, quiero besitos!

—*Ya estuvo* —dijo Lupe—. Ve a remojarte la cabeza, cerdo gordo y apestoso —le dijo a Ramón, y lo empujó fuera de la cocina—. Tú te largas ahora mismo. Recoge toda tu porquería. Toma, una *bolsa* de plástico.

Guardé todo en mi bolso y la *bolsa,* alcé a Jesús en brazos.

—Vamos, métete en el coche con el crío. Yo llevaré las cosas.

A primera vista era un viejo almacén con las ventanas condenadas con tablones, pero había un cartel, y una cruz sobre el dintel. Estaba oscuro, pero Lupe aporreó la puerta. Un viejo gringo salió. Meneó la cabeza y dijo algo en inglés, pero ella habló más fuerte, nos empujó a Jesús y a mí hacia dentro y se marchó.

El viejo encendió una linterna. Intentó hablar conmigo, pero negué con la cabeza. No inglés. Probablemente trataba de decirme que no tenían camas libres. La habitación estaba llena de catres ocupados por mujeres, unos pocos niños. Olía mal, como a vino y vómito y orines. Mal, sucio. El hombre me trajo unas mantas y señaló un rincón, del mismo tamaño que mi rincón de la cocina.

—Gracias —le dije.

Fue horrible. En cuanto me tumbé, Jesús se despertó. No paraba de llorar. Hice una especie de toldo para amortiguar el llanto, pero algunas mujeres empezaron a despotricar y a pedir silencio. La mayoría eran viejas blancas borrachas, pero había algunas negras jóvenes que me empujaban y me hostigaban. Una, muy canija, me abofeteó con sus manos pequeñas, rápidas como avispas.

—¡Basta! —chillé—. ¡Basta, basta!

El hombre apareció con la linterna y me acompañó al fondo hasta una cocina y un nuevo rincón.

—¡*Mis bolsas!* —grité. Entendió y volvió con mis cosas—. Lo siento —le dije en inglés.

Jesús tomó el pecho y se quedó dormido, pero yo me recosté en la pared y esperé la mañana. Estoy aprendiendo inglés, pensé. Empecé a repasar todas las palabras que sabía. Juzgado, Kentucky Fry, hamburguesa, adiós, grasiento, negro, imbécil, ajá, pañales, ¿cuánto?, hay que joderse, niños, hospital, basta, cállate, hola, lo siento, *General Hospital, All My Children,* hernia inguinal, preoperatorio, posoperatorio, *Geraldo,* cupones de alimentos, dinero, coche, crack, policía, *Miami Vice,* José Canseco, indigente, preciosa de verdad, ni lo sueñes, discúlpeme, lo siento, por favor, por favor, basta, cállate, cállate, lo siento. Santa María madre de Dios reza por nosotros.

Justo antes del amanecer el hombre y una anciana entraron y pusieron agua a hervir para preparar gachas. Ella me dejó ayudarla, señaló el azúcar y las servilletas para que las colocara en el centro de las mesas cubiertas con hule.

Desayunamos todos juntos, gachas con leche. Las mujeres estaban muy desmejoradas, algunas parecían locas o borrachas. Sin hogar, sucias. Esperamos en fila para usar la ducha, y cuando nos tocó el turno a Jesús y a mí el agua estaba fría y solo quedaba una toalla pequeña. Entonces mi Jesús y yo también éramos indigentes sin hogar. Durante el día el espacio era una guardería infantil. Podíamos volver por la noche para que nos dieran sopa y cama. El hombre era amable. Me permitió dejar allí mi *bolsa,* así que solo me llevé unos pañales. Pasé el día caminando por el centro comercial de Eastmont. Fui a un parque, pero luego me asusté porque los hombres me acechaban. Caminé, caminé, cargando al bebé. El segundo día, la canija que me había abofeteado me enseñó o de alguna manera le entendí que puedes ir en autobuses todo el día si tienes billetes con transbordo. Así que lo hice, porque Jesús pesaba demasiado, y de esa manera podía ir sentada mirando el paisaje o dormir cuando él, porque me pasaba las noches en vela. Un día vi dónde estaba la clínica. Decidí que iría al día siguiente y buscaría alguien que me ayudara. Así que me sentí mejor.

Al día siguiente, sin embargo, Jesús empezó a llorar con un llanto distinto, como un ladrido. Le miré la hernia y estaba inflamada y dura, hacia fuera. Salí enseguida, pero aun así fue largo, el autobús y luego el metro y luego otro autobús. Pensé que el médico estaba cerrado, pero encontré a la enfermera, que nos acompañó al hospital. Esperamos mucho rato, pero al final lo llevaron al quirófano. Dijeron que pasaría la noche allí, me pusieron en una cama al lado de una cajita para él. Me dieron un vale para ir a comer a la cafetería. Tomé un bocadillo, Coca-Cola y helado, y me llevé galletas y fruta para más tarde, pero me quedé dormida. Qué bueno fue no estar en el suelo. Cuando me desperté, la enfermera estaba allí. Jesús estaba limpio y envuelto en una mantita azul.

—¡Tiene hambre! —me dijo sonriente—. No te despertamos cuando salió del quirófano. Fue todo bien.

—Gracias —¡Ay, gracias, Dios mío! ¡Jesús estaba bien! Mientras le daba el pecho, lloré y recé.

—Ya no hay por qué llorar —dijo ella. Me trajo una bandeja con café, zumo y cereales.

Entró el doctor Fritz, no el cirujano que había operado al niño, sino el primer médico. Miró a Jesús y asintió, me sonrió, revisó su ficha. Levantó la camisita del bebé. Todavía se veían el arañazo y el morado del hombro. La enfermera me preguntó qué eran. Le conté que habían sido los niños del lugar donde estábamos, y que ya no vivíamos allí.

—El doctor quiere que sepas que si vuelve a ver más morados, avisará a Protección de Menores. Te podrían quitar al bebé, o a lo mejor solo te pedirían que hablases con alguien.

Asentí. Quise decirle que necesitaba hablar con alguien.

Hemos tenido unos días ajetreados. Tanto el doctor Adeiko como el doctor McGee estaban de vacaciones, así que los demás cirujanos no daban abasto. Varios pacientes gitanos, que siempre supone que venga la familia al completo, primos, tíos, todo el mundo. A mí me divierte mucho (aunque no me río, porque él no es partidario de bromas ni comportamientos poco profesionales) ver al doctor Fritz en estos casos, porque tiene por costumbre al entrar en una consulta saludar educadamente al progenitor: «Buenos días». O si vienen los dos, saluda con la cabeza al padre y la madre y dice: «Buenos días. Buenos días». Y con las familias gitanas a duras penas puedo aguantar la risa cuando el doctor entra en la habitación atestada de gente y dice: «Buenos días. Buenos días. Buenos días. Buenos días. Buenos días», etcétera. Al parecer a él y al doctor Wilson les llegan muchos bebés con hipospadia, que es cuando los varones nacen con agujeros en los costados del pene, a veces varios, y al hacer pis es como si tuvieran una regadera. La cuestión es que un niño gitano llamado Rocky Stereo lo tenía, pero el doctor Fritz se lo arregló. La familia en pleno, una docena de adultos y varios niños, habían venido para el posoperatorio y todos le estrecharon la mano. «Gracias. Gracias. Gracias. Gracias.» ¡Peor que sus buenos días! Fue encantador y divertido, y cuando se fueron tuve la intención de comentar algo, pero me miró perplejo. Nunca habla de los pacientes. Ninguno de ellos lo hace, a decir verdad. Excepto la doctora Rook, aunque raras veces.

Ni siquiera sé cuál fue en origen el diagnóstico de Reina. Ahora tiene catorce años. Viene con su madre, dos hermanas y un hermano. La traen en una enorme silla de paseo que construyó su padre. Las hermanas tienen doce y quince años, el hermano tiene ocho, todos niños preciosos, alegres y divertidos. Cuando entro en la consulta ya la han tendido en la camilla. Está desnuda. Salvo por la sonda de alimentación, tiene una piel impecable, suave como el raso. Le han crecido los pechos. No se le ve la excrecencia en forma de pezuña que tiene en lugar de dientes, sus exquisitos labios están entreabiertos y de un rojo encendido. Ojos verde esmeralda con largas pestañas negras. Sus hermanas le han hecho un corte de pelo desfilado a lo punk, le han puesto un pendiente de rubí en la nariz, le han dibujado un tatuaje de mariposa en el muslo. Elena le está pintando las uñas de los pies mientras Tony le coloca los brazos debajo de la cabeza. Es el más fuerte, el que me ayuda a sostenerle el torso en alto mientras las hermanas sujetan las piernas; pero ahí tendida por un instante parece la *Olympia* de Manet, maravillosamente pura y encantadora. La doctora Rook se detiene en seco igual que yo, solo para contemplarla. «Dios, qué hermosa es», musita en voz baja.

—¿Cuándo le vino el periodo? —pregunta.

No me había fijado en el cordel del tampón entre el vello negrísimo y sedoso. La madre dice que es la primera vez.

—Ahora es una mujer.

Ahora está en peligro, pienso.

—Muy bien, sostenedla boca abajo —dice la doctora Rook.

La madre la agarra de la cintura, las niñas de las piernas, y Tony y yo de los brazos. Se debate violentamente, pero la doctora Rook al fin logra sacar la sonda usada y le coloca una nueva.

Era la última paciente del día. Estoy limpiando la consulta, cambiando el papel de la camilla, cuando la doctora Rook vuelve a entrar.

—Qué agradecida estoy por mi Nicholas —dice.

Le sonrío.

—Y yo por mi Nicholas —le digo.

Ella se refiere a su bebé de seis meses, y yo a mi nieto de seis años.

—Buenas noches —nos despedimos, y luego ella se pasa por el hospital.

Me voy a casa, preparo un sándwich y pongo el partido de los Atléticos de Oakland. Dave Stewart lanza contra Nolan Ryan. Van diez entradas cuando suena el teléfono. Es el doctor Fritz. Está en Urgencias, me pide que vaya.

—¿Qué ocurre?

—Amelia, ¿la recuerdas? Hay gente que habla español, pero prefiero que hables tú con ella.

Amelia estaba en la consulta del doctor en la sala de urgencias. La habían sedado, miraba con ojos aún más inexpresivos que de costumbre. ¿Y el bebé? El doctor me lleva a una cama tras la cortina.

Jesús está muerto. Tiene el cuello roto. Hay morados en sus brazos. La policía está en camino, pero el doctor Fritz quiere que primero hable con ella tranquilamente, que procure averiguar lo que ha sucedido.

—¿Amelia? ¿Te acuerdas de mí?

—*Sí. ¿Cómo no?* ¿Qué tal está usted? ¿Puedo ver a *mijito* Jesús?

—En un momento. Primero necesito que me expliques qué ha pasado.

Llevó un rato averiguar que había pasado todo los días de autobús en autobús, y las noches en un albergue para mujeres sin hogar. Esa noche cuando llegó, dos de las más jóvenes le habían quitado

379

todo el dinero que guardaba prendido con alfileres en la ropa. Le pegaron puñetazos y patadas, y luego se marcharon. El hombre que se ocupa del albergue no entendía español, y no sabía qué le estaba diciendo. Le repetía que bajara la voz, llevándose el dedo a la boca para pedirle que se callara, que el bebé se callara. Más tarde las mujeres volvieron borrachas. Estaba oscuro, y la otra gente intentaba dormir, pero Jesús no paraba de llorar. Amelia se había quedado sin dinero y no sabía qué hacer. No conseguía pensar. Las dos mujeres se acercaron. Una la abofeteó y la otra le arrebató a Jesús, pero Amelia lo agarró de nuevo. El hombre vino y las mujeres volvieron a sus catres. Jesús seguía llorando.

—Ya no sabía qué hacer. Lo sacudí para que se callara y me dejara pensar.

Tomé sus pequeñas manos entre las mías.

—¿Lloraba mientras lo sacudías?

—Sí.

—Y luego ¿qué pasó?

—Luego dejó de llorar.

—Amelia. ¿Sabes que Jesús está muerto?

—Sí, lo sé. *Lo sé* —y entonces dijo en inglés—: Hay que joderse. Lo siento.

502

502 era la clave para el 1 Horizontal en el crucigrama del *Times* esta mañana. Fácil. Ese es el código policial para la Conducción en Estado de Ebriedad, así que escribí en el casillero CEE. Pues no. Supongo que todos los que iban a trabajar en el tren de cercanías de Connecticut dieron por hecho que había que ponerlo en números romanos. Me asaltó el pánico unos instantes, como siempre que aflora el recuerdo de mis problemas con la bebida, pero desde que me mudé a Boulder he aprendido a calmarme con respiraciones profundas y meditación, y nunca me falla.

Menos mal que dejé el alcohol antes de mudarme a Boulder. Este es el primer sitio en el que he vivido donde no encuentras una licorería en cada esquina. Aquí ni siquiera venden alcohol en Safeway, y por supuesto nunca los domingos. Hay solo unas pocas licorerías, casi todas en las afueras del pueblo, así que si eres un pobre borracho con los temblores y está nevando, que Dios se apiade de ti. Las licorerías son pesadillas mastodónticas del tamaño de unos grandes almacenes. Podrías morir de delírium trémens antes de encontrar el pasillo del Jim Beam.

La mejor ciudad es Albuquerque, donde en las licorerías hay ventanillas para comprar desde el coche, así que ni siquiera te has de quitar el pijama. Aunque tampoco venden los domingos. Si no me planificaba de antemano siempre era un problema a quién diablos podía pasar a ver para que me invitara a un trago fuerte.

A pesar de que llevaba años sobria antes de mudarme aquí, al principio me costó. Cada vez que miraba por el espejo retrovisor, daba un respingo creyendo ver el cañón de una escopeta, pero eran solo los portaesquís que todo el mundo lleva en el coche. A decir verdad, nunca he visto una persecución policial ni ningún arresto. He visto policías de pantalón corto en el centro comercial, tomando yogur helado Ben & Jerry, y a un escuadrón de las Fuerzas Especiales en la caja de una ranchera. Seis hombres vestidos de camuflaje con grandes rifles de dardos tranquilizantes, persiguiendo a una cría de oso en pleno parque de Mapleton.

Este debe de ser el pueblo más sano de todo el país. En las fiestas universitarias o en los partidos de fútbol no se bebe. Nadie fuma, ni come carne roja o dónuts bañados de azúcar. Puedes ir solo por la calle de noche, salir de casa sin cerrar las puertas con llave. Aquí no hay bandas y no hay racismo. Tampoco hay muchas razas, de hecho.

Maldito 502. Los recuerdos se agolparon en mi cabeza, a pesar de las respiraciones. Mi primer día de trabajo en U_____, el problema en Safeway, el incidente en San Anselmo, la escena con A_____.

Ahora todo va muy bien. Me encanta lo que hago, y la gente con la que trabajo. Tengo buenos amigos. Vivo en un apartamento precioso justo al pie del monte Sanitas. Hoy una tangara aliblanca se posó en una rama del jardín. Cosmo, mi gato, dormitaba al sol, así que no trató de cazarla. Me siento profundamente agradecida por la vida que llevo hoy en día.

Así que espero que Dios me perdone si confieso que de vez en cuando me entran unas ganas diabólicas de, bueno, dar al traste con todo. No puedo creer que se me cruzara siquiera esa idea por la cabeza, después de tantos años de sufrimiento. El agente Wong, dudando entre llevarme a la cárcel o a una clínica de desintoxicación.

El Educado, llamábamos todos a Wong. A los demás los llamábamos cerdos, pero Wong jamás habría encajado en esa categoría, porque era amable, amable de verdad. Metódico y formal. Con él nunca se daban los típicos intercambios físicos que había con los otros. Nunca te estampaba contra el coche o te retorcía las manos al esposarte. Pasabas horas de pie mientras él redactaba escrupulosamente la denuncia y te leía tus derechos. Cuando te esposaba, decía: «Con permiso», y «Cuidado con la cabeza» cuando subías al coche.

Era diligente y honesto, un miembro excepcional del cuerpo de policía de Oakland. Éramos afortunados de tenerlo en nuestro barrio. Ahora lamento de verdad aquel incidente. Uno de los pasos de AA es desagraviar a las personas a las que has tratado injustamente. Creo que he reparado todos los agravios que he podido. A Wong aún se lo debo. Y sin duda fui injusta con él.

Entonces yo vivía en Oakland, en aquel gran apartamento turquesa en el cruce de Alcatraz y Telegraph. Justo encima de Alcatel Liquors, justo debajo del White Horse, y enfrente del 7-Eleven. Bien ubicado.

El 7-Eleven era una especie de lugar de encuentro para los viejos borrachos. Aunque, a diferencia de ellos, yo iba a trabajar todos los días, nos encontrábamos en las licorerías los fines de semana. Colas en el Black and White, que abría a las seis de la mañana. Regateos a altas horas de la noche con el sádico paquistaní que despachaba en el 7-Eleven.

Todos eran cordiales conmigo.

—¿Cómo le va, señorita Lu?

A veces me pedían dinero, y yo siempre les daba, aunque en varias ocasiones perdí mi trabajo y era yo quien les pedía. El grupo iba cambiando según los vaivenes de cárceles, hospitales, muerte. Los habituales eran Ace, Mo, Little Ripple y el Champ. Esos cuatro viejos negros se pasaban la mañana en el 7-Eleven, y la tarde dormitando o bebiendo en un descolorido Chevrolet Corvair celeste aparcado en el patio de Ace. Su mujer, Clara, no les dejaba fumar ni beber dentro de casa. Invierno o verano, con lluvia o con sol, los cuatro estaban metidos en el Chevrolet. Durmiendo como niños en los viajes de coche, con la cabeza apoyada en las manos, o mirando hacia delante como en un paseo de domingo, mientras hacían comentarios de todo el mundo que pasaba en coche o andando, y bebían por turnos de una botella de oporto.

Cuando subía por la calle desde la parada del autobús, les gritaba: «¿Cómo va eso?».

—¡Divino! —decía Mo—. ¡Tengo mi vino!

—¡Qué nivel, este moscatel! —coreaba Ace.

Me preguntaban por mi jefe, aquel patán del doctor B.

—¡Deja ese trabajo de una vez! ¡Pide la baja de incapacidad que te corresponde! Ven a sentarte con nosotros, hermana, pasa el rato a gusto, ¡no te hace falta ningún trabajo!

Una vez Mo dijo que me veía desmejorada, a lo mejor me iría bien una desintoxicación.

—¿Desintoxicación? —se burló Champ—. Eso nunca. ¡Reintoxicación! ¡Eso sí que le vendría de perlas!

Champ era bajo y rechoncho, llevaba un traje azul satinado, una camisa blanca limpia y un sombrero chato de paja. Tenía un reloj de oro con cadena y un puro siempre en la boca. Los otros tres iban con camisas de cuadros, monos de faena y gorras de béisbol.

Un viernes no fui a trabajar. Debí de beber la noche anterior. No sé dónde había ido por la mañana, pero recuerdo que volví y que tenía una botella de Jim Beam. Aparqué mi coche detrás de una furgoneta, en la acera de enfrente de mi edificio. Subí a casa y me quedé dormida. Me despertaron unos golpes enérgicos en la puerta.

—Abra, señora Moran. Soy el agente Wong.

Escondí la botella en la estantería de los libros y fui a abrir.

—Hola, agente Wong. ¿En qué puedo ayudarle?

—¿Es usted la propietaria de un Mazda 626?

—Sabe que sí, señor agente.

—¿Dónde está su coche, señora Moran?

—Bueno, aquí dentro no, evidentemente.

—¿Dónde aparcó el vehículo?

—Calle arriba, delante de la iglesia —no me acordaba.

—Piénselo bien.

—No me acuerdo.

—Mire por la ventana. ¿Qué ve?

—Nada. El 7-Eleven. Teléfonos. Tanques de gasolina.

—¿Algún sitio libre para aparcar?

—Pues sí. Increíble. ¡Hay dos! Ah. Lo aparqué ahí, detrás de una furgoneta.

—Ha dejado el coche en punto muerto, sin el freno de mano puesto. Cuando salió la furgoneta, su vehículo fue detrás calle abajo por Alcatraz en hora punta, a continuación cruzó al carril contrario, esquivando los coches por poco, siguió a toda velocidad por la acera y casi lastima a un hombre, a su esposa y a un bebé en carrito.

—Bueno. ¿Y luego qué?

—Voy a llevarla a que vea luego qué. Acompáñeme.

—Enseguida salgo. Quiero lavarme la cara.

—La espero aquí.

—Por favor, agente, un poco de intimidad. Espere en el rellano.

Tomé un gran trago de whisky. Me lavé los dientes y me peiné.

Caminamos calle abajo sin hablar. Dos manzanas largas. Maldición.

—Si lo piensas, es increíble que mi coche no chocara con nada ni hiriera a nadie. ¿No le parece, agente? ¡Un milagro!

—Bueno, sí chocó con algo. Es un milagro que ninguno de los caballeros estuviera en ese momento en el interior del vehículo siniestrado. Se habían bajado a ver su Mazda rodando calle abajo.

Mi coche estaba empotrado contra el guardabarros derecho del Chevy Corvair. Los cuatro hombres esperaban allí plantados, meneando la cabeza. Champ fumaba un puro, soltando bocanadas de humo.

—Gracias a Dios que no iba usted dentro, hermana —dijo Mo—. Lo primero que hice fue abrir la puerta del coche y dije: «¿Dónde se ha metido?».

Había una gran abolladura en el guardabarros y la puerta del Chevrolet. Mi coche tenía un parachoques y un faro rotos, además de uno de los intermitentes.

Ace seguía meneando la cabeza.

—Espero que tenga seguro, señorita Lucille. Este coche mío es un clásico, y ha sufrido daños graves.

—No te preocupes, Ace. Tengo seguro. Haz una estimación de los gastos y tráemela cuanto antes.

Champ habló con los otros en voz baja. Por más que lo intentaban, no podían evitar sonreír.

—¡Tan tranquilos ahí sentados a lo nuestro y mira por dónde! —dijo Ace—. ¡Alabado sea Dios!

El agente Wong estaba anotando mi número de matrícula y el de Ace.

—¿Su coche tiene motor? —le preguntó a Ace.

—Este coche que usted ve es una pieza de museo. Un modelo vintage. No necesita ningún motor.

—Bueno, creo que intentaré sacar el mío marcha atrás sin atropellar a nadie —dije.

—No tan rápido, señora Moran —dijo el agente Wong—. Debo entregarle una citación.

—¿Una citación? ¡Debería darle vergüenza, agente!

—No puede ponerle una denuncia a esta señorita. ¡Estaba durmiendo cuando ocurrió el suceso!

Los cuatro viejos se amontonaron a su alrededor, atosigándolo.

—Bueno —farfulló—, es culpable de imprudencia...

—No puede acusarla de conducción en estado de ebriedad. ¡No estaba conduciendo el coche!

El agente Wong trataba de pensar. Los otros murmuraban y rezongaban.

—Qué vergüenza. Vergonzoso. Contribuyentes honrados. La pobre, sola como está y con todo lo que lleva a cuestas...

—Huelo a alcohol, de eso no me cabe duda —dijo el agente Wong.

—¡Soy yo! —exclamaron los cuatro a la vez, echándole el aliento.

—No, señor —dijo Champ—, ¡si no hay C, no puede ser CEE!

—¡Exacto!

—Desde luego.

El agente Wong nos miró con cara de abatimiento. Aprovechando que su radiotransmisor empezaba a sonar, se guardó rápidamente el cuaderno en el bolsillo, dio media vuelta y, tras subir de un salto en el coche patrulla, salió con las luces y la sirena puestas.

El cheque del seguro llegó enseguida; me lo mandaron a mí, pero a nombre de Horatio Turner. Los cuatro compadres estaban sentados en el coche cuando fui a entregarle el cheque a Ace. Mil quinientos dólares.

Aquella tarde fue la única vez que me senté dentro del viejo coche. Tuve que apretujarme después de Champ porque la otra puerta no se abría. Little Ripple, que haciendo honor a su apodo era pequeño, se sentó a mi otro lado. Todos estaban bebiendo oporto Gallo, pero a mí me trajeron una botella grande de Colt 45. Brindaron a mi salud.

—¡Por nuestra Lady Lucille! —así me llamaron en el barrio desde entonces.

La parte triste fue que esto ocurrió a principios de primavera. El agente Wong siguió haciendo la misma ronda el resto de la primavera y el verano. Cada día tenía que pasar por delante de los viejos del Chevrolet Corvair, que le sonreían y saludaban.

Por supuesto volví a encontrarme con el agente Wong más adelante, y en situaciones ni mucho menos agradables.

Y llegó el sábado

El trayecto del calabozo municipal a la cárcel del condado pasa por la cima de las montañas sobre la bahía. La avenida está bordeada de árboles y aquella última mañana se veía brumosa como una pintura china antigua. Solo el ruido de los neumáticos y los limpiaparabrisas. Nuestros grilletes tintineaban como instrumentos orientales y los prisioneros, con sus uniformes naranjas, se mecían acompasadamente como monjes tibetanos. Os reís. Bueno, a mí me pasó lo mismo. Sabía que era el único blanco en el autobús, y que todos aquellos tipos no eran el dalái lama, pero la escena era hermosa. Quizá me reí porque me sentí ridículo al verla así. Karate Kid me oyó reír. Seguro que el viejo Chaz tiene el cerebro empapado en alcohol, debió de pensar. Ahora la mayoría de los que van a la cárcel son chavales metidos en el crack. Me dejan a mi aire, creen que no soy más que un viejo hippy.

La primera vista de la cárcel es espectacular. Después de una larga cuesta llegas a un valle entre las montañas. Las tierras antes eran la finca de verano de un millonario llamado Spreckles. Los campos que rodean la cárcel del condado parecen los jardines de un castillo francés. Aquel día había cientos de cerezos japoneses en flor. Membrillos a punto de brotar. Más adelante había campos de narcisos, y luego lirios.

Delante de la cárcel hay un prado donde pastan búfalos. Una manada de sesenta cabezas, más o menos. Ya habían nacido seis nuevas crías. Por alguna razón mandan aquí a todos los búfalos enfermos de Estados Unidos. Los veterinarios los tratan y los estudian. Te das cuenta cuando los tipos del autobús cumplen su primera condena porque alucinan.

—¡Hala, qué pasada! ¿Nos van a dar búfalo para comer? Miradlos, cabrones.

La cárcel y el pabellón de mujeres, el taller mecánico y los invernaderos. No hay gente, ni otras casas, así que es como si estuvieras de pronto en una pradera primigenia iluminada por los rayos del sol que atraviesan la neblina. El autobús siempre asusta a los búfalos, aunque viene a traer presos una vez por semana. Echan a galopar, salen en estampida hacia las verdes colinas. Como un turista de safari, en el fondo esperaba alcanzar a ver los campos.

El autobús nos descargó en la celda de contención, en el sótano, donde guardamos turno. Una larga espera, y otra vez a abrir el culo.

—Chaz, a ver si te ríes ahora —me dijo Karate Kid.

Me contó que CD estaba allí, que lo habían violado. La jerga de la cárcel tiene mucho del habla hispana. La taza «se rompe». Tú no violas la condicional, es la policía quien te viola a ti.

La banda de Sunnyvale mató a Chink. No me había enterado. Sabía que CD quería mucho a su hermano Chink, un traficante de peso en La Misión.

—Qué fuerte —le dije.

—Muy jodido. Todo el mundo se había largado cuando llegó la policía, menos CD, que estaba ahí sentado aguantándole la cabeza a Chink. Solo pudieron meterle por violar la condicional. Seis meses. Cumplirá tres, quizá, y luego irá a por esos hijos de puta.

Tuve suerte y me tocó el módulo tres (aunque sin vistas), una celda donde solo había dos chavales huraños y Karate, a quien conozco de la calle. Solo hay otros tres blancos en ese bloque, así que me alegré de que Karate estuviera conmigo. En principio las celdas son dobles, pero normalmente hay seis presos; dentro de una semana meterán a un par más. Karate Kid pasará su condena levantando pesas y practicando patadas y embestidas, o lo que sea que hace.

Cuando llegamos Mac era el supervisor de los celadores. Siempre me viene con el rollo de AA. Sabe que me gusta escribir, a pesar de todo, así que me trajo un cuaderno amarillo y un bolígrafo. Dijo que me habían encerrado por allanamiento y robo, pasaría una buena temporada allí dentro.

—A lo mejor esta vez das el cuarto paso, Chaz.

Ahí es cuando reconoces todos tus errores.

—Mejor tráeme otra docena de cuadernos —le contesté.

Cualquier cosa que digas de la cárcel es un cliché. Humillación. La espera, la brutalidad, el hedor, la comida, la rutina perpetua. No hay manera de describir el ruido incesante que te revienta los tímpanos.

Pasé dos días con temblores horribles. Una noche debió de darme un ataque, o bien cincuenta tipos me molieron a palos mientras dormía. Me levanté con el labio partido, varios dientes rotos, morados y hematomas por todas partes. Intenté que me mandaran a la enfermería, pero ninguno de los guardas estaba por la labor.

—No tienes por qué volver a pasar por esto nunca más —me dijo Mac.

Por lo menos me dejaron quedarme en la litera. CD estaba en otro módulo, pero a la hora de gimnasia lo veía en el patio, fumando con otros colegas, escuchando mientras los otros reían. La mayor parte del tiempo daba vueltas solo.

Es raro el poder que tiene alguna gente. Hasta los cabrones más despiadados lo respetaban, se notaba solo por cómo se apartaban cuando pasaba cerca. No es grandullón como su hermano, pero transmite la misma fuerza y el mismo aplomo. Eran hijos de madre china y padre negro. CD lleva una coleta larga que le cae por la espalda. Su piel tiene un color de otro mundo, como una vieja fotografía en sepia, té negro con leche.

A veces me recuerda a un guerrero masái, otras a un buda o un dios maya. Puede quedarse media hora ahí plantado sin moverse, ni pestañear siquiera. Desprende la serenidad impasible de un dios. Cualquiera que me oiga seguramente me tomará por chalado o por maricón. Aun así, CD deja esa misma impresión en todo el mundo.

Lo conocí en la cárcel del condado cuando él acababa de cumplir dieciocho años. Ninguno de los dos había estado antes en prisión. Yo le contagié el gusto por los libros. La primera vez que se enamoró de las palabras fue con *El bote abierto* de Stephen Crane. Cada semana venía el encargado de la biblioteca, le devolvíamos unos libros y escogíamos otros. Los latinos usan aquí un elaborado lenguaje de signos. CD y yo empezamos a hablar en el lenguaje de los libros. *Crimen y castigo*, *El extranjero*, Elmore Leonard. Volvimos a coincidir otra vez en la cárcel, y para entonces fue él quien me descubrió a autores diferentes.

Fuera a veces me lo encontraba por la calle. Siempre me daba dinero, y se me hacía raro, pero yo andaba por ahí mendigando, así que nunca le dije que no. Nos sentábamos en el banco de una parada de autobús y hablábamos. A estas alturas CD ya ha leído más que yo. Tiene veintidós años. Yo tengo treinta y dos, pero la gente siempre me echa más. A mí me da la sensación de que tuviera dieciséis. He estado borracho desde entonces, así que me he perdido muchas cosas. Me perdí el Watergate, gracias a Dios. Todavía hablo como un hippy, digo expresiones como «bárbaro» o «qué viaje».

Willie Clampton me despertó aporreando los barrotes cuando mi módulo volvió del patio.

—Eh, Chaz, ¿qué pasa? CD dice que bienvenido a casa.

—Willie, ¿cómo te va?

—Sobre ruedas. Un par de programas de *Soul Train* y estoy fuera. Vengo a deciros que tenéis que apuntaros a la clase de escritura. Ahora hay cursos guapos. Música, alfarería, teatro, pintura. Y hasta dejan venir a las del pabellón de mujeres. ¿Sabes, Kid? Dixie está en la clase. Palabra.

—Imposible. ¿Qué hace Dixie en la cárcel del condado?

Karate Kid había sido el chulo de Dixie. Ahora ella lleva su propio negocio feminista, chicas y coca para abogados y ejecutivos de las altas esferas. A saber por qué la habían encerrado, pero seguro que saldría pronto. Ya era cuarentona, pero todavía de buen ver. En la calle podías confundirla con una clienta de Neiman Marcus. Siempre fingía no reconocerme, pero me regalaba cinco o diez pavos y una gran sonrisa. «Y ahora, jovencito, invierte esto en un buen desayuno nutritivo.»

—¿Y qué escribís?

—Cuentos, rap, poemas. A ver qué te parece mi poema:

Pasan de largo los coches patrulla,
porque mientras sea negro sobre negro
no es cosa suya.

»Y otro:

Dos terrones empapados
por un cigarrillo.
Gran trapicheo.

Karate y yo nos echamos a reír.

—Adelante, cabrones, reíos. Chupaos esto.

Que me maten si no se puso a recitar un soneto de Shakespeare. Willie... Su voz profunda se impuso al demencial ruido de la cárcel. «¿Habría de compararte a un día de estío? Pero tú eres más hermosa, y más serena...»

—La profesora es blanca, mayor. De la edad de mi abuela, pero enrollada. Lleva botas Ferragamo. El primer día que vino se había puesto perfume Coco. No se podía creer que yo lo reconociera. Ahora va alternando. Los reconozco todos. Opium, Ysatis, Joy. Solo fallé con Fleurs de Rocaille.

Sonó como si lo pronunciara a la perfección. Karate y yo nos partimos de la risa con Willie y sus Fleurs de Rocaille.

De hecho, algo que se oye mucho en la cárcel es la risa.

Esta no es la típica cárcel. He estado en las típicas cárceles, Santa Rita, Vacaville. Es un milagro que siga vivo. La Condal 3 ha salido en *60 Minutos* como modelo de cárcel progresista. Cursos de informática, de mecánica, de imprenta. Una escuela de horticultura famosa. Suministramos verdura para Chez Panisse, Stars y otros restaurantes. Aquí fue donde me saqué el graduado escolar.

El director de la cárcel, Bingham, es único. Para empezar, es un exconvicto. Asesinó a su padre. Cumplió una condena de las de verdad. Cuando salió se matriculó en la escuela de derecho, decidido a cambiar el sistema penitenciario. Él sabe lo que es la cárcel.

Hoy en día se habría librado, alegando defensa propia por malos tratos. Joder, hasta yo me libraría de asesinato en primer grado con solo hablar de mi madre ante el jurado. Y con las historias sobre mi padre podría ser el puto Asesino del Zodiaco.

Van a construir una nueva cárcel, al lado de esta. Bingham dice que esta cárcel es igual que la calle. La misma jerarquía de poder, las mismas actitudes, la brutalidad, la droga. Con la nueva cárcel todo eso cambiará. Se te quitarán las ganas de volver, dice. Hay que reconocerlo, una parte de ti quiere volver aquí dentro, descansar un poco.

Me apunté a la clase solo para ver a CD. La señora Bevins dijo que CD le había hablado de mí.

—¿Este viejo borracho? Apuesto a que ha oído más cosas de mí. Soy el Karate Kid. Voy a sacarle una sonrisa. A poner un poco de chispa. A traer un poco de marcha.

Un escritor, Jerome Washington, habló de ese afán de los negros por congraciarse a toda costa. Usar la jerga negrata con los blancos. Verdad, nos encanta. La profesora se estaba riendo.

—No le haga ni caso —dijo Dixie—. Es incorregible.

—Ni hablar, mamita. Anímeme todo lo que quiera.

La señora Bevins nos pidió a Karate y a mí que rellenáramos un cuestionario mientras los demás leían sus trabajos en voz alta. Pensé que las preguntas serían sobre nuestros estudios y nuestro historial delictivo, pero eran cosas tipo «Describe tu habitación ideal». «Eres una cepa. Descríbete como cepa.»

Nos pusimos a escribir, pero presté atención mientras Marcus leía una historia. Marcus es un tipo sin escrúpulos, indio, un auténtico criminal. Había escrito una buena historia, sobre un crío que ve cómo unos paletos le dan una paliza a su padre. Se titulaba «Cómo me convertí en cherokee».

—Es un relato magnífico —dijo la profesora.

—Es una puta mierda. Ya lo era cuando lo leí la primera vez no sé dónde. Nunca conocí a mi padre. Me figuré que es la clase de patraña que quiere que le contemos. Seguro que se corre viva pensando cuánto ayuda a los desgraciados como nosotros, víctimas de la sociedad, a conectar con nuestros sentimientos.

—No me importan un carajo vuestros sentimientos. Estoy aquí para enseñar a escribir. De hecho, podéis mentir y aun así decir la verdad. Esa historia es buena, y suena verdadera, venga de donde venga.

La profesora iba reculando hacia la puerta mientras hablaba.

—Odio a las víctimas —dijo—. Y desde luego no pienso ser la tuya.

Abrió la puerta y les pidió a los guardas que se llevaran a Marcus al módulo.

—Si esta clase va como ha de ir, lo que haremos será confiar nuestras vidas a los demás —dijo.

Nos explicó a Karate y a mí que la consigna era escribir sobre el dolor.

—Por favor, CD, lee tu historia.

Cuando acabó de leerla, la señora Bevins y yo nos sonreímos. CD sonrió también. Fue la primera vez que lo vi sonreír de verdad, dientes blancos y pequeños. La historia iba de un hombre joven y una chica que miran el escaparate de una tienda de trastos viejos en North Beach. Hablan sobre la quincalla, el retrato antiguo de una novia, unos zapatitos, un cojín bordado.

El modo en que describía a la chica, sus muñecas finas, la vena azul de su frente, su belleza e inocencia, te rompía el corazón. A Kim se le saltaron las lágrimas. Es una puta joven de Tenderloin, una zorra de cuidado.

—Vale, está muy bien, pero no hay dolor —dijo Willie.

—Yo he sentido el dolor —dijo Kim.

—Y yo también —dijo Dixie—. Mataría por que alguien me viera así.

Todo el mundo empezó a discutir, diciendo que hablaba de la felicidad, no del dolor.

—Es de amor —dijo Daron.

—De amor, nada. Él ni siquiera la toca.

La señora Bevins pidió que nos fijáramos en todos los recuerdos de gente muerta.

—La puesta de sol reflejada en el vidrio. Todas las imágenes evocan la fragilidad de la vida y el amor. Esas muñecas finas como juncos. El dolor está en la conciencia de que la felicidad no durará.

—Sí —dijo Willie—, excepto que con esta historia él la injerta de nuevo.

—¿Qué hablas, negro?

—Es de Shakespeare, hermano. Eso es lo que hace el arte. Congela su felicidad. CD puede recuperarla cuando quiera, solo con leer esa historia.

—Ya, pero no se la va a follar.

—Lo has captado perfectamente, Willie. Juro que esta clase comprende mejor las cosas que cualquiera donde he enseñado —dijo la profesora.

Otro día dijo que había poca diferencia entre la mente de un criminal y la mente de un poeta.

—Es una cuestión de superar la realidad, de crear nuestra propia verdad. Vosotros tenéis ojo para el detalle. Dos minutos en una habitación bastan para sopesarlo todo y a todos. Oléis una mentira a la legua.

Las clases duraban cuatro horas. Hablábamos mientras escribíamos, a ratos leíamos nuestros trabajos o escuchábamos cosas que ella nos leía. Hablábamos con nosotros mismos, con ella, unos con otros. Shabazz dijo que le recordaba la catequesis de los domingos cuando era pequeño, pintando imágenes de Jesús y hablando en voz muy suave, igual que aquí. Shabazz es un fanático religioso, está aquí por las palizas que pegaba a su mujer y sus hijos. Sus poemas eran un cruce de rap y el Cantar de los Cantares.

Las clases cambiaron mi amistad con Karate Kid. Escribíamos cada noche en nuestra celda, y nos leíamos nuestras historias o nos turnábamos para leer en voz alta. «El blues de Sonny», de Baldwin. «El asesinato», de Chéjov.

Dejó de darme vergüenza después del primer día, leyendo en voz alta «Mi cepa». Mi cepa era la única que quedaba en un bosque quemado. Estaba negra y muerta y, cuando soplaba el viento, pedazos de carbón se desprendían y caían al suelo.

—¿Qué tenemos aquí? —preguntó la profesora.

—Depresión clínica —dijo Daron.

—Tenemos a un hippy quemado —dijo Willie.

Dixie se rio.

—Veo a alguien con graves problemas de imagen.

—Está bien escrito —dijo CD—. Realmente me ha transmitido toda esa tristeza y desesperanza.

—Cierto —dijo la señora Bevins—. Siempre se repite que hay que «decir la verdad» cuando se escribe. En realidad mentir es difícil. Parece un ejercicio tonto... una cepa. Pero este transmite un sentimiento profundo. Yo veo a un alcohólico que está harto y cansado. Me habría identificado con esa cepa antes de dejar de beber.

—¿Cuánto tiempo estuviste sobria antes de sentirte distinta? —le pregunté.

Me dijo que en realidad iba al revés. Primero has de pensar que no eres un caso perdido, y entonces puedes dejarlo.

—Vale ya —dijo Daron—. Si quiero oír esta mierda, me apuntaré a las reuniones de AA.

—Perdonad —dijo ella—. Hacedme un favor, de todos modos. No contestéis en voz alta. Pensadlo. Preguntaos a vosotros mismos si la última vez, o veces, que os arrestaron, por lo que fuera, ibais drogados o bebidos en ese momento.

Silencio. Cazados. Todos nos reímos.

—¿Conocéis ese grupo de Madres Contra el Alcohol y la Droga? —dijo Dwight—. Nosotros aquí somos el Desmadre de Drogas y Alcohol.

Willie salió un par de semanas después de entrar yo. Nos dio pena que se marchara. Dos de las mujeres se pelearon, así que solo quedaban Dixie, Kim y Casey, y seis tíos. Siete, cuando Vee de la Rangee ocupó el lugar de Willie. Un travesti enclenque y feo con permanente rubia, raíces negras. Llevaba un aro en la nariz hecho con la tira de plástico del pan de molde, y más de veinte pendientes en cada oreja. A Daron y Dwight se les veía en la cara que hubieran podido matarlo. Vee dijo que había escrito algunos poemas.

—Léenos uno.

Era una fantasía barroca y violenta sobre la heroína en el mundo *queer*. Cuando acabó de leer, nadie dijo nada. Al final CD rompió el silencio.

—Es rollo duro. Oigamos alguno más.

Fue como si CD diera permiso a todo el mundo para aceptar a Vee, que a partir de ahí tomó vuelo y en la siguiente clase ya estaba como en casa. Se notaba cuánto significaba para él que lo escucharan. Y qué demonios, a mí me pasaba lo mismo. Una vez incluso me armé de valor para escribir de cuando murió mi perro. Ni siquiera me importaba que se rieran, pero nadie lo hizo.

Kim no escribía mucho. Básicamente poemas de arrepentimiento por el hijo que le habían quitado. Dixie escribía cosas satíricas sobre el tema «Servicio de vicio». Casey era fantástica. Escribía sobre la adicción a la heroína. A mí me llegaba de verdad. La mayoría de los que están aquí dentro vendían crack, pero o no se metían tanto, o eran demasiado jóvenes para saber lo que te pueden hacer años y años de volver a caer en el infierno por tu propio pie. La señora Bevins sí lo sabía. No hablaba mucho del tema, pero lo suficiente para dar a entender que había sido un gran paso dejarlo.

Todos escribimos algunas cosas buenas.

—¡Magnífico! —le dijo la señora Bevins a Karate una vez—. Cada semana lo haces mejor.

—¿En serio? Entonces, profe, ¿soy tan bueno como CD?

—Escribir no es una competición. Solo consiste en que lo que haces sea cada vez un poco mejor.

—Pero CD es tu favorito.

—Aquí no hay ningún favorito. Tengo cuatro hijos. Siento algo distinto por cada uno de ellos. Con vosotros me pasa lo mismo.

—Pero a nosotros no nos dices que estudiemos, que consigamos una beca. A él siempre quieres convencerlo para que cambie de vida.

—Lo hace con todos —intervine yo—, menos con Dixie, lo que pasa es que es sutil. Quién sabe, a lo mejor dejo la bebida. De todos modos, CD es el mejor. Todos lo sabemos. El día que llegué lo vi abajo en el patio. ¿Sabéis lo que pensé? Pensé que parecía un dios.

—No sé cómo son los dioses —dijo Dixie—, pero tiene dotes de estrella. ¿Verdad, señora Bevins?

—Bueno, vale ya —dijo CD.

La señora Bevins sonrió.

—De acuerdo, lo admito. Creo que todos los profesores ven eso a veces. No se trata simplemente de inteligencia o de talento. Es cierta nobleza de espíritu. Una cualidad que haría a alguien ser grande en cualquier cosa que se propusiera.

Nos quedamos en silencio. Me parece que todos estábamos de acuerdo, pero nos daba pena por ella. Sabíamos qué era lo que CD se proponía, lo que iba a hacer.

Luego nos pusimos a trabajar de nuevo, eligiendo textos para nuestra revista. Ella iba a llevarlos a componer y la imprenta de la cárcel los imprimiría.

Ella y Dixie se reían. A las dos les encantaba chismorrear. Ahora estaban puntuando a algunos de los celadores. «Es de los que se dejan los calcetines puestos», dijo Dixie. «Exacto. Y antes se pasa el hilo dental.»

—Necesitamos más prosa. Probemos con este ejercicio para la semana que viene, a ver qué se os ocurre —nos entregó una lista de títulos del cuaderno de notas de Raymond Chandler. Teníamos que elegir uno. Yo escogí «A todos nos caía bien Al». A Casey le gustó «Demasiado tarde para sonreír». A CD le gustó «Y llegó el sábado».

—De hecho, creo que deberíamos titular así nuestra revista.

—No podemos —dijo Kim—. Le prometimos a Willie que íbamos a usar su título, «Con ojos de gato».

—Bien, pues lo que quiero son dos o tres páginas que lleven hasta un cadáver. No mostréis el cadáver. No nos contéis que habrá un cadáver. Acabad la historia de manera que sepamos que va a haber un cadáver. ¿Entendido?

—Entendido.

—Hora de irse, caballeros —dijo la vigilante, abriendo la puerta—. Ven aquí, Vee —lo roció con perfume antes de mandarlo de nuevo arriba. El módulo homosexual daba bastante lástima. La mitad eran viejos borrachos, el resto eran gays.

Escribí una historia magnífica. Salió en la revista, y todavía no me canso de leerla. Era sobre Al, mi mejor amigo. Ya murió. Solo que ella dijo que no había hecho bien el ejercicio, porque conté que la casera y yo encontramos el cadáver de Al.

Kim y Casey escribieron la misma historia terrible. La de Kim iba de las palizas que le daba su viejo, la de Casey de un putero sádico. Sabías que acabarían asesinando a aquellos tipejos. Dixie escribió una historia estupenda sobre una mujer incomunicada. Tiene un ataque de asma muy fuerte, pero nadie puede oírla. El terror y la oscuridad absoluta. Entonces hay un terremoto. Fin.

No te puedes imaginar lo que es estar en la cárcel durante un terremoto.

CD escribió sobre su hermano. La mayoría de las cosas que escribía eran sobre él cuando eran pequeños. Los años en que estuvieron separados en distintos hogares de acogida. Cómo se encontraron por casualidad, en Reno. Esta historia tenía lugar en el barrio de Sunnyvale. La leyó en voz muy baja. Los demás ni nos movimos. Iba sobre la tarde y la noche que desembocaron en la muerte de Chink. Los detalles sobre el encuentro de dos bandas. Acababa con ráfagas de disparos y la imagen de CD al doblar la esquina.

Se me puso la piel de gallina. La señora Bevins se quedó pálida. Nadie le había contado que el hermano de CD había muerto. No se decía una sola palabra sobre su hermano en la historia. Así de buena era. La historia era tan brillante y tensa que solo había un desenlace posible. La sala quedó en silencio hasta que finalmente Shabazz dijo: «Amén». La celadora abrió la puerta.

—Hora de irse, caballeros.

Los demás celadores esperaron a las mujeres mientras nosotros salíamos en fila.

CD quedó en libertad dos días después del último día de clase. Las revistas saldrían ese último día y habría una gran fiesta. Una exposición de arte y música a cargo de los presos. Casey, CD y Shabazz leerían. Todo el mundo recibiría ejemplares de *Con ojos de gato*.

Nos habíamos entusiasmado con la revista, pero ninguno se había hecho a la idea de lo que se sentía. Al ver nuestro trabajo publicado.

—¿Dónde está CD? —preguntó ella.

No lo sabíamos. Nos repartió veinte ejemplares a cada uno. Leímos nuestros textos en voz alta, aplaudiéndonos unos a otros. Luego simplemente nos quedamos ahí, leyendo y releyendo cada cual el suyo en silencio.

La clase fue corta, por la fiesta. Un tropel de guardias entró y abrieron las puertas que separaban nuestra sala de la de artes plásticas. Ayudamos a colocar las mesas para la comida. Nuestras revistas apiladas quedaban preciosas. Verde sobre el mantel de papel morado. Los de horticultura trajeron grandes ramos de flores. En las paredes había pinturas de los alumnos, y esculturas en pilares. Una banda de música empezaba a probar el sonido.

Primero tocaría una banda, luego iría nuestra lectura y luego otra banda. La lectura fue bien, y la música era genial. Los colegas de la cocina trajeron comida y refrescos y todo el mundo se puso en fila. Había docenas de celadores, pero parecía que todos pasaban también un buen rato. Incluso Bingham estaba allí. Estaba todo el mundo menos CD.

Ella hablaba con Bingham. Es un gran tipo. Vi que hacía un gesto y hablaba con un celador. Supe que Bingham le pedía que la dejara subir al módulo.

No tardó mucho en volver, a pesar de todas las escaleras y las seis puertas de seguridad. Se sentó, parecía mareada. Le llevé una lata de Pepsi.

—¿Has hablado con él?

Negó con la cabeza.

—Estaba encogido debajo de una manta, no me ha contestado. He pasado las revistas a través de los barrotes. Qué horror ahí arriba,

Chaz. Su ventana está rota, entra la lluvia. El hedor. Las celdas son tan pequeñas y oscuras...

—Eh, ahora ahí arriba es el paraíso. No hay nadie. Imagínate esas celdas con seis tipos metidos dentro.

—¡Cinco minutos, caballeros!

Dixie, Kim y Casey se despidieron de ella con un abrazo. Los demás no le dijimos adiós. Yo ni siquiera pude mirarla a los ojos. Oí que me decía: «Cuídate, Chaz».

Acabo de darme cuenta de que estoy haciendo otra vez el último ejercicio que nos encargó. Y vuelvo a hacerlo mal, mencionando el cadáver, contando que mataron a CD el día que salió de la cárcel.

B. F. y yo

Me gustó de entrada, nada más hablando con él por teléfono. Voz áspera, pausada, en la que se adivinaba una sonrisa... y sexo, ya saben a qué me refiero. De todos modos, ¿cómo es que nos hacemos una idea de la gente solo por su voz? La señorita de información telefónica es entrometida y condescendiente, y ni siquiera es una persona de verdad. Y cuando el tipo de la televisión por cable dice que nuestra satisfacción es una prioridad para ellos y quieren complacernos, lo delata el tono de desdén.

Durante un tiempo fui operadora en la centralita de un hospital, me pasaba el día hablando con médicos a los que nunca veía. Todas teníamos nuestros favoritos y otros a los que no soportábamos. Ninguna había visto nunca al doctor Wright, pero tenía una voz tan suave y cálida que estábamos enamoradas de él. Si había que avisarlo por megafonía, cada una ponía un dólar en el tablero, hacíamos carreras para contestar las llamadas y a quien le tocara la suya ganaba el dinero y decía: «Oh, qué tal, doctor Wright. Lo requieren en la UCI, señor». Nunca llegué a ver al doctor Wright en persona, pero cuando conseguí un puesto en Urgencias acabé conociendo a todos los médicos con los que había hablado por teléfono. Pronto me di cuenta de que eran exactamente como los imaginábamos. Los mejores facultativos eran los que contestaban enseguida, claros y educados, mientras que los peores eran los que nos gritaban y soltaban cosas como: «¿Acaso contratan a deficientes en la centralita?». Eran los que dejaban que a sus pacientes los visitaran en Urgencias, los que derivaban al hospital del condado a los enfermos con cobertura médica de los servicios sociales. Curiosamente los de voz sensual eran igual de sensuales en la vida real. Pero no, no puedo explicar que el timbre de la voz revele que alguien se acaba de despertar o quiera irse a la cama. Piensen en la voz de Tom Hanks, por ejemplo. Bueno, olvídenla. Ahora en la de Harvey Keitel. Y si Harvey no les parece sexy, basta con que cierren los ojos.

Resulta que yo tengo una voz muy bonita. Soy una mujer fuerte, incluso fría, pero a todo el mundo le parezco encantadora por mi voz. Suena joven, a pesar de que tengo setenta años. Los empleados de Pottery Barn tontean conmigo. «Eh, apuesto a que va a disfrutar mucho tumbada en esta alfombra.» Cosas por el estilo.

Hace días que intento encontrar a alguien que me cambie las baldosas del cuarto de baño. La gente que se anuncia en el periódico para hacer faenas esporádicas, pintar y demás, en realidad no quiere trabajar. Justo ahora están muy ocupados, o salta un contestador con Metallica de fondo y no te devuelven la llamada. Después de seis intentos, B. F. fue el único que me dijo que se pasaría. Contestó al teléfono: Sí, aquí B. F.; así que le dije: Hola, aquí L. B. Y se rio, sin ninguna prisa. Le expliqué que necesitaba embaldosar un suelo y me dijo que era mi hombre. Podía venir cuando quisiera. Imaginé a un veinteañero espabilado, guapo, con tatuajes y el pelo de punta, una camioneta descubierta y un perro.

No se presentó el día que acordamos, pero llamó a la mañana siguiente; dijo que le había surgido un imprevisto, que si podía pasarse luego. Claro. Esa tarde vi la camioneta, oí que llamaba a la puerta, pero tardé un poco en ir a abrir. Estoy fatal de la artritis, y para colmo me enredé con el tubo de mi mascarilla de oxígeno. ¡Paciencia, amigo!, grité.

B. F. estaba agarrado a la pared y a la baranda, jadeando y tosiendo después de subir los tres escalones. Era un hombre enorme, alto, muy gordo y muy viejo. Incluso desde fuera, mientras recobraba el aliento, noté su olor. Tabaco y lana sucia, sudor rancio de alcohólico. Tenía unos ojos azules de querubín inyectados en sangre, y sonreía con la mirada. Me gustó de entrada.

Dijo que probablemente no le iría mal un poco de aquel aire mío. Le sugerí que se hiciera con un tanque, pero me contestó que le daba miedo saltar por los aires al encender un cigarrillo. Fue directo hacia el cuarto de baño. Tampoco es que hiciera falta que le enseñase el camino. Vivo en una caravana y no hay muchos sitios donde pueda estar. Pero entró sin más, sacudiéndolo todo con sus pisotones. Tomó algunas medidas y luego se fue a sentar en la cocina. Seguí respirando su fuerte olor. El tufo para mí fue como la magdalena, evocándome al abuelo y al tío John, para empezar.

Los olores feos tienen su encanto. El rastro de una mofeta en el bosque. Estiércol de caballo en las carreras. Una de las mejores cosas de los tigres en el zoo es ese hedor salvaje. En las corridas de toros siempre me gustaba sentarme en las gradas más altas para verlo todo, como en la ópera, pero si te quedas junto a la barrera puedes oler al toro.

B. F. me pareció exótico de puro sucio. Vivo en Boulder, donde no hay suciedad. Nadie va sucio. Incluso la gente que va a correr parece recién salida de la ducha. Me pregunté dónde iría a beber, porque en Boulder tampoco he visto nunca un bar sucio. Parecía un hombre al que le gustaba hablar mientras bebía.

Hablaba consigo mismo en el cuarto de baño, gruñendo y jadeando al agacharse en el suelo para medir el mueble de las toallas. Cuando se las arregló para ponerse de pie, mascullando entre dientes, juro que toda la casa se balanceó. Salió y me dijo que necesitaba cuatro metros cuadrados. ¿No es increíble?, le dije. ¡Compré cuatro y medio! Vaya, tienes buen ojo. Dos buenos ojos. Me sonrió, mostrando su dentadura postiza.

—No se podrá pisar durante setenta y dos horas —me explicó.

—Qué locura. Nunca he oído semejante barbaridad.

—Bueno, pues es así. Las baldosas han de fraguar.

—Jamás en la vida he oído a nadie decir: «Fuimos a un motel mientras fraguaban las baldosas». O: «¿Me puedo quedar en tu casa hasta que mis baldosas fragüen?». Ni una sola vez he oído mencionar nada parecido.

—Debe de ser porque la mayoría de la gente que pone baldosas tiene dos cuartos de baño.

—¿Y qué hace la gente que tiene solo uno?

—Dejar la moqueta.

La moqueta ya estaba cuando compré la caravana. Naranja de hebras largas, manchada.

—No soporto esa moqueta.

—No te culpo. Solo digo que las baldosas no se deben pisar en setenta y dos horas.

—Imposible. Tomo Lasix para el corazón. Voy al baño veinte veces al día.

—Bueno, entonces adelante, písalas. Pero si las baldosas se mueven, no vengas a reclamar, porque yo soy un profesional.

Acordamos un precio por la obra y dijo que volvería el viernes por la mañana. Saltaba a la vista que estaba dolorido de agacharse. Casi sin resuello, salió de la casa cojeando, aunque tuvo que pararse en la encimera de la cocina y luego en la estufa de la sala de estar. Al pie de la escalera encendió un cigarrillo y me sonrió. Encantado de conocerte. Su perro esperaba pacientemente en la camioneta.

El viernes no se presentó. Tampoco llamó por teléfono, así que el domingo intenté localizarlo. No contestaron. Encontré la página del periódico con los otros números. Tampoco contestó ninguno. Imaginé una taberna del Oeste llena de embaldosadores, todos con botellas o cartas o vasos en la mano, dormidos con la cabeza recostada en la mesa.

Ayer me llamó. Contesté y dijo:

—¿Qué tal todo, L. B.?

—Fenomenal, B. F. Me preguntaba si volvería a verte.

—¿Te va bien que me pase mañana?

—Por mí perfecto.

—¿A eso de las diez?

—Claro —dije—, cuando quieras.

Espera un momento

Los suspiros, el ritmo de nuestros latidos, las contracciones de parto, los orgasmos, acaban todos por acompasarse, igual que los relojes de péndulo colocados uno cerca del otro pronto sincronizan su vaivén. Las luciérnagas en un árbol se encienden y se apagan como una sola. El sol sale y se pone. La luna crece y mengua y el periódico suele caer en el porche a las seis y treinta y cinco de la mañana.

El tiempo se detiene cuando alguien muere. Por supuesto se detiene para ellos, quizá, pero para los que sufren la pérdida el tiempo se desquicia. La muerte llega demasiado pronto. Olvida las mareas, los días que se alargan y se acortan, la luna. Hace trizas el calendario. No estás en tu escritorio o en el metro o preparando la cena para los niños. Estás leyendo *People* en la sala de espera de un quirófano, o temblando en un balcón mientras fumas toda la noche. Miras al vacío, sentada en el cuarto de tu infancia con el globo terráqueo sobre la mesa. Persia, el Congo Belga. El problema es que cuando vuelves a la vida normal, todas las rutinas, las marcas del día a día parecen mentiras sin sentido. Todo es sospechoso, una trampa para adormecernos, para volver a arroparnos en la plácida inexorabilidad del tiempo.

Cuando alguien padece una enfermedad terminal, esa reconfortante inercia queda aniquilada. Demasiado rápido, no hay tiempo, te quiero, tengo que acabar esto, decirle aquello. ¡Espera un momento! Necesito explicar. ¿Y dónde está Toby, por cierto? O el tiempo se vuelve sádicamente lento. La muerte ronda alrededor mientras esperas que se haga la noche y luego esperas que se haga la mañana. Cada día te vas despidiendo un poco. Vamos, acaba de una vez, por el amor de Dios. Miras fijamente el tablero de Llegadas y Salidas. Las noches son interminables porque te despiertas al menor carraspeo o gemido, y luego te quedas en vela escuchándola respirar con tanta suavidad, como una criatura. Las tardes junto a la cabecera de la cama mides el tiempo por el ángulo de la luz del sol, ahora en la Virgen de Guadalupe, ahora en el desnudo al carboncillo, el espejo, el joyero tallado, el destello en el frasco de Fracas. El vendedor de *camote* silba abajo en la calle, y entonces ayudas a tu hermana a ir a la *sala* a ver el noticiero de Ciudad de México, y luego el informativo de Estados Unidos con Peter Jennings. Los gatos se acurrucan en su regazo. Lleva oxígeno, pero aun así el pelo de los animales hace que le cueste respirar.

—¡No! No los ahuyentes. Espera un momento.

Todas las noches después de las noticias, Sally lloraba. A lágrima viva. Seguramente no era mucho rato, pero en la dimensión temporal de su enfermedad el llanto se prolongaba sin solución de continuidad, doloroso y ronco. Ni siquiera recuerdo si al principio mi sobrina Mercedes y yo llorábamos con ella. Supongo que no, porque ninguna de las dos somos de llorar, pero la abrazábamos y la besábamos, le cantábamos. Intentábamos bromear.

—Quizá deberíamos ver las noticias de Tom Brokaw, en vez de estas.

Le preparábamos sus *aguas,* tés y cacao. No me acuerdo de cuándo dejó de llorar, poco antes de morir, pero entonces era horrible de verdad, el silencio, y no se acababa nunca.

Cuando lloraba, a veces decía cosas como: «Lo siento, debe de ser la quimio. Una especie de acto reflejo. No hagáis caso». Otras veces, en cambio, suplicaba que lloráramos con ella.

—No puedo, *mi Argentina* —decía Mercedes—. Pero mi corazón llora. Desde que sabemos que va a pasar, automáticamente nos endurecemos —fue muy caritativa al decir eso. A mí el llanto solo me volvía loca, sin más.

Una vez, llorando, Sally se lamentó: «¡Nunca volveré a ver un burro!», y nos pareció tremendamente divertido. Ella se puso furiosa, estampó su taza y los platos, nuestros vasos y el cenicero contra la pared. Volcó la mesa de una patada, chillándonos. Zorras frías y calculadoras. Ni pizca de compasión o lástima.

—Una *pinche* lágrima. Ni siquiera parecéis tristes —ahí ya empezaba a sonreír—. Sois unas sargentas. «Bébete esto. Toma un pañuelo. Vomita en la palangana.»

Por la noche la preparaba para acostarse, le daba pastillas, le ponía una inyección. Le daba un beso y la arropaba.

—Buenas noches. Te quiero, mi *sister,* mi *cisterna.*

Dormía en un cuartito, un gabinete, pegado a su dormitorio; la oía a través del fino tabique de mampostería, leyendo, tarareando, escribiendo. A veces lloraba, y esos eran los peores momentos, porque ella intentaba ahogar esos sollozos silenciosos y tristes con la almohada.

Al principio iba e intentaba consolarla, pero entonces parecía que aún lloraba más, que se angustiaba. El somnífero le hacía un efecto rebote y la despertaba, agitándola y provocándole náuseas. Así que opté simplemente por hablarle desde el otro lado del tabique, le decía: «Sally. Querida Sal y *pimienta*. Salsa, no te pongas triste». Cosas por el estilo.

—¿Te acuerdas en Chile, cuando Rosa nos calentaba la cama con ladrillos calientes?

—¡Me había olvidado!

—¿Quieres que te traiga un ladrillo?

—No, *mi vida,* ya me duermo.

Le hicieron una mastectomía y le dieron radioterapia, y durante cinco años estuvo bien. Realmente bien. Radiante y hermosa, feliz de la vida con Andrés, un hombre cariñoso. Nos hicimos amigas, por primera vez desde nuestra dura infancia. Fue una especie de enamoramiento, descubrirnos una a la otra, cuántas cosas compartíamos. Viajamos juntas a Yucatán y Nueva York. Yo iba a visitarla a México, o ella venía a Oakland. Cuando murió nuestra madre pasamos una semana en Zihuatanejo, donde hablamos día y noche sin parar. Exorcizamos a nuestros padres y nuestras propias rivalidades, y creo que las dos maduramos.

Yo estaba en Oakland cuando me llamó. El cáncer ahora se le había instalado en los pulmones. En todas partes. *Apúrate.* ¡Ven enseguida!

Necesité tres días para dejar el trabajo, recoger mis bártulos y marcharme. En el avión a Ciudad de México pensé cómo la muerte hacía jirones el tiempo. Mi vida cotidiana se había desvanecido. Terapia, los largos en la piscina. Los ¿qué tal si almorzamos mañana? La fiesta de Gloria, mañana dentista, lavadora, recoger los libros en Moe, limpieza, se ha acabado la comida del gato, cuidar a los nietos el sábado, pedir gasa y sondas de gastrostomía en el trabajo, escribir a August, hablar con Josee, preparar bollitos, visita de C. J. Más inquietante aún fue que un año después los dependientes del supermercado o la librería o amigos con los que me cruzaba por la calle ni siquiera habían reparado en mi ausencia.

Llamé a Pedro, su oncólogo, desde el aeropuerto de México, porque quería saber a qué atenerme. Daba la impresión de que fuera cuestión de semanas, o un mes a lo sumo. *«Ni modo* —dijo él—. Continuaremos con la quimio. Podrían ser seis meses, un año, tal vez más».

—Bastaba con que me dijeras «Quiero que vengas ahora», y habría venido —le dije a mi hermana esa noche.

—¡No, no lo habrías hecho! —contestó riéndose—. Tú eres realista. Sabes que tengo sirvientas que se ocupan de todo, y enfermeras, médicos, amigos. Habrías pensado que no te necesito. Pero te quiero aquí ahora, para que me ayudes a dejarlo todo en orden. Quiero que cocines, para que Alicia y Sergio coman aquí. Quiero que leas para mí y me cuides. Ahora es cuando estoy sola y asustada. Ahora es cuando te necesito.

Todos tenemos nuestros álbumes de recortes mentales. Planos congelados. Instantáneas de gente a la que amamos en distintos momentos. En esta aparece Sally enfundada en ropa deportiva verde oscura, cruzada de piernas en la cama. Piel luminiscente, sus ojos verdes difuminados por las lágrimas mientras me hablaba. Sin asomo de malicia o autocompasión. La abracé, agradecida por su confianza en mí.

En Texas, cuando yo tenía ocho años y ella tres, la detestaba, la envidiaba con un odio malsano que salía de lo más hondo de mi corazón. Nuestra abuela me dejaba campar asilvestrada, a merced de otros adultos, mientras que a la pequeña Sally la protegía, le cepillaba el pelo y preparaba tartas solo para ella, la dormía en sus brazos y le cantaba «Way Down in Missoura». Aun así, conservo instantáneas de mi hermana incluso entonces, sonriendo, ofreciéndome un pastelito de barro con una dulzura irresistible que nunca perdió.

Los primeros meses en Ciudad de México pasaron vertiginosamente, como cuando en las películas antiguas caen las hojas del calendario. Figuras chaplinescas a cámara rápida, carpinteros dando martillazos en la cocina, fontaneros picando en el cuarto de baño. Vinieron unos hombres a arreglar los picaportes de todas las puertas y las ventanas rotas, a lijar el suelo. Mirna, Belén y yo la emprendimos con la despensa, el *tapanco,* los armarios, las estanterías y los cajones. Tiramos zapatos y sombreros, collares de perro, casacas de cuello mao. Mercedes, Alicia y yo sacamos toda la ropa y las joyas de Sally, las etiquetamos para regalárselas a distintas amigas.

Tardes dulces y perezosas en el suelo, clasificando fotografías, leyendo cartas, poemas, chismorreando, contando historias. El teléfono y el timbre de la puerta no paraban de sonar en todo el día. A mí me tocaba cribar las llamadas y las visitas, las cortaba en seco si Sally estaba cansada, o no si estaba contenta, como siempre con Gustavo.

Cuando a alguien le diagnostican por primera vez una enfermedad fatal, recibe una avalancha de llamadas, cartas, visitas... A medida que pasan los meses y que se viven tiempos difíciles, sin embargo, cada vez son menos. Entonces la enfermedad empieza a plagarlo todo, y el tiempo se hace lento y estridente. Oyes los relojes y las campanas de la iglesia y los vómitos y cada resuello.

Miguel, el exmarido de Sally, y Andrés venían cada día, pero a horas distintas. Solo coincidieron una vez. Me sorprendió que automáticamente todos los miramientos fueran para el exmarido. Se había vuelto a casar hacía mucho, pero aún se debía tener en cuenta su orgullo. Andrés apenas llevaba unos minutos en la habitación de Sally. Le serví un café con pan dulce. Justo cuando lo puse en la mesa, entró Mirna.

—¡Que viene el *señor*! —dijo.

—¡Rápido, a tu cuarto! —dijo Sally, y Andrés se fue corriendo a mi cuarto, llevándose el café con el pan dulce. Apenas cerré la puerta, apareció Miguel.

—¡Café! ¡Necesito café! —dijo, así que fui a mi cuarto, le quité el café y el pan dulce a Andrés y se lo llevé a Miguel. Andrés se esfumó.

Me quedé muy débil, y me costaba caminar. Pensamos que era por estrés, hasta que me desmayé en la calle y me llevaron a Urgencias. Resultó que una hemorragia en una hernia del esófago me había provocado una anemia crítica. Estuve ingresada varios días para recibir transfusiones de sangre.

Cuando volví me sentía mucho más fuerte, pero mi enfermedad había asustado a Sally. La muerte nos recordó que seguía al acecho. El tiempo se aceleró de nuevo. Cuando pensaba que Sally se había dormido y me disponía a acostarme, me pedía: «¡No te vayas!».

—Solo voy al lavabo, enseguida vuelvo.

Por la noche, si se ahogaba o tosía, me levantaba a echarle un vistazo.

Ahora le habían puesto oxígeno y ya prácticamente no salía de la cama. La bañaba en su cuarto, le ponía inyecciones para el dolor y las náuseas. Ella tomaba un poco de caldo, a veces comía biscotes. Hielo picado, que le trituraba poniendo los cubitos en un trapo y machacándolos, machacándolos contra la pared de hormigón. Mercedes se tumbaba con ella y yo me estiraba en el suelo y leía en voz alta. Cuando me parecía que se habían dormido, paraba, pero las dos decían: «¡No pares!».

Bueno. «Desafío a cualquiera a demostrar que nuestra Becky, quien ciertamente peca de algunos vicios, no ha sido presentada ante el público con perfecto recato y candidez...»

Aunque Pedro le aspiraba el pulmón, cada vez le costaba más respirar. Decidí que debíamos limpiar a fondo su dormitorio. Mercedes se quedó con ella en la sala de estar mientras Mirna, Belén y yo barrimos y limpiamos el polvo, fregamos las paredes, las ventanas y los suelos. Moví su cama para que quedara en horizontal debajo de la ventana; así vería el cielo. Belén puso sábanas limpias recién planchadas y colchas suaves en la cama, y entre todas volvimos a llevarla a la habitación. Se recostó en la almohada, con la luz primaveral de lleno en la cara.

—*El sol* —dijo—. Puedo sentirlo.

Apoyada en la pared de enfrente, vi cómo miraba por la ventana. Avión. Pájaros. Estela blanca. ¡Puesta de sol!

Mucho más tarde le di un beso de buenas noches y me fui a mi cuartito. El humidificador de su tanque de oxígeno borboteaba como una fuente. Esperé a oír la respiración profunda del sueño. El colchón chirrió. Sally jadeaba, y gemía, respirando pesadamente. Seguí a la escucha, esperando, hasta que oí el clinc, clinc de los anillos de la cortina de la ventana.

—¿Sally? Salamandra, ¿qué estás haciendo?

—¡Miro el cielo!

Cerca de ella, miré también por la ventanita de mi cuarto.

—*Oye,* hermana...

—Sí —dije.

—Te oigo. ¡Estás llorando por mí!

Han pasado siete años desde que moriste. Por supuesto ahora diré que el tiempo ha volado. Me he hecho vieja. Sin previo aviso, *de repente.* Me cuesta caminar. Incluso se me cae la baba. No cierro la puerta con llave por si me muero mientras duermo, aunque es más probable que siga decayendo hasta que me metan en algún sitio donde no estorbe. Ya empiezo a chochear. Aparqué el coche al doblar la esquina porque había alguien donde suelo dejarlo. Luego vi el lugar vacío y me pregunté dónde me habría ido. Hablar con el gato no es tan raro, pero me siento ridícula, porque el mío está completamente sordo.

Y aun así el tiempo nunca basta. «Tiempo real», como decían los presos a los que daba clases en la cárcel, para explicar que eso de que allí tenían todo el tiempo del mundo no era más que una apariencia. El tiempo nunca les pertenecía.

Ahora doy clases en un pueblo de montaña precioso, de postal. Las mismas Rocosas de las minas donde trabajaba papá, pero nada que ver con Butte o Coeur d'Alene. Soy afortunada, sin embargo. Aquí tengo buenos amigos. Vivo al pie de las montañas, los ciervos pasan con andar primoroso y modesto frente a mi ventana. Vi mofetas apareándose a la luz de la luna; sus agudos chillidos sonaban como instrumentos orientales.

Echo de menos a mis hijos y sus familias. Los veo una vez al año, más o menos, y siempre es estupendo, pero la verdad es que ya no formo parte de su vida. Ni tampoco de la de tus hijos, ¡aunque Mercedes y Enrique vinieron a casarse aquí!

Muchos otros se han ido. Antes me parecía gracioso cuando alguien decía: «He perdido a mi marido», pero es eso lo que se siente. Echas en falta a alguien. Paul, la tía Chata, Buddy. Entiendo que la gente crea en fantasmas o vaya a sesiones de espiritismo para llamar a los muertos. A veces pasan meses sin que piense en nadie salvo los vivos, y de pronto se me presenta Buddy con una broma, o apareces tú, evocada intensamente por un tango o un *agua de sandía*. Ojalá pudieras hablarme. Eres casi peor que mi gato sordo.

La última vez llegaste unos días después de la ventisca. El hielo y la nieve todavía cubrían el suelo, pero casualmente hubo un día de calor. Las ardillas y las urracas parloteaban y los gorriones y los pinzones cantaban en los árboles desnudos. Abrí todas las puertas y las cortinas. Tomé el té en la mesa de la cocina, sintiendo la caricia del sol en la espalda. Las avispas salieron del nido del porche, flotaban somnolientas por mi casa, zumbando en círculos lentos de un lado a otro de la cocina. Justo en ese momento se agotó la batería de la alarma de incendios, así que empezó a chirriar como un grillo en verano. El sol caía sobre la tetera y el tarro de la harina, el jarrón plateado de los esquejes.

Una iluminación perezosa, como una tarde mexicana en tu habitación. Pude ver el sol en tu cara.

Volver al hogar

Nunca he visto los cuervos abandonar el árbol por la mañana, pero cada tarde, una media hora antes de que oscurezca, empiezan a acudir desde todos los puntos del pueblo. Tal vez haya algunos que se dediquen a barrer el cielo por zonas llamando a los demás para volver a casa, o quizá vuelen por libre en círculos recogiendo a los rezagados antes de posarse en el árbol. He observado bastante, cabría esperar que a estas alturas lo supiera, pero yo solo veo cuervos, docenas de cuervos, que llegan volando desde todas las direcciones y cinco o seis se quedan dando vueltas como sobre el aeropuerto de O'Hare, graznando, graznando. Y de pronto se hace el silencio en una fracción de segundo y no ves ni uno. El árbol parece un arce corriente. Jamás dirías que hay tantos pájaros ahí metidos.

La primera vez que los vi fue de casualidad. Había ido al centro y me quedé en el balancín del porche de la entrada con mi tanque de oxígeno portátil a contemplar la luz del atardecer. Suelo sentarme en el porche trasero, adonde llega el tubo que uso normalmente. A veces a esa hora veo las noticias o preparo la cena. A lo que me refiero es a que fácilmente podría no tener ni idea de que ese arce en concreto se llena de cuervos al caer el sol.

¿Se marchan luego a dormir todos juntos en otro árbol, en un lugar más elevado del monte Sanitas? Quizá, porque me levanto temprano, me siento delante de la ventana que mira a las estribaciones de la montaña, y nunca los he visto alzar el vuelo desde el árbol. Veo ciervos, en cambio, subiendo por las laderas del monte Sanitas y la cresta Dakota cuando los primeros albores iluminan las rocas. Si hay nieve y hace mucho frío, las cimas se arrebolan, el hielo convierte el alba en un vitral rosado, coral fosforescente.

Claro que ahora es invierno. El árbol está desnudo y no hay cuervos. Tan solo estoy pensando en los cuervos. Me cuesta caminar, así que recorrer la pequeña pendiente empinada sería demasiado para mí. Podría ir en coche, supongo, como Buster Keaton pidiéndole a su chófer que lo lleve al otro lado de la calle, aunque creo que entonces estaría demasiado oscuro para ver los pájaros posados en el árbol.

Ni siquiera sé por qué empecé a darle vueltas. Ahora las urracas pasan como relámpagos azules, verdes sobre el fondo nevado. Tienen un graznido similar, mandón y estridente. Por supuesto podría conseguir un libro o llamar a alguien y averiguar los hábitos de cría de los cuervos, pero lo que me preocupa es que los descubrí solo por azar. ¿Qué más me he perdido? ¿Cuántas veces en mi vida he estado, digámoslo así, en el porche de atrás y no en el de delante? ¿Qué me habrían dicho que no alcancé a escuchar? ¿Qué amor pudo haberse dado que no sentí?

Son preguntas inútiles. La única razón por la que he vivido tanto tiempo es porque fui soltando lastre del pasado. Cierro la puerta a la pena al pesar al remordimiento. Si permito que entren, aunque sea por una rendija de autocompasión, zas, la puerta se abrirá de golpe y una tempestad de dolor me desgarrará el corazón y cegará mis ojos de vergüenza rompiendo tazas y botellas derribando frascos rompiendo las ventanas tropezando sangrienta sobre azúcar derramado y vidrios rotos aterrorizada entre arcadas hasta que con un estremecimiento y sollozo final consiga volver a cerrar la pesada puerta. Y recoja los pedazos una vez más.

Tal vez no sea tan arriesgado dejar que el pasado entre, siempre que sea bajo la premisa «¿Y si?». ¿Y si hubiera hablado con Paul antes de que se marchara? ¿Y si hubiera pedido ayuda? ¿Y si me hubiera casado con H? Sentada aquí, mirando por la ventana el árbol donde ahora no hay hojas ni cuervos, las respuestas a cada una de esas preguntas resultan extrañamente tranquilizadoras. Son especulaciones imposibles. Todo lo bueno o malo que ha ocurrido en mi vida ha sido predecible e inevitable, en especial las decisiones y los actos que han garantizado que ahora esté completamente sola.

Pero ¿y si vuelvo atrás, a antes de que nos mudáramos a Sudamérica? ¿Y si el doctor Mock hubiera dicho que no podía marcharme de Arizona durante un año, que necesitaba terapia intensiva y ajustes en el corsé, posiblemente cirugía para mi escoliosis? Me habría reunido con mi familia al año siguiente. ¿Y si hubiera vivido con los Wilson en Patagonia, si hubiera ido cada semana al traumatólogo de Tucson, leyendo *Emma* o *Jane Eyre* en el caluroso trayecto de autobús?

Los Wilson tenían cinco hijos, todos ya con edad para trabajar en el almacén de abastos o la confitería propiedad de la familia. Yo trabajaba antes y después de la escuela en la confitería con Dot, y compartía con ella la habitación de la buhardilla. Dot tenía diecisiete años, era la niña mayor. Una mujer, de hecho. Me recordaba a las mujeres de las películas, por el modo en que se ponía el maquillaje de la polvera y se fijaba el pintalabios, y echaba el humo por la nariz. Dormíamos juntas en el jergón de heno cubierto con colchas viejas. Aprendí a no molestarla, a yacer en silencio, subyugada por la mezcolanza de olores que exhalaba. Domaba sus rizos pelirrojos con aceite Wildroot, se untaba la cara con Noxzema por la noche, y siempre se ponía perfume Tweed en las muñecas y detrás de las orejas. Olía a cigarrillos y sudor y desodorante Mum y lo que con el tiempo aprendí que era sexo. Las dos olíamos a grasa rancia porque en la confitería también preparábamos hamburguesas y patatas fritas, hasta que cerraba a las diez. Volvíamos a pie a casa cruzando deprisa la avenida principal y las vías del tren, pasando la taberna Frontier y bajando la calle hasta la casa de sus padres. La casa de los Wilson era la más bonita del pueblo. Un caserón blanco de dos plantas con una cerca de madera, jardín y césped. La mayoría de las casas en Patagonia eran pequeñas y feas. Típicas casas de paso en un pueblo minero, pintadas de aquel raro color caramelo que caracterizaba las estaciones de tren de los asentamientos mineros. La mayoría de la gente trabajaba en la montaña, en las minas de Trench y Flux donde mi padre había sido supervisor. Ahora se dedicaba a comprar mena en Chile, Perú y Bolivia. Se había marchado a desgana de las minas, le gustaba trabajar allí abajo. Mi madre lo había convencido, todo el mundo insistió en que se marchara. Era una gran oportunidad y se haría muy rico.

Mi padre le pagaba a los Wilson mis gastos de alojamiento y comida, pero todos decidieron que me convenía trabajar igual que los otros chicos. Y trabajábamos duro, especialmente Dot y yo, porque acabábamos muy tarde y nos levantábamos a las cinco de la mañana. Abríamos para los mineros que iban desde Nogales a la mina de Trench. Llegaban en tres autobuses, con quince minutos de diferencia uno del otro; los mineros disponían del tiempo justo para uno o dos cafés y alguna rosquilla. Nos daban las gracias al salir, y se despedían con un *¡Hasta luego!* Acabábamos de limpiar y nos preparábamos unos sándwiches para el almuerzo. La señora Wilson venía a tomar el relevo y nosotras nos íbamos a la escuela. Yo todavía estudiaba en el colegio de primaria en lo alto de la colina. Dot había empezado el instituto.

Cuando volvíamos a casa por la noche, ella salía a escondidas a ver a su novio, Sextus, que vivía en un rancho en Sonoita y había dejado los estudios para ayudar a su padre. No sé a qué hora regresaba, porque me quedaba dormida nada más recostar la cabeza en la almohada. ¡Caía redonda! Me encantaba la idea de dormir en un colchón de heno, como en *Heidi*. El heno era mullido y olía bien. Siempre me parecía que acababa de cerrar los ojos cuando Dot me zarandeaba para despertarme. Ella ya se había aseado o duchado y vestido, y mientras yo lo hacía se cepillaba el pelo cortado a lo paje y se maquillaba.

—¿Qué estás mirando? Arregla la cama si no tienes nada más que hacer.

Me detestaba, pero yo también a ella, así que no me importaba. De camino a la confitería me repetía una y otra vez que más me valía no contarle a nadie que se veía con Sextus a hurtadillas, su padre la mataría. De no ser porque en el pueblo todo el mundo sabía lo de Dot y Sextus la habría delatado, no a sus padres, pero a alguien, solo por lo mal que me trataba. Era mala conmigo por principio. Daba por hecho que debía odiar a esa chica que le habían endosado en su cuarto. Por lo demás nos llevábamos bien, la verdad, hacíamos muecas y nos reíamos, formábamos un buen equipo, cortando cebollas, preparando sifón, dando la vuelta a las hamburguesas. Las dos éramos rápidas y eficientes, a las dos nos gustaba tratar con la clientela, sobre todo los simpáticos mineros mexicanos, que por las mañanas bromeaban y tonteaban con nosotras. Después del colegio venían chicos de la escuela y gente del pueblo, a tomar refrescos o helados, a poner canciones en la rocola y jugar al petaco. Preparábamos hamburguesas, perritos calientes enchilados, queso gratinado. Servíamos ensaladas de atún y huevo, ensaladillas de patata o de col que hacía la señora Wilson. El plato más popular, sin embargo, era el chili que la madre de Willie Torres traía cada tarde. Chili rojo en invierno, chili verde con cerdo en verano. Pilas de tortillas de harina que nosotras calentábamos en la parrilla.

Una razón de que Dot y yo trabajáramos con tanto ahínco y rapidez era nuestro acuerdo tácito de que, una vez estaban servidos los platos y la parrilla limpia, ella se escabullía por la puerta de atrás con Sextus y yo me ocupaba de las pocas comandas de tarta y café entre las nueve y las diez. Y normalmente me quedaba haciendo los deberes con Willie Torres.

Willie trabajaba hasta las nueve en el despacho del analista, contiguo a la confitería. Habíamos ido al mismo curso en la escuela y allí nos hicimos amigos. Los sábados por la mañana yo solía bajar con mi padre en la camioneta a comprar víveres y recoger el correo para las cuatro o cinco familias que vivían en lo alto de la montaña, al lado de la mina de Trench. Después de hacer y cargar todas las compras, papá se pasaba por el Laboratorio de Ensayos Minerales del señor Wise. Tomaban café y hablaban de... ¿mena, minas, vetas? Lo siento, no prestaba atención, aunque sé que era sobre minerales. En el despacho, Willie parecía una persona distinta. Era un chico tímido en la escuela, había venido de México con ocho años, así que aunque era más inteligente que la señora Boosinger, a veces pasaba apuros para leer y escribir. El primer mensaje de amor que me mandó fue «Sé mi nobia». Aun así nadie se burlaba de él, como hacían conmigo y mi corsé ortopédico, gritándome «¡Tronco!», cuando entraba en clase, por lo alta que era. Willie también era alto, con una cara india, pómulos marcados y ojos oscuros. Llevaba la ropa limpia, pero raída y demasiado pequeña, y el pelo largo y greñudo, cortado por su madre. Cuando leí *Cumbres borrascosas,* a Heathcliff me lo imaginé igual que Willie, apasionado y valiente.

En el Laboratorio de Ensayos Minerales daba la impresión de saberlo todo. De mayor sería geólogo. Me enseñó cómo distinguir el oro y el oro de los tontos y la plata. Aquel primer día mi padre me preguntó de qué estábamos hablando. Le mostré lo que había aprendido.

—Esto es cobre. Cuarzo. Plomo. Zinc.

—¡Estupendo! —dijo, muy complacido. Volviendo a casa me dio una charla de geología sobre el terreno todo el trayecto hasta la mina.

Otros sábados Willie me enseñó más rocas.

—Esto es mica. Esta roca es pizarra, esta caliza.

Me ayudó a entender los mapas de las minas. Revolvíamos en cajas llenas de fósiles. Él y el señor Wise se dedicaban a recopilarlos.

—¡Eh, mira este! ¡Parece una hoja!

No me daba cuenta de que amaba a Willie porque nuestra cercanía era velada, nada que ver con el amor del que las chicas hablaban a todas horas, ni los romances o los idilios o los corazones atravesados con flechas.

En la confitería corríamos las cortinas, nos sentábamos en la barra a hacer los deberes durante esa última hora antes del cierre, tomando helados con sirope de chocolate caliente. Willie trucaba la rocola para que sonaran «Slow Boat to China», «Cry» y «Texarkana Baby» una y otra vez. A él se le daban bien la aritmética y el álgebra, y yo era buena con las palabras, así que nos ayudábamos. Apoyados uno en el otro, enganchábamos las piernas a los taburetes. Ni siquiera me molestaba que pasara el codo por la barra metálica que sobresalía de mi corsé ortopédico. Normalmente solo de ver que alguien notaba el corsé bajo la ropa me moría de vergüenza.

Por encima de todo compartíamos la modorra. Nunca decíamos: «Ay, me caigo de sueño, ¿tú no?». Simplemente estábamos cansados, nos recostábamos bostezando juntos en la confitería. Bostezábamos y nos sonreíamos desde la otra punta de la clase en la escuela.

Su padre murió en un derrumbe en la mina de Flux. Mi padre había intentado cerrarla desde que nos mudamos a Arizona. Ese fue su trabajo durante años, comprobar las minas para ver si las vetas se agotaban o eran inseguras. Lo llamaban Brown el Clausurador. Esperé en la camioneta mientras él iba a decírselo a la madre de Willie. Eso fue antes de conocernos. Me asusté, porque mi padre lloró todo el camino desde el pueblo a casa. Más adelante Willie me contaría que mi padre había luchado por conseguir pensiones para los mineros y sus familias, cuánto ayudó eso a su madre. Tenía cinco hijos más, trabajaba de lavandera y cocinera para distinta gente.

Willie madrugaba tanto como yo, se ocupaba de cortar leña, de preparar el desayuno a sus hermanos y hermanas. La clase de educación cívica era la peor, imposible mantenerse despierto, sentir interés. Nos la daban a las tres de la tarde. Una hora interminable. En invierno la estufa de leña empañaba las ventanas y salíamos con las mejillas encendidas. A la señora Boosinger le ardía la cara bajo las dos manchas moradas de colorete. En verano, con las ventanas abiertas y las moscas revoloteando alrededor, las abejas zumbando y el tictac del reloj, tanta modorra, tanto calor, ella hablaba y hablaba sobre la Primera Enmienda y de pronto, ¡zas!, descargaba la regla en la mesa.

—¡Despertad, despertad! ¡Vamos, par de zánganos, no tenéis sangre en las venas! ¡Erguíos! ¡Despertad! ¡Zánganos!

Una vez pensó que me había dormido, pero yo solo estaba descansando la vista.

—Lulu, ¿quién es el secretario de Estado?

—Acheson, señorita.

Se sorprendió.

—Willie, ¿quién es el secretario de Agricultura?

—¿Topeka y Santa Fe?

Creo que los dos estábamos ebrios de sueño. Cada vez que nos pegaba en la cabeza con el libro de Educación Cívica, nos reíamos con más ganas. A Willie lo mandó al pasillo y a mí al guardarropa, y al final de la clase nos encontró a los dos acurrucados, profundamente dormidos.

De vez en cuando Sextus trepaba al cuarto de Dot.

—¿La niña está dormida? —le oía susurrar.

—Como un tronco.

Y era verdad. Por más que intentaba quedarme despierta para ver lo que hacían, no había manera.

Me pasó una cosa rara esta semana. Con el rabillo del ojo empecé a ver pequeños cuervos que pasaban volando como flechas. Cuando me volvía ya no estaban. Y cuando cerraba los párpados veía destellos fugaces, como motos surcando la autopista a toda velocidad. Pensé que sufría alucinaciones o que tenía un tumor en el ojo, pero el médico me dijo que eran máculas en la retina, que a mucha gente le ocurre.

—¿Cómo puede haber luces en la oscuridad? —le pregunté, tan desconcertada como solía quedarme con la luz del frigorífico.

Me explicó que mi ojo le decía al cerebro que había luz, así que mi cerebro lo creía. Por favor, no se rían. Eso solo exacerbó la cuestión de los cuervos. Y reavivó la paradoja del árbol que cae en el bosque. Quizá mis ojos simplemente le decían a mi cerebro que había cuervos en el arce.

Un domingo por la mañana me desperté y Sextus estaba durmiendo al otro lado de Dot. Quizá me habría interesado más si hubieran sido una pareja más atractiva. Él llevaba el pelo al rape y tenía granos, cejas albinas y una enorme nuez de Adán. Aun así era muy bueno en los rodeos, campeón con el lazo y en las carreras de barriles, y su cerdo había ganado tres años seguidos la exposición ganadera. Dot era fea, fea sin más. Toda la pintura que se ponía ni siquiera la hacía parecer ordinaria, solo acentuaba sus ojillos castaños y su enorme boca, siempre entreabierta por unos colmillos prominentes y a punto para gruñir. La zarandeé con suavidad y señalé a Sextus.

—¡Cielo santo! —dijo, y lo despertó.

Salió por la ventana, bajando el álamo, y desapareció en pocos segundos. Dot me sujetó contra el heno, me hizo jurar que no diría una palabra.

—Oye, Dot, hasta ahora no he dicho nada, ¿verdad?

—Hazlo, y contaré lo tuyo con el mexicano —me estremecí, sonaba igual que mi madre.

Era un alivio no preocuparme por mi madre. Ahora me sentía mejor persona. No hosca ni resentida. Educada y solícita. No derramaba ni rompía ni dejaba caer las cosas como en casa. No me quería marchar nunca de allí. El señor y la señora Wilson siempre decían que era una chica dulce, trabajadora, y que me tenían por una más de la familia. Los domingos cenábamos en familia. Dot y yo trabajábamos hasta mediodía mientras ellos iban a la iglesia, luego cerrábamos, volvíamos a casa y ayudábamos a preparar la cena. El señor Wilson bendecía la mesa. Los chicos se daban codazos y reían, hablaban de baloncesto, y todos hablábamos de, bueno, no me acuerdo. Quizá tampoco hablábamos mucho, pero se respiraba cordialidad. Decíamos: «Por favor, pasa la mantequilla». «¿Salsa para la carne?» A mí me encantaba que mi servilleta, con su correspondiente aro, fuese en el aparador con las de todos los demás.

Los sábados conseguía que alguien me llevara a Nogales, y luego iba en autobús a Tucson. Los médicos me colocaban durante horas en un aparato de tracción idéntico a un fundíbulo medieval, hasta que no podía resistir el dolor. Me medían y comprobaban lesiones nerviosas clavándome agujas, golpeándome las piernas y los pies con unos martillos. Ajustaban el corsé y el alza de mi zapato. Parecía que se acercaban a un veredicto. Distintos doctores examinaron mis radiografías. Un especialista de renombre al que estaban esperando dijo que mis vértebras estaban demasiado cerca de la médula espinal. La cirugía podía provocar parálisis, perjudicar los distintos órganos que se habían compensado por la desviación. Sería caro, no solo por la cirugía, sino porque durante la recuperación habría de pasar cinco meses inmóvil tumbada boca abajo. Me alegré de no verlos muy partidarios de la operación. Estaba segura de que si me enderezaban la columna, mediría más de dos metros, pero quería que continuaran examinándome. No quería ir a Chile. Dejaron que me quedara con una de las radiografías, en la que se veía el corazón de plata que Willie me regaló. Mi columna en forma de S, mi corazón desplazado y el corazón de plata justo en el centro. Willie la puso en una ventanita al fondo del Laboratorio de Ensayos Minerales.

A veces los sábados por la noche había bailes campestres, a las afueras de Elgin o Sonoita. En graneros. Acudía todo el mundo de varios kilómetros a la redonda, viejos, jóvenes, chiquillos, perros. Los huéspedes de los ranchos para turistas. Las mujeres traían cosas para comer. Pollo frito y ensaladilla de patata, pasteles, tartas y ponche. Los hombres salían en pelotón y se quedaban bebiendo cerca de sus rancheras. También algunas mujeres; mi madre siempre, por ejemplo. Los chicos del instituto se emborrachaban y vomitaban, los sorprendían besuqueándose. Las señoras mayores bailaban entre ellas, o con los niños. Todo el mundo bailaba. Polcas, más que nada, pero también bailes lentos y bugui-bugui. Algunas cuadrillas, o danzas mexicanas como *La Varsoviana*. Salto, salto y vuelta entera. Tocaban cualquier cosa, de «Night and Day» a «Detour, There's a Muddy Road Ahead», de «Jalisco no te rajes» a «Do the Hucklebuck». Cada vez había una orquesta distinta pero con el mismo repertorio. ¿De dónde salían aquellos músicos maravillosos y variopintos? *Pachucos* a los metales y el güiro, guitarristas country con anchos sombreros, percusionistas de bebop, pianistas con aires de Fred Astaire. Lo más parecido que he oído a aquellas pequeñas bandas fue en el Five Spot a finales de los cincuenta. El «Ramblin'» de Ornette Coleman. A todo el mundo le pareció

421

rompedor y alucinante. A mí me sonaba a Tex-Mex, como un buen baile folclórico en Sonoita.

Las sobrias amas de casa, herederas del espíritu de los pioneros, se engalanaban para el baile. Permanentes caseras y carmín, tacones altos. Los hombres eran rancheros o mineros curtidos, criados en la Gran Depresión. Trabajadores serios, temerosos de Dios. Me encantaban las caras de los mineros. Los hombres a los que solía ver sucios y demacrados al final de un turno ahora estaban colorados y alegres, aullando el «Aha, San Antone» o sus «Ay, ay, ay» a grito pelado, porque la gente no solo bailaba, sino que también cantaba y daba alaridos. Cada tanto el señor y la señora Wilson paraban un momento.

—¿Has visto a Dot? —me preguntaban jadeando.

La madre de Willie iba a los bailes con un grupo de amigas. Bailaba todas las canciones, siempre con un vestido bonito, el pelo recogido, el crucifijo meciéndose al compás. Era hermosa y joven. Y toda una dama. Mantenía las distancias en los bailes lentos y no salía a beber. No, yo no me fijaba en eso. Pero las mujeres de Patagonia sí, y lo mencionaban a su favor. También decían que no seguiría viuda mucho tiempo. Cuando le pregunté a Willie por qué él nunca venía, me dijo que no sabía bailar y además debía cuidar de sus hermanos. Pero vienen muchos niños, por qué no podían venir ellos también. No, dijo Willie. Su madre necesitaba un poco de diversión, despreocuparse de los hijos de vez en cuando.

—Bueno, ¿y tú qué?

—A mí no me importa. Y no lo hago por generosidad. Quiero que mi madre encuentre otro marido tanto como ella —dijo.

Si los prospectores estaban en el pueblo, los bailes se animaban de verdad. No sé si todavía hay prospectores en las minas, pero en aquellos tiempos eran una raza aparte. Siempre trabajaban por parejas, aparecían en el yacimiento a toda velocidad entre una nube de polvo. No conducían rancheras o coches convencionales, sino biplazas relucientes metalizados que centelleaban a través de la polvareda. Tampoco vestían con ropa tejana o caqui como los rancheros o los mineros. Quizá se la pusieran cuando bajaban a los pozos, pero cuando viajaban o en los bailes iban con trajes oscuros y camisas y corbatas sedosas. Llevaban el pelo largo, peinado en un tupé, con largas patillas, a veces bigote. A pesar de que solo los vi en el oeste del país, sus matrículas solían ser de Tennessee o Alabama o Virginia Oeste. Nunca se quedaban mucho tiempo, una semana a lo sumo. Les pagaban más que a los neurocirujanos, según mi padre. Se encargaban de abrir o encontrar un buen filón, me parece. En cualquier caso eran importantes y hacían un trabajo peligroso. También parecían peligrosos y, ahora lo sé, derrochaban carisma. Fríos y arrogantes, tenían el aura de los matadores, los atracadores de banco, los lanzadores de relevo. En los bailes campestres, todas las mujeres, viejas o jóvenes, querían bailar con un prospector. También yo. Los prospectores siempre querían bailar con la madre de Willie. La esposa o la hermana de alguien que había bebido de más invariablemente acababa fuera con uno de ellos y se armaba una pelea sangrienta, y todos los hombres salían en tropel del granero. Las peleas siempre se zanjaban cuando alguien disparaba al aire y los prospectores se perdían en la oscuridad de la noche, mientras los galanes heridos volvían al baile con una mandíbula hinchada o un ojo morado, y la orquesta tocaba alguna canción sobre amores despechados.

Un domingo por la tarde el señor Wise nos llevó a Willie y a mí hasta la mina, a ver nuestra antigua casa. Entonces me embargó la añoranza, al oler las rosas trepadoras de mi padre, caminando bajo los viejos robles. Peñascos rocosos alrededor y vistas de los valles y del monte Baldy. Vi los halcones y los arrendajos, oí el repiqueteo de las poleas en la planta trituradora. Eché de menos a mi familia e intenté no llorar, pero no pude contener las lágrimas. El señor Wise me dio un abrazo, me dijo que no me preocupara, probablemente me reuniría con ellos una vez acabara la escuela. Miré a Willie. Señaló con la cabeza hacia la hembra de gamo y sus cervatillos que nos observaban, apenas a unos pasos.

—Ellos no quieren que te vayas —me dijo.

Así que probablemente habría ido a Sudamérica. Pero entonces hubo un terrible terremoto en Chile, una catástrofe nacional, y mi familia murió. Seguí viviendo en Patagonia, Arizona, con los Wilson. Al acabar el instituto conseguí una beca para estudiar Periodismo en la Universidad de Arizona. Willie también consiguió una beca, y se matriculó a la vez en Geología e Historia del Arte. Nos casamos al terminar la carrera. Willie encontró trabajo en la mina de Trench y yo trabajé para el *Nogales Star* hasta que nació nuestro primer hijo, Silver.

Vivíamos en la preciosa vieja casa de adobe de la señora Boosinger (que para entonces ya había muerto) en lo alto de la montaña, en una finca de manzanos cerca de Harshaw.

Quizá suene melindroso, pero Willie y yo vivimos felices desde entonces.

¿Y si realmente hubiera ocurrido, el terremoto? Sé muy bien lo que habría pasado. Ese es el problema con las especulaciones. Tarde o temprano tropiezas con un escollo. No habría podido quedarme en Patagonia. Habría acabado en Amarillo, Texas. Planicies interminables y silos y cielo y rastrojos a merced del viento, ni una montaña a la vista. Viviendo con mi tío David y mi tía Harriet y mi bisabuela Grey. Me habrían considerado un problema. Una cruz con la que cargar. Ellos siempre se quejarían de mis «llamadas de atención», que para el terapeuta serían «llamadas de socorro». Después de salir del correccional de menores no pasaría mucho tiempo antes de que me fugara con un prospector de paso por la ciudad, camino a Montana, y ¿pueden creerlo? Mi vida habría acabado exactamente igual que ahora, bajo las rocas calizas de la cresta Dakota, con los cuervos.

Un apunte sobre Lucia Berlin

LA ESCRITURA

Lucia Berlin (1936-2004, pronunciado Lu-sí-a) publicó setenta y seis cuentos a lo largo de su vida. La mayoría, pero no todos, se recogieron en tres volúmenes de Black Sparrow Press: *Homesick* (1991), *So Long* (1993) y *Where I Live Now* (1999). En ellos se recopilaban anteriores colecciones de 1980, 1984 y 1987, y se incluía material nuevo.

Empezó a publicar sus relatos con veinticuatro años, en la revista de Saul Bellow, *The Noble Savage,* y en *The New Strand.* Más adelante aparecieron cuentos en *Atlantic Monthly, New American Writing* y un sinfín de revistas pequeñas. *Homesick* ganó un American Book Award.

Berlin fue creando un repertorio deslumbrante pero esporádico a lo largo de las décadas de 1960, 1970 y buena parte de los años ochenta. A esas alturas sus cuatro hijos ya eran mayores y ella había logrado vencer un alcoholismo inveterado (la crónica de los horrores que vivió, las noches durmiendo la borrachera en comisaría, los delírium trémens y los momentos puntuales de hilaridad ocupan un rincón particular de su obra). Desde entonces siguió en activo hasta el momento de su temprana muerte.

LA VIDA

Lucia Berlin (de soltera, Brown) nació en Alaska en 1936. Su padre estaba en la industria minera, así que sus primeros años de vida transcurrieron en asentamientos y pueblos mineros de Idaho, Kentucky y Montana.

En 1941, el padre de Berlin partió al frente, y la madre volvió con Lucia y su hermana pequeña a El Paso, donde su abuelo era un dentista eminente, pero embrutecido.

Poco después de volver de la guerra, el padre de Berlin trasladó a la familia a Santiago de Chile, y ella se embarcó en lo que serían veinticinco años de una vida poco convencional. En Santiago asistió a cotillones y bailes de gala, le pidió fuego al príncipe Alí Khan para fumar su primer cigarrillo, acabó la escuela y ejerció de anfitriona por defecto en las reuniones de sociedad de su padre. La mayoría de las noches, su madre se retiraba temprano con una botella.

A la edad de diez años, Lucia padecía escoliosis, una dolorosa afección en la columna que la acompañaría de por vida, y a menudo requeriría un corsé ortopédico de acero.

En 1955 se matriculó en la Universidad de Nuevo México. Gracias a su dominio del español, estudió con el novelista Ramón J. Sender. Pronto se casó y tuvo dos hijos. Para cuando nació el segundo, su marido escultor la había dejado. Berlin se graduó y, todavía en Albuquerque, conoció al poeta Edward Dorn, una figura clave en su vida. También conoció al profesor de Dorn del Black Mountain College, el escritor Robert Creeley, y a dos de sus compañeros de Harvard, Race Newton y Buddy Berlin, ambos músicos de jazz. Y empezó a escribir.

Newton, pianista, se casó con Berlin en 1958. (Ella firmó sus primeros relatos como Lucia Newton.) Al año siguiente, la pareja y los hijos se trasladaron a Nueva York. Race trabajó sin descanso y la pareja trabó amistad con sus vecinos Denise Levertov y Mitchell Goodman, así como con otros poetas y artistas, entre otros John Altoon, Diane di Prima y Amiri Baraka (entonces LeRoi Jones).

En 1960, Berlin y sus hijos dejaron a Newton y Nueva York, y viajaron con su amigo Buddy Berlin a México, donde este se convirtió en su tercer marido. Buddy era un hombre carismático y acomodado, pero resultó ser también adicto a las drogas. Entre 1961 y 1968 nacieron dos hijos más.

Para 1968 los Berlin se habían divorciado y Lucia trabajaba en una maestría en la Universidad de Nuevo México. La contrataron como profesora sustituta. No volvió a casarse.

Entre 1971 y 1994 vivió en Berkeley y Oakland, California. Berlin trabajó como profesora de secundaria, telefonista en una centralita, administrativa en centros hospitalarios, mujer de la limpieza y auxiliar de enfermería a la par que escribía, criaba a sus cuatro hijos, bebía, y finalmente ganaba la batalla al alcoholismo. Pasó buena parte de 1991 y 1992 en Ciudad de México, donde su hermana estaba muriendo de cáncer. Su madre había fallecido en 1986, un posible suicidio.

En 1994, Edward Dorn llevó a Berlin a la Universidad de Colorado, y ella pasó los seis años siguientes en Boulder como escritora residente y, en última instancia, profesora adjunta. Se granjeó la popularidad y el cariño de sus alumnos, y apenas en su segundo año allí obtuvo el premio a la excelencia académica de la facultad.

Durante sus años en Boulder cobró un papel relevante en su círculo más próximo, compuesto por Dorn y su esposa Jennie, Anselm Hollo, y su vieja amiga Bobbie Louise Hawkins, entre otros. Estrechó fuertes lazos de amistad con el poeta Kenward Elmslie, así como con el prosista Stephen Emerson.

Al deteriorarse su salud (la escoliosis había degenerado en un pulmón perforado, y desde mediados de la década de 1990 se vio obligada a ir a todas partes con un tanque de oxígeno), se retiró en 2000 y al año siguiente se trasladó a Los Ángeles alentada por sus hijos, varios de los cuales residían allí. Libró con éxito una batalla contra el cáncer, pero murió en 2004, en Marina del Rey.

S. E.

Agradecimientos

A lo largo de los varios años que ha llevado la preparación de este libro, el apoyo, el entusiasmo y el empeño han llegado de muchas partes, y a pesar de cierta tristeza inherente, el proceso ha traído a menudo verdadera felicidad. Ojalá Lucia lo supiera.

Gracias encarecidas a los editores de las recopilaciones previas, entre ellos varios que ya no pueden aceptarlas. Michael Myers y Holbrook Teter (Zephyrus Image), Eileen y Bob Callahan (Turtle Island), Michael Wolfe (Tombouctou), Alastair Johnston (Poltroon), y John Martin y David Godine (Black Sparrow) forman el cuadro de honor. Todos los que pudieron cooperaron generosamente.

Los escritores Barry Gifford y Michael Wolfe fueron la punta de lanza del empeño que hay detrás de la presente colección. Ellos, junto con Jenny Dorn, Jeff Berlin, Gayle Davies, Katherine Fausset, Emily Bell y Lydia Davis, derrocharon esfuerzos y aportaron su buen hacer a este libro. En Farrar, Straus and Giroux, a un equipo ejemplar y diverso se unió Emily, contribuyendo con ímpetu y entrega. Creo que todos sabéis lo agradecida que estaría Lucia. Por favor, sabed que yo también lo estoy.

S. E.

Manual para mujeres de la limpieza de Lucia Berlin
se terminó de imprimir en abril de 2016
en los talleres de
Litográfica Ingramex, S.A. de C.V.
Centeno 162-1, Col. Granjas Esmeralda, C.P. 09810 México, D.F.